网络文学
名作典藏丛书

JIANG YE

猫腻◎作品

将夜

精修典藏版

贰

用武之地

作家出版社

《网络文学名作典藏》丛书

总策划

何　弘　张亚丽

主编

肖惊鸿

统筹

袁艺方

主编的话

　　《网络文学名作典藏》丛书聚焦网络文学，遴选名家名作，工于精修校订，集于精品丛书，力图成为记载中国网络文学成长的历史见证，和致敬中国网络文学发展的一座里程碑。

　　网络文学名作的实体出版极为重要。这是扩大网络文学影响力、推动网络文学经典化的重要途径，也是展现网络文学成果、引领大众阅读和传播以及拉动文化产业发展的有力手段。

　　在中国作协的支持下，网络文学中心领导和作家出版社领导担纲总策划，落实主编责任制，确定经过时间验证和社会公认的名家名作，组织精修团队，在作家本人参与下，与责编共同负责精修工作。

　　回顾网络文学发展历程，这样的一套丛书是前所未有的。精修，意味着与作家的高度共识，意味着对作品的深度把握，完成去粗取精、去伪存真的过程，以实体出版的"固化"形式，朝着网络文学经典化、精品化的目标迈进。精修团队本着为作家负责、为读者负责的态度，重视作品的文学性、思想性，尊重读者的阅读体验，为新时代网络文学高质量发展贡献出集体智慧。

　　愿更多的读者阅读它、检验它。愿中国网络文学真正成为新时代文学的一座高峰。

肖惊鸿

2021 年 5 月 18 日

《将夜》精修成员

总负责人

肖惊鸿　袁艺方

修订

菜　籽　清　白　茹八一　当代贝克特　王　烨

校订

田偲堂　李伟元　程天翔　王　颖

1

从梦中惊醒，还是夜晚。宁缺抹掉额头上的汗水，怔怔坐在床头，看着身旁酣睡的桑桑，下意识伸出手指轻轻抚平她蹙着的双眉，然后陷入沉思。

思考对于这个奇怪而令人恐惧的梦，没有任何意义，沉默片刻后，他便把梦中的内容丢诸脑后，连回忆都不愿意再去回忆。翻身下床倒了杯冷茶缓缓饮着，听着宅院后方那条窄巷里街坊的大声议论，他才知道时间尚早，大家都还在乘凉。

"眼中所见心所感受便是天地自然万物元气在他心灵上的投影，而这名修行者冥想所得的意念越纯越净越强越紧致，所感受到的元气范围便越大。"

白天太过激动，这时候他才完全平静下来，想起旅途中吕清臣老人的说法，发现自己忘记了最重要的一个问题——进入初识的那一瞬间，自己究竟感应到了多少天地元气，是一洼雨水一道小溪一方浅塘，还是一条大河，抑或……大海？

现在已经不是第一次进入初识境界，不知道所感应到的天地元气世界是否还能算是真实投影，宁缺思考片刻后，还是缓缓闭上眼睛，双手平静搁在膝头，重新进入了冥想状态，把自己的思虑心意传入气海雪山，然后散诸体外。

过了片刻，精神世界里谨慎的冥想过渡到现实世界里的感知，他睁开眼睛，把右手伸到空中，似乎想要抓住那些微弱的烛光，此时他再次确认自己能够清晰地感应到房檐墙壁空气中弥漫着的那道气息，而且震惊地确认自己感应到的……

我想那是海，宁静的大海。

吕清臣老人曾经说过：当今世上最强大的修行者，那位被认为最有可能突破五境，超凡脱俗的南晋剑圣柳白，在觉醒之初感应到的乃是一片滔滔黄河。当时宁缺曾经说过：如果能感应到一片大海，那会不会是个比南晋剑圣更强大的修行天才？

十余年间，饮食赌博读书写字睡觉骑马杀人放火之间不停冥想，少年精神世界里存蓄的念力数量极大而且无比凝纯，随着气海雪山十七窍终于通了十窍，日积月累的念力终于觅到了通道贯穿而出，被吹奏成了一曲铿锵有力的乐曲。

天地之息感受到了这首曲子。虽然因为身体之箫上开出的孔洞依然不多，这首曲子显得有些凝滞生涩，但它能感受到这首曲子里每个音符所蕴藏的力量。

然而因为这份力量太过凝结专注，竟让天地之息隐隐间产生了某种排斥之感，如果说宁缺感应到的天地之息像是一片大海，那他用来感应天地之息的念力，就像是一根千锤百炼的铁针，体积极其微小，却又极其坚硬锋利。锋利的铁针轻轻落入大海之中，泛不起任何浪花，激不起任何声响，轻而易举又悄无声息地穿透无限深的水面，然后缓缓沉没坠入黑暗的深渊之中。

宁缺并不知道这些很具体的问题，也不想去想任何负面的东西，他就像个抱着母亲大腿哭了整整半年、终于拿到了心仪已久新玩具的男孩儿，整整一夜时间一直不停地冥想然后释念，感受着那股新奇而美妙的气息。

他的手掌不停在空中轻摇，想要抓住陋室内那些暗淡的烛光，想要影响桌上那盏如豆的烛火，虽然始终未能成功，却完全没有影响他的兴致，依然兴致勃勃。很奇妙的是，第二天清晨他离开老笔斋时，没有因为整夜未睡而面露憔悴之色，反而显得精神极好，面色红润健康，大概是逢着喜事精神便爽的缘故？

在灶堂就着碗金黄色的小米粥吃了三片煎馒头，宁缺用最快的速度经过湿地，走进幽静的旧书楼，进入二层楼。此二层楼非彼二层楼，但对他来说，这处充满书籍旧墨淡香的楼层，同样具有极为重要的意义。

走到东窗畔，看着那位身材纤小，面容温婉安宁的女教授，宁缺像往日那般恭谨行了一礼，直起身子后，他看着女教授清丽看不出年岁的侧脸，想着前日对方把重伤将死的自己遗弃在楼间不闻不问，心中生出强烈的不解，想要开口询问对方几句，但终究还是不敢造次。

女教授就像是忘记了前天看到的那幅画面，忘记了身旁这少年曾经在楼间靠着墙壁颓然等死，如往常那般轻轻微点下颌示意，没有看宁缺一眼，也没有说话，静静看着纸笺描着簪花小楷，如果不仔细去看，很难发现她下颌轻微的移动。

宁缺自嘲一笑，挠了挠脑袋，不再去想那些事情，走回书架前蹲下，抽出那本《吴赡炀论浩然剑》，坐到西窗畔的地板上，借着窗纸透进来的微光用心阅读。

以往气海雪山诸窍不通，观楼上修行秘籍，根本无法记忆，开始时甚至看上数字便会昏厥不醒，待后来学会用永字八法拆字，他稍微能够体悟一些书中字迹所蕴深意，然而那些笔意依然让他极为苦恼，比如这本浩然剑书中字迹的笔意，道道如锋利剑芒，直刺得他肝肠寸断，痛苦不堪。

现如今他虽然还无法清楚地知道，自己气海雪山究竟通了多少窍，但能够感知到世间如宁静海洋一般的天地之息，足以证明痛则不通这四个字，已经被昊天怜悯地从他身上拿走，所以他非常想知道，现在的自己再来看这些书会有什么不一样。

确实不一样，书籍上道道墨迹隐含的意味，从他眼眸进入脑海，然后逐渐释散入体，化为剑芒开始周转游运之时，他胸膛间已经感觉不到那种难以承受的痛楚，而是变成一种有些郁闷的感觉……堵，很堵，非常堵。

这种感觉很不好，所以用心看了大半个时辰之后，他摇着头把书放下，走到西窗畔开始给陈皮皮留言。

"首先，我通了，你可以恭喜我了。其次，怎么看这些书好像还是没有用？再次，你有没有什么简单可行的方法教我？最后，谢谢。"

怀着很轻微的遗憾，宁缺在暮色之中下楼而去，乘着马车回到长安城临四十七巷中，然后开始期待明天的书院生活，因为他想知道陈皮皮留言会写些什么。

他并不知道自己的遗憾其实是一种非常欠抽的情绪，如果让西陵昊天神殿或是某些佛宗大德知道，一个刚刚进入初识之境的少年，期望能够在一天之内便开始正式的修行，他们绝对会以贪婪或者是贪痴的罪名把这少年逐出门去。如果让书院教习们知道自己座下一名学生，气海雪山十七窍通了十窍，便以为自己真变成了绝世修行天才，迫不及待想要学会书院绝学浩然剑，绝对会大赞一声真他妈的自恋，然后让他伸出手掌痛打一百下掌心。

长安大街上前代圣人亲手雕刻的朱雀绘像，他身后那把神秘不知来历的大黑伞，出自西陵某不可知之地的通天丸，这三样东西无论是哪一样都是世间最珍贵最神妙的存在，但如果是其中单独一项，依然不足以让他身体发生这般变化。

在修行的世界里一直有种说法，修行只不过是被选中的人类，幸运拾起昊天赐予的礼物，想要让一个天生不能修行的普通人能够修行，那就是逆天改命，而能够逆天改命的能力，只能是神迹，在典籍记载或口口相传中，只有西陵神国昊天神殿拥有这种能力，而且这需要那些境界高妙的大神官付出极大的代价。所以当年岷山旁那个普通修行者，军部负责考核的那位符师，旅途中的吕清臣老人，留书的陈皮皮根本不需要犹豫，便能够简单地断定宁缺不能修行。

然而当朱雀、黑伞、通天丸这三样世间最神奇的存在，同时和宁缺发生关系时，世间缓慢转动的命轮，发生了一次极轻微的颤动。

那个漆黑的清晨里，先是修行者颜肃卿用毕生修为击溃了他胸口处的骨肉防御，然后朱雀顶翅化为一根无形长矛通过这处创口刺穿他的气海雪山，紧接着朱雀以无形火意焚毁触及的一切，至此时宁缺便应该死了。但大黑伞起了关键作用，像蔽日的柳荫般护住他最后的生机，又以源源不尽的夜空阴寒力量重塑他体内的雪山。仅仅这般还不足够，因为这个重新构筑的体内微观世界是那样地脆弱不稳定，随时可能崩溃。

这时陈皮皮奉上了一颗通天丸。

天道酬勤，大概是他前十余年过得太苦太累，所以昊天开始弥补他吧？

宁缺并不知道自己遇见的是世间最神奇的幸运，就算知道他也无法明悟其间的道理，被逆天改命的他犹自不满遗憾，这种不满遗憾真的很令人愤怒无语。

陈皮皮很无语，很愤怒。

看到恭喜二字，猜到那个家伙居然被强行逆天改命，真的踏上了修行之路，陈皮皮忍不住张大了嘴，半天说不出话来，强烈怀疑自己的眼睛是不是花了。

他也不知道长街之上朱雀绘像和大黑伞那场以宁缺身体为战场的神奇战斗，但作为西陵与书院共同培养出来的绝世修行天才，能够猜测到一些原因和后果，可无论他怎么去猜测，都没能猜到宁缺居然能够获得这种近乎神迹的机缘！

震惊持续了很长时间，他完全不知该如何言语，骄傲却又温良的内心深处竟生出一股强烈的羡慕嫉妒情绪，而当他看到纸上留言时，更是难以抑制地愤怒起来。暑意燥热，虽然时入深夜有风清凉，西窗外蝉鸣渐弱，但不知道是因为太过肥胖还是愤怒，陈皮皮浑身大汗，他解开衣襟泼墨愤怒回书道：

"首先，我不想恭喜你，因为这事儿太荒唐太不可理解。其次，不是看书没用，而是你这个修行白痴没用。再次，我承认自己这时候很嫉妒你，所以不想指点你。最后，请先谢昊天和你十八代祖宗，至于我……谢你妹啊。"

很小很小的时候，是真实的很小很小的时候，宁缺一直在被一句话洗脑。那句话大概意思是这样的：一个人掌握的知识就像一个圆，你知道的事情越多，这个圆越大，那么你就会发现自己不知道的事情越来越多。

他曾经很厌烦这句话，不理解母亲和老师们为什么要不停用这种悲观主义论调教育自己，但当他现在终于踏进修行的世界后，发现这句话确实很真实，真实得令人无比惘然无措，因为他发现自己不明白的事情更多了。

看到陈皮皮的留言后，他极为认真地按照留言里的意思去看二楼的修行书籍，但看来看去，总是看不出个所以然来。

这辈子习惯了背着三把刀在草原上四处杀人这种比较直线条的思维模式，倒也不算是坏事，确认暂时无法前进，宁缺便决定不再去想，而是去做些更重要的事情。

没有人能够想到，在确认能够修行之后，宁缺做的第一件事情是什么。

他没有整日里提着酒壶高歌泼墨作书，没有去找书院教习高喊俺能了俺能了强烈要求进入术科精修，更没有去公主府找李渔觍着脸说俺现在很有投资价值了。除了和桑桑两个人闷在老笔斋里暗自高兴，像两个傻瓜般时不时抬头互视一眼，然后莫名其妙地呵呵直笑，他也就是向陈皮皮嘚瑟了两下，然后他就去了南城。

今夜南城著名的勾星赌坊门口，有一对神情紧张的主仆正在低声说话。

面容清稚，颊有浅窝的黑发少年，抬头看了一眼勾星赌坊由金粉漆成的招牌，咽下一口不知道是紧张还是贪婪造成的口水，声音微显沙哑问道："桑桑，你说待会儿如果我们赢多了，会不会被赌坊的人追杀？"

肤色微黑的小侍女表情也很紧张，她右手提着个沉沉的匣子，把身子缩在少年身后，听着昏暗灯光里传出来的嘈杂吵闹声，颤声说道："少爷，我更担心的是你想的那法子管不管用，感知天地元气就能看到骰子上面的点数？你有没有把握？待会儿如果把银子都输光了，你可不能急红了眼把我押上去啊。"

"这说的什么胡话？再说……把你押上去，人家赌坊也不见得肯收。"宁缺紧张地搓了搓手，说道，"至于把握，昨天夜里我不是给你表演过很多次了？少爷我这辈子向来不打无把握之仗，赢是肯定赢的，关键是赢之后怎么跑。"

"保证能赢啊……"桑桑看起来根本不担心怎么跑的问题，听宁缺说确定能赢后，她轻轻一咬嘴唇，痛下决心，从旧腰带里取出粒用纸叠成的小星星，轻声说道，"我从床下取了二百两银子换了张银票，匣子里还有一百多两……少爷你都拿去，好多赢些。"

2

一个穿着薄薄青衣，身材瘦高的男子，这时候正在西城门楼最高处的石墙上吹风，因为太瘦，身上青衣仿佛挂在竹竿上，城楼上夜风一起便猎猎作响。

长安城的夏夜闷热难当，富贵人家自有婢女执扇，冰块盈房，普通人家则只能开了房门，袒腹街巷竹床之上，世人皆知愈往高处走，夜风愈凉，然而城内真正高的大唐皇宫和雄伟城墙，又哪里能随便上去。

但青衣瘦男能，因为他叫齐四，是长安鱼龙帮帮主。

在鱼龙帮几位兄弟当中，他是最不成器的那个，但随着春风亭老朝离开长安，常三等人回到朝廷做事，却理所当然继了鱼龙帮帮主之位。如今他随便一声令下，便有三千青袍为之誓死效命，加上现在谁都知道鱼龙帮乃是陛下当年扔在江湖里的一条鱼，即便是官府也不敢太过怠慢。

身为长安黑道领袖这等人物，上得城楼观风景又何足道哉？然而此时站在城楼间，面迎夜风提着小酒壶的齐四脸上没有任何得意情绪，反而有些低落，饮一口酒，叹一声气，成功由一位普通黑道领袖化身为文艺黑道领袖。

他很想朝小树，也很想其他的兄弟，只是朝小树赴世间远游，常三陈六等人有了官面身份，也无法随时相见。想着往年那些喝酒吃肉的好时光，这位已经在长安城里声名赫赫的齐四爷，恨不得立即马上重新回到当小弟的日子。

便在这时，城墙上远处行来一人，与城门军打了个招呼，匆忙跑了过来，低着头在他耳边说了几句话。噗的一声，齐四爷一口酒喷了出来，酒水化为细雾落入深不见底的城墙外，不知会不会惊了那些在城墙上筑巢的岩鹰。

他瞪着眼睛问道："会不会错了？"

"绝对没错，已经派人去勾星打听过了，那小子先去那边赢了一万多两。"

齐四爷犹自不信，摸着后脑勺犹疑说道："修行者去赌坊捞银子？有这么不懂事儿不要脸的主儿？怎么听着总觉得有些怪？"

那名下属苦着脸说道："勾星那边的大掌柜开始也不信，可后来还不是老老实实把银子交了出来？然后赶紧向我们这边通了信。"

齐四爷相信下属不敢欺骗自己。想到有个修行者正极其不要脸地在自家赌坊捞钱，想着大哥离开之前的嘱咐，他不由勃然变色，把手中小酒壶向城墙外的夜色里扔去，狠狠说道："让他把银子吐出来，不然就让兄弟们把他给砍了！他妈的，又不是什么洞玄境的高人，以为会玩两手戏法，爷就砍不死你？"

话是如此说，事却不能这般做，鱼龙帮行事向来讲究又强悍，真把齐四逼急了，喊三千青袍兄弟把那个修行者砍死，他还真做得出来，问题在于修行者肯定有山门师派，他总得去看一眼那个混账修行者是什么来路才能做决定。

长安城墙极高，爬上去不容易，跑下来也极困难，等齐四爷从城门处跑回赌坊时，已经累得气喘吁吁，而就在这段时间里，那个混账修行者已经赢了更多银子。

听着这消息，齐四爷脸色越发不善，心情越发糟糕，可当他看到推门而入的那人时，心情和脸色都同时变得极为怪异，极想发笑却又想哭，想哭却哭不出来。

听到齐四爷三个字，推门而入果然看到那个竹竿般的青衣男人，宁缺的脸色也瞬间变得极为精彩，心想这事儿好像有些麻烦了，说道："我说咱们熟归熟……实际上也不怎么熟……这样，看在朝小树面子上，赢的数目我给你打个对折。"

他反应速度奇快，一句话里竟是转了三个弯——如果表现得太熟，那真不好意思拿赢的那些银子，可如果要沉着脸扮演完全不熟，又担心对方真的翻脸，他可是很清楚鱼龙帮不好惹，所以最后才把朝小树这面大旗搬了出来。

齐四爷被他这番话弄得一怔，气得险些笑出声来，狠狠瞪了他一眼，恼火说道："从这赌坊里赢的银子，你确定想要？"

宁缺心想还是那句话，大家熟归熟并且确实只见过两面谈不上太熟，难道你就好意思就此不给银子？其实如果涉及的银钱数目少些，他倒不介意在齐四面前扮演一下兄弟情深英雄豪迈大方，但他先前可是赢了七万多两银子……

七万多两银子意味着什么？为了七万多两银子，他不介意躺着装死尸让桑桑上街卖身葬主，哪里还顾得上什么旧日交情和大方之类的事情，所以沉默微笑不语。

齐四爷没好气地叹了口气，起身从上了锁的匣子里取出几份地契和官府认证的契书，扔到他面前桌上，说道："反正这赌坊是你的，你想自己赢自己好耍，随便你去折腾。"

宁缺觉得自己是不是好像听岔了什么事情，揉了揉耳朵问道："谁的赌坊？"

齐四爷倒了杯茶，恼火说道："我说了，这是你的赌坊。"

宁缺拿起桌上那几份契书扫了一眼，果然在文书下方看到了自己的名字，他顿时僵在了当场，抬头看了齐四爷一眼，眼中满是震惊疑惑之色。

"大哥离开之前交代了很多事情，其中有一条是关于你的。"

"什么事？"

"他说你这些年过得太苦，穷的时间太长，已经穷红了眼，那天夜里为了五百两银子就敢不管不顾跟着他去杀人，实在是太过可怕……英雄豪杰岂能为五斗米折腰，大哥担心你穷疯了之后傻×到去当杀手，所以给你备了些产业。"齐四爷像看着鬼一样看着震惊无语的宁缺，摇着头愤怒感慨说道，"现在看起来大哥的担心真的是太他妈有先见之明了，堂堂一个修行者居然跑到赌坊里面来骗银子，这他妈叫什么事！

我说你丫真是穷了这么多年穷疯了是吧？"

看着手中的文契，想着那个青衫男子居然悄悄留了间赌坊给自己，宁缺震惊之余，更是觉得胸膛里有些陌生的温暖，问道："他现在在哪儿？"

"收到他最后一封信时，他说要去泰山看日出。"齐四爷回答道。

温暖震惊渐渐平息，宁缺想着先前齐四那番嘲讽话语，想着自己作弊骗钱居然骗到自己的赌坊里，面颊便觉得有些发烫，毕竟是年轻人，哪里能够承受这等丢人跌份遭遇，为了化解尴尬，他羞恼说道："鱼龙帮又没人通知我这事儿。"

齐四爷一挑眉头，瞪着他恼火说道："大哥临走前专门带着我们几个去临四十七巷与你照过面，当时就说过，有事儿没事儿你都可以来找我，这都已经几个月了，你何时找过我？你现在身上又挂着那个身份，我怎么好主动去找你？"

宁缺这时候才想起来自己另一个身份，那位徐崇山大统领见了他一面，扔给他一块黑木牌子，便再也没有联系过，他早就已经忘了自己还是帝国的暗侍卫。

他正在那厢感慨唏嘘掩饰羞愧，齐四爷却是想起这件事情里某个蹊跷处，刚刚平静下来的眉梢猛地挑起，震惊看着少年说道："你……是一个修行者？我知道你这家伙杀人本事强，但你什么时候居然能够修行，还入了实境？"

"刚发生没两天的事情，不过是个初识水准，离实境还差着十万八千里。"宁缺并不知道勾星赌坊会用能遮蔽天地元气的骰盅，老实回答道，"原想着趁没人知道的大好时机，多挣些银两，现在虽然挣不成了，但还请帮着保密。"

齐四爷声音变得尖细烦恼起来："你赢了勾星一万多两银子，这事儿怎么保密？长安城虽然大，但带着个小黑炭头侍女跑的人可不多，只要稍一打听，就能把你查出来。"

宁缺笑了笑，温和说道："您现在可是长安城里的老大，像这种小事还不是您一句话的事儿？勾星赌坊难道还敢违背您的意思继续去查我？"

齐四爷被他这句不轻不重的马屁顶得无法拒绝，皱着细细双眉想了阵，说道："瞒着倒不难，不过隐瞒修行者的身份又是个什么意思？难道你还指望这事儿发酵变大，最后替你在帝国里挣些名头？如果是这意思，我劝你最好不要这般想，长安城毕竟不是乡下地方，随随便便也能找到千八百修行者出来，你没办法太过显眼，照我看，你还不如老老实实向书院教习说明，得些实在的好处更重要。"

宁缺想着传说中明年可能会开的书院二层楼，想着此时正在遥远边疆替帝国开疆辟土的夏侯大将军，沉默片刻后笑着回答道："就因为知道自己太普通，所以何必说出去徒惹烦恼，日后若能在这条路上走得更稳更远些，再说出来也无妨。"

"你又不是我鱼龙帮的人，自己的事情想怎样做都随你，不过既然今天难得碰见你，有些事情还是得赶紧把手续办完。"齐四爷伸出细长手指，点了点他面前的地契文书，说道，"有一份转让协议需要你签名，从此以后这间赌坊就转到你手上，我再也不用耗精神代你管。"

宁缺心想这可不行，开个赌坊要人要钱还要背景，自己要在书院读书，总不可能让小桑桑穿着荷官服来看那十几张赌桌。他眼珠子微微一转，觍着笑脸说道："好哥哥，您就再耗些精神管下去吧，我是真没这能力，也没这时间啊。"

一番争执之后，齐四爷终究未能敌过宁缺的连番马屁和赖皮精神，无可奈何地答应了他的条件，赌坊依旧算是宁缺的，但托管在鱼龙帮之下，宁缺什么事情都不需要做，就按着双方商议好的比例每月拿分红便是。

商议完毕，宁缺在第一时间内带着桑桑离开了这家西城新开的赌坊，他走得如此着急，就像是在逃亡一般，甚至回到临四十七巷家中，才想起来自己连那家赌坊的名字都没有记住。

桑桑从腰带里取出那沓厚厚的银票，放进匣子里铺平，四处打量着简陋的卧室，柳叶眼里的目光在梁柱和老鼠洞里不停游移，心思也不停游移，想着应该放在哪里最安全，终究她还是按照老法子把床板掀开，小心翼翼把匣子藏了进去。

她回头看见宁缺坐在圈椅上发呆，他脸上的神情很复杂很奇妙，像是被天上的聚宝盆砸傻了，又像是被砸得过重痛得想要哭。

"少爷，你今天有些古怪。"桑桑看着他好奇问道，"刚才就是，离开赌坊的时候像是欠了人家八百两银子般，狼狈得厉害。"

"能不狼狈吗？今儿算是丢人丢大了，我这辈子还没干过这么二逼的事。"宁缺恼火回答道，忽又想着床板下那匣子银票，脸上的羞恼之色顿时被欢愉之色代替，"不过如果每次都能挣这么多银子，让我一直二逼下去我也愿意。"说完这番话，他把脸上笑容一敛，伸手示意桑桑坐在身前的小板凳上，用极为严肃认真的语气说道，"我觉得有必要开一场家庭会议了。"

对于宁缺来说，家庭会议这种事情，是他前世最刻骨铭心最难受的经验之一，大概是潜意识里受了严重的影响，这一世的小家庭虽然始终只有他和桑桑主仆二人，但无论是在岷山草居还是渭城小院，他经常会提请开家庭会议。

桑桑知道少爷又要开始滔滔不绝说胡话，极有经验地先去拿了针线袋，然后换了双棉布制成的舒服拖鞋，才坐到他身前的小板凳上，恭敬地等着训话。

"学院每间书舍窗户中间，都悬着一些前贤格言名句，虽然我认为那字写得不咋样，但那些格言名句里的意思倒还不算太错。"

桑桑低头专心致志地纳鞋垫，听着这句话后头也未抬一下，只是用小鼻子轻轻嗯了一声，表示听到了请少爷继续。宁缺看了她一眼摇了摇头，这些年里每次开家庭会议时她都是这副做派，他说过多次也没有什么效果，拿她实在没办法，不去理会，继续自己的说话，只求这唯一的听众不要溜走就好。

"其实有一句是这样说的——环境改变人的气质，奉养改变人的体质。这句话是什么意思呢？就是告诉我们，你手里有两千两银子的时候，做事就不能还像只有二十两银子时那样抠门吝啬，不能总是吃剩饭剩菜……"

依照他的意思，第二天桑桑把他写的大部分书卷都从老笔斋里撤了下来，然后去香坊买了一大堆书家新作。遇着客人看中宁缺所写书卷询价之时，她便会老老实实地告诉对方：东主亲笔所写极为珍贵，故千金不二价。

事态的发展和宁缺猜想的并不一样，把自己书法作品标上千金之价，并没有让老笔斋的名声一飞冲天，铺子里的生意反而变得越来越差，除了又收获了一大堆类似"这铺子的老板是不是穷疯了"的冷嘲热讽之外，别无所获。

不过现在主仆二人从穷人忽然变成巨有钱的人，真有些穷人乍富的劲儿，就连桑桑都并不怎么关心老笔斋的收入。而宁缺天天在书院里面忙着温习功课，忙着登上旧书楼向那位友人请教修行世界里的诸多法门，更不会理会这些。

3

书院六科，科科令人愁。对于宁缺来说，数御射三科自然可以信手拈来，但剩下的礼书乐三科依然折磨得他欲仙欲死。礼书二科可以死记硬背，他相信只要自己重新拥有一颗爱成绩胜过爱银子的大心脏，那么便肯定可以迈过这关。然而那些乐器实在非他所长，非他所喜。每每在书舍里抱着一根洞箫愁苦无语时，他便忍不住会想起陈皮皮的前两次留言。在那些留言中对方毫不客气地把他比作一根没有眼的蠢木头，是一根吹不响的箫，看着手中洞箫，他不得不承认这大概是昊天对他的某种限制。

走上旧书楼二层，向女教授恭谨一礼，把手中的纸袋搁到西窗畔的案几上，他走到书架前，目光在那些密密麻麻的修行书籍上掠过，如今他虽然已经能够感应到天地之息，甚至凭此去赢了很多银子，但很遗憾的是，这些书籍对于他来说依然像无字天书般难懂，只能记住笔画却依然无法在脑海里存住任何一个字。

拿了一本厚厚的《万法鉴赏大辞典》，坐回西窗下地板上，从窗户缝隙处看了眼楼外炽烈的阳光，便开始没滋没味地看了起来。

时间一分一秒流逝，他用永字八法看到第十七页时，窗缝间的炽烈阳光悄无声息消失不见，夜色笼罩了旧书楼，但他却没有起身离开的意思。

东窗畔那位稚丽女教授完成了今日的簪花小楷，收拾好笔墨纸砚，轻轻揉着手腕站起身来，看见宁缺靠着墙壁看着厚厚的辞典发呆，不由温婉一笑，没有提醒宁缺天色已经晚了，就这样安静地走出了旧书楼。

夜色渐深，书架上的符纹泛起一道若有若无的光泽，宁缺没有被吓着，而是盯着那些符纹认真观看，看着那道光泽转瞬即逝，符纹回复白里嵌微尘的粗陋模样，然后看着书架贴着墙壁悄无声息地滑开，一个胖子少年气喘吁吁地钻了出来。

这是无数次留言互损之外，宁缺和陈皮皮第二次见面，那个深夜第一次见面时宁缺正处于垂死边缘，昏迷不醒，清晨醒来后也过于疲惫，没有仔细看这家伙究竟长成什么模样，今天他却不肯错过这个机会，睁着明亮的眼睛看了半天。

"我说你长得真够胖的。"宁缺看着陈皮皮啧啧赞叹道，"真不知道这十六年里你都吃了些什么，居然能胖成这副模样，不过还好你胖得够圆够结实，看着不怎么猥琐恶心。不过有件事情我真的很不理解，你真是书院百年来入院试唯一考六科甲上的天才少年？御科你也考了甲上？军部从哪儿能找到一匹军马能载得动你，还能跑那么快？"

甫一见面便听着这么一大段话，陈皮皮大圆脸上满是羞恼神情，黄豆般的双眼里闪着愤怒的光芒，怒道："御科……御科……我选的驾车！"

宁缺恍然大悟，真诚称赞道："这是一个很明智的选择。"

陈皮皮捂着额头，懒得理他，直接问道："你要见我做什么？"

宁缺温和一笑，说道："那些闲事儿待会儿再说，我给你带了些吃的。"

说话间，他从纸袋里掏出了几个大白馒头，还有一些酱菜之类的物事，热情招呼道："咱们一边吃一边说话，书院灶堂的小咸菜不错，不知道你们在山上有没有得吃。馒头有点凉了，也不知道你能不能吃惯，能不能吃饱。"

陈皮皮看着地上这些吃食，根本不肯坐下来，不可思议说道："我知道你有求于我，但真没想到你有求于人居然就只带了几个冷馒头和咸菜，这哪里是求人的态度？我说你至少也得带几碗蟹黄粥过来吧？"

"灶堂里的蟹黄粥要单算钱，不包在食宿费里，何必浪费。"宁缺呵呵笑着继续招呼他坐下，"而且咱们之间也别说求人这么难听的词，应该算是互相切磋。"

"切磋？"陈皮皮轻蔑望着他说道，"就凭你也有资格和本天才切磋？"

宁缺不依不饶继续招手示意他坐下，认真回答道："我才刚刚上路，不过谁能知道日后我们俩在这条路上谁能走得更远些？你现在对我好些，将来我再还你些情分，你也不见得吃亏，再说我可以教你数科不是？"

陈皮皮还真被他这段话绕晕了，骄傲地哼了声便坐到他身边，伸手拿起一个冷馒头，又抓起一撮咸菜送进嘴里啪嗒啪嗒吃了起来。

"为什么你总是入夜方行动？白天见面岂不是更好？"宁缺说道。

陈皮皮嚼着馒头含混不清回答道："余师姐白天一直在这儿描小楷，我哪里敢来？你得弄清楚了，书院规矩严禁我们帮助楼外的学生，我给你留言指点可是冒着被师兄痛揍的危险，你也不说多表示一下感激。"

"这不是在请你吃馒头吗？"宁缺笑着应道，"我知道书院规矩大，那些教习动不动就挥老拳头揍人，怎么听着你更怕那位二师兄？"

陈皮皮看了他一眼，知道这个家伙很好奇书院后山里的情况，冷笑着说道："和二师兄的拳头规矩比起来，书院的规矩不要太温柔。"

都是十六七岁辰光，食量极大，二人风卷残云一般把馒头咸菜消灭干净，陈皮皮又摸到东窗畔偷了那位女教授的水壶，喝了两口润了润嗓子，然后他揉了揉肚子，看着宁缺故作淡然说道："说吧，今天你又想知道什么，如果是想问怎么进二层楼那就免了，虽说老师很疼我，但这种大事儿我是没办法说话的。"

"相识多日，你看我是那种想不劳而获的人吗？"宁缺不屑轻笑掩饰失望，接着说道，"今天就是想请教一下你，我现在能感应到天地之息，那接下来呢？"

"你现在刚刚进入初识之境，先培心静气把修为稳固下来再说，可不能贪多。"陈皮皮极认真地解说道。忽然间他的眉头蹙了起来，藏在身后正偷偷比画着手印的右手一僵，缓缓抬头看着宁缺的眉眼，有些迟疑问道："你只通了十窍？"

宁缺老实说道："昨天夜里尝试一下内观，脑海里的画面太模糊，气海雪山就像两个墨团子，实在是看不清楚十七窍里通了几窍，今天也是想请你帮我看看。"

陈皮皮摇头叹息说道："不用看了，你确实只通了十窍，恰恰站在能否修行的生死线上，如果你毅力稍差，那肯定还是没有任何可能。"

他面无表情看着宁缺，心想这家伙吃了如此宝贵的通天丸，自己虽然不知道但可以肯定还有别的奇遇，终于逆天改命强行通窍成功，已然是世间的异数，然而如此异数最后却依然只通了十窍，乃下下之资，实在有些遗憾和令人同情。

宁缺脸上没有流露出悻悻之色，微微一怔后笑着说道："总比一窍不通要强不少。"

"你也不用完全失望，能进二层楼的人不见得都是修行天才。"看他没有自怨自艾，陈皮皮反而觉得有必要安慰一下对方，拍了拍他的肩头，笑着说道，"老师挑弟子从来都不会只看修行潜质，如果你能在别的方面做到极致，说不定也能入他老人家法眼，到时候你想不进二层楼都不行。"

宁缺知道他是在安慰自己，感激一笑，目光下意识落在他身后那排书架上，他知道书架之后便是通往传说中的二层楼的通道，只是不知道自己日后有没有这份幸运，或者……以后真要像女教授说的那样，把这道书架撬开？

收回目光，他继续问道："如果初识之境便是感应到天地之息的存在，那么接下来如何运用？我现在已经能够通过天地之息感知到具体事物的存在，可是却没办法移动它们，我不是贪心，实在是很好奇。"

"你能感知到具体事物？"陈皮皮瞪圆了小眼睛看着他。

"是啊。"宁缺扳着手指头举例道，"第一天夜里我感知了一下烛火，然后是枕头，纸片，床……的银子，院子里的树叶，还有一碗酸辣面片汤。"

　　陈皮皮的眼睛瞪得更圆，心想感知具体事物需要与天地元气和谐相处，还需要与天地元气进行往返交流，如此方能通过天地元气感知事物外端，这可是……感知之境才能做到的事情，你怎么可能做到？

4

　　陈皮皮挠了挠头，疑惑不解问道："你……确定感知到了烛火枕头纸片什么面片汤之类的东西？你确定当时没有睁着眼睛？"

　　见他明显不信，宁缺蹙眉解释道："确实没睁眼，而且隔着墙壁床板，就算睁着眼也没办法看见，对了，昨天夜里我去南城勾……门头沟一朋友开的赌坊去玩了会儿，能够隔着骰盅清楚感觉到骰子上面的凹陷，这难道不算感知吗？"

　　"隔着骰盅看不到，那自然是算的。"陈皮皮偏头若有所思打量着宁缺。

　　宁缺没有注意到他的目光有些异样，想着昨夜赌坊里的遭遇，想着答应了齐四爷和桑桑以后再也不靠那法子作弊挣钱，心中不自禁生出股不甘情绪，回望着陈皮皮欲言又止，片刻后，终是忍不住低声问道："有没有法子隔着骰盅拨动骰子？"

　　陈皮皮悚然一惊，像看鬼魂般恨恨盯着他，愤怒斥道："被逆天改命终于可以修行，你就只想着去拨骰子作弊？世间有你这样的人吗？真是暴殄天物啊！"

　　此时此刻，这名本来就对昊天眷顾宁缺极为羡慕嫉妒恨的少年修行天才，终于再也无法压抑住心中的情绪，挽起袖子便想把他痛揍一顿。见他动作，宁缺连连摆手辩解道："我是想着如果能隔着骰盅拨动骰子，那也就等于可以调动天地元气去操控别的物事，只是找一个通俗易懂老少咸宜雅俗共赏的例子加以说明，何必这般生气，难道我还真能二逼到用天地元气去赌博不成？"

　　听着这解释诚恳可信，陈皮皮气呼呼地重新坐了下来，又恼怒地瞪了他一眼，才捺住性子解释道："初识感知为虚境，只能感受天地元气或与之交流，却无法通过天地元气影响真实的世界。只有进入不惑实境后，修行者才能凭借精纯念力凝缩天地元气为线或桥，隔空触动外界事物。"

"剑师操控飞剑，武者隔空伤人，便是这个道理。"宁缺若有所思。

"不错。"陈皮皮继续说道，"你若想隔着骰盅控制骰子，首先就要先入实境。"

"不惑是第三境界。"宁缺摇头叹息说道，"我短时间内哪里能够达到。"

陈皮皮神情古怪地看了他一眼，也懒得说破某些事情，说道："就算你入了实境，也不可能想要利用天地元气操控什么物事便能操控，有能力操控万物的修行者，那都是真正的大修行者，突破了某些隐形的规则才能做到。"

"难道说不惑境界的修行者控制外物，还有什么讲究？"

"当然有，以前听你说也曾经见识过修行者的战斗，那你可曾见到剑师一掀衣襟便露出三排小飞刀？你可曾见到那些佛门弟子搞三万六千座铜佛出来砸人？"

宁缺回忆春风亭那夜朝小树杀死的那两名修行者，那位南晋剑师确实只有一把剑，剑折之后便是人亡。那名月轮国的苦行僧身旁武器倒是多些，但也只不过是一个铜钵和一串念珠。

"不惑乃至洞玄境界的修行者，都有自己的专属感知之物，你如果要从虚境步入实境，首先也是要以念力培养自己的专属感知之物，也就是本命物。"

宁缺疑惑问道："本命物是什么？我只听说过本命年。"

"剑师之剑为本命剑，符师有道最重要的本命符，这时的剑与符便是本命物。"

"那念师的本命是什么？"

"如果你只能明白通俗的阐述方式，那你可以理解为念师他自己。"陈皮皮恼火回答道，"至于修行者为什么要有自己的本命物，首先你要明白两点，一、天地元气充斥在世间哪怕是最微小的空间里，一颗顽石一株枯柳一面湖水里面都有它们自身的天地元气。二、修行者控物并不是靠天地元气直接去影响世间的物质，而是要通过天地元气为桥，把自己精神世界产生的念力传递到物体之上，然后引发物体内部的天地元气震动。"

"插句话，既然如此，那为什么非要有专属的物体？"

"还是最开始留言里举的例子，修行者体内的念力就像是气息，雪山气海是萧管是丝竹，只有吹拂发出声音让天地元气听到听懂，才能感知到天地元气。但问题是每个人的萧管丝竹音质并不相同，天地间宽泛的元气能听懂，不代表那些湖木石水里的天地元气能听懂或者说爱听。修行者找寻培养自己的本命物，就是寻找能听懂并且非常爱听自己曲子的对象，这么白痴的解释你听懂没有？"

"大致上懂了，是不是就像共振的道理？"

"共振又是什么？"陈皮皮疲惫地揉了揉胖脸，不理会此人无趣的打岔，继续说道，"修行者进入实境时，能找到的本命物与自己的气息越吻合，日后境界提升便越容易，但要找到和自己气息完全吻合的本命物实在太难，所以很多修行者选择在上面刻符扭曲物体特质，再以自身念力培养多年，直至心意相通。"

想起吕清臣老人在车中说的剑师桶师之类的名词，宁缺明白陈皮皮说的是真话，挠了挠发痒的手背，好笑问道："也就是说，我想成为一名剑师，首先得去弄把好剑，然后天天抱着它睡觉亲热，最后培养出来一点感情？"

"你要理解得这般白痴下作也随你。"陈皮皮没好气道。

"喂，是你先说的心意相通好不好？"宁缺挥了挥手，然后忽然想到一个重要的问题，"一个人最多能有几个本命物？你的本命物是什么？"

"我的本命物凭什么告诉你。"陈皮皮瞪着他说道，"能力越强境界越精妙，能够体悟万物天地元气分别越细微，自然便能拥有更多的本命物，似洞玄上境精微境界或知命境界，只需要掌握树木气息便能控树，知道湖水气息便能操湖，但对一般修行者来说，为了保证效果，当然只会选择一个。"

"如果我选择夜夜抱着剑睡觉，那还能分精神去控制骰子吗？"

"只要你有足够多精神去研究,像这种小东西随便玩玩,当然是很轻松的……喂,你怎么还想着这事儿?这不像是举例啊?"

"就是举例,就是举例,你不要想多了。"

从深夜到清晨,十六岁的胖子少年为同样十六岁的修行初哥不停传道授业解惑,完全忘记了书院的规矩和自己事先的自我提醒。他讲得很认真,对方听得也很认真,修行世界里的种种道理,被用深入浅出的解析道出。

自幼生活在地位崇高的西陵神国不可知之地里,离家后便在书院后山里天天冥想修行,十六年间不问世间俗事,不知钩心斗角阴谋为何物,天才的陈皮皮除了骄傲嘚瑟之外,圆滚滚的身躯里那颗心脏是那般地晶莹剔透、干净得令人心动。

自幼生活在凄风苦雨的岷山草原难苟活之地里,四岁后便在血雨腥风间天天砍人杀人,十六年间经历无数生死,清新可喜下隐着警惕冷漠,不幸的宁缺这个夜晚并未如何动容,直到多年以后回忆起来,才明白当时自己是何其幸运。

第二日伴着暮色回到临四十七巷家中,宁缺吩咐桑桑关了铺门准备晚饭,便回到卧房里坐在窗边的圈椅上,看着狭小井院里那棵青青大树发呆。

发呆就是冥想,他此时正将精神世界里的念力透过雪山气海缓缓散放出来,向着院内房内的事物逐一探去,按照陈皮皮教的法子,保持着一颗清明欢喜之心,纯粹随着念力自身的气息,去寻找身周最能与心意相通的物事。

微弱却纯净无比的念力从身体上散发出来,感受着天地间的那道呼吸波动,然后不停拂动,他感知到了窗台上新绣的鞋垫,感知到了树下那窝蚂蚁的爬动,感知到了床下匣子里的银票和银锭,感知到了很多事物,却始终没有感知到回应。

天地元气存在于世间万物之间,依照陈皮皮的教导,万物内部的元气对于修行者念力的控制,会有一种天然的抵抗,而如果物体能够感受到修行者念力气息里的亲善喜悦,如果二者的波动能够和谐共存,那么便会有所回应。

"亲善喜悦……是不是应该去前铺寻些笔墨纸砚试试？"

正这般想着，宁缺忽然听到窗外传来桑桑哎哟一声叫唤，紧接着又是一串小铃铛似的清脆笑声。他疑惑推窗望去，只见正在井边打水淘米的桑桑背对着自己，小手正在腰后不停挥着挡着，急道："少爷，别挠我痒痒……痒。"

隔着窗户，宁缺看着不停扭腰躲避的桑桑震惊无语，如果说心意最相通的是自幼一起长大的桑桑，这倒说得过去，但难道自己要把她变成自己的本命剑？

绝对不行！想着某个可能的画面，他倒吸一口冷气连连摇头。

如果真这么干，那来年遇着那位夏侯将军，自己被打得屁滚尿流之际，莫不成要捏着剑诀大喝一声："那贼子休要嚣张……看桑桑！"

5

生死关头可以看桑桑的，但不能看桑桑。

接下来的时间里，宁缺继续保持着那颗亲善喜悦之心，不停尝试寻找与自己念力气息契合的本命物，其间他成功地让烛火摇晃而熄，也让衣柜上贴的那幅纸飞起了一角，却还是始终未能找到合适的对象，这种情况一直持续到了深夜。

蝉鸣声起，暑意不弱，桌上那盏如豆般幽暗的烛火正不停释放着无穷的热意，穿着薄薄单衫的主仆二人坐在桌旁大眼瞪小眼，很长时间都没有说话。

桑桑把头搁在手臂上，伏在桌沿，睁着那双柳叶眼，盯着桌面上那块缓慢移动，反射烛光的银锭，语气坚定不容置疑说道："少爷，虽然说这块银子确实对你的念力反应很强烈，但我还是坚决反对。打架的时候如果你扔出去收不回来怎么办？一锭银子就是二十两，打上几年咱们的家产就得全部被败光了。"

第二日宁缺去了书院，在旧书楼上又待到了深夜还未离开，等着书架轻移，陈皮皮钻出来后，他从地上一弹而起，把自己在临四十七巷的感悟体验讲了一遍，然后问了一个在他看来很重要的问题："为什么我现在还是记不住这些书的内容？"

"余师姐难道没有告诉过你？旧书楼中修行书籍文字，全部是由前代大修行者蕴念力入墨而书，书册上的每个墨字都是神符师的无上佳品。只有进入洞玄上品境界，才能看破其中隐藏真意，你现在离那个境界还有很远很远。"

宁缺想起那日女教授对自己和谢承运的提醒，挠了挠头叹息了声，忽然他想到一件事情，望向陈皮皮吃惊问道："那你……是洞玄上阶？"

"不是。"陈皮皮的回答很淡然，脸上也没有什么惭愧神色。

宁缺现在很了解这位同龄人的性情，正是因为他平静的神情，猜到他的真实境界应该还在洞玄上品之上，不由大感震惊，心想吕清臣先生直至年老体弱之时，才一只脚踏进洞玄境界，眼前这胖子少年竟然早已经超越了洞玄进入了知命！

"这么年轻……你……真是个绝世天才。"他看着陈皮皮的大圆脸，感慨赞叹道，"虽然怎么看都看不出来你像个天才，更不像一位知命境界的大修行者。"

陈皮皮讷讷然不知该如何应对，心说你这到底是在崇拜还是嘲讽我？

知道这家伙居然是位知命境界的大修行者，宁缺肃然起敬，总觉得自己在和一个仙风道骨白胡飘飘的老头儿说话，态度恭谨说道："我说……天才兄，既然你如此天才，想必一定能解决我的阅读障碍症，还请你多多指点。"

声音温和甜腻，马屁勃发而不隐，看起来陈皮皮还真的很吃这一套，得意一笑后说道："字需要整体去看，因为一个字便是一个世界，有它自己的灵魂，似你这般用永字八法解构，可以避免被笔意所伤，却也只能看到这个世界的某些片段，自然无法寄存于精神世界之中。如果是一般人，他没有达到洞玄上品境界，那就休想读懂这些书，但依本天才看来，你还真有可能找到一些偏门小路，而这道路还是要落在你那套永字八法上。"

宁缺向他那边挪了挪，摆出洗耳恭听的做派。

"你擅长书道，用永字八法把这些文字解构为笔画，可以尝试于无意间记着笔画秩序与数量，然后离了旧书楼后，在意识里用书写之法重新组合，如此一来字还是那个字，却已经脱了当年抄写书籍的神符师赋予结构之上的意念。"

宁缺若有所思。

陈皮皮提醒道："我只是提出一种可能，究竟能不能成功，还需要你进行无数次的尝试试验，最后的结果有可能行，也有可能不行。"

"有个方法尝试一下，总比什么路数都没有要好。"宁缺忽然想到昨夜按照陈皮皮教的法子做的尝试，兴奋站起身来，取出火石点亮备好的一根蜡烛，然后把蜡烛放到西窗案几上又退回原地，说道，"你看看我的修炼成果。"

话音落处，只见他右手中食二指并成一剑，潇洒挥臂遥遥刺向桌上那盏烛火，念力渗出体外控制着天地元气随指尖无形而去。

没有什么雷霆之声大作，也没有天地大动，桌上那盏暗淡烛火轻轻摇晃了几下后迅速重新恢复平静，仿佛只是被西窗缝里漏进来的几丝夏风吹动了下。

陈皮皮皱了皱眉头，沉默片刻后摇摇头说道："弱。"

苦修一夜与院内诸物感应，终于练出了这等本领，结果却只换来了同伴淡淡一个弱字，虽说知道对方乃是修行道天才，自己现如今的境界在对方眼中就像桌上烛火一般暗淡，不屑一看，但宁缺难免还是有些不爽，他掏出一块雪花银，重重拍到二人身前的地板上，极其恼火说道："你先看看这个再做评价。"

片刻后，陈皮皮瞪大了眼睛，盯着地板上那块缓慢颤抖移动的银锭，不可思议说道："这感应不错……我说你究竟是有多贪财？多喜欢银子？"

宁缺强行压抑住心头得意，揉了揉因为念力输出过猛而发闷的眉心，尽可能语气平静毫不在意说道："我这可不是贪财，银子兄是知道我怜惜它们。"

"换句话说，这些银子是知道你抠门舍不得把它们花出去，所以才会对你的感知投以欢欣雀跃的回应。你这不只是弱，简直是弱爆了！"陈皮皮嘲笑看着他，说道，"你如果想把银锭培养成自己的本命物也随你，虽说以前好像没见过哪位修行者这么玩过。不过我必须提醒你，你已经把吃奶的劲儿都使了出来，这块银锭也只能像白蛆死之前那般挣扎两下，能有什么用？"

又是半夜时间虚度，陈皮皮从旧书楼返回后山，踏过被雾气笼罩的石径，想着自己在那个家伙身上浪费了宝贵的修行时间，不禁有些唉声叹气。

石径前方夜雾忽散，一个高颀身影突兀出现，虽然此时夜色深沉，视野极暗，但依然可以清晰地看到此人乌黑的头发被梳得异常整齐，腰间金丝编织的缎带没有偏上一分，头上那顶颇有古意的冠帽像殿檐般纹丝不动。

"这几日你为何夜夜去旧书楼？那楼里哪本书你还记不住非得漏夜观看？不要告诉我，你又是去查什么古周礼典籍。"

陈皮皮看着自己最敬畏的二师兄，苦着脸长揖一礼，如实禀报道："师兄，我去旧书楼是因为在前院认识了个朋友，所以去陪他说说话。"

"嗯……"二师兄轻噫一声，赞赏说道，"君子相交在乎诚，不分境界贫富。虽是前院同窗，但也是同窗，你能克服贪睡好吃的毛病去陪，值得奖赏。只是你应该记得书院的规矩，有些不该说的话最好不要瞎说。"

"哪里能够！"陈皮皮仰着脖子叫起了撞天屈，"我胆儿多小二师兄你还不知道？我哪里敢对前院同窗们透什么风声，也就是聊些数科题目。"

听着数科题目四字，面色严肃方正的二师兄骤然想起某日陈皮皮带回后山的那道题目，想着自己此后数日瞒着诸位师弟师妹昼夜不休在房中冥思苦算的痛苦时光，他的眉眼极为罕见地颤抖了几丝，声音微哑说道："原来是那厮。"

因为不想回忆那段痛苦时光，更不愿想起堆了满屋子纸张却依然写不下的答案数字，二师兄脸色一沉转身便上了石坪。陈皮皮却是想到一件事情，加快脚步追上去，屁颠屁颠跟着二师兄的脚后跟，气喘吁吁说道：“二师兄有件事情我想请教一下你。”

“什么事？”

“有个家伙修行潜质极差，气海雪山十七窍只通了十窍，十四天前才勉强能够感应到天地之息，进入初识之境，可现在他就莫名其妙能够感知外物了，甚至一只脚已经踏进了不惑，这……算不算天才？”

二师兄骤然停下脚步，回头冷冷看了陈皮皮一眼，猜到他说的便是那位前院少年同窗，蹙眉片刻后语气极为肯定回答道：“这样……当然不算天才。”

“为什么？”

“十四天就能从初识进入感知再进不惑……世间不可能存在这样的天才，这种人只可能是怪物，因为本天才当年完成这些流程也花了十五天时间。”

二师兄说这番话的时候，脸上没有任何得意骄傲情绪，但言语里隐着的意思却是骄傲自信到了极点。他自己花了十五天连破三境，那么这个世界上便不可能有人用不到十五天的时间完成相同的事情。

陈皮皮看着二师兄纹丝不乱的乌黑束发，心里的崇敬仰慕浓郁到无以复加，心想自己当年吃了通天丸后，也要花十七天才能连破三境，二师兄当年在林泉镇那种乡下地方开悟，既无明师又无道门，居然只花了十五天，实在是比自己这个绝世修行天才还要生猛，一面赞叹一面好奇问道：“那大师兄呢？”

“师兄啊……那也是个怪物。”二师兄不知道是想起什么经年旧痛，双手伸至头上把微歪的古意冠帽正了正，神情凝重肃然说道，“师兄当年十三岁开悟，然后在书院后山发呆发了十七年才明白不惑之意。”

“三十岁才进不惑？”陈皮皮不可思议说道，“大师兄这也太……”

二师兄回头看着他，嘲讽不屑地说道：“太什么？太愚钝？师兄他三十不惑，但接下来只用了三个月便悟了洞玄，当然，那时候本天才已经是洞玄上品了。”

说完这番话，他沉默了很长时间，然后抬起头来看着山径间的夜雾长长叹息一声，说道："那日师兄他清晨悟洞玄，傍晚时分观暮云而入知命，一夜越最精妙二境，先生当时便赞道，朝闻道而夕入道，吾所不及也。"

山径夜雾间，话音渐逝，自诩天才而且本身也确实是天才的书院二师兄及陈皮皮二人，回想暮云下书生展颜那刹那画面，久久沉默无语。

世间修行之路漫漫修远，越往上攀升便越是困难，多少幼时被视作天才的修行者，五六岁时便能初识感知，十六七岁便入了不惑甚至是洞玄境界，然而一入洞玄便如同陷入泥沼，数十年都难以再有所进益。像书院大师兄这样，三十年方进不惑，修行资质实在谈不上天资聪颖，甚至显得有些愚钝。但三个月便能明悟洞玄，最恐怖的是一日之间入洞玄而知天命，这等遭遇造化实在是匪夷所思，放眼整个修行世界只怕都找不出第二个人来。

过了很久之后，二师兄望着陈皮皮平和说道："师兄温良仁德，乃真正的君子，他厚积薄发，一朝明悟冲天而起，积累之深绝非你我所能及。"

陈皮皮连连点头。他敬畏二师兄严谨肃穆，但二人骨子里都是极骄傲，性情相投，所以知道一些二师兄当年的故事。今夜却还是他第一次知道，那位平日里待下温和宽厚，待先生恭谨持礼，穿旧袍握旧书系水瓢，看上去更像是书院杂役的大师兄，原来竟是如此奇人，不禁紧张地开始回忆自省，大师兄随先生去国游历之前的那两年时间里，自己可曾在大师兄面前不要脸地嘚瑟过？

6

跟着二师兄走过石坪，顺着山间另一道石径穿雾上行，陈皮皮用了很长时间才把大师兄给自己的震惊消化干净，然后脑子里忍不住不停思考最开始那个问题。

"二师兄用十五天时间连破三境，我用十七天，宁缺那家伙只用了十四五天，难道他真的和我们差不多？还是说他从出生那天起就开始苦苦冥想，所以念力存于大脑之中，如今逆天改命通窍，那些念力喷涌而出助他连破三境，这时间……要从他生下来那天算起？可如果这么算，师兄憋了十六七年才憋进了不惑，他今年十六七岁也算是憋了十六七年，怎么感觉好像也很了不起？"

想着旧书楼间宁缺大言不惭的那句"谁也不知道日后谁在这条路上走得更远些"，想着书院大师兄二师兄还有自己和那个家伙之间的隐隐比较呼应，陈皮皮胖胖的身躯微微一颤，大惊失色想如果日后让那个白痴超过自己，怎么了得？

"气海雪山十七窍通了十窍，就算他十六年积累下来的念力再纯再厚实，也只能吹出一首喑哑枯涩难听的破歌儿。那家伙能控制的天地之息太过微弱，只要他无法进入知命境界，那哪怕是走到洞玄上品巅峰，也只能让漫天纸花飘舞变变戏法或是去官库里偷些银锭，哪里有可能追上本天才？哎哟喂，可怜的宁缺，纵使踏上修行之路，凭你那小身板凭你控制的那道涓涓溪流般天地之息，终究还是个挨揍的货。"

想通了此节，陈皮皮心意大为舒缓，笑着想明后日还是要提醒下那厮，不然他真以为自己是修道天才就去搞三搞四被真正强者灭掉，那可不美。

师兄弟二人走到居所之前，二师兄离开之前，忽然问了一句："真只用了十四天？"

陈皮皮低头扳着手指头认真算了起来，想着那天夜里看见垂死的宁缺，不知道应该从那时候还是更早些算通窍，还是说要在自己喂他吃了通天丸才算通窍，关键是看他雪山何时重塑，抬起头来恭敬说道："有可能十四天，也有可能十五天，如果他是清晨觉醒，那就应该算十五天半了，差不多便是这个日子。"

二师兄严肃盯着他的眼睛，说道："师弟，男儿生于世间岂可浑噩度日，须知严谨二字乃是处世不移必备修养，四便是四，五便是五，哪里能用差不多来推揣。你这两日去弄明白，那个家伙破三境究竟用了多少天，这也算为兄对你的考验。"

说完这番话，他将双手拇指塞进金丝腰带里，扶着腰一步三摇，缓慢而庄重地向自己居所行去，夜色里隐隐听着句极轻微的话语：

"我就说……不可能是十四天嘛。"

别看能把《太上感应篇》倒背如流，在渭城时无时无刻不在冥想，就算旅途中吕清臣老人给他讲过很多东西，就算和陈皮皮在旧书楼里交流了很多次，宁缺对于修行世界的了解依然少得可怜，他不明白自己为什么忽然间就能修行，更不知道自己现在究竟是个什么境界，还处于不知其然更不知其所以然的浑噩状态之中。

他不知道自己修行的速度曾经困扰过陈皮皮甚至是书院的二师兄，以为能够感知天地之息然后感知外物，是踏上修行路后很自然的发展过程，自己就像世间那些深山道门佛寺里的修行者一样，并没有什么特殊之处。

他现在基本上不参加射御数乐四科学习，前三者是因为没有必要学，乐科则是因为学了也没用。这些日子除了在旧书楼里观书修行，他有很多时间一个人行走在书院中，落在旁人眼中那身影未免显得有些形单影只萧索可怜，但只有他自己知道一个人的书院真的很美，尤其是那些只有自己知道的地方。

顺着湿地旁石径绕过旧书楼往大山方向去，在那排密植大树后方，前些日子宁缺发现了一大片无人踩过的草坪，而在草坪中央有很多株不知名的树，那些树木高而陡直，不知是不是山间风势太大的原因，树木大部分枝干光滑一片，只有最高处才伸着疏疏几根枝丫，数百棵高树拢在一处，看上去就像是无数把巨大的木剑倒插在草坪中央，密密匝匝气势极为惊人，堪称壮阔之景。

信步走进树林之间，随意择了棵树坐了下来，靠着光滑微突的树干，从怀中取出一本自己手抄的笔记，开始用心阅读。笔记上面是《修行五境简述》里面前部分内容，前些天他终于成功地运用永字八法解构重组旧书楼间典籍文字，能够把那些文字暂时记在脑海之中，自然毫不客气地给自己做了个抄本。

这片树林离书院本院极远，与湿地处隔着两道密林大片草坪，平日里罕有人至，他并不担心被人看到自己在看什么，蹙着眉头认真看着手抄本上的字句，沉默很长时间后喃喃说道："我能浮纸片动烛火移银锭，难道也进入了不惑境界？听说谢承运也是刚刚进的不惑，那这些小屁孩儿兴奋个什么劲儿？"

便在此时，他身后响起一个温和宁静的声音："谢承运年不过二十，便能由感知入不惑实属不易，前院诸生替他高兴欣喜理所应当。至于你连逢奇遇，皮皮那孩子心性善良又愿意帮助你，能进不惑则是理所当然之事。"

宁缺猛然一惊，然后听出声音是谁才平静下来，赶紧爬起身来，拍掉屁股上的草屑，对着身后树旁的女教授恭谨一礼，说道："原来是您来了。"

女教授从树后走了出来，她身材纤小容颜清稚，偏偏透着股温柔成熟气息，外貌与气质的反差让人无法看出她究竟多大年龄，更形成了一种奇妙的迷人味道。她看着少年叹息说道："我在旧书楼描小楷描了二十年，也就是你天天打扰。书院里我最喜爱这片不屈剑林，结果现在你又出现在这里，实在是令我有些头痛。"

宁缺看着相识半年却依然不知姓名的女教授，眼珠忽然转了起来。

"不要以为任何一次偶遇都是奇遇。"女教授看着他微笑说道，"我不会教你什么。日后若真到了你需要我教的那一天，不用你开口，我也会教你。"

宁缺见女教授一眼便看出自己的想法，不由有些尴尬，摸着脑袋笑了笑。

女教授看着他微笑说道："你也不用避我，我也只是偶尔来这片林子逛逛。"

宁缺凑趣恭敬问道："女先生，您为何喜欢这片林子？"

女教授略一沉默，背手于身后抬头静观林梢秋叶，淡然说道："多年前，有人于这片剑林悟道，那人是我在书院中唯一真心佩服之人，或许这片剑林现如今还遗留着那人某些气息，所以每次来这林间，我便会觉得有些欢喜。"

"唯一真心佩服之人？"宁缺不解道，"难道是院长在此地悟道？"

女教授笑了笑，没有说什么。宁缺看着她的背影，忽然发现身材纤巧的女教授背负双手看天，竟无由生出一股壮阔之意，挠头道："如果那名前辈现在还在这林中，先生也许会与他成为朋友。"

女教授摇头，和声说道："若能相见，我当试试他之剑气是否真那般浩然无双。"

听着浩然无双四字，宁缺无来由想起旧书楼里那本浩然剑，却依然毫无头绪。

"山间林中皆有真意，你既然能看懂此间景致，便不要浪费，多看看吧。"女教授回头看了他一眼说道，"修行之人自不屑与世人争一时之长短，但也不可读书赏景进了歧途，淡泊何以明志？明年秋日你们这届学生里的唐人便要赴边塞实修，这一年间你便要把基础打扎实些，不然若在战场死了岂不可惜？"

宁缺诚挚行礼受教，忽然想到她话语中那个词，好奇问道："先生不是唐人？"

女教授摇了摇头，轻柔踱向林外。

宁缺看着她纤丽动人的背影，问道："先生，学生还不知您名讳。"

"我叫余帘。"

余莲？这真是一个普通甚至有些俗气的名字，宁缺心想如此气度的书院女教授，怎么会有这样一个名字，忽又想着这些日子里那个疑问，忍不住鼓起勇气大声问道："先生，敢请教贵庚？"

余帘微微一笑，没有停下脚步也没有回头，在林畔轻声说道："如果我记得不错，向一女子询问年龄，是非常没有礼貌的事情。"

宁缺看着消失在林外的女教授身影，自嘲一笑想着，如果不是您清稚外表看着像是十六岁，温柔婉约气度看着像三十岁，自己哪里会想到问这个？

秋日景美，天高云淡令人心旷神怡，层林尽染染红了少女脸上微羞的胭脂，晨霜初降冰清了世人蒙尘的心。宁缺平静地在书院中学习修行，不再像以往那般急迫渴望，慢慢地逐渐了解修行的世界，耐心地无数遍尝试凝念，与烛火纸张银锭不断亲密，并不着急寻找到属于自己的本命物，偶尔与褚由贤说几句闲话，与司徒依兰交流数科问题，用留言与陈皮皮互相贬损，偶尔深夜则带上两碗蟹黄粥与对方当面交流。

没有仇恨没有鲜血，只有学习与等待，他等待着自己实力慢慢提升，等待敌人渐渐放松老去，他在秋天里等待冬天的到来，过了冬天便是春天，春天的时候书院二层楼便要开始进人了。

四岁柴刀杀人之后，他终于有了时间去生活，而不仅仅是生存。在日后的回忆中，除了没有桑桑的身影，这段书院时光甚至可以说是他生命中最平静幸福的日子。

大唐与燕国边境处的群山也迎来了秋天，驻守在山谷土原间的两国边境部队，没有办法感受到任何平静幸福。虽然已经好些年没有大的战事，但驻守边疆本就是苦差事，此间偏北，一旦入秋便气温骤降，众人呵气成霜手被冻得通红，看着满眼籁籁落叶萧瑟画面，哪里有欣赏秋景的念头。

清晨时分，有两名穿着燕国服饰的男人越过边境，走进大唐军营。此地驻守着大唐最强悍的边军，又是镇军大将军中军营帐所在之地，防御检查极为严苛，那两位中年人拿着军部勘发的密谍手印，用了极长的时间，才通过了军营的层层检查。

走进情报司在营地里的房间，二人中稍年轻一人回头看了一眼不远处那顶雄伟的中军大帐，目光落在大帐顶端飘扬的军旗上，寒冷目光一闪即逝。

进入帐篷，确认没有人偷听，另一位中年人冷冷看着同伴，低声训斥道："从长安城弄到大唐军部的密谍手印，朝廷不知牺牲了多少利益。今日行刺只能成功，不能失败，万事需谨慎，你先前就不该看那边一眼。"

年轻燕人脸上满是不屑之意，说道："不过一屠夫耳，难不成我远远看一眼，便能让他感觉到有人想要行刺？"

"天底下想杀那屠夫的人不知多少，但他一直都没有死。"中年燕人冷漠看着他，说道，"这里距离中军营帐的距离经过枢密院精确计算，足以发起偷袭，但你有没有想过，我们能偷袭他，他难道就不能感知到我们的存在？"

"不用过于小心。"年轻燕人不服道。

便在这时，中年燕人面色剧变，不可思议望向帐篷外。

此地虽然距离最近的梁州州府并不算太远，但因为大唐军纪森严，与燕国交境处更是被看得极严。此番趁着隆冬未至，大军压境威吓敌国，没有任何军官胆敢私自归宿州城，数万边军搭起的营帐竟是连绵成海，而其中军旗飘扬其上、雄壮有若小山的营帐，自然是这数万边军最高将领的中军营帐。

营帐外没有任何士卒巡逻，安静得有若长安城王公贵族府里的后花园。帐内的光线极为昏暗，一盏防风油灯悬在帐壁，温柔照着铺满名贵毛皮的便床。

十数张名贵毛皮之间卧着位中年男子，那男子穿着一身素色亵衣，眉浓如墨蚕，唇红如稠血，薄衣之下魁梧身躯有若钢铁，纵是在熟睡之中，亦有肃杀之意。

中年男子感应到什么，睁开双眼向帐外某处望去，满脸漠然，目光如电。

7

中年燕人没有看到遥远帐中那两道如电般的目光，但他身为隐居燕西最强大的念师，对天地元气波动的反应极为敏锐，瞬间感觉到仿佛有股来自地底最深处的寒冷，破空渗帐而来侵至自己身前。他面色剧变，闷哼一声，抢先出手！枯瘦双手在胸腹间一展结了个手印，手掌上斑驳血痕无由而出，似两朵深冬红艳梅花，念力隔空喷涌而出！

远处中军帐内的空气受这道汹涌念力所引，骤然如风暴般卷动起来，那名安静卧于十数张名贵裘皮间的中年将军眉头微蹙。他身下的名贵裘皮绽裂，仿佛有生命一般向上卷起，而床单皮革被狂暴的念力撕扯成一道道的绳索，哧哧如蛇般弹动，瞬间缚住他的身体不停向下深陷。

这些看似恐怖的裂索绳革实际上根本无法缚住中年男子，真正起作用的，是附着在这些裂索绳革里的浑厚天地元气和那些无形无痕的强大念力！

年轻人是燕国成名不久的一位大剑师，未满三十岁便踏入了洞玄中品之境，堪称修行天才，自然难免骄傲。然而看着身旁同伴如临大敌的模样，便知道己方已经被敌人探知，想着那名敌人暴戾强大名声，哪里敢有半点怠慢，眉梢如剑一般挑起，咬破舌尖喷出一口血，手指捏着剑诀破血而出，一动手便是用尽了全部修为！

　　藏在他身侧鞘内的飞剑呛啷一声出鞘，流光一闪化为一道银龙，哗啦啦撕破身前的帐篷，刺透笼罩军营的黎明前的黑暗，刺进灯火摇晃不安的中军营帐！

　　营帐里的中年男子满脸漠然，任由那些蕴藏着雄浑天地元气的裂索绳革、那些无形的强大念力束缚着自己的身体，任由被撕碎的名贵毛皮在身周帐内空中疾速飞舞，单衣之下有若钢铁的身躯没有丝毫动作的迹象。他蹙着眉头盯着那道飞剑凄鸣而至，看着空中那道不可探迹不可捉摸威力强横有若飞龙的剑影，忽然眉头一展露出一道极轻蔑淡然的笑容。

　　那些蕴含着天地元气的裂索绳革、那些无形的念力将中年男子身上的单薄内衣束得紧缩成一道道的格子，如矫龙般的飞剑，此时已经疾速刺到他身前不足三尺的空中凄鸣厉啸，下一刻便要刺进他的眉心，情况极其危险。

　　就在此时，中年男子唇角如同被雕刻出来的坚毅线条骤紧，带着些无趣，带着些轻蔑，带着些疲惫，很随意地说出一个字："破！"

　　一声破字轻吐出唇，清脆浑厚但并不如何响亮，然而就在这道声音刚袅袅然回响在营帐中时，军营上空那层缓慢流淌的黑云却骤然加快了流转的速度，一片灰蒙蒙的天空照向地面，云端炸响了一声昊天雷！

　　轰！

　　雷声不知道是来自云端，还是来自中年男子漠然双唇之间，轰鸣而至，瞬间占据大唐军营中军营帐所有空间，一股强大到无法抵抗的气息笼罩四野。那柄刺入中军营帐的飞剑猛然一颤，仿佛被一柄无形的巨锤击中，颤抖连连发出近乎哀鸣的鸣叫，挣扎掉头想要遁走，然而中年男子目光如电出言如雷，这世间又有什么物事能比雷电更快更强大？

啪的一声凄淡碎响，前一刻还矫如银龙的飞剑被直接轰成了焦黑的铁片，瞬间碎成了数十截碎片，四处无主溅飞刺破帐篷不知去了何处。帐篷空中飞舞着的名贵毛皮碎片仿佛被施了定身法术，骤然间安静悬浮在空中，中年男子身上紧紧缚着的裂索绳革像被锋利刀芒切割下的蛇般寸寸断裂，毫无生命气息颓然坠地，再也无法对他形成任何控制！

这道来自云端来自中年男子双唇间的响雷，并未就此结束，而是轰隆隆继续响彻军营，磅礴无双的强大威力再次汹涌而出，雄伟坚固的中军营帐在下一刻如同灌了太多酒水的皮囊一般猛烈炸开，无数帐篷碎片混着帐内的物事喷飞而出！

紧接着，依着中军营帐的一个小帐篷被掀翻炸成碎片，里面被惊醒的唐军侍卫揉着眼睛，茫然无助看着高远的天空，还没有弄明白发生了什么事情，便被身后传来的恐怖爆裂声惊得下意识匍匐到地面。

一顶一顶的唐军帐篷依次绽裂而飞，边境土地上仿佛开了一朵一朵的花，从一片废墟的中军营帐开始，循着一条笔直直线向南方探去，线条所指之处，无论是帐篷还是马厩，都在瞬间分崩瓦解，奇妙的是里面的人和马却没有受伤。

转瞬之间，那股磅礴强大的力量来到了线条的最末端、那两名燕人藏身的情报处帐篷，中年燕人面色苍白感受着那股扑面而来的劲道，知道己方二人根本来不及做出任何反应，下意识里怜悯看了一眼身旁浑身颤抖的年轻同伴，然后摇了摇头。

狂风暴起，小帐篷瞬间被撕裂。来自燕西的中年大念师颈椎咔咔骤断，正在摇晃的头颅直接摇离了身躯，像熟透了的西瓜般啪地炸开，只剩下恐怖血腔的身躯向前栽倒，鲜血喷溅。

另一名来自燕国的年轻洞玄强者绝望的双眸里飘出两道血花，然后整个身躯像被风吹倒的沙雕一样缓缓坍缩，变成地上一摊恐怖的血肉。

示警金声急促敲响，大唐边军以极高的效率做出了反应，快速加强阵地的防御，左锋骑兵开始备刀热马，向燕境方向前压，营地深处却还是一片秩序井然的模样，全身盔甲的将军亲卫面无表情行走在废墟之间，寻找着可能存在的敌人。

忽然间，无论是在寻找奸细的亲卫军官，整理帐篷废墟的普通士兵，还是那些正抱着受惊军马轻声安慰的马夫，几乎同时停止了动作，笔挺地站立在原地，举起右臂放在胸口处，满脸敬畏望着中年男子整齐行礼："参见夏侯大将军！"

沉稳的脚步声在军营里响起，那名中年男子漠然走了过来，此时他已经穿上了一套甲片明亮的盔甲，隐隐可以看到甲片上刻着某种含义难明的符纹，这些黑色线条的符纹没有冲淡盔甲的肃杀之意，反而更添了几分莫名强大意味。

他就是大唐军方军权最重的四大将军之一。

他是……镇军大将军夏侯。

夏侯大将军是世间武道修行巅峰强者，一身筋骨如同钢铁打造，加上像冰川一般冷漠的表情，暴戾残忍的治军手段，强悍无畏的军事风格，二十四年来纵横大陆北方所向无敌，替帝国开疆辟土，震慑群敌，备受朝廷器重，下属敬畏爱戴，而在备受其苦的燕人心中，这位唐国将军则根本就是个人间魔王。

被撕裂成碎片的情报处帐篷已经变成了废墟，下属将官们用最快的速度清理完毕，然后用布带把四周围住，恭敬请大将军巡示查看。

夏侯看着那具燕西大念师的无头尸身，沉默片刻后说道："二十四年前，你乃是燕国先锋营指挥，惨败于本将军之手后胆丧魂飞，自战场上丢脸遁走，听说你这些年来一直隐于燕西，没想到多年以后，你居然重新有了胆子来行刺本大将军。"

说完这番话，他漠然低首看着靴前那摊血肉，轻蔑嘲讽说道："区区一个洞玄中品的小剑师居然也敢来撩拨本大将军，真是找死。"

此时一位穿着平民服饰的中年男子平静走上前来，恭谨一礼后双手递上几块破损的物事，低声说道："军营检查防御没有出问题，这两名燕人刺客能够潜入军营行此丧心病狂之举，是因为他们带着长安军部核发的印章文书。"

听到这个情报，夏侯静静看着中年人的眼睛，很长时间没有说话。

如果换作别的下属，在大将军平静目光和沉默之中只怕会被吓得浑身发抖，不问缘由抢先跪下来请罪，但这位中年人姓谷名溪，来历神秘莫知，精于谋略，平日里替夏侯处理文书隐私之事，乃是夏侯最亲信的下属，所以迎着夏侯目光却是毫无惧色，平静说道："印章出自长安军部，并不能说明任何事情。"

谷溪知道大将军最不愿意听到的就是这次行刺与长安城里任何人有关，而且事实上也没有证据证明这一点，所以他回答得很肯定。

夏侯大将军不再看他，也没有再提任何与长安军部有关的话题，负手于身后看着天边的鱼肚白，沉默很长时间后，眯着眼睛面无表情说道："觅一个对本将军怀着半生仇怨的大念师和一个骄傲无能自以为天才可以建不世之功的年轻剑师，就想来行刺本大将军，如此看来……燕国有人并不想那位太子爷回国。"

此番燕国出动了一名堪称天才的大剑师和一位隐居多年的大念师发起行刺，看似花了极大代价，投注了极大心血与期望，当时的情形看上去也极为凶险，但事实上与夏侯大将军强大无双的武力比较起来，这场行刺更像是一次绝望的送死。

谷溪听着这段看似无头无脑的分析，拜服赞叹道："大将军果然神机妙算，屈指算来今年正好是那位燕国太子回国的日子，此次行刺不论成或不成，陛下必然震怒，大将军若再上书一封，只怕那位太子爷还真只能继续在长安城里做寓公了。"

夏侯大将军面无表情说道："本大将军岂能遂了那些燕人的意思，传令诸军不得提起今次行刺之事，稍后我亲书一封密信予陛下说明此事头尾。想把你们燕人寄予复国希望的隆庆皇子留在国内，哪有这么容易！"

"隆庆皇子也许自己也不愿意留在燕国。"谷溪想着前日军部传来的消息，笑着说道，"能够进入书院二层楼跟随夫子进修，可不见得比当个替补太子来得差。"

8

晨光从熹微至明亮，夏侯大将军面无表情向东方前线走去，谷溪和一队随身亲卫沉默跟在他的身后。初升朝阳散发的光线照耀在他的盔甲之上，散出淡淡白色光泽，望去仿佛一位威武神像站在圣洁神辉之中。

走进临时中军营帐内，听下属将官禀报晨时左锋骑兵突入燕境的战果后，夏侯沉默了很长时间，抬起头来说道："斩燕俘三百以作惩戒。"

此时帐内除了他和谷溪没有第三个人。谷溪看着他欲言又止，劝谏道："先前将军定策瞒下行刺一事，只发密信给陛下。如果在阵前杀俘，这事情恐怕很难瞒下去，更何况那些燕人肯定会主动宣扬此事。"

夏侯漠然说道："燕军入境害我大唐百姓老弱，烧我大唐百姓村寨，杀他三百战俘理所应当，本大将军断然不信何人胆敢多言。"

谷溪沉默片刻，说道："然则杀俘不祥，陛下……也不会喜欢。"

夏侯摘下头盔搁在一旁，静静看着这名陪伴了自己二十余年的忠诚部属，说道："你应该很清楚，陛下一直都不怎么喜欢我，事到如今我还能活着，是因为我替帝国建立了不朽功勋。我大唐向来赏罚分明，我只要依然能不断建功，朝中诸公抓不住我把柄，陛下便不会轻易动我，如此一来，陛下喜欢本大将军与否根本就不重要。况且陛下若太喜欢我，我倒还真不知道该如何自处了。"

这一段话，尤其是最后一句里隐着一些只有他们二人才明白的意思，谷溪沉默片刻后正准备说些什么，袖口上某处用金线绣成的横线纹饰忽然间亮了亮。

"去吧。"夏侯说道。

谷溪沉默揖手躬身一礼，便退出了营帐。

帐内空无一人，夏侯脸上浮现自嘲微涩的笑容，轻声说道："本大将军何其幸运，遇着陛下这样一位宽仁君王，不然真不知道要死多少回。君子可欺之以方，可难道我能对陛下欺之以仁？不过是君王顾念旧情，顾念无人知晓的那层情义，容我多活这些年罢了。"

过了片刻，谷溪掀起帐帘走了回来，手中拿着一封涂着火漆的密信，走到夏侯身前轻声说道："军部符书传信，最近这些天长安城里有些不太平，听说是南城那边发生了一桩命案，甚至还惊动了羽林军。"

夏侯淡淡嘲讽说道："朝中诸公欺陛下宽仁，居然连本大将军的部属也敢杀，前些日子在朝小树手上吃了那么大个亏，难道还没学着在陛下面前老实一点？"

"还真和朝中诸公无关。"谷溪摇头回答道，"南城那桩命案死了位洞玄境的高手，而且那人曾经是前军部官员，所以才会惹出这些风波。"

夏侯目光渐凝，眯着眼睛看着他，说道："继续。"

"不知道将军您还记不记得这个人，他叫颜肃卿，曾经是军部文书鉴定师，却没有几个人知道他是一位大剑师……"说到此处，谷溪满含深意看了将军一眼，继续说道，"此人应该是在西陵昊天神殿开悟习得剑术，因当年之事被逐出军部后，一直安安稳稳跟着长安城某位茶商浑噩度日，没有想到最后还是死于非命。"

帐内气氛渐渐变得严肃冷凝起来，角落里的烛火摇晃不安。安静很长时间后，夏侯大将军淡然问道："天启十三年……这已经是第几个了？"

谷溪轻声应道："御史张贻琦撞车而死，前宣威将军裨属陈子贤横死东城，再加上这个被人砍掉脑袋的颜肃卿，今年已经死第三个了。"

大唐民风朴实坚狠，长安城人口众多，虽说治安极好，但若要说非正常死亡，只怕每日都有那么一两起，帐中二人此时说的三个，自然不是指天启十三年非正常死亡的数量，而是指与那些前尘往事相关的死亡。

"若不是皇后娘娘今年停办寿宴，拨了笔闲银给军部，军部也不会想着寻访退伍老兵发放布帛慰问，也不会发现早已无人记得的陈子贤已经暴毙。"谷溪看着夏侯轻声说道，"现在颜肃卿也是被人砍掉了脑袋，手法极为相似，如果能确定御史张贻琦所谓意外……也是一个杀局，那么便能找到事情真相。"

"不是所有事情都有真相。"夏侯大将军冷漠说道，"当年那两个案子该死的人都死光了，谁还会记得这些事情？"

谷溪应道："渔夫撒下渔网时总以为能够一网打尽，但事实上每次渔网出水时，总能发现几条漏网之鱼，在我的笔记上，宣威将军府上至少还有十一个人活着。"

夏侯大将军缓缓闭上眼睛，说道："能活下来的都是一些短工杂役，唐律所限不能斩，而但凡有身契的家丁婢女都死光了，我不相信那些与主家无甚瓜葛的短工杂役敢对朝廷心怀仇恨，隐忍多年还想着要复仇。"

"总还是要查一下。"谷溪忧虑说道，"至少像先前所说，应该派人去看看御史张贻琦的死亡有没有蹊跷。属下也不相信那两个案子还有苦主留下，但我担心这连番诛杀是宫里某位贵人借此生事借此立威。"

夏侯淡然应道："皇子们年龄还小，四公主也不过是个黄毛丫头，如果是陛下想绕过律法收拾我，十年前就会派人直接砍了我的脑袋，何至于用这些毫不大气的手段。"

"但宫中还有一位贵人。"谷溪看了一眼他的脸色，小心翼翼说道。

果不其然，听到这句话，夏侯大将军脸色骤然一寒，冷冷盯着他说道："二十年前，你发下毒誓跟随我时便警告过你，只要我还活着，只要我还有一口气，你就不能在任何人面前提起那位贵人，莫非你忘记了？"

谷溪深深埋下头去，诚恳请罪，心底深处却涌起一道极疲惫无奈的叹息，心想大将军您不想让世人知晓与那位贵人之间的关系，那位贵人只怕也不想让世人知晓。只是您选择的方式是远离长安噤声不语，但谁能确定那位贵人不会用些更极端冷酷的方法？所谓一入宫门心如铁……

夏侯看着请罪于身前的下属，想着对方这些年的忠诚，想着对方这些年与自己一般在湍急河流的两岸间不停艰辛摆渡，面色稍霁，沉声说道："不过你说得对，长安城里的事情必须去查一查，派一名念者回去。"

稍一停顿，他面无表情补充道："警告办事人，即便查出来什么也严禁自行行事，证据全部呈给军部和长安府，查案终究是朝廷的事。"

谷溪领命而去。

帐内空无一人，夏侯解下身上沉重的盔甲，然后坐到榻上，沉默看着快要被帐外天光吞噬的微弱烛火，像座雕像般一动不动。他的脸色微微有些苍白，先前一声雷喝直接震死两名修行强者，那画面是那般地威猛强悍，但无人知晓他的身体终究还是有一些损伤。

身为世间武道巅峰强者，战力之强横堪称无双，只需动念便有浑厚天地元气凝于体表贯通内外，念力不能伤，飞剑不能破，事实上要杀死那两名来自燕国的修行刺客，他可以选择更简单、毫无损伤的应对方式。

但他是以暴戾冷血霸蛮著称的夏侯大将军，在世间有太多强大的敌人，他要在敌人和部属面前维持自己无敌的形象，所以他必须选择最嚣张威猛的应对手段，为此甚至不惜让自己的身躯意念受到伤害。

不想烦不胜烦迎接源源不断的刺杀，便需要展现雷霆手段，强行压垮绝大部分敌人的战斗欲望，这大概便是很多绝世强者的无奈。

帐帘掀起，一名小厮端着碗经过精心调制的燕窝金枣大补粥走了进来，小厮模样清俊，食盘上那瓷碗精致美丽，显非普通物事。夏侯大将军冷漠接过粥碗一饮而尽，挥手示意小厮离开。

他知道长安城那些忌妒羡慕自己的诸公一直在暗中传说夏侯大将军喜欢清俊小厮，对床笫之事有别种情趣，对于这种流言他漠然以对，根本毫不动怒，因为无论是陛下还是那些他真正忌惮的地方，都很清楚一个事实：自从当年烹杀最疼爱的那名小妾之后，他再未曾亲近过女色，也不肯再用任何一名婢女贴身服侍。

当年他烹杀那名小妾，正是御史攻击如潮，大将军地位风雨飘摇之时，那些自以为知晓内情的人，以为他当时借口偷窥军机，用残忍手段烹杀自己最宠爱的小妾，是要震慑奉旨前往军营问话的某位大太监。然而只有夏侯自己知道，当时那位大太监奉旨前来问话，根本与朝中御史们的奏章无关，他所畏惧的事情也与那些手无缚鸡之力的御史无关。

那是一个夏天，夜很短白昼很长，昊天散播的光泽不是温暖而是炽烈。来自西陵神国的严厉质询信件被直接递到了长安皇宫之中，甚至那个不可知之地都表示了严重的关切，而距离军营不远的茫茫岷山里，更是隐约可以看到无数道剑光。

"霜儿，那天你不该跳那段天魔舞。"夏侯盯着手指间渐被冻凝的粥水，想着如果还是当年，自己最疼爱的那个温柔女子肯定会在第一时间发现，然后笑着拿出手绢替自己轻轻擦拭掉，忍不住摇了摇头，面无表情重复道，"当年你真的不该跳那段舞，虽然那段舞和舞动时的你……真的很美。"

9

"在充斥着昊天神辉的世间，天魔的舞蹈就不该出现，面对着西陵道门尤其是那座观的压力，有谁能保护你？陛下、夫子、观主还是那个人？先帝是大唐皇帝，他只需要金口轻张说一句话，帝国数十万铁骑便会席卷天下，嗷嗷叫着把所有道观砸成废铁，而且他身后有书院，所以他可以无视自天而降的昊天神辉，但他凭什么为一个魔宗圣女便与西陵神国翻脸？那个人去修二十三年蝉了，只怕斗转蜕化之间早已忘记了你这个女徒弟，那么还有谁能保护你？我吗？可我只是个徒有蛮力的武将，我不是夫子也不是观主，我没有那种力量……那么我就只有用你的死亡护住自己，因为我需要活下来，因为我的生命里还有更重要的人等着被我保护。"

多年后大唐帝国与燕国边境的军营里，鬓角早已生出华发的大将军沉默回忆着当年那场迷乱三界的天魔舞，脸上没有丝毫感触情绪。

当年的事情始于西陵神国昊天道门掌教发往长安都城的一封信。在那封信中，昊天道门掌教一改多年来与大唐帝国皇室温和平等相处、避免激化矛盾的态度，代表昊天道门亿万信徒向大唐皇室表达了极端愤怒，用严厉口吻指责大唐某位大将军与魔宗余孽勾结，要求大唐皇室给一个交代。

在那封信发出的同时，三位地位崇高向来极少离开西陵神国的大神官，率领门内无数强者高手过境燕西，来到了大唐边军不远处的茫茫岷山间，其间表达出来的警告意味非常强烈，如果大唐不给昊天道门天下信众一个交代，那么昊天道门不介意冒着与大唐帝国翻脸的危险，自行出手狙杀那个魔宗余孽。

那场没有多少人知晓的风波，在大唐皇室开始愤怒，却没有来得及做出及时反应之时，便因为夏侯大将军残忍烹杀了那个美丽女子而告终，昊天道门非常满意大唐方面给出的交代，而大唐帝国也因为那个女子的死亡避免了再次与天下开战。

与天下开战绝不会令大唐人感到畏惧，但没有谁会愿意为了一个魔宗圣女莫名其妙地抛头颅洒热血，所以知晓内情的极少数人，事后一直在猜测，大唐皇帝陛下这些年对夏侯大将军宽仁有加，是不是慰其当年决然断臂之痛？

这种猜测并不见得符合事实，只不过历史的真相总是隐藏在门口的阴沟里，想要看到需要忍受太多污泥腥臭，没有谁会愿意去主动发掘。眨眼间已是多年过去，到了大唐天启十三年的秋天，曾经的魔宗圣女慕容琳霜已经变成市井回忆里那个可怜的被烹熟的无名宠姬，而就在这个秋天，又有一封昊天掌教亲笔书写的信件从西陵神国寄到了大唐都城长安。

"当年那封信我没有见过，但听说父皇当时非常愤怒，把那封信撕成了雪花撒得满宫都是，一面让崔公公去燕境询问夏侯是否确有此事，一面却是暗中命令镇国大将军许世暗中调集兵马，准备一朝翻脸便强攻西陵神国。"大唐亲王殿下李沛言看着手中的信纸，苦笑着摇了摇头，眼角皱纹一现即隐，有些恼火说道，"那些老道士究竟想做什么？现在居然请我把这封信转交给皇兄，虽说语气口吻还算平和，但颜肃卿之死终究是帝国内政，就算他曾经是你西陵弟子，也没道理发信来问，皇兄怎么可能不生气？"

一名王府管事规规矩矩站在他身后，笑着说道："谁都知道陛下不待见西陵那些道士，昊天掌教亦是世间至尊至贵之人，他大概是不想直接投书陛下却被陛下直接撕了扇脸，所以才请殿下您转交。"话音方落，管事紧接着恭维说道，"话说这天下，有资格在陛下与昊天掌教之间调衡传话之人，还真只有殿下您了。"

"哼，本王难道想做这个传话人？"李沛言冷笑说道，"想天启元年，皇兄刚刚即位巡视南方大泽，让我留在都城长安监国，本王当时年轻冲动，还真信了这些西陵神棍的蛊惑，结果事后惹来皇兄好大一通脾气，过了好些年才缓和了关系。"

世人皆知大唐皇室与西陵神殿一在世俗一在宗教互不对眼，但这位亲王殿下却算得上是其中某位异数，不只与大唐帝国境内的昊天道南门交好，与西陵神殿也偶有通信，而双方这种交流则是起自天启元年的某次合作。

管事看着亲王殿下微微蹙起的眉毛，心想自己服侍殿下这么多年，也依然看不明白殿下冒着陛下不悦的危险与西陵交好究竟是图什么。关于这件事情他从来不敢发问，然而此时看着殿下拿着昊天掌教亲笔书信发怔，他终是下了决心，看了看窗外动静，鼓起勇气低声说道："殿下，外有强援内自安啊……"

李沛言闻言微微一怔，旋即似笑非笑打量着这个自幼跟着自己的管事，忽然伸手拍了拍他的肩头，和声说道："果然不愧是府中老人，能看明白本王的心意。"

待那位管事离开之后，李沛言脸上笑容骤然退去，轻敲桌旁铜铃唤来一名侍卫，沉思片刻后寒声说道："大管事有问题，通知宫里出动暗侍卫盯住他……不，直接杀了！"李沛言沉声说道，"居然敢挑拨本王与皇兄之间的关系，这种人不能留。然后你通知军部，让他们查一查当年我出宫开府之时，大管事是通过什么门路进了王府，重点查一查他与西陵之间有没有关系。"

布置完这些事情，亲王殿下一个人在书房里待了很长时间，他坐在书桌旁回忆那年发生的事情，如剑般笔直的浓眉缓缓蹙了起来。关于宣威将军府和燕境屠村两案，他并不认为自己做错了，因为他坚持认为自己做那些事情都是为大唐着想。

大唐如今铁骑名将无数，又有书院和夫子，即便是西陵神国也不敢稍露敌意，然而大唐要千秋万代传承下去，万一数代之后国力衰弱如何？夫子总有一天会离开这个世界，到那时又如何？如果那观里的七卷天书昭示应验又如何？为了和信众遍布天下的昊天道门维系良好关系，死些不重要的人又如何？

只要不涉及大唐根本，他根本不在意那些无辜死去的人。

他相信皇兄也不会在意。

10

初秋时节，长安城北的大明宫在一片依旧茂密的古树间祥和静立，数百年甚至近千年的生长时间，让这些古树极为粗壮高大，但依然无法遮掩住宫殿群的宏伟气魄，无法压抑住天下政治中心的肃穆气息。

宫城最美之处乃是清思殿，由殿后栏畔向后山望去，几场秋风过后，渐有微枯树叶飘落，青葱之色里开始混入明媚的淡黄轻红，说不出的明丽动人。

容颜清癯的大唐天子李仲易，轻轻握着皇后温软的手，看着殿前群山里的初秋景致，轻声叹息说道："树木要经千年风雨方能参天，大唐立国千年经历无数场战争，牺牲无数名将良臣勇士，才有如今尊崇地位。当初沛言为了那些西陵道士居然牺牲我大唐百姓甚至将领，只怕他根本没有想到，如此行事落在那些道士眼中又有何等意外，若我大唐不能扛住外界压力随意牺牲臣子，那这样的大唐又有何令世间战栗的资格？我身为大唐天子如何能不在意？"

皇后将手中那封西陵来信递还他，轻轻依偎在他身畔，秀丽眉眼顾盼之间自然而生妩媚温婉之意，低声劝解说道："都已经是过去的事了，陛下何必自扰。"

"死了的大唐臣子依然是朕的臣子。若他不是朕的亲弟弟，若不是……"皇帝满怀深意看了皇后一眼，说道，"朕岂能就此饶了他们。"

皇后知道他第二句若不是后面想要说的是什么，缓缓站直，平静看着栏外明媚秋山老树，说道："当年陛下远游南泽，亲王殿下接到昊天掌教来信，只怕也是觉得有些棘手，毕竟那次知守观也终于打破沉默开了口，这世间谁又能确定那七卷天书所昭示的前兆是否存在？"

沉默很长时间后，皇帝缓缓开口应道："幼年在书院读书时，夫子曾经教诲过我，对于暂时不能理解的事物，承认其存在而不用去理会，因为若你连世间的事情都没有处理明白，何必徒劳去思考那些冥间的事情？传说终究只是传说，即位那年，那三名来自不可知之地的天下行走远赴荒原，也未曾有丝毫线索，若观里七卷天书真有明确喻示，何至于连那等人物也寻找不到？既然如此，后面发生的那些事情只不过是那些神棍慌乱之下的妄行罢了。至于你说皇弟当年可能被惊悸，确实有其可能，但他始终还是犯了一个最致命的错误。他自幼生长在我羽翼之下，少经风雨，所以无法清晰地看明白，我大唐能够横扫天下，能够无视西陵神殿，甚至面对来自知守观和悬空寺的压力也可以毫不在意，除了国力强盛又有书院庇护之外，更重要的是……大唐从不妥协。"

皇帝陛下时而用朕时而用我自称，那是因为他说的每段话所指所向都不相同，皇后娘娘静静看着熟悉的侧脸，注意到他刻意没有提一处的名字，说道："不是我要替亲王殿下说话，只是此事牵涉太广太深，由不得他不谨慎。"

"为了一个虚无缥缈的传说而谨慎，为了可能发生也可能不会发生的劫数而牺牲无辜臣子百姓的生命……"皇帝陛下缓缓蹙眉，然后自嘲一笑，轻叹说道，"朕能体味很多人的苦衷压力，这些年不动他们也有这方面的原因。"

皇后微微低头，强行压抑住心头的感动，轻声说道："我令陛下为难了。"

"朕乃天下之主，为自己女人忍些闲气，受些非议又算得了什么？"皇帝长声一笑将她揽入怀中，抬臂指向殿前层林渐染的秋山，说道，"如今这片江山诸多掣肘，我大唐铁骑休养多年，若知守观里那七卷天书昭示应验，也不见得是件坏事，到时朕定要率领帝国千万儿郎，把我大唐帝国的疆域推到世界那头去，到那时我要与你去神话里的白骨殿再看秋景，再写一篇精妙好文祭告我李家历代先祖，也算替你了结了你师门千万年来的宏愿。"

皇后看着男人熟悉的侧脸，想着这些年来他对自己的宠爱与保护，眼眸里满是仰慕爱恋神色，幽声说道："陛下雄心壮志，我很喜欢哩。"

"都说鱼跃此时海，可海洋再宽再广也总有海岸拘缚，岂能容得下朕与帝国千秋万代之宏念，所以为什么我们的目光不能落在更高更广没有边界的天空上？"

皇后听着这话，想起这些天经常在御书房里看到的画面，忍不住抬袖掩唇轻笑，眼珠微转补充道："花开彼岸天？看起来陛下您还真是爱煞了那幅字，如此说来，日后若大唐帝国真能在陛下率领下开疆辟土于异界，到那日写文祭告皇朝历代先祖时，还得把那位书家请出来抄写一番才是。"

"那日朕本想把鱼跃此时海这五字赠予朝小树，没想到这家伙居然非得离开，当时朕心情难免有些烦郁不安，却在那时看见那位书家替我续的后五字。"皇帝低头在她脸上轻轻亲了一口，展颜笑道，"这五字足以开阔帝王心胸，那书家很了解朕啊，若能找到其人，朕一定要重重赏他。"

皇后有趣地看着他，笑着说道："陛下找到那人究竟想如何重赏他？莫不是把他请入朝中书阁做一词臣？依我看来，那位书家只怕是猜到陛下您的心思，不甘心自困词阁之中碌碌度日，所以才一直不肯现身。"

皇帝想着确实有这种可能，恼火说道："说来也奇，朕拿着那幅字问过朝中几位大学士，竟是无一人能够从笔锋中看出些微端倪，朕还派了不少人去长安城内那些大书斋悄悄寻过，却依然一无所获，真不知道那人现在藏在何处，一想到那人可能便是朝中某位官员，如今每日上朝见着朕便在心里偷偷取笑朕，朕便满腹牢骚，恨不得马上把他揪出来砍了脑袋。"

"陛下天天在御书房内端详赏玩临摹那五字，真可谓是爱不释手，若真寻着那位书家，我可不信您舍得砍了他的脑袋。"皇后笑着说道。

11

"可惜只有五个字，看起来总有些不够过瘾。"皇帝陛下牵着妻子的手，感慨说道，脸上满是遗憾神情，"而且旁人不敢当着朕的面说，难道你还不清楚，若要说赏识析义的水平……朕还是有的，可要说起勾画临摹的功夫实在是有些恼火。"

"我昨夜用双钩法试了试，发现也不能临摹出那五字神韵。"皇后笑着出主意道，"陛下若真喜欢，何妨让朝中长于书道的大臣们试试。"

皇帝拍了拍她的手背，开怀大笑数声，摇头道："看来看去，还是你了解朕的心意。先前朝会散后我已经把那几个老家伙都强留了下来，这时候正关在御书房里摹写，朕对他们说了，不论是家中小孙女满周岁还是婆媳妇儿，若不能把前面那五字凭空拟出来，朕可不甘心放他们离开。"

为了花开彼岸天五字，大唐帝国皇宫里多出了许多无奈，然而无论天子如何爱煞此书，但毕竟只是些闲情逸趣，为免被那些御史又来唠叨，皇帝陛下没有动用朝廷里的官方机构，只是由宫里派出人手在长安城里悄悄寻找，又告诉了一些相处亲厚的阁臣，命他们帮着在民间打听。

数月时间过去，整个长安城最出名的书画店都寻过了，大唐最出名的大书法家都唤来宫里悄悄问过，却依然没有找到那名神秘的书家，甚至那些门生无数享有盛名的大书法家连这五个字的笔墨派风都看不明白。

春去秋来冬至，现在已经是大唐天启十三年的深冬，宁缺和桑桑主仆二人来到长安城已经快要接近一年的时间。

这些日子里，他在书院里学习、修行和与陈皮皮闲聊，桑桑每天则是留在临四十七巷看管生意越来越差的店铺，偶尔则会应李渔的邀请去公主府里坐坐，二人变得越来越熟。对于公主殿下和小侍女之间渐厚的情谊，宁缺怎么也没有想明白，最后只能归结为彼此投了眼缘。

吃了顿香醇逼汗的火锅，奢侈地涮了四盘鲜切羊肉，烫了烫脚，宁缺舒服地钻进被窝里，听着窗缝间呜呜响的风声，揉了揉有些凉意的脸，恼火说道："一直没下雪，怎么天气这么冷？长安城就是夏天难熬？这是谁不负责任下的定论？"

桑桑笑了笑，脱了外褂钻进另一头的被窝里，搓了搓被洗衣水冰红的小手，说道："少爷你就知足吧，咱们现在这日子，可比在渭城的时候好过多了。"

这是一句很诚恳的点评。现如今主仆二人床下藏着一万多两银票，每月还要从西城那家赌坊里拿一大笔分红，用二人内心深处的潜台词来说，那就是：咱现在太不差钱了，太有钱了，太他妈有钱了……

既然有了这么多钱，总要拿来改善一下生活，主仆二人虽说节俭习气依旧，但由俭入奢总是易，酸辣面片汤换成了原汤鸡丝面，咸菜稀饭变成了涮羊肉，前些日子冷得厉害，他们甚至在宅子里重新砌了个北炕，如今烧的是银炭，喝的是新茶，屋内温暖如春，和前十余年的生活相比，现在这日子简直是美妙得不似人间。

宁缺抱怨长安城的冬天干冷，也只不过是说说而已。

如今终于能够看到那个玄妙的修行世界，可以凭借念力调控天地元气，把手里的银球转起来，可以随心所欲把桌上的纸片掀起，好吧，虽然因为能够输出体外的念力实在太弱，能够调控的天地元气实在是太稀薄，所以纸片飞得比羽毛还乱，银球转得比陈皮皮的动作还要迟缓，但他真是再也找不到任何不满意的地方。

窗外北风渐紧，一夜无言过去，第二日清晨醒来，只见无穷无尽的白雪覆着长安城的大街小巷宫城楼宇，银装素裹的树木安静探出街巷望向行人。宁缺披了一件袄子，和桑桑并排站在老笔斋门口，看着这片美丽的景致，想着这一年来的遭逢与人生，竟把在渭城时都看腻了的雪看出了新意思。

"这日子真好。"他满足地赞叹道。

桑桑在他身旁笑着点了点头。

安静而美好地生活在长安城里，没有复仇的血腥，没有苦索不可得的郁闷，在一个人的书院和两个人的老笔斋间往返度日，主仆二人渐渐成长，然后渐渐被身周的人们淡忘，就这样心甘情愿地消失在这些美好的小日子里。

她做着针线洗着碗筷，他写着书卷看着从旧书楼里抄回的书籍，就在这样看似单调的重复中，时针再次开始转动，时光平缓地溜走，冬至新年与灯节在热闹里溜走，涮羊肉热茶与墨汁在宁静里溜走，转眼便到了天启十四年的又一春。

又是一年春来到，柳絮满天飘，长安女子们被棉袄皮裘束缚了整整一个冬天的丰腴身材终于有了透透气的机会，看着那些在春寒料峭初春风中瑟瑟发抖却要敞开胸怀露出白嫩肌肤的姑娘，一路掀开窗帘的宁缺满怀赞赏感恩之心去了书院。

今日上午是礼科，书院丙舍的礼科教习是礼科副教授曹知风，也正是书院开学那日把大将军孙子楚中天揍成猪头的燕国洞玄境界大念师，对于这样一位资历深名气大手段狠而且对大唐子弟颇有深意的教习，没有任何人敢怠慢。

钟声清幽敲响，曹知风副教授缓步走了进来，令丙舍诸生感到有些奇怪的是，先生今日一改往日冷漠严肃模样，苍老眉眼间藏着几丝掩不住的喜色。

接下来发生了一件令诸生更加想不到的事情。

曹知风副教授看着台下诸生沉吟片刻。就在诸生以为他会放下腋间沉重书籍，然后开始例行批判时，只见他轻咳两声，伸出右手五指在空中煞有介事地虚弹几下，然后正色说道："今日天地元气有变，故不宜上课，放学。"

说完这句话，曹知风副教授毫不犹豫转身离开了书舍，留下满室张大嘴震惊无语的学生，以及随后陡然爆发出来的冲天议论声。

"这是怎么了？教授他……他怎么了？"

"教习他是不是生病了？"

"生病了就向书院请病假去，怎么玩这招？什么叫今日天地元气有变？天地元气时时刻刻在变，又不是今天才忽然开始变起来！"

"我去，这招真狠，莫不成以后我们不想上课也可以用这招？"

褚由贤轻轻撞了撞宁缺肩膀，不可思议说道："老曹今日患了什么失心疯？"

"我哪儿知道。"宁缺也是极为不解，不过对于他来说不上课更好，可以有更多的时间去旧书楼泡着，看着桌案上刚刚摊开的礼科教案，心想早知如此自己昨夜何必花气力整理？摇了摇头便开始整理书籍，准备离开。

就在这时，书舍前方不知道是谁说道："你们没看见曹教授刚才脸上掩之不住的喜色？那是因为今天长安城要来一位大人物，教授先生急着出城去迎接，所以才会逼出这么一个无聊借口。"

"什么大人物会让老曹这么激动？我记得上次冬至那天，礼部尚书过来给教习们放慰问金，三百两银子啊！尚书大人啊！老曹依然沉着脸像燕国皇帝死了一样。"

"国破之人难免有些怨憎，你这个说法就太不厚道了。"前面那学生笑着说道，"至于说今天这位大人物是谁，为什么能让曹教授如此激动，其实也和这些事情有关系，要知道曹教授虽是书院资深教习，但你们不要忘了他首先是位燕人。"

"怎么个说法？"

"今天要来长安城的那位大人物是燕国隆庆皇子，曹教授怎么可能不激动？"

"这话说得谁信？若是心怀故国，想着能见到故国皇族才会激动失态，燕太子可是一直在长安城里做客，怎么没见着老曹天天去城里请安见礼？"

"没见识的东西。"褚由贤听着前方争论，凑到宁缺身旁低声嘲讽说道，"燕太子只不过是个人质，怎么能和隆庆皇子相比，要知道对于燕人来说，被我大唐压制数百年，早已把隆庆皇子当作复兴的最后希望，老曹知道是他要来，怎么可能不激动失态？"

"隆庆皇子？"宁缺好奇问道，"是燕太子的兄弟？"

"亲弟弟。"

宁缺蹙眉说道："那为什么燕人会把燕国复兴的希望放在这位……隆庆皇子的身上？就算日后燕皇故去，继位的也应该是燕太子才对。"

"这就是问题之所在，据我所知，现在燕国内部绝大部分人都不赞同由燕太子继位，而认为应该由隆庆皇子继位……很多人都认为隆庆皇子是位不世出的天才。"

听到不世出的天才六个字，宁缺蹙着的眉头舒展开来，一面整理书籍，一面笑着说道："这也是天才，那也是天才，我来长安城不到一年，实在是听腻了这两个字，如果天才真是不世出的，这天启年间冒出来的未必也太多了些。"

"哇哦……"褚由贤看着他打趣说道，"平日看你沉默平静，没想到你对谢承运那等天才很是不屑一顾啊。不过你得清楚，隆庆皇子可不是谢承运。"

宁缺停下手头的动作望向他，等着听下文。

"隆庆皇子，那是真正的天才。"褚由贤认真说道。

"你这是真正的废话。"宁缺没好气说道，然后听着前方传来的议论微微一怔。

隆庆皇子这四个字，在书舍里引发了好些满是震惊赞叹之意的惊呼，然后又是好一场议论，像宁缺这样久居边塞，完全没有听过这个名字的人极少，然而还是有些人产生了和他相同的疑问，隆庆皇子究竟是怎样一位人物，能够让燕人把家国复兴的希望投注在他身上，能够让曹知风教授这样的人激动失态成如此模样？

"他虽然是燕国皇子，但自兄长被送往长安城为质后，便被燕国皇室送往天下诸国游历学习，分别在月轮国大河国以及南晋住了数月，然后进入了西陵神国昊天道门天谕院学习，入院第一年便成了头名。"

若说天下最久负盛名、地位最高最受尊崇的书院，毫无疑问当然就是这间长安城南的书院，然而除此之外，各国也有自己的知名书院，西陵神国的天谕院由神殿神官们亲自教导，堪称最为优秀，能在这种地方拔得头筹自然不凡，然而仅此并不能说明太多问题，至少不能震慑住书院里面这些骄傲的学生。隆庆皇子进天谕院第三年，便随同窗老师往各地传教，那年秋天在瓦山烂柯寺，天谕院教习与佛宗大德辩难不敌而退，隆庆皇子微笑起身而前，与佛宗七子连辩三天三夜，连胜七场，甚至让烂柯寺大弟子吐血倒地，最后惹得烂柯寺隐居长老鸣钟开言，他才微笑闭嘴，拈花归席。烂柯寺长老赞他学识渊博，辩才无双，若能入佛门，不过十年便能明轮转妙义，能被接引至不可知之地。西陵神殿怎么可能让佛宗把自己的得意弟子抢走？隆庆皇子入天谕院第四年，昊天掌教纡尊降贵收其为亲传弟子，甚至让他开始学习处理神殿裁决司事务……现如今听说隆庆皇子只差一步便要踏入知命境界，备受昊天道门器重，已经是裁决司的第二号人物，专司镇守外道邪魔，权柄极重。"

"神殿裁决司的二号人物？"有学生倒吸一口冷气说道，"这等大人物在我大唐倒是掀不起什么风浪，但若要在南晋大河诸国，即便是帝王也不敢稍忤其意，那他为什么要来大唐，要来长安？"

"因为隆庆皇子……要进咱们书院进修。"

"进书院？难道这种大人物会来跟我们当同窗？"

"你想得倒是极美，这种大人物已经在天谕院里学习多年，现如今又已经是西陵神殿重要人物，怎么可能与你我当同窗，他进书院的目的当然是进二层楼。"

"他此番前来长安城，除了进二层楼继续进修，还有一个重要原因，那就是接替他的兄长燕太子为质，燕皇如今年岁渐老身体渐衰，谁也不知道什么时候会离开人世，我皇帝陛下首重孝道，同意燕太子回国侍亲，但要求燕国必须拿一个足够分量的皇族来代替，想来想去，除了隆庆皇子还有何人够资格？"

"西陵神殿培养隆庆皇子多年，而且事实证明此人才能确实极为出众，燕国人看重其才能，更看重其与西陵神殿之间的亲厚关系，把他看成燕国复兴的希望，在他们眼中，这位皇子只怕要比在长安城当了多年人质的太子要重要得多。所以我不明白的是，为什么燕人这次居然就答应了我大唐的要求。"

通过那十余名出身名门的同窗介绍和相互补充，诸位书院学生的脑海里渐渐有了一个清晰的画面：正值青春的皇族子弟，将入知命的年轻修行者，身负燕人复兴希望，西陵神殿的重要培养对象，这等人物不是天命之才谁还能是？

遥遥想着那位隆庆皇子风采，书舍里同样年轻骄傲的学生们心中不禁生出极端复杂的情绪，有些羡慕嫉妒佩服又有些隐隐不甘，只是这份不甘在对方光彩夺目的历史与名头面前，实在是没有丝毫力量。

一时间书舍变得奇怪地安静了起来，褚由贤望着同窗们笑着补了一刀，说道："你们还忘了提隆庆皇子最出名的那件事情……要知道这位皇子生得极为英俊，甚至有人用美丽不可方物来形容他，加上腹有诗书气质华美，当年还是少年时初入月轮国，便引得月轮国无数怀春少女当街观看，听闻那一日月轮国不知踩坏了多少双绣花鞋，喊坏了多少位姑娘的嗓子，哭红了多少双眼睛。"

这是一段极出名的奇闻逸事，书舍里的学生们自然不会不知道，只是先前侃侃而谈的多是青年男子，哪里会愿意提到这一段，褚由贤此时一说，坐在书舍前排的那些少女顿时想到这段传闻，年轻清稚的脸上骤现光彩，就连那位近日来一直有些郁郁不喜的高小姐都睁大了眼睛，唇角无意识地微微翘起。

"我说诸位姐妹，你们这时候再花痴也迟了。"褚由贤最擅长的事情便是捅一刀之后再补一刀，贼笑望着少女们说道，"隆庆皇子早已定了亲事，对象是月轮国的陆晨迦公主，也正是天下最出名的那位花痴。当年隆庆皇子在月轮国研习佛法时，与陆晨迦公主一见倾情，后来这位公主殿下千里迢迢前往天谕院求学，就是为了与隆庆皇子朝夕相处，你们哪里还有机会？世人皆知陆晨迦惜花如痴，这等花痴本事，你们根本不是对手啊。"

书舍里的少女们闻言神情顿时变得有些讪讪，但此时她们难道还能和褚由贤言言论辩驳一番？只好委屈地抿着唇低下头去。司徒依兰见着女伴们神色，忍不住蹙眉说起别的话题，把书舍里这股小儿女春思情绪冲淡了去。

月轮国花痴陆晨迦那是天下出名的美女，除此之外，世间还有两名被好事者拿来与她相提并论的女子，其中一位是大河国王大书圣的关门女弟子，据说极为贞静贤淑，性喜书法故被称作书痴，还有一位则是西陵天谕院某位身份神秘的女弟子，据说那女子生得柔媚无双，却一心向道，除了修行之外别无杂念，被称作道痴。

"说起来花痴书痴都知道姓名出处，就是那位道痴美女一直极为神秘，世人只知道西陵神国有这么一位美人，却不知道她姓甚名谁，现在何处。"

司徒依兰听着同窗好奇议论，犹豫片刻后，说道："确实没多少人知道那位道痴美人儿的姓名，但听说她现在是……神殿裁决司的第一号人物。"

12

传闻中的道痴美人儿居然是西陵神殿裁决司的头号人物？听着这话本来有些嘈杂的书舍瞬间变得鸦雀无声，诸生面面相觑，看到彼此眼中的震惊，那得是一个怎样的妖媚女子，居然能硬生生压在隆庆皇子之上？

"不用不信，莫非你们还真以为女子天生就不如男子？"司徒依兰看着诸位同窗的神情，知道当中有些人不信，忍不住蹙眉说道，"那位道痴美人儿很是神秘，极不抛头露面，世人不知其能耐倒也自然，但我曾经听说过，那位隆庆皇子每每提起自己这位上司时，可没有半点不服气的意思。"

"那位道痴美人儿应该还很年轻吧？"有书院学生感慨说道，"西陵神国果然不愧是昊天光辉照拂之地，居然出了这么多年轻的天才，且不提那位道痴，单说那位隆庆皇子入书院后，我大唐去哪里找能与他分庭抗礼的人物？"

"咱们书院有谢三公子这般人物，莫不成就不能拿出来与那位隆庆皇子较量较量？"

"谢三公子去年初秋才入了不惑之境，隆庆皇子则是只差一步便能知天命，怎么想也应该是位洞玄上境的强者，二人之间相差了至少五个层次，这怎么较量？"那位学生冷笑说道，"而且就算谢三公子在诗文数礼方面能够压过隆庆皇子几分，但你们不要忘了，他是南晋人，与我大唐何干？"

"谁说我大唐没有人才？"司徒依兰不悦蹙眉说道，"王景略被世人称为知命以下无敌，他的年岁顶多比隆庆皇子大几岁，只要隆庆皇子还未迈入知命，就不见得是他的对手，那更不能说压过了我大唐年青一代。"

那学生皱眉说道："知命以下无敌王景略，倒确实有资格与那位隆庆皇子比较，只是这人好像已经很久没有出现，也不知去了何处。"

楚中天看了一眼司徒依兰，见她没有反对的意思，笑着向诸位同窗说道:"听说王景略被陛下派往镇国大将军处效力,就算隆庆皇子来了长安城,他也不可能违背军纪回来做些什么,所以还是把这人忘了吧。"

曹知风副教授罢课去城外迎接自己宗国的复兴希望,书院很多学生都在议论要不要去长安城里看热闹,正在掩雨长廊下行走的宁缺满心想着修行,连同窗们议论那幅书帖都没有听见,更不会想着去凑这种热闹。

只是想着那位隆庆皇子人尚未至,便已经在长安城里造成如此轰动,他不免还是有些微微羡慕赞叹,只是这种羡慕赞叹里并没有太多震惊的成分。

西陵神殿裁决司大人物?将要踏入知命的天才?这种光辉对别人来说或许真的极大震撼,然而他天天和陈皮皮这个十六岁便入知命的家伙厮混,实在是没瞧出来被世人推崇的所谓绝世修行天才有什么了不起的地方,还不就是两只眼睛一个鼻子一张嘴,只不过扑通一声跳下水时因为太胖太笨会激起朵更大的浪花罢了……

天启十三年初入长安城,便遇着朝小树、陈皮皮这等人物,宁缺眼前的世界骤然开阔,眼界不一样,气度自然也就不一样,像隆庆皇子这种声名远播天下,令书院诸生震撼无语的人物,已经很难引发他太多感慨。

入得旧书楼,又与女教授恭谨行礼,捧着那本《浩然剑》安安静静看着,任由春日在西窗外渐渐倾斜,渐渐下沉,等到入夜女教授离开,书架再次轻轻滑动。

"隆庆皇子今天来长安城了。"宁缺看着陈皮皮提醒道。

陈皮皮一脸懵懂,挠着脑袋问道:"隆庆皇子……是谁?"

宁缺有些吃惊,问道:"你不认识隆庆皇子?"

"我为什么一定要认识劳什子皇子?"陈皮皮艰难地坐了下来,接过他递过来的小酒壶啜了口,说道,"这个人很出名吗?"

"相当出名。"宁缺盯着他的眼睛说,"他是燕国皇子,又是西陵神殿裁决司的二号人物,还像你一样被人们看作修行天才,所以你没有道理不认识他。"

"裁决司?"陈皮皮耸了耸肩,腮下肥肉一阵颤抖,无所谓应道,

"那又怎么样？西陵那个鬼地方自称天才的白痴太多了，难道随便来个阿猫阿狗我都要认识？"

宁缺疑惑惊奇地望着他，问道："你丫以前不是说过自己是西陵神殿的继承人吗？就算你已经离开西陵多年，但怎么会连这种人物都不认识？"

"那都是你在瞎猜，我什么时候承认过自己是西陵神殿的继承人来着？"陈皮皮放下酒壶，没好气说道，"如果你坚持这么认为，那只是你的智商有问题。"

"你居然不是西陵神殿的继承人？"宁缺心中惊讶情绪快速平息，笑着望着他说道，"可惜了可惜了，话说我还准备抱你大腿来着。"

陈皮皮大惊失色问道："你什么时候对本天才表现出来过足够的尊重，以至于本天才能够判断分析出你是想要抱我大腿？"

宁缺忽然想到一件事情，不解问道："说起来我大唐帝国与你们西陵关系当真恶劣，全天下也就这两家有能力有资格互为对手，说是潜伏着的世敌也不为错，既然如此，为什么书院还要收一个西陵神殿的家伙？难道就不担心西陵神殿偷瞧去什么秘密？"

"书院招生向来不问门第出处，只问能力心性，这便是所谓有教无类，夫子连我这号人物都敢收进门当个普通学生，更别说区区一个神殿裁决司二号人物。"陈皮皮轻蔑嘲笑说道，紧接着话锋一转，面露凝重之色望着宁缺说道，"神殿裁决司专司镇压外道异端，权柄极重且又手段狠毒，里面的人都是些变态的狂热傻×，非常不好惹，在长安城里他们自然不敢做什么，但在大唐境外都是些能止婴儿夜哭的角色，虽然不用怕他们，但你最好也不要去招惹他们。"

宁缺看他说得慎重，认真地点了点头表示记住，然后摇头感慨道："听说神殿裁决司的头号人物是个女人，被世人称作道痴，隆庆皇子这样的人物已经极不好惹，真想不出来，那个女人又难搞到什么地步。"

"不是难搞而是非常难搞！"听到道痴二字，陈皮皮忽然激动起来，用力挥着右手说道，"叶红鱼那女人纯粹就是个疯子，哪里是什么道痴。在我眼里什么隆庆皇子什么神官都只是些阿猫阿狗，就算你得罪了他们，我也能护住你，但如果碰见那个女人，你一定要躲远点，因为就连我碰见她都恨不得能躲多远便躲多远。"

宁缺被他激动夸张的反应弄得一怔，回忆起陈皮皮当初留言里展示出来的那种对女性的奇异恶感，不禁暗想难道这和那位神殿裁决司头号人物有关？旋即他想到先前书舍里的讨论，诸生都说那位道痴美人儿极为神秘，无人知晓她的姓名，然而此时陈皮皮却是顺口便说出道痴美人儿的名字，而且显得极为熟稔……

"你说你不是西陵神殿的继承人……"宁缺看着他似笑非笑说道，"可惜你自我暴露了，如果你还坚持这样说，我会认为你的智商有问题。"

陈皮皮闻言一怔，然后不屑一笑说道："要不要打个赌？"

"时间是检验真理的唯一标准。"宁缺来到长安城后第二次说出这句话，然后严肃认真补充道，"围绕真理来做无聊的赌博，就像修行者凭借自己与众不同的能力混迹赌坊赚普通人的银子一样，都是非常二逼的事情。"

陈皮皮被这番话绕得有些糊涂，挠了挠头半天没有说出话来。

宁缺忽然皱着眉头问道："今天书舍议论那位隆庆皇子非常热闹，我就不明白了，知命境界……真的很了不起吗？"

"世间一人能上知天命，当然非常了不起，能修行的人不少，但你见过几个人能够进入知命境界？放眼整个天下，你也找不到多少知命强者出来。"陈皮皮微微抬起下颌，显得十分骄傲，像是在对宁缺说，你看看我、你看看我、你快看看我，本天才就是这样一个了不起的知命高手。

宁缺瞥了他一眼，感慨说道："如此说来，我大概是被你这个罕见的没有任何高手做派的知命高手给误导了。"

陈皮皮勃然大怒，咬牙斥道："你这话是什么意思？你是说我没有高手风范？"

宁缺笑道："不只没有高手风范，最关键的是气质……气质这种东西你懂不懂？和你臃肿的体形无关，和你无趣的谈吐无关，纯是一种感觉。"

陈皮皮怒道："境界就是境界，和风范气质能有什么关系？我能上知天命，那我就是知命境界，那么我眼里便可以完全没有什么洞玄上品境界的存在！"

"没有什么证明啊。"宁缺为难说道，"你说你是知命强者，拿什么证明？"

看着陈皮皮脸上浮现出的坏笑，他心头一凛，快速说道："不要想着把我痛揍一顿来证明你很强！你经常说我是个修行白痴，那打赢一个修行白痴能证明什么？"

"那能怎么证明？"陈皮皮无辜地摊开双手问道，"你去找个洞玄上品境界的高手过来，我把他欺负两下？"

"这个提议不错。"宁缺笑着说道，"礼科副教授曹知风你知道吧？听说他就是一位洞玄境界的大念师，这个对手如何？"

"殴打教习？"陈皮皮瞪着他说道，"你是想我被二师兄揍成人皮挂到墙上？"

宁缺做认真状思考片刻后说道："殴打教习确实不妥当，要不然这样，那位隆庆皇子来了长安城，虽然他是西陵神殿裁决司里的大人物，但在你眼里也不过是些阿猫阿狗，恰好他又只差一步便能踏入天命，正适合用来当作证明材料。"

"这个证明材料好像还真的不错……"陈皮皮蹙着眉头，正想着怎样瞒过二师兄悄悄溜出后山，去长安城里找那个什么皇子打上一场，忽然间想明白过来，瞪着黄豆粒般大小的眼睛，恨恨望向宁缺说道，"这事儿好像有些不对吧？你是不是在书舍里受了刺激，故意挑事儿来着？"

"哥从来就不是挑事儿的人。"宁缺被他直接揭穿险恶用心，脸上却是毫无羞愧之意，理直气壮说道，"你总说你是绝世修行天才，现如今长安城又来了位修行天才，而且根本就没有人知道你，相反所有人都承认隆庆皇子才是真正的天才，那你这绝世算哪门子绝？如果我是你，我怎么咽得下这口气？又不要你当着众人面去落他面子，但至少你要告诉那位天之骄子，真正的天才得是你这种境界才有资格自称！"

"得了吧。"陈皮皮没好气瞪了他一眼，说道，"我现在才相信你以前说的那些故事是真的，不是从小到大都在那般险恶污糟环境里长大，怎么会培养出来你这样一个人，年纪轻轻用心却是何其险恶。"

宁缺听着这话，哈哈大笑起来，不再继续挑事儿，而是真的对陈皮皮的境界手段产生了一些好奇，压低声音凑过去建议道："要不然你表演一下？"

陈皮皮像看着鬼般看着他，不可思议说道："表演知命境界的能力？宁缺，我们是受世人尊崇的修行者，可不是在坊市街巷间卖艺的猴儿。"

"你当然不是猴儿，我也不是拿鞭子抽猴儿的卖艺人，这间旧书楼里又没有观众，哪里会沦为卖艺，你展露一下境界，就当是替我指指道路。"

陈皮皮愈是不肯展露自己境界，宁缺便愈是好奇，不罢不休地劝说道。他提到指道路三字，恰恰刺中了陈皮皮的软肋——对于这个年龄相仿的友人，陈皮皮明明比对方境界高上无数层楼，却偏偏始终没有获得过相应的骄傲感，对方始终没有表现过任何震惊神往羡慕的神情，直至此时才终于好像服了一下软。

"旧书楼里不行。"陈皮皮思考片刻后，很认真地解释道，"楼上藏书全部是书院历代先师亲笔誊写的文字，每个字便是一道神符。若我在楼内展露知命境界手段，一旦引发神符反噬，别说我，就算是二师兄也顶不住。"

修行五境中，知天命是其中最神奇玄妙的至高境界，自边塞归来的旅途中，宁缺从吕清臣老人处便知道了这一点。他只不过是一个刚刚开始修行的初学者，和天命之境之间有无比遥远的距离，就如同蚂蚁从来不会羡慕老鹰飞得高远。他对于知命境界也没有丝毫想法，于是乎明明知道身边有位知命境界的少年天才，却从来没有想过去感受一番知命境界的神奇玄妙。

直至今日，在书舍里听到那位隆庆皇子来到长安城，听着平日里无视自己相逢陌路的同窗们兴奋议论着那位天之骄子，终究还有些少年心性的他第一次开始正视那些遥远的境界，因为羡慕因为嫉妒，当然还因为那么一点点恼恨。

他对已经进入知命境界的陈皮皮没有丝毫这种感觉，因为陈皮皮是他的朋友，而且救过他一命。但对于那位自出生便一直高高在上，宛若神子一般的青年俊才，他却隐隐间有些抵触反感，大抵是草根阶层仇富心态的爆发？

可惜无论他如何劝说，陈皮皮始终不肯向他演示一下知命境界的神妙手段，待春夜渐深，想着桑桑还在家中等候，他只好悻悻然下楼而去。

就在走过湿地边缘，快要进入书院建筑群之前，他忽然停下了脚步，睁圆双眼盯着星光之下的水草浅波，脸上渐渐现出强烈的震惊神色。

书院这片湿地水极浅，极透亮清澈，白日走在湖畔能清楚地看到无数红鲤黑梭游动水草之间，鱼与草相依偎，画面极为漂亮。而若是深夜行于湖畔，当星光灿烂之时，更是能看到鱼儿鳞片反映着星辉，在湿地间不停闪烁，织成一片比夜穹更加繁密美丽的虚幻星空。

宁缺每天必去旧书楼，时常在日头被书院后方那座大山吞没才会离开，所以对于这片湿地他非常熟悉，那些白日黑夜里的池鱼美图非常熟悉，然而今夜他忽然发现这片熟悉的湿地变得与往常有些不一样。

湿地水草间倒映的星光，似乎比往日夜里要显得暗淡了几分。宁缺定睛望去，只见那些应该正在水草间欢快游动的红鲤黑梭，竟不知为何悬停在了水草之间完全静止不动，变成了一条条各色玉石雕琢而成的鱼儿！

游鱼不动，星光自然不再闪，湿地才会比平常夜里要显得安宁暗淡许多，这究竟是什么样的力量能够让游鱼静止不动，如星悬夜空一般悬在水草之间？这种静止不是死亡也不是简单的凝固，隔着水波与草丝依然能感受到那道道生命气息，仿佛这些鱼儿只是在水中留下了一个虚拟的投影，它的本体却在这段时间内游到了另一个与真实相通的世界里……

这种近似于神迹般的画面，所昭示的就是知天命的境界吗？

过了很久很久，宁缺才缓缓醒过神来，他艰难地转动有些僵硬的脖颈，望向身后远处的旧书楼，看着那个熟悉的身影消失在窗边。

啪的一声轻响，一条通体漆黑只有尾部染着艳红的鱼儿欢快地从水草间游出，跃出水面，贪了一口星光，然后重新落入池中，浑然不知先前发生过什么。

回到临四十七巷的时候，宁缺依然保持着沉默。先前在书院里看到的那幕神奇画面，已经超出了他的想象能力，所以他此时的情绪极为复杂，震惊之余有些惘然，而这份惘然又转换成了淡淡的郁闷和强烈的企图心。

因为脑海里想的完全是那些事情，所以他根本没有注意到今天的临四十七巷有些热闹。隔壁开古董店的吴老二正在那棵大槐树下口沫横飞与街坊们描述着什么场景，而吴老二那位悍妻今天也不知为何改了性子，看着自家男人手舞足蹈也没去拦，而是在一旁不停掩嘴轻笑，脸上涂着的厚脂粉簌簌而落。

"啧啧，看起来知命境界果然很了不起啊。也不知道他究竟是怎么做到的，那些鱼儿怎么就老老实实地不动了呢？看着挺像有一年的魔术，那些鱼儿像士兵一样排队前进。不过旧书楼和湿地隔那么远，想变魔术也没办法吧？吕清臣以前告诉过我，知命境界的修行者能够从本质上掌握天地元气的运行规律，明悟了世界的本原，但……世界的本原不是粒子吗？把那些鱼儿定住，偏生缓过来后还能活蹦乱跳，看来看去很像保鲜冰箱啊。"

进了铺子他便把铺门关了，然后坐在圈椅上以手托腮不停喃喃自言自语。念叨了半天，他忽然觉得好像有什么事情不对，想了半天才想明白，是因为今天回到家中没有听到桑桑的声音、没有马上喝到热茶，而且如果照往常模样，自己说了这么多话，那丫头应该又开始嘀咕少爷又开始说胡话，但今天却没有……

宁缺惊讶抬头望去，这才发现桑桑正坐在书桌旁盯着空中某个点不停地傻笑，头发显得有些蓬乱，看上去就像传说中的傻姑。

"呃……你这是中邪了？"

听着这句话，桑桑猛然醒了过来，有些慌张地站起身，看着他说了句："少爷你什么时候回来的？"

宁缺恼火说道："少爷我回来已经半个时辰了！在书院里被那些

无知小屁孩儿无视倒也无所谓，难道我回到家里来还要被享受这种待遇？"

桑桑微黑的小脸上浮出羞愧之意，赶紧去给他端茶倒水。

宁缺忽然想到今天书院里热议的那件事情，眉头一挑，望向小侍女的背影，迟疑片刻后问道："你今天……也看热闹去了？"

桑桑把早就沏好的茶水倒掉一半，然后冲入滚烫的热水，端至唇边轻轻一沾试了试，发现茶温合了宁缺习惯才端了过来，有些羞涩说道："白天……反正没什么生意，吴嫂子一个劲儿拉我去看，所以……我就去看了看。"

宁缺倒吸了一口冷气，不可思议看着她的小脸，心想那位隆庆皇子究竟他妈的多有魅力，居然连桑桑这个才十三岁的小侍女都被魔怔成了这样？

桑桑误会了他的眼神，赶紧把蓬松的头发重新整理了下，认真解释道："那位隆庆皇子的车驾没走朱雀大街，走的通南大道，街道又窄人又多，所以太拥挤，头发才会被挤乱。不过少爷你放心，我去的时候就没带银子，不怕人偷。"

"我担心的是这个吗？"宁缺没好气训斥道。

"那少爷你担心什么？"桑桑睁着柳叶眼，好奇问道。

"呃……"宁缺摸了摸脑袋，心想自己到底是在担心愤怒什么？想了会儿没想明白，他也懒得再去想，上下打量了一番小丫头，取笑说道，"没想到我家桑桑居然也有发花痴的一天啊，不过告诉你一个坏消息，那位皇子可是有未婚妻的。"

桑桑瞪了他一眼，说道："少爷，你不是说我要过了十六才能嫁人吗？我现在才十三岁半，哪里有想过嫁人这种事情。"

"要我说十六岁都还没长熟。"宁缺抬起手戳戳她光滑的小额头，说道，"瞧瞧你刚才那白痴模样，才十三岁半就开始思春，丢不丢人？"

"我只是跟着吴婶去看看热闹。"桑桑微低着头，有些底气不足低声解释道，"那位隆庆皇子生得确实好看嘛。"

13

　　宁缺想起去年书院入院试放榜那时，小桑桑也曾经盯着谢三公子发过呆，这才明白原来这丫头和自己一样，也是首重皮囊的凡人啊。可为什么她从来没有看着自己发呆？那自然是因为自己的皮囊实在太过普通。想到此节，他看着她忧郁说道："长得太好看的男人，一般脑子都不大好使，比如那位隆庆皇子。"

　　桑桑把小黑脸枕在细细胳膊上，出神道："少爷，我就想看看他那张脸是怎么生的，为什么那般好看，也不知道他用的是哪家的脂粉，陈锦记还是豫脂园，唉，如果有机会能近距离看看，那该有多好啊，如果能摸摸他的眉毛那就更好了。"

　　宁缺看着她出神模样，忽然发现这些年来，除了操持家务之外，自家的小侍女好像一直没有什么爱好欢欣之事，心中无由生出一阵疼惜，片刻沉默后笑着说道："隆庆皇子是要进书院二层楼的，如果你想近距离看他，到时候我带着你去，顺便你还能替我加加油鼓鼓劲儿什么的。"

　　"好啊好啊！"桑桑拍着小手掌坐直了身子，然后看着宁缺的脸非常认真地纠正道，"但那天我肯定是专门去替少爷你鼓劲助威，只不过顺便看看他。"

　　"这还差不多，乖。"宁缺笑着揉了揉她的脑袋，然后背着双手向后宅走去，心想看来无论是为了自己的人生还是为了小侍女的梦想，自己都必须往二层楼爬一爬了。

　　又是一年春来到，柳絮满天飘，飘过坊市水井，飘过南城清幽贵宅，飘过热闹的朱雀大街，飘过高高的朱色宫墙，在檐兽鼻尖调皮地挑了挑，然后轻轻扬扬地向地面落去，把洗衣局湿漉的地面粘成一片稀薄的毡子。

　　"额错了，额真的错了，如果去年陛下问起来时，额胆子能再大那么一点点，直接应下来，也不至于像现在这般首鼠两端，看着一座宝山，却不敢伸手去摸。"

浓郁的河北道口音在满天柳絮中回荡着，微胖的大唐侍卫副统领大人徐崇山站在偏殿栏下，双手拢在袖中，看着那些从御书房里面带喜悦骄傲之色走出来的大臣们，看着他们双手视若珍宝捧着的那些摹本，眼眸里的不屑轻蔑逐渐转换成怀念家乡初恋情人般的酸涩遗憾。

"你说额一个大老粗，怎么就偏偏要学那些大臣玩什么心眼？这下可好，玩砸了不是？把自己的脚背砸得好痛，现如今陛下越喜欢，这事儿闹腾出来的风波越大，额越不敢承认当时是俺骗了陛下，这真是一着错，着着错啊。"

小太监禄吉抬起头瞥了一眼统领大人的脸色，压低声音建议说道："大人，咱们看了这好几个月的时间，就算宁缺藏得再深，总有一天会被朝廷挖出来。到时候不只咱们这欺君之罪得落在实处，而且咱们侍卫处可是一点好处都没有，要不然咱们……干脆赌上一把？"

"怎么赌？"徐崇山用鼻腔憋出一声冷哼，说道，"陛下喜欢，皇后娘娘喜欢，那些大臣也不知道是真喜欢还是假喜欢。但总之陛下失望了这么久，最后发现是我们瞒了他这么长时间，所有的失望和喜欢都会变成对你我的愤怒，到那时宁缺那小子倒是不会有什么麻烦，可是你还是我来承受责任？"

说起严肃正事儿，副统领大人的河北道口音变淡了很多，不说额而称我了，禄吉哪里敢接话，眼珠骨碌一转，心想若真有那天，背黑锅挨板子的肯定是我这个小太监，这事儿……总得想个法子找条破局道路才是。

"禄吉啊……你说除了皇后娘娘，陛下在宫里最信任谁？"徐崇山忽然开口。

禄吉凛然一惊，明白副统领大人已经看穿了自己心思，哭丧着脸躬着身子，想了半天后试探着说道："国师大人？"

"我不管这件事情你怎么办，但总之要办妥当，通过国师大人让陛下知道写那幅字的人是谁，但还得把侍卫处从这件事情里择出来。"徐崇山淡淡交代一句，便抬步向着宫门方向行去。

禄吉接了这么个烫手山芋，哪里肯就这么看着大人置身事外而去，满脸焦急跟了上去，低声急促说道："统领大人，说倒是好说，这择怎么择？"

"我要会择，还让你去想个什么劲儿！"徐崇山回头瞪了他一眼，不怒而威道，"本统领大人每天忙于公务，哪有时间去办这些小事儿。又不是什么神兵奇符，不过就是一幅破书帖，怎么闹出这么大动静？那位隆庆皇子也是个麻烦，居然还要劳动本统领大人去桃花巷派兵镇压，不过就是个破年轻漂亮男人，这长安城里的大姑娘小媳妇儿怎么都发疯了？"

统领大人拂袖而去，隐隐听着柳絮间传来他抱怨唠叨的声音："世道真乱！"

长安城桃花巷里的桃花还没有盛开，城郊静远墓地外的桃花也才刚刚结出无数朵粉嫩的小苞。静远墓地在青林幽山之间，有资格下葬在此间的基本上都是大唐官员或是富商名士之类的人物。如今踏青扫墓之季正当时，墓地之上缭绕着风吹不散的香烟，林地边缘的防火网前堆积着犹有余温的纸钱灰烬。

一位穿着灰色袍子的瘦高中年人站在墓地高处，静静看着下方的动静，等待那座石制大坟前的人们离开，才缓缓走了下去。

看着墓碑上大唐御史张贻琦的生卒年份光辉履历，灰袍中年人沉默片刻，然后前行来到墓堆旁，右手缓慢抚过那些刚被拔断的青草，掌面与新鲜的草根断茬面隔得极近，却又没有完全接触上。

灰袍瘦高中年人姓林名零，大唐东北边军高手，洞玄境界大念师，奉镇军大将军夏侯之命，去年冬初他便抵达都城长安，开始暗中调查张贻琦等人之死。这半年的时间，他通过军部的熟人，看过很多那三桩命案的卷宗，去城东铁匠坊和城南湖畔小筑实地勘察数次，至于静远墓地也是第四次来了。

后两桩命案卷宗，不是没有疑点，始终没有抓住真凶的卷宗，本身就是最大的疑点，只是这位边军高手并没有在这两份卷宗之间发现可以联系起来的地方，而且他是奉夏侯大将军之命暗中调查，在找到确凿证据之前，不便与朝廷相关部衙通气，自然也没有办法获得那些部衙比如长安府的帮助。

至于御史张贻琦死亡的卷宗，他也看过很多遍，更是完全没有看出任何问题，怎么看都像是一个惧妻如虎的年老御史仓皇奔出青楼时发生了交通意外事故。他并不知道，因为御史夫人对红袖招最初不依不饶，长安府对这份卷宗做得极为扎实，不要说是他，就算是朝廷派专业人士来看，也不可能在卷宗里找到任何问题。

如果换成一般人，数月时间都没有发现任何蹊跷，或许便会直接离开长安，回到东北边军营中呈上自己的判断。但林零不只是一位洞玄境的高手，更是一位大唐军人，在没有完全确定之前，他有足够的毅力和耐心坚持下去。更何况他比谁都清楚，夏侯大将军和军师谷溪绝对不会接受任何含糊不清的结论。

临行之前军师谷溪曾经叮嘱过他，长安城里的这三桩命案，最关键的是御史张贻琦之死。大将军不需要他查出这些命案之间有没有联系，只需要他确定御史张贻琦是否真的是交通意外死亡，而没有任何别的疑点。

"长安城郊，权贵群墓……"林零静静看着眼前的墓堆，眉头缓缓蹙起，声音轻至不可闻叹息道，"既不能请长安府来开棺验尸，又不可能冒着朝廷追查震怒的风险自行把这墓打开，那怎么才能查出棺里那位御史之死究竟有没有问题？"

虽然始终毫无所获，虽然眼看着似是陷入了困局，他依然没有选择离开，而是脸上渐渐流露出坚毅之色，向后退了几步，掀起青袍前襟坐到了地面上。

他接下来做的事情对修为会有极大的损害，而且类似于在草堆之中寻找一颗小石粒，更麻烦的是，他自己也不知道草堆里有没有那颗小石粒。但他还是决定这样做，因为只有把事情做到这一步，他才能说服自己离开长安。

就这样，这位来自大唐东北边军的洞玄境强者，在墓群之间坐了下来。任由柳絮轻轻落在自己衣襟之上，任由初生的青涩桃苞在梢头嘲讽看着自己，从晨时坐到了午后，影子由斜而缩，而他的脸色则是变得越来越苍白。

不知道过了多长时间，林零缓缓睁开双眼，望向身前不远处的御史之墓，脸上露出极为震惊的神情，眼眸里却是疑惑之余浮现出些许轻松之意，仿佛因为确定了某件事情、确定了某种推测而感到如释重负。

抬起衣袖轻轻擦拭掉眉梢快要滴落的汗珠，他艰难地站起身来，扶着疲惫的腰深深吸了一口墓群上空混着烟味的空气，缓慢向长安城的方向走去。

第二日，御史张贻琦之墓的清净再次被人打扰，来的人不是昨天哭成泪人的家中悍妻，也不是那些身材丰腴干号无泪的妾侍，而是林零和数名长安府的衙役。

今天林零没有穿那身青色便服，而是穿着一身唐军戎服，显得格外利落强悍，只见他回首对着那数位长安府衙役拱手一礼，轻声说道："大人，卑职既然愿以项上人头作保，那么请问我们何时开棺？"

衙役分开，长安府尹上官扬羽蹙着眉头走了出来。

14

因为蹙着眉头，上官扬羽大人的两只三角眼显得更加难看。他轻捋颌下疏须，看着林零厌憎说道："虽说你从军部那里拿来了回京令文，天枢处也证明了你的身份，本府自然不会治你私离军营之罪，但你应该清楚，此案早已了结多日，为了你那些莫须有的言辞便要开棺重验，这又是何种说法？"

听这言语便知道先前在长安府衙门里，双方间的谈话并不如何顺利，更谈不上愉快。林零略一沉默后，轻声说道："府尹大人，如果长安府坚持不肯开棺重验，说不得卑职只有请军部来人。"

"你这是拿军部压本官？"上官扬羽向来不是一个铮铮铁骨之人，只是如今因缘际会坐上了长安城官衙头把座椅，哪里肯当着下属的面失了颜面，冷笑一声提醒说道，"墓中葬的是御史，即便案情有变，也是都城治安的问题，本府若不发话，即便是军部也没道理横插一手，莫非是要本府去御前和你家大将军打官司？"

林零想着临行前军师的叮嘱，看着这位长安府尹，忽然想明白了一些事情，微笑说道："大人，卑职只是发现了一些疑点，所以才会告知长安府，我想大人既然愿意来墓园，自然便也是有几分意思，只是不知道大人究竟有何事情需要卑职注意小心，还请大人直言。"

上官扬羽面色稍霁，轻捋疏须沉忖片刻后，面无表情说道："任何案情有疑点，无论是御史，还是普通百姓，本府代陛下管辖长安城官民之事，自然都要认真研判，只是你要清楚，这件事情和军部无关，更和夏侯大将军无关。"

林零听明白了府尹大人言语间隐着的意思，稍一琢磨后，压低声音请示道："卑职回京另有公干，只是意外发现……墓中御史遗骸有些问题？"

"正是这个道理。"上官扬羽淡然瞥了他一眼，说道，"而且你必须记住，稍后无论开棺结果如何，在没有找到值得怀疑的真凶之前，都只能暗中调查，尤其是不可以让御史府中那位夫人听到风声。"

一位属官听着这话，在旁为难说道："大人，若要开棺验尸，总要通知御史府一声才行，不然若日后打起官司来，咱们很难占着理。"

上官扬羽听着下属的劝告也不接话，只是依旧静静看着林零，这份做派表达的意思很清楚，不问苦主而开棺这面黑锅，也得由你们那边背起来。

既不能用军部和夏侯大将军的名义，事后若有不谐还要去背这黑锅，林零脸上浮现出苦涩的笑容，心想这长安城里的官员，无论是前些日子打交道的书笔吏，还是今日纡尊降贵亲自前来的府尹大人，怎么都是这般滑不留手？

如果换作别等情况，林零断然不肯背这黑锅，没有军部和大将军两面旗帜护在身上，纵使他是位洞玄境的大念师，面对着御史宅的愤怒也会有些麻烦。然而大将军严命在前，他又非常确定墓中遗骸确实有问题，所以沉默思考片刻后，看着上官扬羽大人重重一点头，说道："如大人所愿。"

"很好。"上官扬羽表情平静，内心深处却开始觉觉到焦虑情绪的上扬。这名来自东北边军的大念师既然敢背这么大个黑锅，那说明他对墓中的情形极有把握，如此一来御史张贻琦的死，看来真的隐藏着一些什么阴谋？

工吏仵作拿着各式工具在御史墓旁等待，到春日入了中天，一天时辰到了阳气最旺之时，随着一声喊，从墓园方面调来的工人在长安府工吏的指挥下，将昨日才被家人打理干净的墓堆，变成了一片嘈杂的工地。

坟墓被从后部打开，微湿的墓穴间安静躺着一具乌黑的棺木，工人们架木于墓上，系上七道绳索，喊着号子，用了很长时间才把沉重的棺木吊了起来。

随着棺木被启开，上官扬羽动作奇快用手绢捂住了鼻子，片刻后才发现，并没有闻到什么扑鼻的恶臭，他蹙着眉头，隔着人群向里面望去，只见仵作正半佝着身子专心地验尸，隐隐约约间可以看到一些不知是白骨还是随葬器物的东西。

过了一会儿，仵作走到人群外，对着上官扬羽恭谨一礼，解下掩在口鼻上的沁油口罩，声音伴随浓郁的薄荷油味响了起来。

"大人，没有发现什么疑点。"

"嗯？"上官扬羽闻言望向身旁沉默的林零，目光中并没有被人调戏后的愤怒或者说失望，只有质询，因为他清楚事情肯定没有这么简单。

林零望向仵作问道："御史大人的头部查了没有？"

"当然查了。"仵作不知道他的身份，回答得极不客气。

林零沉默很长时间后，望向上官扬羽说道："御史头骨里扎着一根硬物，现在不确定是铁钉还是别的什么凶器。"

上官扬羽看着他冷笑一声，心想本府的下属绝对不会贪这个首发之功，只要拖延数刻，你果然还是憋不住了，淡然微嘲说道："一名大念师动用念力查看死者遗骸，听说是极不吉利极犯忌讳的一件事情。你先前一直沉默，本府也能理解。"

林零面色微白，苦涩一笑自嘲说道："为了维护唐律之尊严，替帝国官员申冤，有些规矩，在这等关键时刻，只能暂且不顾。"

"说得好。"上官扬羽微抬下颌，冷漠说道，"所以如果还有什么发现，你最好提前就先说清楚，不要让本府的人白费时间气力。"

林零平静应下，然后不再做任何遮掩，直接带着上官扬羽和仵作走到黑棺旁，抬起手臂隔空指向被布覆住的遗骸那头，说道："应该是缩进了头皮里，所以用肉眼看不到，把毛皮和头皮全部去除，就能发现问题。"

　　官府仵作开棺验尸，对死者也讲究个尊重，极少会开膛破肚，更何况现如今躺在棺内的乃是大唐御史，听着要将对方头皮整个剥下来，仵作不由为难地看了府尹大人一眼，搓着手问道："大人？"

　　"动手。"上官扬羽冷漠说道，"如果找不出来任何问题，自然有人会主动向朝廷请罪，御史府的愤怒，怎么也落不到你这个小人物头上。"

　　林零沉默站在棺木旁边，苦笑着摇了摇头，心想都这时候了居然还不忘重复强调，这人哪里像位高高在上的长安府尹，更像是个乡里粗鄙小吏。

　　这时长安府的吏员衙役都围到了棺木旁，把那些好奇的墓园工人赶走，他们看着仵作的动作，忍不住猜想着头皮之下究竟有什么东西呢？

　　棺中御史的遗骸早已腐烂，束住头发的布带也不知何时遗落，散乱萎细的毛发粘在头皮之上，仵作小心翼翼地除掉那些毛皮和下方似稀泥般的头皮，然后用清水泼在微微黄白的头盖骨上，拿布片擦拭了数下。

　　一个很细微的小创口出现在头盖骨顶端，上面积着的不知道是污血还是凝着的腐肉，随着布片擦拭和清水的冲洗，变得越来越清晰，直至能够看到创口里的东西。围在棺木旁的官员衙役们齐齐屏住了呼吸，上官扬羽的眉头蹙得越发厉害，随着仵作手中尖嘴铁钳的动作，众人的身体越来越紧张僵硬。

　　如同从骨中抽出一把锈刀，咔吱刺耳恐怖的声音从棺内响起。仵作额头上满是大汗，一手隔布按着尸骸头颅防止被自己扯掉，一手缓慢用力，终于拔出了那根隐藏在御史遗骸头颅里的硬物。

　　那是一根极长的铁钉，不知道是被血水还是尸水泡了太长时日，铁钉上已经布满了锈迹，但前端依然极为锋利。

　　看着仵作手中的那根铁钉，棺木旁的众人齐齐倒吸一口冷气，仿佛看到了去年某日，一根泛着寒光的铁钉被生生钉进御史头颅里的恐怖的画面，不由惊恐地连连摇头，有人甚至下意识里缩了缩脖子。

林零站在旁边始终沉默平静，因为在场众人中就只有他事先便已经基本能确定，这一刻会看到什么东西。他看着表情极为难看的长安府尹大人，平静说道："大人，疑点已经出现，接下来查案的事情是长安府的事情，卑职便不再参与了。"

上官扬羽盯着那根锈钉沉默了很长时间，忽然抬起头来望着此人寒声说道："本府断案自然不需要你的参与。但我必须提醒你，该上报刑部的事情本府自然会上报，该奏闻陛下的事情，本府自然会写奏章，但若在本府查出真凶之前，在外面听到某些言语，休怪我把大将军扯进来。"

林零揖手应下，然后飘然离开墓园。

宁缺并不知道御史张贻琦的墓堆被重新开启，长安府重新验尸，自己钉进对方脑中的那根铁钉已经被人发现。所以他并不知道自己刚刚踏上复仇之路不及一年，浓郁的阴霾已经罩住了自己的前路。

他觉得自己的前路无比光明，因为再过两天便是书院二层楼开启之日，也正是他决意凛然一搏之时。

这一天春和景明，书院诸生为了替谢承运等术科六人进入二层楼壮行助威，前往某清贵食居饮宴，其中便有被司徒依兰强行拉来的他。

15

去国游历的院长还未返回，书院二层楼便将开启，消息是从何处传出来的不得而知，但根据教习们的回复，已经可以基本确定这是真事，日期便在后日。

书院二层楼难进，难于上青天，这是所有人都知道的事情，学生们清楚自己大抵不会遇到昊天降福之类的乐事，能够进入二层楼的学生，应该出自谢承运等六名术科学生，所以放学之后，便有人开始闹腾起来，要为他们六人壮行助威。

这件事情本和宁缺没有什么关系，没有人能想到他的全副心神也是放在二层楼间。散钟之后他想去旧书楼询问一下余教授或者是陈皮皮，想知道以自己现在这种境界水平要进入二层楼究竟有几分可能，不料临行前却被司徒依兰强行拖出了书院。

　　用司徒小姐的话来说，像这等集体活动总还是要参加的。宁缺绝不认为自己需要努力挤进书院同窗们的生活圈子，只是司徒依兰平日对他极为和善，这面子实在是有些碍不过去。思忖片刻后，便也随着诸生离开书院进了长安城。

　　书院诸生选定的聚会场所在城南，是湖畔一座清贵大宅改装成的酒楼。酒楼上悬着块牌匾，上面是祭酒大人亲笔书写的店名：得胜居。

　　得胜居乃是长安城第一等清贵食府，占地面积极大，装饰摆设极为精致豪奢，来往客人不是朝中大臣便是四城豪富，若不是书院名头够响亮，即便是想要包个宅外露天食台，都极不容易。如今时值春暖草长，大宅外用老梨木挑着层层幔纱，被春风一扰轻舞而动，画面美丽至极，逾百名青年男女学生或微笑凭栏，或轻笑绕湖，或掀纱而行，把此间顿时变作青春放歌的妙地。

　　宁缺站在不起眼的角落里，手里捧着个小茶壶，平静看着正在春风中喜悦玩耍的同窗们，想着稍后宴席之上自己大概也看不到什么热情洋溢的面庞，左右还是坐在角落里发呆，估摸着席至半途自己便会提前离去，便唤来得胜居的小厮塞了几个大钱，要他雇人往临四十七巷带个话，让桑桑带着马车过来在门外候着。

　　过了很长一段时间，风头正盛的学生才子挑好了最临风潇洒的栏畔酒桌，恋情正热的学生情侣看好了幔后竹林清幽某地，湖畔的大露台才渐渐安静下来。司徒依兰不愧是当年长安娘子军的小领袖，站起身来落落大方地说了几段话，无外乎是祝福术科六子能在后日取得好成绩，又祝诸位同窗学业进步之类。

　　话音甫落，各色果子精美吃食流水般奉上，学生们开始饮酒作乐，其中最热闹的那处，可以清晰地听到诸生对谢承运等六人的殷殷期盼，淡淡马屁。

　　"听说今次二层楼只招一人。"临川王颖脸上稚气未脱，看着身旁那些围拢过来的大哥哥大姐姐，然后转向一旁怯生生问道，"以前也是这种规矩吗？"

谢承运微微一笑，看着身旁诸位同窗，平静应道："二层楼每次开启时的规矩都不一样，今次只招一人也有可能。难度颇大，我当尽全力而为，如此方不负诸位同窗期望，先生苦心教诲。"

钟大俊啪的一声打开折扇，朗声一笑说道："承运，你如今已经入了不惑之境，连曹教授都称你为术科第一人，认为你进二层楼大有希望。如果连你都没有信心，那今年还有谁能进二层楼？"

临川王颖想着此节，不由面色微黯，旋即那张清稚的脸上毫不掩饰流露出对谢承运的羡慕之意，说道："谢兄，日后进了二层楼，一定要记得告诉大家那里面究竟是什么模样，我真的很好奇。"

谢承运温和笑着拍拍少年的肩膀，说道："你年岁尚浅，就算今次进不得二层楼，想来下次也便进了，哪里需要我去为你打听？"

便在此时，得胜居院外传来一阵急促的马蹄声。湖畔饮宴诸生并不在意，长安城里哪一天不看到几拨骑兵奔驰的画面？唯有安静坐在角落里的宁缺，抬头望向蹄声起处，因为他听出来这些骑兵不是羽林军，而是在战场上真正见过血的边军。

片刻后，一名浑身戎装，犹有风尘之色的年轻将领在几名属官的带领下走上了湖畔露台，他看着这些在春风里饮酒作乐的学生，眉头忍不住微微一蹙，直接掀起幔纱便向更清幽的宅院深处闯了过去。

能在南城买了前御史府开食府，得胜居的老板自然背景极深，操持着人来人往的营生，必然是个长袖善舞的人物。书院诸生包了湖畔露台虽说挣不了多少钱，但换做平时，他绝对会想办法与那些学生亲近一番，以备将来之用。然而今天他却根本没有去与那些学生周旋，而是像个小厮般恭恭敬敬候在二门外。

数十名婢女仆役端着食盘用具行走在清幽宅院之间，训练有素的她们没有发出丝毫声音，宅院里只能听到风吹树梢时的簌簌声。得胜居老板锐利的目光盯着所有人的动作，确认没有任何问题，才稍微放松了些，抬起手臂擦了擦额头上的汗。

能包下得胜居最清幽也是最昂贵的后院，能让得胜居老板甘为小厮服侍，可以想见今日后院宴饮的宾主双方身份何等尊贵。今日宴饮主人乃是大唐四公主殿下李渔，她宴请的客人确实是位贵客，而且如果不出意外的话，这位客人离开长安城后，在余下的一生当中便再也没有机会重返长安。

锃亮的乌木地板尽头，两张矮几相对而置，左手方案几后坐着位青年公子，只见他一身素青衣衫，发髻上插着根玉簪，眉直目明，显得极为平静温和，唯有发间隐隐可见的几丝银发，不经意间透露出了这些年的郁结。

在长安城里做了近十年人质的燕太子，平静看着对面的大唐公主李渔，端起手边酒杯，缓慢而坚定地一饮而尽，然后感慨说道："天启四年我入长安游历，六年再入长安为质，屈指一算竟与殿下你相识十年。虽然中间有两年你去了草原，但也算是相伴成长，此番一别不知何日才能再相见，不免有些感叹。"

"崇明哥哥，你我皆知，若要还想在长安城中相见，那必然只可能是因为两种原因，既然如此，那么还是不要相见为好，或者有时机，我去成京探望你。"

李渔微微一笑，将手指间把玩良久的小酒杯端起，轻轻啜了一口。席间二人其实都清楚，崇明太子今番回国，不出意外在燕皇死后便会继位，一国之君如果还想进入大唐都城长安，那么只有两种可能：一种是燕国被大唐帝国所灭，他作为亡国之君被押至长安献俘祭天，第二种则是他率领燕国军队，打进长安城。

这两种可能，前者太惨淡，后者不太可能，所以李渔会说不如不见。

"不见也好。"燕太子微微一笑，说道，"正如你所说，日后若有闲暇，你去成京看我便是。到时候我做主人，请你吃些鲜新玩意儿。"

"现在又不是小时候了，哪里只会贪口腹之欲。"李渔笑了笑，说道，"不过日后崇明哥哥你就是一国之君，我若向你伸手要些东西，自也方便。"

一位是燕国皇位的正统继承人，一位是大唐地位最高的公主殿下，看似只是分离之前述说些儿时情谊，实际上谁知道哪句话里隐着日后的纷争？

燕太子微一沉默，清瘦的脸颊上浮现出一丝苦涩的笑容，举杯低声感慨说道："一国之君……又哪里是这般好做的，我在长安城里住了近十年，早已习惯此间气候水土风物人情，其实真心不愿意归去。"

"哥哥你这话不妥，燕皇年事已高，身体不好……"李渔轻轻摇头。

"有何不妥？父皇当年本来就不喜欢我，所以把我当质子赶来长安，他也没有什么伤感痛苦之处，整整八年时间，我在长安城里沉默低调度日如年，成京处可有来信关怀慰问几声？其实整个燕国……早就把我给忘了吧？"燕太子举起酒杯一饮而尽，眼眸中闪过一抹痛楚之色。

"我在草原上过了几年，我当时也很担心长安城会忘了我。但事实证明，只要你还活着，并且回来了，那么再久远淡薄的记忆，都会被重新拾起来。"李渔神情坚定望着燕太子，说道，"当年是崇明哥哥你给我出的主意，前往草原一策让我置身事外，得了极大的好处，现如今崇明哥哥即将归国，我自然也要送你几样礼物。但我知道你是不大肯要的，不过你必须记清楚一件事情，无论成京局势多么糟糕，你毕竟是嫡长太子，谁也不能把属于你的皇位给抢走了！"

燕太子平静回视着她，想着这些年来她为了自己幼弟苦苦经营，不由生出淡淡同伤之感，自嘲一笑后说道："现在的问题并不是有人想抢我的皇位，而是这皇位本来就还不属于我，在所有燕人看来，我那位英明神武的弟弟比我这个囚居长安多年的懦弱太子，更适合坐上那把皇椅。"

他出神片刻后继续轻声说道："我虽然已经离开成京多年，但小时候有些事情还是记得很清楚。隆庆他似乎从生下来就是个天才，无论是骑射诗书甚至修行，仿佛世界上就没有他做不到的事情，而与他相比，我这个太子却没有丝毫特异之处，所以父皇喜欢他宠爱他，大臣们信任他倚重他，就变成了一件很自然的事情。更何况他现在已经是西陵神殿裁决司的大人物了。"

燕太子看着李渔说道："从进入西陵天谕院那天起，隆庆的母族便开始在成京造势，现如今这势头已非人力所能打压，因为他外有强援，而强援……来自西陵。"

16

清幽的宅院内一片安静，李渔直视燕太子的双眼，过了很长时间后才轻轻启唇，缓声说道："外无强援不能成事。隆庆有西陵神殿在后方隐而不发，若崇明哥哥你愿意，相信我的父皇绝不介意发封国书给你的父皇。"

这个世界上有实力能和西陵神殿分庭抗礼的，只有大唐帝国。然而听着这话，燕太子并未动容，更没有流露出狂喜之色，反而陷入了长时间的沉默。

"虽然我不明白西陵神殿为什么同意隆庆皇子入长安城接替你为质，我也不想去考虑隆庆皇子他一心想入书院二层楼的目的是什么，我只知道现在的局势对你极为有利，他在长安难以遥控成京，岂不正是你的机会？"李渔看着燕太子微垂的眼睫毛，从容不迫说道，"西陵神殿确实是高妙圣洁之地，裁决司的大人物确实很了不起，把这样一个人物当作质子，或许大河南晋里很多人都在嘲笑我大唐行事荒唐，但这些人根本不知道，世间只有一个地方，有足够的能力把裁决司二号人物当成人质来看管，那个地方就是书院。"

燕太子终于打破沉默，抬头神情凝重看着李渔的双眼，说道："问题是据我所知，就算是大唐皇帝陛下，对书院的影响力也极为有限。如果院长大人并不想限制隆庆的人身自由，反而让隆庆在二层楼里再有进益，我该如何自处？"

李渔微微蹙眉，轻声应道："书院毕竟是在长安城，你不用多虑。"

"这和多虑无关。"燕太子平静应道，"我比谁都清楚，隆庆是一个何等样骄傲的人，像他这样的人愿意舍弃自己的骄傲，同意接受考核才能进入书院二层楼，那就说明对他来说书院是个很重要的地方，隆庆最擅长的事情就是把所有他认为看起来重要的人或事，最终都变成他的助力。"

"你是担心如果隆庆入了书院二层楼，书院里的人会支持他？"李渔坚定地摇了摇头，平静说道，"书院连帝国内部事务都从不插手，更何况是异国皇位之争。"

燕太子摇头苦笑道，"反正我总觉着让他进书院二层楼，不是件好事。"

"如果对隆庆和西陵来说是纯粹的坏事，数月前他们也不会同意父皇的要求。"李渔若有所思，忽然蹙着眉尖自言自语道，"如果他进不了二层楼……"

"听闻书院里有位来自南晋的大才子……"燕太子喃喃道。

二人对视片刻，几乎同时摇了摇头。今次书院二层楼开启，明言只收一人，事实上就是因为隐藏在幕后的这次交接。那个位置本就是为那位隆庆皇子准备的，而且以那人之能，就算他们能安排一些竞争者，也不足以撼动对方。

便在这时，清幽深宅外的木廊上响起一阵急促而不乱的脚步声，燕太子用征询的眼神看了李渔一眼，李渔微笑回答道："华山岳和他的几位同袍。"

话音落处，一身戎装风尘的固山郡都尉华山岳和身旁数名军官走入长厅，先向李渔抱拳一礼，然后才见过燕太子。自有婢女仆役重设酒案，华山岳数人依命坐下，宅内回复幽静。

李渔平静望着燕太子说道："本宫命华都尉匆匆赶回长安，是想着要在崇明哥哥你离去之前，双方见上一面为好。"

"末将常年驻守河北道，年后可能从固山郡调往山阴郡。"华山岳补充了一句。

山阴郡在岷山东南，邻近燕境，大唐帝国驻扎在此郡的府兵，虽不似更北处夏侯大将军率领的边军可怕，但却是大唐境内距离燕国都城成京最近的武装力量。早些年间，燕太子见过华山岳，知道他是四公主李渔的狂热崇拜者，更是大唐军方年青一代的重点培养对象，他自然能够想到，李渔不远千里急召此人回京，当不是为了替自己送行，而是隐藏着更深的意思。

听到华山岳亲口承认明年便要调往山阴郡，燕太子瞬间便明白了李渔的意思。他看着案上的酒樽陷入了长时间的思考，脸上虽然没有任何表情波动，内心的挣扎与冲突却已经到了极点。过了很长时间，他才用微哑的声音低沉说道："如果事情不发展到最后一步，我绝对不会用你的这着棋。"

李渔平静回答道："如果能不用走到最后一步，那自然是皆大欢喜，可如果真走到了最后一步，我希望崇明哥哥你落子时，要有无悔的勇气，我想请你明白一点，这不仅仅是在替我大唐的利益考虑，我更希望你能获得本就属于你的东西。"

所谓送别，不过是就某些交易与承诺进行最后的背书。虽然里面肯定也有相识十年的情谊在，但毕竟事涉家国，一旦把表面的温情撕扯掉，宴会便很难回复最初的语笑晏然模样，场面一时间显得有些尴尬。

华山岳想起先前在宅院外所见，笑着说道："得胜居湖畔的露台今天都被人包了，那里嘈杂得厉害，不过比咱们这儿倒是热闹不少。"

"噢？"李渔眉梢微挑，好奇问道，"谁这么大的手笔？"

说这句话时，她浑然没觉着自己把得胜居最清幽昂贵的后宅尽数包下，才是真正的大手笔，毕竟她是大唐最受敬爱的公主殿下，哪有人能与她相比？

"是书院今届的学生。"

"书院诸生乃是我大唐或者说是整个天下的栋梁，本宫见见他们又有何妨？"以贤良惜才著称的李渔公主，自然不会错过这样一个收拢青年才俊人心的机会，微笑望向燕太子，说道，"相信崇明哥哥也想见见书院里的新学生吧？"

"那是自然。"燕太子平静点头。

湖畔露台上饮酒作乐的书院诸生，待得胜居后宅贵人相召，才发现原来自己的所谓骄傲确实不适合在长安城里发作。这座神奇的城市，随便在侧巷嘘嘘就有可能碰着位同样喝多了的小国公，在茶铺里吹个牛就有可能遇见月轮国来的某位王爷，自己等人不过是想借着由头聚上一聚，结果居然碰上了大唐公主殿下宴别燕太子……

得胜居占地极广，那处后宅乃是神风年间一位老御史留下的祖产，容个二三百人不在话下，但毕竟是公主殿下相召，哪有让所有书院学生排着队去请安、把清幽贵院变成菜市场的道理？不过是择些平日里成绩优良口碑不错的学生做代表罢了，代表之中自然少不了谢承运为首的术科六人，钟大俊等才名在外之人，还有司徒依兰、楚中天这等长安权贵子弟，以及某人。

书院诸生进入清幽宅院时，李渔正低声与燕太子说着话。忽然间她的眉尖微微一蹙，目光下意识里望了过去，果然在人群最后看见了那张熟悉又可恶的脸。

这大半年的时间，她时常唤桑桑去公主府陪自己说话，却再未见过宁缺。但通过各式各样的途径，宁缺在书院里的作为依然不停进入她的耳中。

"见过公主殿下。"

"见过崇明太子。"

谢承运、钟大俊、临川王颖诸生站于宅院静廊之前，依次向席上两位贵人行礼请安，几番对答下来，诸生表现不错，尤其是谢承运及王颖二人言辞颇有清肃意，李渔觉得比较满意，只可惜那位谢三公子是南晋人而不是唐人。

"崇明哥哥，你看我大唐年青一代才俊如何？"李渔微笑望着燕太子问道。

燕太子微微一笑应道："大唐威临四海，书院乃千古神圣地，自然不凡。"

便在此时，得胜居清幽后院外忽然响起一片嘈杂声音，有拦阻声有训斥声，竟似有人正在向这边直闯。李渔望向廊外竹后掩着的通道，手指间拈着小酒杯没有发话，只是眉尖微微蹙了起来，坐在她身后两尺席上的华山岳则是神情一肃，厉声呵斥道："谁人如此大胆，竟敢乱闯殿下宴饮之地！"

院外的嘈杂声极为迅速地转为依然凌乱却代表截然不同意味的声音，廊后竹林间响起的丝竹声骤然乱得不成曲调，隐隐夹着少女惊喜的呼喊，报事人震惊传话时撞翻酒席的声音，然后这些声音在下一刻通通消失。

寂静一片的宅院间，雨廊下，竹墙旁，没有任何声音，变得寂静一片，安静得令人心悸，除了那些落在石径间又仿佛落在人心脏上的脚步声。

自宅院外缓慢行来的脚步声并不只属于一人，并不整齐，但庭院间众人的耳朵却仿佛只听到其中一人的脚步声。那脚步声异常稳定，竟仅仅从听觉上便能释放出极浓郁的骄傲味道，似乎他每一步都踩在通往苍穹的天道上。

面露痛苦无奈之色的得胜居老板像个可怜小厮般佝着身子走在前方，虽然带着外人直闯四公主的宴饮场所，毫无疑问是最快的取死之道，然而此时他身后这些客人来头也极大，更关键是对方拿出的理由根本无法反驳。

在石径上行走的是大唐文渊阁大学士曾静，这位深受陛下与皇后信任的朝中大员，脸上挂着淡淡的笑容，看不出来真实的情绪。

在曾静大学士的右手方，是位穿着黑色道袍，腰间佩着昊天神剑的中年男子，他是西陵神殿天谕院副院长，此番造访都城长安的莫离神官。

大唐帝国朝野皆知，皇后娘娘与四公主殿下的关系虽谈不上水火不容，但因为日后某年继大位之事，天然处于敌对阵营之中。如今皇后娘娘麾下首席大臣要闯公主殿下的宴饮，身边还带着位来自西陵神国的大人物，谁愿意把自己夹在这种恐怖的湍流之间？更何况来闯宴的人群中，还有那位……

曾静大学士与莫离神官携手而来，按道理讲，注定要吸引庭院间所有人的目光，然而事实上，此时场间众人的目光都落在二人身后那位青年身上。

世间有一种人天然便具有某种魅力，即便他是万千民夫中一个浑身污泥的倔强少年，即便他是黑压压叩山虔诚信徒中面容普通的少女，无论他如何低调沉默地走在人群中，无论他身周有多少光彩照人的大人物，只要他在那幅画面中，那么当你望去时，绝对会第一眼看到他，然后再也无法挪移开目光。

人群中那位青年便是这样的人。他年龄约莫二十岁左右，身上穿着西陵神殿裁决司死气沉沉的道服，腰间佩着柄式样普通的剑，脚步平缓而稳定，就这样寻常沉默跟着曾静大学士和莫离神官走入庭院，瞬间夺了所有目光。

　　英俊的眉眼就像传说中那般不可挑剔，映着树梢处漏下的淡淡天光，震飞丝丝缠绵的柳絮，隆庆皇子就这样出现在人们的视野中，有若神子。他的脸上没有丝毫负面情绪，一味平静，但就像节奏清晰至死板的脚步声那般，让场间所有人都感觉到他的骄傲，那份深藏于身躯内骄傲到不屑于展露的骄傲。

　　短暂的安静后，空旷清幽庭院里的人们下意识里站起身来相迎，书院诸生瞬间猜到此人身份，脸上流露出淡淡惘然无措，目光里略带不安，情绪显得极为复杂。

　　坐在最上方席上的李渔微垂眼帘，眼中的惊讶寒冷警惕神色一闪即逝，坐在她对面的燕太子目光则是更为复杂，有些唏嘘有些伤感，然后缓缓站起身来，脸上露出温和的笑容，说道："隆庆……这真是多年不见了。"

　　此时一直坐在庭院最偏远角落里，不停埋怨跪坐礼仪实在不符合人体力学的宁缺，终于注意到了这些不请而至的客人，张嘴看着人群中那位卓尔不群的隆庆皇子，赞叹道："这真是咔嚓一声雷响，男主角终于闪亮登场。"

17

　　用天谕院副院长莫离神官的解释是，隆庆皇子自西陵前来大唐都城长安的路上偶感风寒，所以前些日子一直在桃花巷中静养清心，一直未能拜望自己的兄长，而今日得知太子殿下明日便将启程返国，故不顾病未痊愈，赶来此地相见。

　　西陵神殿裁决司的大人物，已经站在知命境界边缘的强者，居然会被旅途中的风寒感冒弄到卧床不起？这理由借口自然无人相信，场间众人都清楚，隆庆皇子只是不想太早与燕太子相见罢了，然而这等场合，既然西陵方面给出了个借口理由，大家也只能接受便是，难道还能直斥其非？

从隆庆皇子进入庭院，场间所有人的目光都被他吸引了过去，不禁好奇他会如何回答，脸上会不会露出尴尬的神情？

隆庆皇子没有回答，当莫离神官解释的时候，他只是平静沉默坐在燕太子下手方的席儿之上，脸上没有尴尬神情。更准确地说，除了一些礼仪性的微笑之外，他那美丽如画的容颜上，基本上没有什么情绪。仿佛是在向场间众人表明，我知道这是借口，而且这种借口很无趣，但和我又有什么关系呢？

他浑身上下透着股方正严肃味道，即便是那如画容颜，都不能冲至稍淡几分。直至此时，场间诸人才渐渐回想起来，隆庆皇子除了修道天才万人迷之外，还有一个更了不起的身份，他亲执神殿裁决司，权盛威重不可一世。

双方分席坐定之后，便自有人介绍彼此身份，知晓陪着隆庆皇子前来的是曾静大学士，场下席上的书院诸生不免又要起身行礼。

曾静大学士便是当年住在宣威将军府对门那位通议大夫，因为家宅不宁引来皇后震怒，结果最后反而因祸得福，得罪了清河郡大姓，却得了陛下和皇后娘娘的赏识，从此青云直上，成了如今朝中屈指可数的重臣。

书院学生虽则骄傲，但若进不了二层楼，结业之后也会入朝为官，哪里敢得罪这样的大人物，至于坐在最角落处的宁缺，所思所想却与同窗不同，他好奇打量着远处席间这位高官，心想小时候见你时哪有这等官威？

"晚生临川王颖，见过大学士。"

"末学阳关钟大俊，见过大学士。"

"南晋谢承运，见过大学士。"

谢承运长身而起，微笑揖手一礼，有些人注意到他并没有自称晚生末学，稍一思琢便明白，这并不是他对大学士无礼，而是不想在某些人面前落了下风。

"谢三公子才名远播，老夫久居长安城，也听说过你在南晋科试时的风光。听说如今你在书院术科中精学勤进，真是令人欣慰。"曾静大学士微笑捋须，看着正坐在对面的隆庆皇子说道，"皇子号称当世奇才，今番又要入书院进修，当与谢三公子这等俊彦好生亲近一番才是。"

听着这句话，隆庆皇子微微颔首，似是赞同曾静大学士的话，但因为动作异常细微，很难看出什么诚意。他美丽的容颜上毫无表情，并未刻意流露出某种冷傲神情，但这种无情绪却透露出很准确的信息传达，那就是不在意。

苍鹰不会在蚂蚁面前流露骄傲，高山不会刻意低头俯视小山丘，因为在它们看来，本来就不是一个世界里的存在，根本就没有必要流露出多余的情绪。但对于承受者而言，这种不在意正是最重的傲骨凌人，这种无视毫无疑问是最狠的轻蔑羞辱。

在书院中向来以才学风度著称的谢三公子谢承运，孤单落寞地站在场间，过了很久才微微一笑坐回席上，只有专心去看才能注意到他的笑容有些不自然。

不过是一首小小的插曲，今日得胜居宴饮真正的问题一直隐藏在幕后。隆庆皇子与燕太子相见，无论兄弟二人争或不争，总是燕国皇位继承权的内争倾轧。公主李渔很明显站在燕太子一边，而曾静大学士随隆庆皇子前来，虽然表面上是奉陛下旨意相陪，但谁能确定他是不是代表了皇后娘娘的倾向？

燕国皇位继承权事涉两国之间的关系，同时也会进一步增强或是减弱大唐皇室两大势力间的实力对比。只是当着燕国人与西陵神官还有一众学生的面，无论是公主殿下还是曾静大学士，都要维持帝国应有的尊严与气度。

"陛下命微臣陪隆庆皇子熟悉长安周边，几番交谈虽不甚深，但臣深感皇子学识过人，殊可敬佩，加上修为惊人，入书院二层楼，想来是不在话下。"曾静大学士轻捋胡须，看着对面的隆庆皇子赞叹摇头。谁也不知道这位皇后娘娘信臣心里打的什么主意，居然当着一干书院学生的面，如此称赞外来客人，就算是为了打压公主与燕太子携手之势，做派也实在是太难看了些。

场间席上的书院诸生代表，平日里本就是书院中最优秀的一批人，傲骨自生，他们或许并不知晓燕国皇位继承之事，但先前看着隆庆皇子无视谢承运一幕，对此人生出了极大的反感，此时听着曾静大学士说到书院二层楼一事，他们又骤然想起，这位隆庆皇子便是己等最强大的竞争对手，不由一惊。

钟大俊挑眉说道："书院二层楼……可并不是那么好进的。"

大唐风气开放，似这等宴饮场所，随意插话并不少见，尤其是当意气之争上来时，曾静大学士微微一笑，不再多说什么，似是对这等应答毫不意外。一直沉默寡言坐在上席的莫离神官，冷冷看了场间一眼，淡然说道："我西陵神国人才辈出，隆庆皇子乃我天谕院十年来最杰出之人，二十年华便要迈入知命之境，堪为世间年青一代最强者，若他都不能进书院二层楼，谁能入？"

他身为西陵天谕院副院长，身份尊贵，然而谁能想到他说出来的话，竟是如此直接甚至显得有些蛮横，然而有句俗话叫话糙理不糙，他轻描淡写摆出几个名词来，加上这些年真实事迹的例证，这等糙话便显得更有力量：如果世间年青一代最强者，都不能进入书院二层楼，那么谁有资格进入？

"迈入知命境界和知命境界本来就是两回事。"固山郡都尉华山岳面色微沉说道，"世间有多少号称修行奇才之人，便在那门槛上误了终生，眼看着知命在前却迈不动第二只脚。我固然不如隆庆皇子天资过人，但隆庆皇子现在不过是洞玄巅峰境界，便要说他是年青一代最强者……我不知道这是不是过誉，只觉得神官此言，恐有捧杀之虞。"

西陵神殿的神官行走世间诸国，所受待遇何其尊崇，然而当他们入了大唐国境，进到长安城中，官方看似热情有礼，实际上绝大多数人就像华山岳此时一样，根本看不起这些装神弄鬼的道士，一旦怒意起，哪里还管得上什么修辞手法，反驳质疑嘲弄的话语，就像棒子一般硬邦邦地抡了过来。

莫离神官强行压抑住心中怒意，盯着华山岳的双眼寒声说道："大河南晋月轮确实各有年轻强者，不过近些年来，还真不知道大唐又出了什么大人物。"

华山岳毫不示弱回瞪了过去，说道："我大唐王景略现正在镇国大将军麾下效力，因天枢处规矩，现在还只不过是一亲兵，便也真算不上什么大人物。只是他那知命以下无敌的名头，始终还是无人能够夺去。"

这段话真是掷地有声，大唐王景略并非出自西陵，也与佛宗无关，纯自修成才，号称知命以下无敌，隆庆皇子虽说出自西陵神殿，号称绝世修行天才，但只要你一天还没有跨入知命境界，又没有打败过王景略，便难称真正无双。

清幽宅院间陷入了短时间的沉默，然后这沉默迅速被一道极为平淡的声音打破，声音的主人，却是席间一直沉默的隆庆皇子。

隆庆皇子举着手中酒杯，静静看着华山岳，但清远目光却像是看着极远处的某地，落在茫茫大泽旁的军营之中，淡然应道："知命以下无敌……很久以前我就想替他把这称号给改了，只可惜一直没有找到机会。华将军，如果方便不妨替我传话给王景略，希望他能尽快往长安一行。你知道的，我现在不方便出长城。"

隆庆皇子收回目光，没有夹杂一丝情绪，望着华山岳的眼睛说道："如果他出现得晚了，我就没有替他改称号的机会了。"

迎着那双宁静如湖，毫无情绪的眼睛，华山岳心头微凛，无由一窒，准备好的话语强行咽了下去，因为他从隆庆皇子的目光中看到的不是被激怒后的战意，而是一如先前的平静自信。

场间很多人都听懂了这句话：如果王景略出现晚了，他就没有替王景略改称号的机会，不是说他无法与王景略交手，也不是说他认为自己可能失败，而是因为……他坚信自己在不久的将来必将踏入知天命境界，到那时再击败王景略，王景略岂不是依然可以保有知命以下无敌这个称号？

被一个燕国皇子，一个来自西陵裁决司的敌人震慑住了全场，李渔精致的双眉缓缓蹙了起来，想起天枢处里那些老头子，想起这几年间周边各国涌现出来的年轻强者，不禁生出淡淡无力之感。

数百年来，大唐国力强盛，军威更是无双，可只要书院后山中人不出手，便极难在个人层面上找出能与外敌相抗衡的人选，不得不说这是一种极大的遗憾。她的目光在场间的书院诸生间掠过，带着一丝恼怒想着，如果你真是吕清臣先生寄望的修行天才，本宫何至于在这种场合被这个皇子逼至如此境地？思绪还在柳絮间发散，她却没有在那角落里找到宁缺的身影，不由更是恼火。

得胜居侧门巷内，宁缺站在乌厢马车旁，对疑惑探出头来的桑桑不耐烦地招了招手，说道："你在家里不是成天闹着说要近距离看看那位隆庆皇子吗？"

桑桑很认真地解释道："少爷，我就那天晚上说过一句，没有成天闹。"

宁缺摊开手说道："好吧，你想不想看？"

得到肯定的回答，他带着桑桑向得胜居走去，有些心疼地掏出一块银子，递给行方便的得胜居小厮，然后穿过不再嘈杂的露台，走近清幽的宅院。他想着桑桑想看，所以便带她去看，反正李渔和她相熟，想来也不会有什么问题。

自幼相依为命的生活早已养成二人某种习惯，看到对方喜欢的东西，便下意识里替对方留着，比如煎蛋面，比如酸辣面片汤，比如银子，比如皇子。清幽庭院间，所有人的注意力都被先前那番争论吸引，然后被隆庆皇子平静话语流露出来的强大自信所震慑，竟是没有人注意到他把桑桑悄悄带进了场间。

淡雅丝竹声间，偶有低声议论，首席座上天谕院副院长莫离神官神情傲然，曾静大学士面无表情，气氛显得有些压抑。谢承运看着案上酒杯，忽然间微微摇头一笑，深吸一口气后长身而起，揖手为礼，看着座上隆庆皇子朗声说道："敢请教。"

听着这三个字，庭院间骤然变得更加安静，那些作为背景音的丝竹声不知何时也悄然无踪，李渔看着站在场间风度翩翩的谢承运，眼眸中流露出些许赞赏神情，只是想着此人也非唐人，不免还是有些遗憾。

隆庆皇子屈膝半跪于地板上，认真整理衣着后，正视谢承运，今日头一次以凝重神情示人，认真说道："谢兄请。"

庭院角落，桑桑半跪在宁缺身后，小心翼翼探出头来，看了两眼后低声说道：“少爷，这隔得太远了，比那天在街上看得还要远，都看不清楚他的脸。”

“不要打岔。”宁缺夹了一筷子醋渍鱼皮塞进嘴中嘎嘣嚼着，说道，“没看见正戏上场了？两大才子辩难，这种热闹可不多见。”

桑桑哪里知道辩难是什么东西，好奇看着那边，问道：“少爷，你觉得谁会赢？”

宁缺喝了一口酒，摇头说道：“我只希望谢承运不要死得太惨。”

18

辩难题目由曾静大学士所出，甫一开场，在书院内辩难无敌手的谢三公子，便知道自己遇到了怎样不可撼动的一座大山。

隆庆皇子整理仪容，神情凝重开始辩难，不是他对自己辩难的对手有何畏惧，而是因为他尊敬辩难本身所代表的智慧磋磨，同时也是对谢承运的勇气表示某种程度的嘉赏。而当辩难开始，他便毫不容情开始展露自己傲然同侪的真实水准。

无数言辞如清美莲花，从隆庆皇子双唇间流淌而出，围绕着辩难命题，无数前贤经典被他巧妙撷取组织，变成一张繁复又清晰的罗网，往往需要听者琢磨良久，方始明白其间真义。更令场间诸生感到震惊无语的是，在今番辩难里，隆庆皇子竟是全然未用西陵昊天道门神典，而全部用的是书院典籍观点！

正如宁缺判断的那样，在隆庆皇子面无表情叙论之前，谢承运只是稍做反击，便被陷入那朵朵莲花铺成的海洋，看不到任何错漏之处，觅不到丝毫还击缝隙，竟只能眼睁睁看着对方将那道语网织得越来越密，而自己却是毫无还手之力。

这些于典籍玄谈间求真理的手段，是宁缺极不擅长也无法喜爱上的。从四岁那年，他发现奥数班上解开的习题对自己的乞讨生涯没有任何帮助后，他就牢固地树立了一条生活准则：无论是怎样美好的妙学深思，若不能落在刀锋前或食案上的实处，那么对自己的生活就没有任何意义，就不需要去继续研究。

嗯……书法例外，因为他爱。

辩难他不爱，对谢承运不可能有好感，没有什么集体荣誉感，却也不想看着那个面瘫还如此英俊令人恨的皇子继续嚣张。所以他不再理会那边正发生什么，拉着同样听不懂的桑桑，藏身在阴暗角落里喝着小酒，吃着蔬果小菜，等着散席的那一刻。

"同门集中，夫子曾言：三年不改其行，是为道也。"

隆庆皇子最后用当今书院院长在三十年前一篇论述里的定论，结束了自己的发言，也结束了这场完全一面倒的辩难。

庭院之间鸦雀无声，书院诸生沉默看着那位冷漠坐在席间的皇子，不知该如何言语，都觉得后背有些微湿。如此思虑严谨却言辞若锋之人，真是太可怕了，更何况对方用的全部是书院典籍，最后更是用夫子经义大论做定舟之石，他们哪里还有颜面再去纠缠？

至此时，场间众人终于明白为何隆庆皇子容颜清俊而宁静，谈吐极少而温和，却偏生给人一种莫名骄傲冷漠的感觉。这并不能全然责怪他目无余子，而是身周的人在他的强大实力前下意识里觉得自己矮上一截，久而久之，这位天赋其才的皇子习惯了这种相处的方式，于是才有了如今不言不语却傲然于世的他。

桑桑接过宁缺悄悄递过来的酒抿了口，看着前方说道："好像隆庆皇子挺厉害的。"

仿佛是为了回答小侍女的疑惑，天谕院副院长莫离神官看着场间书院诸生，极为满足补了一句："隆庆皇子辩难之道，是烂柯寺长老都极欣赏的。"

场间气氛至此时不免有些尴尬，坐在李渔左下方那位来自固山郡的中年将领忽然豪迈一笑，说道："我张建新是个粗人，实在是听不明白皇子和那位公子讨论的是啥东西，不过我知道但凡宴饮必要有酒助兴才是。今日大家伙都是来替崇明太子送别，我固山郡也没有什么好东西，就带了几十罐九江双蒸，先前喊校尉们拉进后院了，这时候请诸位品尝品尝。"

这话说得直憨，但确实颇为客气。固山郡出产的九江双蒸可不是什么普通美酒，而是用双蒸馏法酿出的高度烈酒。这种高度烈酒被大唐帝国某任皇帝用来软化草原蛮人心志，腐化部族铁血之气，收到了奇效，自那之后便成为帝国严密固守的秘密工艺，惯常用来与草原部落在谈判中讨价还价，很少供人饮用。

　　之所以九江双蒸佳酿很少供人饮用，连宫中都未选择作为贡酒，除了酿造不易之外，更重要的原因是，这酒实在太烈，一般壮汉只饮得一大碗便会醺然欲醉。虽说烈酒符合唐人剽悍大气的性情，然而把酒凭栏临风自以为胸怀壮阔之时，只能小口啜饮，稍一放肆淋漓便要醉倒，未免太过不美，所以唐人只好忍痛舍爱。

　　少见的固山郡双蒸佳酿被分成小罐送至各桌，又换上了更精致一些的酒具。先前庭院间压抑紧张的气氛稍微缓和了一些，然而谁也没有料到，那名叫作张建新的固山郡将领，唤来婢女撤下面前小酒盅，换了大碗，把烈酒尽满碗中后，盯着隆庆皇子的眼睛，沉声问道："不知西陵神殿是否禁酒？"

　　隆庆皇子看着面前的小酒盅，似笑非笑般摇了摇头。这是他自入场以来，如花容颜上第一番呈现出温和淡然之外的一种情绪，自有一份魅力散发。

　　张将军面色一肃，抬起左手，双手捧碗，郑重说道："话说当年，末将也曾在岷山之下与燕国骑兵交手过，如今近十载光阴渐去，两国修好如初，这一碗末将便礼敬隆庆皇子，望不嫌弃。只是这双蒸酒极烈，在草原上向来有三碗不上马的说法，不知隆庆皇子您能不能饮，敢……不敢饮？"

　　此言一出，场间又变得安静下来。

　　角落里，宁缺看着那处摇头说道："这算是逼酒还是闹酒？俗，真俗，咱大唐军方从前线撤回来的老少爷们，就是这么老实，或者说愚蠢。那皇子乃是洞玄巅峰小牛人一枚，和这种人拼酒，就像和你家少爷我玩骰子赌博一般，纯粹是找虐啊。"

　　一边说着话，他一边把先前喝米酒的碗空了出来，把小罐装的固山郡佳酿倾入碗中，然后小心翼翼用袖子掩着，递给身后的桑桑。双蒸烈酒果然不同凡响，须臾间酒香弥漫而出，桑桑惯常平静的脸上竟是难抑喜色，眼睛都亮了起来。

话说庭院深处席间，曾静大学士看场面无趣，便出来解围，轻拍手中折扇，看着张建新将军面色一肃说道："既为修好举杯，众人何不同饮？"

当朝大学士神情一凛，即便是大唐边军将领也不敢造次。然而不知为何，张建新却像是没有看见一般，依旧双手捧着酒碗，冷冷看着隆庆皇子，说道："同饮也罢，对酌也好，我只问一句……皇子饮不饮？"

宁缺此时抿了口烈酒，被辣得紧紧皱眉。听着此话，他蹙眉望向那处，心想这位张姓将军先前自称粗人……只怕是假的。刻意粗鄙以势逼人，以己之粗陋无状破敌之雅致傲然，在当前帝国颜面连连受损的局面下，倒也不失为一怪招，说不定正是李渔暗中授意的。

不过就像隆庆皇子骄傲的两大基础之一，这些事情和他宁缺又有什么关系呢？当他发现桑桑极喜爱这种双蒸烈酒后，他现在便只顾着从酒罐里倒酒，再偷偷递给身后的桑桑，再然后偷偷偷了旁边一同窗的酒再偷偷喂给桑桑，如此不厌其烦小心翼翼地重复重复再重复并且乐此不疲。

主仆二人藏在庭院阴暗角落间偷酒喝时，场间那边的局势又有了变化。当很多人以为隆庆皇子会以一贯的冷漠骄傲无视大唐将领斗酒之邀时，只见他如画眉眼间忽然闪过一丝淡淡笑意，右手轻轻一招，席下酒罐便无声无息来到手边。

紧接着，隆庆皇子右手倒提酒罐，透明清冽的酒水伴着刺鼻的酒香倾泻而出，瞬间溢满大碗，不待酒水真正溢出，左手臂破风抬起将酒碗送至唇边，如鲸吸水如龙卷风般满饮碗中烈酒，动作好不潇洒。

固山郡将军张建新微微一愣，似乎没有想到以骄傲冷漠严肃著称的隆庆皇子，面对着自己的斗酒之邀居然变得如此随性自然。片刻后，他便醒了过来，想起自己还端着酒碗，于是赶紧捧至唇边一饮而尽。

然而就当他刚刚把酒碗捧离唇边时，发现对面席上的隆庆皇子，不知何时竟已倒满了第二碗酒，又是极为潇洒地一饮而尽。

第三碗，第四碗，第五碗……固山郡九江双蒸烈酒，即便在草原上，也有三碗不上马的传说，张建新敢邀酒赌斗，自然是此道高人，然而面对着隆庆皇子面不改色吞酒不断的喝法，终究是无法抵挡，满脸通红地倒了下去。

自有婢女仆役将浑身酒气的张将军抬走，庭院间的大唐诸人觉得脸上好生无光。赌酒邀斗这种事情本就俗到了极点，结果最后还偏生让这位仿佛画中人不食人间烟火的皇子给喝翻了，这就不只俗到了极点，也丢脸到了极点。

隆庆皇子手中端着第八碗烈酒，并没有因为对手的醉倒而就此放下，依旧缓缓饮尽，然后他平静看着场间众人，带着一丝极深处的疲惫微笑说道：

"我这一生，先辛苦求道，后执掌裁决，诛杀魔宗余孽，处罚道门叛逆，惩治异端邪道，向来毫不手软，更是谨守神典律法，绝不允许自己行差踏错，修行至今可谓是无外物足乱我心，唯有一物我不能戒，那便是美酒。酒能通天人之途，能洞悉玄妙之机，乃昊天美赐，所以我一向以为若以自身修为解酒，实乃暴殄天物。我自幼好酒但不常饮，自少时离开成京后……"

他平静看了一眼上首那位仿佛被场间众人遗忘的太子兄长，继续说道："……这些年我只喝过四次酒。其中一次是在月轮国皇宫，因为晨迦之事，我被某些人误解，他们与我车轮饮战，酒不如今日烈，直至宫中酒瓮皆空，方始作罢。其后宫中梁柱三日酒味不散，而我不曾醉。美酒乃无上妙品，也是蚀骨魔音，所以我极少饮酒，除非遇着不得不喝的情况，比如当年在月轮国，又比如今日那位将军以国痛相逼。"他淡然说道，"或者说有值得喝的酒，比如这来自固山郡的双蒸佳酿，再比如说有值得喝的对手。"

自述至此，隆庆皇子再次把身前酒碗斟满，单手举起，望向场下的谢承运，说道："这一碗，敬谢三公子先前之勇。"

谢承运微微一怔，在心中自伤一叹，换了大碗倒满烈酒，与对方遥祝而饮。

隆庆皇子再斟一碗烈酒，望向谢承运身边的临川王颖，平静说道："临川王颖，年十二而知礼，我看过你前年那篇礼科札记。"

临川王颖今年不过十五，还是少年心性，对于先前饮宴场上那些明争暗斗完全不知所以，哪里料到竟会谈论到自己身上，听到此时风姿镇全场的隆庆皇子居然看过自己的礼科札记，不禁感到好生兴奋开心，匆匆端起身前的小酒杯喝了下去。

毫无意外，片刻后谢承运和临川王颖便因为烈酒的原因醉伏于案，只是这两道酒喝得算是平和喜悦，书院诸生没有人觉得不豫，反而自钟大俊以下，所有人都将身前酒具斟满，等着隆庆皇子依序点来。

隆庆皇子端着碗中烈酒，看着场间诸生，却没有再敬酒的意思，而是自行送至唇边缓缓饮尽，然后放下酒碗，看也没有再看场下一眼。书院诸生不免觉得有些讪讪然，就连在角落里随大流倒满酒的宁缺，也觉得心里好生不爽，刚对这厮生出的些许好感，顿时荡然无存。

隆庆皇子似笑非笑望着空荡荡的酒碗，轻声感叹道："书院……真是好大的名气，只希望真正的书院不会令我失望。"

"这真是好大的口气。"李渔微嘲望着他，说道，"如果你不知道真正的书院是什么样的地方，又怎么会千里迢迢来做这个人质，掌教大人和那三位大神官又怎舍得让你这位神殿裁决司的大人物舍了差事，来做书院一名学生？"

隆庆皇子略一沉默，抬起头来平静应道："公主殿下说得是。"

李渔静静看着他，忽然说道："隆庆，本宫承认你确实有才有能，有骄傲的资本，但你既然执掌裁决司，通晓昊天教义，应当清楚知守之道，万事强求便为过，诸物不进便是心，为何却要强逆本意，表现得如此骄傲？"

隆庆皇子听到这个问题沉默了很长时间，英俊容颜上渐渐散发出一股光泽，缓慢而坚定回答道："国之贫弱暂无计，我唯有更加骄傲一些。"

这句话他说得极为平静直接坦然，明言燕国积弱，并非大唐帝国之敌，而他身为燕国皇族，又是西陵之人，身处长安若为质，那便要为骄傲之质，如此方能让自己不因势而弱，始终保持强大。隆庆皇子继续说道："至于不饮酒却与骄傲无关，而是因为我找不到能对饮的人。"

场下的司徒依兰忍不住低声叮了句："男儿本领当在沙场之上，

不在酒场之上，就算能喝再多酒又有什么用？"

"这位小姐说得有理。"隆庆皇子平静回答道，"善战者方堪对战，善饮者方堪对饮，今日既然无战，自然无饮。"

场间的年轻诸生谁堪与隆庆皇子一战？书院风头最盛的谢承运已经败下阵来，而谁堪与隆庆皇子一饮？他已经喝了近十碗烈酒，而且自陈平生未醉。

庭院间一阵尴尬的沉默，被西陵神殿之人震慑全场，竟无人敢向其发出挑战，这实在是大唐和书院难以承受的羞辱，李渔袖中玉手轻攥丝巾，准备就此散席退场之时，忽然听到角落里传来了阵咕嘟咕嘟的声音。

这时候场间太过安静，就算只有一根针落在地上也能被听到，所以这阵咕嘟咕嘟本来极细微的声音也被顿时放大，吸引了场间所有人疑惑的目光。这声音像是清泉流过南竹剖开的水道坠入微冰的山涧，又像是晨时从湿地草丛间醒来的长颈鹤骄傲地梳洗自己颈部的羽毛，很动听很诱人。

包括司徒依兰在内，所有人睁大了眼睛，盯着阴暗角落里的宁缺，仔细听着他身后发出来的那道咕嘟咕嘟的声音，有些不明所以。

片刻后，身材瘦小穿着侍女服的桑桑捧着空空的酒碗从宁缺身后膝行而出，然后她愕然发现，自己变成了万众瞩目的焦点，不知道为什么，场间所有人都像看着神仙一样看着她。

桑桑发现那么多道目光盯着自己在看，感到极为不习惯，抬起右手袖子擦了擦嘴，小心翼翼把酒碗搁在宁缺身前的案几上，然后重新悄悄退回宁缺身后。

直到此时，众人才发现角落里那方案几旁，整整齐齐摆着四个酒罐。

19

宁缺进入庭院后，刻意挑选了最角落最阴暗最不易引起人注意的位置，然而他没有想到，无论自己再如何低调，桑桑在身后发出的痛快饮酒声，终究还是像深夜里的萤火般暴露了自己的位置。

面对着数十道复杂疑惑震惊的目光，他也极不适应，尤其是看到远处那位公主殿下隔空投来的炽热目光后，更是心中大呼不妙，暗想李渔你这个白痴千万不要把我扯进这趟子浑水，对上隆庆皇子这种生猛存在，哥再天才也只有白给的份啊。

理想总是丰满的，现实总是骨感的，二者之间总是有差距的，你越害怕什么，那什么就越会来到你的身边，下一刻，宁缺便听到了公主李渔刻意冷漠的问话。

"宁缺，你身边四罐酒都喝光了吗？"

宁缺看了一眼案几旁四个小酒罐，挠了挠头，应道："好像是光了。"

李渔微笑说道："虽说是小酒罐，但四罐酒也有十几碗了。这么烈的酒，你怎么就能喝得下去？真不愧是个酒囊饭袋。"

宁缺远远看了她一眼，心想虽然知道你这小娘子表面在骂，私底是喜欢得不得了，但当着这么多人面，如果你再这么说，可别怪我翻脸不认人，带着桑桑夺路而走。想是这般想，他依然只有老老实实回答道："都是桑桑喝的。"

"桑桑一个十三岁的小丫头，能喝得了这么多烈酒，真是出乎本宫意料。"李渔轻轻转动着手指间的小酒杯，似笑非笑望着场下说道。她没有看隆庆皇子一眼，也没有针对他说一个字，但场间众人都知道殿下言语里隐着的意思。

——善战者方堪对战？善饮者方堪对饮？那位小姑娘喝了十几碗烈酒而不倒，可算善饮否？皇子你是否要纡尊降贵与她饮上一杯？

莫离神官望着角落，以他眼力此时专注去看，自然能看到藏在宁缺身后的桑桑身上穿着件侍女服，不悦问道："那小姑娘也是书院学生吗？"

此事终是做不得假的，便有人回答道："那是宁缺的小侍女。"

莫离神官勃然大怒说道："今日饮宴乃是替燕太子送行，何等重要，让你等书院学生与会已属不易，怎能随意让一位小侍女混迹其中！"

这番愤怒并不是作态，而是真实情绪，西陵神国向来最讲究阶层森严，首重秩序，对于长年生活在其中的神官们来说，让他们与一位身份低贱的小侍女同席饮酒，确实是极大的侮辱。

然而这里是长安城，并不是西陵神殿。李渔淡淡看了这位天谕院副院长一眼，说道："那小姑娘与本宫相熟，算是一位小友。"

"大唐皇族御下果然宽仁，以至于可以无视礼仪规矩，但公主殿下，今日饮宴有两位燕国皇族，还有我这位西陵神官，难道不需要考虑我们的感受。"莫离神官恼怒说道，"莫非这就是大唐帝国的待客之道？"

看到对方咄咄逼人，李渔面色微沉道："今日宴饮本是我与故人相别，哪里想到有人会不请自来，莫非这就是西陵的为客之道？客有好客恶客，若有人觉得我大唐待客不周，不妨先反省下自己属于哪一种，若还不自知，那便看看门在何处。"

这便是大唐帝国最强势的底气之所在，先前讲道理比气势落了下风时，无论李渔还是旁人都能容忍静待，但要说起占了道理之后的气势或被逼急了后的不讲道理，这个天底下又有谁能是大唐人的对手？莫离神官被李渔这番话气得满脸通红，然而面对快要发飙的大唐帝国公主，他能做或者说敢做些什么？

就在这番谈不上唇枪舌剑，更像是单方面凄风苦雨的争论间，有些人注意到席间某个变化，渐渐停止了议论，因为他们看到，隆庆皇子仿佛根本没有听到莫离神官的愤怒，也没有感受到大唐公主的强势，只是静静看着阴暗角落里那方案几，忽然笑了笑，举起手中酒碗一饮而尽。

场间骤然安静，所有人的目光再次投向那个角落。过了片刻，桑桑从宁缺身后探出半张小脸，疑惑问道："少爷，这是什么意思？"

宁缺低头看着桌上自己的小酒杯和给桑桑用的米酒碗，手指悄无声息击打着桌面，沉默片刻后忽然开口问道："这酒好喝吗？"

桑桑点点头："好喝。"

"还想喝吗？"

"……想喝。"

宁缺抬起头来，扭头望着她微笑说道："那就继续喝。"

桑桑有些不好意思说道："这么多人看着，怎么偷酒喝？"

"不用偷酒喝。"

宁缺抬起头来展颜一笑，左颊的酒窝仿佛能盛进无数美酒，把身后的桑桑拉了出来，说道："坐在我旁边，光明正大地喝，想喝多少喝多少，直到你不想喝为止。"

桑桑被他拉出来后，急忙并膝在他身旁坐好，把身前的衣襟抚平，低头不愿意迎接那些莫名的目光，用极细微的声音喃喃说道："这怎么好意思？"

宁缺隔着庭院间极长的距离，远远望着最上方的李渔，摊开双手表示自己的无奈。李渔微微一笑，望着场间书院诸生问道："不知今次书院准备进入二层楼的术科是哪些人？不知道你们准备得如何了。"

殿下问话，自然要回应，更何况场间诸生隐约猜到公主殿下发问的良苦用心，于是无论心中再如何震惊好奇，他们也只有收回投往角落里的目光。桑桑并不知道这代表着什么，只知道没有人再那般看着自己，变得轻松了很多，而一旦轻松起来，那股酒罐里散发出来的迷人烈酒香气便显得格外迷人。

看着身前满满的酒碗，确认没有人注意，她急忙用两只小手捧着送到唇边一饮而尽，然后用袖子擦拭干净唇边酒渍，双手搁膝以表明自己先前什么也没有做过。

远处席上的隆庆皇子似乎没有看到这一幕，他的目光落在身前不远处的地板上，但不知为何他笑了起来，端起酒碗一饮而尽。

这是一场奇异的宴会。为燕太子送行的饮宴，温和微笑一言不发的燕太子本人却被人遗忘。公主殿下与书院诸生看似热络讨论着书院生活与后日的大事，但实际却没有一个人在意谈话的内容。所有人的心思或者余光都落在两个地方。

那位容颜英俊，风采有若神子的隆庆皇子，沉默若有所思不停饮着碗中烈酒。那位容颜黝黑，安静有若小兔的小侍女，低着头捧着酒碗不停喝着。

似乎像是在喝闷酒，但隆庆皇子却是越喝神情愈是凝重，桑桑眼睛则是越喝越为明亮，而空气中飘来荡去的那些话语和目光碎片，仿佛被烈酒熏醉，悄无声息落在这两处，看似无人注意，实际上人人都在注意。因为得了暗中吩咐，得胜居老板亲自动手，将固山郡运来的三十余罐双蒸烈酒全数搬到了后院中，然后分别放在最上方和最角落两处。

桑桑婴儿时在尸堆雨水间浸泡太久，体质先天虚寒，有时候病发时，只能靠烈酒催动体内热息，才能维持生存，所以宁缺习惯性地会随身背着酒囊。自小到大靠烈酒续命，她渐渐爱上了饮酒，也渐渐发现自己很难喝醉。只是主仆二人小时候太穷，即便是岷山里最廉价的带着焦煳味的苞谷酒，或者草原上最劣质的马奶酒，都没有办法无限量畅饮。尤其是她性喜烈酒，而越烈的酒则越贵，哪怕到了长安城，二人穷人乍富之后，也未曾像今日这般喝过。

酒是固山郡九江双蒸，世间最烈之酒，而且不用花钱，便可以一直喝下去，对于桑桑这个苦命丫头来说，这毫无疑问就是人世间最幸福的享受。

案几旁的酒罐一个接一个地空了，她浑然忘记了少爷今天带自己来的目的是要看那位劳什子皇子，也忘了自己是在一个怎样的场合上，先前有多少人在盯着自己看，她只是觉得越来越开心，那双柳叶眼越来越明亮。

隆庆皇子喝得并不比她慢，那张俊美无双的脸上，在稍露凝重之色后，渐渐变成某种兴趣与不解，还有一种终于遇到对手的隐藏兴奋与炽烈。

三十几罐双蒸烈酒终于被喝光了。场间众人看着那些空着的酒罐，想着那些足以醉死几匹骏马的烈酒，居然就被这两个人喝到了肚子里，不由觉得极为不可思议。

隆庆皇子没有动用修为解酒，十余罐烈酒终于让若神子一般凛然不可侵犯的脸颊产生了些松动，眼眸里有些迷离疑惑之意。而坐在角落里的桑桑只是脸蛋儿变得红了些，腹部微微鼓起，眼睛变得比平时明亮无数倍，除此之外，平静如常，根本没有一丝醉意。

宁缺看了一眼远处的隆庆皇子，看了一眼身旁的桑桑，哈哈一笑，拾起筷子重重一敲酒罐，以当的一声清脆鸣响，以为取胜归来的鸣金声。

一时间满室俱静。

隆庆皇子眼中的醉意渐渐散去，他望向角落，面无表情问道："少年，你叫宁缺？"

宁缺站起身来，回答道："正是。"

"那是你的小侍女？"

"是。"

"赏。"

宁缺与桑桑对望一眼，看出彼此眼眸里的毫不犹豫，笑着恭声应道："谢皇子赏。"

隆庆皇子与身后的随从道童平静说了几句。

来自西陵的道童走向前来，面带温柔之色望向站在角落处的宁缺，以一种恩赐的口吻朗声说道："皇子于长安求学，正要招纳府中人等。今日昊天赐你荣耀，给你机会献出小侍女服侍殿下，你还不快快谢恩。"

20

当时当下的世间，奴仆婢侍等同于私人财产，可以随意处置。大唐帝国境内的情况要稍微好些，唐律严禁蓄意伤奴，但不禁买卖，转赠美貌姬妾聪慧婢侍，在长安城内并不少见，而那些发生在风流名士间的转赠，甚至往往还带着一些传奇美好的色彩。

当那名西陵道童说出隆庆皇子的意思之后，场间众人并不觉得奇怪。书院诸生和华山岳等唐人，虽有些反感那名道童言语里流露出来的骄傲恩赐意味，但毕竟这种意味符合双方之间的阶层差异，也自默然。

在众人眼中，站在宁缺身旁的小桑桑不过十三四岁，像豆芽菜似的干瘦，容貌寻常肤色黝黑，隆庆皇子自然不是看中她的美貌要把她带回府中暖床，而是因为这场拼酒生出了些许兴趣。

高高在上的西陵大人物，因为琴棋书画饮宴射乐之事，看中了长安城中一个不起眼的小侍女，放在上流社会里这便是风雅，宁缺若肯把小侍女转赠给隆庆皇子，皇子自然会有极丰厚的回赠，日后说不定在传闻中又是一桩逸事。

所以没有人觉得震惊，没有人奇怪，更没有人愤怒，反而有些人比如钟大俊，向宁缺投去了隐隐羡慕的目光，暗想他如果能通过赠出小侍女入了隆庆皇子法眼，日后不知要从中换来多大的利益方便。

公主李渔这时也保持着沉默，但她的沉默与风度无关——她想着去年某件事情，似笑非笑望着宁缺，知道这件事情可能会向有趣的方向演变。

事实上，听到那名西陵道童温柔而又极富恩赐意味的宣告后，宁缺怔了很长时间，才弄明白对方想要做些什么，之所以反应会如此迟钝，是因为他这辈子从来没有想过有人会向自己讨要桑桑，还用的是如此臭屁欠抽找死的态度。

为什么？对不起，没有理由没有道理，只因为他是高高在上的隆庆皇子，西陵神殿裁决司的大人物，他喜欢你的小侍女，想无聊时有个小侍女陪自己饮两杯酒，所以你就应该双手把你一把屎一把尿养大一个炕头睡了十来年的丫头送过去，然后觍着脸微笑等皇子高兴之余赏你些银子赏你些前途赏你些荣耀？

因为所以科学道理，实际上毫无道理，宁缺的心情陡然变得极为恶劣，脸上的笑容却是越发明朗，望着远处席上感慨说道："隆庆皇子，你长得真的很美。"

他的反应很迟钝，本来对很多事情反应就极迟钝尤其是今天又喝了太多烈酒的桑桑反应比他还要更慢一些，直到这时才会过意，知道席上那个什么皇子竟是想从少爷手里抢走自己，忍不住蹙着小眉头反驳道："少爷，他长得难看起来了。"

在场间众人的概念中，这种事情和桑桑自己没有半点关系，只要主人愿意送，那么她就只有去。他们只关心宁缺的答案，一直在安静等着他的回答。

其中大部分人猜测宁缺应该会同意，少数人心想他应该会拒绝，但无论是谁，都没有想到宁缺的回答和这件事情没有任何关系，显得有些莫名其妙——隆庆皇子，你长得真的很美……这是什么意思？

刚刚把酒意消散下去，隆庆皇子正安静看着桌上空空的小酒罐，忽听着此言，他眉尖微微一蹙，抬起那张俊美无双的脸，看着远方淡然说道："谢谢，我知道。"

"既然你知道自己长得很美……"宁缺看着那处，很认真说道，"那你想得就不要太美了。"

此言一出，满座哗然。

场间众人即便想到过宁缺会拒绝送出自己的小侍女，也以为他也会采用某种很婉约的拒绝方式，简称婉拒，却没有想到他会拒绝得如此简单直接粗暴狠厉！

想要我的小侍女？你想得太美了！

隆庆皇子脸色渐沉，转瞬后却微微一笑。

宁缺看着他笑了笑，解释道："原因很简单，因为我不愿意。"

隆庆皇子缓缓从袖中伸出双手，平静搁在桌案之上，平静看着远方阴暗角落里的宁缺，缓声说道："因为不愿意，你可能错过了很多。"

"我从来不担心错过什么。"宁缺回答道。

隆庆皇子锐利的目光隔着极远的距离落到他的脸上，沉默片刻后说道："甚至有可能是……本殿的友谊？"

宁缺眉梢微挑，回答道："也许你的友谊并不像你自己想象的那么值钱。"

听到这句话，隆庆皇子如同画出来的眉眼间仿佛镀上了一层寒霜，沉声说道："看来你很看重你的小侍女。"

宁缺笑着回答道："这和你有什么关系呢？"

隆庆皇子冷冷说道："小侍女的主人果然很有意思，我对你的兴趣越发浓厚了。"

宁缺摇了摇头，说道："把你的兴趣混着酒喝下去吧，如果你还能喝的话。"

二人这番对话的时候，得胜居宅院场内一片安静，即便是掩雨廊外的那些鸟儿都紧张得不敢发声。随着谈话的进行，人们的脸色变得越来越精彩，越来越古怪。他们怎么都没有想到，宁缺这个普通的书院学生，居然能和西陵神殿裁决司的大人物侃侃对谈，话锋非但毫不落下风，反而是字字冷嘲热讽强硬到了极点。

隆庆皇子的表情尚算平静，但谁都能看出他淡漠眼眸里将要燃烧的情绪，和言语间透露出的强悍意味。只听到他寒声问道："可本殿依然很好奇，在你心中究竟谁才有资格做这小侍女的主人。"

在这股强大的威势之下，宁缺却仿佛一无所觉，眉梢微挑回答道："其实这依然和你无关，但既然殿下你这么感兴趣，我只能说……至少你是没有资格的。"

"我没有资格，那谁有资格？"

隆庆皇子朗声笑了起来，但笑声中却感受不到几分欢愉的笑意，只有某种强悍的自信与霸道，笑声渐敛，他看了一眼对席沉默的李渔，问道："莫非是公主殿下？"

宁缺展颜一笑，左颊的酒窝分外小清新，说道："不，她也没有。"

这句话一出来，又是弄得场间一片哗然，然而在这些震惊复杂情绪发酵之前，李渔便微笑着做出了解答。她看着对面席间的隆庆皇子等人说道："我曾经向这小子要过好几次桑桑，但他理都懒得理我，所以很明显我是没有这个资格的。至于隆庆皇子你，我想总不至于比本宫还更有资格。"

场间任由隆庆皇子等西陵人和燕人处于上势已久，李渔一直沉默微笑观棋不语，这时候却一句话堵死了对方所有后手。她是大唐帝国最受宠的公主殿下，就算你是绝世天才，是西陵裁决司的大人物，是燕国的皇子，但难道你有资格与本宫相提并论。我都不计较宁缺再三拒绝我，你又凭什么计较？

这是很简单从而很有力量的逻辑，这就是唐人典型的道理与风格。

大唐公主出言作为强悍背书，这场小小风波似乎便要告一段落了，桑桑扯了扯宁缺的袖子，仰着小脸说道："少爷，咱们回家吧？"

宁缺笑着点点头，然而场间众人包括李渔在内，都没有想到他没有就此离开，而是伸手揉了揉桑桑的脑袋，看着上方席间的隆庆皇子很认真地说道："皇子，我有几个问题想请教你。"

听到这句话，场间很多人都想到了先前那刻谢承运长身而起时说的话，顿时一片安静。书院众人震惊地望向宁缺，心想先前谢三公子都在辩难之中一败涂地，难道你还想凭此一鸣惊人？

隆庆皇子神情渐凝，伸手整理衣衫前襟，坐直身体，摊开右手道："请。"

"不要误会，我对辩难没有任何兴趣，事实上也不怎么擅长。我只是有些困惑皇子你先前的自信，所以有几个问题想要请教。"宁缺向前走了一步，问道，"请问皇子，苍穹可有眼睛？"

湛湛青天灰灰阴天飘雪冬天之上哪有什么眼睛，即便是夜穹之上那些繁星也不能看作眼睛吧？然而宁缺虽然说并非辩难，隆庆皇子却依然极为慎重应对，略一思琢便明白此言何意，昊天居于苍穹之上怜悯仁爱俯瞰亿万苍生，那么……

"苍穹自然有眼。"

宁缺接着问道："天地之间可有元气？"

隆庆皇子应道："当然有。"

宁缺快速问出下一个问题："元气波动是否有规律可循？"

隆庆皇子应道："有。"

"槐树是否有根？"

"有。"

"蜉虫有没有生命？"

"有。"

"正常人有没有思想？"

"有。"

"我大唐有没有天子？"

"有。"

"西陵有没有教律？"

"有。"

宁缺问问题的速度越来越快，但这些问题确实极为简单，与辩难无涉，隆庆皇子回答的速度也越来越快。两个人的问答就像炒豆子一般明快迅捷，场间众人越发疑惑，他究竟想要做什么，便在这时，听到了宁缺接下来的一个问题。

"袜子是否有洞？"

"当然……"

隆庆皇子忽然眉头一挑住嘴不言，然后似笑非笑望向站在场间的宁缺，像看着一个小聪明被碾碎的可怜虫般，用一种淡然冷漠的口吻继续回答道：

"没有。"

这一连串的问题枯燥乏味甚至无聊，但因为事涉隆庆皇子，又和先前那场风波有关，所以场间众人都听得很认真很仔细，当宁缺提问时，诸生都随着一道思考，在心中与隆庆皇子一道默默回答，而当最后一个问题出现时，他们更是在心中默默直接回答有，而直到此时听到隆庆皇子话锋陡转，回答没有……他们想了会儿方始震惊明白，原来这一切只不过是宁缺设的言语陷阱。

司徒依兰蹙着眉尖想了会儿，看着宁缺摇了摇头，压低声音感慨道："真是可惜，没能让隆庆皇子出个丑。"

隆庆皇子不愧是西陵神殿裁决司的大人物，不愧是万众瞩目的天才人物。他是局中人，然而在这最关键的时刻，他发现宁缺这一系列问题只不过是在诱使自己陷入某种心理定式以及语言惯性，想要自己在最后这个简单到愚蠢的问题上犯错，想要自己当着场间众人的面承认袜子是有洞的，于是他自然不会上当。

他用垂怜厌恶的神色望向宁缺，说道："没有想到本殿耐着性子听你的问题，到最后不过是这种不登大雅之堂的小聪明，实在是有失本殿的期待。"

宁缺也似笑非笑望着他，沉默片刻后摇头说道："确实只是一些小聪明，但是很可惜，皇子你连这种小聪明都应付不来，实在是令我失望。"

没有人听懂他在说些什么，以为他羞怒之下开始胡言乱语。宁缺摇了摇头，低头看着桑桑叹息说道："记得小时候我给你讲的故事吗？狗熊最后大多数是怎么死的？"

"笨死的。"桑桑说道，"少爷你那天说得对，长得太好看的男子大多脑子都不大好使。"

然后她望向席上的隆庆皇子，认真解释道："袜子如果没有洞，那怎么穿进去呢？"

再一次满座俱静，想明白这件事情的人们瞠目结舌，羞愧低头，还没想明白这件事情但看着身周众人表情能猜明白的人们瞠目结舌，还来不及低头。

席上的李渔和席下的司徒依兰忍不住嫣然而笑，西陵众人的表情则是极为难看，至于隆庆皇子本人，在被桑桑点评为脑子不大好使的男人、想明白这个可恶的语言圈套后，脸色阴沉得仿佛要滴下水来，像极了张阴雨天绘的美丽水彩画。

"刚才我问过你，你也回答过我，我们都知道昊天是有眼睛的，他正看着俗世里的众生，而你我就像虫子槐树一样，生活在天地的元气里，便要遵循一定的规律。"宁缺看着隆庆皇子平静说道，"这些规律在我大唐，便是天子金口玉言或是唐律，在西陵则是神圣教律，然而无论哪种，都明确承认每个人的私产都不受侵犯。于是我的东西便永远是我的，只要我不同意，那你就不要想着夺走。"

众人这才知道先前那些看似无聊的问题里，竟还被他隐着如此意思。

宁缺继续说道："我问这些，只是想让皇子知道这些道理。就算你先前答出那个三岁孩子就应该知道的答案，也没有任何意义，袜子当然是有洞的，我的小侍女当然就是我的，只要我不同意，你就不能抢走我身上一文钱。"

隆庆皇子盯着他的脸，沉默很长时间后忽然笑了起来，平淡说道："你说的有道理，但我还知道一些别的道理。如果没有力量的话，哪怕身上只有最后的一文钱，有时候也很难保住。"

宁缺微笑着问道："皇子，您这是在威胁我？"

然后他望向席上的曾静大学士和李渔，双手一摊，很严肃认真地问道："公主殿下，大学士，他在威胁我，我该怎么办？"

曾静大学士被他这句话直接顶到墙上，轻抚胡须，强颜笑道："哪里会有这样的事情，大概是你这少年听岔了。"

李渔笑着回答道："难道凭你那点微末本事，还想打一架找死？"

忽然间，她话锋一转，淡然说道："不过我还真不知道，有谁敢在长安城内威胁我大唐子民。"

这句话才是真正的威胁。

莫离神官勃然大怒，一拍面前桌案便准备长身而起，然而就在这时，隆庆皇子冷冷看了当年的师长一眼，强行把对方压制住，然后望向宁缺，微笑问道："你也是书院学生，本殿会在进二层楼时看见你吗？"

场间忽然有人回答道："他连术科都没进，自然无法入二层楼。"

插话的人是钟大俊，先前宁缺那个关于袜子的问题，直接让场间所有人都感到了丢脸，而他的感受最为强烈，此时听着隆庆皇子发问，便在第一时间点明宁缺并无修行潜质，没有资格入二层楼，仿佛如此这般能够羞辱对方一番。

隆庆皇子面无表情看着宁缺，说道："那真是遗憾。"

宁缺沉默片刻后，笑着说道："世界上也许并没有那么多遗憾。"

桑桑扯了扯他的袖角，第二次说道："少爷，回家吧。"

宁缺向李渔和几位朝廷大员行了一礼，然后转身牵着桑桑离开。

一面走出庭院，宁缺一面感慨说道："绝世啊……天才啊……中兴希望啊……"然后他摇了摇头，笑着叹息说道："PIA PIA 打脸啊！"

听着不断飘进来的声音，场间一片尴尬沉默，隆庆皇子的脸色难看到了极点。

21

PIA PIA 是鞋底抽打脸颊发出的清脆响声，只可惜长安城里的人们没有看过那个世界里穿裙子的喜剧演员表演，大概无法准确接收到自己想要传达的意思。怀着明珠暗投的遗憾，宁缺带着桑桑走出庭院，与褚由贤说了两句闲话，便出了侧门。然而他们上了马车还未走远，便听到了后方响起的急促密集马蹄声。

桑桑瘦削的肩膀微微一紧，抬头看着他，柳叶眼里满是询问警惕神色。宁缺笑着拍拍她肩膀，宽慰道："就算那皇子恼羞成怒，疯狂到在长安城里也敢派下属追杀或者殴打咱们，也不可能白痴到这种地步，刚刚出门便跟上来。"

他的判断没有出错，街道上那几辆快速跟上来的软索华贵马车，烙着皇室徽章。马车夫看着这等阵势，赶紧提索斥喝把马车让到道旁，然而没有想到，这些带着大唐皇室徽章的马车竟是缓缓停了下来。

青布窗帘掀起，露出李渔那张清丽宜人的脸，她的眉头微蹙，唇角却带着笑意，看不出来真实的情绪。

宁缺带着桑桑赶紧下了马车，恭谨地走到窗口行礼，他内心深处对这位公主殿下或许毫无尊敬，但在这人来人往的长街之上，可不敢稍有显露。

想起先前隆庆皇子难看阴沉的脸色，李渔只觉得浑身上下被春风洗过一般舒爽，满意看了一眼宁缺，又看了一眼他身旁的桑桑，赞赏说道："你今天表现得不错，不过……为一时意气之争，居然不怕同时开罪燕国臣民和西陵神殿，你这胆量真比往年长了不少，说实话浑不似你当初的性情风格。"

这是一句看似很寻常实则很犀利的问话，只有与宁缺真正接触过的人，才知道这个来自边城的军卒，向来更看重实利比如生死，向来不怎么在乎虚名比如羞辱。

宁缺此时回忆先前那刻在酒席上的强硬尖刻，自己也觉得有些有趣，笑着摇了摇头，解释道："不知道为什么，看着隆庆皇子的做派，我便非常不高兴，当那个小道童说出那番话时，我真是掀桌子杀了他的心都有。只是……殿下您也知道，我这点儿微末本事哪里杀得了他，那也只好刺他几句讨些利息。"

"这还只是利息？"李渔笑着说道，然后她想到后日那件大事，想到今日席间仿佛被人遗忘的燕太子崇明，渐渐敛了笑容，神情凝重看着宁缺，沉默很长时间后低声说道，"今年只有一个人能进二层楼，那个人……有没有可能是你？"

宁缺看着窗内女子认真的神色，不知道该怎么回答。

"我不管西陵神殿和燕国人究竟在想些什么，我也不理会朝廷与他们之间达成了怎样的协议，我只知道，我非常不想看到隆庆走进二层楼。"李渔盯着他的眼睛说道。

宁缺回视着她的眼睛，无奈地摊开双手，说道："隆庆皇子是站在知命境界门槛上的修行者，是西陵神殿裁决司的大人物，而我……只是书院一个普通的学生，殿下指望我去做他光辉道路上的拦路石，是不是太看得起我了？"

李渔眼中的光泽渐渐散去，她看着宁缺这张干净清新却依然寻常的脸，心想自己也着实是昏了头脑，怎么会想到把希望寄托在这个家伙身上，不由自嘲一笑，隔窗伸出手去，在桑桑脸颊上轻轻一捏，夸奖道："你比你家少爷能干多了。"

这大半年里，桑桑经常去公主府玩耍，与李渔十分熟稔，也不怎么抗拒这般亲热的动作。她打了一个酒嗝，轻声说道："少爷才是真正地能干。"

固山郡都尉华山岳轻夹马腹，来到皇室马车旁，看着前方快要消失在拐角处的马车，忽然开口说道："一年未见，想不到那个边城少年居然入了书院。"

"去年在旅途上，吕清臣先生曾经对我说过一句话。他说既然我们没有任何理由，便能确定宁缺这小子能入书院，那为什么不能相信他能进二层楼？"李渔的目光越过车窗，看着前方街巷上的热闹人群，淡然说道，"今日看见他在庭院间侃侃而谈，我忽然想起了这句话，想起吕先生对他奇怪的寄望，不禁产生了一个想法，这一次会不会是我看走眼了？"

"今日他在饮宴上表现确实精彩，没有让我大唐帝国和书院丢脸，但……这毕竟都只是些言语上的本事功夫，若要他在战场考场之上正面迎战隆庆皇子这等绝世修行天才，正如他先前自陈，这实在是太看得起他了。"华山岳不以为然评论道，在他看来，把宁缺这样一个普通书院学生和隆庆皇子相提并论，本就不该这样去想，因为这种想法太过荒唐。

"也许你说的是对的。"李渔放下青色的车帘，向后倚靠在织金的椅垫上，抬起手肘轻支下颌，清晰锐利的眉眼间带着丝颇堪玩味的笑意。

"如果你真是堪用之才，那么日后终究还是会成为我的人才。"她微笑想着，喃喃说道，"因为至少我已经知道，你的要害是什么。"

当马车在大街中央相聚闲聊之时，得胜居正门处已经走出来了一大群人。他们穿着道袍神服，表情肃然，正是西陵神殿一干人等。

隆庆皇子表情平静走在人群中央，甫一出门，那张绝美的容颜便引来街上女子们的一片惊呼尖叫，听着这些表达喜悦爱慕的呼喊，他没有因此而动容喜悦，也没有露出厌恶神情，只是肃然澄静。

缓步踏上镌刻着符文的金黄色马车，他闭着眼睛沉默片刻，忽然睁开双眼，淡然说道："那个书院学生，确实不是修行者。"

西陵天谕院副院长莫离神官，神情恭谨坐在他的对面，虽然当年二人有师生的名义，但当隆庆皇子成为神殿裁决司道痴之下第二号人物开始，二人之间便有了一道尊卑鸿沟，没有谁敢逾越半步。

莫离神官蹙眉愤怒说道："也不知道是不是唐人刻意安排好的。"

隆庆皇子想起那名藏在阴暗角落里偷酒喝的小侍女，面无表情摇了摇头。

车厢外，不知道从哪里飘来了悠扬中正的乐声。隆庆皇子忽然轻轻一笑，俊美容颜如桃花绽放般夺目，喃喃感慨说道："居然会为了一个小侍女而失态，看来入了长安城，我的道心也蒙上了些微尘。"

确定宁缺和桑桑并不是修行者，他便不想再理会此事，因为他的骄傲在于别的更高层次的地方，他来大唐长安城的目的是要进书院二层楼，然而……

笑容渐渐敛去，隆庆皇子神情冷漠说道："查查那个学生是谁，我很讨厌他。"

回到临四十七巷老笔斋中，桑桑解下背后用粗布裹着的大黑伞，便开始准备去淘米烧饭，今日喝了不少烈酒，但那些贵人喜爱的精致果子美而不实的小碟佳看实在是很难填满主仆二人被边塞风沙磨砺出来的肠胃。

宁缺坐在窗边的椅子上，手撑着窗棂看着湛蓝的天空发呆，想着今日在得胜居里的遭遇，忽然皱着眉头说道："不知道为什么，我很讨厌那个家伙。"

他没有说是哪个家伙，但桑桑知道就是那个家伙。她把汲起来的井水倒入大罐中，把双手在围裙上擦了擦，回头望着窗户说道："我不知道为什么现在很讨厌那位皇子殿下，今天本来还想去摸摸他的脸，问问他用的是什么脂粉来着。"

第二日，宁缺如常去了书院。夜深时分，宁缺看着从书架里气喘吁吁钻出来的陈皮皮，双手送上昂贵的蟹黄粥，替他放了一个蒲团，然后极认真地双手一揖，行了个礼。

陈皮皮端着蟹黄粥愕然无语。

宁缺脸上的笑容极为真诚，比书院蟹黄粥里掺杂的大部分咸鸭蛋黄要真上无数倍。他望着陈皮皮诚恳说道："明天只有一个人能进二层楼，我很想进，我很不想让隆庆皇子进，你说……我有几分希望？你不要这样看着我，我知道隆庆皇子就像是天上来的神子，而我只不过是人间一个普通的土疙瘩，要和他比拼修行境界和实力，要在入楼试里面赢他，怎么看着都没有希望，但我想……如果你偷偷把考题告诉我，那也许希望总会在人间？"

22

在宁缺说出这句话后，旧书楼上陷入一片安静。陈皮皮盯着他的眼睛，沉默很长时间后，厚厚的嘴唇微微翕动，说了一句话："你长得真的很美。"

宁缺闻言大恨，瞪着对方的眼睛，咬牙冷声说道："就算你不肯泄露考题，何至于用这种态度对我说话。我还不信没你帮忙，我就登不上二层楼！"

陈皮皮看着他怜惜摇头，说道："以前你说过很多次想进二层楼，我当时也没怎么在意，心想你的资质虽说比我差上太多，但在本天才悉心指导教诲下修习了大半年，想要胜过谢承运那种所谓才子，根本算不得难事。然而……谁能想到天不从人愿，西陵神殿居然舍得让隆庆来长安城，有此人在前，你真是一点希望也没有。"

"我记得很清楚前些天你说过，在你眼里隆庆皇子什么的也就是些阿猫阿狗，你现在说我完全没资格和他比较，那就是说我在你眼里连阿猫阿狗也不如？"宁缺大怒挥袖说道。

陈皮皮抬起肉乎乎的手臂，拍了拍他的肩头，诚恳安慰道："何必把话说得这么明白，我就是担心会太伤害你的自尊心，所以才没有直说。"

"那你把考题告诉我又有什么关系？"宁缺恼火说道，"我不能进二层楼对你又没好处，隆庆皇子进了二层楼，发现了你的真正身份，你岂不是也要弄出一屁股的麻烦！"

"因为你的运气不好。"陈皮皮看着他同情说道，"夫子和大师兄去国游历未归，如今二层楼虽然照着去年拟定的日期开启，管这事儿的却变成了二师兄和前院的教授先生们。教授先生们不会把考题告诉我。就算我知道，我也不可能冒着被二师兄鞭打的危险告诉你。二师兄为人方正严肃，这辈子最是痛恨鬼蜮伎俩无耻手段，若让他知道你想走我的后门，你就算进了二层楼，也会被他毒打赶出来。"

他再次拍拍宁缺的肩膀，安慰说道："你的运气真的不好，如果夫子和大师兄在，他们都极好说话，说不定我去求求情，夫子便同意特招你进二层楼，可惜了。"

宁缺盘膝坐在地板上，怔怔想着如果陈皮皮说的是真的，那自己这运气确实是渣到了极点，忍不住苦着脸喃喃叹息道："要说这院长也真是的，天底下哪有这么多好玩的地方，玩了一年还不回书院，实在是太不负责任了。"

陈皮皮面露不屑，一语点破他的心思："你盼望夫子赶回书院，不就是寄希望于他不负责任？"

沉默片刻，宁缺重重一拍地板，抬起头来盯着陈皮皮的眼睛，认真说道："好，我不指望你泄题，但你至少要告诉我，进二层楼的考试怎么考。知道考试的大概范围和手段，总比现在一头雾水来得强。"

"这个可以说。"陈皮皮端起蟹黄粥美滋滋地一口吞了小半碗，含糊说道，"不过这种事情说了也等于白说。"

"怎么讲？"宁缺紧张问道。

"因为每次二层楼开门时的考试方法都不一样。具体的考试内容都由夫子提前数年便已经定好，有可能是让你写一幅字，有可能是让你画一幅画，也有可能是让你去湿地里游两趟泳，还有可能是比谁吃饭吃得快。就说那一年……"

陈皮皮极有兴致地开始介绍，宁缺的心思却飘到了别的地方，在听到有可能是写字画画之时，他的脑海里嗡的一声，产生了极大的幸福感，然而接着听到后面那些话，幸福感或者说惊喜顿时转变成惘然和极度的荒谬感。

"等等等等，游泳吃饭？这考的是什么玩意儿？"

陈皮皮放下手里的蟹黄粥，满脸无辜看着他说道："我又不是夫子，我哪里知道这考的是什么玩意，但这些都是我听师兄师姐们亲口说的，应该不会有假。"

宁缺眉头微挑，看着他那张胖脸，犹豫问道："那你……当年考的是什么？"

陈皮皮听到这个问题，轻轻挥袖掸去衣摆上并不存在的灰尘，脸上浮现出平静从容的笑容，做足了风轻云淡的范儿，缓声说道："和你说过，我是不世出的修行天才。那年我拿了六科甲上后直接便进了二层楼，夫子在山道上微笑迎我，大师兄亲昵地揉我脑袋，哪里还用得着被考试审核能力。这……应该叫免试吧？"

宁缺看着他两颗豆子般小眼睛里藏不住的得意神情，心中忽然生起一股强烈的痛揍对方一顿的冲动，但想到这死胖子是比隆庆皇子更生猛的知命境界修行者，只好悻悻然打消了这个主意，冷笑说道："在我看来你就是一大锅馒头。"

陈皮皮摸了摸脑袋，好奇问道："又白又胖真可爱？"

"不，这是说你纯粹就是一个吃货！"宁缺没好气斥道，"亏你自称是书院的宝贝，二层楼最受宠的小师弟，结果问你题目你不知，问你可能考些什么你同样还是不知。我居然还把所有希望都寄托在你的身上，还给你买了这么贵一碗粥！"

他想着明天二层楼开启时隆庆皇子的矫然身姿，想着自己的惨淡下场，看着陈皮皮茫然无助的神情，越发觉得恼火，伸手把他身旁的粥碗抢了过来，一口气把剩的小半碗蟹黄粥全倒进了自己的肚子里。

"哎呀，你怎么全给喝啦！"陈皮皮不知道是因为蟹黄粥被抢，还是被宁缺骂为吃货，此时显得格外愤怒，指着他的鼻子怒斥道，"我是没用的吃货！如果没有本天才，你丫……"

"我呀……确实挺没用的。"

宁缺垂着头，看不见表情，只能听到声音有些疲惫无力，语调有些黯淡低落。

"其实我一直以为自己是真正的天才，学什么事情都很快，包括杀马杀牛杀鸡，但修行这个东西真的很打击我的信心，折腾了这么多年，去年终于折腾出了一些动静，然而如今看到隆庆皇子，我根本无法生出与他正面对抗的信心，于是下意识里直接就来找你寻求帮助。"

他抬起头来，看着陈皮皮自嘲说道："我真的很想进二层楼，但我真的没有信心能够战胜隆庆，成为唯一的那个人。"

这大半年来，陈皮皮看着宁缺从一个完全不知道修行为何物的普通少年，一步步进步到现在的境界，他早就已经相信，这个同龄的友人也是个天才，很有趣的是，宁缺因为缺乏正常的参照系，所以自己并不知道这一点。只不过宁缺踏入修行世界的时间毕竟还太短，不用说和他相比较，哪怕是隆庆皇子，也是他现在还无法企及的高山。

看着宁缺自嘲失落的神情，他生起强烈的同情情绪，叹了口气后强颜欢笑说道："虽然我这种绝世天才很难理解你们普通人的苦恼，不过……就像这大半年来一样，以后你有什么修行方面的问题，还是可以问我，既然如此，进不进书院二层楼，其实也没有什么太大的差别。"

宁缺摇了摇头，回答道："像现在这样，我是在向你学习，那么无论我学得再好，也永远没有办法超越你，可如果有机会向院长学习呢？"

听到这句话，陈皮皮的小眼睛瞪得溜圆，刚生出的些许同情心顿时不知道飞去了何处，恼火嚷道："难道能达到我的水准你还不满足！"

宁缺向后疲惫地靠在墙上，闭上眼睛懒得再说话，那小模样失望到了极点。

陈皮皮看着不忍，两条紧绷在光滑额头下的眉毛忽然挑起，低声说道："其实……能进二层楼的不见得都是修行天才，六师兄他就是个好铁匠生出来的好铁匠。"

宁缺忽然睁开双眼。

陈皮皮也不看他，继续皱眉说道："夫子最看重学生的心性，每次二层楼开启时考试方法虽然千差万别，但不离此宗。所以无论明天怎么考，你首先要做的就是谨守本心，并且把这件事情做到极致，那么或许你还能有几分机会。"

"极致？"宁缺若有所思自言自语道。

"夜已经深了，赶紧回吧。"陈皮皮看了一眼西窗外的春夜繁星，说道，"距离二层楼开启已经没有几个时辰。"

回到临四十七巷老笔斋中，宁缺迟迟未能入睡。他躺在床上，盯着头顶的天花板，看似平静的眼眸里实际上隐藏着紧张和茫然，身体也因为紧张而显得有些紧绷。

连他自己都说不清楚，为什么对于进入书院二层楼会有如此强大的渴望——大概是因为自幼对修行世界的无限向往，多年来如去年不断咯血登楼那般的艰辛努力，让他身体里的每一个细胞越来越热爱那个世界，更因为去年终于踏入那个神奇世界、看到更多陌生风光后，他越发想要看到更多的风光。

当人们历尽千辛万苦攀登上一座险峰后，举目望去，只见远处白云缥缈间隐隐有座更高的山峰，如果能战胜自己的疲惫，那么人们总是想要走到那座更高的山峰上，去看更多从前没有看过的、更美丽的风景。登城楼观山景，登高山观城景，坐云头看世景，不虚度的人生本来就应该是这样。

桑桑坐在床边盯着他的脸颊，握着他的手微微用力，想要传递某种力量，微黑的小脸上挂着勉强而真挚的笑容，想要传递某种信心。

天启十四年春天的这个夜晚，整座长安城甚至整个天下都在关注明天书院二层楼的开启。但没有任何人知道，这件事情，对于长安东城的陋巷书铺后宅里，那个自幼被无数次残忍判定不能修行的普通少年来说，是多么地重要。

23

对于宁缺来说，二层楼开启是一件大事，无论他有没有可能把握住那渺茫的机会，但至少这个机会现实地摆在了他的眼前。而对于大多数人而言，每临大事有静气是很值得欣赏的品质。经历过无数次生死考验的宁缺，能够勉强做到这一点。他每当遇到真正的大事件时，除了强行逼迫自己冷静，还要做一件最重要的准备工作，那就是带着桑桑同行。

春日尚未抬头，长安城还是一片漆黑。他带着桑桑乘坐马车离了朱雀门，来到了南郊大山下的书院时，晨风犹凉，原本一片安静的书院草甸四周却已经是热闹异常。穿着全身盔甲的羽林军骑兵警惕地在四周逡巡。临时搭建的阳篷下，来自礼部的各司吏员正在紧张地安排座位。远处的青树之下，有些穿着大唐官服的男子面无表情驻足，不知道这些人属于哪个部衙，身上自然而然流露出危险的味道。

看着周遭热闹却又肃然的画面，宁缺想起一年前的书院入院试，发现今日的安全警戒等级比入院试那天差不了太多，他这时候才想明白一件事情。二层楼的开启当然不可能仅仅是他的人生大事，这对于整座长安城来说都是一件大事。今年因为来自神殿裁决司的隆庆皇子要入书院二层楼，牵涉到大唐帝国与西陵神殿及燕国间的复杂关系，更是变成了一件天下瞩目的大事件。

因为戒备森严以及运气欠佳，桑桑这一次没能进入书院，只有遗憾地留在书院石门外的草甸间等待。此时距离二层楼开启还有整整半天的时间，宁缺刻意提前过来，自然不是为了像游客一般痴痴傻傻坐在书院草地里晒太阳。他走进熟悉的书院，顺着后方的斜巷穿过竹林，围着那片湿地逛了两圈，然后走到旧书楼与刚刚睡醒的教习打了个招呼，掀起前襟，向楼上走去。

不知道是因为时间尚早还是别的什么缘故，东窗畔的案几旁，没有出现余教授的稚巧身影。宁缺微微一怔，走到西窗畔的案几旁，注水化墨润毫，几番深呼吸后很随意写了一幅字，确认心境已清已静，便搁笔离去。

走过湿地后方那一大片密林，眼前顿时一片开阔，青青草甸在初生的晨光下像毡子般柔滑，让看见的人恨不得脱了衣服去上面打上十几个滚。这里是书院很偏僻的地方，大半年来除了宁缺自己，很少有学生会走到这里，就算来的人也只会在草甸边缘坐着看看星星谈谈恋爱，而不会漫步草甸跨越那么远的距离，走到那片如剑的林子中间。

宁缺走入高而陡直的群树间，手掌轻抚光滑无枝的树干，抬头望向林梢顶端那些疏落的枝丫，眉头微微蹙起，沉默无语。

"你今天做了些什么。"林子里响起女教授清淡的声音。

"学生见过先生。"宁缺看着林间渐行渐近的身影，极恭谨地一礼，直起身子认真思考片刻后回答道，"我今天吃了一碗鸡汤面，配的是泡萝卜丝，坐马车来到书院，在石门外站了一会儿，然后去丙舍放下东西，绕着湖走了两圈半，去旧书楼见了教习先生，然后想上楼向您请教，因为您不在所以我写了一篇字，便来到了这里。"

女教授走到他的身前，那张永远看不出来年龄的脸上，一片宁静恬然。她没有问宁缺想要向自己请教什么，而是微微一笑平静说道："可惜做了这么多事，你依然没有办法把心静下来。"

宁缺点了点头，诚实回答道："我知道自己没有什么机会，但总难免有几分侥幸想法，一旦有了想法，便很难平静。不知道先生有没有什么事情可以教我？"

"我只是个洞玄境的庸人。"女教授轻轻掀起额前飘荡的发丝，微笑说道，"对于你这样有极大想法的人，实在是教无可教。"

宁缺笑了笑，有些尴尬地挠了挠头。

"没有必要在任何情况下都苛求心境宁和。虽然你也是善书之人，但终究少年心性，不可能像我一样天天坐在东窗畔，一抄簪花便不知年月。"女教授看着他轻声说道，"世间之事很多不在于你有没有能力做到，而在于你敢不敢想，如果你连想都不敢想，被自我怀疑控制，那你就是一个虚弱的人。我只需要知道你想入二层楼的想法究竟有多强烈，或者说多强大？"

宁缺准备说些什么，没有想到紧接着听到了一句令他感到极为震惊的话。

"如果你今天放弃进二层楼，我可以为你介绍一位不弱于柳白的强者为师。"

林间一片安静，宁缺看着女教授平静的容颜，发现对方说出这句话的语气是那般地随意寻常，仿佛就像是在说如果你不想吃煎饼果子那我就给你做碗麻酱面，没有任何炫耀，却透着股不容置疑的意味。

然而……南晋剑圣柳白，乃当世公认第一强者，要介绍一位不弱于柳白的强者给自己当老师？世界上到哪里去找这样的人？女教授又是如何认得？

宁缺震惊得久久无法言语，不知道为什么，他非常相信女教授的承诺，然而同样不知道为什么，当他艰难张开嘴时，说出的答案却是不。

"我还是想……试一试，看看自己究竟有没有可能进二层楼。"

女教授眼中泛起一丝有趣的笑意，看着他问道："为什么？"

宁缺沉默片刻后犹豫说道："我也不知道为什么，就是觉得好像自己为这件事情折腾了这么长时间，付出了这么大心力，如果不试一下总是不甘心。"

"仅此而已？"女教授静静看着他的眼睛。

宁缺挠了挠头，有些尴尬回应道："因为我确实挺想进二层楼看看的。"

女教授看着他脸上的尴尬神情，忽然嫣然一笑，清丽骤增，开口说道："想就是关键，只要人想做什么事情，往往就能做成，人的想法或者说野心，本来就是这个世界上最美丽的事物，你能坚持是正确的选择。上次和你说过，这些树就像是插入大地里的剑，如果你能把这些树拔出来，便是一柄柄刺向苍穹的剑，人的执着就是自我，而自我就是你手中的剑。只是有些可惜了。"她转身向剑林外走去，留下一声轻叹。

宁缺不明白这声可惜感慨是什么意思，有些紧张想道，难道女教授的意思是说自己虽然根骨不错意志颇佳可惜今次依然不可能是隆庆皇子的对手？

看着渐要消失在剑林边缘的纤丽背影，他忽然开口问道："先生，刚才你说如果我不进二层楼，就给我介绍老师的事情是真的吗？"

女教授没有回头，平静应道："自然是真的。"

宁缺抬手捂着额头，笑着问道："我现在后悔了行不行？"

女教授微笑回答道："我给过你机会了。"

想法、执着、自我、野心、剑。

女教授的话仿佛披着一层轻纱，看不清楚里面隐藏着的真义，但宁缺却隐约明白了一些东西。女教授会对他说出这番话来，自然是看出了他的本性，自四岁逃离长安城之后，宁缺就是依靠这些精神气质才能活着并且活得越来越好。

想起昨夜陈皮皮在旧书楼里神情凝重说的"谨守本心""做到极致"，宁缺发现这和女教授的说法其实内里都是一个意思。仔细思考之后，他虽然还是不知道二层楼开启时的考试方法是什么，但大概能够猜到试题考验的方面是什么。

"这应该是我所擅长的事情。"宁缺轻轻握紧了拳头，走过湿地与静巷，来到已然人声鼎沸的书院前坪。

黑白相间的清美书院建筑群间，不知道从哪里冒出来了这么多人。平日里大部分时间都在研究自己课题的教授博士们，搬着各式各样的椅子集体来到了室外，手里捧着热茶，激烈地争论着今日二层楼的事情，甚至开始打起赌来。

书院学生们更是早早集体到场。虽然他们当中绝大部分人都不敢奢望自己能进二层楼，但也没有一个人愿意错过这样的时刻，诸生把术科六生围在中央，不停替他们加油打气，而南晋谢承运自然是众人关注的焦点。

时近正午。伴着悠扬礼乐，大唐亲王殿下李沛言以及公主李渔，还有朝廷数部官员从草甸下方走来，紧随其后的是各国的使节，以及数十位来自西陵神殿的神官道人。

草甸中央道旁的青树有的已经开花，粉粉扬扬，清新可爱，尤其是临近书院正门处那株桃树，不知为何怒放得尤其厉害，娇嫩招展于春风之中。一名穿着深色素服的年轻男子，自道间行来，正怒放的桃花被他完美脸颊一衬，顿时失却全部颜色，此人正是燕国隆庆皇子。

西陵天谕院副院长莫离以下所有神官，并诸国使节集体起立，而正议论纷纷的书院诸生顿时鸦雀无声，即便是那些看惯了二层楼开启仪式的书院教授博士，看着阳光花影间走来的年轻皇子，也不禁抚掌赞叹。

宁缺站在人群外的角落里，看着场间的动静。没有人注意到他，即便是那日之后，依然没有人会把他这样普通的书院学生真的当成隆庆皇子的对手。

一位书院教授走了出来。看见这位教授登场，无论是亲王公主还是西陵神殿的大人物，纷纷起身微微鞠躬致意，因为这位教授是隐居在书院中清修的一位神符师，身份极为尊贵，对于这样的人物，没有谁会在他面前摆架子，更何况今天书院二层楼开启仪式便是由这位教授负责主持。

"书院二层楼今日开启，只招一人。"教授面无表情看着场间数百人说道，不知道是不是用了什么符术，苍老的声音竟是清清楚楚传到每个人的耳朵里，并且不显得音隆震耳。

"考试方法很简单。"教授伸手指向书院后方被云雾遮掩的大山，说道，"石径绕山而转，想入书院二层楼请随意登山，谁能登到山顶，谁便能入二层楼。如果都走不到，那便以谁登得更高来判定胜负。"

以登山来判定胜负，来决定谁有资格进入书院二层楼？

书院前坪上的人们面露疑惑不解神情，心想这未免也太荒唐太儿戏了。而亲王李沛言和神官莫离等人的脸上，却看不到任何神情，他们这些大人物总归还是了解一些往年二层楼开启时的细节，知道书院里的人喜欢弄这种玄虚，却不会认为这种玄虚是儿戏。

场间所有人抬起头来遥望书院后方那座大山。此时太阳已经升到了天穹最顶处，光线最是炽烈，然而不知道为什么，炽烈阳光却未能驱散山腰间的雾气，人们根本看不清楚云雾之中的山体模样，只能看到云下的斜斜山道。

直到此时，书院很多学生才想起来，平日里自己根本未曾正眼看过这座大山，虽然这座山峰高大崛险，就在书院后方，但因为它的沉默、它的平静而变得如同消失了一般。

大山就在那里，大山永远就在那里，既然如此，那何必还要专门去看它？

通往后山的道路就在书院静巷之后，就在离二层楼不远处的一道篱笆后，人们站在书院石坪之上，便能清晰地看到山脚下那段并不怎么崎岖的山道。一片安静，没有人说话。时间一分一秒地过去，始终没有人向大山走去。

"看来小僧只好先行一步了。"

就在一片紧张造成的死寂间，忽然响起了一个人的声音。出乎所有人意料，率先开始登山、向书院二层楼前进的并不是书院里的学生，也不是被全天下昊天道信徒视若神子的隆庆皇子，而是……一个年轻僧人。

那僧人约莫二十多岁，模样清俊，身上穿着一件破烂却洗得干干净净的僧袍，脚上穿着一双草鞋，草鞋边缘已经快要烂掉，可以想见这双鞋伴他走过了多少穷山恶水、遍地荆棘。然而如果仔细望去，却能看到他的脚上竟没有一点泥垢，白净得像莲花一般。

24

李沛言看着向书院后方走去的那名年轻僧人，眉头缓缓蹙了起来，面露不豫神情。今日书院二层楼开启，他代表皇室前来观礼，最重要的是为了保证协议能够不被干扰地实现，本就没有想着书院学生能够战胜隆庆皇子。然而这么长时间都没有大唐籍的书院学生勇敢站出来，反而让一名穿着破烂僧袍的年轻僧人抢在了最前面，身为大唐亲王的他难免会有些恼怒。

"这个僧人是谁？"他问身旁的礼部官员。

礼部官员抬袖擦了擦额头上的汗，低声回答道："来自月轮国大渡寺的游方僧人，提前做了申请，所以今日被允许入院。"

李沛言微微一怔，想要说些什么，却最终还是闭上了嘴。

和世间的想象不一样，书院二层楼开启时并不在意那些想上二层楼的是不是书院学生，书院方面欢迎或者不欢迎但默许一切挑战者的到来，不分国籍不分宗派。能够进入书院二层楼，便有机会面见夫子，得到夫子亲自教诲。这种待遇就像是昊天洒向人间的甘露，就像蜜蜂眼前的蜜糖，谁也无法抑止这种诱惑。

所以从很多年前开始，但凡书院二层楼开启，不论是南晋大河还是月轮国的年轻俊彦们，都会千里迢迢赶至书院碰碰运气。而这些年轻俊彦的师门以及他们的宗国，对这件事情一直保持着沉默。他们无法从内心深处熄灭后辈才俊们对书院二层楼的向往，并且他们相信夫子的品德像云朵一般洁白，心胸像大山一般宽厚，一定会对二层楼所有弟子一视同仁，绝不藏私，更相信夫子绝对不会借此对其他国家宗派的内部事务进行干涉。

既然如此，这些来自南晋月轮等国的年轻俊彦如果真能进入二层楼，既能学习到书院的精妙本领，还能让自己的宗派与书院之间建立某种亲密的关系，甚至间接导致大唐帝国对己方展露亲厚态度，那他们凭什么不沉默？

只可惜书院二层楼开启日期不定，而且择才极少，这些年来二层楼里的学生大部分还是来自书院自身，大唐之外国度的幸运儿有但数量并不是太多，不过饶是如此，这份诱惑依然止不住。每当二层楼开启之时，天下年轻英才们便兴奋而至。那名穿着破僧袍踩着破草鞋的月轮国年轻僧人，大概便是这些人中的一位。

自视为世间唯一修行正宗、昊天代言人的西陵神殿，自然不可能像那些国家宗派一般埋头偷笑而不在乎颜面，除了某个不为人知的翘家胖少年外，若干年来，没有一名来自西陵的年轻人尝试要进入二层楼，直至今日隆庆皇子来到了书院。

不只亲王李沛言的神情有些难看，主持此次二层楼开启仪式的书院教授脸色也很难看。对于本届书院学生的境界实力水平，这位躲在书院某间小楼里静修的神符大家并不了解，但在他看来，既然你是书院的学生，在这种时刻哪里有像兔子般畏畏缩缩藏在众人身后的道理？

又有数名来自异国的年轻修行者在同伴的殷切目光下向书院后山走去。已经沉默了很长时间的书院学生终于变得有些躁动起来，很多人都忍不住把目光投向谢承运等术科六子。

谢承运望向人群外远处那名来到长安城后便仿佛把世间一切光彩夺去的年轻皇子，嘴里不禁感到有些微微发苦。自己辛苦学习修行这么多年，连南晋探花之位都弃如敝屣，千山万水来到书院，不惜咯血也要强登二层楼，为的不就是能够成为夫子的亲传弟子？然而这一切都要在那个更强大更光彩夺目的同龄人面前变成泡影吗？更令人感觉到痛苦和羞辱的是，自己一直在观察着对方，关注着对方，可那个人眼里根本就没有自己。

这位出自南晋大姓，自幼倍受宠爱的谢三公子沉默片刻，想起近二十年的寒窗苦读勤勉修行，他脸上渐渐浮现出一丝坚毅及解脱的神情，站起身来，深深地呼吸了一口空气，望向临川王颖和身边的同窗们，有力说道："这是我们的书院，难道我们要最后上山吗？"

王颖青稚的面容上浮现出开心的笑容，拱手说道："谢兄，我跟你走。"

书院诸生群情兴奋，喝彩起来，夹道相送术科六子集体登山。

书院诸生的微微骚动引来了一些好奇的目光，西陵神殿与燕国使臣聚集的凉伞之下却没有一个人去看，他们的目光依旧停留在那位像春日桃花般美丽平静的隆庆皇子身上。从书院教授宣布登山开始，已经陆陆续续有好些年轻的修行者向书院后方走去，隆庆皇子却一直沉默，宁静有如静潭的目光，始终专注在身前的空气之中。

"隆庆，曾几何时你也能被那种小人物影响到自己的心情？"隆庆皇子忽然唇角微翘，在心中默默说了一句话，用毫无情绪的余光，瞥了一眼人群外围藏在角落里的家伙，然后缓缓站起身来。

仅仅是起身一个极简单的动作，便引得四周人群一阵兴奋，议论声起。

"隆庆皇子要开始登山了！"

"他会是登得最高的那个人吗？"

"当然！洞玄上境的强者，我甚至相信他会直接登到山顶！"

"说起来他已经是神殿裁决司的大人物了，居然还要参加书院二层楼的考试，书院这边委实也太崖岸自赏了些，难道不能直接给他一个名额？"

"我倒怀疑书院和大唐就是想借此机会震慑一下西陵神殿。"

"如此多双眼睛看着，难道书院还能在登山过程中弄鬼不成？"

"夫子招收弟子怎么会弄鬼！有此想法的人真是愚不可及！"

四周压低声音的议论，极为清晰地进入隆庆皇子的耳中，但他完美的容颜上依然没有丝毫表情，就像是根本没有听到。在无数双目光的注视下，他抬起右手轻点自己的眉心，然后仰头平静望向苍穹上那轮烈日，脸上的虔诚慈悲之色尽数化为平静，然后才抬步向书院后方走去。

"我就看不得这种装腔作势的劲儿，全天下都知道你生猛无敌，都等着看你怎么生猛无敌，结果你就偏偏要等到最后，等到大家都忍不住了想要骂娘了，结果才慢条斯理站起来，掸掸袖子提提裤子倒提把剑去摆姿势，以为是蹲茅坑啊？"褚由贤不知何时突然出现在宁缺身旁，吓了他一跳，然后紧接着宁缺便被这一长段刻薄的嘲弄逗得笑了起来，摇头笑道："尖酸，太尖酸了些。"

"过奖过奖。"褚由贤看着他眉开眼笑说道，"那天在得胜居，我没进去，但里面发生的事儿我后来都听说了，你才叫真正的尖酸，我这叫作直接。"

"分别倒也不大。"宁缺笑着说道。

今日昊天作美，空气特别干净透亮，湛蓝的天空下是一片最清晰的世界，人们的视线可以延展到非常远的地方，甚至能够看清楚书院后方那座大山里的石径。越过靠近地平线建筑的那段视障区，留在书院里的人们看到已经有人走上了山道，当先之人正是那名年轻的僧人。紧接着，有越来越多的人走上了石径，谢承运和术科六人也在其间，最后则是隆庆皇子的那身素色衣衫。

山虽高险，但对于这些年轻的修行者来说，不可能是真正的障碍，这种考核看上去很像很多人最开始想的那般儿戏，但事实上书院开启二层楼，夫子选择亲传弟子的考核不可能是儿戏，所以……这段山路不可能好走。

当年轻的修行者们真正进入斜斜山径后，他们的速度顿时变得极为缓慢。在观众们的眼中，就像是他们身体的每一处关节都被系上了无比沉重的巨石，以至于他们每走一步都显得那般痛苦和吃力，像是在与整个天地抗争一般。

那名来自月轮国的年轻僧人显得相对轻松一些。而斜斜山径上只有一个人感觉没有受到任何影响，他如常行走如履平地，好整以暇超过一个一个的同行者，双袖微摆负在身后，不像是在进行某项艰巨的挑战，而更像是在登山观风景。

正是隆庆皇子。

来自世间各处的优秀修道青年，一旦踏上那道斜斜石径，便会变成笨拙的提线木偶，艰难负重前行，每一次抬足挥臂，仿佛都要用出全身的力气。虽然看不到他们的表情，但留在书院里的人们，却能够清晰体察到他们此时承受的痛苦。

二层楼选择学生的方式，竟是这样的简单，简单的背后却又是这样的神奇。除了当事者之外，没有谁能猜到山道上究竟发生了什么，即便是神官莫离这样浸淫修行世界多年的大人物，在没有亲身感受之前，也不敢妄加猜忖。

不过所有人都知道书院不可能让登山者们受到真正的伤害，这些单调枯燥的画面看得久了，难免觉得有些乏味无聊。看书院石坪四周人群的动静，应该不会再有人站出来尝试攀登书院后山，包括各国使节在内的大人物们都轻松了些，开始在遮光凉伞下左倾右顾，与人攀谈。

书院准备了些简单吃食，大人物们还自带了婢女随从，一时间很多茶汤小食便被摆到了桌案之上，把聊兴又助了几分。各国使臣聊天的主要对象，不外乎是亲王殿下李沛言与公主李渔，还有就是天谕院副院长莫离神官。对于天下无任何势力敢直撄其锋的大唐帝国及西陵神殿，这些周边的国家向来表现得极为温柔而臣服，至于向哪边臣服则完全不是他们考虑的重点，因为这种臣服至少在现在必须是双面的。

除了与大唐帝国及西陵神殿搞好关系，各国使臣今日来到书院真正重要的原因，是想看看本国有什么年轻人才遗落在外，若本国有人能幸运进入二层楼，他们当然要好好笼络一番，即便没有人能够进二层楼，但只要有修行才华，他们也要替各自的朝廷加以留意。

来自大河国的使臣正与身旁西陵神殿某位执事聊得眉飞色舞，极完美地把谦卑隐藏在大笑声与精妙马屁之间，忽然间看着远方挟尘土而至的那道土龙，不由面色骤然一变，霍然站起身来，看着那处颤声道："这是怎么了？"

所谓土龙，其实是四名抬着担架的书院执事，因为速度太快，脚下靴子踏破青草，带起黄土，所以才会有这烟尘滚滚，飞龙贴地而走的气势。只看那四位书院执事，抬着担架远自山中而来，竟不须片刻便抵达前坪，却个个气不喘脸不红，显得极为平静，可以想见这些年来这四人应该是没少做这事。

大河国使臣不可思议看着担架上那个昏迷不醒的年轻大河国修行者，连声哀叹，怎么也没有想到今日第一个败下阵来的居然是本国子民。确认败却不知道究竟是怎么败的，这才是令人郁闷的真实原因，使臣走到担架旁，恼火问道："登山怎么把人都登得昏了过去？"

担架旁一名书院执事面无表情回答道："在书院里，昏迷是很常见的事情，登楼都会吐血，更何况是登山……麻烦您让让。"

书院执事极不客气地推开大河国使臣，抬着担架，继续向书院后方跑去，又带着一道黄色的土龙，留下几句不怎么清楚的抱怨。

"让让，开水。"

四名书院执事用担架抬着第二名登山者归来，自有书院教习拿着姜汤药物等候。

"让让，今天的开水肯定特别多，别挡道啊！"

书院执事再一次归来，手里拎着担架的柄。他们的开道呼喝声，绝对要比大唐官员出行时的回避肃喝更加丰富多彩。

看到这一幕，想起去年很多幕画面，褚由贤忍不住回头看了宁缺一眼。

宁缺看着在后山与前坪之间往返奔跑的四名执事，微微张开了嘴。

这画面对于他来说，非常熟悉，甚至有些温馨，然而去年登楼时的遭遇终究是经年的痛，直接让他的手指开始颤抖起来，胸腹间生出些恶心欲呕的感觉。

他面色微微发白，喃喃说道："居然还是这四个家伙啊。"

书院后山山脚那片未被云雾遮蔽。石径上的年轻修行者们越走越慢，不时有人痛苦昏迷倒地，然后被迅速抬离。谢承运走在中段，虽然艰难但还在坚持，那位来自月轮国的年轻僧人显得相对轻松一些，破烂僧袍随山风飘摇，走在登山队伍的最前端，不时东看看西看看，不像是专心登山，也不像是看风景，更像是在寻找什么出路。

隆庆皇子双手负在身后，登山看景一路施施然而行，不断超过前方的登山者。无论超过多少人或是看到山道旁昏迷的年轻修行者，他的脸上都没有骄傲没有轻蔑，只是一味平静。即便在超过那位年轻僧人时，也不曾用余光看对方一眼。

山径尽头是一片浓浓的迷雾。来到弥漫山腰的浓雾之前，隆庆皇子没有任何犹豫，就这样平平常常地走了进去。稍后片刻，那位东瞧瞧西瞧瞧，显得格外好奇的月轮国年轻僧人也来到了雾前。看着眼前不知深几许不知藏着多少万年古树山魂的云雾，先前一直表现得有些满不在乎的年轻僧人，脸上浮现出前所未有的凝重神情，沉默看着雾气，迟迟没有迈出一步。

隆庆皇子消失在山雾之中。其后很长时间都没有第二个人能够走完山脚那段石径，走进雾里。

想要进入书院二层楼的登山者，已经有一半被那四名执事抬了回来，只剩下谢承运等寥寥数人还在山径下段艰难地攀行。至于那名展现出来不俗境界，被某些人寄予厚望的月轮国年轻僧人，似乎遇到了什么难题，站在雾气边缘犹豫不前。

书院里观看登山的人们心中已经有了判断，没有谁能够战胜隆庆皇子。虽说这是事前很多人意料中事，但眼看着隆庆皇子远超同侪的实力，众人依然难免有些震惊无语。

"西陵神殿果然不愧是修道万宗之祖，庶民敬奉之地，天谕院不愧为世间玄学妙境，隆庆皇子翩然登山，如此天人之姿，岂是其余人等所能比拟？"燕国使臣看着自家皇子傲然众人，早已得意到了极点，却不忘半侧着身子，把西陵神殿众人好一番吹捧。

莫离神官微捋胡须，表情异常平静，只有眸子深处的光泽显露了他此时的骄傲喜悦，淡然说道："皇子天赋其才，有昊天神辉恩宠，神殿授其裁决重任，书院虽说亦是高洁神妙之所在，但登上院后一山，实在不足夸耀。"

说的是不足夸耀，但谁都知道这句话就是在夸耀。燕国使臣赶紧凑趣又说了几句，紧接着转头望向大唐官员那一方，敛了笑容，淡然说道："说起来大唐帝国名将贤臣云集，只可惜这一届的书院，似乎没有什么出众的人物。"

在燕国人的心目中，大唐帝国毫无疑问是一头残暴的凶兽。他们对唐人向来没有丝毫好感，今日难得遇到这么一次打击对方勃勃雄心和自信的机会，自然不会错过。燕国使臣不敢当面挑衅大唐亲王或是公主，没有大声说出这句话，但也没有刻意控制音量，淡淡嘲讽意味随着淡淡无情绪的话语，就这样飘了过去。

明黄云檐的大幅阳伞之下，大唐官员们的脸色极为难看。书院术科六生已经有四人败离山道，艰难走在最前方的谢承运还是个南晋人。而且即便是这个南晋学生，看起来也绝不可能是隆庆皇子的对手，如此说来大唐年青一代竟是在今天的二层楼登山试中一败涂地！

亲王李沛言的表情有些阴沉，紧紧攥着衣袖，面无表情低声说道："早知是这般局面，真应该写封信给许世，让他把王景略放回来，至少帝国脸面也不会丢得这般干净。"

坐在他身旁的李渔，瞥了他一眼，微嘲说道："叔父，王景略被父皇贬去镇国大将军麾下，不正是拜你所赐？"

李沛言看了她一眼，表情有些难看，皱着眉头说道："何必再提此事。说起来，景略虽然号称知命以下无敌，但隆庆却已经一只脚踏入了知命境界，他即便回来，也不见得是此人对手。"

"到底是不如隆庆，还是不想他如隆庆？"李渔唇角微翘，嘲笑说道，"叔父您今天亲自来此，不就是为了亲眼看着隆庆皇子进二层楼……

您才放心吗？"

李沛言面色如常回答道："你要知道，这是陛下的意思。"

李渔闻言沉默，不再言语。

今日二层楼开启，隆庆皇子如意料中那般当先而行，虽说这是大唐帝国与西陵神殿之间的协议，然而想到先前燕国使臣那番话，看到神官莫离那副神情，身为大唐公主的她依旧难免不悦。只是正如先前议论的那样，王景略未归，书院诸生不济，又有谁能替大唐争些颜面回来？她下意识看了那些沉默的书院诸生一眼，然而连她自己都不清楚，自己究竟是想看谁，找谁，想从书院学生中哪张脸上寻觅到最后那丝希望与光彩。

在书院深处的旧书楼上，临着西面的窗户不知何时被人推开，当春风伴着花香透进楼内的同时，那个胖乎乎的少年身影也出现在了窗畔。来自世间各处的优秀修行青年们先前曾经自旧书楼下走过，但无论是隆庆皇子，还是那位年轻僧人，都没有发现楼上窗畔的他。

陈皮皮的目光飞掠湿地上方书舍方檐，落在石坪角落阴暗处的宁缺身上，拿起手中的冷馒头啃了一口，自言自语含糊说道："你丫这是准备耗到什么时候呢？"

书院外草甸边，桑桑早已打开了大黑伞。她站在阴影里沉默不语，偶尔仰头看一眼弥漫湛蓝天空间的刺眼白色阳光确定时间，然后迅速低头自怀中取出陈锦记的防晒露喷在脸上，再用小手均匀涂开，细细揉至肌底。她知道了书院二层楼考登山，那么她知道少爷肯定会登山，既然如此，她何必徒劳着急。

"非要最后一个出发，然后沿途不断超人，成为第一个登到山顶的人，这位皇子真是装腔作势可恶到了极点。"褚由贤从怀中取出手绢包着的精美糕点，自己拈了一块，然后把其余的递到宁缺身前，让给他吃。

宁缺心想最后登山就是装腔作势的可恶，那自己算是哪种？

此时书院内外大唐帝国的官员吏生脸色都不怎么好看，司徒依兰等书院诸生更是面露羞愧之色。宁缺看着众人神情，感受着场间的气氛，喃喃说道："要不然……我来试试。"

他的声音很轻微，褚由贤却听得很清楚，捧着糕点的手顿时一僵，瞪着宁缺的脸，不可思议惊声呼喊道："你说什么？要试试？难不成你想登山？"

安静的书院前坪，这声惊呼回荡不休，所有人都怔住了，下意识里调转姿势，望向声音起处。宁缺看着褚由贤无奈说道："贤啊，声音还可以更大些吗？"

于是褚由贤真的跳了起来，震惊失色大声呼喊道："你真要登山？你真要进二层楼？"

这一下，书院内外所有人都听清楚了，也看清楚了，无数双目光投向角落，望向宁缺，震惊难言。

宁缺从褚由贤手中接过糕点，用手绢包住，笑着说道："留给我在路上当干粮。"

说完这句话，他便抬步向书院后山走去。

25

二层楼开启后，陆陆续续有很多人开始登山，开始向山顶攀登，包括众望所归的隆庆皇子也已经启程，宁缺却始终迟迟未动，沉默站在角落里，一直等到这个时候。

他可以把自己的迟迟未动解释为是要通过观察那些年轻修行者的遭遇，分析登山时可能遇到的问题。但他在内心深处不得不承认，更重要的原因在于，既然对于进入二层楼这件事情他没有什么信心，那么凭什么不享受一下最后登场所带来的快感？

男主角，总是最后登场的那个人。

哪怕今日登山到最后，男主角还是那位高高在上、完美得不像人类的隆庆皇子，但至少此时此刻，最后登场的他毫无疑问是当下的男主角。

宁缺的想法得到了完美的实现。当他接过褚由贤手绢包着的糕点，施施然向书院后方走去时，庭院四周无数双目光都被他的身影所吸引，那些目光里饱含着无数复杂的情绪，有吃惊有惘然，更多的还是疑惑。

书院诸生聚集的人群中，钟大俊强行压抑住心头的震惊情绪，看着处于议论中心的宁缺背影，冷笑一声嘲讽说道："他又想发什么疯？"

司徒依兰下意识里向前走了一步，袖中双手微微攥紧，望向前方的宁缺，脸上满是好奇与担忧的神色。她实在是想不明白，为什么他这时候要去登山，更想不出来他凭什么相信自己能够有机会进入书院二层楼。

阔大的金黄遮阳伞之下，李渔看着那个绝不陌生，也谈不上如何熟悉的少年，露出若有所思的神情。她想起去年自草原归来旅途上的那些画面，想起吕清臣老人那番微笑着坚定说出的话，不知为何竟对他生出了很强烈的信心和希望，只是自己都不知道这份信心与希望由何而来。

李沛言顺着身旁她的目光望去，表情严肃而冷凝。身为大唐亲王，他极愿看到书院里能够有一位大唐青年站出来替帝国争回些颜面，却又不想这件大事生出太多变数。

莫离神官并不认为宁缺有资格成为变数，他淡淡看了一眼，便不再在意。降庆皇子此时已经进入山腰浓雾之中，或许下一刻便会成功登顶，在他看来，无论这名学生此时站出来是哗众取宠，还是得到了书院中人的授意，都只能把西陵神辉与皇子衬托得更完美。

对于意志不坚定、心思容易摇晃的人来说，目光是有重量的，尤其是书院石坪四周这么多大人物审视疑惑的目光，汇聚在一个人的身上，甚至可能把一名身材单薄的学生给压垮。但对于宁缺而言，旁人的目光是世间最没有重量也没有力量的存在，再多目光汇聚在一起也同样如此。他要做的事情和这些人无关，那么这些目光里的情绪也与他无关。

负责主持今日二层楼开启仪式的书院教授面无表情站在石坪前巷道旁边，先前他已经通过教习的介绍，知道宁缺是书院的学生。

"为什么？"教授问道。

宁缺憨厚地笑了笑，揖手问道："不允许？我没听见您前面说的规矩里有限时报名这一条。"

教授微微一笑，两道染着银霜的眉毛在春风里飘了起来，显得颇为高兴。但他没有让开道路，反而带着一丝趣味继续问道："可我还是想知道，你今天究竟为什么要登山。"

宁缺笑着回答道："如果是西陵神殿那些人或者燕国使臣来问，我肯定会回答一个把他们全部镇住的答案，但既然是您问，我当然要老实回答……要登山，只是因为我想登山。"

教授呵呵笑了起来，抚着下颔花白胡须，摇头赞叹道："真是好答案，这是我这几年来听到的最好的答案。"

然后他好奇问道："如果问话的人是西陵那些神棍或者是燕国那些墙头草，那你会怎么答？"

"如果是他们质问我为什么要登山，我会说……"宁缺有些不好意思地笑了笑，说道，"因为山就在那里啊。"

书院教授愣了愣，抚着胡须的手指微僵，旋即哈哈大笑起来，用孺子可教的目光望着宁缺赞扬道："这同样是个好答案。去吧。"教授微笑说道，"只是山路艰险崎岖，若登到半途，你忽然觉得不想再往上爬了，那下来便是，谁要敢嘲笑讥刺你，老夫替你做主。"

宁缺嘿嘿一笑，长揖及地，就此告辞。

教授看着他走入幽静的巷道，轻拊胡须，心想这一届的书院学生果然并不全都是些废物，满意地点了点头。

上山的路宁缺很熟悉，至少在上山之前的那段路他很熟悉。巷道湿地竹林小楼，一路过去风景曾谙，湖畔青石都记得他的脚步，来到旧书楼下他抬头望去，挥手打了个招呼。胖乎乎的陈皮皮倚在窗畔，向下面挥了挥手。他不想让隆庆皇子和那些登山者看见自己，那些人就看不到他，他想让宁缺看到自己，宁缺便自然能看见他。

"如果实在爬不上去，千万不要逞强。"陈皮皮好意提醒道。

"说点儿吉利话成不成？"宁缺仰头看着他，说道，"怎么包括你在内，没有一个人看好我能爬到山顶？"

"山路哪是这么好走的。"陈皮皮摊开圆滚滚的双手，诚恳说道，"更何况和隆庆比起来，你真的才是小猫小狗。"

宁缺懒得理他，挥挥手便往旧书楼侧方走去，忽然想到一件事情，他停下脚步，回头不甘心问道："真没有后门？"

陈皮皮撑着窗棂，大声嚷道："死去！"

宁缺笑着摇摇头，继续前行，待他绕过旧书楼，发现原来真的有后门——整整一年时间，他在旧书楼里度过，他在楼上看过楼下风景，在楼下绕着散步，很清楚地记得，这里本来有一堵灰色的破旧围墙，然而现在这里却是一扇门。

门后是一条青石铺就的小径，道旁青竹夹迎，渐渐向上爬升，直至竹林远处滑入山腰间的密林青草之间。抬步过门，宁缺顺着竹林里的小道向山上走去。

没有任何异样的情况发生，山道随着他的脚步渐渐向上，承载着他的身体越来越高，渐渐越过了下方的围墙，高过了如画一般的竹林，回头时隐隐能够看到远处书院里的那些人。前方的山道变得越来越窄，大青石板被体积更小的石头所取代，道旁的林子里竟是没有一声鸟叫，幽静得有些诡异。

右脚刚刚踏上细粒石块铺成的山道，宁缺的眉头骤然一紧，脸色瞬间变得如雪般苍白，一股难以言喻的剧烈痛楚，从他踩着山道表面的脚掌上袭向脑海！

突如其来的痛楚令他双腿一软险些跌倒，但他强行用手撑住地面，闷哼一声后极强悍地重新站了起来，向山道旁望去。

道旁青林掩映之间，能够看到布满青苔的崖壁，如果仔细望去，大概能够分辨出，那些密厚青苔下方似石缝般的线条，其实是一些刻在石上的大字，只是字迹笔画间涂着的朱砂红色，在不知多少年的风雨侵袭之下，早已淡去无纹。

"好强大的念力攻击，这也是神符师留下的字吧……"

宁缺盯着林中崖壁上的那些石刻字迹，悬在身旁的双手微微颤抖。此时此刻，仿佛有十几万根无形的钢针正在穿透他的脚掌，如果是一般人遇到这种痛楚，只怕早就已经跌倒在地，抱头痛呼。然而他虽然脸色雪白，双手颤抖，意识却异常清醒，仿佛痛楚对他没有任何影响。

先前在书院中遥遥望向山道，看着谢承运等人在山道上走得极其艰难，极其缓慢，看不到他们表情却能隐约察知他们的痛苦，宁缺便在猜村山道上有怎样的禁制。但他没有想到书院二层楼的考核竟是如此霸道野蛮，一开始就动用了威力如此巨大的神符。在崖壁神符妙术之下，山道四周的任何自然环境，都可能成为阻止人们登山的险厄，你无法避开，只能硬闯！

宁缺紧紧皱着眉头，看着自己落在细石子山道上的右脚，忽然间有些神经质地笑了笑，腰腹用力，身体前倾，把自己落在后方的左脚也抬了起来，踩在了细石子道面上。

他踩得很重，很用力，仿佛要把细石子铺就的山道踩破。无数根无形的细针从细石子缝里探了出来，隔着坚硬的靴底深深地扎进脚掌深处，瞬间的麻痒被极致的痛楚快速取代，然后清晰地传入他的脑海之中。

宁缺的脸色变得更加苍白，但他蹙着的眉头却渐渐舒展开来，似享受一般深深地吸了口气，摆动双手继续向前走去。

陈皮皮倚在旧书楼窗畔看着山道方向感慨说道："你真狠，说起来……这个世界上还能找到比你对自己更狠的人吗？我不知道，你究竟能走到哪一步？我还是不知道。"

说完这句话，他关上窗户，几片青叶震落飘下。

几片青叶被风卷落飘下，掠过宁缺的肩头，落到地面上。

山道旁的青林由很多种树组成，而在这一段却是竹子居多，竹叶边缘薄锐，看上去就像是一片片的锋利小刀。

山道间飘落的竹叶不是看上去像小刀般锋利，而是真的像小刀一样锋利。

咻的一声轻响，掠过宁缺肩头的竹叶像锋利的小刀般直接撕裂了衣衫，划破了他的肌肤，割开一条极细的血口。

宁缺望向自己的肩头，没有看到衣衫上的破口，没有看到染血的竹叶，没有看到流血的细口。但他知道这确实是已经发生了的事情，因为他的肩头清晰地传来强烈的痛苦，甚至清晰到能够感觉到血口里竹叶留下的细毛所带来的极难忍受的异物感。

他抬起右手掸了掸肩头，就像掸灰尘一样。这个动作当然无法把竹叶留下的无形伤口与痛楚掸掉，但奇妙的是，做完这个动作后，他就觉得轻松了很多，继续向前走着。

又有竹叶簌簌然落下，擦过他的脸颊，擦过他的前襟，擦过他的后背，落到细石子铺就的山道上。他的身上衣衫如故，却多了无数条无形的裂口，多了无数寻常人难以忍受的痛楚，但他脸色如故，只是更白了些。

一阵山风袭来，无数片竹叶纷纷扬扬席卷至空中，然后像暴雨一般淋漓落下。宁缺走在这片竹叶雨中，再也懒得用手去拨拉快要落在身上的竹叶，只是沉默地继续前行，明亮的眼眸里仿佛看到去年在临湖小筑里杀颜肃卿时飘落的竹雨。

他走得很用心，走得很用力，每一次抬步都会重重踏下，靴底溅起细微的灰尘，碾过凌乱堆积的竹叶，走过痛苦。

竹雨落时，正好杀人，适合登山。

起步晚，可能会有些风光，但却难以追赶，只能一个人孤单地在山道上行走，前不见人后没有人。

宁缺走得有些渴了，口唇间仿佛要生出青烟。他想饮些水，然后听到山道旁传来淙淙流水声。举目望去，只见道旁一条崖缝里泻出一道极细的清泉，在下方石窝里积成一捧水洼，洼旁生着几株野草。

他没有去痛饮山泉，垂怜小草。

因为极细的清泉忽然间变成一片黄浊白沫奔腾的大瀑布，劈头盖脸地打了过来，直欲把他击昏在幽深水潭底部满布青苔的巨石上。

他继续向前走，依然走得用力用心，步步惊魂，步步生烟，顺着山道缓慢而坚定地走过密林，来到山间一片草甸中间。

没有树荫遮挡，下午依旧炽烈的阳光毫不客气地洒了下来，把草甸镀上一层艳红，仿佛要点燃山道旁的一切。宁缺用手遮额抬头看了一眼天，发出一声疲惫的叹息，然后余光里注意到前方山道旁，有一片小湖像镜子般反着光。

湖很小很平静，清澈透底，能够看到里面沉默游动的鱼儿，在湖畔的石缝间生着一朵淡黄色的小花。

一阵山风轻拂，小黄花瑟瑟颤抖，显得极为恐惧。

平静湖面泛起微微涟漪，小鱼儿弹动着尾巴，钻进石中不见。

一片愤怒的大海出现在宁缺的眼前，海水极蓝近黑如他熟悉的砚中墨汁，海水不停卷动，掀起山般高的波浪，发出愤怒的咆哮，不停拍打着堤岸与站在堤岸上的他。他双脚像钉子般死死站在堤岸上，盯着铺天盖地而来的墨色海浪，纵使身体如同被巨石击中，纵使湿透的衣衫被海水撕成碎片然后带回海中，依然一步不退。

然后大海站了起来。像墨一般深沉黑暗的海水，像墙，不，像大地一般站了起来。

海洋把天空割成两半，缓慢地向他压了过去，在这片竖着割裂天地的海洋中，可以看到比山更大的旋涡，可以看到沉默哀鸣徒劳乱飞的海鸟，可以看到死亡。

然后大海倒了下去。

宁缺也倒了下去。他重重地摔倒在山道上，痛苦地拧紧了眉头，喷出一口鲜血。

道前的小湖依然平静，只有几丝涟漪。

山雾深处，传出一道平静却骄傲的声音。这种骄傲与隆庆皇子故作淡然的骄傲不同，声音的主人并不屑于掩饰自己的骄傲，也不刻意展露自己的骄傲，他的骄傲在于内心的强大，浑然本性而出，丝毫不令人反感抵触。

"山道崖壁上的字迹，传说是书院前贤镌刻，开启禁制之后，意图闯过禁制的人，越能忍受符意里隐含着的痛苦与力量，那么山道给予此人的痛苦和力量便会越大。"那道平静骄傲的声音继续说道，"很多年前我和大师兄打过一场架，你们知道以大师兄的性情不可能真的对我下狠手，但我还是打不过他，所以我一怒之下把老师用来做梅花糕的模子捏碎了。于是老师也动了一怒，然后愤怒之下做了个残酷的决定，罚我走了一遍山道。"

山雾里响起一阵惊呼，惊呼的原因很多。有人是惊叹于大师兄的强大，有人是惊叹于二师兄也很强大居然能够徒手捏碎夫子刻了符文的精钢糕点模子，有人则是惊叹于二师兄胆大包天竟敢让夫子没梅花糕吃……

"那年我过山道时，引发的动静当然比这家伙引发的要大很多，最后直到星河破碎陨石乱飞我才倒地，不过这家伙居然能引发海怒，也算是不容易。"

雾里有人表示赞同，有人感慨说道："只是这般看来，越能忍受痛苦便要承受越大的痛苦，这个家伙未免太倒霉了些。"

"倒梅？"某人怒问。

"倒霉。"那人赶紧解释道。

"你们都没有见过小师叔，只有大师兄和我见过。"二师兄心情稍霁，傲然说道，仿佛觉得见过小师叔本身就是一件极值得骄傲的事情。

"小师叔曾经说过一句话，命运本身就是一个很残酷的家伙，如果它要选择你承担使命，那么在确定你能够承担这种使命之前，会想尽一切办法打断你的每一根骨头剥离你的每一丝血肉，让你承受世间最极端的痛苦，如此方能让你的意志心性强悍到有资格被命运所选择……"

浓雾之间某人侃侃追忆而谈，有人则是窃窃议论："现在看起来，二师兄果然还是最崇拜小师叔啊。"

"折断每一根骨头算什么？剥离每一丝血肉又算什么？承受世间最极端的痛苦又算得了什么？在岷山里在草原上，我哪根骨头没有摔断过？我身上哪一处没有受过伤？"宁缺俯在坚硬的山道上，感受着身下细石头的棱角，感觉自己浑身上下的骨头都被那片海给拍碎了，然后他的眼神里却没有丝毫恐惧，只有满不在乎。

他双手撑地，艰难地爬起身来，抬袖擦掉唇上的鲜血，回头望向自己走过的漫漫山道，大声吼道："去年夏天在旧书楼上我看过你们写的书！我看过你们藏在书里的针！我看过你们藏在书里的竹叶！我被那条该死的瀑布打昏过！我也被那片臭海吞噬过，但怎么样？我还是站在这里！去年我是个什么都不懂的普通人，这些都打不倒我，更何况我现在是已经踏上修行道的天才！"

草甸清湖边一片幽静，不停回荡着这些带着几分狂妄意味的呼喊，没有飞鸟受惊出林，没有虫儿愕然抬头，只有回声渐行渐远，直至消失不见，然后归于一片安静，那些小鱼儿摇晃着尾巴从石间钻了出来，游进天光里。

宁缺忽然抬头望向头顶没有树枝割裂的湛蓝青天，脸上笑意渐起，喃喃说道："昊天老爷，这些年你让我吃了这么多苦，原来都是要在这里还给我吗？"

他回过头来，一边抹着口鼻间淌落的血水，一边向着山道前方艰难前行，动作缓慢艰难，看上去痛苦而狼狈，然而脸上却满是真挚开心的笑容。

忽然间想到一事，他充满自责说道："谢天？应该先谢谢自己嘛，你这么不容易这么能干，这些都是你应得的。"

山雾尽头长时间的安静。

二师兄忽然幽幽叹了口气，说道："这家伙虽然境界糟糕，修为差劲，但这股臭屁劲儿还真有几分皮皮的模样。"

另一道幽幽的声音响了起来："二师兄，我怎么倒觉着这家伙的骄傲劲儿很有你的几分风采？"

日头渐渐西斜，林间山道依旧明亮，但温度却下去了些。宁缺抹着血与汗艰难地行走，速度很缓慢走得很辛苦，但他并不在意。因为他四岁便开始逃难，尤其是背着桑桑翻越茫茫岷山那段岁月，让他明白了一个真理，走得慢并不要紧，只要你坚持不停地走，那么总有一天你便能走到你想要到达的地方，能超过那些道旁不敢走的人。

登山至此时，宁缺终于看到了一名同行者。

他看了一眼坐在道旁的那个年轻人，目光在对方腰间的佩剑上一掠而过，想起来先前在书院里听同窗们议论过，此人好像是来自南晋的一名剑客，所属势力和谢承运所在家族敌对，只是不知道与那位剑圣柳白有没有关系。

想起柳白，宁缺不禁想起今日晨间在剑林中女教授的那番话，他抹了抹额头上的汗，想着这山道一路走来的惊心动魄，不禁有些小小的后悔，但旋即把这些悔意尽数驱散。

那名南晋青年剑客，脸上满是痛苦和惊恐的神情，跌坐在道旁，双手死死抱着一株小树，就像是溺海的人抱着最后一块船木，也不知道他在山道上经历了怎样的精神冲击。

看到宁缺走过，南晋青年剑客脸上流露出几丝惭愧之色，下意识里咬了咬牙，眉宇间渐现坚毅神情，准备爬起来。

宁缺没有停下脚步和对方说话，只是沉默走过，然而不知道是不是今日受到的精神冲击太大，那些来到长安城后便被他隐藏进骨子里的惫懒阴坏习气难以抑止地开始发作：

万一这家伙受了我的激励重新站起来怎么办？万一这家伙能忍过山道上的精神冲击怎么办？万一这家伙和我一样在痛苦里悟出些什么东西，甚至直接破境怎么办？虽然这种小概率事件往往只会发生在隆庆皇子这种人身上，可万一书院后山就是一个创造奇迹的地方怎么办？那我岂不是用自己的坚忍决绝激发了一个潜在的竞争者？

宁缺缓缓停下脚步，觉得不能任由这种事情发生。他回过头看着抱着小树艰难想要站起的南晋青年剑客，用最诚恳的语气最诚挚的神情说道："撑不住就不要再继续了，我们这才刚刚上山，谁也不知道待会儿还有什么考验。刚才我在下面看到好多人都是被担架抬下山的，听书院教习说，有两个人受到的精神冲击太大，可能会影响日后的修行。"他抬起手指了指自己的额头，诚恳说道，"如果你想继续，当然是很值得佩服的事情，但我劝你认真考虑一下。"

所谓勇气决心往往都是一瞬间的事情，如果认真考虑多加思考，那么一切都会变成泡影——如果说那株细细的小树是南晋青年剑客在大海里抱着的最后一块船板，那么宁缺说的这番话就是把船板拍走的最后一朵浪花。

南晋青年剑客看了宁缺一眼，犹豫片刻后松开紧握着小树的右手，叹息着重新坐了回去，痛苦难过地低下了头。

宁缺在山道上遇见的第二个人是那个年轻的僧人。

年轻僧人不是在上山，而是在下山，而且他并不像那位南晋青年剑客一般狼狈可怜，从山道上走下来时脸上挂着淡淡的微笑，破烂僧袍随风轻飘，颇有出尘之意。在山下宁缺就看出这名年轻僧人的境界颇高，就算比隆庆皇子略差也差不到哪里去，而且看他现在模样明显颇有余力，有些不明白为什么此人会放弃。

"不走了？"他问道。

年轻僧人笑着摇了摇头，说道："那雾不好，所以我不走了。"

说完这句话，年轻僧人目光落在宁缺身上脸上的血迹上，清俊的眉头微微皱起，笑容渐敛，问道："为什么这么狼狈？"

"我也很想问为什么你这么不狼狈。"宁缺应道。

年轻僧人静静看着他，忽然开口说道："我忽然觉得你日后有可能威胁到我，我想趁你还不够强大之前杀了你。"

宁缺摇了摇头，指着山道尽头说道："这里是书院，这里是后山，你不敢杀我。另外谢谢你告诉我这一点，下次如果还有机会碰面，我会争取先杀死你。"

"想杀彼此，是不是应该互相通报一下姓名？"年轻僧人微笑说道，"我叫悟道，来自荒原。"

宁缺笑着说道："我本以为你是月轮国的僧人，还有个困扰我很长时间的问题想要问你，现在看来问不成了。"

僧人悟道微笑说道："依然请教？"

宁缺整理衣衫，揖手诚恳说道："书院，钟大俊。"

和年轻僧人擦肩而过不久，宁缺在山道旁遇到了第三个人，那是已经陷入昏迷状态的书院少年王颖。

宁缺从道旁捧了一捧水浇到王颖脸上，然后回头向山道下方望去，心想那僧人经过此地肯定看见昏迷的少年，但他却没有停留施救，果然没有什么慈悲心肠，杀人之说只怕是真的。

术科六子登山，除了谢承运就只剩下临川王颖还在山道上坚持，只是少年终究没能支撑太久。宁缺看了一眼王颖通红的脸，知道这是因为惊神引发的昏厥，他虽然知道怎么治，但现在的他实在是没有精力时间去山谷里采摘药草。于是他站起身来，冲着山道下方大声喊道："你们四个挑夫呢！"

话音落处，只听道旁树林里一阵衣襟振动之声，那四名旧书楼执事抬着简易担架气喘吁吁跑了过来，他们看了一眼昏迷的王颖，向宁缺解释道："刚才在歇息，所以没发现。另外我们是书楼执事，并不是挑夫。"那人正认真解释着，忽然看清楚了宁缺的脸，大惊失色喊道，"怎么又是你！"

宁缺没好气道："这句话我刚才在山下就说过。"

都是老熟人，自然省了一番解释，一名执事看着宁缺拍了拍胸脯，后怕说道："幸亏登山是一次性买卖，如果像去年登楼那样登山，就你一个人不得跑死我们几个？"

宁缺笑了起来，牵动伤势，血水涌出唇角。

"流血了。"一名执事好心提醒道。

"小事情。"宁缺满不在乎地擦掉下颌上淌着的血水，看着他们好奇说道，"为什么你们几个能进山道？"

"我们又不是修行者。"执事解释道。

宁缺轻叹了一声，满怀遗憾想到，如果还是去年今日，自己还不能修行之时，登这漫漫山道岂不是易如反掌？

"别想美事儿，山道前面麻烦多。"那名执事提醒道。

宁缺笑了起来，指着依然昏迷的王颖说道："那这小孩子就交给你们了，我先行一步。"

说完这句话，他向四个曾经见证自己登楼生涯的熟人挥了挥手，把手负到身后，哼着小曲开始继续登山。

"说话老气横秋的，其实他不也就是个小孩子？"一名管事看着山道上方那个背影摇头感慨说道，"也不知道这家伙走了什么运气，居然能修行了。"

一名管事笑着说道："想想去年他天天登楼时那惨样？我就觉得像这样能吃苦的孩子，如果不能修行才是昊天不公。"

就在这时，经过简单救治的王颖悠悠醒了过来，他躺在担架上看着山道上那个有些模糊的身影，下意识里揉了揉眼睛，待看清楚后却依然不敢相信自己看到的画面。他看着那个没入山林的背影震惊喃喃道："宁缺？怎么会是他？他怎么上山来了？他……他……他怎么还在哼歌？"

山道前方隐隐传来宁缺哼着的自编边塞儿歌，声音很沙哑，很有力量，很有一股像生命般倔强的力量。

"我有一把刀呀，砍尽山中草呀……

"我有两把刀呀，砍尽仇人头呀……

"我有三把刀呀，砍尽不爽事呀……

"我一刀砍死你啊……

"我两刀砍死你啊……

"我刀刀砍死你啊……"

26

千年之前大唐立国，在昊天道沉默关注之下，天下十七国伐唐，结果惨败。经此一役，大唐帝国在世间奠定了千秋雄主的地位，代表神辉照耀世间的昊天道也不得不拿块脏布蒙了自己眼睛，心不甘情不愿地承认了这个事实。

时至今日，昊天道在大唐帝国境内传播仍然极广，但并不代表西陵神殿能拥有在其他国度那般神圣至高的地位。因为在大唐子民的认识里，有资格传达上天意志的宗教机构叫昊天道南门，而昊天道南门正是无数年前那场战争最终催生的畸形产物。

名义上，大唐帝国昊天道南门是昊天道的下属教门，由西陵神殿直接管理，从南门掌教神官至高阶道人，修行的都是昊天道法，师承也延续了西南一脉。然而事实上，昊天道南门更应该算作大唐帝国的一部分，无数年的实践证明，无论是感情倾向还是立场选择，但凡帝国与神殿之间发生争执，南门所有道人的立场都非常坚定——他们永远站在帝国一边。

正是基于这种原因，西陵神殿里某些保守派老道人，始终坚持认为南门众人乃是比魔宗更可恶的叛逆，基于同样的原因，大唐帝国始终对昊天道南门信任有加。如今的南门神官李青山被皇帝陛下正式册封为大唐帝国国师，兼署天枢处。要知道天枢处乃是朝廷管辖大唐境内所有修行者的机构，由此可见帝国与南门之间真正的关系。

昊天道南门的总部道观就在南门，不是长安城朱雀南门，而是皇城的南门外。那座黑白两色为主的道观被无数青树掩映，与皇城遥遥相望，别有一番美丽，显得平静温和并且相对矮小，没有太多神圣肃穆之感。道观深处一处偏殿内，亚光的深色木地板尽头坐着两位道人。其中一人穿着深色道袍，腰间系着御赐的明黄系带，俨然一副得道高人模样，正是大唐国师李青山。

对面坐的是位瘦高老人，老人穿着一身肮脏道袍，染着无数油垢的道袍与闪烁着下流目光的三角眼相映成趣。面对着地位崇高的大唐国师，老道的眼睛依旧盯着别的地方，脚跷得老高，浑然没有一点尊重敬畏之感。

李青山看着案上茶杯，若有所思说道："今天书院开二层楼。"

"嗯。"老道士随口应了声。

听着有些不对劲，李青山抬起头来，正好瞧见老道士正色眯眯盯着廊外行过的一名秀丽中年女道官看。瞧着这一幕，李青山苦笑连连，看着老道说道："师兄你入符之时立誓纯阳入道，一生不近女色，既然如此还何苦夜夜在青楼里流连，总要摆出个色中恶鬼模样给人看？"

猥琐老道便是昊天道南门硕果仅存的神符师颜瑟，听着李青山言语，他极不赞同地摇了摇头，捋着颏下三两根胡须认真反驳道："师弟此言差矣，当年心急入妙符之道立了那个毒誓，我便悔了半生。如今不敢破誓真个亲近女子，眼神做派何不尽量放荡些，也好求个道心无碍？"

李青山无奈一笑，实在拿这位道法高妙却偏爱在红尘里打滚的师兄没有丝毫办法，转而神情凝重说道："隆庆皇子进了二层楼后，自有书院后山看着他，你我的责任便小了。"

听到此事，颜瑟大师的神情也难得变得认真起来，沉吟片刻后说道："那个家伙年纪轻轻就已经是裁决司的二号人物，在神殿里肯定有大靠山，我们能不沾手那是最好。"

昊天道南门的地位始终有些尴尬。他们首先要考虑大唐帝国的利益，但师门一脉始终还是在西陵，处于这等夹缝之间，又有那些历史情仇恩怨，面对着隆庆皇子这位西陵神殿重点培养的神子，即便是李青山本人，若没有大唐国师这件神圣外衣，也会觉得分外棘手。

作为昊天道南门领袖及供奉，他们深知西陵神殿道门总坛深不可测的实力，所以从来没有想过隆庆皇子不能进二层楼。

"与拥有无数年积累的西陵道门相比，我南门始终还是过于单薄弱小，神殿实力太过深不可测，随意来一个晚辈，都会令你我感到麻烦……"李青山神情凝重看着颜瑟，说道，"公孙师弟苦研符阵合一之法，心血精神消耗过剧，如今必须留在山中清修，不知何年何月才能回复神通。现如今我南门就只剩下师兄你一个神符师，又后继无人，真不知道如何应对日后局势。"

能迈入知命境界的修行强者，经常被人们称作大修行者，而一旦能进入知命上境的符师，则会被称为神符师，用来形容此符师能够拥有某种近神的力量。在普通战斗中，神符师并不见得会比别的大修行者拥有更强大的神妙手段，然而符术可以助修行，可以强兵甲，可以布阵法，可以益军事，甚至可以行云布雨。偏偏符之一道却是所有修行法门里最艰深的学问，极为讲究修者的悟性与资质，这种悟性资质极难用言语阐释，只能归类于某种天然对符文的敏感，纯粹是一种与生俱来的能力，完全无法通过后天感知修炼而成。

传闻南晋剑圣柳白曾经尝试洞明符道，然而即便是这样一位被公认为天资盖世的人物，也始终无法在符道上前进一步。所以对于宗派和国家而言，神符师这种存在毫无疑问是最宝贵却也是最稀缺的关键性人物。甚至有种说法，没有神符师的国家都是小国，没有神符师的流派根本没资格入流。

大唐帝国雄霸天下，神符师却不超过十人，其中大多数神符师醉心于纸墨符文的世界，不问世事隐居深山别院不出，真正在世间行走的不过寥寥三数人。西陵神殿号称拥有世间最多的修行强者，然而出世的神符师数量也极少。昊天道南门供奉的颜瑟，便是这样一位神符师。他幽幽想着自己死去之后，南门便再无神符师，不禁悲从中来，拾起案上茶杯聊作烈酒一倾而尽。

放下酒杯，他望着道观南向的天空，感慨说道："书院不问世事，却隐隐制衡世间万事，不得不承认自有其底气，仅我这个老道知道的，便有三个老伙计藏在书院里。"

李青山蹙眉说道："听说今日负责主持书院二层楼开启的……便是一位神符师，只是没有查清楚究竟是谁。"

"应该是黄鹤。"颜瑟说道，"在书院里藏了这么多年，大概也就是他没能褪尽尘心。"

"听说隆庆前些天在得胜居里吃了些亏。"李青山忽然转了话题，淡然说道，"虽然分属一脉，那年轻人又是道门重点培养的对象，我身为南门大神官实在不应该幸灾乐祸，但不知道为什么，听到这消息，我始终没有办法压抑住喜悦的心情，每每讲起此事时，为压抑笑意实在有些辛苦。"

"神殿属意由隆庆接过燕国皇位，那日公主送燕太子归国，这种机会无论是莫离还是隆庆皇子自己都不会错过，必会借势出声，更何况当日同行的还有曾静。"他向颜瑟说道，"只可惜他没有想到却在他最擅长的言辞功夫上被人摆了一道。"

颜瑟比较留意曾静这个名字，叹息说道："皇后娘娘和公主殿下如今真的势成水火了？话说陛下春秋正盛，这便开始抢夺那把椅子，会不会嫌太早了些？"

"势成水火倒不至于，自钦天监那事之后，据我看来皇后娘娘倒一直沉默自持，公主殿下毕竟年轻，却有些掌握不了分寸。"李青山摇头说道，"不过这与我们道门并不相干。"

"都得天子宠爱，但皇后娘娘身后有亲王，有夏侯，正如你说李渔毕竟年轻，即便她长袖善舞，在年轻一辈心中极有分量，但身周之人也不免年轻，缺了几分力量。"

李青山微微点头，说道："正是如此，话说那日在得胜居里压了隆庆皇子一头的书院学生，听闻与公主也极亲厚，不过听说这个叫宁缺的小家伙不能修行。"

听到宁缺这个名字，颜瑟微微挑眉，端着空酒杯沉默了很长时间后轻声说道："我听说过这个人，甚至查过他，他确实没有修行潜质，不然我会挑他做我的传人。"

李青山表情骤然凝重。身为昊天道南门领袖，他深知神符师想要寻找传人何其困难，师兄的眼光又是何等样地挑剔。

迎着对方审慎的目光，颜瑟知道这位师弟心中在想些什么，轻声一叹从袖中取出一团被卷好的纸张在案上铺开，那张来自青楼红袖招的账簿纸已经满是皱褶，然而过了数月时间竟是依然没有破损，由此可知颜瑟大师对其何其看重。

"这是他酒后写的一张便笺，全无森严法度笔章规矩，树枝乱倒拖把乱扫却笔意充沛，看似散乱却能凝意入迹甚至发散气息，字有其形而无其意，我从未见过这样的写法。"

神符师颜瑟沉默片刻后，说道："可惜，没有一丝元气波动。"

"处于夹缝之间越发需要力量，而如今能在神殿上有位置的南门中人，就只剩下我和师兄你。如果师兄你说的是真的，如果这个叫宁缺的书院学生真有资格成为你的传人，你应该很清楚，这对我们南门而言，是何等样重要的事情。"国师李青山神情凝重望着颜瑟，沉声说道，"必须再确认一下他究竟能不能修行。"

颜瑟看着殿外碧天流云，缓缓摇头说道："不用再看了，那个小家伙虽然根骨自通符意，但确实无法修行，可惜可叹。"

李青山皱眉说道："事关重大，再查一次。"

"军部查过，门内小吕看过，书院那些教书先生看过，你徒儿也去看过，都确认他不行。"颜瑟看着他，沉默片刻后说道，"其实我也不甘心，事后自己悄悄去看过，但结果还是一样。"

淡淡一句话，不知含着老道多少身后无传人的遗憾唏嘘。

李青山沉默了很长时间，轻拂道袖说道："再查最后一次。"

一名腋下夹着黄纸伞的年轻道人走到二人面前，恭恭敬敬双膝跪下，将黄纸伞放到身旁，取出一沓天枢处的宗卷，然后低下头沉声报告道："去年夏天有一份报告，说南城某赌坊里出现了一位修行者，经调查那人应该就是宁缺。"

房间里一片死寂般的安静，颜瑟颌下疏须无风暴起，他如年老癫狂的猛虎般重重一拍桌案，暴怒骂道："那夜我让你查！你是怎么告诉我的！"

"师伯……"年轻道人莫名其妙回答道，"那夜查出来的结果，宁缺他诸窍不通，确实无法修行。"

"既然你师伯问过你这事，为何后来天枢处有报告，你却没有告知你师伯？"李青山冷冷看着自己的徒弟。

年轻道人低声解释道："那年轻人的身份有些特殊，所以……"

"有什么特殊之处？"

"那个叫宁缺的人好像和齐四认识。"

"然后？"

"齐四是朝小树的人。"

"然后？"

"朝小树……是陛下的人。"年轻道人抬起头来，看着师父与师伯，低声说道，"如果宁缺是陛下的暗笔，天枢处必须要保持沉默。"

颜瑟却像是根本没有听到他说的话，只是怔怔地盯着案上那些宗卷，苍老的嘴唇微微翕动，喃喃道："那小子真的能修行了？这怎么可能？他明明诸窍不通……"

李青山余光注意到师兄按在木地板上的右手青筋毕露，微微颤抖，知道他此时心中定然情绪激荡，难以自持。

"师兄。"

"嗯。"

两名昊天道南门最顶层的大人物对视一眼，看着彼此眼中的坚毅态度和必得之心，微微点头。李青山沉声说道："只要确认宁缺真有资格成为你的传人，那不管他是陛下的暗棋还是公主的隐者，我昊天道南门就一定要把他抢过来给你当传人！"

临四十七巷老笔斋的大门被人硬生生砸开，那些本想打抱不平的街坊邻居看着老笔斋门口围着的衙役，还有那些浑身带着危险味道的官差，下意识保持了沉默。

国师李青山带着颜瑟闯进老笔斋，他们没有看到宁缺，但他们看到了墙上挂着的两幅字，字的落款是宁缺。

"好字。"

颜瑟简洁明了发表了自己的看法，然后望向李青山，说道："先前如果说有六分把握，现在的把握已经升到八分，如果能看到他对笔墨的贪婪饥渴之意，那我的把握就有十分！"

李青山皱眉问道："什么样的把握？"

"如果能再让我看到他笔墨里的饥渴之意。"颜瑟盯着他的眼睛，神情凝重说道，"你一定要把他交给我，我有把握十年之后，昊天道南门便会再多出一位神符师。"

出门之前，这位地位尊崇的神符师看着四周那些不堪入目的香坊行货，感慨说道："谁能想到在这样的偏街陋巷小书店里，竟藏着一位符道天才书法大家？"

听到这句话，李青山隐约想起一件事情，霍然转身望向老笔斋墙上挂着的那两幅宁缺真迹，眉头猛地挑了起来。

皇宫御书房外，小太监禄吉恭谨行礼，说道："禀报国师，陛下正在朝会与大臣们讨论燕国征和大事，陛下用茶粥前说了，国师既然难得想赏字，便请自入，只是莫乱了书架。"

听着这话，李青山毫不犹豫推开了御书房的门。

颜瑟盯着被铺开的纸卷，看着上面那淋漓尽致的"花开彼岸天"五字，苍老面容上渐渐浮现出不尽欢愉赞叹之色。

李青山看着他神情凝重问道："师兄，可看到饥渴？"

"笔意虽和那幅鸡汤帖完全不同，但我可以确认是同一人所书。"颜瑟声音微颤说道，"至于饥渴……我能看到那小子写这幅字时就像八百年没有吃过鸡肉的狐狸一般贪婪。"

年轻道人从旁看了一眼，不解问道："我在祭酒大人府上看过这幅字的双钩摹本，祭酒大人评价这五字气饱神足，无一丝乏力空无痕迹，世间难觅，既然如此为何又说饥渴？"

"你懂个屁！"颜瑟劈头盖脸骂道，"非饥渴至不可忍时方能捉笔蘸墨尽情狂书，哪能写得如此气饱神足？"

年轻道人讷讷退后。

李青山盯着颜瑟的眼睛，忽然问道："十成？"

颜瑟回视着他的眼睛，用力说道："十成！"

李青山一挥道袖，长声而笑，御花园内青叶乱飞。

颜瑟轻捋疏须，心醉而笑，御书房内纸笔微晃。

"找到他。"

"他不在家。"

"他是书院学生，今天二层楼开启，当然在书院。"

"他不会修行，二层楼开启关他什么事？"

"问题是他现在会修行，我们才会急着找他。"

"有道理。"

"你去我去？"

"我去动静太大，万一让书院发现宁缺的本事，反而不美。"

"那我去。"

国师与供奉越说越开心，年轻道人在旁看着两位长辈兴奋模样，欲言又止。无论在南门观内还是在天枢处里，他的职责便是替师辈们拾遗补缺，所以虽然今天被连番痛骂，明知道这句话会很影响二位长辈的心情，却依然不得不说。

"师父，师伯，既然宁缺能修行，那他肯定会试着进二层楼……如果他进了二层楼，我们怎么办？"

李青山和颜瑟身体骤僵，片刻后想到一桩事情，有些后怕地同时长出一口气。李青山瞪着年轻道人骂道："糊涂东西，他就算能修行，难道还能胜过隆庆皇子不成？二层楼他自然进不去！"

颜瑟摇头感慨道："先前还在头痛那位西陵神子，现在想来，却要感谢他直接断了宁缺那小子进二层楼的希望。"

李青山自黄色腰带里取出一块令牌递给颜瑟，郑重说道："莫让书院那些老家伙发现，除了书院，谁要敢阻拦师兄，你直接开整，甚至不惜动用我南门名义！"

颜瑟接过令牌，神情有趣望着他问道："怎么整？"

"随便整。"

"包括莫离和隆庆？"

"当然。"

年轻道人苦笑着极不合时宜地再次插话："师父师伯，那二位可是西陵神殿派来长安的人，我们南门不主动配合倒也罢了，若要与他们敌对，只怕有些说不过去。"

"有什么说不过去？"颜瑟狠狠瞪了他一眼，挥舞着破旧发臭的道袍厉声喝道，"我活了八十年才找着这么一个传人！谁敢拦我！"

李青山声音微寒说道："师兄此去一定要把他带回来，我昊天道南门后续希望便在于此，若有人敢拦，皆杀！"

御书房外，小太监禄吉一直张着耳朵偷听里面道士们慷慨激昂的谈话。说偷听其实并不准确，对那些身负神妙之术的道人来说，他的任何举动都瞒不过对方，只是对方并不在意。他看了一眼御书房紧闭的门，又看了一眼议政殿方向，在心中默默想，那个家伙的身份终于要被人揭穿了，无论对徐大统领还是自己来说，这都是最后的机会。

主意既定，他再也顾不得那么多，迈着小细腿快速向议政殿方向跑去，心想一定要抢在国师之前告诉陛下，只是见着陛下的面，应该怎样说才能脱了自己的罪过……

"陛下大喜！

"写'花开彼岸天'的那位大家终于找到了！

"他……叫宁缺。"

宁缺并不知道大唐国师和一位神符师把他视作改变昊天道南门后继无人尴尬致命局面的唯一希望，意欲横扫一切牛鬼蛇神抢夺人才，哭着喊着也要收他当徒弟。他也不知道自己去年在御书房里写的那幅字，那幅以各种摹本姿态在大臣们家中已经招摇数月的字，即将跃出那片海。稍后高高在上的大唐天子可能会眼含热泪握着他双手，泣声说道："爱卿，朕寻你寻得好苦"，然后赏他万顷良田美婢无数。

他不知道这些事情，他依然艰难行走在书院后山的山道上。他只知道这见鬼的山道越来越难走，他只知道山道前方有座木桥，桥的那头站着几名登山者。

那几名登山者或扶树或倚桥头，神情疲惫脸色黯淡，其中一人望着似乎永无尽头的山道，颓然缓缓坐到地上，脸色苍白绝望到了极点。

正是谢承运。

27

　　一路山道行来，刻在岸壁上的石刻字符令周遭环境化为千针万叶瀑布疯海，对宁缺身体与精神造成了极大的伤害，在与这种模拟自然的对抗中，他表现得越强硬，相对应，那些石刻字符所展现出来的威力越恐怖，走至此时他虽然尚未倒下，身体也已经是虚弱到了极点。

　　他抬起手臂，擦掉唇角的血迹，往桥那边走去。踏过小桥，身周那些无影无踪却无处不在的压力骤然消失。他知道终于过了第一关，下意识回头望向漫漫山道，心有余悸叹息声。

　　桥头山道旁坐着两名年轻的修行者，他们的脸色很黯淡，甚至显得有些绝望，哪怕是听到宁缺的脚步声，也没有抬起头来看他一眼，仿佛对他们来说，这个世界已经没有任何意义。

　　宁缺走到他们身前，看着他们的神情，忽然认真说道："该放弃就放弃，不算丢脸。"

　　走过谢承运身前时，他没有停下脚步，没有与这位集书院万千宠爱于一身的才子交谈。

　　谢承运的目光从山道上的那双脚上移，望向继续向前的那个背影，眼眸里浮现出淡淡迷惘之色。他觉得这个背影有些眼熟，只是有些事情想不明白。

　　宁缺知道桥后的山道依然有古怪，不然包括谢承运在内的那三名登山者，不会如此绝望黯然坐在桥头，靠在树上。但他并没有停下脚步观察或是做别的事情，而是直接走了上去。

　　山道弯曲难以看见尽头，他微低着头就这样沉默走着，顺着这条把春日花林分成两半的青石道缓慢行走，走过好几个弯，路过好几片湖，穿过好几畦花田，再翻过一处有些陡峭的石崖后，斜斜向上的山道忽然向下倾斜而去，又穿过好几畦花田，路过好几片湖，走过好几个弯。

　　然后他抬头望去，看见那座木桥，桥头的树以及那三个情绪低落的登山者。

沿着弯弯山道前行，明明向着上山的方向，最后却折回了原地，有些像传说中的树林冥墙。桥头的山林里凉风渐起，暮色趋凉，有一股阴森莫名的味道。

宁缺的脸上没有丝毫震惊神情，更没有什么惊怖。他只是看着桥头的树和树下的人发了会儿呆，然后转过身去，望着那条已经走过一条的山道默默闭上了眼睛。

先前看到桥头画面之后，他便想到了某种可能：这条山道会把人带回来。

就算山道前方是万丈深渊或是噬魂的恶兽，包括谢承运在内的三名登山者，有可能会爬不上去，但没道理三个人都恰好在桥头放弃了登山的努力，而且他们脸上的神情不像是受到某种折磨冲击之后的悲壮，更像是一种惘然迷路的徒劳。

问题是桥后的山道为什么会把人带回原地？这是宁缺现在需要解决的问题，他闭着眼睛，沉默站在桥后山道下方，探出袖外的双手轻轻感受着风中的气息。

看似向前的山道，却只能把人带回原地，如果无法破除其中的秘密，那么登山者只能徒劳地一遍一遍走上山道，然后绝望地一遍一遍走回原地。

宁缺睁开眼睛，盯着面前这条山道看。这一年里他在旧书楼看了太多修行类的书籍，说到眼界之宽广，无论是谢承运还是别的人，都很难和他相提并论，刚才在这条神秘的山道上走了一圈，他就判断出来，山道上被人布了阵法，而这种阵法与山崖道石紧密结合在一起，因为和谐所以强大。

只可惜阵法与符道一样，都是修行世界里最繁复难学的法门，就算陈皮皮的了解也不多，宁缺只是看了些书，知晓一些阵法基础知识，连皮毛都没有学到，自然更谈不上破阵。

宁缺想了想，悬在袖外的双手拢至胸前，指尖互搭做了个意桥，催动念力经由雪山气海输出，感知着山道里的天地元气波动，然后缓缓走了上去。

不知道过了多久，山道上再次出现宁缺的身影。

他脸上依然没有什么表情，走到桥头后，继续回头盯着那条斜斜向上的山道发呆。

先前这一次走山道，他最主要的目的是为了感知山道里的天地元气波动，试图寻到阵法之外的一条通道，然而他发现，山道里的阵法果然很神奇，当登山者试图用念力操控天地元气去感知阵法通道时，这些被登山者调动的天地元气一旦接触到阵法，便会催生阵法自动发生一些极细微的变化。这些看似细微的变化，对登山者而言就如同一道道悬崖。

更神奇的是，登山者念力越强，能操控的天地元气越丰沛，一旦触及阵法，掩盖真实山道的天地元气产生的波动便会越狂暴，直接把登山者刚刚摸到的那些通道摧毁。

这也就是说，想要走过桥后山道的人念力越强大，能操控的天地元气越丰沛，便越容易发现隐藏在阵法里的真实山道，然而同时也会越快速地推动阵法改变，把真实山道再次掩盖。

如果登山者想要通过这段被阵法掩盖的山道，只有三种方法：一、你身形速度够快，当你刚刚发现真实山道后，便化身为电，抢在阵法被触动改变之前飞过去。二、你的境界足够高，不需要调动天地元气去触摸感知，只需要用意念随意一看，便能看破阵法，看到山道间的元气流动，然后寻找到那条道路。三、你的念力足够强大，可以操控天地元气准确地感到阵法里的那些通道，但同时你还要保证这些天地元气不能让阵法所感知，从而发生变化。

比阵法触发速度更快的修行者肯定有，比如那些传说中进入无距境界的圣人，但那个人肯定不是宁缺。境界足够高能一眼看破阵法的修行者肯定有，比如此时已经进入山腰雾中的隆庆皇子，但那个人肯定依然不是宁缺。

对于宁缺来说，对于桥头这几名惘然绝望的修行者来说，事实上他们只可能选择第三种方法，但如果仔细分析，就可以知道这第三种方法基本上不可能做到。

他们就像是一个不能视物的盲人，山道上构成阵法的元气波动，就像是一道比奶油更加柔软的物质构成的迷宫。盲人只能用手去摸那些奶油墙，必须摸得极为仔细用心，才能找到这片奶油迷宫的通道，而同时不能让奶油墙有丝毫变形，因为一旦变形，迷宫又会变了。

要做到这一切，需要那个盲人有一双世间最温柔的手，这双温柔的手可以轻捉林风而风不知，可以拂过砚中墨汁而不沾一点黑。

对于修行者来说，这双温柔的手就是他们念力所调动的天地元气。

他们必须保证调动的天地元气足够精确，足够温柔，能控制细针去绣花，能让花朵粘住蜜蜂，能让蜜蜂在针尖上跳舞，如此方能尝试做到他们想做到的事情。

然而人世间有哪个修行者会无聊到这种地步，冥想培养出来无比强大的念力，却要强行把调动的天地元气变得微弱温柔，然后又花上无数功夫去练这对修行毫无益处的绣花功夫？

"在山道上布阵的人肯定是个老变态。"宁缺看着眼前的弯弯山道，在心中对书院里那位阵法大家做了一个自认为最准确的评判，然后他把手伸进怀里，摸到那沓极薄微凉的物事，苦笑想道，"不过我好像也很变态。"

正如先前在桥那边山道上，他面带微笑望天时喟叹的那样，这些年的艰难苦厄到今天仿佛都变成了昊天老爷赐予他的礼物——普通的修行者绝对没有办法用第三种方法通过山道，但宁缺却似乎能找到某种方法，虽不见得必然能过，但至少保有了那种美妙的可能性。

从很小的时候开始，无论吃饭睡觉还是发呆或写字，只要有时间的时候，宁缺就会不断冥想，而雪山气海诸窍不通的他，这些冥想得来的念力一直积蓄在识海之中，年月渐增不知蓄成了怎样一片浩浩大湖，直至去年终于一举通窍，变成了他最大的依靠。

拥有如此强大的念力，只有白痴才会刻意把自己能够调动的天地元气变得微弱温柔。宁缺也不想，但他与别的普通修行者都不一样，他本来就不能够修行，只是被连番奇遇逆天改命，而最终体内气海雪山也只勉强通了十窍，他能够感知的天地元气实在是少得可怜。

因为少，所以温柔。

至于调控天地元气去做绣花功夫，这种看上去很变态很无聊的举动，事实上正是宁缺这半年来在临四十七巷夜夜所做的事情，他能够操控的天地元气太少，他知道在战斗中想要凭借这些取胜极难，所以他越发想要把操控做得更细致一些。

夜夜烛火之下，在桑桑好奇的目光注视之下，终于踏入修行世界的少年不停冥想培念，感知房内天地元气，控树叶，控木盆，控烛台，控笔墨，控纸砚，无所不控。时至今日，始终停滞在不惑境界的他，还没能找到自己的本命物，他依然没有办法像那些剑师般控制飞剑嗖嗖嗖嗖乱飞，隔空杀人于无形。

但他能控制着庭院里树下的数百片落叶一片一片飞到灶台边堆成一座小山，他能控制木盆像个胖娃娃般从床的那头艰难挪到床的这头惹来桑桑一片兴奋掌声，他能控制着毛笔缓慢落入砚台再提起在纸上像初学蒙童那样笨拙地写字。

宁缺像当年在岷山里学习杀兽杀人那般沉默刻苦修炼，像无数万次挥刀那般练习控制天地元气，满庭院乱飞的落叶，满屋里流淌的洗脚水，满书桌满白墙乱洒的墨汁，马桶倾倒后散布小院的恶臭，还有桑桑收拾残局时的汗水，都是他的证明。

这种方法很苦，苦修便是这个意思，这种方法很笨拙，勤能补拙便是这个意思，这种方法很变态，一般人根本无法想到更无法做到。

所以才会连上天都被感动了。

谢承运扶着树，看着山道下的宁缺，苦涩说道："宁缺，我不知道你一直隐藏自己实力是为什么，也许你瞧不起我，但我能看出来，你和我一样，都只是在不惑境界……然而只有洞玄境才能掌握天地元气波动的规律，你想走过这条山道，除非发生奇迹。"

"进书院之前，简大家曾经对我说过，书院就是一个创造奇迹的地方。"宁缺从怀里取出薄薄的一层银箔，用手掌揉成无数碎片，然后向身前撒去。山风从桥下的涧谷刮起，在山道间呼啸而过，吹得那些轻薄仿佛无重量的银箔碎片向四周飘去，纷纷扬扬犹如无数片银色的树叶，然后悄然无声落在山道上。

"我活下来就是奇迹，所以我活着的每一天，我都会让它变成奇迹。"说完这句话，宁缺看着识海里那条清晰的银光大道，迈步而上。

走上山道时似乎很意气干云，然后紧接着他的动作便变得怪异笨拙起来。他低下身子，动作极缓慢地扶着树蹲下，然后小心翼翼向前挪了两步。然后他把右手探进崖壁，身体艰难地向后一转，又向前走了一步。

斜斜山道上，宁缺的念力散出体外，调动稀薄的天地元气，感知着那些散落在山道上的银箔碎片，然后借由那些银箔最温柔地寻找着阵法的通道。

宁缺一直没能确定自己的本命物，但毫无疑问，这个世界除了桑桑以外，最能与他的念力共鸣的物事，暂时还是银子——因为兑换金子需要官府公证，他还没有试过金子。在那些银箔的帮助下，他艰难笨拙甚至显得有些滑稽地蹲下起身斜爬，在清静的山道上艰难地前行，然而至少他没有再次被这条山道带回桥头。

谢承运站在桥头扶着树神情惘然看着山道，怎么也想不明白，宁缺究竟用了什么方法，竟然就这样超过了自己，走上了那条自己怎么走也走不通的山道。

他紧紧抓着右胸口，看着山道尽头的宁缺，痛苦不甘喊道："宁缺，你没办法超过隆庆皇子，他已经进雾很久了。"

宁缺的身影消失在山道转弯处。

谢承运怔怔望着那处。

片刻后，一个声音在弯道那边响起："我至少超过你了。"

谢承运捂着胸口跌坐树下，一口血吐了出来。

山顶云雾间。

"二师兄，宁缺快进雾了。"

"柴门过了吗？"

"没有。"

"柴门的字他不好过，非洞玄上境不能记，这个事情没办法靠运气。"

"宁缺在旧书楼看了一年书了，还记不住？"

"石刻之字较纸上笔墨为深，深一度便多一世界，他能在旧书楼记书，不见得能记石。"

"啊……二师兄，柴门那儿有后门没有？"

"皮皮。"

"是，二师兄，我知道错了。"

"隆庆皇子在雾里走了多少级？"

"他已经走过四千一百零二级石阶。"

"没有休息？"

"没有。"

"居然这么快就走到了十二岁，看来西陵那些老道士果然有些门道。"

宁缺走过了那些弯弯的山道，从脚下拾起一片飞得最远的薄薄银箔，然后抬头望去，只见前方山道隐隐没入山腰间的浓雾之间，不见尽头。而在云雾之前，有一道柴门。

他走到柴门之前，只见上面有一块木牌，木牌上写着三个字。

"君子不……"

宁缺微微蹙眉，看着木牌上的空白处，又看了一眼木牌下方搁着的粉石，猜到是让自己填空。

第四个字是什么？

在离柴门不远处的道旁，他看到了一块石头，石上有四个深刻的大字。

"君子不器。"

"这么简单？"他诧异地摇了摇头，然后回头向柴门走去，然而当他拿起粉石想要写下第四个字时，却愕然发现自己忘了那个字是什么。

捏着粉石的手指微僵，他走回那块刻着字的石头前，静静看着那些字迹，在第一时间猜到柴门这关的考核是什么，这个世界上大概再难找到比他更熟悉这种情况的人了。

入书院整整一年，他一直在与旧书楼二层里那些观之忘形的书籍战斗。

"看我伟大的永字八法。"宁缺从道旁择了些枯枝，依着石上那个器字摆好，然后缓缓闭上眼睛，面无表情开始在识海中分解记忆。忽然间他睁开眼睛，脸上露出白痴般的傻笑。

"你真是个白痴啊。"

充满自责意味地说完这句话，他的右手伸向了那块石头。

山顶雾中。

"二师兄，宁缺过了柴门。"

"怎么可能？那个白痴的永字八法，就想解开柴门勒石？"

"他没用那个方式。"

"那他怎么记住的那个字？"

"他先是试图直接把那块石头挖出来。"

"白痴，勒石与大山连为一体，怎么挖？"

"宁缺发现挖不出来……他直接把手掌按在石头上，把字印到了手掌上。"

"什么？"

"然后他走到柴门前，对着自己掌心上的印迹照抄了一遍。"

"……"

山雾间一片沉默，然后有人感慨说道："这种法子实在是……别出心裁。"

"二师兄当年你走山道的时候也是这么干的？"

"什么别出心裁？这叫投机取巧！我看上去会有这么无耻吗？"

"宁缺会不会是书院史上第一个用这个法子开柴门的人？"

二师兄的声音沉默很久后再次响起。

"不是。"

"那是谁？"

"大师兄。大师兄十三岁开悟，三十不惑，然后直接洞玄知命，其中十七年都不够境界开柴门。"

"……"

"那十七年间，大师兄每次上山下山，路过柴门时，用的都是这个法子。"

拾起粉石，摊开左手，看着掌心印着的那些红道，宁缺开始一丝不苟在柴门木牌上落笔，虽说石上字迹印在掌面上变成了反的，但对于精通书道的他来说，这全然不是问题。工工整整的一个"器"字，被一笔不乱地写了木牌上，就在字体右下方那个小口被粉石画拢的瞬间，写着君子不器四字的木牌瞬间冒起一缕青烟。

宁缺向后退了一步，看到木牌上面那四个字又变成了三个字，最后的那个器字消失不见。吱呀一声，柴门缓缓在他身前开启。

柴门后方的山道笔直升向山腰浓雾之中，比前面的山道变得陡峭很多，全部由一级一级的石阶组成，这要爬到山顶上，不知道要走多少级石阶。

宁缺本应直接向柴门后方走去，但他难以压抑心头的好奇，回头望向那块道旁的勒石，只见石上的字刻果然也变了，不再是君子不器四字，而变成了君子不惑。

"不知道隆庆皇子看到的是哪四个字。"

他好奇想着，走过柴门，拾阶而入，身影消失在山腰的浓雾里。

书院内一片安静，鸦雀无声，人亦无声。

钟大俊紧紧握着折扇柄，声音有些沙哑，傻傻地说道："这个家伙……这个家伙到底隐藏了多少事情……这也太阴险了些。"

没有人理会他，包括司徒依兰在内。书院所有人的目光都投向那座大山，投向云雾缭绕的山间。虽然他们都已经看不到那个书院学生的身影，但他们依然看着那边。

那个书院学生是第二个走入山雾的人。

有些人甚至开始忍不住猜想，也许那个家伙真能比隆庆皇子先登上山顶？

28

刚刚走进山腰的云雾中，宁缺便听到身后传来一片急骤如雨的马蹄声！

这些年来一直深藏在他内心深处的恐惧回忆随着这些熟悉的马蹄声骤然复苏，然后不可抑制地泛滥开来，瞬间占据了他的全部身躯，令他的身体变得无比僵硬。他狠狠一咬舌尖，用极为强大的意志力挣脱恐惧，强行扭转身躯回头望去。

本应处于浓浓暮色中的山道消失不见，那些云雾也不知去了何处，回首时只见一座煌煌雄城屹立在天地之间，巨大的阴影截断了向北的官道。官道上数十骑浑身着黑甲的玄骑正疾驰而来，蹄声如雷，官道表面微微震动，行人纷纷躲避。宁缺躲在茶铺桌椅后方，瞪着惘然的眼睛，看着这些骑兵向远方驶去。忽然间他注意到，自己比那些战马，比路上的行人都要矮小很多。

他低头望去，只见自己脚上只套着一只小鞋，左脚不知何时被道上的石子扎破，正在流血。

离开长安城，一路向北，他茫然随着旅人行走，在被那些好奇的大唐百姓询问过两次之后，他发现了这种危险，于一个深夜悄悄离开人群。

在野外他没有遇到野兽，他可以拾起果子果腹，虽然饥饿永远陪伴着他，而当他面黄肌瘦从山林里穿出来时，已经快要抵达河北道境内，那时他再也不用担心被人识破自己的身份，因为道路两旁漫山遍野都是像他一样面黄肌瘦的孩子。

荒原大旱，河北道大旱，大唐帝国在天启元年迎来了罕见的天灾，那位新君王刚刚登基，便迎来了自己执政的第一次大考验。由大泽赶回长安城的皇帝陛下紧急着手安排赈灾事宜，而荒原上的流民已经进入了河北道。河北道的灾民正在向南，先行一步的幸运灾民得到了朝廷的救济，那些还停留在河北道境内，茫茫岷山四周的灾民，则面临着更严峻的考验。

官道四野，帝国官员和衙役们正在清点流民数量，分发粥食。越来越多的灾民从北方向南方迁移，对当时的人们来说，北方就是人间的冥界，是最恐怖的世界。

当所有人都在向南方行走的时候，宁缺却继续向北，进入了河北道境内，顺着岷山脚下的道路艰难前行。在道路上他遇到过不怀好意的盗贼，藏身于草丛里避过，而在那些草丛里，他看到了很多具已经冰冷的尸体。

在一处树皮快要被剥干净的林子里，他被一群骨瘦如柴的饥民包围住了。看快要变成布条的服饰，这些饥民应该来自燕北。燕国皇室无力救济，饥民很自然地来到了大唐帝国境内。

"可惜是个小孩子，身上没有几斤肉。"饥民们看着浑身泥垢的小男孩儿遗憾说道。首领眼睛里泛着绿光，很像宁缺日后非常熟悉的狼，只是这匹狼自己也很瘦，而且皮毛溃烂得相当厉害。

"我们没有力气了，你自己乖乖把衣服脱了，然后跳进那个锅里吧。"饥民首领用手指伸进嘴里，似乎想要扒拉出几根肉丝来。他看着小男孩儿有气无力说道，"跳进去的时候小心一些，不要把水溅出来太多。这年头，谁也没有多余的力气砍柴烧水。"

围着小男孩儿的七八名饥民缓慢地点头，像是一具具能够勉强行动的尸体。

宁缺看着他们，说道："你们没有力气，但我还有力气。"

饥民首领像哭一般笑了起来，伸出枯枝般的手指，颤巍巍点着小男孩儿的脸，说道："如果你还有力气，那你为什么不赶紧逃走？"

宁缺没有再说什么，从腰后取出那把带了整整一路的柴刀，用尽一路上用果子野草还有好心人省出的那几小捧米积累出的全部力气，跳了起来，挥动柴刀狠狠砍向饥民首领的鼻子。他年纪太小，身材太小，力气太小，就算跳也跳不了多高。但林子里的这些饥民被饿了太多天，早已经没有了什么力气，只能眼睁睁看着他挥动柴刀。

噗的一声，小男孩儿砍偏了，本想砍断饥民首领鼻子的柴刀，狠狠戳进了对方的眼窝。因为饿至皮薄见骨的关系，饥民首领的眼窝很清晰，柴刀砍进去的画面很清晰，发出来的声音也很清晰，锈蚀的柴刀尖锋，直接贯穿了他的眼珠，然后深入大脑。

饥民首领哼都没有哼一声，像一截木头般直挺挺倒了下去。

宁缺喘息着走上前去，用小脚踩住饥民首领的脖子，用力把柴刀拔出来。随着他的动作，一道青黄色的液体飘到空中，并不是血。

他瞪着柴刀上挂着的瘟眼球瞪了很长时间，然后仰起脸看着四周像鬼一样的饥民，说道："你们想吃人就吃自己吧，我是不会让你们吃的。"

书院后山腰缭绕的雾气越来越重，外界最后的那抹暮色也已经被吞没，不知从树林里何处响起一丝夜鸟的怪异鸣叫，可能是乌鸦也有可能是别的鸟。

　　宁缺在斜斜向上的山道上行走着，每踏上一级石阶，他的身体便会僵硬很长一段时间，入雾的时间已经很长，他已经走过了一千多级石阶，却不知离山顶还有多远。

　　如果离近望去，可以看到他的眼神有些空洞失焦，似乎并没有看着自己的脚下，而是看着更远处的某些画面，看着更久以前的某些时光。

　　一路向北，沿着岷山深入河北道，十室九空，田野已经被从荒原和燕北涌过来的饥民完全占领。只是大旱持续的时间太长，易子而食、彼此换食的饥民们绝大部分已经变成了道旁的尸体，或是岷山里野兽腹中的食物。相应地，宁缺可能遇到的危险要变得少了很多。

　　这一天，久期不至的雨水从天而降，乡村地窖里爬出了一些村民，瘦骨嶙峋的他们哭泣着跪在雨水中，拼命磕头感谢昊天的垂怜，而更多的人则已经饿到没有力气露出任何表情。

　　大雨中，宁缺坐在山旁一棵小树下，神情惘然看着四周，不知道自己应该往哪里去。

　　这些日子里，已经有很多灾民冒险进入了茫茫岷山，虽然山中野兽众多，但至少可以找到果腹的食物。但他一直没有进山，因为他清楚现在的自己太过弱小，虽然拼起命来能杀死已经没力气的饥民，却没有力气杀死山里那些恐怖的野兽。

　　从怀里掏出肉干，他张开嘴咬住，用力地撕下几道肉丝，然后仰首向天接了几口雨水，混着嚼碎咽入腹中，脸上没有任何享受神情。多日来的煎熬，让将军府里白白嫩嫩的小男孩儿变得异常肮脏干瘦，小男孩儿的嘴唇上满是翘起的枯皮，嚼肉时齿间不时有血渗出来。

　　雨渐渐小了些，他检查了一遍腰后的柴刀，拾起身旁的木棍，顺着山脚的道路继续向北，随时保证自己有机会逃进岷山。因为他知道，随着雨水降临生命复苏，那些活过来并且比以前更健康的成年人，随时可能成为他的敌人。

前方道旁堆着很多具尸体。那些干瘦的尸体早已经腐烂，此时浸泡在雨水中，发出一阵阵的恶臭。几只同样骨瘦如柴的野狗正蹲在尸堆旁进食，一只野狗偏着脑袋咬着一只露出白骨的手臂，正在用力地向后拖，不时发出低吼声。另一只野狗则是像人一样蹲坐着，两只前爪搭着一条干瘦腐烂的大腿，吭哧吭哧地啃着。

听到宁缺的脚步声，几只野狗停止了进食，警惕地抬起头来，盯着道路上那个小男孩儿，发出低沉恐怖的呜咽声。有两只野狗判断出小男孩儿的体形对它们应该构不成任何威胁，甚至放弃了面前难吃的腐尸，开始向宁缺逼近。

宁缺用手中的木棍敲了敲地面，然后取出腰后的柴刀，半低下身体，露出有些微肿还在渗血的牙齿，冲着那两只野狗狠狠地叫嚷了几声。大概是嗅到这个小男孩儿身上的血腥味，察觉对方拥有与体形不一样的危险程度，那几只野狗呜呜两声退了下去，散到了尸堆四周不再进食，准备等他走后再继续。

道旁腐烂的尸堆，本应看家护院的家狗变成了逐腐而食的野狗，一路上宁缺看到了很多这种画面，早就已经麻木，根本没有任何感觉。他决定马上离开，不然真要和这几条野狗纠缠厮打起来，也许下一刻他便会变成这些腐尸堆里的一员。

就在他准备离开的时候，忽然听到了一个极轻微的声音。他回头看了一眼被雨水浸泡着的腐尸堆，没有发现任何动静。

就在他准备再次离开的时候，那个极轻微的声音又响了起来，这一次那声音非常清晰。

是哭泣声。

他走回道旁被雨水浸泡的腐尸堆旁，吼叫着，挥舞着木棍与柴刀，把那些觉得食物被侵占的野狗赶走，然后用柴刀剁下一条腐烂的大腿，远远扔进积雨的涸田之中。

野狗们呜呜两声，围着那条腐烂的大腿进食，暂时不再理会他的动作。

听着腐尸堆下面传来的微弱哭泣声，宁缺开始搬动最上面的尸体。他的力气确实很小，好在这些死者死的时候已经饿到皮包骨头，此时内腑大部分也腐烂化为干水，并不是太难搬。

触手之处一片湿滑，像是在长安城过年时吃的某种油泥。宁缺把手上的腐肉甩掉，然后继续搬，到最后他终于看到了那道微弱哭泣声的主人。

一个半躬着背倒在田里的尸体身上穿着件家丁模样的衣服，把这具尸体翻过来后，便看到了泡在雨水和尸液里的那个小婴儿。小婴儿脸色苍白，嘴唇乌青，眼睛紧闭，气若游丝。无法想象她是怎么活下来的，而且刚才又怎么能够发出那声哭泣。

宁缺把手上的腐肉擦在裤子上，然后小心翼翼抱起那个婴儿，看着她沉默半天后说道："你是不想我离开，所以才会哭吧？"

他抱着婴儿跳下腐尸堆，顺着道路向远方走去。那几只早已眼泛绿光盯了很久的野狗看见他终于走了，发出一声欣喜的哼叫，跑回腐尸堆里，片刻后响起一阵咕噜咕噜的声音。

无声无息，大雨又降落了下来。宁缺看了一眼远处的岷山，低头看着脸色苍白的婴儿，心想如果再让你淋会儿雨，只怕你以后再也没办法哭了。他想找个东西遮雨，然后他看到道旁有一把黑伞。

那把黑伞很大很旧，而且很脏。

山道之上雾气依然。
宁缺微微低头，站在陡峭石阶之间，久久无法迈动一步。

嗖的一声，一支羽箭准确地命中一只灰兔。

宁缺脚步如电走上前去，欣喜捡起那只灰兔，两手一错，极利落地把灰兔颈骨拧断，然后扔进身后的袋子。少年身后的袋子沉甸甸的，看来已经装了不少猎物。蹲在树下嗅了嗅，他拨开树后的那片葛藤，顺着一条陡峭的小道向崖上爬去，在崖上靠近泉窝的那片草地里，他满意地看到了三天来的最大成果。

一只岩羊倒在地上痛苦地叫着，两只小羊正徒劳无助地看着它，时不时用头去顶顶它的口鼻，不知是想要给它增添一些力气和信心，还是想要安慰临死前的母亲。宁缺悄无声息走上前去，手中提起草丛里的一处绳头，猛一拉，隐藏在草丛里的捕兽绳套猛地收紧，那两只小羊惊鸣一声，重重摔落下去，蹄子被死死地捆在了一起。

被捕兽夹夹住后腿的大岩羊拼命地挣动起来，望着被束蹄的小羊，焦急乱叫。

"你们的命不错，至少还有人替你们着急。"宁缺走到兽夹前，看着倒在草地里的两只小羊，摇了摇头，然后从腰间拔出小刀，直接捅穿了大岩羊的脖子。

"我回来了。"宁缺拖着岩羊的尸体，背着沉重的袋子，牵着两只小羊，回到了树林间的破旧猎屋。一个小女孩跑出来迎接他，她大概四五岁年纪，身上穿着兽皮，肤色黝黑。

猎屋里很破旧，光线昏暗，坐在铜火盆边的老猎户放下烟杆，面无表情看着宁缺，向地上吐了一口浓痰，说道："今天收获怎么样？"

"不错。"宁缺说道。

老猎户的脸上满是皱纹，但你永远不要奢望能够在他脸上看到任何慈爱之色，能看到的只有贪婪以及冷酷。

"吃饭吧。"

老猎户抓起一块肉吃了一口，觉得味道有些不对，破口大骂道："这个死妮子！叫你少放点盐！盐这么贵！谁给你钱！你这个败家妮子！只会吃老子的用老子的，等再把你养两年，老子就把你卖到妓寨去换银子！"

小女孩儿低着头，眼里满是惊恐神色。宁缺低着头，看着碗里像清汤一样的地薯粥，水光里反射着他的目光，隐约能够看到星星般的火苗。对于这种训斥，他已经听了很多年。老猎户吃肉，他和桑桑连肉汤都没得喝，这种待遇他也已经承受了很多年，他本来已经习惯，但好像始终没有办法一直习惯下去。

小桑桑用两只小手端着粥碗，细细的手臂有些颤抖，忽然间咳了起来。宁缺伸出手去，替她把碗稳住。

老猎户喝了一口烈酒，醉醺醺望着他们说道："算你懂事，如果碗摔碎了，看我怎么收拾她。"

宁缺看了一眼老猎户身前的肉碗，站起身来走了过去，极为诚恳地说道："爷爷，桑桑昨天晚上又犯病了，您看是不是让她也吃块肉？"

老猎户一巴掌扇到宁缺脑袋上，瞪着眼睛骂道："猎物是用来给你们吃的吗？那是用来换钱换盐巴的！嫌我对你们不好，那就给老子滚！什么时候你给我抓回头老虎来，用虎骨偿了这些年的饭钱，我就让你们滚！老子花大价钱打了个精钢夹，你却一点用都没有！"

宁缺沉默退了回去。

老猎户喝完酒，出屋去查看宁缺今天带回来的猎物。

片刻后，他拿着鞭子气冲冲地走了进来，劈头盖脸抽向宁缺，骂道："你这个败家玩意儿！老子教过你多少次！大家伙都给我拖回来再宰！谁让你在外面就宰了的！"

宁缺的脸上满是血痕，但他不避不躲，因为知道躲避没有任何意义，低着头解释道："那头岩羊太重，不先杀了我拖不回来，再说我下手很注意，剥整皮应该没问题。"

"拖不回来你还有什么用！"老猎户愤怒抽打着他，咆哮道，"你只知道皮子，忘了血也是能卖钱的！混账玩意儿！混账玩意儿！"

老猎户气鼓鼓地走出猎屋。宁缺看了低着头抱着粥碗的桑桑，抹掉脸上的血水，看着她笑着说道："这才乖，以后都不要试着替我挡鞭子，不然那个老东西会抽得更起劲儿。"

桑桑抱着大大的粥碗，用力地点了点头。

"死妮子！还不快把洗澡水烧好！"屋外传来老猎户充满戾气怨恨的叫骂声，谁也不知道他的戾气怨恨来自何处。

桑桑抬起头来，紧张看着宁缺。宁缺正在偷吃老猎户忘了藏起来的肉，沉默片刻后点了点头。

茫茫岷山内外是两个世界。山外的世界已经来到大唐帝国天启五年，而对于生活在山里的人们来说，日子不过是一天又一天的单调重复。对于收留了宁缺和桑桑的老猎户来说，这种单调重复里终于有了一些别的消遣，比如鞭打辱骂或者别的什么。

这一年宁缺将满十岁，已是少年。

这一年桑桑五岁了。

桑桑向水桶里倒热水，水雾蒸腾。木桶里浑身赤裸的老猎户看着她骂道："你这个死妮子又黑又脏，自己也赶紧洗洗。"

桑桑点了点头，然后走出门外，从宁缺的手里接过一盆热水艰难地走了回去。

盆里的热水刚刚烧沸，很烫。桑桑站上板凳，从头至脚倾泻到老猎户的身上，屋内响起一声极为凄厉的惨呼。

老猎户浑身赤裸奔了出来，身上全是被烫起的水泡。他眯着眼睛，看不清楚外面是什么，手里拿着一把从不离身的猎刀，像疯子一般挥舞着，嘴里骂着他懂得的最恶毒的脏话。砰的一声清脆巨响，金属片撞击在一起，老猎户一头倒下，发出一声更加凄厉的惨叫。

他的右腿踩在用来猎虎的精钢捕兽夹里，已经断了一半。

宁缺和桑桑走了过来，看着倒在血泊中的老猎户。

老猎户纵使在这种情况下依然保有着山民的狠戾，盯着宁缺奄奄一息地骂道："你这个混账玩意儿！你这个忘恩负义的东西！你不得好死！"

"恩，这几年我们已经报了，现在是报仇的时候。"宁缺从身后取出猎刀，看着老猎户身上耷拉着的皮肉，看着他满是鲜血的大腿根部那个可怜的家伙，说道，"我本来还想再忍两天，但你不肯给我们机会再忍下去。如果你不是要把桑桑卖到妓寨去，我们不会想着杀你。如果你不是要洗澡，我们不会想着杀你。"

宁缺看着他沉默很长时间后继续说道："其实刚才……如果你肯让桑桑吃块肉，也许我们都不会杀你，我们可能会自己偷偷溜走就算了。"

老猎户气喘吁吁，惘然看着他。

宁缺握紧手中的猎刀，猛地一刀砍了下去。

老猎户的脑袋落了下来。

片刻后，宁缺背着黄杨硬木弓和箭筒走出了猎屋，腰间猎刀微摆，小桑桑抱着破旧的大黑伞跟在他的身后。

"累了就到我背上来。"

然后两个人消失在茫茫岷山之中。

夜色已至，书院后山的浓雾之中像牛奶一般柔滑稠细。宁缺低着头站在石阶上，沉默了很长时间之后，双手缓缓举起。他的手掌握拳中空，仿佛握着一把无形的刀。

　　山道夜风呼啸而起。他身体微斜，一刀猛地砍了下去，砍破了夜色与山道。

　　一刀落下，石阶又上一级。

　　山顶浓雾间一片沉默。一道充满怜悯的声音响起："不知道宁缺这辈子究竟遇到过怎样的苦难，在旧书楼也未曾听他说过，这山道对他来说怎么……竟是如此地艰难。"

　　"山道漫漫，过往心劫尽数转为现实拦在登山者身前，若能看破或是看轻，或许便能轻松些，可若不能看破，而生出退意悔意，那便永无登山之望。"二师兄的声音缓缓响起，直至此时，他的声音里才终于有了凝重敬意，"今天登山的这两个人都很有意思，尤其是宁缺。那些心底深处的记忆与伤痛，虽不知具体何事，但他竟是根本不愿意忘记，更没有丝毫悔意，甚至连看破都认为很没有必要。面对着心底深处那些最阴暗的角落，那些最惨痛的经验，今时今日的他，与当年的他所做的选择，依然完全相同。"

　　"如果不能看破，他如何能谨守本心，经年不变？"

　　"既然不想看破，那就只有杀破。他想杀破这条山道。"

29

　　他背着桑桑奔行于猎寨之间，与野兽和猎人们斗智斗勇斗狠。他闻到了燕境屠村之后的恶臭，看到小卓子跟着那个修行者飘然离去。他带着桑桑去往渭城，从军杀敌入了军籍。

　　他看到了那片美丽而宁静的梳碧湖，他和战友们呐喊前冲，看着那些平日里凶戾无比的马贼像兔子般四处乱奔，那些马贼抢劫得来的金银细软变成了边军的战利品，被推回到渭城。

那年冬天渭城杀猪，他很早就跑到猪圈，听着猪绝望的嚎叫，看着猪脖子上涌出来的鲜血，兴致勃勃地在前辈指点下拿着竹管对猪皮下面吹气，忙活了整整一宿。看着在开水锅里翻滚准备刮毛的大白猪，宁缺蹲在地上抬头看着身边的桑桑，问道："像不像当年杀死爷爷的样子？"

　　桑桑说道："杀猪是先杀死才用开水烫，杀爷爷的时候，我们是先烫了他再杀的。"

　　宁缺想了想，觉得这种区别确实很大。

　　在杀死老猎户离开猎屋之前，在桑桑的要求下，他放走了那两只小羊。

　　宁缺站在山道上，站在夜雾中，站在自己的过往年月里。

　　漫漫山道上，每一级石阶便是曾经度过的一天，他登山至此时，等于把自己的前半生全部又过了一遍。这不是虚无的梦境，是无比真实的重现，而他的生命中充斥着太多的鲜血腐尸和死亡，极少欢愉，前十七年的所有悲欢全部集中在一夜之间，这会是怎样的感觉？

　　那种沉重的精神冲击使人迷失，让他在抬步之间经常忘了自己是在登山，表情变得愈来愈痛苦，不知看着何处的眼眸盯着近在眼前的远处，在石阶上的行走越来越缓慢。

　　他停下脚步，眼瞳渐渐回复正常，看着夜雾深处说道："我杀给你们看。"

　　说完这句话，他继续抬步，走上一级石阶，右手缓缓伸至空中，伸至细稠如纱的白色夜雾之中，凭空握住一把细长的刀柄，然后于虚无间抽出那把熟悉的长刀，斩向身前的虚无。

　　刀锋之前无数马贼身首异处，梳碧湖被再次染红，无数蛮族探子被斩落马下，秋草上染着红色的霜，一张张熟悉或陌生的脸被劈成血肉模糊的两半，然后消失不见。

　　夜雾之中，他在山道上一路杀将过去，从岷山杀到草原再杀回长安城，他杀死肥胖的御史，杀死铁匠铺子里的苍老偏将，杀死临湖小筑里的剑师。所有拦在他面前的物体都被他一刀斩断，无论是那些带给他惨痛回忆的仇人，还是曾经并肩作战生死与共却想临阵脱逃的同袍，还是那匹带着他深入草原八百里救过他性命的战马。

春风亭落着雨，他沉默挥刀杀着。

临四十七巷落着雨，他看到黑脸小子箕坐在灰墙之前。

宁缺终于觉得有些累了，有些疲倦了，手里握着的长刀缓缓放下，看着山道尽头的夜雾深处，喃喃说道："人活着都不容易，活一辈子就已经够痛苦了，何必非要让我再活一遍？"

他低头看着身边的桑桑，蹙着眉头，痛苦说道："我知道这些都是幻觉，幻觉吓不倒我，但我无法证明这些是幻觉，所以我真的觉得很痛苦，就像我们以前那样痛苦。"

隆庆皇子平静走在山道上方，双袖轻飘，眉宇间露出些许疲惫之色。

走进云雾踏上山道的第一级石阶开始，他就知道自己看到的听到的感受到的一切都是幻觉。他本以为可以凭借通明道心无碍，将所有这一切看破，从而轻松登山。然而当他开始行走后，才发现自己还是低估了书院二层楼的难度，无论他胸膛里那颗道心在西陵道法磨砺之下如何通明无碍，可如果你无法真的看破，那么这些幻觉便真的存在。

隆庆皇子回到了幼年。那时候的他备受宠爱，在皇宫里可以随意奔跑。小皇子总以为自己的父亲是世界上最有权力的男人，自己的母亲是世界上最有权力的女人，然而某一年他无意间偷听到的一番对话，直接撕碎了他所有的美好想象。

那一年大陆北方突遭大旱，从荒原到燕北再到唐国北方，无数饥民流离失所，追逐青叶而食，当日唐国常驻燕国的使臣奉诏入宫，与他的父皇进行了一番对谈。

"燕王，我希望你们燕国能够拿出应有的能力！我不指望你们那些弱不禁风的军队能够守住边境，阻止你们的饥民跑到我大唐帝国境内，也不指望你们有能力解决自己子民的肚子问题，但至少在我大唐伟大陛下开始赈灾的时候，你们至少要对饥民数量有个大概估计！"那名唐国使臣的胡子很长，吹起来飘得很远，很助长愤怒或者说嚣张的气焰，"我大唐援助的粮食大概十天之后就能运抵成京，但如果你不想燕北之人全部死光，最好自己想些办法！不要指望我大唐帝国能解决所有的问题！陛下心怀天下，视所有子民皆为唐之子民，但你燕国毕竟还不是我大唐之属，我们没道理把自家子民急用的粮食全部拿来给你们燕人吃！"

说完这句话，大唐使臣拂袖而去，年幼的隆庆皇子愕然看着他的背影，才发现原来自己的父皇并不是世界上最有权力的男人，那个叫大唐的国度随便一个使臣，居然都敢对自己的父皇毫不客气地呵斥。

他冲了出去，奶声奶气问道："父亲，为什么不遣甲士将那大逆不道的使臣杀了！"

听到这句话，向来疼爱他的燕皇脸色骤变，人生里第一次也是唯一一次赏了他耳光。

隆庆皇子站在山道上，想着雾外柴门处石头上的那四个字，嘲讽一笑，说道："君子不争？君子如何能够不争？但凡不争之人都死了，怎能做君子？"

山道漫漫，如同漫漫人生。

隆庆皇子的人生如果剥去那些天才之类的金光外衣，其实极为枯燥，乏善可陈。不知道是那日燕皇赏的耳光，还是后来耳濡目染看到的很多事情，小皇子不再像当年那般调皮可爱，而变得沉默刻苦起来，而且他渐渐学会了无论看到任何事情，都能够不动声色，不系心怀。

母后养的双彩眼猫在偷吃了盘中一块糕点后死了。因为这件事情，整整一宫的宫女都被杖死。他安静地坐在母后的怀里，听着院里传来的杖击声，惨号痛哭声，伸手去盘子里抓了颗瓜子，仔细剥开，吹去浮皮送入唇中，就像是不知道那块糕点本来应该是自己吃的。

再后来皇宫里有越来越多的人死去，他那位太子哥哥身边的嬷嬷宫女不知道换了多少批，也不知道皇宫里那些慵懒的猫又死了多少只。他的婢女被人害死，别人的婢女被他的母后害死，所有这些事情都无法引发他的情绪波动，就像与他无关。

某一天，隆庆皇子开始展露自己的修行才华，被西陵神殿驻成京的神官视若珍宝，决意带回西陵天谕院学习，在去西陵的途中，他去了月轮和南晋，又看到了很多事情。

月轮皇宫的百合花被人浇了开水，烫死了，负责看花的花匠被震怒的曲妮大师姑姑直接扔进了翻滚的开水锅。南晋剑圣柳白一位门徒被逐出师门，当街剖腹，肠子哗啦啦地流了出来。

隆庆皇子看着这些，不动声色，表情非常平静。在他看来，这并不是冷漠更不是冷血，而是要保持自己道心足够清明以通天路所必须具有的品质。

夜雾中，隆庆皇子看着越来越近的山顶，脸上泛起嘲讽的笑容，傲然说道："除了昊天，世间无一物能令我敬畏恐惧，无一事能令我心生怜悯，既然如此，这条山道又如何拦得住我？"

隆庆皇子在山道上慢慢行走，慢慢重复着自己的人生。他去了天谕院，因为疼爱自己的神官在神殿势力内斗中失势，他也成为了被打压的对象，在最开始的那半年中备受歧视。

只是重新经历那些当年令他难抑愤怒的画面，如今的他已经能够做到绝对平静。被人嘲讽被人奚落，他不动声色，只在天谕院大比之时，用死亡与失败将这种羞辱冷静地赐还给对方。

他入了裁决司，开始追杀那些叛教异端。

带着荆刺的鞭子抽打在少女的后背上，撕开一道道惨不忍睹的血口，他站在牢外平静看着，不动声色。

天谕院的同学因为私下对掌教口出不敬之词被判以渎教大罪，罚关于黑暗水牢之中永久幽禁。他亲手将曾经感情亲厚的对方推入水中，然后听着那些不绝于耳的惨叫凄喊告罪和怒骂声，平静向牢外的阳光里走去，不动声色。

一名垂垂老矣的魔宗余孽，在隐居山村六十年之后终于被神殿裁决司抓住，他亲手把对方绑上木台，细心地让铁链避开老人苍老躯体上被刑讯后的伤口，然后点燃了木台下的柴堆。

熊熊火焰的那头，裁决司的下属们把一名婴儿从年轻的母亲怀里夺走，然后用道棍把那名年轻母亲乱棍打死，最后把婴儿摔成地上的一摊肉泥，他静静看着这幕画面，不动声色。

修道修的是世外道，他站在世外看世间之事，世间之事又如何能乱他之心？他供奉的是昊天，惩罚的是世人的罪孽，坚定认为自己所杀之人都是罪有应得之辈，哪里会有怜悯？

夜已深，书院前坪观看二层楼开启仪式的很多人已经离去。虽然像大唐亲王殿下，公主李渔以及神官莫离这样的大人物还在沉默等待着最后的结果，然而此时还留在山道上的只剩下两个人，与很多国家已经没有丝毫关系，那些使臣何必再苦苦等待？

书院诸生自然都没有离开，他们沉默看着山上，忽然有人发出一声极力压抑的惊呼。

夜空里的浮云不知何时尽数散去，而山腰间的云雾也在那一刻散去了片刻，星光照耀在那条蜿蜒陡峭的山道上，竟是将那些石阶都照得清清楚楚。只过了极短暂的一段时间，山间的云雾再次汇集，将那条山道重新严严实实地遮了起来，再也无法看到里面的模样。

但这片刻时间，已经足够很多人看到了漫长山道石阶上的两个人影。其中一人已经走到了山道极高处，快要接近山顶，看身形应该是隆庆皇子，而后面应该是宁缺的那个身影，却还在山道的中段艰难爬行，距离山顶还非常遥远。

星光照亮山道的画面，自然逃不过莫离神官和书院教习们的眼睛。

不知道什么原因，原先信心十足、骄傲平静的莫离神官，忽然觉得道心有些不宁，情绪有些烦躁，不耐烦地拍了拍椅背，站起身来。

李渔看都懒得看他一眼，嘲讽说道："如果等不及，你可让隆庆皇子直接飞到山顶去，只要他先上了山顶，哪里还用管宁缺？但只要隆庆皇子还没有登上山顶，那无论宁缺是爬还是跳，无论他还要登多久，我想神官你都最好不要说太多没意义的意见。"

莫离神官大怒，却无法发作，只好重重坐回椅中。

星光下的草甸，桑桑拿着大黑伞蹲在道旁，百无聊赖轻轻转动着伞柄。就在这时，一名年轻僧人从书院里走了出来。他看到道旁蹲着的桑桑，忽然眼睛一亮，身体顿时变成了一座石像，再也难以迈动一步，就这般静静地望着，直至目光望到痴迷，望到惘然。

过了很久很久。他看着桑桑微黑的小脸，看着她额头飘荡的有些发黄的细细发丝，双手合十，用最温柔的语气，最诚恳的态度，赞美道："这位姑娘，你生得真的很美。"

桑桑挂着大黑伞站起身来，疑惑地四周看了看，半天后才确认这和尚是在赞美自己，不由眉头微挑，柳叶眼微眯，盯着他很认真地说道："不要骂人。"

年轻僧人微微一笑，合十一礼说道："我有慧眼，能识石中玉，姑娘误会了。"

桑桑听着石中玉三个字，微微一羞，然后认真提醒道："就算在你眼中我生得好看，但以后也不要这样称赞人，因为这句话现在在长安城里是用来骂人的。"

"这是为何？"僧人惊异问道。

桑桑有些不喜他灼热的目光，转过身去看着书院里。年轻僧人转至她的面前，温柔问道："姑娘，我叫悟道，你可是在等我……"

桑桑没能理解明白他这句话的逻辑，蹙着眉尖说道："我在等我家少爷。"

悟道认真说道："姑娘，世间无人有资格令你这样的女子等待，除了我。"

桑桑看了他一眼，说道："你已经下山，我家少爷还在山上。"

"我是不想进那片雾而已。"悟道认真解释道，忽然想到一件事情，疑惑问道，"你等待的少爷，便是那个叫钟大俊的书院学生？"

桑桑看着他，沉默片刻后开口说道："不错。"

悟道正色说道："很好，我在山上时便说过会杀死他，如今看来，我多了一个杀死他的理由。"

桑桑转过头去，不再理他。

"姑娘，看见你如黑夜般的绝美容颜，我忽然想到了一首情诗。"悟道痴痴地盯着她的侧脸，缓声吟道，"我意中的女子，如果你愿去修佛，我愿重新变作一个少年，再去那悬在空中的山上剃度一次，让头上多几道戒疤；我意中的女子，如果你愿去修道，我愿重新变作一个少年，去那桃山后的破观，替那个背木剑的骄傲者洗鞋。"

桑桑根本没有听到他在说些什么，认真看着黑夜里的书院后山，她此时仿佛感觉到宁缺正在经历的那些悲伤，眉头微微蹙了起来，显得非常痛苦。

"姑娘，无法再陪你等下去，我无法眼睁睁看着你等待得如此痛苦，我决定把你带走，带你去天涯，去海角，我陪你去看潮生潮落，好吗？"说完这句话，他表情一肃，根本不等桑桑回答或是有所反应，手掌一张便向她的颈部伸去，指尖劲风呼啸，虽无伤人心却有让人昏迷的意思。

忽然间，他伸出的那只手臂上僧袖猛烈燃烧起来，瞬间把僧袖烧成片片灰黑蝴蝶，然后随风而去，徒留下一截白细光滑的手臂！悟道一声怪叫，化作一道残影连退十余丈，眼露悸色盯着草甸下方，咬牙问道："谁？"

一阵急骤马蹄声响起，撕破书院夜色的宁静。那辆黑色的马车很奇异，车厢上刻着各式各样繁复的纹饰，而骏马拉车上坡显得十分轻松，蹄下竟是半点烟尘也未带起，仿佛悬空一般。

大唐神符师颜瑟表情漠然收回先前伸向车窗外的手，手指在空中画出的那道符意却余韵未绝，道旁的青青草丛以肉眼可见的速度变得焦黄干枯起来："淫僧悟道，若你还敢在我大唐境内逗留，休怪我用井字符一刀一刀凌迟了你。"

悟道猜到了马车中人的身份，表情瞬间变得凝重起来，单掌立于身前，强自辩解道："我乃情僧悟道，却非淫僧，颜大师莫非要用长辈身份压我不成？"

"你既然来自荒原深处那个地方，世间又有几个修道者能用辈分压你？"神符师颜瑟缓缓走下马车，冷漠看着年轻僧人说道，"不过估计你也就是个旁支末系的没用东西，居然连寺里面该讲的规矩都没告诉你。你以后记住了，这里是大唐，这里是长安，你敢在书院门口闹事，我就算杀了你，寺里那些人也不敢放一个屁。"

说完这句话，他望向道旁紧紧拿着大黑伞的桑桑，蹙眉说道："你是宁缺的侍女？"

桑桑点了点头。

颜瑟说道："为什么在外面等着？跟我进去。"

桑桑回答道："听说不让。"

颜瑟此时已经知道宁缺还在山道上，心情异常烦躁紧张，闻言沉声喝道："跟我进去！我倒要看看，夫子和老大都不在家，这间破书院还有谁敢来拦我！"

隆庆皇子走出了山雾。

他举目望去，只见四周一片平缓林野，山道前方一块光滑的大岩石陡兀出现在天地间。走上那块岩石，应该就算是登顶成功。

他正准备继续，忽然间心有所触，整理衣衫，转过身去，向着道旁远处一棵大树恭谨一礼。

星光之下，山顶明亮如昼，云雾在下方不停流淌，若水一般。青青大树之下坐着一人，因为隔得太远看不清楚容貌，只能感觉年龄并不太大，但却偏偏穿着件极有古意的袍子，头上戴着一顶极高的古冠，气象庄严。

隆庆皇子不知道那个人是谁，但在离开西陵神殿的时候，掌教曾经提醒过他，书院后山里那些学生绝非寻常修行者，当慎重待之，树下那人能在山顶等着登山者，身份自然不寻常。

树下那人平静说道："我排行第二。"

听着这话，隆庆皇子面色不变，心里却是掀起了轩然大波。他想起那个女人曾经对自己说过的某些故事，想起故事中那个骄傲到了极点，也强大到了极点的二师兄，复又恭谨一礼，这一揖要比先前更低一些。

"你很不错。"青树下的二师兄淡然说道，"你绝对有资格进入书院后山。"

纵然天生骄傲如隆庆皇子，想到称赞自己的人是书院二师兄，也禁不住心头微动。

"只要登上那块大石头，你就算登顶成功。不过雾里面还有你的一位同行者，你可以先自行登山，也可以等他一起。让你等他似乎有失公平，不过我可以告诉你的是，这块大石头很难上，比你所走过的山道更加难走，所以你最好先调整休息一番。”

听到雾里还有一位同行者，隆庆皇子眉头微微皱起。在他的计算中，除了那名僧人之外，今日应该没有谁能够坚持到山顶，那些平庸之辈甚至连雾道都无法踏上。既然那名僧人因为身份关系不方便进雾，那么究竟是谁能够跟上自己的步伐？

树下二师兄淡然说道：“选择权在你手上，你可以先行登山。”

隆庆皇子沉吟片刻后，再恭谨一礼，然后盘膝坐了下来，以此表明了自己的态度。

夜雾山道间，宁缺看着箕坐在灰墙下，浑身湿漉漉胸口微微起伏的卓尔，看着他苍白的脸色和眼神里的死亡气息，沉默很长时间后说道：“我能把你一刀砍了，但何必砍呢？一世人两兄弟，你死都死了，何必再来拦我的路，我上去了才好把你剩下的那些破事儿都办了。”

卓尔靠着灰墙，望着他惨淡地一笑，胸口起伏得越发剧烈，唇间发出呵呵的声音。

“假的，这些都是假的，我需要靠什么来证明这些是假的呢？”宁缺低着头站在山道上，站在夜雾中，站在临四十七巷的春雨里。

忽然他抬起头来，说道：“桑桑何在？”

桑桑站在他旁边，仰着微黑的小脸看着他，问道：“少爷，有什么事？”

宁缺目视前方，说道：“桑桑，把家里的所有银子都拿出来，我们给小黑子寻块好墓地，再给他弄副楠木棺材，美死他。”

桑桑说道：“好的……但是少爷，黑子少爷已经死了，没有办法再美死。”

宁缺说道：“反正他都再活了一次，何妨再死一次？”

说完这句话，他走向那面灰墙，举刀向天，然后呼啸落下，斩落卓尔首级，斩断那面被雨水打湿的灰墙，斩断了所有幻境，露出那条直通向山顶的陡峭山道。

然后他望向身边，发现已经没有了桑桑的身影。

"我说过这一切都是幻觉，吓不倒我的。"

银辉笼罩的山顶，东一棵树，西一棵树，都是耐寒的针叶林，并不是陈皮皮最喜欢的枣树。隆庆皇子坐在草地里调息培念，紧紧闭着眼睛。

远处那棵青树后方响起一道极细微的声音："师兄，谢了。"

青树前盘膝坐着的二师兄目光恬静，神情方正肃穆，淡然说道："这种无伤大雅的小后门，偶尔开开倒也无妨。隆庆本就比宁缺先行一步，让他等上一段时间也算公平。"

正如书院那句名言：规矩就是看谁的拳头硬。那么既然是书院二层楼的考试，所谓公平，其实也只是书院中某些人自己的看法。隆庆皇子比宁缺先上山一段时间，然而他在山顶却等了一段长得多的时间。夜空里的星星逐渐移动，时间一分一秒地过去。不知道过了多久，山道下方的浓雾一阵流动。

隆庆皇子睁开眼睛望去。

夜雾散处，衣衫褴褛的宁缺顺着山道缓慢走了出来，脸上青一块紫一块，像是被恶狗逐下山不知多少次的乞丐，模样看上去极为狼狈。

隆庆皇子看着他的脸，想起了他是谁，缓缓站起身来，袖中右手微微攥紧。

宁缺从怀里取出手绢包着的糕点，一边往嘴里塞着补充体力，一边向山顶走来，还不忘向那边青树下的人口齿不清地致意："不好意思，来晚了，来晚了。"

然后他看见了隆庆皇子，惊喜说道："太好了，原来你还在这里。"

宁缺把糕点递到他身前，问道："要不要来一块？"

隆庆皇子看着手绢里那些被压得奇形怪状的稀烂糕点，不知该作何言语。

30

隆庆皇子记得宁缺是谁。

他这一生光彩夺目，很少遇到被人羞辱的机会，而上次在得胜居内，身前这个书院学生还有他的小侍女接连两次羞辱了他。至少在他看来那是羞辱，所以他不可能忘记对方。

因为厌憎，事后他让裁决司的下属们调查过宁缺，只是调查的结果让他有些失望，这个书院学生果然只是个徒逞口舌之利的废物，无法修行，根本不可能成为他的对手。既然没有资格成为自己的对手，于是他认为便不再需要去记住这样一个人。

今日拾阶登山之前，隆庆皇子想象过自己可能遇到怎样的竞争者。比如那位明显来自不可知之地的年轻僧人，比如来自南晋的那位青年剑客。他甚至想象过书院方面可能会隐藏着后手，但怎么也没有想到，在自己身后破雾而出的人是宁缺。

他沉默看着宁缺的脸，意味难明地笑了笑。宁缺看他没有吃糕点的意思，把手收了回来，笑着说道："不要太过吃惊，这不是幻觉。"

就在这时，两块翠绿色的青竹片在星光下缓慢飘了过来，仿佛有生命一般悬停在他们面前，书院二师兄的声音从青树下再次响起。

"山道尽头的顽石便是山之尖顶，谁先登上去便能进入书院二层楼。不过我必须提醒你们，那短短十余步石阶，比你们先前经历过的所有考验都更加艰难，如果强行硬撑，极有可能对你们的身体精神造成不可逆的严重伤害。两块青竹片你们握在手中，稍后如果觉得撑不住，便捏破它。"

隆庆皇子和宁缺向青树下揖手一礼，伸手至空中取下翠绿的青竹片，然后向前走去。

两个人并肩而走，隆庆皇子脸上没有一丝表情，脚步没有一丝加快，任由宁缺在自己身旁一边嚼着糕点一边行走，等于承认了他有与自己并肩的资格。

"其实我很羡慕你。"宁缺看着皇子完美的侧脸，把手里沾着的糕点屑擦到衣摆上，耸肩说道，"你出身好，天赋好，命也好，又有一个世人羡慕的花痴伴侣。像我这种出身糟糕，天赋糟糕，命运极歹，身旁永远只有一个小黑炭头的家伙，想要奔到你这个份儿上，实在是太辛苦了些。"

当二人走到那块巨石下方，站在左右两条陡峭狭窄的小径前时，隆庆皇子忽然转头望向他平静说道："你给了我很多惊奇，早知如此，方才我不该等你。"

说完这句话，隆庆皇子没有丝毫犹豫，掀起衣襟前摆，踏上了石径。

宁缺怔怔望着那条石径入口，心中掀起波澜无数。作为一个在生死底层挣扎多年的家伙，他很清楚，一个强大而骄傲的人说出这样的话时，才会变得真正可怕。

两名最后的登山者，开始攀爬书院后山顶部悬畔那块巨大的岩石，身影倏然不见。

草地远端的大青树下，忽然多出了很多身影，围在一起指着岩石窃窃私议，这些身影有男有女，或坐或立，数一数刚好十二个人。有人背着三弦古琴，有人腋下夹着棋枰，有人膝前搁着一根颇具古意的洞箫，有人手里拿着绷紧的绣花框，另一只手指间拈着根细得看不见的针。

还有一个站在树后的壮汉手里提着个极沉重的铁锤，当别人正在议论时，壮汉却盯着树下二师兄头顶那个奇怪而高的古冠，眼神里充满了跃跃欲试的灼热。

陈皮皮从树后走了出来，看着壮汉的眼神吓了一大跳，赶紧拦阻，说道："六师兄，你要真一锤子下去，二师兄的帽子可能会扁掉，但你的脑袋也极有可能扁掉。"

青树下盘膝坐着的二师兄冷哼一声，缓缓转过头去。

六师兄用最快的速度把铁锤收到身后，面露憨厚至极的笑容，解释说道："师兄，你知道的，我一天不打铁心里就痒得厉害，今儿看了一天实在是快撑不住了，这不看到您头顶这帽子，就像是看到炉边的铁锭，总想着来上一锤子。"

这解释实在是有些莫名其妙，荒诞到了极点。偏生二师兄却是点了点头，表示接受了这个解释，挥手淡然说道："等不了多久，就会有结果了。"

书院女教授余帘也在山顶，她似乎与其余的十一人刻意保持着距离，远远站在树后的某片花圃间，面带恬静微笑看着同门们议论。

膝上搁着古箫的男子望向崖边那块看似摇摇欲坠，实际上却是历经千万年风雨不曾颤抖一丝的巨石，感慨道："今日观之还是这位隆庆皇子实力最为强大，西陵神殿裁决司的二号人物，果然不容小觑，如果不出意外，他便可能是我们的小师弟了。"

听到西陵神殿裁决司这几个字，树下所有人的目光都望向了陈皮皮。陈皮皮胖乎乎的脸上难得现出窘迫之色，挥手解释道："我又没去过神殿。我认识叶红鱼的时候，她才刚进裁决司，不过在我看来，那女人肯定比隆庆强大多了。"

"天下三痴之道痴，自然非同一般。"那位绣花师姐微笑说道。

二师兄表情肃然说道："但凡名门大派，底蕴均自不凡，虽说那些手段难入你我之眼，较诸我书院自然有若尘埃，但行走世间也足够了。"

树下诸人纷纷赞叹迎合，各自心里却在琢磨着，如果今日坐在树下的是大师兄，他断然不会说出如此骄傲自恋的评价，只会极诚实地点评一番西陵道法的优劣。

"没有想到能够追上隆庆皇子脚步，一同进行最后考试的人居然是那个叫宁缺的家伙。"

树下诸人又把目光再次投向陈皮皮。陈皮皮无可奈何地叹口气，说道："师兄师姐们，你们又看我是做甚？"

绣花师姐微笑说道："那不是你朋友吗？"

陈皮皮摸了摸脑袋，困惑说道："我真没想到宁缺能走到山顶。凭我对他的了解，这个家伙真能吃苦，筋骨精神打磨得像个变态一样，而且他修炼起来是真可以不吃饭的，所以最开始那截山道应该拦不住他，而且他在旧书楼看了一年书，若要过柴门，也有几分可能。可居然连山雾都没办法拦住他，便是我也觉得实在是有些莫名其妙。"

有人问道："他现在是什么境界？"

陈皮皮回答道："不惑。"

树下一片轻呼，提问那人不可思议道："隆庆皇子已经是洞玄上境，只差一步便能知命，他能走到石下毫不出人意料，可那个家伙才是不惑境界，这又是怎么上来的？"

二师兄看了那人一眼，沉声训斥道："废话，自然是走上来的。"

其实这句话才是真正的废话。只不过他是二师兄，当夫子和大师兄去国游历之时，书院后山便以他为尊，树下的师弟师妹们自然无人敢勇敢地指出这一点。

二师兄眉梢微挑，不悦斥道："跟随老师学习这么多年，居然连这种事情都想不明白！世间哪有完全确定之规则？若一应规则皆已注定，那我们还修行求索做什么？若一应规则都无法改变，那我们还吃饭喝水做什么？何不自行从崖那边跳下去？"

树下诸人顿生凛然之感，知道师兄是在正式教诲自己，肃然聆听。

"宁缺虽然才不惑，但谁告诉你不惑就不能登到山顶？如果只有像隆庆那样已入洞玄上境、只差一步知命的人才能登上山顶、才能进入二层楼，那何必还要考试？"二师兄神情淡漠说道，"不惑就不能登山？先前我就对你们说过，想当年大师兄他停留在不惑境界以下整整十七年，上山下山不知多少遍，他又有哪次半道就滚下去了？"

有人犹豫说道："师兄你说得虽然不错，但拿宁缺和大师兄相提并论，是不是太抬举他了？"

二师兄望向崖畔那颗巨石，淡然道："如果宁缺今日能成功，那他就是大师兄之后第二个能在不惑以下境界走完后山全程的家伙。"

听着这话，山顶大青树四周一片沉默安静，只能隐约听到陈皮皮不甘心的话语："大师兄是未入不惑，宁缺三个月前就入的不惑，这差别大了去了。"

"其实如果让宁缺当小师弟也不错啊。"绣花师姐望着陈皮皮胖乎乎像大白馒头的脸蛋儿，笑眯眯说道："虽然捏起来手感肯定不如皮皮你好，但他脸上有酒窝，真的好可爱。"

陈皮皮下意识里打了个寒战，赶紧退到二师兄背后，探出头来喊道："七师姐，你不要想得太美，这最后一关可不是那么好过的，我赌隆庆肯定先爬上去。"

绣花师姐笑眯眯，揭穿他的真实想法："如果真是隆庆先爬上去，你不得失望得大哭一场？"

陈皮皮嘿嘿笑了两声。

"漫漫山道先考了意志，比了悟性，试了境界，雾里又看了本心，最后这颗顽石，看的不过是选择罢了，无论对隆庆还是对宁缺而言，难度都不会太大。"二师兄缓声说道，"正因为难度不大，终究较量的还是决断力，隆庆他长年在神殿裁决司那坛污水里浸泡，杀戮妇孺面不改色，大概应该还是他做选择的速度更快。"

一阵山风微拂而过，大青树梢顶簌簌作响，长草渐伏，崖畔脚下的银色夜云一片扰动。站在远处崖畔的余帘回头望向云海，眉尖微微蹙起。

大青树下二师兄霍然站起身来，神情骤然间变得极其凝重，静静看着崖畔那块巨石，沉默很长时间后喃喃说道："好强的浩然剑意……是老师把最后一关改了吗？"

"怎么又是你？你已经死了两次又活了两次，难道还得再死一次？我真的不明白，你老从我的脑子里跳出来是想做什么，想提醒我不要忘了你那些被夏侯屠杀干净的村民？还是要提醒我不要忘了你死得有多惨？放心吧，你留下来的那些事情我真的都没有忘记。只不过夏侯哪有这么好杀呢？你赶紧让让路，我得比那个隆庆皇子跑得更快一些。等我进了书院二层楼变成夫子最疼爱的乖学生，学会书院后山最神奇的那些功法，你想让我杀谁，只需要托个梦给我我就去杀了。乖，赶紧让路啊。不让路？你是想替我试炼刀法是吧？那你能不能换个时间？"

宁缺一面说着一面走向那堵雨中的灰墙，看着墙下那个奄奄一息，脸上却挂着奇怪笑容的朋友，无可奈何地叹了一口气，伸手从虚无里抓出一把刀来，直接把他和那面墙砍为虚无。

"看看，果然还是这一套，这书院后山里的人也真是的，难道就不能弄点儿新鲜玩意儿？"

他没有收刀入鞘，而是把长柄朴刀扛到肩上，向巨石上方走去，反正稍后可能还会继续砍人，比如很久没有见到，连在梦里都很久没有见到的父亲母亲，甚至有可能是桑桑那个丫头，反正他现在已经确定这些都是假的，所以心理上没有任何障碍。

忽然间他的脚步停了下来。

他面无表情看着身前那两张面无表情的脸，说道："你们终于来了。"

隆庆皇子非常恐惧，面对着这种恐惧，他不知道该怎样选择。

他最心爱的女人正跌倒在一丛花树下，流着血泪的双眼没有看着她最心爱的海棠花，而是痴痴地盯着自己。

而他却不能不看她，他必须看着她。

在先前的山道上他曾经骄傲地想道，除了昊天，这个世界上根本就没有什么人或事能令他感到恐惧，然而此刻看着身前这个沐浴在圣洁神辉中的女人，看着她身旁那些鲜红的随风飘动的蓬大衣袂，才知道自己内心深处一直无法抹去对这个女人的恐惧。

整个世界弥漫着圣洁的神辉，异常明亮，明亮到无法看清楚那个女人的面容，只能看到她蓬松如纱的红色裙摆，只能看到她蓬起的红袖，只能看到她两鬓的鲜艳红花。

女子浑身红纱红裙，很鲜艳很可爱，也很可怕。她微笑说道："隆庆，听说你想进书院二层楼，莫非你以为进了书院二层楼，就能够战胜我？"

隆庆皇子恭谨低身，说道："隆庆不敢。"

他身后花丛里伏着的花痴陆晨迦双目流淌出更多的血泪。

"真的不敢？"沐浴在神辉中的女子淡然重复问道。

隆庆皇子缓缓抬起头来，直视着神辉中那双像宝石般的双眼，沉默了很长时间。就在他准备人生第一次做出那个最勇敢决定的时候，他看见了一个剪影。

那个剪影属于一个男人。那个男人就那样沉默地站在女子身后，似乎再过无数年都不会开口说一句话，神辉从他的脸颊旁掠过，吹拂起宝石粒一般的风，仿佛昊天都在无声赞赏。

隆庆皇子盯着那个男人肩上的木剑，身体难以抑制地颤抖起来。他毫不犹豫做出了自己的决定，转身走到花树前，抽出腰间佩剑缓慢刺进心爱女子的胸口。

当剑锋一寸一寸没入胸口的时候，陆晨迦一直安静看着心爱的男人，仿佛没有感受到丝毫痛楚。她的眼睛不再淌出血泪，她的目光里没有丝毫埋怨恨意，只有平静和怜悯。

隆庆皇子缓缓低头，望向自己的胸口，发现那里不知何时出现了一个透明的洞。

那两张脸，一张极其苍老，一张极其稚嫩。

宁缺看着老管事，看着儿时的玩伴，沉默了很长时间后说道："原来连你们也还需要再杀一遍。难怪我总觉得好像有些什么事情不对，现在才明白，那是因为你们没有出现。"

他把肩上长长的朴刀取了下来，双手握紧刀柄，却没有马上挥出。因为他发现自己双脚站立的地方，已经从巨石上的狭窄石阶变成了黑黄色的泥土。荒原之上，无数人仰着头看着天穹。天穹那头无边无际的黑暗正蔓延过来，人们的脸上充满着绝望与恐怖的情绪。世界一片灰暗，只有云后某处透出几抹光亮。

不是所有的人都在抬头望天，至少他身前的老管事和儿时玩伴并没有看天，而是面无表情地看着他。无论他走到哪里，他们都沉默跟随，目光永远落在他的脸上。

宁缺指着天上，对老管事说道："我上次做梦的时候，那里好像开了一道光门，今天不知道为什么，没有跟着那个梦继续做下去，是不是因为你们的关系？"

然后他低头望向只有自己一半高的儿时玩伴，笑着说道："上次在那道光门里，有一颗特别巨大，金光闪闪的龙头伸出来。其实那画面很傻×，就像我们小时候去万雁塔下看到的那些乌龟，只不过那一万只乌龟把头都拢在了一起，就变成了一颗龙头。"

老管事和儿时小玩伴的脸上依然没有任何表情。

"既然是梦，那自然都是假的。既然是假的，那便不是已经发生过的故事。既然不是故事，当然就没有什么延续性。"

荒原上出现了一个高大男子，花白的头发随意披在肩上。这不是宁缺第一次看见这个高大男子，他走了过去，想要看到对方究竟长什么模样。高大男子似乎根本没有转动身体，可无论宁缺怎样努力，都无法看到对方的面容。

当他围着高大男子转圈的时候，老管事和儿时小伙伴依然跟在他的身后，跟着他一起转圈，这画面显得有些滑稽，又有些说不清道不明的悲楚。

高大男子伸手指向正在占据整个夜穹的黑暗，说道："看，天真的要黑了。"

宁缺抬头望去，说道："我看到了。"

高大男子又指向云后那抹光亮，说道："可那里还有光明，那么在光明与黑暗之间，你会选哪一边？"

宁缺毫不犹豫回答道："我为什么要选。"

高大男子没有回答这个问题，从身旁的酒徒手里抢过酒囊一饮而尽，然后夺走屠夫背上那块猪后腿，蹲在地上开始进食，从侧面可以看到油汁顺着他的胡子滴落下来。

"为什么要杀你心爱的女人呢？"

"因为持正道，方能守道心。"

"我说的话就是正道吗？"

"是的，因为你代表着昊天的意志。"

隆庆皇子行走在圣洁的神辉之中，跟随着那个穿着红裙的女子亦步亦趋。在过往的这段漫长岁月里，他跟着她杀死了很多人，随着那些生命的离去，他的心情变得越来越平静，不再是以往那种表面上的不动声色，而是做到了发自内心的冷静。

神辉中那位红裙女子忽然转过身来，平静说道："如果昊天说你应该杀死我，你会怎么选择？"

隆庆皇子对她有一股天然的恐惧，对那个永远沉默站在她身后的木剑男子更是恐惧到了极点。然而听到这番话后，他只是沉默思考了极短暂的一段时间，便举起手中的剑刺了过去。

剑尖贯穿了红裙女子的身体，鲜血滴答滴答落下。

红裙女子赞赏望着他，说道："隆庆，现在你的心真的变得非常强大了。"

隆庆皇子指着自己胸口中那个透明的洞，面无表情说道："你看，我已经没有心了。"

荒原上，高大男子背对着宁缺问道："你以前是怎么选的？"

宁缺很严肃认真地回答道："我身在黑暗，心向光明。"

高大男子呵呵笑了起来，笑得前仰后合，抬起袖子擦拭了一下眼角，高兴说道："想不到隔了这么多年，居然又能看到一株在墙头随风招摇的野草。"

宁缺也开心地笑了起来，说道："您看，我就说不是一定要选择。"

高大男子渐渐敛了笑声，看着天上卷动的狂云，忽然问道："可如果天塌下来怎么办？"

"天怎么会塌？"

"如果？"

"那自然有个子高的人顶着……比如您这样的。"

"如果高个子挡不住怎么办？"

"那就逃呗？"

"天都塌下来了，你能往哪里逃？"

"这不是只是在设想如果吗？世界上哪有这么多的如果？"

"既然只是设想，你就随便答答又怕什么？"

宁缺怔怔看着高大男子的背影，虽然对方说只是想听他随便答答，然而不知道为什么，他却觉得自己不能随便回答，他看着越来越黑的天穹，忽然觉得无比恐惧。

荒原上的温度忽然降低，他身上的衣衫染了一层淡淡的冰霜。

高大男子叹息说道："要不然我们还是回到开始的那个选择？"

连心都没有了，自然不会再有恐惧。隆庆皇子代替了那个红裙女子的位置，沐浴在圣洁的神辉之中，秉持着昊天的伟大意志行走于天下，四处驱逐毁灭着黑暗。某一日当他行走到某片由金砾组成的沙漠中央时，那名在红裙女子身后沉默站了无数年的男人终于出现了，身后那柄木剑在灼热的金风之中微微颤抖。

隆庆皇子看着男人，沉默片刻后说道："从我做出第一个选择开始，我的命运便和昊天紧紧联系在了一起，你就算是世界上最强大的人，也不可能战胜昊天。"

一阵风卷起沙漠里的金砾，那把木剑刺透隆庆皇子的胸口。

隆庆皇子低头看着胸口的透明洞。那把仿佛能刺穿世间一切的木剑刚好从他胸口的洞中穿过，没有给他的身体带来丝毫损伤。

隆庆皇子胸口的透明洞里生出一朵黄金花，瞬间融化了那柄木剑。他抬起头来，看着在金风中逐渐虚化的男子剪影说道："你看，这就是我们的真理。"

说完这句话，他转身离开。

生命里最恐惧的敌人已经一一死去，隆庆皇子骄傲地行走在金砾组成的沙漠上。虽然已经没有心，但他依然骄傲，他知道从此以后在昊天的光明世界里，自己将是最强大最不可战胜的那个人，所有的黑暗看见自己的光辉便要远远避开。

不，所有的黑暗都必须被撕碎湮灭。

不知道过去了多少年，世上的所有的黑暗都被他湮灭，周遭再也没有什么敌人，没有什么罪孽，只剩下最纯洁的光明，无边无际笼罩四野的光明。到了此时，他胸口上的那朵黄金花已经变得十分巨大，已经快要遮住他的脸，即便以他的天启境界，也觉得重量有些难以负荷，只是他已经无法把这朵黄金花摘掉。

忽然他的心底深处响起一道悠远的声音。他不知道这道声音属于谁，但他知道这道声音说的话是真的。

"绝对的光明，就是绝对的黑暗。"

隆庆皇子沉默了很长时间，然后他把手摁在自己胸口那朵奇大无比的黄金花上，须臾之间，巨大的黄金花迅速缩小，变成一把金光灿灿的剑。

他痛苦地嘶吼一声，艰难地把金剑从胸口里拔出来，惘然四顾。模糊间，他隐隐看到天边飘着几张虚无缥缈的脸。

是那个背着木剑的男人。

是那个穿着红裙的女人。

是倒在花树下的心爱女子。

三张虚无缥缈的脸漠然看着他，似乎想要看他究竟会做出怎样的选择。

到处都是光明，到处都是黑暗。

向前一步将走进光明里继续自己的厮杀，然而那是光明啊……

隆庆皇子浑身颤抖站在沙漠之中，表情痛苦地扭曲起来，汗水如浆湿透全身。他低头望向自己的左手，望向那片翠绿的仿佛生命源泉一般的竹片。

荒原上的人忽然间消失了很多。宁缺看着面前老管事那张熟悉的脸，然后蹲下身去盯着儿时小玩伴的脸，看了很长时间后，忽然抬头冲着那名高大男子不满喊道："我还是不明白为什么一定要做选择。"

高大男子背着对他说道："都说了只是随便讨论一下，你何必这么严肃。"

宁缺站起身来，身上的冰霜簌簌落下，说道："我不选。"

高大男子回答道："有时候总有些事情是值得我们去牺牲的，牺牲就是一种选择。"

宁缺摇头说道："我又没做错什么事情，凭什么要牺牲？"

高大男子讶异问道："你没有愿意为之牺牲的人或事吗？"

宁缺皱着眉头想了很久，犹豫回答道："好像没有。"

高大男子说道："但很久以前你曾经做出过选择。"

宁缺看着身旁的老管事和儿时玩伴，说道："那是牺牲别人。"

"牺牲别人也是一种选择。"

宁缺承认："是的。"

高大男子把吃剩下的半根猪后腿重新挂到那名屠夫的背后，说道："那你再选一次。"

夜色还是夜色。

温度还在一点一点地降低。

宁缺惘然地看着逐渐逼近的黑暗，霍然回首望向云后那团骤放光明的所在，感受着里面传出来的无尽威压，身体被一股前所未有的恐惧占据，身上衣衫上的冰霜逐渐凝结成甲。他不知道自己该选择哪个方向。他孤单地站在天地间，显得那样渺小。

老管事和儿时小玩伴站在他的身前，彼此的目光隔着透明的冰片相触。他握紧了手中的翠绿竹片。

书院前坪，所有人都在沉默等待着登山的最后结果。

如骤雨般的蹄声打破了书院压抑的安静，颜瑟带着桑桑面无表情走了下来，识得他身份的人骤然一惊，纷纷起身相迎。这位昊天南门最强大的供奉，便是在西陵神殿之上也有自己专属的座椅，地位远在天谕院副院长莫离之上，谁也不敢有丝毫怠慢。

书院教习和学生们稍后便知道了这位猥琐老道的身份，讶异看着那边窃窃私语，想不明白为什么如此深夜，又是登二层楼的关键时刻，这位大人物会忽然来到书院。

包括亲王李沛言和公主李渔在内，没有任何人知道颜瑟此行的目的。颜瑟当然也不会愚蠢到向众人解释其中原因，沉默与值得他见礼的诸人一一见礼完毕，便坐到椅中闭上双眼开始养神，枯瘦的手掌不时在椅背上拂过，稍微显露出几丝紧张。

众人虽然好奇这位高高在上的神符师为何前来，但既然他不说，自然也没有谁方便去问，略一沉默之后，便有人又开始轻声议论起山顶的动静来。

绝大多数人惊叹于宁缺隐藏了如此强大的实力，但依然坚定地认为，能够获得最后胜利，成功进入书院二层楼的，必然还是隆庆皇子。

颜瑟身为神符师，境界何等高妙，议论的声音再轻微，他也能清清楚楚地听到，想着宁缺那小子居然真的想进二层楼，甚至只差一步便真的要进二层楼，那自己苦苦寻觅了半辈子的传人岂不是要变成镜花水影，心情不由糟糕到了极点。

便在这时，莫离神官淡然说道："我西陵一脉从不认为皇子会输给任何人。"

"宁缺这小家伙我倒知晓一些，若要说旁门左道确实有些水准，可若想要进二层楼……"颜瑟重重一拍案几，厉声喝道，"那是万万不可能的！"

此言一出，众人大惊，均自想着大唐昊天南门向来与西陵神殿面和神离，甚至可以说离心离德，但为何今夜在如此重要事务之前，颜瑟竟会站到西陵神殿一边？要知道这位可是大唐国师的师兄，难道他的这番表态有什么重要含义？

颜瑟哪里想到自己的真心话会惹来众多猜测，气鼓鼓地揪着颔下胡须，不肯再发表任何看法。李沛言看着身边的老道人，蹙眉想着，莫非是皇兄在宫里知道今日二层楼开启一事出了宁缺这个变数，所以特意派颜瑟过来表明态度？

便在这时，又有一辆马车疾驶而入，从车上走下来的人又惹来好一番议论。李渔看着那名慈眉善目的太监总管，蹙眉问道："老林头，你这是来做什么？"

大唐皇宫太监副总管谦卑一笑，说道："禀殿下，奴才奉陛下的旨意过来看看。"

李渔招手示意他上前，压低声音问道："这是闹什么玄虚？"

林公公低眉顺眼轻声说道："陛下想见一个人，所以让奴才在这儿候着。"

"父皇要见谁？"李渔惊讶问道。

林公公微笑说道："一个书院学生。"

说完这句话，林公公看见了坐在旁边的颜瑟，神情骤然一冷，说道："颜大师，不知道你为什么会出现在这里？"

颜瑟没好气瞪了他一眼，说道："我要到哪儿，需要向你报告？"

林公公皮笑肉不笑说道："奴才只是一个太监，哪有资格管一位神符师去哪儿？只是陛下有句话要我带给您。陛下说，国师大人十几年前在香坊外面算命骗了他几百两银子，现如今陛下欣赏的人才，国师大人居然也敢隐瞒不报，这件事情陛下等你们在南门做个交代。"

颜瑟听着这话愣了愣，陷入苦苦思索。他震惊想到，莫非陛下也知道了宁缺的本事，想要和自己抢徒弟？这可如何是好？现如今有可

189

能要和书院争人，已经令他极为为难，难道还要再和大唐天子先争一轮？师弟说随便整，这个随便里难道还能包括陛下不成？

场间众人有意无意间看着这两位突然到来的大人物，颜瑟神符师自然不需再提，那位林公公可是陛下最信任的太监总管，此时竟是带着陛下旨意来此，又是怎么个意思？

桑桑跟着颜瑟进了书院，根本没有人注意到她，不知何时她便离了前坪，悄无声息顺着书院建筑间的幽巷，向后方走去。她走过那片湿地，走过灯火全熄的旧书院，走过那片密密的树林，走过那片罕有人至的草甸，一面看着书院景致，一面与宁缺平日里的讲述做着对照，心情平静而温暖。

终于走到了剑林之中，她扶着光滑的树干，抬头眯起那双柳叶眼看了看极高处挂着几串疏叶的林梢，然后择了块稍干净些的地面坐了下来，怀里抱着大黑伞，仰脸望向山顶。山间的云雾依然极其浓厚，视线根本无法穿过看到山顶，但桑桑靠着树干，抱着大黑伞就这样静静地看着，因为她知道少爷这时候正在山顶，正在经历最关键的一次考验。

忽然间，一阵狂风从剑林外劲吹而入，带起无数草屑石砾，击打在树干上啪啪作响，甚至把坚硬的树皮都掀了起来，桑桑惊恐地躲到了树后，撑开大黑伞遮住了自己瘦小的身躯。肮脏陈旧的大黑伞外，狂风围绕着剑林不断肆虐，石砾像箭矢般击打在伞面上，发出嘭嘭的巨大声音，如同战鼓一般令人心绪激昂，又万分悲壮。

狂风之中，剑林里有十几棵树被连根拔起，带着泥土飞向深沉的夜空之中。

如同十几把凛然刺向夜空的剑。

溅着乌黑的血水。

长安城万雁塔上，国师李青山望着黄杨僧人哈哈笑道："今天打西边来了个和尚……"

黄杨僧人微笑说道："情僧悟道，不至于让你如此喜悦。你今天的心情看起来非常不错，能不能告诉我这是为什么？"

李青山站起身来，轻拂道袖感慨道："今夜之后，我昊天南门便会多出一位年轻的天才，十余年后，我南门便会多出一位神符师。你说这件事情可值得喜悦？"

黄杨僧人双手合十，真诚赞叹道："如此这般，着实令人欣喜。"

忽然间，李青山眉梢剑般挑起，疾步走至塔畔，看着南方那片宁静的夜空，悬在袖外的右手颤抖起来，指尖不停屈伸计算。

黄杨僧人走到他身旁，困惑望向那边，说道："这次二层楼开启怎么闹出了这么大的动静？"

李青山身体骤然僵硬，神情黯淡说道："抢不到了……夫子，真是有好几层楼那么高啊。"

书院那片席卷剑林的狂风局限在极小的范围内，异常神奇地没有影响到周遭的环境，除了山顶那位二师兄、前坪的神符师颜瑟，便只有国师李青山和黄杨僧人这等已经迈入知命上境的大修行者能够感应到。

长安城里的百姓更是对此毫不知情。此时夜色深沉，绝大多数人都已经沉沉睡去。临四十七巷那面灰墙上渐渐浮现出几抹血渍，刚刚修复的春风亭下水道里的污水忽然泛起了血红的光泽，临湖小筑与东城铁匠铺的后院，前将军府外残破的石狮与曾静大学士府的柴房里，那些经年的血渍渐渐浮现，然后迅速湮灭不见。

无边无际的光明威压之前，隆庆皇子捏碎了翠绿的竹片，然后他面无表情仰首望去，发现自己果然还是站在书院后山山顶，站在崖畔那方巨石之下，根本未曾走上石径一步。

夜风吹拂他的衣衫，迅速将那些汗水吹散，他沉默了很长时间，向草坪方向退了几步，然后再次抬头望向崖畔那方巨石上方，发现那里没有任何人的踪迹。

冰冷的荒原上，宁缺仿佛感觉到了一些什么。

"你们都知道，这种选择对我来说并不难。"他大声对高大男子说道，对身前的管事与儿时小玩伴说道，对天上的光明与黑暗说道。

说话的时候，唇上挂着的冰凌啪啪断裂落下。

他眨了眨眼，遮住视线的透明冰片寸寸迸裂。

他举起右手，更多的霜甲哗啦啦脱离衣衫。

然后他扔掉手中那块翠绿的竹片，重新握紧长刀，用力挥下。事隔多年，他再一次杀死了身前的老管事和儿时玩伴。

"我的伞是黑的。她的脸是黑的。从小到大，我做的事情都是黑的。但这不代表我认为自己是错的。既然我没有错，就不需要认错，更不需要赎罪。"

宁缺看着云后那抹越来越亮的光明，感受着那处越来越强大的威压，说道："就算你认为我是错的，我也不在乎，因为你的想法关我什么事呢？"

他往脚下狠狠吐了口唾沫，把长刀扛到肩上，义无反顾向着荒原那头的黑夜走去。

高大男子看着他的背影，沉默不语。

走进黑夜里，便走进了星光里。宁缺站在崖畔巨石上，站在书院后山的最高处，平静看着身前的景致。夜穹上的繁星洒下的星光，落在脚下空中缓慢流淌的云上，将周遭照耀得犹如白昼一般。虽然此时还是深夜。

他看了远远站在石下的隆庆皇子一眼，没有说什么，回头继续沉默望向身前的万年的星光与崖壁，刹那的星光与流云，沉醉在春夜的山风里。

只有登临绝顶，才能看到如斯美景。

"这个世界是公平的。"他抬头向远处望去，只见繁星之下的世界边缘，隐隐能够看到山脉破开云层露出的绝峰，不知道是岷山还是什么山。

十七载颠沛流离，生死相见，才终于迎来此刻，怎能不思绪万千。

刹那时光里宁缺想起了很多过往，想起那些在山道上已经重复过一遍的岁月，然而这些感慨，最终说出口时，只汇聚成了最真诚最简单的一句话。

看着用言语难以形容的绝顶风光，宁缺大笑了起来。他笑得身体乱抖，笑得涕泪横流，笑得声音都有些发颤。

然后他抹掉泪水和鼻涕，认真说道："真他妈好看。"

31

大青树下的人们看着巨石边缘面对绝顶风光傻笑的少年，纷纷被勾出无限感触，沉默微笑不语。只有二师兄依然严谨一丝不苟而坐，还有一个头发花白的老书生手里捧着一卷旧书在看，似乎身周发生的所有事情都和他没有任何关系。

悠扬清远的洞箫声响起，男子拿起搁在膝上的长箫微笑而吹；紧接着是铮铮颇有幽古之意的三弦琴声；七师姐用手指拈起细若牛毛的绣花针，在山风中轻轻一划，针尖高速颤抖起来，发出一道类似金属乐器的清鸣；壮汉举起沉重的铁锤，猛地向地面砸去，砸出轰然一声，正好精妙至极落在乐曲当中需要激昂处的那个节点上。

箫声琴声针声落锤声，混在一起便成了一首颇具古风的曲子，从青树之下悠扬散开，笼罩住书院后山顶崖，催动崖间浮云缓缓流淌，催得山松微微招摇，似在迎客。

站在巨石上方的宁缺听着飘进耳中的古曲，回头望向大青树下，看着那些形容各异，却都带着温和笑容的男男女女，看着树下陈皮皮的身影，知道这些人便是书院二层楼的师兄师姐们，他们正在用这种方式表达对自己的欢迎，不由心生温暖的感觉。

温暖的感觉在胸腹间迅速化为火辣，他两眼一黑，就这样倒了下去。

隆庆皇子沉默站在巨石下方的草坪上，仿佛根本没有听到这首动人的古曲。那张犹若春日桃花的年轻面容依旧完美，只是头发不知何时已经散开，带着汗水微湿凌乱披在肩头。他抬起头来，说道："也许说来有些可笑，欠缺了些风度，可我真的不服。"

不知何时，二师兄在那首古曲中长身而起，来到了草坪之上。他看着隆庆皇子的脸，看着对方眼眸里的两抹幽光，平静说道："如果我是你，我也不服。"

隆庆皇子沉默片刻后说道："如果做到了灭情绝性，还是无法看破选择，那谁能看破？"

二师兄看着他，面露淡淡怜悯说道："灭情绝性，说明性情之中本来便有恐惧，无论是对选择还是别的。我虽不知道你们先前看到了什么，经历了什么，但我大概能想到宁缺和你的不同，他的性情之中本无恐惧，所以不需要像你这般艰难地抹去本心。"

隆庆皇子盯着他的眼睛，带着强烈的不解问道："恐惧本就是人的天性，只要是人就一定会恐惧，宁缺他也是人，他的性情之中怎么会没有恐惧的存在？"

二师兄沉默了很长时间，似乎觉得这个问题确实有些令人疑惑，摇头说道："或者这是小恐惧与大恐惧的区别，你们都能战胜本能里的小恐惧，但若是生死之间、昼夜之间的大恐惧，情形便又不一样。"

隆庆皇子听懂了这句话，眉梢猛然飞起，问道："你是说宁缺没有信仰？"

二师兄回答道："也许如此。"

隆庆皇子怔了怔，旋即自嘲伤感一笑，喃喃说道："因为信仰过于坚定，所以输给了一个万行绝对以己为先、没有任何信仰的人，这叫我如何能够服气。"

二师兄沉默片刻后说道："宁缺或许也有信仰，只是那份信仰在他的心里藏得太深，石径上的幻境无法激发出来，甚至有可能连他自己都不知道他心中真正的信仰是什么。"

这时候，陈皮皮背着昏迷中的宁缺，气喘吁吁地从巨岩上艰难地走了下来，每走一步他脸颊上的肥肉便会轻轻颤抖，像极了湖里的波纹。他很清楚宁缺是因为今日精神世界受到的冲击太大，身体消耗剧烈，而最后成功登顶放松得又过于突然，所以才会昏厥过去，所以如大青树下面容宁静的师兄师姐们一样，并不是太过担心。

隆庆皇子看着陈皮皮的背影，听着青树下方隐隐传来喊小师弟拿水的声音，眼瞳微缩，想起掌教大人和那个女人偶尔提起的某个人，不可置信问道："这……就是他吗？"

二师兄看起来根本没想过隐瞒陈皮皮的身份，点头说道："就是他。"

隆庆皇子怔怔看着那个被到处使唤的胖子少年，想起掌教大人和那个红裙女人提起他时的唏嘘惆怅或是怒意，实在有些难以适应传说与现实之间的反差——被掌教大人感慨比那个人还要有天分的观中少年，在书院二层楼里只是一个不起眼的小师弟！看着眼前的画面，他忽然发现自己今日的遭遇也并不是那般黯淡和难以接受，沉默片刻后叹息说道："像他这样的真正天才，在书院二层楼中居然也要被你们使唤来使唤去，我起始还想着登山之后能一举进书院，现在看来真是愚蠢得狂妄。"

"真正的天才到哪里都是天才。"二师兄顺着他的目光望向青树处，说道，"他在观里既然是天才，在我书院后山当然也是天才，虽然比我当然还是要差上不少。你也不用过于失望，其实你今天的表现已经非常不错，如果不是宁缺比你多了两分天时地利人和还有幸运，我现在应该会很高兴地在后山迎接你。"

隆庆皇子叹息一声，长揖为礼，转身向山下走去。

书院前坪的安静早已经被一阵类似野蜂飞舞的嗡嗡议论声所取代。那些高高在上的大人物们依然保持着矜持，普通的官员和教习学生却早已无法压抑心中的兴奋与好奇，急切盼望着今日二层楼登山的最后结果，想知道究竟是谁取得了胜利。

负责主持书院二层楼开启仪式的教授先生缓步走了出来。他脸上的表情着实有些奇怪，似乎很欣慰，又有些震惊，似乎想笑，却好像因为某些事情又有些担忧。

包括书院诸生在内，今日没有几个人知道这位教授先生的身份来历。但今日此人主持了整整一日登山，身份之尊贵可想而知，众人几番打听终于知道他是位隐身书院清修的神符师，哪里还敢造次，此时看到他现身石阶前，顿时停止了议论。只是看着教授先生脸上复杂的神情，众人心中难免再掀波澜，总觉得好像有什么出人意料的事情将要发生。

"黄鹤儿，你在那儿磨蹭什么？"场间唯一敢用这种语气对教授先生说话，敢直接喊出他的名字，甚至还要刻意带上一个儿字的人，自然只能是大唐昊天南门神符师颜瑟。无论是境界辈分还是年龄，他都要在黄鹤教授之上，而且他心情本就有些焦虑，看着此人磨蹭，语气难免有些生硬不耐烦。

"今日书院二层楼招生一事已经有了结果。"黄鹤教授不愿与颜瑟这位出名惫赖的神符师争执，看着石坪上的人群缓声说道。

忽然间颜瑟想到某种可能，霍然站起身来，伸手阻止道："不忙说！"

眼看着等待了一日一夜的大戏便要收场，终于能够知道男主角摘下银面具后的真实相貌，却再次被人生生打断，书院前坪上的人们纵使无比敬畏颜瑟的神符师身份，终究还是发出了一阵嘘声——法且不能责众，神符师再厉害也总不可能把场间上百人全给灭了。

黄鹤教授毫不客气瞪了颜瑟一眼，心想催也是你在催，这时候又让自己不慌，这是在闹什么玄虚，无奈问道："为什么？"

颜瑟冲上石阶，大义凛然说道："书院二层楼开启是何等大事，夫子虽然去国游历不在京中，但你们也不能这样敷衍了事。要宣布结果之前，是不是应该先沐浴更衣，焚香祭天一番？"

台下的嘘声顿时变得更加猛烈，就连亲王李沛言和李渔都忍不住看了这个老道两眼。

颜瑟听着台下的鼓噪声，纵使脸皮皱厚若老树硬皮，也不禁感到有些发烧，然而对传人的饥渴终究还是战胜了他本来就不多的羞耻心，狠狠冲着台下喊道："谁敢说我说得不对，站出来和我单独理论！"

台下顿时变得鸦雀无声，无论是莫离神官还是那些面露不悦的书院博士教习纷纷转过脸去，均在心中暗自想着：和你这个修炼成精的高辈神符师单挑？我们又没有发疯。

黄鹤教授不悦看着他说道："颜师叔，你究竟想做什么？"

天下神符师极少，他们之间的师辈排序和各自宗派无涉，而是另一套简单又复杂的体系。此时黄鹤教授问颜瑟究竟想做什么，其实颜瑟大师此时想的事情很简单：如果书院宣布的结果是宁缺登顶成功，如果这个结果在第一时间让石坪上所有人听到，然后传遍天下，岂不是成了定局？那我和师弟还能用什么法子抢人？

不顾书院前坪所有人恼怒的目光，颜瑟拖着黄鹤教授进了一间书舍，跟他们一起进入书舍的都是有资格参与此事，或者说有力量改变最终结果的大人物。

莫离神官表情有些惘然，他觉得自己刚才肯定是听错了什么。于是他向身旁的亲王殿下投予询问的目光。

李沛言的神情也有些怪异，他觉得自己应该没有听错，那就只可能是黄教授宣布时读错了。为了确定自己的想法，他望向身旁的侄女。

李渔清秀的面容上没有任何表情。虽然她曾经无数次猜想过，在今天这漫长的登山时光里甚至无数次期盼过这个结果，但当这个结果真的出现时，依然对她的世界造成了剧烈的震撼，令她短时间内难以回过神来。

莫离神官的目光在几位大人物脸上缓缓拂过，所得到的回应都是他最不想看到的那种，他缓缓站起身来，有些惘然看着黄鹤教授，疑惑说道："你说登上山顶的是……宁缺？"

黄鹤教授轻轻点头，说道："确实是宁缺。"

莫离神官身体僵硬站在椅边，很长时间都说不出一句话来。

身为西陵神殿天谕院的副院长，今次他奉掌教之命率领使团访问大唐长安城，最主要的目的便是履行两国之间的秘密协定，把隆庆皇子送入书院二层楼。

对于书院，莫离神官没有丝毫好感，在他看来，像隆庆皇子这样的天之骄子，根本没有必要进书院二层楼进修。但既然这是神殿的安排，而且整个世间现在都知道隆庆皇子要进书院二层楼，那么他便一定要进去，因为这代表了西陵神殿的荣耀与尊严。

然而谁能想到，经过了如此漫长的等待，最终进入二层楼的却不是隆庆皇子而是另有其人！

想到这件事情如果传回西陵，掌教暴怒之下自己可能遭受到的惩戒，想到整个世间亿万昊天道教徒可能会因为这件事情对神殿的敬畏有所动摇，莫离便觉得从头到脚被冰水洗过一般，由内而外散发着刺骨的寒意，喃喃说道："不可能，不可能。"

忽然他抬起头来，冲着黄鹤教授愤怒挥手抗议道："一个普通书院学生怎么可能战胜隆庆皇子！皇子只差一步便要迈入知命，那个学生又算是个什么东西！书院肯定做了手脚！"

如果让书舍外面那些还在等待着结果的人们知道了这个结果，大概也会生出和莫离神官相同的看法。要知道今日和隆庆皇子竞争的并不是那位知命以下无敌王景略，而是一个籍籍无名甚至事先没有任何人知道他能修行的普通书院学生，这种人怎么可能战胜隆庆皇子？

田鼠能够战胜苍鹰？蚂蚁能够战胜雄狮？绣花娘子能够战胜夏侯大将军？宁缺能战胜隆庆皇子？不，这些都是不可能的事情。除非上苍让苍鹰折了翅膀断了尖喙，除非上苍让雄狮提前变成一堆腐肉，除非皇后娘娘把绣花娘子许配给夏侯大将军当正妻，除非书院暗中作弊！

书舍里的大人物们同时把疑惑询问的目光投向黄鹤教授。黄鹤教授强行压抑住心中的怒意，面无表情解释道："据我所知道的情况，隆庆皇子在登山中表现非常优秀，如果放在往年，绝对能够轻松进入书院二层楼。只是你我皆知，今年二层楼只招一人，而宁缺确实是在最后一刻比皇子先行登上山顶。"

莫离神官失魂落魄坐回椅中，忽然看见身旁的亲王李沛言，仿佛抓住最后一根救命稻草，说道："殿下，按照先前的协议，皇子接替燕太子入长安城，是要进二层楼的，如果不是给夫子当学生，我西陵神殿怎么会让皇子离开裁决司？如果书院找理由不收，那……"

李沛言眉头微皱，感觉十分为难。

大唐皇室对书院向来礼敬有加，极少干涉。只是隆庆皇子以西陵神殿裁决司第二号人物的身份入长安城为质，双方确实达成过暗中的协议，皇帝陛下对这份协议也表示了认可。然而无论是西陵神殿方面，还是大唐帝国皇室，没有任何人能想到，居然有人能够战胜隆庆皇子抢先进入书院二层楼，所以根本没有想到过会如眼前这种局面。

李沛言望向黄鹤教授，犹豫片刻后说道："我看这件事情还是从长计议吧……"

黄鹤教授面无表情。

李沛言望向颜瑟和一直沉默坐在角落里的林公公，心想陛下和南门让你们两个人过来专门等着看结果，自然负有监察之责，到了这个时候，你们总要发表意见，选择立场才是。

感受到亲王殿下投来的目光，林公公起身微笑向众人解释道："陛下让我来书院的目的是接人，与诸位大人议论的事情无关，我自然不能代宫里发言。"

"我表达一下意见，我坚决反对宁缺进入二层楼。"颜瑟吹胡子瞪眼道，"用屁股想也能知道，那个家伙怎么能比隆庆皇子强？他怎么可能比隆庆皇子更早登上山顶？书院方面……肯定有问题。"

黄鹤教授脸色一沉，看着他说道："颜师叔，你我熟归熟，但还是要证据。"

颜瑟瞪着他说道："书院有证据说自己没作弊？"

黄鹤听着他蛮不讲理的话，恼怒说道："师叔，你是不是又要开始耍赖了？"

"我就耍了又怎么样？"颜瑟挑弄着猥琐的三角眼，嚷道，"反正夫子又不在长安城。"

书舍里的大人物们看着颜瑟慷慨激昂表示反对，均自愣住，联想到先前在石坪上的几番表态，不由暗自琢磨昊天南门今天究竟出了什么状况，竟会如此力挺西陵神殿方面。

莫离神官看着颜瑟也自觉着奇怪，心想去年这老道回神殿时把天谕院院长好生羞辱了一番，甚至还和大神官大吵了一架，今日却如此回护有加，莫非是对隆庆皇子动了惜才之念？

黄鹤教授冷冷看着颜瑟说道："师叔，虽说你地位尊崇，辈分又高，但这毕竟是书院的事情，所以你再扯着脖子反对，也没有任何用。"

颜瑟扯着脖子怒斥："书院是天下的书院，天下人皆有理由提出质疑和意见！书院是大唐的书院，我身为大唐人更有资格表示反对！你说反对无用，可我还是要反对！宁缺就是不能进二层楼！"

不知何时，李渔悄无声息走出了书舍，来到了书院前坪。

一名官员站在她的身后，他刚刚从殿下处得知了今日登山的最后结果，顿时震惊得张口结舌，旋即他想起去年正是自己进谏殿下，认为宁缺此人并无培养前途，心中不禁大生悔意。

"今夜之后，无数人都会去查宁缺的底细，肯定会查到去年他护送殿下返京一事。"为了弥补曾经犯下的错误，官员开始快速思考布策，不赞同地说道，"无论如何，宁缺毕竟与我们这方相对亲厚些，既然如此殿下就应该留在书舍里，确保他能真的进二层楼。"

李渔淡淡嘲讽说道："里面那些人比我年岁都长，见识的事物比我都多，却忘记了一些最简单的事情。书院开二层楼是替夫子收学生，宁缺能够率先登顶，那便是夫子选择他做学生。既然如此，里面那些人吵再久吵再凶也没有任何意义。"

她抬头望向书院后方那座高山，想着山顶那个少年此时应该处于何等样的兴奋欢愉之中，又想起去年春天那条充满杀戮的归途，想起自己招募对方却被拒绝的往事，眉宇间不禁流露出几抹迷惘怅然之色，喃喃说道："当时我本以为已经足够看重他，给予的诚意代价也已足够，现如今看来，才明白他当初为什么会拒绝我，终究还是未能真正看穿他啊。"

那名官员看着殿下脸上神情，猜到她在怅然何事，低声宽慰说道："殿下待他那位小侍女亲厚，听闻他与那小侍女感情颇笃，如此一来，无论何时何事，宁缺总要念殿下几分恩情。"

"这是两回事。"李渔蹙眉摇首，沉默片刻后忽然缓声说道，"当然，现在可以变成一回事。"

书院前坪里的人们竖着耳朵，想要听房间里的大人物们在议论什么，想要知道究竟是谁最先登上山顶，谁能进入书院二层楼。有很多人注意到公主殿下很早就离开了房间，安静地站在不远处的地方，忍不住开始偷看她脸上的表情，想要从她的眉眼间猜到事情的真相。司徒依兰这样与公主关系亲密的人，不需要隔着极远的距离察言观色。

她直接走到李渔身前恭敬一礼，然后紧张望着李渔，声音微颤问道："殿下，究竟谁赢了？"

李渔看着书舍方向，听着里面隐隐传来的激烈争执声，忽然间细眉微挑，脸上露出一丝颇堪捉摸的笑容，决定快刀斩乱麻，提前把这件事情定下来。

"他赢了。"

只是简简单单的三个字，并没有提到获胜者的名字，司徒依兰却理所当然听懂了李渔想要表达的意思，抬手掩嘴把那声难以置信的惊呼挡了回去，闪亮的眼眸里满是震惊与喜悦。惊呼声终究无法一直被手掌遮住，少女惊喜的欢呼打破了书院夜晚的宁静，她兴奋地跳了起来，笑着向人群跑去，牵住女伴的手拼命地摇晃。

此时此刻，不用司徒依兰再说任何话，所有人都知道了最终的结果，石坪上一片死寂沉默。

钟大俊脸色铁青，喃喃颤声说道："怎……怎么……怎么可能是他？"

谢承运的身体微微一晃，倔强地站直身子。

啪的一声轻响，褚由贤手里最后剩下的那点糕点尽数摔落在地板上。他呆呆望向书院后方的高山，狂喜想道，自己居然结识了这样一个了不起的家伙，如果让父亲大人知道，他还敢说我平日在书院里结识的尽是些狐朋狗友吗？爹，你这次可错大发了！

石坪上鸦雀无声。

便在这时，一声愤怒的暴喝从书舍里响起："宁缺修为那么差，怎么能让他进二层楼！"

这声暴喝让钟大俊从巨大的精神打击中勉强醒了过来，他仿佛抓住了最后一把尖刀，挑起眉毛颤声快速说道："你们听听，你们听听，那是颜瑟大师在说话……"

"他说宁缺修为差，不能进二层楼，颜瑟大师，那可是颜瑟大师啊，听说他是传说中的神符师，还是我大唐国师的师兄，连他老人家都这样认为，那谁敢肯定宁缺一定能进二层楼？"

钟大俊转过头来，瞪着司徒依兰颤声道："你听见没有？事情并不是你想的那样。"

书舍内，颜瑟脸色铁青吼道："看见没有，这是我昊天南门的令牌，我今天说的话便代表整个昊天南门的态度，我想无论是西陵神殿还是皇帝陛下，这点尊重总还是要给的！"

黄鹤教授像看着白痴一样看着他，沉默很长时间后皱眉问道："师叔，你今天究竟来书院是想做什么？你能不能把你的要求直接提出来，然后我们看看能不能商量？"

"哈……"颜瑟迅速变脸，眉开眼笑指着黄鹤说道，"这可是你自己说的商量，如果待会儿没商量出一个让我满意的结果，我可是不依的。"

黄鹤教授欲哭无泪看着这位大概在长安城里辈分最高的神符师，摊手说道："你先说。"

颜瑟咳了两声后说道："说起境界修为，宁缺比隆庆皇子差得太远，但说起一些旁门左道的本事，他勉强还算有些培养潜质。所以我觉得他不适合进书院二层楼，更适合当我的徒弟。"

这段话他已经说得尽量平淡，神情尽量自然，然而却依然让书舍里的大人物们骤然变色，黄鹤教授瞪着眼睛向前踏了一步，莫离神官更是吃惊地站起身来。

"你是说……宁缺有成为神符师的潜质？"黄鹤教授盯着他问道。颜瑟看着他的神情，心中大感后悔，暗道自己已经忍了这么长时间，怎么偏生在这关键时刻没有忍住，遂即决定破罐子破摔，冷哼一声说道："是又如何？他是我先看中的。"

在这个世界上，神符师的传人就像是传说中的凤羽一样罕见而珍稀，无论是对神符师本人还是他所属的宗派而言，都太过重要。此时听到颜瑟确认此事，室内诸位大人物再也无法保持镇静，莫离神官抢前几步，愤怒盯着颜瑟说道："师伯！既然发现了有潜质成为神符师的人选，你为什么没有第一时间通知神殿！"

"废话，先通知你们，还有我喝的粥饭？"颜瑟一瞪眼睛说道。

现在轮到黄鹤教授眉开眼笑了，他看着颜瑟感激说道："师叔，你觉得我们书院知道了这件事情，还会把宁缺放走吗？"

颜瑟勃然变色，指着黄鹤大怒咆哮道："好你个无耻小人！先前如果不是你说可以商量，我何至于把这件事情告诉你们！"

想着今日书院二层楼多了一位新学生，而这新学生日后甚至可能成长为一位神符师，黄鹤教授大感欣慰，得意道："商量自然是有商有量，如果所有商量都有预先结果，那何必商量。"

颜瑟怒道："你无赖无耻！"

黄鹤笑道："向师叔学习。"

颜瑟须发狂喷，大怒厉声喝道："我颜瑟半生就觅着宁缺这么一个良材，谁要敢与我抢这徒儿，我必与他势不两立，哪怕粉身碎骨，也要将他挫骨扬灰！"

黄鹤摇头大笑道："师叔这话好生狠辣，师侄若不是背后有整间书院，或许真的……会怕啊。"

"我颜瑟半生……宁缺……良材……徒儿……势不两立……挫骨……扬灰。"

神符帅颜瑟暴怒之下的话语，仿佛雷声一般传出书舍，在书院石坪上炸响。

雷声过后，书院诸生如遭电击，痴痴傻傻站在石坪之上，完全不知该如何言语。

褚由贤看着脸色苍白的钟大俊，同情叹息说道："我要是你，就去灶堂捡块过夜的酸臭豆腐撞死算了，这样不会浪费新鲜豆腐，味道又和你破嘴说出的酸话很投机。"

32

神符师颜瑟现在的心情很糟糕。他盯着身前的黄鹤教授，寒意逼人说道："反正宁缺你们书院不能要。"

黄鹤教授眉梢微挑，嘲弄道："师叔都能看中那小子，我们书院凭什么不要？"

颜瑟大声吼道："那小子天生适合修神符之道，这满天下除了我还有谁够资格当他老师？"

黄鹤教授轻蔑一笑说道："只有神符师才有资格当他老师？那也罢，我们书院别的厉害人物挑不出来，两三个神符师总还是能找出来的。"

他说这句话时的语气，就像是说自家后园里总能拔出两三根青萝卜一般。神符师确实尊贵罕见，然而书院终究不是普通地方，甚至他本人便是一位神符师。书院的底蕴之深，除了西陵神国，谁能与之一较高下？

颜瑟顿时语塞，耍赖说道："反正是我先瞧上的，你们别想着抢。"

黄鹤叹息说道："师叔你德高望重，不要总耍赖成不成？"

颜瑟呸了一口，怒道："你看看师叔我这样子，天天泡青楼抱姑娘，我浑身上下每根毛孔里都透着'猥琐下流'四个字，你从哪儿看到我德高望重了？"

"就算师叔你今天豁出去不要这张老脸自卑自贱，也没有任何用处。"黄鹤教授看着他认真说道，"皇帝陛下可能会吃您这套，国师大人会吃您这套，甚至我想西陵神殿的掌教和大神官也吃您这套，可我们书院是绝对不吃的。"

书舍里的对话看上去似乎有些荒唐可笑，然而发生在两位神符师之间的争执，再如何像地痞流氓，因为他们的身份必然会显得分外紧张，房间里的气氛骤然压抑起来。

便在此时，亲王李沛言忽然微笑说道："其实这件事情有什么好争的呢？依我看来，宁缺的修为既然只在不惑之境，远不如隆庆皇子，那么便让隆庆皇子进二层楼，让颜瑟大师收宁缺为徒。如此一来，帝国和西陵神殿都满意，颜瑟大师也满意，宁缺依然还保留着书院前院的学生身份，那书院便等于同时拥有了两名极有潜质的学生，如此结局岂不是相当完美？"

黄鹤教授听着这番话，微微一怔，总觉得听上去有些道理，可哪里又有些不对。

李沛言看着他温和说道："如果书院方面限于制度，不便做出这个决定，可以让宁缺自行退出嘛。只要他自己放弃进入二层楼的资格，世间又有谁敢对书院说三道四？"

黄鹤教授皱眉说道："宁缺凭什么要放弃？"

李沛言没有马上回答他的问题，而是转向颜瑟大师微笑问道："大师，本王想知道，若宁缺成为你的徒弟，进入昊天道南门清修，你与国师准备如何待他？"

"自然是视若子侄，倾囊而授。"颜瑟毅然回答道。

李沛言望向黄鹤教授，笑着摊手说道："我们都知道国师先生并没有什么杰出弟子，颜瑟大师更是传承无人，如果宁缺进入昊天道南门，只需他自己用心修行，加上两位大师的悉心培养，说不定他便是我大唐帝国未来的国师，如此光明前途，他凭什么不愿意？"

黄鹤教授终于明白先前心里那个疑问从何而来，袖中双手微微一紧，盯着亲王殿下的眼睛，暗自想着殿下这招着实狠辣，如果宁缺真的被未来大唐国师的名号所诱惑，决意自行退出书院二层楼，那书院又有什么道理去与昊天南门抢人？

先前一直是颜瑟在以退为进，此时风水轮流转，便轮到书院方面必须以退为进，争取时间思考应对方式，黄鹤教授不容置疑说道："不管宁缺什么意见，这件事情必须征询一下书院所有教习的意见，不然此事岂不成了儿戏？"

初晨时分，天刚蒙蒙亮，宁缺揉着眼睛醒了过来。看了一眼窗外微光，默默一算便知道自己并没有昏迷太长时间。他起身走到桌边，举起那壶凉茶咕嘟咕嘟灌进去大半壶，精神顿时为之一振，看了一眼四周，发现这应该是书院的寓舍。

走到门口，伸手将木门缓缓推开，熹微的晨光从狭窄的门缝里穿进来，照入他的眼眸，令他忍不住眯起了眼睛，忽然间他醒过神，看着那道晨光，像傻瓜一般站在门口无法动弹。

那条漫长的山道，那些从正午到暮时到深夜的艰辛攀登过程，那些不断重复的悲欢离合人生片段，那片黑色的荒原和奇异的梦境，回到他的脑海之中。

"我……登上了山顶。"

"我……进了二层楼。"

宁缺怔怔看着门缝里的晨光，这才反应过来自己经历了什么，自己做到了什么，一时间不由呆住了，脸上露出惘然的笑容，似乎连笑容都不敢相信这一切就这样发生。

想起昨夜登上巨石的最后一步，想到荒原上的那次痛苦选择，他忍不住笑着摇了摇头，心想那不知道是谁设置的幻境，竟然让自己这样一个世俗小子去做那般玄虚的选择，这就像是让屠夫去思考哲学问题，即便能说出正确的论点，但谁知道推理的过程是什么呢？

仰天大笑出门去，我辈岂是酸腐人，宁缺面带笑容推开面前的木门，走进清美的晨光里，然后发现门外站着几位官员，而紧接着自己居然又要做一次非常艰难的选择。

"你现在还不是书院二层楼的学生，所以你还有机会退出，还有机会选择另外一条截然不同，但绝对同样精彩光明，甚至命中注定会声震天下的道路。"亲王李沛言坐在椅中，端起手边热茶缓缓啜了口，稍微消减了些睡眠不足所带来的困乏，看着身前那名沉默不语的书院学生，继续说道，"本王认为你应该选择第二条道路，因为此事涉及朝廷与西陵之间的和谐邦交，虽说我大唐帝国从不会惧怕什么敌人，也绝不会在外来压力面前低头，然而隆庆皇子入二层楼乃是陛下与神殿亲自拟定的协议。只要你主动退出书院二层楼的竞争，很多人面临的困局便会迎刃而解，帝国承受的压力会少很多，而且各方面都会从中获益。"

李沛言发现宁缺始终沉默微低着头，没有任何反应，稍微生出些不悦，说道："身为大唐子民为帝国分忧乃是理所当然之事。当然，就凭这个理由便让你退出书院二层楼，不要说是你，即便是本王也会觉得太过荒唐无礼。所以本王再给你一个绝对充分的理由。"

李沛言身体缓缓前倾，盯着宁缺的头顶，说道："颜瑟大师身为地位崇高的神符师，不惜装疯卖傻耍赖，也要把你带回去做徒弟，可以想见日后会对你如何看重，如何悉心培养。十数年后你会成为高高在上的神符师，你会成为昊天南门中兴的希望。国师李青山只有两个徒弟，均不成器，他极为尊重自己的师兄，而且他比任何人都清楚一个神符师对宗派的意义。"

宁缺依旧沉默，心里却是掀起了不小的波澜。才入二层楼，又得神符师青睐，只不过是一夜工夫，自己这个默默无闻的普通学生，这个在东城陋巷里卖字的小人物，竟然成了书院和昊天南门都想要争取的喷香芝麻烧饼，甚至被人看作什么中兴希望——中兴希望这么大而无当，看着就让人头痛的词，难道不应该是隆庆皇子这种人专属的吗？

"我知道你和公主殿下的关系不错。"李沛言望着他温和说道，"我在这里也可以给你一个承诺，只要你愿意为朝廷分忧，朝廷绝对不会亏待你，本王私人也欠你一个人情。待日后你迈入知命境界，成为神符师，你理所当然便会是我大唐的下一任国师。"

李沛言继续说道："书院二层楼当然是极高妙之境，然而回头看那册册青史，能留下姓名的二层楼学生又有几人？可如果你成为大唐国师，千秋之后依然会有无数人记得你的名字。"

大唐帝国的未来国师？

宁缺表情虽然平静如常，内心的情绪却早已被这话吹得震荡不已。他仿佛看到了一条灿烂的金光大道正在自己脚下展开。究竟是放弃书院二层楼跟随那位神符师学习，去搏一个大唐国师的将来，还是进入二层楼跟随夫子学习精妙的修行法门？这真是一个无比艰难的选择，他甚至觉得昨夜在崖畔荒原上的那个选择都要比这个更轻松些。

宁缺看着亲王殿下的脸，知道只要自己点头，前程便无限光明。他相信这些话是真的，相信自己只要有机会跟随神符师学习便真的可能成为日后的大唐国师。如果说出这番话，向自己提要求的不是这个男人，说不定他真的很动心。

李沛言看着他眼眸里的情绪反应，隐约猜到他会怎样选择，脸色骤然一肃，右手紧紧握着扶手，盯着他的眼睛沉声说道："这是昊天让朝廷赐予你的机会，如果错过是要受天谴的。"

毫无疑问这是赤裸裸的威胁，面对着这种威胁，纵使宁缺真成为书院二层楼的学生，也必须在这种威胁面前认真思忖，因为他活在这个世界上，那么便要被这个世界的规则所束缚。

宁缺很恭敬地揖手一礼，说道："殿下，我毕竟是书院学生。在书院学习一年，感情深厚，若要替朝廷分忧自是心甘情愿，但我必须考虑书院方面的感受。"

有些人把选择的权力和压力毫不客气地放到宁缺肩上，那是为了避免激怒书院方面，然而宁缺这样看似清爽明朗实则滑不留手的人物，怎么可能主动去扛这种责任？轻飘飘一句话，便把选择的权力和压力直接扔了回去。

至于书院方面会不会选择放弃自己，收隆庆皇子入二层楼，宁缺并不担心。他和李渔在这件事情上的看法相当默契一致，夫子未曾归国，书院里无论是谁都不敢擅作主张。在他心底深处其实还有一个想法，如果书院连朝廷的压力都无法抵御，最终屈服把自己送给昊天道南门，那他何必在这样的书院里留着？去做一个大唐国师谁不乐意？

他和李渔的想法本身没有错，只是现实与想法之间总是容易发生某些偏差，因为他们没有想到，书院教习们对隆庆皇子也颇有几分惜才之心，而且教习们并不都是唐人。

清晨的书院，教习们坐在房间内正在激烈争论，夫子没有归国确实让他们无法得出最快的结论，然而也正是因为夫子不在书院他们才有胆量说出自己的看法。

礼科副教授曹知风愤怒说道："很多人认为这次考试里，我们书院作了弊，我不知道这件事情是真的还是假的，我只知道隆庆皇子出雾的时间很早，那为什么他会在雾外停留了那么长的时间，为什么最后他会和宁缺一起踏出最后一步？这中间究竟发生了什么事情？"

一位穿着蓝布大褂，手里拿着竹扫帚的老妇人，像看白痴般看着争论中的众人，说道："真是一场无聊的讨论，谁先登顶就收谁，这么简单的问题，为什么一定要把它复杂化。曹知风你最近天天跑到长安城里去看你的皇子殿下，回书院就痛哭流涕，觉着那就是你燕国中兴的希望，可这关书院屁事儿？我听不下去，我要走了。"

书院数科荣誉教授走了，还有几位全心全意为学术服务，不愿被俗务烦心的教授也先后离去，房间里的争论却越发激烈起来。很多教习认为朝廷的提议确实能够让各方面都满意，既然如此，为什么不这样选择？难道非要为了宁缺把所有势力都得罪一遍？

当曹知风副教授再次愤怒，再次慷慨激昂之时，房门忽然被吱呀一声推开，众教习愕然望去，只见片刻后一张粉粉嫩嫩的小脸探了进来，一对乌黑的眼珠骨碌碌直转。

走进门来的是一个小书童，清新可爱还带着点羞怯意味，望着诸位教习们，用蚊子般的声音问道："我家少爷有事要问诸位先生，所以让我来传话。"

房内教习们知道这小书童的身份，温和问道："二先生有何事要问？"

"我家少爷今早起床，发现还有很多闲杂人等留在书院里，发了好大一顿脾气。"小书童睁着大大的眼睛，看着屋内众人说道，"他想问诸位教习，为什么过了一夜时间，告示还没有贴出来，那些闲杂人等还在这里待着做什么？难道想让他请他们吃饭？"

听着这话，教习们面面相觑，不知道该如何回答，他们都知道那位书院二层楼的二师兄性情确实有些二，但怎么也没有想到，竟会把亲王殿下和颜瑟大师这种人称为闲杂人等。

曹知风教授看了小书童一眼，说道："入二层楼的人选还没有定，告示自然贴不出来。"

他本以为这般说法会令对方不悦，已经做好了详尽解释的准备，然而却没有料到，那位小书童真是羞怯得不行，听了一个答案便低着头走出门去。

房间里教习们的争论又开始继续进行，然而没有过多长时间，门又吱呀一声响了。

小书童粉嫩的脸上带着滴滴汗珠，显见刚才跑得很急，他看着众教习说道："少爷问，什么叫作入二层楼的人选还没有定？"

曹知风教授不悦说道："什么叫作没有定？没有定就是没有定。宁缺居然能战胜隆庆皇子先行登山，这件事情很多人都心有疑惑，怀疑后山作弊，人心不服怎么定？"

小书童惘然看着他，很长时间后才忽然醒过神来，嗯了一声便转身离开，也不知道他究竟听懂了曹知风副教授的话没有。

房间里一片安静，教习们没有再次重新争论，因为他们强烈感觉到，二师兄的小书童过不了多长时间便会回来，然后继续问那些很二的问题。

房门吱呀推开。

小书童睁着大大的眼睛，看着曹知风副教授问道："少爷问，谁不服？"

曹知风教授愣了愣，看着小书童清新可爱的粉嫩脸蛋儿，看着他惘然的神情，实在是说不出假话，也不愿意把书院外那些人推出来，拂袖皱眉说道："我不服。"

小书童哦了一声，正准备转身离开，忽然想到先前少爷在山上对自己说的后半段话，赶紧转过身来，有些不好意思地挠着头笑了笑，问道："请问您是？"

"我是曹知风。"曹知风副教授不悦说道，"问这个做甚？"

小书童脸上露出理所当然的神情，说道："因为少爷想知道是谁不服啊。"说完这句话，小书童转身出门，重新向后山奔跑。

门再次被吱呀推开。

小书童气喘吁吁扶着门框，看着曹知风说道："少……少爷说……"

曹知风忍不住笑了起来，摇头叹息说道："你家少爷又说什么？"

小书童咽了一口唾沫，看着他十分认真说道："我家少爷说，书院从无国土之别，广纳天下英才。曹知风你是燕人，所以心向隆庆，我不怪你，但你要记住你是礼科教授，你给书院学生上的第一堂课是怎么讲的？书院的礼究竟是什么玩意儿？"

这段复述说得又快又顺，小书童粉嫩小脸不时挑眉冷哼表演出冷漠和不悦，明显是在模仿那位书院二师兄说话时的神态，看上去显得滑稽可爱极了，引来屋内教习们一阵哄笑。然而曹知风却笑不出来，他脸上的笑容瞬间敛去，压抑着怒意问道："二先生究竟想说什么？"

"曹知风你在书舍里讲过，书院的礼就是规矩，规矩就是看谁有实力定规矩。"小书童看着他认真说道，"夫子和大师兄去国游历，那在现在的书院里，我就是唯一有实力定规矩的那个人，所以不管你服还是不服，你都必须服，马上把告示贴出去。"

曹知风副教授愣了半晌后，愤怒挥动着院袍，抗议道："如此霸道行径，怎能服众！"

小书童并不知道这是真情流露，而认为这也是一个正式问题，就在他准备离开时，忽然高兴地举起小手掌，一边鼓掌一边开心说道："这句话少爷猜到你会这样说，他让我告诉你。"

曹知风副教授脸上的表情非常难看。

小书童看着他，笑着说道："我不需要服众，我只需要服从。"

有教习实在不忍看曹教授此时的狼狈神情，在旁说道："这件事情就算不用理会陛下、颜瑟大师或西陵方面的看法，但总要尊重宁缺自己的选择。"

再一次推开木门，小书童身上的衣衫已经全部被汗水打湿。他抬起袖子擦掉额头上的汗水，用了很长时间才平静下来，抬头看着屋内众人最后一次转述某位二师兄的结论。

"尊重宁缺自己的选择？我为什么要尊重他？至于大唐国师……"

说到这里时，小书童刻意做了一个很长的停顿，然而仰起微尖的下颌，对着屋顶翻了一个白眼，从小鼻子里笨拙憋出一声冷哼，把山上那位傲娇男子的神情学得可爱无比。

"很了不起吗？"

书院后山某片平崖之上，青松怒展迎客，白云流淌其间，仿佛一片人间仙境。崖畔站着两人，其中一人穿着身极为肮脏破烂的道袍，另一人戴着顶极怪异的古冠。

书院二师兄转过身来，面无表情看着昊天南门供奉颜瑟，说道："居然敢向书院伸手，居然想抢我老师的学生，莫说是你，就算是西陵昊天掌教，也没这个分量。"

颜瑟怪异一笑，看着他说道："书院老二果然还是世间最骄傲的那个老二，说话真是难听。我年龄比你大，所以我不和你动手，免得被人说欺负小辈，但宁缺这小子我是一定要带走的，就算是夫子在此，我还是这个态度。你们想让我绝后，我就得把事情做绝。"

二师兄看着他微嘲一笑，说道："别找这么多借口，如果你没有老糊涂，就应该记得无论从老师算还是从皮皮算，我的辈分都比你高。

既然想从我手里抢人，哪有不打一架的道理？"

"说不打就不打。"颜瑟看着他头顶的冠帽，嘲讽说道，"书院后山是你的主场，我可没那么笨。反正我不出手，你也没办法对我出手，至于宁缺那件事情，终究还是得看他的态度。日后我和师弟保他成为大唐国师，总好过天天待在这座山里面，受你这些师兄师姐的闲气。"

二师兄白眼向天，嘲笑道："大唐国师……很了不起吗？还不是天天要受李家和西陵那些老神棍的夹板气？大唐国师哪里是国师，纯粹就是个受了委屈不敢哭的小媳妇儿。"

33

颜瑟气得浑身颤抖，然而还没有等到他来得及做出反应，又听着崖畔那边传来了一句补充："噢，我说错了，李青山和你还是敢哭两声的。会哭的孩子才有奶吃，你们现在的问题是不知道扑左边的奶子，还是右边的奶子。"

颜瑟被这句话弄得一怔，满怀的愤怒被迫升华为哭笑不得，恼火说道："用词何其粗俗。"

二师兄转过身来，平静看着他说道："屎橛黄尿也是道，只要说得有道理，何必在意用词。"

颜瑟连连摇头，看着神情肃然方正，根本不像个市井之徒的对方，叹息说道："君陌啊君陌，你要世人如何看你？真不明白像你这般骄傲这般二的人，怎么还活了这么多年。"

二师兄微微一笑，负手于后站在崖畔看云生云卷，说道："我极少下山，不会去惹那些我惹不起的寥寥数人，那些惹得起我的寥寥数人也不敢上山来惹我，我自然能好好活着。至于你，永远不在我惹不起的行列之类，除了比我白活了几十年，论本事论境界论辈分你有哪里比我强？所以当着你的面，我骄傲几分又能如何？"

"尊老敬贤难道你也不懂？"颜瑟恼火拂袖。

"若活的时间长些便值得尊敬，那我当年刚生下来还是个婴儿时，岂不是见着一个人便要作揖磕头？敬贤倒确实有些道理，但颜瑟你又何处可以称贤？"二师兄转身看着神符师苍老的面容，带着几分轻蔑和几分恨铁不成钢之意，冷冷说道，"当年你若不是愚蠢到以纯阳之誓入书道，何至于现在还停留在知命上境，迟迟不能跨出那步？"

这句话里的内容，尤其是二师兄以长辈怜惜痛怅晚辈的口吻，直接戳到了颜瑟大师的痛处，他道袖狂舞，大声吼道："我没跨过那步，难道你就能跨过去！"

二师兄抬首望天，冷笑说道："你年老体衰，没几年时间好荒废，我可不然，近些年心中常有所触，知晓自己若觅一契机，定能跨过那步。"

颜瑟微微一怔，忽然想到一桩事情，不怀好意嘲笑道："传闻南晋柳白的第一步已经踩到了黄河滔滔浊浪之上，却不知你的脚掌可曾触到云端？"

听到南晋柳白四字，二师兄表情微变，眸子里全然未有一丝警惕悍然之色，反而是兴奋神光大作，说道："余生为天才，又入夫子门下，若不能先柳白跨出那步，岂不羞死？"

颜瑟听着这回答，顿时愕然无语，心想连世间公认第一强者柳白都无法摧毁此人的骄傲与自信，这可真是全无办法，沉默片刻后试探着问道："叶苏……如何？"

二师兄微微蹙眉，面露憎恶之色，似乎是在说你居然把我和那等废柴相提并论，实在荒唐。

颜瑟倒吸一口冷气，心想你居然连观里的天下行走都不放在眼中？

接着他继续问道："其余两个你觉得机会如何？"

二师兄看着神符师的脸，觉得他问的问题越来越愚蠢，根本懒得再回答，直接说道："闲话少叙，你究竟是想有个传人，还是南门一定要有个神符师。"

颜瑟大师不解问道："这有什么区别？"

二师兄沉默不语，任由他自己思考。

颜瑟忽然明白他这句话里隐着的意思，毫不犹豫，斩钉截铁说道：

"当然是都要！"

二师兄偏头静静看着他，看了很长时间后说道："你真是想当然。"

颜瑟皱着眉尖，说道："什么叫想当然？"

二师兄摇了摇头，感慨道："想当然，就是说你想得太美了。"

颜瑟悻悻然无语。

二师兄看着他说道："我已经退让一步，如果你非要前进两步，那我们干脆一起摔落这片山崖算了，到时候看是你活下来还是我活下来。如果我活着这件事情便作罢，如果是我死了，随便你怎么做，这个提议我看比较简洁有力，你意下如何？"

颜瑟没好气说道："我是符道中人，你不让我做准备，摔下去自然变成一团肉饼，到时候你再把山中禁制一开保住小命……这种恶毒主意你也能说出来。"

"这么简单的选择，为何要犹豫这般长的时间？"二师兄挥了挥手，说道，"要在我看来，当然是有个传人更重要，不然你油尽灯枯离世那日，床畔无人相送，一身符道本事尽数与你肉身般化为腐泥尘埃，岂不可惜？至于昊天南门，只要我大唐不亡，只要西陵那些老神棍还想在大唐境内传道，便自然可以千秋万代，哪里就少了一个神符师？"

他看着颜瑟继续说道："这件事情我可以替书院做主。宁缺进入二层楼后，只要你不强迫他入昊天道门，那没事的时候可以跟你去学学那些鬼画符。"

颜瑟怒道："神妙符道在你嘴里怎么就成了鬼画符！君陌你不要欺人太甚，若是夫子这般说倒也罢了，你不过就是个书院学生，哪里来的……"

话还没有说完，二师兄眼睛一瞪挥手阻止，道："要还是不要，赶紧说句话。若不是想着宁缺的潜质是你先发现，给你些颜面，你真当我书院找不出几个神符师？"

任何争论辩驳吵架到最后靠的都不是言语功夫，而是拳脚本事。就这样简单的一句话，便体现了书院世间无双的底气，颜瑟顿时变成了秋天的树叶，颓然没了颜色。

挣扎了很长一段时间或者是很短一段时间，颜瑟终于做出了一个艰难的决定。他望向山崖下方的白云和远处的长安雄城，在心中默默叹息一声："师弟，我对不起你。"

书院某个房间里，大唐亲王李沛言对某人的思想教育工作还在持续进行当中，然而无论他怎样用国之大义人之大利谆谆教诲诱导，站在他面前的宁缺始终只肯回答一句话。

宁缺看着李沛言，脸上的笑容很真诚，回答的语气很诚恳："我是书院学生，我听书院的。"

李沛言愤愤推门而出，心想如果真让宁缺进了二层楼，隆庆皇子该如何处置？皇兄如果知道这个消息后，会不会责怪自己办事不力？朝廷又该如何向西陵方面交代？

想着这些问题，他脸上的神情自然不怎么好看，冷冷看了一眼身旁官员，抱着最后的希望问道："书院方面怎么答复？如此各方有益的事情，相信他们不会有别的想法吧？"

官员苦笑应道："殿下，告示已经贴出来了，书院方面确认宁缺进入二层楼……卑职先前去问过理由，黄鹤教授说这是二层楼自行做的决定，而且他们说不需要告诉我们理由。"

李沛言微微一怔，旋即心头大怒，只不过他虽然是大唐帝国亲王，但对地位特殊的书院，尤其是后山二层楼却没有任何影响力，再如何发怒痛骂也不过是自曝其短，几乎转瞬之间，他便将这份怒意尽数转到了房间里的宁缺头上。

不知何时，林公公来到他的身边，怀着好意提醒道："殿下，其实依奴才看来，对于西陵方面如何交代，陛下其实并不关心，至于宁缺此人，您或许还是不要理会为好。"

确认亲王殿下和那些朝廷官员都离开了书院，宁缺才从房间里走了出来，顺着园畔雨廊绕了几个弯，忽然看到柳树下站着一个胖乎乎的身影。

宁缺走上前去，极为认真地长揖及地，说道："多谢。"

陈皮皮很认真说："既然是谢，便得实际一些。"

宁缺想了想后，说道："过些日子请你去我家吃饭，我让桑桑给你做酸辣面片汤，跟你说她的手艺可不比东城摊子差，这秘密我一般不告诉别人。"

陈皮皮没有接这话，看着他忽然开口说道："今日之后我们便是师兄弟了。"

宁缺看着他的圆脸，虽然有些不甘心，但叹息一声后不得不再次拜倒，道："师兄。"

陈皮皮眉开眼笑，双手虚扶却根本没有阻止，看着他的脑袋，得意说道："师弟不用多礼。"

宁缺抬起头来，二人相视一笑。

整整一年在旧书楼的相识相交，一个不能修行的废柴最终成了书院二层楼的一分子，无论是宁缺本人，还是亲眼看着这场奇迹一点一点发生的陈皮皮，心头都生出无限感慨唏嘘。陈皮皮感慨说道："老师曾经说过，极西干旱之地有种蝉，匿于泥间二十三年，待雪山冰融洪水至，方始苏醒，于泥水间洗澡，于寒风间晾翅，振而飞破虚空。"

宁缺笑着摇头说道："你我之间何至于如此说话，莫非要我再拍你一通马屁？"

陈皮皮道："这形容并不夸张，诸窍不通一废柴，忽然一纵而入青云，更令人震惊的是，你小子居然有神符师的潜质，甚至还惊动了昊天南门的颜瑟大师。"

其实直至此时，宁缺都不知道这是怎么回事，他没有见过颜瑟大师，只是通过旁人的叙述知道那是个很了不起的神符师，是国师大人的师兄，只是为什么会看中自己？

来到熟悉的环境，在熟悉的湿地旁，宁缺看到了自己最熟悉的那个瘦小身影。他走上去，看着桑桑脸上的疲倦，看着她微黄发丝里夹着的草屑碎叶，伸手细细拣落，温和说道："等了这么长时间，你辛苦了。"

桑桑仰着脸看着他，认真说道："少爷才是真正辛苦。"

经历了整整一夜从精神到肉体上的煎熬痛苦，又被最终成功的狂喜所冲击，宁缺直接在山顶昏了过去，此时虽然稍歇了段时间，依然觉得头脑里的思绪有些混乱。

桑桑虽然没有对他说，但昨夜她自己孤单一人像只受伤的小兽般藏在黑伞下，躲避着那场无由而至肆虐剑林的飓风，也是疲惫惊慌虚弱至极。

主仆二人相互挽扶着，顺着晨光中的湿地，艰难而缓慢地向前坪走去。书院前坪比昨夜安静清旷很多，官员和使臣们早已纷纷散去，大部分书院学生留了下来，他们聚拢在那张告示下，抬首望着那个熟悉又陌生的名字，震惊得沉默无语。

知道了二层楼考试的最终结果，学生们依旧没有离开，在他们的潜意识里，或许是想亲眼看着宁缺走到自己身前，才能证明这一切并不是幻觉。

晨光不再熹微，和春风一道温柔地照拂着山脚下的书院，一大一小两个身影从书院后方缓缓走了出来，所有人的目光下意识地望了过去。

在山道上摸爬滚打一夜，宁缺身上的学院春服被撕破了很多道口子，再加上那些泥土的痕迹和糕点的污渍，看上去显得异常狼狈。走在他身旁的桑桑也好不到哪里去，身上全部是灰垢，头发和肩上残留着很多草屑，看上去比她身后背着的大黑伞更脏更旧。

然而不知道为什么，在书院诸生的眼中，这一对缓慢行来的主仆二人，被笼罩在春风晨光之中，显得非常干净明亮，如同自身已经变成了春风晨光里的一部分。

宁缺走到诸院同窗身前，取出怀里那张手绢，在空中甩了两下，振掉那些糕点屑，然后笑着递给满脸倦容，眼眸里却散发着灼热光彩的褚由贤。

毫无疑问宁缺最优秀的品质便是记仇，只不过值得他记住的必须是那些真正的需要用血才能洗干净的仇恨，而不是那些根本无法撼动他情绪的风言风语。相对应他也能记恩，无论是朝小树陈皮皮还是面前的二人，都是他不会忘记的人。

宁缺看着一身劲装站在晨光中的司徒依兰，笑着说道："我很少会让朋友失望的。"

34

司徒依兰今天没有穿书院春服，而是穿着一身绛红色的劲装，不着脂粉的面上眉眼清秀如画，本有些成熟的绛红色竟被她穿出了逼人的青春味道。她站在晨光中看着宁缺，眼眸里满是没有任何杂质的纯真喜悦，尤其是听到宁缺这句话后，眸子里的笑意顿时变得更盛。

向司徒依兰与褚由贤揖手告别，看了一眼表情有些难堪的钟大俊，宁缺与桑桑并肩向书院外走去。

走出书院门口，宁缺看到了两个人，他对着右手方主持二层楼仪式的黄鹤教授恭谨一礼，黄鹤教授像看自家床底藏着的银子般笑眯眯望着他，轻捋长须点头不已，十分安慰。宁缺不认识左手边那个浑身污脏的老道，却猜出了对方的身份，更加恭谨地行了一礼。

颜瑟大师看着身前的这个干干净净的年轻人，三角眼里神采飞扬，哪有平日里的那些猥琐之意，像临终前终于抱上孙子的老祖父般慈爱，感慨说道："想必你已经知道了最后的结果，日后你若有空闲时，便跟着我学些鬼画符的小本事吧。"

神符师在世间是何等样人物，能跟着对方学习符道真真是难得的机缘。宁缺先前已经从陈皮皮处知道了这场纷争的结果，听着颜瑟大师这话，再难以压抑住心头激动兴奋的情绪，复又恭敬一礼，诚恳说道："能跟随大师学习符道，是我的荣幸。"

颜瑟叹道："看起来你刚入书院二层楼，还没有被那里面的骄傲横二气息熏坏，不错不错。"

宁缺抬起头来，看着这位外观实在是不雅的老道人，犹豫片刻后终是没能忍住好奇，问道："颜瑟大师，我与您素昧平生，不知道您为何如此肯定我有修行符道的潜质？说起来，能跟随您修行符道我本不应再有任何疑虑，我只是担心日后会令您失望。"

"失望？去年在红袖招那儿看见你留下的便笺，我便查过你，当时以为你不能修行，我真是失望到了极点。"颜瑟看着他怜爱说道，"现如今你能修行，甚至能进书院二层楼，那我还怎么会失望？除非你忽然间忘记了怎么提笔写字。"

听着这句话，宁缺怔了很长时间才想起来，去年在红袖招里一番滥饮之后，曾经借着醉意发了些少年狂，只是那便笺似乎并没有什么特殊之处啊？颜瑟大师怎么可能就凭那张账簿纸便看出自己有修行符道的潜质？

颜瑟看他神情，便知道他在想些什么，笑着说道："一张账簿纸，寥寥数字鸡汤，我能看出你有神符师的潜质，而你自己看不出来，因为你是学生，我是神符师。"

宁缺听懂了这句话，行礼受教。

"这些闲礼日后再论，今日你先跟我回南门观。符道万千，你现在不过是张白纸，若要在上面绘出世界全像，须得从最简单的落笔开始修行，这可是条漫漫道路，不得不抓紧。"

听到颜瑟的吩咐，宁缺和黄鹤教授同时一愣，齐声异道："这么着急？"

颜瑟大师忽然沉默了下来，脸上叠在一起的皱纹里既有觅到传人的喜悦恬淡，又有些说不清道不明的感慨。他看了黄鹤教授一眼，转头静静看着宁缺，缓声说道："我很老了。"

听到这句话，黄鹤教授神情顿敛，微微低首一礼，退让到一旁。宁缺也听出了这句话里的悲伤焦虑和着急，不知为何心头竟是一阵酸楚，点头应下。

然而就在此时，斜刺里杀出了一道与场间情绪截然不同的声音。林公公不知何时出现在场间，看着数人微笑道："颜瑟大师，今日宁缺不能与你去南门，他必须跟我去一个地方。"

颜瑟微微一怔，看着这个太监总管，想起来昨日此人说过，他奉陛下之命前来书院并非是为了观战，而是要接一个人，难道他要接的人……就是宁缺？

"就算是宫里要见他，也不迟这些时间。"颜瑟不悦说道，"为了抢这个学生，我和书院争了一天一夜，稍后还不知道该怎么向师弟交代，我说你急什么急？"

也就是昊天南门硕果仅存的神符师，才会对皇宫里的要求如此不以为意，才敢对权势赫赫的太监总管如此呵斥。林公公自然也不会动怒，笑着应了一句："颜大师为了这个学生，辛苦等待了半日，然而您可知道……陛下已经等了他半年。"

宁缺和桑桑被震惊的情绪淋了一头的雾水，互视一眼后，宁缺小意问道："林公公，不知您此言何意？"

林公公微笑望着他，说道："去年春天某日，你是不是去过御书房？"

自进入书院之后宁缺全副心神都放在登楼登山修行事上，他甚至忘记了自己还有个大唐暗侍卫的身份，至于御书房里写了幅字的事情更是早已忘了，虽然当时那股美妙宣泄恣意感受还在心间，然而林公公这句话，就像一道闪电直接劈醒了他所有回忆。他表情虽然还保持着平静，心脏却早已被震惊得微微颤抖。电光石火间他权衡了很多问题，最终老实说道："正是。"

他尽可能让自己表现得平静些，正大光明些，然而谁都能听出来他的声音紧得发干。

林公公摸了摸光滑的下颌，看着他呵呵笑道："果然是你，那就很好，只是兹体事大，入宫之前为了确认，老奴向陛下请了个问题。"

"公公请讲。"宁缺说道。

林公公看着他的眼睛，微笑问道："陛下问你，花开彼岸天的前一句是什么？"

宁缺喃喃应道："鱼跃此时海。"

"那还迟疑什么？赶紧随老奴进宫吧……"林公公看着他眉开眼笑说道，"我的宁大家。"

四驱马车疾驶在长安城笔直宽敞的大街上，不时响起侍卫的喝道声，行人纷纷走避，然后看着那路烟尘破口大骂。大唐帝国向来讲究规矩，对于这等不讲规矩的马车，虽然明明看到是皇宫的马车，长安城的百姓依然毫不客气。

宁缺和桑桑坐在昏暗的车厢中，被车内华贵的装饰弄得有些手足无措，时不时对视一眼交换一下感觉。要说主仆二人如今也是见过大场面、见过大笔银钱的主儿，然而坐上皇家马车，正式奉诏入宫觐见皇帝陛下，依然难免有些紧张。

"不用紧张，陛下爱煞了你写的那幅字。"林公公看着他神情宽慰说道。

才下书院后山，便入重重深宫，宁缺一时半会儿确实很难醒过神来，犹豫片刻后，他有些不确定问道："公公，您真确认陛下是喜欢我的字才召我进宫，而不是因为别的？"

林公公怔了怔，哭笑不得说道："你那幅花开彼岸天在长安城里已经闹出了如此大的动静，莫非你真是一直都不知晓？"

宁缺终于放下心来，笑着说道："我从小除了修行，就最喜欢升官发财。如果早知道皇帝陛下会喜欢我的字，还在苦苦找寻草民，我肯定会自投罗网……不，抱着我平生所写最精彩书卷直闯皇城，大喊就是我就是我，哈哈，就只怕会被侍卫们直接打回来。"

这话说得着实憨傻有趣，林公公呵呵一笑，旋即颇有深意望着他说道："若你真能抱着书卷直闯皇城，羽林军断然是不会让你进的，不过侍卫又怎么会打你？"

宁缺心里咯噔一声。

林公公微笑望着他说道："私入皇宫，擅入御书房，难道你以为宫里查都不查这件事情，便让陛下见你？我知道你暗侍卫的身份，也知道你和朝小树的关系。"

宁缺默然无语。

林公公叹息道："虽说东城偏苦，民间百姓很少会议论这些事情，但你既是开书画店的，总应该知道些同业之间的议论，真不知道这一年你在做什么。"

"我很少和同业交往，至于这大半年……一直在忙着学习。"宁缺想着老笔斋里的树叶银锭洗脚水笔墨之类的物事，笑了笑。忽然间他想起一件极重要的事情，顿时敛了笑容，向林公公要求回临四十七巷洗沐一番。

春日的临四十七巷分外美丽，几株桃花探出户部库房墙头，好奇地望着对街的铺面。

昨日暮时，大唐国师李青山等人亲自前来临四十七巷，为的是审验宁缺笔迹，当时众人进得粗暴，老笔斋的铺门被强行推倒，场面狼藉一片。

宁缺看着洞开的铺门，心里暗道一声糟糕，从马车上跳了下来，往里面冲去。旁边假古董店的老板娘嚷道："别着急，什么都没丢，我帮你看了一夜。"

宁缺回头看着老板娘，只觉得她脸上那层厚厚脂粉竟是前所未有地美丽起来，上前给予一个最热情的拥抱，大喜说道："吴婶儿，太感谢了，太感谢了！"

假古董店老板端着茶壶站在门口，看着这幕不悦说道："感谢也别抱啊！那是我媳妇儿！"

宁缺大笑说道："我当然知道是你媳妇儿，还是你唯一一个媳妇儿。"

假古董店老板骄傲一笑，呷了口茶水，说道："那谁说得准？"

老板娘正准备发作，宁缺拦了下来，笑着说道："吴婶儿您放心，今儿承了您人情，吴老二他这辈子就别想再娶小老婆，我替你看着！"

老板娘眉开眼笑，连连称是。吴老二大怒道："你这个小东西凭什么管我家的家事！"

宁缺指了指身后的皇家马车，笑着问道："这能管吗？"

吴老二看清楚了明黄马车上的徽记，想到今后的惨淡人生，顿时吓得浑身颤抖。

走入昏暗的老笔斋，宁缺没有急着让桑桑去烧水洗沐，而是先把铺门勉强关了起来，然后用最快的速度踩凳上墙，把墙上挂着的那几幅自己亲手写的书卷取了下来。他把书卷郑重交到桑桑手中，神情凝重说道："从今以后，少爷我写的任何一张纸，你都要把它当成大黑伞一样来保管。"

桑桑睁着眼睛，疑惑问道："纸在人在，纸亡人亡？"

"这不是纸。"宁缺轻轻抚过桑桑手中的书卷，声音微颤，喜悦说道，"这都是银票。"

35

以花枝为纹的镂空木门缓缓开启，小太监轻甩拂尘，悄无声息退开。宁缺看着身前高高的门槛，怔了怔后整理仪容肃然而入，看着那些久违的珍贵笔砚，嗅着其实一直藏在记忆深处的泥墨气息，想起去年今日此门中发生的事情，不禁有些惘然。

书架前站着一位中年男子，背对着御书房正门。男子身上穿着件素色的薄棉衫，腰间系着黑金线夹织的腰带，略显清瘦，虽看不见容颜，但宁缺很容易猜到对方的身份。没有太监指点，他不知道自己这时候应该是双膝跪拜，还是应该双手一揖长身而躬，按道理讲应该是前者，只是没有几个唐人愿意让膝头沾染尘埃，一时间便有些犹豫和尴尬。

中年男子在这时候忽然开口说话，淡而温和的语调与话语内容，及时地解除了宁缺心头的尴尬与犹豫："又不是祭天礼，不要动不动就想着下跪。"

只是简单的一句话，宁缺便对这中年男子生出了极强烈的好感。在他的想象中，雄霸天下的大唐君王的形象，向来是和威严冷漠肃厉这些词联系在一起，却没想到对方竟是如此温和。

"听说你是我的暗侍卫？"中年男子从书架上抽出一本旧书，一面观看一面随意问道。

宁缺长揖一礼，应道："是。"

"这暗侍卫未免也太暗了些，居然连我本人都不知道。"中年男子笑了笑，从书架边缘抽出一根书签，夹在那册旧书里作为记号，忽然开口问道："去年你是怎么进了这个房间？"

宁缺这时候正在思考应该怎样自称，在卑职草民学生和下官之间游移片刻，理所当然地把下官先行排除，听着这个问题后下意识回答道："学生进宫领差事，被带到这里等候。"

中年男子轻噫一声，似乎对某些事情有些疑惑不解，沉默片刻后说道："既然是领差事，怎么进了我的御书房？当时有没有人看见你进来？"

听着皇帝陛下最后这句问题，宁缺忽然想明白了一些事情：去年是那位叫禄吉的小太监安排自己来到御书房，既然皇帝陛下寻找自己半年时间，那幅花开彼岸天在朝堂之上闹得沸沸扬扬，那名叫禄吉的小太监以及徐崇山统领，没道理不把这件事情与自己联系起来。皇帝陛下一直没有找到自己，那只说明了一件事情——无论是徐崇山统领，还是那名叫禄吉的小太监，都没有把自己曾经进入御书房的这件事情禀报皇帝陛下。

至于他们为什么没有禀报，可能有很多原因，比如忘了比如白痴了比如担心这件事情会带来怎样的麻烦，宁缺此时不清楚原因，但他清楚如果自己这时候的回答与徐统领及小太监的回答对不上，那么极有可能会给对方带去很大的麻烦，甚至也有可能为自己带来麻烦。

所以他蹙着眉尖，做认真状思考片刻后，摇头诚恳说道："应该没有人知道。"

皇帝陛下听着身后传来的回答声，大笑起来。他把手中那本旧书塞回书架里，转身看着御书房门口的年轻学生，感慨说道："人品果然不错，难怪朝老二看得起你。"

宁缺望向书架前，发现对方不过是个眉眼清秀、鬓现花白的普通中年男子，并不是想象中那般威严不可方物、气势比朱雀绘像还要可怕的怪物，而且看对方神情和笑意，知道自己的回答应该算是赌对了，虽然他自己都不知道对在何处。

皇帝陛下看着宁缺，忽然招了招手，笑眯眯说道："你过来。"

看着皇帝陛下脸上笑容，宁缺心头微紧，强行压抑着紧张走了过去。

皇帝陛下指着桌案上摊开的那幅字，笑着问道："这幅字是你写的？"

宁缺用余光瞥了一眼，看着黄芽纸上笔墨淋漓的五个大字，瞬间回忆起去年某日自己写完之后的得意骄傲与爽快愉悦，轻声应道："确是学生当日荒唐之作。"

"一点都不荒唐。"皇帝陛下微笑看着他说道，"我很喜欢你的字。"

终于开始表扬赞赏的流程，宁缺却忽然发现自己不知道该怎样应对，大概是皇帝陛下说出这句话时的语气过于自然随意，只有平静的欣赏，而没有外露的激动，就像是在说皇后娘娘昨夜剥的大葱很干净烙的大饼很香甜，这该如何谢恩如何动容？

皇帝陛下明显也不指望宁缺会被自己的一句话感动得涕泪横流，轻捋颌下长须，看着桌案上花开彼岸天五字，赏玩片刻后感慨说道："朕找你找得好辛苦啊。鱼跃此时海，花开彼岸天。你只写了后一句，总觉得有些缺憾，今日既然找到了你，那为何不把两句补完？朕替你磨墨如何？"

让大唐天子替自己磨墨散笔铺纸盖印，对于世间嗜好书道的人们来说，毫无疑问是最高级的待遇，事实上是他们连想都不敢想的待遇。听着这话，宁缺大感震惊，诚恳婉拒道："这如何使得？至于鱼跃此时海两联，本是陛下妙手偶得，学生只是个抄录手段，今日再写……陛下珠玉在前，学生哪敢拙劣代笔？"

听着妙手偶得珠玉在前这些词，皇帝陛下微微一愣，忍不住抬起头来看着宁缺的脸，失笑训斥道："你这马屁拍得未免也太生硬了些，全天下人都知道朕的字写得非常糟糕，哪里担得起珠玉二字？更何况是在你这个家伙面前。"

宁缺呵呵一笑。他的脸皮极厚，浑然不以这句训斥为念，他曾经亲眼见过皇帝陛下写的字，那确实是相当地……不咋样，然而那又如何？再生硬的马屁终究还是马屁，陛下你哪怕心知肚明自己写的字很糟糕，可被人赞一声还是会觉得高兴，更何况是我赞的？

看着宁缺脸上不以为意的神情，皇帝陛下果然觉得有几分高兴，心想朕看中的书家虽然年纪比想象中要年轻了太多，但眼光着实犀利独到。这番评价十有八九是在拍朕马屁，但看他说得如此自然诚恳，或许剩下的那两三分说明朕的书法确实进步不少，还是颇有可观之处？

"闲话少叙，既然朕终于逮着你，你今夜便得好好写几幅字出来，让朕好好看看。"

"陛下，学生昨夜在书院精神消耗过大，身体也有些虚弱，实在是写不出什么好字。并非学生敢违圣意，只是书之一道讲究精神饱足……"

皇帝陛下的脸色变得有些难看，但想着这话确实也有道理。他很清楚书院二层楼是怎样地难进，而且身前这小子居然能战胜隆庆进入书院二层楼，日后必将是帝国栋梁，只怕心志也极高远，若自己一味以书家词臣看待对方，只怕对方会觉得有些羞辱。

宁缺一面为难说着，一面偷偷看着皇帝陛下的脸色，忽然间他像变戏法一般，从袖子里掏出几幅书卷，恭恭敬敬地放到了书案上。"陛下，这是学生近年来习书行墨所作，挑了一些还能入眼的，请陛下指点。"

皇帝陛下听着这话，看着书案上的那几幅书卷，眼睛骤然一亮，快速低腰伸手把书卷摊平，然后看着书卷上那些或行或草的墨迹，陷入了长时间的沉默。不知道过了多长时间，一声喜悦的赞叹终于打破了御书房里的安静。皇帝陛下摇头晃脑，惊喜赞叹道："好字！真真好字！"

他回过头来，看着宁缺，眼睛放光说道："宁卿，听闻你在长安东城开了一家铺子，想必这些年来所作绝非这寥寥数幅，且速速取来，让朕好好欣赏一番。"

宁缺愕然，迎着皇帝陛下求书若渴的目光，讷讷然尴尬回答道："陛下，学生写的书卷，这个，那个，基本上……都是用来卖钱的。"

巍巍皇城南门外不远处，有座隐在青树之间的幽静道观，正是昊天道南门所在。

南门观最深处的殿宇里，先前在书院豪气干云、意欲与二师兄一争高下的神符师颜瑟，此时仿佛变成了一个做错事的孩子。他盘膝坐在深色木地板上，颌下的胡须似被焚烧过一般焦枯，目光不再猥琐而是一味无辜盯着身前的地板，根本不敢望向对面，然而虽然不敢望向对面，但他脸上那些像山川般密集淌过的皱纹里已经满是负疚和讨好神色。

大唐国师李青山看着身前的师兄，目光幽幽犹若深宫里的怨妇，平日里对师兄的尊敬早已全然化作了失望和恼怒：

"宁缺不能进入昊天道南门，这就意味着，虽然他是你的学生，但你死之后，我昊天道南门便再也没有一位自己的神符师，这也就意味着你我死后，便再也没有人能撑着南门。"

颜瑟大师抬起头来，呵呵傻笑望着师弟，安慰说道："也不至于这般严重，宁缺既然是我的学生，日后他若成了神符师，总不可能眼看着南门出事而不管。另外我虽然人老将死，但师弟你年岁尚浅，也许你死的时候，宁缺早就死了，既然如此，他又有什么用？"

李青山面无表情看着师兄，沉默很长时间后叹息一声，摇头说道："师兄莫非你真不知道两者之间的区别？如果宁缺进了南门，日后我再把南门之主让给他，他便是我大唐国师，这南门便是想衰弱也难。可若他只是你的学生，日后最多成为我南门客卿，这客卿又有何用？南晋柳白还是西陵神殿的客卿，可你什么时候见过柳白为神殿出生入死？"

颜瑟同意书院二师兄的要求，以个人名义收宁缺为符道学生，却完全断绝了宁缺进入昊天道南门的可能。他的心中本自羞愧，回来面对李青山已然觉得有些无颜，此时听着李青山的话语越来越沉重，更是难堪到了极点，最后竟是不敢再看对方幽怨目光，狼狈掩面而走。一路过树穿廊，颜瑟大师面色铁青匆匆前行，舍了正门直奔侧门而去，待推开侧门走入偏巷，伸手掸去肩头青叶，满是皱纹的苍老面容上总算回复了几分正常。

虽说对不起师门，但终究是找到了传人，颜瑟惭愧之余，其实难抑心头喜悦，先前在南门观中，在国师李青山身前，那些喜悦被羞愧掩盖，此时入了侧巷终于开始展露。

一辆马车堵在巷口，看着车辕上的某侯府徽记，他微微一怔。

一名管事模样的男人从马车上跳了下来，上下打量了颜瑟大师两眼，似乎有些疑惑这名老道士的长相，半天后才把自家主人的殷切嘱咐记了起来，谦卑一笑诚恳说道："小人给颜瑟大师请安了，小人是安乐侯府大管事，今日奉侯爷之命特来寻您，听闻大师手中有张字帖……"

颜瑟大师冷冷盯着这名管事的脸，根本懒得想对方的来意，直接寒声说道："滚！"

说完这个字，他直接推开那名管事，抬步傲然向巷口走去。那名侯府管事在他身后脸色极其难看，然而想着颜瑟高高在上的神符师身份，却哪里敢有半点怨言，只是不停跟着他的脚步，带着哭音喊道：

"大师，您听小人把话说完。"

巷口忽然传来一道苍老的声音："颜瑟大师是何等样身份的人？你又是何等样身份的人？安乐侯不拘有何事询问颜瑟大师，或庄仪请入侯府，或肃容前来相见，均须执晚辈之礼，居然就让你一个管事出面，侯爷这事儿做得未免孟浪了些。"

侯府管事不敢惹一位神符师，但却不代表在长安城里他不敢惹的人很多，听着这番看似劝诚，实际上是毫不掩饰挑拨的话，他怒从心头起，走出巷口，看着那名白发苍苍站在一架绿竹轿椅旁的老人，挥手训斥道："我是什么样身份……"

忽然间他身体僵硬，声音颤抖起来，急忙单膝跪地行礼，说道："哪里值得大学士您费神关心，小人实在是糊涂到了极点，这便回去将大学士的话传给侯爷。"

那位白发苍苍的老人淡淡看着跪在身前的侯府管事，挥手说道："没想到你应变本事倒还不错，做个侯府管事，倒算是称职。"

老人姓王名侍臣，乃大唐文渊阁大学士，历三朝而不衰，深得陛下器重尊敬，即便是亲王李沛言看着这老人也要让道问安，更何况是区区一个安乐侯。侯府管事虽不知这位王大学士为何出现在南门观偏巷外，但哪里还敢多话，向着两位老人连连行礼，然后带着自家马车风一般逃走。

颜瑟大师蹙眉望着王大学士，拱手一礼问道："老学士，今日乃休沐之期，不用上朝，你为何会出现在这里？出宫顺道可不是什么好理由。"

"前些日子我和老祭酒吵了一架，这个理由充不充分？"王大学士咳了两声，回答道。

颜瑟想了想，拂袖恼火道："你们吵架那是去年冬天的事情，哪是前些天？"

"反正那幅花开彼岸天的双钩摹本，是在那个老家伙府上。那个老家伙非但不让我看，还经常拿这件事情来气我。"王大学士难掩心中激荡，抚须怒道，"双钩摹本过于拘泥线条原意，徒有原作其形，却无其意，哪里有陛下赐我那副摹本好？"

"你这话说得就不讲理了。"颜瑟深知这段公案，摇头做公论道，"方家皆知，若要摹原作之本义本迹，双钩法当然是最好的方法。"

颜瑟是昊天南门硕果仅存的神符师，王侍臣乃是历经三朝的元老，数十年来二人也算熟识，并且有一个共同的身份，那就是世间书坛大家，此时说起临摹之法，自然不会相让。

"就算双钩摹本最佳。"王侍臣微微一笑，傲然说道，"那又如何？待我今日拿了那幅鸡汤帖回去，不挂书房，却挂在中堂之上，气不死那个老匹夫。"

"且慢。"颜瑟异道，"鸡汤帖是什么东西？"

"就是你在红袖招里拿走的那张账簿纸。"王大学士看着他神情凝重说道，"现如今风声已经传开，东城老笔斋曾经卖出去的那些书帖，都已经被人收走。我觉得那些书帖并无特殊意味，但这鸡汤帖却是大不相同，你凭这鸡汤帖断定宁缺有神符师潜质，意义非凡。若能让老夫把此帖收入宅中，岂不是大妙？"

颜瑟感慨说道："这风言风语果然传播得比符书还要迅疾。"

王大学士盯着他说道："闲话少叙，安乐侯蠢到极点，居然派个管事就来找你讨要。我可是三朝大学士，亲自来巷口堵你，而且要的是你学生的书帖，这面子给得已经够大了，你可千万不要说不给我面子，不然我们两个人都会变得很没面子。"

"我从你这番话里只听出老流氓的气息，根本没觉得你准备要面子。"颜瑟恼火说道，"你我相识数十年，真想不到你这个堂堂三朝大学士，居然也会为这种小事情乱了本心！"

王大学士大怒说道："若是别的事情倒也罢了，花开帖这一年在长安城里闹得太凶，那个老匹夫欺我太甚，若不能把这面子找回来，我三朝大学士还怎样在朝堂上立足？"

颜瑟看着他，忽然开口说道："一万。"

王大学士脸上的怒容顿时敛去，呵呵一笑说道："四千。"

颜瑟从袖中取出那张薄薄的账簿纸，递了过去，说道："成交。"

王大学士接过那张薄纸，看都没有看一眼，转身一屁股坐回那顶绿竹轿椅，对随从大声吼道："还愣着干什么！赶紧回府！把容宝斋最好的兴师傅给我请到府里来！然后让老三准备明日开府宴客，庆贺生辰，邀宾客前来赏鸡汤帖！"

绿竹轿椅一路挟风弄尘狂奔而走，隐隐传来大学士与管家的对话。

"老爷，您的八十大寿上个月已经过了。"

"蠢货！老大的二丫头刚好这个月过生日！把那金家小丫头也请来，最最重要的是，不要忘了请她那个老不死外公！如果他不来，我亲自上门去请！"

宁缺这时正在皇宫里紧张面圣，寻找一切机会拍马屁颂圣，他并不知道自己去年酒后写的那幅便笺纸已经被卖出了四千两银子，而且还只是友情价。至于那张便笺纸书写内容的对象、从来没有机会看见那张便笺纸的桑桑，这时候正在临四十七巷老笔斋里紧张无语。

听着门外不停传来的密集叩门声，隔着门缝看着那些挥舞着银票、面露焦急神色的各府管事，还有那些站在街对面兴奋议论的各色人等，小侍女完全不知道该怎样应付这种局面。想起少爷临走前的交代，她把收集好的所有书帖全部整理好，打开床板拿出匣子，与那些珍贵的银票整齐摆放在一起，然后拿了两根极粗的铁链子，把门窗全部锁死。

做完这些事情，她又走回前铺，把难以关严的铺门板用大铁钉用力钉死，这才稍微放心了些，顾不得外面一波高过一波的声浪，擦掉额头上的汗珠，背着大黑伞和几件宁缺交代过最重要的中堂，打开小院后门悄悄溜了出去。此时天时尚早，正是吃午饭的时候，当桑桑走进红袖招青楼时，没有看到什么莺莺燕燕的场景，只是闻到了无数美酒佳肴的味道，已经一天一夜没吃东西的她忍不住吞了口唾沫。

简大家的贴身婢女小草正在顶楼扶着栏杆看着下面发呆，忽然看到桑桑出现在楼堂之中，顿时大喜，用最快的速度冲了下去，牵起桑桑的双手，好一阵埋怨："最近这些日子为什么一直没有过来？是不是你家少爷禁了你的足？宁缺这人也真是的，简大家不让他来这些风月之地，是想让他将心思放到学业上，居然借此对你撒气！还有啊，我听说你这半年经常去公主府里做客，是不是见惯了贵人，就忘了我们这些轻贱朋友？"

桑桑哪里顾得听小草的埋怨，她此时要和整座长安城里闻风而动的人们抢时间，直接问道："我家少爷去年大醉那一次，曾经在你们这儿写过一张便笺纸，在哪儿？"

小草微微一怔，旋即说道："我帮你去问问。"

片刻后，小草跑了回来，说道："问过了，好像是水珠姐姐当时顺手拿走了，你找这个东西做甚？已经隔了这么长时间，谁知道被扔去了哪儿。"

"我说好姑娘，您就行行好，把那张帖子让给我吧。"曹佑宁看着椅中那位丰润水盈的女子，若平日只怕早已心神摇晃想要扑上去，只是今天他的心神全部被那件事情占据，完全顾不得这些。

他诚恳说道："你刚才说的那位叫宁缺的学生，便是宫里那张花开帖的主人，如今陛下已经确认了他的身份，这时候正和他在御书房里说话，如果我骗你，只怕还能省些银子，但你我也算相识，断不至于如此待你，水珠姑娘，你可也不能这般待我呀！"

水珠儿此时已经从先前的震惊中醒了过来，有些头痛地揉了揉额头，无奈说道："可是那张账簿纸……"

曹佑宁极认真地纠正道："不是账簿纸，南门观里的风声已经传遍长安城，现在所有人都知道那幅书帖，那幅书帖应该叫鸡汤帖。"

水珠儿无可奈何摆摆手，说道："好吧，就依你，可那张……鸡汤帖，确实不在我手里。当日我取回来后，当夜便被人拿走了。"

"谁拿走了？"曹佑宁紧张问道，"姑娘您可得仔细回忆，要知道这张字帖非同寻常，那位南门供奉正是凭此帖判定宁缺有神符师潜质，此帖日后必然会成为天下名帖！"

水珠儿没好气一笑，说道："这还用得着好生回忆什么，那个老道士脏得一塌糊涂，性情怪异，却偏生出手大方，我怎么会忘记这种常客。"

曹佑宁听着她的形容，愣了半晌后忽然猛地一拍大腿，震惊说道："哎呀！我的小祖宗啊！那可不是什么脏道士，那道人肯定就是神符师颜瑟大师！"

水珠儿大吃一惊，用手绢掩唇，久久说不出话来。她心想这个世界究竟是怎么了？居然在一天之内就变得如此荒诞，那个可爱的可疼的少年郎居然成了陛下苦苦寻觅半年的大书家，而那个隔上月余便会来饮酒作乐一番的猥琐脏老道居然是位神符师！忽然间她想到一件事情，惊喜站起身来，吩咐婢女从屋后抬出一张废弃不用的小桌子。

"你看看这张桌子，上面是那位脏老道……不，是那位昊天道南门供奉、硕果仅存神符师、国师大人师兄颜瑟大师用他毕生功力有感而发，在这桌面临摹的鸡汤帖！"

她用手抹去桌上的灰尘，看着那些潦草的字迹，觉得自己果然是个巨眼识人的风尘别样花，实在是太有先见之明了，一面自我欣赏一面毫不停顿地说出了一大段话……曹佑宁把脸凑到桌面，盯着那些潦草却深刻入木的字迹，眼眸逐渐变得明亮起来，喜悦说道："水珠儿姑娘，价钱随你开，不用再说这些来烘托气氛了。"

水珠以手绢掩唇吃吃一笑，脸上全无尴尬神色，说道："三千两。"

曹佑宁直起身来，毅然说道："成交。"

"不能卖。"院门忽然被人推开，桑桑和小草快步走了进来。

曹佑宁异道："为何不能卖？"

桑桑仔细看了一眼桌上的那些字迹，对水珠儿认真说道："卖拓本。"

曹佑宁用三张银票换了一张纸和一方鲜红的印，有些喜悦又有些失望地离开了小院。水珠儿和桑桑看着他的背影消失在门口，才收回了目光，望向彼此。

在这段时间里，桑桑什么事情都没有做，只是安安静静看着水珠儿。

房间里的气氛忽然变得有些怪异起来。

水珠儿缓缓放下茶杯，抬头看着桑桑笑着说道："七三，你七我三。"

桑桑今天急着赶来红袖招，是因为宁缺特意交代她一定要找到那张鸡汤帖，只是没想到她终究还是来晚了很多步，且不说原帖已经被那位颜瑟大师带走，即便是这张桌上留下的笔迹，也已经开始被水珠儿当作了生财之道。先前她一直静静看着水珠儿姑娘，就是想看对方打算如何处理此事，此时听着你七我三四字，桑桑觉得很满意，笑着向对方点了点头。水珠儿抬袖掩唇嫣然而笑。

桑桑也笑了笑，走到桌边好奇地望了过去。先前进院之后，她只是粗略看了看，此时居然才是她第一次看到鸡汤帖的原文，只见这句让少爷被神符师看中、已然名动京都的话是这样写的："桑桑少爷我今天喝醉了就不回来睡了你记得把锅上炖的剩鸡汤喝掉。"

看着桌面潦草字迹最头前那两个字，那个属于自己的名字，桑桑沉默了很长时间，然后笑了起来，微黑的脸颊上满是骄傲和开心的神采。

金丝拌海草、四喜小分匣、卤汁淋香茄、花雕醉虾、药膳清汤鸡……听着太监报出来的菜名，看着盘中那摆放精致到极点的菜色，宁缺忍不住抬头看了一眼殿上的雕花梁柱，眼睛被前方铜柱抬起的明亮宫灯晃了晃，才反应过来自己这是在哪里，自己是在做什么。

御书房内，皇帝陛下向他讨要书帖欣赏，被他一句要卖钱挡了回来。宁缺本以为这必然会令天子一怒自己倒霉。然而没有想到皇帝陛下怒意虽生，却并没有把他赶出宫去，而是带着他离了御书房，在花园里绕了几个弯，来到某处安静殿宇，直面丰盛的碗碟。

留在宫中和大唐皇帝一起吃晚饭，这是怎样的待遇？先前那位温婉恬静的皇后娘娘甚至还亲手替自己盛了一碗汤，这又是怎样的待遇？即便是惯见生死、岷山崩于前可能都不会眨眼的宁缺，终于忍不住开始激动紧张起来。

皇后娘娘夹了一根冰镇竹笋送入陛下唇中，嫣然笑道："既是用膳，就莫老说自己看了多少遍花开彼岸天，不然宁缺这孩子又要谢恩又要惭愧，哪里还有时间安安生生吃几口菜？"

皇帝陛下心情着实不错，就着皇后的箸尖咬着竹笋嚼将起来，含混笑道："那便吃饭。"

一阵环佩轻响，淡香远来，身着一身极盛裙装的大唐四公主李渔，在宫女嬷嬷的陪伴下翩然而至。宁缺怔了怔，目光下意识里落在她的脸上，注意到往常只觉得清秀的眉眼，今日在艳丽宫妆和华美裙裳的衬托下，竟显得非常美丽，不由露出了惊讶的神情。

看到他出现在殿中的李渔则更是惊讶，忍不住以手掩唇，吃惊问道："你怎么在这里？"

皇帝陛下看着二人，疑惑问道："小渔儿你认得他？"

李渔快速恢复了平静，笑着解释道："父皇，去年从草原回来便是宁缺一路护送，那时便相识了，昨夜我去书院观看二层楼开启仪式，看的就是他。"

从草原归来的旅途自金帐部落出发，路过渭城，杀过北山口，才艰难抵达了长安城，关于女儿曾经遭受过的艰难，皇帝陛下非常清楚，只是他并不知道在这趟旅途中，有个叫宁缺的边城军卒，曾经救过自己女儿的性命，直至今日。听李渔用最简短的语言讲述完去年的旅途，皇帝陛下看宁缺的眼神，便与先前又有所不同，不再是单纯的欣赏，而多了几分诚挚的喜爱之意。

听着皇帝皇后笑语晏晏，看着李渔不时飘来取笑目光，总觉得这御宴怎么竟没有点御宴的庄严模样，更像是普通人家的晚饭？更关键的是，这场御宴之上固然不可能真的出现大葱和烙饼，只是这些看似精致的菜哪怕对猪来说也不怎么可口。

筷尖拨弄着清淡寡味的卤汁淋香茄，宁缺在怀疑了一番御厨拿的是不是新东方假证之后，便开始深情怀念临四十七巷老笔斋里的剩菜剩饭，甚至开始怀念那锅放酸了的鸡汤。

36

"其实朕不愿意住在皇城之中。"站在栏畔，大唐皇帝李仲易抬手遥指北方远处那道黑青色的城墙，感慨说道，"出城不过十余里地，便到了大明宫，那里青山密林滤风便凉，夏天若在那里要凉快许多，而且不用在朝堂上听着那些大臣们吵来吵去，没有人会天天烦你，也要轻松许多。"

宁缺站在陛下身旁，看着他清瘦的侧脸，心想这等感慨怎么会说给自己听？难道真是天下雄主困居深宫想找个聊天的人也难？来不及仔细分析这种待遇里隐着怎样的问题，他想起去年长安城里的酷热，心头生出强烈同感，恭敬说道："那陛下今年还是趁早搬出城为好。"

皇帝双袖负在身后，望着皇城夜色，叹息说道："早年间皇后她一说要搬去大明宫，大臣们便要痛哭流涕，不敢说朕荒废政事，也要拿祖宗的规矩出来说事。朕虽是大唐天子，可要挑个住的地方也往往身不由己，好不容易这些年没有人敢当面违逆朕的意思了，然则即便要搬也要待完全入暑之后，才能堵住那些老家伙的嘴。"

宁缺听着陛下言语里难以掩饰的幽怨意味，忍不住偷偷笑了起来。

皇帝忽然转身，极有兴趣望着他说道："今年朕与皇后搬去大明宫，不若你也跟着去住两天？小渔儿她总嫌城外清旷无趣，但实际上风景是极美的。"

宁缺脸上的笑容敛去得极快，听着这话总觉着有些别扭——不像是一位皇帝陛下邀请受宠臣子入宫暂歇，语气恬淡随意得仿似一位乡野老农，忽然看见县城来了个年轻亲戚，盛情邀请他去自家农舍吃些瓜果，自夸井水颇甜。

皇帝陛下邀他入大明宫度暑，他很清楚这代表着什么。

世间自有皇帝以来便有皇宫，自有皇宫以来便有宫廷词臣。这类天子近人身份清贵，颇受士民尊敬，不涉朝事却对朝事有莫大的影响力，俸禄浅薄但随便写些字卷诗词便能挣着无数银子。若放在以往，能做这样的清贵词臣，宁缺当然愿意，然而现在他已经不再是边城的少年军卒，眼里除了银子前程之外，更看到了那片玄妙的世界。

"陛下厚爱，学生愧不敢当。能得陛下日夜指点书法之道，本是妙事……"宁缺揖手恭谨行礼，偷看了一眼陛下脸色，说道，"学生老实讲，出人头地光宗耀祖谁不愿意？只是学生刚刚进入二层楼，还未曾见过院长，实在是不便……"

"朕只是随意说说，何须如此认真。"皇帝陛下微微一笑说道，"你这话里有诸多不实不尽之语，朕也懒怠说你，只是出人头地这种事情……朝小树为什么就不愿意？"

宁缺不知该如何回答，只好沉默。

皇帝忽然看着他问道："朝老二现在去了哪里，你可知道？"

"朝大哥去向，学生真是一无所知。"宁缺应道。

皇帝走到栏前，修长的手掌轻抚微凉的石栏，望着夜色下的皇宫，沉默片刻后轻声感慨说道："前人诗有宫怨诗一派，红叶宫墙白头宫女如何云云，然而谁知这深宫重重，锁的不只是宫女妃嫔，还包括朕。如今回思起来，当年做太子时时常去长安城里玩耍，带着小陈他们直闯春风亭，和朝小树饮酒斗殴，真真是不可寻回的过往了。"

听着陛下抚今追昔，宁缺嘴里一阵发苦，心想这等天家心思为何尽数进了自己耳朵？自己只不过是写了一幅书帖，今日是初见天颜，哪里有资格有力量承载这等信任？

仿佛察觉到宁缺心头的疑惑，皇帝转过头来，望着他笑道："朝小树是朕看中的人，你是朝小树看中的人。朕看中朝小树，才会有春风亭这名号。朝小树看中你，你才会随他去春风亭怒杀一夜。于是你才会被他送进暗侍卫，你才能进了朕的御书房，最后你在御书房里留下那幅字，朕才知道你这个人。这番话看似兜兜转转牵扯不清，其实只是说明了一件事情。"

宁缺知道这时候不能再保持沉默，必须凑趣，于是赶紧问道："说明了何事？"

皇帝微笑说道："说明朕与你之间，是有几分缘分的，就像当年朕与小树之间那样。"

缘分这个词好，宁缺在心里喜悦想道——大唐天子认为与自己有君臣之缘，那么在红尘俗世之间，自己便多了一道护身符，甚至是免死牌，将来很多事情都会顺利很多。

皇帝看着他似笑非笑说道："铺子里写好的书帖多拿些进宫给朕看看吧，就当是朕向你借的。既然朕与你之间颇有缘分，想来你不至于真的这般小气。"

缘分这个词不好，宁缺在心里痛苦想道——正所谓一入宫门深似海，自己那些银票般的书帖若进了御书房，哪里还能重见天日？至于说到借，那就更加操蛋了，大唐天子向你借几样东西，难道你还有脸去向他讨还回来？

宁缺抬起头来，毅然决然说道："明日我便把这些年的习作送入宫来请陛下指点。"

皇帝满怀安慰，轻捋颌下长须，看着身前的年轻人微微点头，心想你还没有白痴到极点。

宁缺脸上的坚毅在下一刻迅速变成心头滴血的难过与黯然，苦涩说道："原来陛下竟是在这里等着学生。"

"大唐首重律法，即便朕乃天子，也总不能向子民强索强取。"皇帝得意地笑了起来，看着他脸上肉痛神情，安慰说道，"自然朕也不会白拿你的东西。"

宁缺闻言精神一振，心想哪怕是成本价友情价君臣缘分价，但皇帝的手笔自不可能太小。皇帝思忖片刻说道："与你那手淋漓潇洒墨字相较，若还赠些金银之物不免太俗。"

在宁缺心中这世间最高雅最美妙的物事便是银子，至于金子那已然能够归类到神圣境界，此时听着陛下嫌金银之物太俗，不由大感失落。然则此时他总不可能开口急道不俗不俗，只好耐着性子往下听，暗自想着若不给现银，赐些御用珍宝绸缎或是妆粉也不错，自己虽用不着，但桑桑定然喜欢，若有剩的还可以拿到红袖招里去送那些姑娘。

皇帝自然想不到这小子此时脑子里正打着不良主意，竟准备把御赐的东西送给青楼姑娘当缠头之资，思忖片刻后忽然想到一事，眼睛微亮说道："颜瑟大师已经收你为徒，说你有神符师的潜质，那宫中刚好有一物正好适合你。"

宁缺好奇问道："陛下，那是何物？"

"那物事现在不能给你看，你便是看了也看不懂。"皇帝看着他微笑说道，"什么时候颜瑟大师禀报朕你真正入了符书之道，朕便把那物事赏给你。"

宁缺心想那是什么物事，居然还要与自身修为相关？只是陛下既然不肯开口，他也只好行礼谢恩谢过那份还没有到手甚至都不知道是什么的赏赐。看着天色已晚，他想起入宫之前想好的那件事情，恭谨禀报道："陛下，学生现如今既然已经入了书院二层楼，是不是应该辞了暗侍卫的差事？"

皇帝微微一怔后，不容置疑地摇头表示反对，看着他的眼睛说道："朕看过军部呈上的卷宗，你在边塞荒原表现极佳，甚至超出了朕的想象。你对帝国忠心耿耿，对同袍照拂有加，擅决断能杀人，朕就是需要你这样的暗侍卫。"

"但在书院里，学生实在是不知道该查些什么。"宁缺看似很随意地问了一句，实际上却是想从皇帝陛下的回答中寻找到他已经疑惑了一年的答案——朝廷究竟有没有对书院起忌惮疑心，自己究竟是不是宫中安插在书院里的隐牌。

皇帝望着他，不悦斥道："白痴！书院乃是我大唐帝国之根基，朕难道会糊涂到自撼江山根基？谁让你去查书院了？朕让你留心的是那些修行人！"

宁缺做白痴忠臣状赶紧应下，事实上依然有些不明白，自己如果在书院里读书，接触的修行人都是书院里的学生，又能去哪里监视别的修行人？至于被皇帝陛下训斥为白痴，他更是心头悻悻，暗想这辈子都是自己骂别人白痴的……看在你是皇帝的分上，我不和你计较。

皇帝脸色稍霁，说道："日后你在书院二层楼里跟随夫子学习，那是天大的机缘，一定要把握住，用心刻苦。与学业相较，朕交付给你的这些事情可以往后放。"

略一停顿后，皇帝看着他神情凝重说道："大唐的将来终究是要靠你们这些年轻人的。你曾经是一名光荣的大唐边军，现在是朕最信任的暗侍卫，又是夫子的学生，大唐不会埋没你，而你也不能让大唐丢脸，明白没有？"

宁缺听出皇帝这句话里的信任与器重，心头微微一凛，应道："学生明白。"

绕着宫殿散步一周，皇帝陛下该讲的话、该抒发的感慨、该抢的书帖都已经料理完毕，便到了分别的时刻，陛下特意嘱咐自己最宠爱的女儿把宁缺送到殿外，可谓是给足了面子。

在殿外候着准备带宁缺出宫的小太监是禄吉。

沿着御花园走了很长时间，终于看到了夜色之中的皇城门，摇晃的宫灯已经远离了各座殿宇里穿行的太监宫女，一直低着头在前带路的禄吉放缓了脚步，压低声音说了声多谢。

宁缺知道他谢的是何事，笑着摇了摇头，没有多说什么。

在皇城门外负责值夜的是宫廷侍卫副统领徐崇山。

经过一番严苛甚至有些变态的漫长检查之后，宁缺终于被带到了皇城门洞旁的值班房里。重新穿鞋系腰带，穿戴完毕后，他看着窗畔的徐副统领苦笑说道："何至于如此？"

房间里只有他们两个人。徐崇山脸上满是无奈神情，看着他认真拱手一礼，感激说道："我今日担心了整整一天，如今既然陈疾尽去，自然要对你道一声谢。"

宁缺看着他，摇头说道："禄吉带我出宫，您在这里值夜，陛下肯定知道这件事情，我甚至在想，陛下是不是特意给我们机会，好让我们把口供对好。"

徐崇山带着深深悔意说道："事已至此，就算陛下猜到了些什么，我一样只能死不开口。"

宁缺看着这位名义上的顶头上司，安慰说道："猜到和知道终究是两回事。"

徐崇山挪着两条粗短腿走了过来，看着他认真说道："若这次俺真失了圣眷，从今往后，我可就要抱您大腿了，我腿短跑不快，您可得悠着点儿跑。"

宫廷侍卫副统领这是何等样的人物，这是何等样的表态，直接把宁缺唬了一大跳。他连连摆手说道："大人，千万别这样说，属下的腰腿虽好，但真没多粗啊。"

徐崇山假作不悦说道："汝腰虽细，大腿必肥，这就不要客气了。"

听着带着浓重河北道口音，不文不白令人硌硬的话，宁缺禁不住打了个寒战，赶紧转了话题，压低声音问道："大人，咱们暗侍卫的身份是不是太容易曝光了些？今日入宫之前，林公公便点明了我的身份。"

徐崇山解释道："林公公是陛下的身边人，当然知道暗侍卫的名单。除了宫中寥寥数人，朝堂之上没有任何人会知道你的身份，包括皇后娘娘在内。"

宁缺想着先前当着皇后娘娘面时，陛下确实没有和自己谈及暗侍卫的事情，方才放下心来。

忽然间他想到一件事情，认真问道："那……公主殿下？"

徐崇山表情有些尴尬，安慰道："猜到和知道终究是两回事，先前你刚说过。"

"臣弟拜见皇兄。"

"坐吧。"

皇帝随意挥了挥手，示意亲王李沛言坐下。他放下手中的奏章，忽然想到一件事情，问道："上次我让宫里送到王府的两罐双蒸喝了没有？喜不喜欢？"

李沛言皱了皱眉头，老实说道："那酒太烈了。"

皇帝没好气训斥道："酒不烈还有什么喝头？我说你啊，就是自小身体差，被母亲疼得厉害，结果养成了这么个娇弱身子。"

李沛言嘿嘿笑了两声，说道："反正有皇兄遮风挡雨，我弱些就弱些。"

说完这句话，他面色一肃，从椅中站了起来，进入君臣奏对的时间段，禀告道："西陵使团准备启程返回，隆庆亦要离开长安，臣请陛下降旨，将此人留在京中。"

皇帝思考片刻后说道："当时的协议是让那个年轻人进二层楼，既然他没本事进不了，也不能怪朕。不过如此一来协议等若作废，他要离开便让他离开好了。"

李沛言听着这话有些愕然，情急说道："皇兄，这可是燕国的人质，怎能让他离开？"

皇帝嘲讽说道："当年燕皇遣太子入长安城为质，不是为了安朕的心，而是要安他自己的心，若朕不收他的儿子，他岂不是每夜都要担心朕的铁骑随时会攻破成京，杀进他的寝宫？为了让那个老家伙能睡得好些，能多活几天，朕只好勉为其难应了。须知道大唐威震天下，靠的是铁骑勇士和不言败之精神，不是靠长安城里的这几个天天流连勾栏青楼的人质。天下人都不明白，是燕皇南晋国君这些人哭着喊着把人质送到长安城来，而不是朕想要这些人质。什么狗屁太子皇子，难道大唐养他们不用花银子，不用浪费粮食？"

皇帝挥挥手，说道："隆庆皇子想走便让他走，长安城不养废人。"

在临四十七巷巷口便下了马车，悄悄溜到院后那条窄巷，隔着墙对了几声暗号，老笔斋后门吱呀推开，宁缺用最快的速度闪身而入。

接过滚烫的热毛巾洗了脸，把双脚放入温度正好的热水盆里，他舒服地发出一声呻吟，觉得从昨日至今夜累积起来的疲惫倦乏一扫而光，绷紧了很久的精神也终于舒缓下来。一天一夜之间，他登上书院后山，战胜隆庆皇子，得到进入二层楼的资格，从一个被人遗忘的书院学生，变成被书院和昊天道南门争抢的天才，紧接着被发现是花开帖的主人，进入皇宫，被陛下留膳，与陛下一家子闲聊……

震惊连着震惊，一波跟着一波，接踵而至，纷至沓来，这等境遇实在难以想象，日后可能也极难有人能够复制。旁观世人已然目不暇接，更何况是他这个当事人？直至此时终于躺到熟悉的床上，宁缺依然有些神情恍惚，觉得极不真实。

桑桑往他脚下的洗脚盆里加了半瓢热水，蹲在地上仰起小脸，看着他好奇问道："少爷，皇帝老爷子长什么样子？是不是胡子又长又白？"

"又长又白的是圣诞老爷子，可不是皇帝老爷子。"宁缺用手指指自己发酸的大腿，示意桑桑捶几下，斜靠着被褥说道，"皇帝陛下啊，其实年龄并不是太大，要说这是一个什么样的人呢？我还真说不清楚。"

这是一句很诚实的话。对于大唐皇帝陛下，宁缺的感受向来有些复杂，从那场天灾到渭城兵寨的很多细节，他能感觉到如今这位天子便是传说中的那种明君，然而每每想起将军府里的血案，想起那些依旧安坐朝堂之上的凶手，明君二字在他心里便要打上问号。

从边塞回到长安城，他开始追杀当年参与将军府血案的凶手。也就是在这个过程中，他发现这些年里，皇帝陛下没有明查此事，暗中还是做了很多事情，某些人谪的谪、贬的贬、边缘化的边缘化。虽然宁缺理所当然认为这些惩戒远远不足，但他必须承认，对一件被世人遗忘已久而且没有任何翻案证据和必要的案件来说，身为一个皇帝做的已经足够多了。

至于将军府血案的罪魁祸首，亲王李沛言和夏侯大将军……一个是皇帝陛下的亲弟弟，一个是帝国倚为砥柱的大将，现如今依然风光，他也能明白其中道理。

宁缺在心中默默说道："陛下，你对自己的亲弟弟下不了手，那就交给学生我来做吧。"

主仆二人盯着床上的银匣子，更准确地说是盯着匣子里的那些纸张，脸上心疼的神情如出一辙。沉默了很长时间后，桑桑抬起头来，有些不甘心问道："全部都要送进宫里？"

宁缺说道："当然不，最多三分之二……顶多一半。"

桑桑开始从匣子里面挑选书帖，动作很迟缓很不舍，脸上的表情很心疼。

宁缺也很心疼，带着悔意感慨说道："若当年便知道将来某日我随意写一张字纸便能当银票使，我又怎会随意扔了那么多烧了那么多？就算写得差些，墨团涂得多了些，但想来当半张银票使总没问题，这般算来，你说这些年我们扔了多少张银票走了？"

听着这话，桑桑忽然眼睛一亮，异常迅速跳下床去，粗暴地把宁缺扯下床来，掀起床板伸手进去掏摸半天，掏出了一个小盒子。她把盒子拿到桌上打开，取出里面的纸张，兴奋说道："少爷，以前你扔的很多张纸，后来都被我捡了回来，你看看这些能不能换钱？"

宁缺微微一怔，下意识里拿起最上方的那张纸看了一眼，发现竟是卓尔死的那夜自己临摹的丧乱帖，震惊问道："这帖我早已经扔了，你什么时候又捡回来了？"

桑桑微笑不语。

宁缺震惊无语。过了很长时间他醒过神来，伸出双手捧着桑桑微黑的小脸，深情感慨道："桑桑，如果没有你，我该怎么活下去啊？"

正在这时，他的肚子忽然咕咕叫了两声。宁缺收回双手揉了揉肚子，看了一眼窗外深沉的夜色，说道："离天亮还久？"

"是啊，少爷。"桑桑好奇问道，"怎么了？"

宁缺正色说道："这时候我十分想念酸辣面片汤。"

桑桑疑惑不解问道："听说皇宫里的宴席最少都有一百多盘菜，难道少爷你没有吃饱？"

宁缺嘲讽一笑，说道："那些没见识的人，以为皇宫是什么地方？御宴上各色佳肴清雅味美，但讲究的是精致，哪里能山海一般搬上来？少爷我现在也是吃过御宴的人了，日后你不要在外面说这种话，免得被人听见后耻笑我们眼界不宽。"

桑桑嗯了一声，继续平静道问道："御宴肯定很好，但少爷你到底有没有吃饱？"

宁缺脸上神情微僵，沉默片刻后老实说道："确实没吃饱。"

桑桑微笑说道："我去煮面。"

37

清晨起床，桑桑替宁缺梳好头，打好热水后，出铺子买了两碗酸辣面片汤回来，还特意加了两勺牛肉臊子。洗脸刷牙结束，宁缺披着件单衣开始吃早饭，桑桑开箱取衣服鞋袜做搭配。昨天夜里书院春服已经被熨得极挺括，鞋袜也全部都是新的，主仆二人这些年来这般认真庄重用心在衣着打扮上，除了今天便只有去年春天书院开学那日。

宁缺在桑桑的服侍下开始穿衣，双手挽着那根崭新的密织细花腰带，用力拉了拉。桑桑从床头捧起一大堆牌子，往他的腰带里面塞，竟是塞了半天还没有塞完。他接过那面古朴小巧的木牌，看着上面光滑的纹路，暗自想着陛下昨夜给自己这块天枢处的腰牌不知道有何用意。

腰牌本来应该是系在腰带上，而不是塞进衣服里，只是宁缺现在手里的腰牌数量实在太多——暗侍卫的腰牌、学院的腰牌、学院二层楼的腰牌、鱼龙帮去年给的一块客卿腰牌，再加上昨天新鲜到手的天枢处腰牌，如果全部挂在腰上，他完全可以去跳土风舞。

宁缺摸了摸腰间鼓鼓囊囊的突起，在桑桑面前扭了扭腰，说道："来长安城一年，银子挣了不少，这牌子也捞了不少，只是你家少爷我腰还不够粗，日后牌子若再多些，只怕会挂不住。"

桑桑仰着小脸，看着他笑道："少爷，你不要这么得意行不行？"

宁缺得意说道："在外面要宁静致远装温和，在家里凭什么不能得意几下？"

出了老笔斋正门，熹微晨光之下，马车早已经安安静静停在巷口等候，只是今日老段没有在车上等，而是老老实实站在铺门外，模样显得异常恭敬。车轮碾轧着巷内的青石板道，马车逐渐远离东城，经由朱雀大道出了长安城南门，上了帝国官道，向着远方晨光下如同仙境一般的书院而去。

宁缺看着窗外道旁的青树野花田畦，脸色平静如常，这段道路上的春和景明看了太多次，已经无法引发他更多的思绪，看了片刻后便把窗帘放了下来。坐在微微摇晃的车厢里，他缓缓闭上双眼，数日来的疲惫与紧张早已离开了身躯，但这却竟是他第一次有机会冷静回忆这些天的经历。

晨光透过窗帘再穿过眼帘，变成极暗淡的光线，与那片即将迎来黑夜的荒原光线强度极为相近，他的思绪瞬间飘回到那些奇怪的梦，以及登山过程当中所看到的那些奇怪幻境中。不知道过了多长时间，宁缺睁开双眼摇了摇头。

在先前的时间里，他再次重温了一遍那些光明与黑暗的交织，那些来自天地最远处、内心最深处的召唤，然后发现这些和自己实在是没有半点干系。如果最后那步选择是书院的考验，为什么书院的大修行者会弄出如此玄妙的幻境，而自己为什么会正确？

即将正式进入书院二层楼学习，但说实话直至此时依然不知道为什么书院和那条漫漫山道，还有设计那片幻境的夫子会选中自己，宁缺思索很久之后，只能得出这个结论：

"夫子因为太高深，所以高深糊涂了。"

长安城西南向的阔直官道上，由数辆马车和数十名骑士组成的队伍正在沉默前进，这些马车外饰以黑金二色为主，透着股难以形容的华贵与肃杀之意，数十位骑士虽未穿着盔甲，但整齐的黑色战袍与脸上的坚毅神情，依然散发着神圣不可侵犯的感觉。这些骑士是西陵神国威震天下的护教军，号称世间最精锐之骑兵。有资格被他们居中保护的那几辆马车，里面坐着的毫无疑问都是神殿的大人物。此时天色尚早，车队便出现在长安南方的官道上，说明他们在城门开启后第一时间便离开了长安城。

由神殿大人物和护教军组成的队伍，如果行走在别的国度，一定会引来无数人的围观喝彩，甚至道旁可能会有不少信徒叩首不止。但现在他们是在大唐帝国境内，天色尚早，官道两旁没有人投以注视的目光，更没有人献上虔诚的眼泪，显得格外沉默冷清。

正中间那辆奢华却不失庄肃味道的黑金色马车内，隆庆皇子平静的目光透过窗口，落在唐人漂亮的民宅与田间如金色毛毯般的油菜花上。他听着四周急促的马蹄声和骑士们的呼吸声，感受着那股压抑的气氛和怪异的沉默，忽然开口说道："来时整座长安城欢腾，信众妇孺夹道欢迎，瓜果鲜花向着马车乱掷，去时却是如此沉默安静，甚至要特意选择城门开时偷偷离开，是不是很像丧家之犬？"

坐在对面的天谕院副院长莫离神官脸色微变，不明白为什么隆庆皇子会说出这样一句话来，强行压抑心头的怒意，说道："大人何必如此自辱？"

隆庆皇子淡淡说道："护教神军无论在世间何地，都身着金色盔甲，光芒四射犹如天神，然而进入大唐境内，便必须卸甲交枪，不然便不准进入，这……才是羞辱。"

不待莫离开口，他继续说道："副院长，你可知道为何在长安城里我要住在桃花巷中？"

莫离神官心头微凛，不知道隆庆皇子这番发问是不是想试探自己什么，然而看着对方的微笑容颜，不知为何他心头愈来愈寒，犹豫片刻后诚实回答道："因为皇子本命物便是桃花。"

"不错，那你知不知道我为什么会选择桃花为本命物？"隆庆皇子问道。

莫离神官摇了摇头，关于这一点西陵神殿里的人们始终不知道真实的原因是什么。

"因为夫子当年入西陵，一面饮酒一面斩落神山上所有桃花，却没有一个人敢出来阻止他。"隆庆皇子望向窗外那些充满乡野美感的油菜花田，平静说道，"这是我西陵神殿百年来遭受到的最大羞辱，我选择桃花为本命物，便是提醒自己不要忘记这份羞辱。"

他继续淡然说道："今番我自降身份接受书院二层楼的考验，便是想有机会能跟随夫子学习，以期日后能替神殿把这番羞辱讨回来，然而没有想到，居然被宁缺又羞辱了一番。"

莫离神官想要安慰他几句，但发现着实找不到什么合适的话语。

"你刚才说我那番话是自辱……其实不对，羞辱这种事情与谁发起没有任何关系，只在乎实力，若我比人强，那么那番话便是调侃，若我比人弱，那番话才变成自辱。唐人能让我护教神军解甲，夫子能斩尽满山桃花，宁缺能逼得我像条狗般逃离长安，都不是他们有意在羞辱我，而是因为在某些方面，他们更加强大。

"不过我很感谢这番羞辱。告诉你一个好消息，或许我已经踏出了那一步，现在我只希望宁缺能真正地迅速强大起来，好让我有讨回这番羞辱的机会。"

莫离神官闻言一惊，旋即狂喜，心想若隆庆皇子能在旅途中晋入知命境界，那么神殿或许会饶过自己此番出使给神殿所带来的羞辱。连声恭喜之后，他忽然间想到一件事情，诚挚建议道："崇明太子已经回了燕国，皇子晋入知命境界的好消息，是不是尽快让人通知燕皇？"

隆庆皇子微微自嘲一笑说道："让父皇知道这件事情又有何意义？争夺皇位？莫非区区一个燕国的皇位会比昊天大道更吸引人？"

莫离神官诚挚说道："但那皇位本来就应该是皇子您的。"

"是我的，永远都是我的。"隆庆皇子回想着在书院后山上看到的那些幻境，尤其是最后悬崖畔那几步里所看到的大光明大恐惧，面色微显苍白，旋即坚毅说道，"任何想要抢走我东西的人，都会是死人。"

他的手从窗外收了回来，不知何时指间已经多了一朵粉嫩欲滴的桃花。他把桃花随意插在自己的衣襟之上，不知那充满生命气息的花瓣之下可有一个透明的空洞？

隆庆皇子看着窗外的民宅炊烟、田间的油菜花，沉默了很长时间后，平静说道："再过些年，我要把这些难看的唐人民居全部推倒，把田间的油菜花全部铲除，然后一把火全部烧掉，烧掉那些罪恶与肮脏，让这里的天地只剩下一片光明。"

宁缺刚走进书院，和石阶旁的常征明微微点头致意，便看到一个小书童正站在晨光中向自己挥手，不由微微一怔。

那小书童生得眉清目秀，小脸极为水嫩，仿佛粉妆玉琢一般。他看着宁缺向自己行来，极恭谨地行了一礼，说道："小先生，我是我家少爷的书童，奉命带您上山。"

小小书童却偏生要摆出老夫子的做派，宁缺忍不住笑了笑，问道："问题是你家少爷是谁？而且为什么要叫我小先生？"

小书童格格一笑，摸了摸脑袋，解释道："我家少爷行二，称呼是少爷给我定的规矩，您是后山最小的那位，所以我就要叫您小先生。"

宁缺极感兴趣问道："那……陈皮皮是几先生？"

小书童稚声应道："以往他是小先生，现在既然您是小先生，所以他就是十二先生。"

宁缺怔了怔，摇头笑着说道："那大胖子和小先生……听着总觉得有些不搭啊。"

小书童认真说道："其实……我也是这样认为的。"

今日宁缺进入书院后山的道路，当然不可能是那条折腾掉他半条命的山道。小书童带着他走了一条僻巷，从旧书楼旁一条石径斜插了上去，然后在满山浓雾前停下了脚步："小先生，旧书楼二层楼里也有条路，不过少爷说了，今天您是第一天来，所以请走这边。"

宁缺看着身前的云雾，下意识里想起前天那条漫漫山道上的雾气，身体微微僵硬，沉默片刻后，看着小书童温和问道："雾里……没有什么古怪吧？"

小书童认真回答道："当然没有，我都经常走的。"

这片山雾确实没有什么古怪，比如变成飞剑的竹叶、变成瀑布的山泉、变成大海的小池。

这片山雾非常古怪，宁缺只不过走出十数步，居然便走到了书院后山的山腰间。

他挥袖拂去身前最后几缕雾气，看着眼前在晨光下宛若仙境的山腰景致，不由呆住了。从书院方向望去陡峭无比的大山，在迎着东面的方向，竟然有这样一大片平坦的崖坪。崖坪之上有镜子般的小湖，有怒放的野花，有恬静的青草，有参天的古树。花有千种万种，其中也有桃花，但夹在其间毫不显眼。

参天古树下，有十余间样式简单的房屋，炊烟袅袅升起。房屋背后的山崖间有道银线倾泻而下，竟是极远处的一道瀑布，一群黑色的鸟儿在崖壁与瀑布间欢鸣飞翔。

晨光之中，如斯美景撞入眼帘，宁缺怔怔不知该如何言语。感受着后山间清幽的天地元气和生命味道，一个念头不知何时强烈地涌进他的脑海。

——无论是谁想要毁灭这样的美丽，我一定会灭了你。

38

"我第一次来时，也像你一样，被这里的美丽震得无法言语。"不知何时，陈皮皮站到了宁缺的身边。

宁缺转头看了他一眼，问道："比你原来住的那个地方还要美丽？"

陈皮皮看着他沉默片刻后若有所指说道："庄严、肃穆或者神圣，其实都不是美丽。"

他微笑继续说道："欢迎来到真正的书院。"

宁缺笑着回答道："看来你是我今天的导游。"

陈皮皮没有听说过导游这个词，但大概猜到是什么意思，笑了笑，领着他向崖坪间走去。一路走过青青田野与草甸，踩着微湿的田垄走上道木桥，二人便来到了平静如镜的湖面上。湖间的白色水鸟时浮时沉，在水中捕食小鱼。无论成功还是失败，它们同样骄傲地仰着头颅，或咽鱼入腹，或甩干羽毛上的水珠。木桥上的脚步声引得水鸟们注目而望，但它们明显并不怎么怕人，反而像是在好奇，显得极富灵性。

木桥中段有一方亭榭，湖光水色之间好不清幽，一位穿着淡黄色书院春服的女子，正在亭间专心致志地拈针绣花。陈皮皮带着宁缺走到那女子身前，恭谨行礼说道："七师姐。"

那淡黄衣衫女子抬起头来，看了他身旁的宁缺一眼，笑着说道："带小师弟好好逛一逛。"

宁缺揖手行礼，恭敬说道："见过七师姐。"

七师姐似笑非笑看了陈皮皮一眼，忽然开口说道："从今往后你可以偷懒了。"

陈皮皮尴尬笑了笑，宁缺不解何意，默默看着二人。七师姐没有再说什么，继续低头绣花。

走出湖间亭榭，顺着木桥穿湖入岸，陈皮皮回身望去，对宁缺介绍道："七师姐姓木名柚，精研阵法，先前你上山时穿过的雾气，是书院前贤设置的阵法，阵法维护便由七师姐一手负责，至于绣花……两年前七师姐阵法研修遇着瓶颈，无论是大师兄还是二师兄都寻不到好的法子，最后老师决定让她绣花，这一绣便是两年，也不知道那段瓶颈究竟过了没有。"

这是宁缺第一次进入书院二层楼，对于很多事情根本没有任何概念，比如绣花与阵法有什么关系？但正因为完全没有任何概念，他知道自己就算问也便白问，于是沉默。

陈皮皮带着他走过那棵极高大的古树，走到西面那片密林前，听着林子里悠扬的琴箫之声，说道："吹箫的是九师兄北宫未央，弄琴的是十师兄西门不惑，他们两个人来自极南海岛之上，精通音律，至于修行的是什么法门，只怕连他们自己都说不清楚。"

宁缺诧异问道："这又是什么说法？哪有修行者连自己修行法门都不知道的？"

陈皮皮摇头解释说道："老师从来不给他们布置功课，只是让他们由着性子鼓捣这些没用玩意儿，我进书院多少年，便听他们吹弹了多少年，哪见过他们做别的。"

春林里琴箫之声骤歇，籁籁摩擦声起，二名男子从林子里走了出来。只见这二人面容英俊神情平静，身上穿着白色学院春服。他们身上的院服明显经过改造，袍袖及下摆非常宽大，被春风一拂飘然若仙，不像是学生，更像是仙风道骨的隐士。拿着洞箫的九师兄北宫未央看着陈皮皮蹙眉问道："什么叫我自己都说不清楚？"

陈皮皮笑着说道："那你说说，你们在书院这么多年究竟修了些什么玩意儿？"

北宫未央拿起箫管着实不客气狠狠敲了陈皮皮脑袋一下。陈皮皮捂着脑袋，恼火嚷道："九师兄，怎么说不过人就打人？你讲究的风仪到哪里去了？"

抱着古琴一直沉默在旁的男子忽然开口说道："该打。"

陈皮皮看着那男子抱怨道："十师兄，你以前可不是这样的人。"

西门不惑微微一笑，拢在身前的双手轻抱着古琴，指尖微颤，拨了个碎音。然后他看着宁缺说道："小师弟，我与北宫师兄修的乃是音律大道，像皮皮这样只知道用天地元气打架的蠢物根本无法体会音律之美，希望你不是这样的俗人。"

北宫未央将洞箫插入腰间，看着宁缺极感兴趣说道："小师弟，当日观你登山颇有洒然之意，颜瑟大师又说你有神符师潜质，而且听闻你是长安城里最近出名的书家，既然如此，想必你对艺术颇有造诣，日后要好生切磋切磋才是。"

宁缺恭谨行礼，心里却苦涩想着，自己哪里懂音律这些东西，至于俗或不俗……能感知天地元气当然应该用来提升自身境界，然后学习怎么打架杀人，这二位师兄竟是把全部的修为与生命都投入到了音律之中，雅固雅矣，只是未免有些暴殄天物。

"禀告二位师兄，我对音律之道一窍不通。"他赶紧应道。

九师兄北宫未央极不以为然，挥袖说道："音律书画均乃天地间优美事物，艺术二字讲究的便是触类旁通，你以往没有机会接触，如今遇着我与你十师兄，岂能错过？"

宁缺见对方热情，哪里好意思拒绝，于是便应承下来，日后在书院学习的空闲时刻，一定前来向二位师兄恭敬请教音律之道，即便不能有所增益，当听众也是好的。

二位师兄听着这话面露喜悦之色，同声赞道："果然不是皮皮这样的俗人。"

向大树下的崖坪房屋走去的途中，陈皮皮看了宁缺一眼，认真问道："你真的喜欢听箫琴之音？

宁缺看他一眼，说道："完全不感兴趣……你不用这样看着我，这是我第一天进书院二层楼，二位师兄如此热情，难道我能当面拒绝？"

陈皮皮摇头感叹道："你这个蠢货，这种事情当然应该坚决地拒绝。"

宁缺不解何意，问道："日后若师兄们要吹箫给我听，我躲开便是了，又有什么问题？"

"这些年来，已经没有一位师兄师姐愿听他们奏曲。每天他们只能面对面吹箫弄琴，一人道洋洋哉，另一人道巍巍乎，互为知音互拍马屁，早已无聊到了极点，差的便是一个听众。你既然答应了他们，日后在后山便等着天天被拉去当听众吧。"

宁缺疑惑问道："难道二位师兄音律之道水准极差？"

"二位师兄若在世间绝对是第一流的音律大家。"陈皮皮正色说完，旋即神情苦涩说道，"可再了不起的音律大家，若翻来覆去连续弹奏一首曲子上千遍让你听，你就会知道那是何等样恐怖的痛苦。"

如果让自己连着吃一千碗酸辣面片汤会不会腻？如果让桑桑连着吃一千碟醋泡青菜头会不会腻？如果自己带着桑桑去松鹤楼连吃一千天席面会不会腻？当然会腻，那么连续听一千遍同样的曲子肯定也会腻，而且会非常痛苦。宁缺颤声说道："世间爱音律之人数不尽数，二位师兄总不至于非要让我一个人听。"

"世间爱音律之人甚众，但在两位师兄看来，有资格听他们演奏乐曲的人却极少。而能进入书院后山成为他们同窗的人，经过夫子的考验，却恰好是最有资格的人。"

宁缺斩铁截铁说道："我躲。"

"我曾经躲过。"陈皮皮同情地看着他，说道，"书院后山不小，但要找个人还很容易的。"

宁缺正准备说些什么，忽然发现石径旁的花树一阵摇晃，一个看不清楚头脸的人忽然冲了出来，吓了他一跳。他定睛望去，才发现是那日在山顶上见过的一位年轻师兄，只是今日这位师兄发间衫上落着各式各样的花瓣，看着十分滑稽又有些惊悚。

陈皮皮把他拉到身旁，极严肃认真地介绍道："这是十一师兄王持。"

宁缺赶紧整理衣衫，长揖行礼道："宁缺见过十一师兄。"

十一师兄瞪着眼睛看着他，没有回礼，而是拾起肩头一片花瓣，怔怔问道："我来问你，若心外无物，心外无事，那夫子进入后山之前，这花在山中自行开落千万年，与你我之心又有什么关系？若无人入后山，若无人观此花，莫非此花便不存在？"

宁缺哑然无语，沉默很长时间后转头无辜看了陈皮皮一眼。

陈皮皮的目光比他还要无辜，意思是说这种鬼问题我没有现成答案提供。

十一师兄王持目光温柔看着他，等待了很久没有等到答案，脸上却也没有什么不悦神色，自行温和解释道："依我看来，在你我见到这花之前，花与你我之心各自寂静，你我来看这花时，花便在心头显现绽放，此花存在与否，便在于显现之刻。"

宁缺确实没有怎么听懂，神情依旧显得非常无辜。

陈皮皮被这厮无辜的神情弄得有些内疚，咳了两声后说道："十一师兄，小师弟第一天进后山，我还要带他去拜见其余的师兄，心物之论可否容日后再辩？"

王持温和望着宁缺，说道："小师弟，日后若有余暇，可否来助愚兄思辨求得？"

宁缺听着话里意思，松了口气，赶紧连连应下，然后跟着陈皮皮逃一般离了花树，向崖坪古树下的那些房屋跑去，浑没注意到陈皮皮脸上又露出了同情的神色。

39

屋内有火炉，屋外有水车，屋内外都弥漫着白色的蒸汽。水落红铁发出嗞嗞啦啦的声音，锤落红铁发出砰砰啪啪的声音，宁缺和陈皮皮二人老老实实站在门槛外，看着那名上身赤裸的壮汉像对待心爱情人般细腻却又粗暴地把玩着炉火与铁块。

过了很长时间，屋内嘈杂的声音终于停止，壮汉解下身上的皮围裙，拿起毛巾随意擦了擦脸上的汗水，走到门口，憨厚一笑说道："我是你六师兄。"

陈皮皮对宁缺笑着说道："六师兄打造的盔甲兵器举世无双。许世将军现在身上穿的盔甲，便是由六师兄亲手打造。日后你如果有这方面的需求，可以直接来向师兄讨。师兄为人最是亲切和善，你别看他不怎么爱说话，但答应你的事情一定能做到。"

先前那段时间，宁缺一直盯着六师兄挥锤打铁，隐约间从对方极富节奏感和力量感的动作感受到了一些很有意思的东西，这时听着陈皮皮的介绍，想着藏在临四十七巷里的那三把刀还有那些羽箭，眼睛顿时一亮，赞叹道："六师兄是符道大家？"

"如果分法门我应该算修武的，不过这辈子也没有时间去学怎么打架，光顾着学打铁了。"六师兄憨厚回答道，"小师弟，我知道你想问什么。我打造出来的盔甲兵器上确实有符纹，不过那和我没有关系，是四师兄的手笔。"

"四师兄？"宁缺讶异问道。

六师兄指向屋内阴暗一角。宁缺这才注意到，在阴暗角落里有一张很小的沙盘，沙盘旁坐着位穿着青色学院春服的男子。屋里温度极高，然而那男子身上竟是没有一滴汗水，专注平静看着面前的小小沙盘，似是感受不到温度一般。他整个人就像是房屋里的一部分，极容易逃脱目光的捕捉，如果闭上眼睛，更是根本感觉不到他就在那里坐着。

"四师兄最近在修行混光符。"陈皮皮解释道，"这种符纹能让盔甲与武者之间的联系更紧密，如果达到理想状态，甚至最后二者有可能融为一体，当然，那是理想化的想法。"

坐在阴暗角落里的四师兄抬起头来，理都没有理宁缺陈皮皮二人，直接对壮汉说道："三星纹用来加大正面抗冲击力自然没有问题，但侧面的撕扯力怎么办？武者布天地元气于体肤之表，激发盔甲上的符纹后产生应激力，二者之间的对峙怎么解决？"

六师兄向那边走了过去，宁缺陈皮皮二人跟在他的身后。沙盘上画着极简单的三条线，这些线并不是完全平直，相交处被勾出了极光滑的几个半圆弧形，看上去就是一根线牵着几滴触在一处将要融合却还没有完全融合的水珠。听着两位师兄的议论声，宁缺知道他们是想要对盔甲上的符纹加以改造，从而提升防御能力，这是他第一次亲眼看到符道在现实中的运用，不由大感好奇。

"我不懂符道，也不知道这些纹饰有什么用，但我总觉得这些半圆太光滑，或者说……太完美。"六师兄挠了挠头，老实说道，"我就觉得太完美的东西肯定不禁打。"

四师兄沉默很长时间后说道："你这辈子一直在打铁，对于力量这种东西比我熟悉得多，虽然不知其所以然，但我相信你的直觉，这几个半圆确实太完美了。"

宁缺紧张地盯着由细白沙铺成的沙盘，想要看看这位四师兄准备进行怎样的改动。

没有人拿木笔画图，便看见沙盘上的细白沙粒极神奇地快速滚动起来，上面的线条仿佛被一只无形的手牵着，在沙盘间延伸曲折，片刻间便不知道变化了多少种组合。宁缺盯着沙盘上的线条，目光随着那些线条变化而快速闪动，思维逐渐跟不上那些繁复至极的组合变化，只觉得脑海里微感刺痛，胸腹间一阵烦恶。

出屋来到水车旁，捧了把冰凉的清水洗了把脸，宁缺的精神好了些。他心有余悸望着陈皮皮说道："真没想到，只是些片段符纹便这般难懂。"

"片段符纹不见得成立，但很容易引发精神上的反应，以你现在的境界，想要看清楚那些线条变化，实在是自不量力。"陈皮皮用竹管盛了管水喝进腹中，擦了擦嘴，笑着说道，"更何况六师兄那屋子为了炼制各类精钢材质，火炉常年不熄。他虽不会打架，但武道修为极精深，所以一直待在里面没事，但像你这样的家伙，又怎么可能不被热浪熏昏过去？"

宁缺不以为忤，想着今日在书院后山看见的这些师兄师姐，这些看似有些疯癫却又显得极为神奇的画面，心情非常兴奋。

"五师兄八师兄下棋去了。他们入山之前，一人是南晋国手，一位是月轮国宫廷棋师，约战十余次都没有分出胜负。后来进书院成了师兄弟，却也没忘了当年的那番恩怨情仇，只要没事儿便会抱着棋枰进山，寻棵烂松在下面一坐便是数日。"陈皮皮想着那两位师兄，没好气说道，"下棋下到连吃饭都经常忘记的人，自不会记得今天是你入门的日子。这些年来，每次如果不是我满山遍野辛苦寻着他们，给他们送饭去吃，我想这俩家伙早就已经吐血棋枰冻饿而死，变成了松下的两只雅鬼。"

宁缺听着这番叙述，不由哑然无语，心想这书院后山果然全是奇人怪人，也不知道夫子收这些人做学生，究竟是为了什么。

"三师姐你熟。她这时候应该还在旧书楼里抄小楷，你若要见她随便能见。你不要问我她为什么天天在东窗畔抄小楷，我只知道这是老师交给她的课业。"

回忆那夜在崖顶看到的人数，宁缺默默算了算，对他说道："大师兄跟随夫子去国游历，那应该还有两位师兄没有见到。"

"你还没有见到二师兄，至于剩下那位可不是师兄。老先生辈分有些奇怪，而且天天只知道抱着书本看，从来都不搭理人，我们也不怎么爱搭理他。"陈皮皮领着他向崖坪方后那条瀑布行去，警告道，"这便带你去见二师兄，你可得注意些礼仪举止。二师兄严肃持身正，要求他人更正，若有什么行差踏错之处，当心挨板子。"

宁缺听得心头一凛，紧张问道："那我该用什么样的姿态来面对二师兄？"

陈皮皮回头看了他一眼，嘲笑说道："就像刚才面对师兄师姐们的姿态一样便好。真没想到，你这个浓眉大眼杀人如麻的家伙，卖起乖来还确实有几分可爱。"

宁缺反嘲道："识时务者方为俊杰，不识时务者便是白痴。"

陈皮皮看着他叹息一声，说道："除了严肃方正，二师兄最大的特点便是骄傲，而且最看不得别人在他面前表现得比他还要骄傲，所以……请你节哀。"

"以你平时臭屁骄傲的姿态，想来这些年里没少被二师兄教训。"宁缺看着他胖乎乎的脸，摇头无谓说道，"至于我，你可以放心……在二师兄面前，我一定会是世界上最谦虚的那个人。"

"晚了。"陈皮皮望着他，大笑说道，"去年你给我出的那道数科题，最后害得二师兄闭了半个月的关，难道你以为骄傲如他，会忘记这件事情？"

事实证明，陈皮皮的恐吓都是纸老虎——走到离那道银流瀑布不远处的小院，终于看到传说中的二师兄后，宁缺发现二师兄其人绝对不是那等白眼望天目无余子之辈，对方说话的口吻甚至非常温和亲切，哪里有丝毫骄傲自负的味道？

站在石阶之上，二师兄微笑问道："宁缺，小师弟他……抱歉，现在不应该叫小师弟……十二他带你在后山逛了一遍，你有何感受？"

"诸位师兄师姐潜心修行，实乃我之……"宁缺恭谨应道。

然而还没有等他把话说完，二师兄便极为强势抬手阻止，沉声斥道："那帮家伙天天就知道逗鸟喂鱼弹琴落棋，哪里是在潜心修行？老四明明在符道之上极有潜质，却不知道脑袋里少了哪根筋，居然被老六骗去当铁匠铺的伙计！老师仁爱不愿理会，若非如此，我早就要把他们好生整治几番，似这些家伙哪有资格做你的榜样？"

宁缺微笑不语。在刚刚看到那道瀑布时，他便为这场谈话定下了基调，做好心理准备，决意在二师兄面前一定扮娇羞鹌鹑，绝对不能抬起头来无礼直视对方的双眼。

然而二师兄头顶那根高高耸起像极了洗衣棒槌的古冠，实在是……太吸引目光，任何人只要看上一眼便很难再把目光移开。对着二师兄头顶的古冠，他总觉得自己像是在对一根棒槌说话，这种古怪的感觉，即便是他也很难让脸上的神情一直保持平静。

二师兄忽然声音一沉问道："你在看什么？"

与棒槌般的高高古冠相比，二师兄的面貌要显得正常很多，但同样也很有自己的特色——眉直鼻挺唇薄，谈不上英俊，却是挑不出半点毛病。黑发被梳得整整齐齐，一丝不苟垂在身后，不向左倾一分，也不向右倾一分。两条眉毛也对称到了极点，甚至给人一种感觉，两条眉毛的根数都完全一样，平静有神的眸子也是如此，整个人给人一种无法赞美却也无法挑毛病的无奈感觉。

这种无奈感觉大概所有看到二师兄的人都会有，宁缺正是因为这种感觉，心神正有些轻微飘移，便忽然听到了这句问话，不由悚然而惊，恭敬回答道："师兄，师弟在看你的冠帽。"

二师兄静静看着他，说道："为何要看？"

宁缺脸上的神情极为自然，回答得极为理所当然："因为很好看。"

二师兄微微一怔。一直还在完美扮演鹌鹑的陈皮皮则是表情一僵，在心中默默骂了无数声脏话，心想认识这厮一年，居然原来还是低估了此子无耻卑劣的程度。

拍马屁拍得再自然，有时候也会让领受马屁的人感到有些羞，羞则易恼，更何况今天面对的是书院二师兄。值此重要时刻，宁缺绝对不会让对方有任何反应回味从而醒悟的机会。他从脑海里随意择了件事情，问道："二师兄，我去年随公主李渔自草原回京途中，曾经在岷山北山道口遇着一位洞玄境界的大剑师，有人说他是书院二层楼的弃徒……"

"想入书院后山哪有这般容易，既然进来了，又怎么会轻易出去？"

"那为何世间都在这般传说？"

二师兄皱眉说道："富在深山有远亲。世间每多愚痴之辈，总想与书院挂上关系来自重身份，每年不知道要涌出多少二层楼弃徒，难道每出现一次，我书院便要昭告世间并无此人？"

"就担心这些自重身份之人会坏了书院名声。"

二师兄微讽说道："知道的人自然知道。没资格知道的人，无论他们怎么说，想来也没资格能影响书院的名声，似这等事情以后你莫要理会便是。"

听着这句话，宁缺感慨想到自己终于感受到了二师兄的骄傲，果然是很凌厉的骄傲。心有所思，眸有所现，二师兄注意到他目光里的意味，以为这位新入门的小师弟，被今日所见所闻震撼得有些精神震荡，开解道："书院后山，或者说二层楼，其实并没有世间传说的那般玄虚，这里是院长教学生的地方，就这么简单。"

离开小院，直至再也听不到瀑布从山崖坠落水潭的鸣声，确认二师兄应该不会偷听自己对话后，书院后山最小的两个家伙才开始说话。

"是不是觉得很无奈？"

"是。"

"是不是觉得二师兄这个人实在是很没有意思，做什么事情都一板一眼？"

"是。"

"是不是觉得他那顶冠帽很像一根棒槌？"

"……是，不过看久了，有时候会忽然觉得那顶冠帽又像纸折起来的玩具。"

"不管像什么，是不是很有把它打断或是压扁的冲动？"

"……"

陈皮皮揉了揉因为先前保持严肃表情而有些发麻的脸颊，看着宁缺问道："说啊。"

宁缺沉默片刻后老实回答道："确实有点这种感觉。"

陈皮皮神情凝重看着他说道："不只你有，我们所有人都有，六师兄甚至已经尝试过好几次。"

宁缺微微张嘴，看着胖少年的脸，迟疑说道："……我又不知道该怎样接话了。"

陈皮皮摇头说道："我不会愚蠢到诱骗你去砸二师兄的冠帽，事实上今天看了你的表现，我坚信以后极有可能是你想些阴损招数骗我去做这件大快人心的事情。"

宁缺若有所思道："我觉得二师兄骄傲些挺好，至少这样才像一个人。"

"我不会把你这句话当成要挟你的证据。"陈皮皮的表情和说的话明显是两个意思。他拍拍宁缺的肩膀，同情说道，"事实上关于这一点我们都很有同感，尤其是前年二师兄养了一只鹅以后。"

宁缺诧异问道："鹅？"

陈皮皮说道："我们一直认为，二师兄之所以会养那只鹅，是因为那只鹅非常骄傲，他觉得终于找到了自己的同类，所以才会像儿子一样养着。"

宁缺怔了怔后，连连摇头说道："太刻薄，太恶毒了些。"

陈皮皮笑道："你别不信，待会儿看到那只鹅你就知道为什么我们会这样说。"

说话间来到一处缓坡，青青草甸里怒放着野花。二人在花间选了块干净地方坐了下来，斜坡下方是一道平缓流淌的溪水，看来势应该来自于崖壁上那道瀑布，看去处大概流出崖坪后又会形成一道新的瀑布，却不知会落向何处。春风与暖阳混在一起，轻轻吹拂着两个年轻人的脸。他们躺在草甸上野花间，双手枕在脑后，睁眼看着美丽的风景，显得极为惬意。

宁缺看着坡下那道溪水，说道："在书院里……我是说在下面书院里，我偶尔会抬头看山，但从来没有看到过瀑布，我也从来没有想过，雾里的大山深处竟然如此美丽。"

陈皮皮眯着眼睛，看着高空的那些黑点，微笑说道："这座山很大的，我都有很多地方没去过。听说大山正对着长安城的那面是一片绝壁，你关心的瀑布可能就是从那里落下去，不过还是听说那片绝壁下方全部是云雾，根本不知道下面是什么。"

"以后有机会你带我去看看。"

"好。"

宁缺视力极好，看着溪水下方那些游动争食的鱼儿，想着今日在后山里看到的那些师兄师姐，忽然开口问道："师兄师姐们……现在都是什么境界？"

"二师兄早已知天命，只是不知道他现在是在上境还是中境，有没有看到那扇门。接下来从三师姐一直到十一师兄，都是洞玄境界，上中下境不等。"

这个回答着实有些出乎宁缺意料，他看着陈皮皮，不解问道："你都已经晋入知命境界，为何师兄师姐们还在洞玄？"

"学道有先后，入道何问期？我虽然入门最晚，但先入知命也不是什么了不起的事。所谓分境不过是些打架手段，后山里没谁真正在意。不过若真打来，从三师姐开始，一直到十一师兄，加起来都打不过我。你别忘了，我可是……绝世的修行天才啊。"

"师兄师姐们是怎么进书院的？"

"当然是夫子招进来的。"陈皮皮没注意到自己这些年受了二师兄太多影响，竟是习惯严肃地说废话。宁缺无奈说道："我是问正经的。"

"难道我的回答很不正经？"陈皮皮纳闷看着他，说道："有谁比四师兄的线画得更直？有谁比七师姐的花绣得更好，阵法布得更精妙？有谁比九师兄十师兄会弹琴吹箫？有谁比六师兄更会打铁？至于那两个酷好下棋的疯子，天底下你就找不出第三个能在棋枰之上战胜他们的人来。师兄师姐们，都是世间某一方面最顶尖的人物。打起架来或许他们打不过别人，但如果比起这些方面，你我吃屎都赶不上。"

宁缺认真说道："那不见得，论起书法之道，我还是有些信心的。"

陈皮皮哈哈笑了起来。

宁缺也笑了笑，忽然想到一件事情，不解问道："既然师兄师姐们入山之前，已经是世间某一方面最顶尖的人物，那老师召他们入书院又是什么意思？已然是举世无敌，再修行下去还是举世无敌，在他们的领域谁又能让他们更进一步？"

陈皮皮笑着说道："前面说没有人能在师兄师姐们的领域内战胜他们，这句话其实必须有一个前提，要排除一个人。"

"谁？"

"大师兄。"

宁缺沉默了很长时间，才压抑下心头的震惊，盯着他的眼睛说道："你是说……大师兄什么都懂，而且在任何领域都是最强的那个人？"

陈皮皮悠悠说道："我只知道，书院后山一直由大师兄负责授课解惑。"

宁缺怅然无语，良久后喃喃说道："世界上怎么可能有这等全才？"

陈皮皮抬头望着碧天上的飞鸟，微笑说道："是不是感觉很受打击？你很骄傲，我很骄傲，二师兄更骄傲，但即便是二师兄在大师兄面前也没有任何骄傲的资格，最有趣的事情在于，如果你看到大师兄，就会发现他这个人根本不知道什么是骄傲。"

"大师兄他……现在是什么境界？"

"除了夫子，谁也不知道，我甚至怀疑大师兄他自己都不知道。"

"又来了，你又来了。"

"我说的是真话……因为我们总觉得大师兄好像从来没有关心过境界这种东西。"

宁缺有些失神望向天空,沉默很长时间后说道:"原来世间除了……还真有生而知之的人物。"

陈皮皮没有注意到他话语间的停顿,说道:"世间从来没有生而知之的人。"

宁缺嘲讽说道:"如果不是生而知之,谁能教出大师兄这等人物?"

陈皮皮反嘲说道:"白痴,大师兄是老师的学生,当然是被老师教出来的。"

夫子这个名称就像是一道闪电般劈进宁缺的脑海之中,他愣了很长时间才重新醒过神来,揉了揉脸,问道:"我忽然想到一个问题,如果大师兄真的是无所不会,在所有领域里都是绝顶风流人物,那为什么五师兄和八师兄不会缠着他下棋?根据我的认知,像下棋踢球这种最容易引发暴戾气息的游戏,可没有人在乎对方是不是师兄。"

陈皮皮忽然笑了起来,想起某些事情,忍不住摇了摇头,感叹说道:"那是因为大师兄这个人有两个最妙的特质,正是因为这两个特质,所以没有人会缠着他下棋或是做别的事情。"

"什么特质?"

"大师兄做事很认真,非常认真。所以他动作很慢,非常慢。"

"有多慢?"

"你想象不出的慢。"

宁缺哑然无语,忽然想到大师兄的老师也正是自己的老师,才想明白自己已经成为传说中夫子的学生,不禁心神一阵摇晃,转过头看着那张大胖圆脸,问道:"我有一个问题。"

陈皮皮疑惑应道:"什么问题?"

"我进书院二层楼的目的是修行学习,而不是来欣赏风光。你今天带我逛了一大圈,但好像没有人告诉我,我应该学些什么,怎么学。"

"首先,你现在是不惑境界,能操控的天地元气少得可怜,所以有很多东西你根本没办法学。其次后山的学习基本上都是自修,按照老师给我们定的方向,我们自行感悟学习,若有不通处便去请教大师兄,遗憾的是，老师和大师兄现在不知道在哪里快活呢。"

"就算要先等夫子回国，那我在后山里总得应该做些什么。"

"以后你会有很多事情要做。"

宁缺忽然觉得有些什么事情不对，犹豫问道："比如？"

陈皮皮同情看着他，说道："比如很多。"

到了此时此刻，宁缺终于回想起来，今日在书院里拜见师兄师姐们时，陈皮皮偶尔会不经意间流露出来的怜悯神情，隐约猜到了些什么，沉声问道："现如今我成了小师弟，你是不是觉得自己的生命从此迎来了崭新喜悦的新阶段？"

陈皮皮微笑看着他说道："不错，以后我再也不用被逼着天天听那些雅曲，不用天天被四师兄逼着在沙盘上画线，不用天天被六师兄逼着去踩水车，不用天天被七师姐逼着去雾里面插旗画线，不用天天被十一师兄逼着讨论那些云里雾里的东西，不用天天被二师兄逼着算那些像山海一样的数字，而被打掌心却永远是排在第一位的那个人。"

宁缺若有所思说道："因为我现在是最小的那个。"

陈皮皮拍了拍他的胸口，感激说道："书院，胜在有小师弟。"

宁缺笑了笑，把他的手打开，枕手望天，心想看来必须珍惜今天这闲适时光，懒得再理他。

"我知道你是一个有大想法，大野心的人。"陈皮皮望着天，忽然语气严肃说道，"你先前关心师兄师姐们的境界，是因为你想超越他们。就我个人而言，并不赞同这种生活方式，因为太累。"

宁缺没有回头看他，盯着碧天之上越飞越低的那些鸟儿，看着它们黑色双翼下的白色柔软腹部，轻声应道："活着本来就是很累的事情。"

"我不知道你小时候究竟经历过什么事情，但我想有时候还是需要把心胸放宽一些。"

"你是说我是个小心眼的人？我那些蟹黄粥都喂猪吃了？"

"你明知道我不是这个意思，我是说你不用防范师兄师姐们，他们都是好人。"

宁缺沉默片刻后说道："我四岁的时候遇见过一个好人，然后我发现那个好人想吃我。当然我并不认为师兄师姐们会是这样的人，只是我刚和他们认识，难免会有些防御心理，你不用担心我会精神变态，若要变态，小时候早就已经变了。"

陈皮皮转头看着他的侧脸，说道："至少在这里，你真的不用太过警惕防御，可以放松愉悦地生活，书院后山是个好地方，你应该珍惜。"

"明白，我会珍惜的。"

宁缺认真说道："你在后山待了这么多年，会不会无聊？"

"有时候当然还是会，不然我怎么会和你认识？"

"你离家这么久……什么时候回西陵？"

陈皮皮不知道因为这个问题联想到什么不堪回忆的画面，表情有些难看。宁缺转身盯着他的眼睛，诱惑道："是不是和女人有关？"

陈皮皮艰难地咽了口唾沫，声音微哑说道："这件事情和你无关。"

宁缺哈哈笑了起来，撞了撞他肩头，问道："说起来你喜欢什么样的女人？"

陈皮皮面露神往之色说道："我喜欢的女生一定要有一头乌黑亮丽的长发，身材小巧，眉眼气息干净，如果能有红扑扑的小脸蛋儿就最好了。"

宁缺挑眉讶异道："就这些？"

陈皮皮思忖片刻后，神情凝重补充道："独立自主强大一些，哪怕凶悍都无所谓，哪有女人能打得过我这种修道天才，但她……必须是个好人。"

宁缺总觉得这句话里似乎隐藏着一些经年之痛，但想着陈皮皮逃离西陵来到书院时，不过是个十岁出头的小男孩，怎么也不可能惹上情债，不禁有些困惑。正在这时，陈皮皮忽然眼睛一亮，指着坡下小溪说道："快看，那就是二师兄养的鹅。"

一只肥硕的大白鹅摇着大屁股走到小溪旁，喙里叼着一个小竹筐，筐中不知道放的是些什么东西。大白鹅把竹筐放到溪畔，片刻后，它把脑袋伸入竹筐中，用厚实的硬喙含起一些小事物，再伸入平静流淌的溪水里，松喙放走。

溪水里一片扰动之声，无数条鱼儿欢快地游了过来，聚集到大白鹅身前，不时啄食。进完食的鱼儿并不贪恋食物迅速退开，把位置让给身后的鱼，显得极有秩序。

大白鹅从水中抬头，骄傲直起白颈对着天空嘎嘎叫了两声，似乎极为高兴，然后它再次把竹筐里的东西叼进溪水中，不停重复这个动作，显得极有耐心。

这只大白鹅居然在喂鱼！

宁缺睁着眼睛看了半天，确认自己没有眼花之后，被溪畔的画面直接震惊到无法言语。

"二师兄养的鹅，每天都会来喂鱼，仿佛它骄傲地认为这是自己生命里最重要的任务。这就像二师兄每天都会训我们，骄傲地认为这就是他生命里最重要的任务。"陈皮皮站在他身旁摇头感慨说道。

宁缺看着溪畔骄傲的白鹅，慨叹不止，心想书院真是世间最牛×的地方。

越过岷山一路向北远离大唐帝国边境，在比蛮族控制的荒原草区更加荒凉的极北野原上，有一道天然形成的隘口。隘口南面的野原上，由数千名妇孺老弱组成的队伍正在艰难行走。今年黑夜的时间比往年要长很多，气温变得更加寒冷，以耐严寒著称的北荒部族也已经无法忍受越来越恶劣的环境，被迫离开生活了千余年的家乡，踩着雪与泥土混成的融浆向南迁移。

由数十万人组成的北荒部族远离中原的时间太长太长，长到部落里很多人都忘记了世界的南方还有一个叫中原的地方，长到这个部落早已被那个繁荣富庶的世界所忘记。

黑夜延长温度降低，忍受不住的除了这些可怜的部落民众，最先承受不住的，是原本生活在更寒冷地带的那些耐寒植株与动物。听着隘口北向远处隐隐传来的一声厉过一声的凄厉嗥叫，迁移部族里德高望重的老人脸上露出凝重的神情，皱纹里充满了悲伤和无奈。那些抱着孩子的妇人眼中更是写满了绝望。以打猎为生的他们，很快便从兽吼声中判断出隘口外自极寒区域南侵的兽群有怎样的规模，如果让凶残的兽群追到，那么部落便将迎来灭顶之灾。

隘口处一片狼藉，薄雪地里满是污迹。一个用很多条烂毛皮紧紧裹住全身的少女站在雪地里，她的脚上穿着一双黑乎乎的靴子，皮帽下乌黑秀丽的长发被编成了一根大辫子，悬至膝弯处轻轻摆荡，没有被兽尾遮住的眉眼清新可爱，小脸蛋被寒风吹得通红，看上去绝对不会超过十五岁。

听着一声凄厉过一声的野兽嗥叫，她双手紧紧握住刀柄，盯着雪原远处的那道黑线，身体因为紧张而有些轻微的颤抖，依然清稚的眼眸却变得越来越明亮。

蹄声逐渐清晰，雪狼幽幽的眼光像星星一般出现在荒原上，气氛压抑而恐怖。少女紧张地看着那处，咬牙用力把刀从雪地里拔了出来。

刀是红色的，很弯很大，和她小巧的身子相比显得格外夸张，被她举在空中，就像是一轮血色的弯月。

"唐小棠，你要成为天下最强的女人！当然不会这么早死！"

她举着红月巨刀，像疯子一样稚声吼叫着，向铺天盖地而来的雪原巨狼群冲了过去。

40

一路南下与各处野兽厮杀，与饥饿与寒冷对抗，雪原巨狼身上皮毛被血水和污水粘连成一处，早已看不出原本的白色，一片肮脏。因为长时间的饥饿，它们已经极为瘦削，前腿上方的肩胛骨高高突起，呼着热雾的血盆大口里不时散发着腥臭。

然而无论怎样狼狈虚弱，雪原巨狼群依然是这个极寒世界的王者。数百头小山一般的巨大狼身极具纪律感并排站列在荒原上，便是无法逾越的连绵山川。雪原巨狼群沉默涌到隘口前方，冷漠注视着那个向自己冲来的小女孩儿，就像注视着一块活动中的鲜肉，后方有几头青壮公狼有些骚动不安，却又不敢妄自行动，喘息变得越来越剧烈，狼眼里的光芒变得越来越狰狞贪婪。

狼群里响起一声低沉的吼叫。听到吼叫后，一头强壮的雪原巨狼单独冲出狼群，低头喘息奔跑加速，像座山般向举着血色巨刀的女孩儿冲去。

这头雪原巨狼纵使四足着地，也比两个女孩儿加起来还要高，巨大狼身和小巧身躯的对比产生了一种令人绝望的感觉，而如雷的奔跑声更是加剧了这种绝望感。雪原巨狼的跃距异常恐怖，看似笨拙地前冲，实际上速度非常迅捷，只不过是眨眼时间，这头雪原巨狼便冲出了数十丈地，冲到了女孩儿的身前。只见它强劲后腿猛地一蹬地面，上背骤然下沉全身发力，双爪闪电般压向女孩儿小小的身躯！

巨大的阴影出现在荒原上，两只毛茸茸带着腥臭味的狼爪撕裂寒冷的空气，几乎与阴影同时遮住了唐小棠那张清新可爱的稚嫩脸庞，然而她的眼睛里没有任何恐惧的神色，双腿微微一屈，身躯极其怪异地弹地而起，倏然避开这一扑，弹至十米高的空中！

弹至空中的唐小棠，居高临下俯视着高大的雪原巨狼，双手紧握着巨大的弯刀用力斩下，一轮红月撕破寒空，精确无比地砍在狼头的正中间，发出嚓的一声脆响！

这头雪原巨狼的眼球看上去似乎比人类头颅还要大，随着狼头上忽然多出一道极细的血口，这两颗恐怖眼珠里的嗜血冷漠神色骤然变成了痛苦绝望。啪的一声轻响，那双黑乎乎的皮靴重重踩在荒原地面，踩裂了刚刚冻凝的几片薄冰。唐小棠拖着沉重的夸张大弯刀，快速走出脚下的阴影，避开像座山般轰然倒塌的巨狼尸身。

她盯着狼群里某个方位，小脸上忽然浮现出一丝笑容，反手拖着血色巨刀，在狼尸溅起的尘埃里骤然加速，向着前方若连绵群山一般的巨狼群再次发起了冲刺。

雪原巨狼群后方响起一声霸道至极的低吼，吼声里隐隐可以感觉到尊严被挑衅后的暴躁与愤怒。随着这声低吼，整个狼群都吼叫了起来，被冰冻住的荒原地面一阵轻微颤抖，数百头雪原巨狼迅速散开，开始试图围杀那个扛着巨刀的小女孩儿。

沉重的血色巨刀在黑色的荒原地面上拖行，发出难听的刺耳摩擦声，不时还能看到几蓬微弱的火花。唐小棠似乎并不在乎自己手中形状夸张的巨刀会被坚硬的地面磨损，只是低着头继续前冲，只有当巨狼冲到自己身前时，才会艰难地举起巨刀斩下。

血色的巨大弯刀缓慢抬起，缓慢斩出，就像是一轮红色的弯月在夜穹里随意移动。然而那些像山峰般高速撞来的雪原巨狼，却无法避过这样缓慢的一刀，在这轮红色弯月之下怒号倒地，半截狼腿伴着喷涌而出的鲜血重重摔落在地面上。瞬息之间，便有三头雪原巨狼倒在了女孩儿的血色巨刀之下。

两头雪原巨狼狂号着跃空扑下，带着腥臭味的烈风，打得唐小棠颈部围着的兽尾猎猎作响。她双腿一弯，再次弹向空中，然而雪原巨狼群极具围杀智慧，竟似提前猜到了她的一步动作。侧面一道劲风骤起，一头雪原巨狼偷袭而至直接把她斜斜撞飞！

就在她被撞飞的轨迹前端，又有三头雪原巨狼咆哮着跃起，锋利的狼爪已经从溃烂的皮毛间探了出来，哧哧如刀准备撕裂她的娇小身躯！

荒原上响起一道清稚愤怒的声音，唐小棠在空中强行扭转身躯，手中的血色巨刀闪电般横切而出，刀锋之前劲气喷溅，极勉强地封住了狼群阴险的伏袭，险之又险地避开了空中那六道恐怖的爪痕，重重撞到了一头雪原巨狼的狼首上。唐小棠伸手抓住这头巨狼颈下的长毛，手腕一拧，刀锋画出一道怪异的弧线直接刺进巨狼的眼窝！伴着一道凄厉痛苦的嗥叫，她直接从狼首上跳下，复又拖着巨大的弯刀，急促喘息着向狼群正中央再次发起冲刺。

小女孩的脸上没有任何表情，清亮的眸子里没有畏惧也没有兴奋，只有坚定，仿佛任何凶险与困难，哪怕是最恐怖的死亡，都不能阻止她的脚步。

战斗还在持续，已经至少有七头雪原巨狼倒在那柄如同妖魅一般的红色巨型弯刀之下，而小女孩的唇角也已经开始渗血，不知道是在战斗中的哪一瞬间受了伤。

那把血色巨刀看上去沉重到了极点，在行进过程中，她往往只能拖着弯刀在地面行走，显得格外吃力艰难，给人一种感觉，她已经快连这把刀都举不起来了。每次那把血色巨刀无力落回地面时，总觉得这肯定是最后一次，下一次她绝对没有力气再拿起来，然而奇怪的是，每每到了哪一刻，她又能把这把沉重的巨刀举起来。

雪原巨狼的身躯和她小小的身躯相比，就像是一座座小山。她手中紧紧握着的那把奇大的红色弯刀，和她的小小身躯相比，夸张得就像是一轮红色的弯月。山一般的巨狼冲击并没能让她倒下，沉重的血色巨刀也不能延缓她的脚步。雪原巨狼扑到她面前时，那把血色巨刀一定会缓慢却绝对精准地挥斩而出，留下一座小山般的狼尸。

　　女孩儿与狼群之间的战斗，沉默而肃杀，枯燥而令人心寒，没有彼此之间的叫嚣，没有休息和停顿，只有血色巨刀和雪原巨狼的一次次单调撞击。如果南方那个繁华世界里的人们有机会亲眼目睹这样一场战斗，有机会看到这个浑身裹着破烂毛皮、小脸通红可爱的小女孩儿与恐怖的群狼之间的每一次冲撞，相信那些人才会明白什么是真正的战斗，什么样的态度才叫作无畏。

　　雪原巨狼围杀时的战斗智慧绝对不容小觑。这些来自极北寒域的王者，今日虽然是在异乡作战，虽然久经饥寒不复全盛时的实力，但依然不是普通人类可以抵挡。唐小棠身上的伤越来越重，脚步越来沉重，小手间紧紧握着的血色巨刀仿佛也变得越来越沉重，虽然狼群依然无法把她逼入绝境，然而她也始终无法冲入狼群深处。

　　狼群深处那道沉默很长时间的低吼声再次响起，这一次声音显得格外严肃，不再愤怒反而有些欣赏的味道。然而唐小棠听着这道声音，明亮的眼眸里却闪过一抹不好的神色。她猜到狼群想要做什么，手中的血色巨刀呼啸劈过，便准备撤回隘口，不料却被几头青壮巨狼堵住了退路。

　　雪原巨狼群开始分兵。它们尊重这名雌性人类的实力，却不愿意放过隘口南那些正在缓慢行走的部落民众，因为那些部落民众极有可能是它们这个月最后的粮食。十头青壮雪原巨狼围住了唐小棠，狼嘴里淌着腥臭的口水，身上的灰白毛发根根竖起，用近乎拼命的方式，把唐小棠留在了原地。更多的雪原巨狼沉默快速从它们身后走过，向隘口方向走去，没有哪头狼回头看这十头青壮同伴一眼，哪怕知道它们最后肯定有大部分要死在那把恐怖的血色巨刀之下。

　　十头巨狼收到首领命令后眼眸里的绝望神情，此时早已化作了服从之后的凶悍。它们盯着被围在正中间的人类女孩儿，探出毛皮的狼爪泛着钢铁般的寒芒。唐小棠霍然回首向南方望去，身后乌黑的发辫随风荡起，皮帽下的发丝拂过染着血水的唇边。她看着正要通过隘口的狼群，想着隘口南方部族的妇孺老弱，明亮的眼眸黯淡下来。

忽然……隘口处发生了很奇怪的事情。负责开道的那头强壮雪原巨狼被一股强大恐怖的力量直接震飞到空中，变成了一个缩小的黑影，在空中发出恐惧的哀鸣，看上去就像是一头乞怜的野狗。

紧接着，第二头、第三头巨狼被震飞到空中。

一名赤手空拳的男子出现在隘口。他身上随意裹着件皮袍，有很多地方都裸露在外，那些如同岩石钢铁般强壮的肌肉，似乎根本不畏惧寒冷。

他无视身前愤怒低吼的狼群，盯着狼群最后方，说道："退，或者死。"

41

皮袍男子的这句话说得很冷很平静，很有力量。但不知道是没有听懂，还是饥饿已经比死亡更加可怕，雪原巨狼们并没有停下脚步，怒吼着向隘口再次冲去。数十头巨狼发起的集体冲锋，令将凝的荒原大地都颤抖起来，泥上覆着的薄冰被片片震碎，声势极其惊人。

一只比钢铁还要坚硬的腿踹了出去，直接把冲在最前方的那头巨狼的爪尖蹬碎。紧接着第二脚踹中那头巨狼的肩胛骨，巨大的力量从脚掌与毛皮的接触面间迸发出来，撕绞起一蓬长而脏的狼毛。那头巨狼惨嗥一声，横滚出去，在荒原上碾轧出一道极深的痕迹，直到撞飞了后面扑过来的两头巨狼才停止滚动，却也再无力站起来。

皮袍男子缓缓收回自己静止在空中的腿，面无表情看着越来越近的狼群，忽然间数蓬血一般浓烈的火苗，从他裸着的腿上迸发出来！

一阵狂风无由而起。没有任何先兆，也没有看见他屈膝或是弯腿，他的身体猛然呼啸破空弹起，就像是颗被大地力量震飞的石头，直至十余丈高的天空之中，然后高速落下，将一头雪原巨狼狠狠砸倒在坚硬的地面上。轰的一声巨响，冰砾和黑色的泥土溅得极高，仿佛发生了一场爆炸。

皮袍男子并没有就此停止出手，紧接着再次弹出，只不过这一次的方向不再是对着寒冷的天空，而是对着高速突袭的巨狼群，他如一道闪电般冲进狼群之中，来得及挥拳便一拳击出，来不及挥拳便用身体发起冲撞，对那些锋利的狼爪根本不闪不避，连看都懒得看一眼，似乎对自己的身体强度极为自信。

雪原巨狼的体重终究要比他高出几个数量级，皮袍男子像石头一样的撞击，虽然成功击溃了狼群的阵列，延缓了对方的速度，但每一次撞击，他的身体也会被撞飞跌落地面，身上的皮袍会多出几道狼爪留下的凄惨破口，兽皮绽开似花。

然而摔落到地面似乎对皮袍男子根本没有任何影响，他站起身来后继续向狼群发起撞击，身上的兽皮虽然已经撕裂成很多块悬在腰间，脸上却没有一丝表情。巨大的冲击力量和锋利恐怖的狼爪，在他身上像钢铁般的表层皮肤上划出了一道道白色的痕迹，却无法深入腑脏，极少数几条细微的血口也无法对他造成致命的伤害。

人与巨狼之间的体型相差悬殊，然而力量与身体强度却扭转了过来，强大的雪原巨狼群，面对这样一个打不倒抓不伤撕不烂的铁人，实在是没有任何办法，战斗并没有持续多长时间，随着皮袍男子如同石弹雨一般的撞击，隘口前方便空出了一个极大的圈子。

一声低沉的吼声在狼群后方响起。雪原巨狼群沉重喘息着，沿着隘口形成一道半圆圈，暂时停止了冲锋，它们盯着隘口处那个半裸的雄性人类，惯常残忍冷漠的巨大眼眸里，终于流露出了恐惧的情绪。

不知道什么时候，围攻唐小棠的十头青壮巨狼也停止攻击。乌血从白色的长毛间淌落，显得格外凄惨。它们盯着小女孩儿手中那柄血色巨刀，淌着腥臭口水的口里不时发出愤怒的低哮，只是没有谁敢违逆领袖的命令，龇着利牙不甘地让开了道路。

唐小棠拖着沉重的血色巨刀，气喘吁吁向隘口方向走去，在途中她解下了自己脖子上的那条兽尾，擦了把口鼻间渗出来的鲜血，然后随意插进腰带里。走到隘口处皮袍半裸男子的身旁，唐小棠转过身来，与他并肩。

两个人并肩，面对隘口处这几百头已经快要被寒冷与饥饿逼疯的雪原巨狼。

雪原巨狼群后方一阵轻微的骚动，然后自行分开一条道路。一头体形更加巨大的巨狼缓缓走了出来，这头雪原巨狼毛皮光滑柔顺雪白，看上去就像是一座雪山般美丽高傲，然而令人感到奇怪的是，这头本应高傲的雪原巨狼神态极为柔驯，眼眸里充满了宁静与服从，行走之时格外轻柔，似乎极为害怕会误踩到什么。

唐小棠吃惊感叹道："噫，这群巨狼的首领居然这么漂亮？"

皮袍男子说道："这头母狼不是首领，是首领的妻子。"

唐小棠闻言一怔，仔细望去，看到了一幕令她极为震惊的画面。

只见那头美丽巨大的雪原巨狼前方，有一个小小的身躯在缓慢地移动。但凡看到那个小小身躯的雪原巨狼，纷纷低下它们平日里高傲残暴的狼头，双足前伸俯地，表示绝对的尊敬与服从，甚至有几头青壮巨狼发出了恐惧的呜咽声。

那个小小的身躯也是一头狼。这头狼其实身躯很强壮，足有半个人高，行走得也并不缓慢，只不过行走在这些像小山一般的雪原巨狼群中，才会显得非常渺小，速度显得非常缓慢。

这是一头极为普通的狼。但它拥有一头美丽洁白的雪原巨狼为妻子，它能够号令这样一群恐怖的雪原巨狼。所以这头狼看上去越普通，便越不普通。

雪原巨狼的首领居然是一头普通公狼，北荒部落里哪怕是最见多识广的猎人，想来也没有见过这般荒唐可笑却又令人毛骨悚然的画面，然而今天却真实发生在荒原隘口之前。那头普通公狼来到狼群之间，缓缓抬起头颅，看着隘口处的那对人类，眼眸里泛起一道暴躁却又警惕的神情，隐约能够感知到一些极高级的智慧。

沉默片刻后，这位雪原巨狼的领袖向前探出左爪，轻轻拍打两下坚硬的荒原地面，然后发出一声尖锐但并不具有侵略性的狼嗥。

皮袍男子向前走了一步，盯着十余丈外那头狼群领袖的眼睛，摇了摇头。

那头普通公狼探出了右爪，两只狼爪扑在前方，整个身体缓缓弓了起来，腰部灰褐色的狼毛骤然一根根支起，仿佛是钢针扎成的圈一般。只见它深深地吸了一口气，腰部的狼毛圈随着身体的波动而迅速向前，在脖颈处变成如狮王一般的冠冕，然后一声恐怖的厉吼喷涌而出！

"嗷……嗷！"狼吼回荡在寂清的荒原之上，顿时惹得狂风剧作，夹杂在耐寒草枝与泥间的不多冰雪，被这声雷般的嘶哮震得满天飞舞，裹挟着大量的无形的锋利力量，像飓风刮向隘口处！

普通公狼身后所有的雪原巨狼，听到这声吼后顿时恐惧地俯低了身体，浑身颤抖，显得十分痛苦，似乎恨不得把自己巨大的身躯全部埋到荒原地底。那头体形最为巨大，雪毛光滑美丽的母狼，似乎是狼群里唯一不受影响的对象。它站在那头普通公狼身后，用自己的身躯遮蔽着它的身躯，同时警惕地盯着狼群和隘口处，似乎只要有谁想在此时发起对自己丈夫的攻击，它便会瞬间将对方撕成碎片。

狼嗥与飓风同至，唐小棠左脚向后退了一步，深深踩进坚硬的荒原地面里，双手端起那把沉重的血色巨刀遮在了自己眼前，小巧的身躯被风刮得不停颤抖，似乎随时便会被刮走，被吞噬。不时有冰砾碎枝像箭矢般击打在宽大的刀面之上，发出啪啪啪啪的脆响。

这股来自风中的力量太过强大，纵使裹挟的只是些冰砾碎枝泥土，依然带着极可怕的威力，唐小棠双臂微微弯曲，埋着头咬着牙，显得极为吃力。皮袍男子却像先前一样仍然不躲不避，就这样凛然站在狼嗥引发的飓风之前，站在唐小棠之前，替她挡下了大部分的侵袭。那些强劲的泥土碎枝还有那些无形的撕裂力量，击打在他的身躯上，发出一阵阵令人牙酸的金属摩擦声，甚至溅起了无数白色的空气湍流！

猛然间，皮袍男子深吸一口气，脸色如同燃烧一般红润起来，只见他向前再踏一步，右手自身体画了一道圆弧，再自腰下沉身而出，隔着十余丈的距离，就这样一拳打了过去！轰的一声，拳风引发的气浪撕裂狼嗥引发的飓风，狠狠击中那头雪原巨狼首领的头颅！

那头普通公狼被这沉重隔空一拳击得狼首一偏，血从白色锋利的齿间流了下来。看它神态应该没有受多重的伤，然而狼嗥却被迫终止。

皮袍男子再向前踏了一步，扯掉腰间悬着的那些破烂毛皮，对着近在咫尺的巨狼群发出一声充满野性狂傲的吼叫——嗷!

他的这声吼叫没有任何力量,却充满了一股强悍至极的味道,似乎是在向这些来自北方的狼群宣告,这片荒原是自己守护的土地,你们休想向前踏过一步!

那头普通公狼看着那个强大的雄性人类,沉默很长时间后,发出一声低沉的吼叫。随着它的吼叫,身后那些巨大的雪原狼带着不甘的神情向后退了更远一段距离,而一直守护在它身旁的那头雪山般的母狼,沉默片刻后依命退到了狼群的最后方。唐小棠怔怔看着退后的狼群,下意识伸手抹了抹脸上的小血口子,好奇问道:"它们这是要退了?我真想不明白,为什么这些雪原巨狼会听它的话。"

"道理其实很简单。"皮袍男子回答道,"因为它最强。"

雪原巨狼群极富纪律性地向后退了数十丈,而那头看上去极为普通的小公狼却没有离开,依旧半蹲在距离隘口不远处的地面上,沉默看着唐小棠和皮袍男子。

"它要做什么?"唐小棠问道。

皮袍男子没有回答,沉默看着那边,似乎在等待些什么。就在这时,那头美丽如雪山般的巨大母狼缓缓从狼群后方走了过来。它走到那头普通公狼身边,温顺地低下狼首,松嘴将一团很小的东西放在了公狼的身旁。

那个小团毛茸茸的,洁白无比,看上去就像是一个雪团,偶尔动上一动。雪山般巨大的母狼用巨大的狼喙轻轻触了触那个小雪团,让人感觉充满了依恋和不舍。普通公狼微微转头看了母狼一眼,神态有些不悦和烦躁,但看着妻子眼中的哀伤,公狼终究没有做任何动作,偏头与妻子相对巨大的狼首轻轻摩擦了两下,似乎在表达安慰。

唐小棠看着这幕画面,知道那头公狼想要做些什么,忍不住抬手掩住自己的嘴唇,眼眸里充满了震惊的情绪,然后抬头看了身旁的皮袍男子一眼。

皮袍男子似乎也没有想到那头普通公狼竟然会这样做,沉默片刻后他毅然转身,头也不回地向隘口方向走去。

那头普通公狼看着他的背影，发出一声凄厉的低吼。忽然间，一道阴影盖住了它的身体，它抬起狼首望去，只见不知何时，那个雌性人类来到了自己的身前，而且看她的神态动作，似乎完全忘了警惕自己的袭击。

唐小棠像捧着珍宝一般，把雪团似的小狼捧了起来，浑没在意如果那头看似普通的公狼一旦发难，她极有可能遇到生命危险。她睁着明亮的眼睛，看着身前的公狼说道："放心吧，他不敢不听我的，所以跟着我比跟着他更好。"

普通公狼盯着她怀里的孩子，沉默片刻后转身从狼群方向离去。那头雪山般的巨大母狼依依不舍看了她怀中的孩子一眼，唐小棠仰头看着它说道："我保证会好好待它。"

一声低沉而威严的狼嗥响起，数百头雪原巨狼组成的狼群，向西边的莽莽荒原走去，隐约可以看到狼群正中间那头最高大的雪白母狼后背上，蹲着一头身躯瘦小的普通公狼。

唐小棠看着逐渐走远的狼群，又看了一眼隘口前留下的几具巨狼尸身，忽然开口问道："它们能不能赶在黑夜完全到来之前，找到新的针叶林？"

皮袍男子看了一眼她怀中沉睡的雪白狼崽，说道："它们是狼，我们是人。雪鹿啃针叶林的树皮，它们吃雪鹿的皮肉，而我们人类既可以啃树皮，也能吃鹿肉，必要时还能去杀狼。荒原之上生存不需要温情，我不关心这一点，你也不应该关心这一点。"

唐小棠理都不理他，把怀里的雪狼崽抱得更紧了一些，说道："反正不用你养。"

皮袍男子先前战斗中被狼爪划破的那些小血口子此时早已经变成了淡淡的白线，而开始那些白线更是早已消失无踪。粗糙如同钢铁般的肌肤上找不到半点痕迹，也不知道他修炼的究竟是何等功法，恢复能力竟是如此强悍霸道。

风雪渐起，黑夜渐至，温度渐低，确认狼群已经走远，二人离开了这道天然形成的隘口，向荒原南方走去，脚步越来越快。前方还有很多零星的北荒部落正在南迁，各部族的精壮男性提前集中到了南方，与草原上的蛮人战斗，剩下的老弱妇孺极容易受到兽群的侵袭，他们还要奔波很长一段时间。

唐小棠抱着雪狼崽跟在皮袍男子的身后，对于南方那个陌生的世界不时提出自己的疑问：

"我们真的要去南边吗？我觉得在荒原里生活挺好的。

"唐，南边的世界是什么模样？你一直不肯告诉我。

"唐，你去过唐国？

"唐，既然唐国是我们的世敌，是那些人把我们赶到北荒，我们为什么要姓唐？是不是要让我们记住千年前的仇恨？可是那样真的很没有意思耶。

"我真的很不习惯去陌生的地方生活，不过听说南边有城市，不知道城市是什么样子。"

叫唐的皮袍男子一直保持着沉默，直到他听到这句话。他停下脚步，沉默站在风雪交加的荒原上，忽然转过头来，看了一眼低着头逗弄雪狼崽的小女孩儿，这才想起来，自从她生下来后一直跟随自己在荒原生活，竟是没有看到城市的模样。

"城市……很大，有很多建筑，很热闹，也很繁华。"皮袍男子回忆着少年时看到的那些中原城市，有些笨拙地讲解道。

唐小棠抬起头来，好奇看着他问道："建筑是什么？"

皮袍男子沉默片刻后说道："就是帐篷一类的事物。"

唐小棠可爱地笑了起来，稚声说道："我知道了，城市就是一个大帐篷。"

皮袍男子的心情忽然变得有些沉重，他静静看着小姑娘，生出无限怜惜，沉声说道："荒原生活太辛苦，你不应该过这样的日子。"

唐小棠回答道："哪里生活不辛苦呢？"

"听说有个地方不错。"皮袍男子沉默很长时间后说道，"唐国都城长安南边有间书院。"

唐小棠抬起手臂，轻轻戳了戳他背后那道青色的纹符，笑着说道："你不是说过，南边那些人都叫我们魔宗余孽？"

"我要去找师傅，算时间快二十三年了。"皮袍男子看着她说道，

"天底下谁也不知道他藏在哪里，要找到他可能要花很长的时间。这段时间里没有我保护你，我总要想办法把你放到一个安全的地方。"

"留在部落里不是很安全吗？"唐小棠问道。

皮袍男子摇头说道："南迁便一定会和草原上的蛮族战斗，最后肯定会惊动中原那些人。"

唐小棠想着陌生的中原世界，想着那个曾经听说过几次的长安书院，不禁有些惘然。看着她的神情，皮袍男子说道："天地待人如此苛刻严厉无情，我们依然能活下来，这说明只有人本身才是世间最强有力量的存在，你不用害怕什么。"

"明白。"唐小棠抬头看着他问道，"不管能不能进书院，我都会好好活着。"

皮袍男子说道："在找师傅之前，我还要去杀一个人。"

"谁？"

"一个叫夏侯的唐国将军。"

"他姓夏侯？"

"不，他就叫夏侯。"

"明白，就像你一样。"

"是的，我不姓唐，我就叫唐。"

唐小棠看着怀里的雪狼崽，忽然想到一件事情，仰着清新可爱的小脸，睁着明亮的眼睛，问道："我有个问题想不明白，那头公狼和它妻子的体形差距那么大，怎么生得出来孩子？"

皮袍男子表情微僵，片刻后回答道："我是你哥哥，这个问题你应该以后问自己的相公。"

风雪再起，荒原上很冷，兄妹二人间的对话更冷。

长安城南郊，书院后山石径之上。

"人的感情需求总是隐隐指向自己最缺憾的部分，所以你这个性情怯懦的大胖子想找一个清新可爱，身材小巧，性格强悍的小女生，是很可以理解的事情。不过你不怕从此你就被压得无法翻身？"

陈皮皮毫不理会他话语里的讥讽，伸手折下一根树枝，像孩子般挥舞着，说道："那个小女生一定要有强大的实力。不过强固强矣，但这世间哪有比我更强的女人？即便有，也就是那些藏在深山里的老太婆，我总不可能瞎了眼去找她们。"

宁缺忽然笑着问道："西陵那个女人呢？"

"不要打脸啊！"陈皮皮揉了揉自己胖乎乎的脸颊，恼怒说道，"真打起来，那个疯女人怎么可能是我对手？我只不过是怕她哥尊敬她哥，所以才不好出手。"

宁缺真诚说道："我祝你以后喜欢上的姑娘都有一个天下最生猛的兄长。"

陈皮皮嘲讽说道："我是绝世修行天才，年轻一辈里暂时比我强的不过是那几个人，两位师兄，西陵的师兄，一个哑巴和一个姓唐的和哑巴差不多的家伙。大师兄二师兄没有妹妹，难道你以为我会白痴到在茫茫人海之中，专门挑剩下那三个人的妹妹来喜欢？"

宁缺提醒道："昊天在上，话千万不要说得太满，不然你会哭的。"

42

宁缺想起陈皮皮先前无意间说出的那句话，问道："哑巴是谁？"

陈皮皮从他的眼神中看出了不容拒绝推搪，迟疑片刻后回答道："佛门天下行走。"

宁缺眉头缓缓挑起，觉得天下行走这四字真是霸气到了极点，略一停顿后继续问道："你那位西陵的师兄，想必就是昊天道天下行走，那么那个像哑巴一样的姓唐的又是谁？"

"魔宗的天下行走。"陈皮皮看着他正色说道，"是个很神秘的家伙。"

宁缺摇了摇头，想着这些世间无人知其姓名，却隐隐然站在最巅峰的人，联想起自身气海雪山只通了十窍差到极点的资质，不自禁生出些许挫败感觉，感慨说道："我现在的境界还在不惑，连书院里很多法门都无法学习，真不知道何年何月才能与那些人并肩。"

"你不需要如此自卑。未满二十不惑，无论放在哪个宗派里，都是很出色的弟子。"

"为什么我没有这种感觉？我总觉得遇见的修行者个个都比我生猛太多。"

陈皮皮看着他同情说道："进了长安城你便遇着朝小树，进书院你便遇着我和后山里一帮变态的天才，隆庆在世人眼中也是个天才。和我们这些真正的天才接触多了，确实很容易把自己看成一个蠢材。但你必须清醒认识到，你入修行之道不过半年，那个来自南晋的谢承运便已经被你甩到了身后，所以虽然你先天资质不足，但在感悟学习方面你也是个天才。"

"这好像是你第一次称赞我。"宁缺说道。

陈皮皮摇了摇头，微笑说道："其实私下我称赞过你很多次，只不过不想让你知道罢了。"

"但我雪山气海只通了十窍这终究是无法改变的事实。"宁缺眼中的神情很平静，并没有因为资质先天问题而自卑自贱，反而充满了对未知世界的向往与探索欲望。他看着陈皮皮认真问道，"我听说过魔宗的修炼法门，那种修炼法门似乎并不要求雪山气海通窍的数量，而是直接纳天地于身躯之内……"

陈皮皮没有等他把话说完，直接伸手按住他的肩膀阻止，神情前所未有的严峻凝重说道："你究竟想说什么？难道你想去修魔宗的功法？"

"以我雪山气海里通窍的数量，就算我的悟性再高，修行再刻苦，可如果这样按部就班地修行下去，终究还是没有办法追上你们这些真正的天才。"宁缺看着他回答道，"你，还有那些天下行走已经晋入知命境界，在你们的面前，我只不过是个蚂蚁，事实上隆庆皇子如果要杀我，只需要动一根小指头，我便无法抗拒。这种感觉我非常不喜欢，我想尽快地追上你们，甚至超过你们。"

"人力有时穷，天道自有定。"陈皮皮表情严肃看着他说道，"修行乃是昊天赐予人类的礼物，向来只有一条道路，这条道路总要坚持走下去，才能知道能不能走得通，如果你觉得前路漫漫，想要走一条捷径，那最后的结果，只可能是摔入万丈深渊。"

宁缺还想说些什么，陈皮皮摇了摇头，胖乎乎的脸上显现出与他平时截然不同的严肃与慎重。他看着宁缺沉声说道："你刚才的想法已然入魔，如果你不马上改变这种错误想法，你一定会五内俱焚，最终走火入魔而死，到那时你还想什么行走天下？只能迎来死亡。"

宁缺想起去年旅途中吕清臣老人说的那番话，沉默片刻后说道："我知道修魔之人最终能活下来的百中无一，但……终究还是有人能活下来，并且很强大，你刚才也说过，那位姓唐的魔宗传人，即便是你的西陵师兄也不敢言必胜。"

"关键不在于能不能成功，关键在于这条道路正确与否。魔宗中人逆天而行，强纳天地于身躯之内，妄图以人身代替昊天掌规律之事。而他们为了让血肉身躯强大到足以容纳天地元气，试过无数种邪恶的手段，甚至有的魔宗流派以食人为生，似这等邪魔外道，其身其躯已然非人，其思其想更是非人，修魔修的便是非人道！"陈皮皮的神情全然没有平日里的随意自然，盯着他的眼睛寒声说道，"宁缺我必须警告你，如果让我知道你去接触魔道，我不会眼睁睁看着你暴体而亡，我会直接灭了你。"

魔宗流派食人为生还是以这种方法刺激精神？如果吃人就是入魔的话，那这世间岂不是充斥着修魔之人？宁缺想着那年北方大旱时看到的无数画面，想着自己在岷山脚下艰难前行时的很多不愿回忆的片段，脸上的表情变得有些僵硬。

"魔宗被正道打散之后潜入荒原，现在留在中原的流派已经极少，我相信也没有哪个流派还敢食人为生，也许有的流派所选择的炼躯方法比较正常？"他沉默片刻后说道，"如果那些魔宗流派的修炼方法既不伤害无辜，那为什么不能尝试？书院讲求开放宽容，为什么你还如此在乎魔道之分？"

陈皮皮摇头，神情凝重说道："就算那些魔道中人修炼时不伤害无辜，但他们同样会伤害自身，以生命为赌注的修炼方法，不是承接昊天赐予的礼物，而更像是想要抢夺昊天的光芒。就算魔道中人的修行方法没有问题，这种理念本身就是错的，只会把人变成非人。"

宁缺若有所思问道："怎么区别正确与错误？怎么区分人与非人？"

陈皮皮看着他的眼睛认真说道："人活在世间，必须要懂得敬畏。"

宁缺正式踏入修行道路，登山成功洋洋得意不足半日，便忽然发现远处竖着更高的几座山峰，那些山峰沉默站在云中，极高极崛，以他的资质似乎永远无法攀爬上去，难免心情有些黯然。

心情黯然失落之余，甚至有些他不敢言之于口的绝望——雪山气海通了十窍，勉强能够修行，怎能与那些年纪轻轻便晋入知命境界，行走天下的各宗传人相提并论？如果以往不能修行倒也罢了，本来就是两个世界的人，然而如今他和那些真正的强者们身处同一个世界，这才更加真实更加清晰地认知到这种差距有多大。

怎样能够用最短的时间拉近这种差距？怎样才能只通了十窍的雪山气海不再成为修行的阻碍？为了进入书院后山理直气壮找陈皮皮开后门的他，很自然地开始琢磨捷径或是偏门。

他从没有遇到过魔道中人，北山口那个玩断指的大剑师不算。他也没有看过任何一本魔道修行手册，只是在旅途上听吕清臣老人介绍过一些，而也就是这些简短的介绍，让他隐约间发现了成功的可能性，只可惜吕清臣老人和陈皮皮严肃甚至是冷厉的态度让他清醒地认识到，如果不想变成被五岳剑派追杀的令狐冲，这条路还是不要尝试为好。

魔宗现在就像是过街的老鼠，人人喊打，宁缺相信如果让别人知道自己曾经对魔宗功法感兴趣，自己必将迎来极凄惨的结局。但陈皮皮不至于出卖自己，作为最好的朋友，那个死胖子总不可能像西陵神殿裁决司的执法队一样，听见一个魔字便下意识搭火刑台，哪怕被捆上火刑台的人是个变魔法的可怜家伙。终究还是学术研讨嘛，何必这么认真呢？

想着这些有的没的事情，宁缺下了后山，神思惘然走出了书院。在书院外的草甸旁，有两辆马车正在安静地等着他。其中一辆马车辕上坐着老段，另一辆马车也是黑色的，车厢不知是用何种木材制成，显得极为坚硬厚实，厢板上刻着各式各样繁复的纹饰，骏马在前低首轻摇，显得极为无聊。

宁缺猜到这辆马车的主人是谁，和老段说了两句，让他带着马车先行回城，然后整理了一番衣着，走到这辆黑色马车之前，揖手一礼说道："见过大师。"

车窗帘被一只苍老的手拉起。颜瑟大师露出头来，打了一个呵欠，看着他恼火说道："说好了下午跟着我，这都什么时辰了？书院再高，你小子就是个不惑境界，夫子又还没回来，你能学出朵花来？在里面熬这么长时间干吗？难道你躺在草地上睡了一觉？"

宁缺一惊，心想居然这也被你看出来了，莫非神符师还能算命？

43

行驶在官道上的黑色马车速度很快，窗外的春树青田快要被拉扯成纯绿色的色块。宁缺看着窗外的景致，心情有些复杂，刚在书院后山看到骄傲的鹅、奇怪的人，转眼间又有一个新奇而神秘的世界即将对自己拉开帷幕，真有些应接不暇的感觉。

对于传说中最为神秘的符道，除了在长安城某处道观外看着某位老道演戏法般烧了张符，宁缺没有更多的了解，但坐在这辆材质由精钢铸造本应极为沉重的马车里，他隐约感觉到自己已经身处符道的世界之中——无论这辆马车行驶得多迅疾，车厢里的人竟是感受不到丝毫颠簸，而软索前方那匹孤零零的骏马，也不知道怎样载得动这多重量。

颜瑟看着他脸上的神情，说道："你似乎在思考什么事情。"

宁缺转过头来，看着这位浑身污脏的老道士，犹豫片刻后问道："我在想，这辆马车上面刻的是什么符，居然能够让重量减轻，简直就像是魔法一样。"

他没有问马车上是不是刻了符，而是直接问刻了什么符，这个回答让颜瑟大师颇为满意，但最后那个词却让他极为不悦，蹙眉说道："符道便是符道，和魔宗又有何牵涉？"

宁缺只是下意识里把这种超乎日常经验的神奇手段归类于魔法之中，完全没有想到对于昊天道南门供奉而言，这个魔字是何等样地刺耳。一路轻柔欢愉的蹄声逐渐变缓，精钢打造的黑色马车在长安城南郊的官道上停了下来。颜瑟大师带着宁缺走下马车。他看了一眼不远处官道旁的离亭，还有亭外那几棵细细的杨树，回身对宁缺说道："既然你知道车上刻着符，试着去感受一下。"

宁缺微微一怔，依言走到马车旁，认真望向黑色的车厢板。他看得很仔细，确认厢板确实是由精钢铸成，那些繁复的纹饰则是由某种利刃深深刻进钢铁之中，再涂上一种泛着淡光的外漆，因而显得格外漂亮，漂亮之余却又有几分神秘。

那些纹饰过于繁复，繁复到甚至违背了美学的原则。他看了很长时间也没有从中看出任何蹊跷，心中渐渐生出一种判断：真正起作用的符纹应该不会这般复杂，那些看上去像枝蔓一般复杂的线条，说不定是用来掩盖混杂真正符纹的障眼法。

他在旧书楼里看过几本符道方面的书籍，但那几本书籍都只是介绍，对于符纹本身没有任何客观认识，要从如此繁复的纹饰中寻找出真正能起作用的符纹，基本上是不可能完成的任务。不过颜瑟大师既然要他去感受，想来应该是种考核。他沉思片刻后，缓缓闭上双眼，抬起手臂用指尖轻轻拂过那些深刻入钢的符饰。忽然间他的眉头皱了起来。

先前他睁眼去看时，车厢板上的繁复纹饰没有任何异样，此刻当他闭上眼睛，用念力操控天地元气去感知时，却发现自己的指尖隐隐约约多出了一层东西——那层东西很薄很薄，就像是一层无形的膜间隔在指头与车厢板之间。稍一分念，感知到的那层薄膜便瞬间消失不见。

宁缺沉默片刻，进入自己最擅长的冥想状态，重新开始用念力感知天地元气最细微的变化。果不其然，那层无形的薄膜再次出现在他的手指与车厢板间。这一次他的准备更加充分，感知更加细腻，竟清晰地感觉到那层薄膜正在缓慢地流淌。

颜瑟大师的声音在他的耳畔响了起来："你感觉到什么。"

宁缺认真感受，沉默很长时间后认真回答道："很淡的天地元气流动。"

颜瑟大师继续问道："是怎样的流动？像什么？"

宁缺平静回答道："像是水，但比水更轻……更空，更像是风，但不可能是风。"

颜瑟大师看着车厢旁的宁缺，眉头缓缓蹙起，问道："为什么不可能是风？"

宁缺沉默片刻后回答道："因为……符纹上的元气流淌太有规律，仿佛按照某种既定的路线在走，就像是在某个完整的系统之内，而风是空气的流淌，不应该这么规律。"

颜瑟大师紧蹙着的眉渐渐舒展开来，看着宁缺的后背，眼眸里泛起明亮的光泽，似是在赞许又似是在惊叹，因为宁缺此刻的表现，已经远远超出了他最好的想象。

宁缺手指离开车厢，他回头望向颜瑟不自信说道："大师，我是凭感觉瞎说的。"

"感觉，本来就是修行符道最重要的资质。"颜瑟大师轻轻抚着下颌上的疏须，慈爱望着他，笑声沙哑而怪异，就像是一个在自家后院挖地窖挖出古董的老农民，"你很敏感，比我想象的还要更敏感，我很喜欢。"

宁缺不知道该怎么回答。

"你感受到的天地元气流淌就是风的味道，因为我在车厢上画的是风符。"颜瑟大师看着他说道，"至于说风为什么会按照既定路线行走，为什么如此规律，用你的话说……在某个完整系统内。道理很简单，因为符为它规定了方向。跟我来。"

颜瑟大师道袖轻拂，负手于后缓慢向道旁的离亭杨树走去。宁缺走到车前的骏马身旁，看着它乌黑的大眼睛笑着说道："你肯定是世界上最舒服的马。"

那匹骏马轻轻喷鼻，低头咀嚼袋中的干草，以沉默表示认可这个说法。宁缺望着颜瑟大师的背影，加快脚步跟随而去。

颜瑟大师盘膝坐在离亭中央，身旁不知何时多出了一方小炭炉和茶具。宁缺走进亭来，瞧见大师正准备亲手烹茶，赶紧上前抢过这个差事。虽说当日是这位神符大师哭着喊着要收自己当弟子，但他绝对不会傲娇到错过这种服侍老师讨欢心的机会。

水沸注茶香渐起，颜瑟大师看着安静分茶的宁缺，赞赏地点点头，食指轻叩茶盘，示意他坐好，说道："修行法门诸多，有所谓剑术体术阵术，像我们这种画符的本事，一般被人称做符术，但我们自己不会这样叫，我们称之为符道。"

宁缺将茶杯恭恭敬敬放到大师身前，正襟危坐认真倾听。

颜瑟大师端起茶杯轻轻啜了口，问道："你可知道符道是什么意思？"

宁缺沉思片刻后试探着问道："以符入道？"

"哈哈哈哈……"颜瑟大师笑出声来，看着他连连摇头，说道，"人人都想求道入道，以剑入道以杀入道以情入道，便是西陵神殿也脱不了这等思维模式，更何况是你？只是俗世蚁国大道何如？至高大道虚无缥缈，如何去寻？符道二字的意思其实很简单，那就是以符道之。"

以符道之？宁缺心想这是什么意思，却怎么也想不明白。

"符是什么？符是纹路，是线条，是痕迹。"颜瑟大师渐渐敛了笑容，神情严肃看着他说道，"蛇过沙堆爬行的轨迹是符，枯叶间的脉络是符，留在大道泥地上的车辙是符，野兽体内的血管是符，水流动的轨迹是符，风拂动的流痕是符，大地干裂的缝隙是符，云在碧空也是符。"

极简单的话，极清楚的说法，宁缺听得震惊无语，半晌说不出话来，按照颜瑟大师的说法，世间一切痕迹都是符，这种理念已经完全超出了他的思维境界！

沉默很长时间后，他怔怔问道："大师，难道画符便是模拟自然里的所有痕迹？"

颜瑟大师微微一愣，看着他好笑说道："那是画师，不是符师。"

几片青叶被官道旁的风吹落枝头，还未等它们落入微湿的田野，便又被一阵风刮起，轻轻袅袅飘到离亭的上方，落在那些被雨水冲刷到黯淡的瓦片上，发出啪的几声轻响。

"野兽体内的血管是符，这种符只能维持它们的生存；水流动的痕迹是符，这种符只能让它们按照昊天的旨意从高往低走；枯叶间的脉络是符，这种符只能让它们像亿万年来那样，把根部吸取的养料水分灌注到叶片之中。"

颜瑟大师平静说道："这些符均为自然之符，生于自然，凋落于自然，与天地元气依偎共存，就如同我们每个人生存在这个世间的道理一样。然而人类无论修行还是研习符道，已然超出人在天地间的原本使命，也就是说超出了生存的需要，所以真正意义上的符道必然是来源于自然，却一定要高于自然。"

宁缺沉默倾听，隐隐然觉得大师这番讲述虽然说的是符道，却蕴含着很多了不起的道理。

颜瑟大师将杯中残茶饮尽，看着他继续说道："来于自然却高于自然之符，必须经过几个过程：临摹，会意，归纳，简化，提纯，赋意趣。所谓符，便是人类无数年来从自然之符中学习并且提取精华的那些线条痕迹。"

宁缺替大师将茶杯斟满，坐回原地请教道："那什么是道？"

"道就是知道。"

"让谁知道？"

"让天地元气知道。"

宁缺怔然，不解问道："让天地元气知道什么？"

颜瑟大师微笑看着他说道："让天地元气知道我们想要做什么。人类修行的所有手段都离不开操控天地元气。剑术以念力操控天地元气遥控飞剑，终究太过间接。念师虽直接操控天地元气攻击敌人，终究太过简单，只能攻击对方识海。唯有符道处二者之间，境界却是高居二者之上，因为符道所追寻的终极目的，是要告诉天地元气自己想做什么，然后天地元气便帮助你去做什么。

"天地元气没有眼睛，没有耳朵，它永远不可能知道你的识海里有怎样稀奇古怪的想法，它更不可能知道你想把雨水凝成千万把锋利无形的刀，那么你如何能让它知道你的意思？符便是人类念力与天地元气之间的桥梁，符师以念力凝天地元气于这些线条痕迹之内，一朝激发，与周遭天地元气产生感应，便能令风起水动云生云灭天干物燥。"

宁缺隐隐约约捕捉到了问题的关键。

颜瑟大师看着他脸上神情，问道："你好像明白了一些什么。"

"我以前听一个朋友说过，人类身躯内的雪山气海便像是一个乐器，念力便是空气，只有吹进乐器变成美妙的乐曲，天地元气才能听晓，才能与之共鸣。"宁缺看着颜瑟大师说道，"听大师先前讲解，我觉得符道既然是用符文告诉天地元气自己想做什么，那么是不是可以说符文便等同于我们体内的气海雪山？"

"你那个朋友境界很高，说法很妙。"颜瑟大师微笑望着说道，"当然你也孺子可教。你体内雪山气海通的窍太少，无论修行剑术还是别的都非常麻烦，但符道不同，只要你能感知到天地元气，能够察知其间的细微分别，以符文记述再与之共鸣，便能成功。"

宁缺疑惑不解问道："既然千万年来符师一直在学习记录自然之符，难道没有现成的符文？如果有现成的符文，那岂不是不需要感知天地元气波动也能修符道？"

颜瑟大师笑了起来，轻捋胡须问道："世间可有完全相同的两片树叶？"

"没有。"

"那世间有没有可能出现两个完全一样的人？"

"当然不可能。"

"既然如此，你不可能是我，你的念力也不可能和我的念力一样，那为什么写一道完全相同的符，天地元气就能知道那是同样的意思？"

宁缺完全没有听懂。

颜瑟大师看着他平静说道："对于符师而言，我们的念力就像是无数不同的文字词汇，所谓符就是这些文字词汇的组合方式。问题在于我是说官话的长安人，你是说火鲁语的南海番人，我们把各自的词汇塞进相同的组合方式，绝对不可能是完全相同的一篇文章。"

"世间语言可能只有数十种，然而每个符师的念力便是一种完全不同的语言。我做了一篇四六大赋，天地元气能听出其间的慷慨激昂，你同样做一篇四六大赋，天地元气览卷却是惘然无措，心想这厮为何前言不搭后语，究竟想要说些什么？"

宁缺听懂了，对着颜瑟大师深深一礼，感激不尽。

44

宁缺看着身前半盏冷茶，专注思考大师此时的讲话精神，竟有些入定的感觉。颜瑟大师微微一笑，抬起枯瘦的手臂，食指在身前的空气中极简单地画了画。离亭中的空气骤然变得干燥起来，一蓬微弱的火苗神奇地莫名出现在宁缺眼前，然后噗的一声消失，唬得他差点儿从地上跳起来。

颜瑟大师微笑说道："你那位朋友说雪山气海是弦，这个说法不错。符的线条也可以认为是弦，弹一首天地能懂的曲子，但我还是以为用文章来形容更准确，符不只让天地听懂旋律的美妙，还可以更清晰地传意表达想法，于动静之外另觅更细致的差别。"

说完这句话，颜瑟大师再次抬起右手，食指在空中画了六道。宁缺只觉得有一股湿意，从大师指头划破的空中无由而升，然后扑面而来，啪的一声轻响，他下意识伸手摸去，发现脸上竟是湿漉漉一片，仿佛刚刚洗过。

"不同的念力，不同的线条，便可以写一篇截然不同的文章，引发截然不同的效果。"颜瑟大师看着不停摸脸的宁缺，笑着说道，"我教你符道，便是要教你如何写文章。文章怎样写？在学习前贤经典，感知天地元气规律之后，怎样在纸上落下最后一笔，让天地元气知晓你的心意？最后的这个步骤没有别的任何取巧处，又或者说只能取巧。巧字何意？指的便是天赋，你能写出来，便能写出来，你写不出来，即便日夜不睡浸在大河那片墨池里，终究还是写不出来。"

颜瑟大师看着宁缺说道："符道最后实现的那一笔靠的就是天赋，天赋是昊天赐予我们最珍贵的礼物，只有极少数人能有这种幸运，而你就有这种幸运。"

"这……好像太难了些。"宁缺的情绪有些茫然，见到神奇然而却不知神奇如何发生，大师说来说去说到最后还是走回了形而上的老路，没有听到任何有可操作性的指导，天赋这种东西说不清道不明，更何况还是要用这种说不清道不明的东西去实现最关键的那一笔？

"如果符道最终靠的是天赋，那么人世间第一个发现符道的修行者，看到天地间的符纹痕迹，下意识里临摹取意，写出第一道符，按照您的说法，符道无法传承，那么他如何能把……"他斟酌了一下用词，继续说道，"把这种文明传下去？"

颜瑟大师沉吟片刻后说道："虽然符道无法传承，但符道的精神可以传承，文字能记载思想便能记载往事。最早的那位符师如何发现写出第一道符，想来必然是种巧合。或许数万年前，那位大修行者走到某种崖前，看着山石裂缝忽然心有所感中，凝念于腰畔剑中，随意一挥便凝了那片山崖元气于其内。

"第一道符必然是巧合是自发的存在，而当那位大修行者发现那些剑痕所蕴藏的秘密之后，他必然会再次尝试，如果他再次成功，那第二道符便不再是巧合，而是自觉的存在。"

宁缺问道："但也有可能那位修行者这一生都没有写出第二道符。"

颜瑟大师看着他说道："第一位修行者没有成功，还有第二位修行者，还有第三位第四位，天地之始无穷无尽，修行者无穷无尽，前仆后继不停探索世界的秘密，那么便一定会有成功而自觉的那位先贤，而这毫无疑问是必然发生的事情。"

宁缺点头受教。

颜瑟大师说道："相同的道理，符道不能传但符道精神能传。那位修行者死之前肯定会告诉自己的弟子，他的弟子会再去试，有可能成功，有可能失败，甚至有可能那一脉就此断绝。但我相信再过无数年，又有大修行者发现符道的秘密，再传给自己的弟子，那位弟子再次尝试，如果他成功，便会再次往下传承，直至最终有一脉成功，传承到了今日。"

宁缺抬起头来，感慨说道："真是大浪淘沙，不知有多少大修行者的本事没能传承下来。"

"这不是大浪淘沙，而更像是在攀登一座永远攀不到顶的山峰。有人在山脚下就被迫停下了脚步，有人登到了山腰，却被山风吹落悬崖，而符道传承到今日，已是到了现时现刻的峰顶，只是若你往未来望去，才会知道这座山峰还有无限高。"颜瑟大师看他叹息说道，"符道出现得太难太艰辛，传承到今日则已经无法用艰辛二字来表达，真似一夫当关般悲壮，所以当我发现你有潜质，才会如此激动，而你既然幸运地拥有这种潜质，一定要珍惜，不只为了你自己珍惜，也是为了符道本身而珍惜。"

宁缺听到了不尽沧桑感慨萧索意，身体微感僵硬，仿佛看到无数年间的那些画面。

有弟子捧着老师留下来的符文原本，在黄纸上不停抄写，从少年抄到老年直至白头，身后的黄纸把房间全部堆满，蛛网结在梁上，他还在不停抄写。

有人坐在钟离山高崛的峰顶，怀里抱着画板，身旁摆放着各色颜料，看着山间流云，从清晨画至黄昏，然后再迎来日出，冬去春来夏无言，他还在不停画着。

从远古到如今，那些极幸运或误打误撞进入符道的人们，还有那些想要掌握符道的弟子们，他们不停地临摹天地间的痕迹，不停冥思苦想心中的那篇文章，他们把房中的纸写完，把笔写秃，把江山画尽，把水池染黑。

也许成功，也许失败，但他们一直在拼命地努力和尝试，也正是因为这种拼命的努力和尝试，昊天赐予人类的这份神秘礼物，才没有被完全收回去，而是险之又险地传承到了今日。

"每个符师，都有义务把自己平生所学传承下去，或者说这是我们不能抗拒的责任，因为那些前贤正是这样做的，他们用尽了所有的气力与精神，才让我们的世界里依然有符道。"颜瑟大师看着低着头的宁缺神情凝重说道，"能找到你这样一个传人，我这辈子便已经满足了。然而令人感到悲伤的是，符道的传承正如先前所说，只能传承其精神却无法传承其技法，所以符道的精神能否不在我这根线上断绝，终究还是要看你自己。"

宁缺俯身行礼，应道："我一定争取不让大师失望。"

"失望？什么是失望呢？如果我只希望你能传承符道，那么我相信你一定不会令我失望，因为我有一双神符师的眼睛，我知道这对你来说并不是难事。但我对你的希望绝不仅限于此。我总以为冥冥间有种力量在限制符道的传承，要知道包括我在内，世间出现过的神符师都无法将符道二字真正看破，既然我们都无法看破，自然无法将符道最核心也应该是最简单的道理传承下去。我年龄太大，已经没有办法跨过那个门槛，如果日后你有机会迈过那个门槛，那我相信符道的传承将成为一件容易的事。到那时以符书大道，挥手动山河……这听上去仿佛是神迹，但我坚信总有一天人可以做到这件事情，而这也应该是符道必须做到的事情。"

颜瑟大师看着他，静静说道："宁缺，我希望你能成为那样的人。"

失望有多沉重来自寄予的希望有多大，宁缺如果不想让颜瑟大师失望，便必须背负起这沉重的希望，他怔怔看着对面，觉得自己的肩头仿佛被压上了两座大山。

"我能成为那样的人吗？"

"你必须成为那样的人。"

宁缺看着颜瑟大师苍老而感伤的面容，忽然开口说道："大师，请教学生最基本的东西。"

颜瑟大师盯着宁缺的眼睛盯了很长时间，满是皱纹的脸上感慨之色尽去，渐有笑意浮起，老怀大慰，和声说道："万里之征程，起于脚下，祝你一路顺风。"

"怎样才能画出符来？"

"你首先要感知天地元气，越细腻越好，然后根据看到的画出天地元气流淌的痕迹。"

"看不到怎么画？"

"修行者看世界，从来不会用眼睛去看。"

"那就是感觉？"

"不错，凭感觉去画。"

"随便怎么瞎画都行？"

"那你先把自己眼睛给戳瞎了。"

颜瑟大师没好气地瞪了他一眼，伸手从身后拿出几本书扔给他，宁缺险些被砸死。因为他接住的不是几本书，而是几十本书，每本书都很厚，加在一起似乎比陈皮皮还要更重一些，也不知道这个老道士什么时候偷偷从马车上搬了过来。

宁缺拾起一本书翻开，看着首页上那些蜿蜒起伏的线条，发现并不是文字，模样如此丑陋也连抽象派画都算不上，怔然问道："这……就是符？"

"不错，这是我这一生收集到的符文，其中大部分是道符。"颜瑟大师给自己倒了杯茶润了润嗓子，抬起头来继续说道，"这些都是前贤智慧的结晶，你以后参详天地痕迹的同时，不要忘了参考这些符文。不过我先前就说过，这些是前代符师用他们的文字写出来的只属于他们的文章，你就算抄袭的本事再强，能把范文全部默写一遍，但阅卷老师还是看不懂。"

宁缺遗憾说道："我知道，阅卷老师姓天名地，是个文盲。"紧接着不解问道："既然不能抄袭，我学习这些前代符文有什么用处？"

"如同感知天地自然之符一样的道理，这些符文对你来说只是借鉴，你不能被这些痕迹束缚住想象力，而应该通过观察忘记这些痕迹，领悟其精神，最终找到你自己适用的痕迹。"

忘记痕迹领悟精神？这不就是忘其形存其意？宁缺顿时想到这一年里在旧书楼观书的过程，不由震惊得无法言语，原来自己搞出个永字八法就应该用在这种时刻！颜瑟大师看他震惊神情，蹙眉问了两句。宁缺沉默片刻后，老老实实把自己在书院旧书楼里看书的过往禀告给大师，然后还提到了鸡汤帖的由来。

"我那日发现用永字八法可以勉强看懂一些符师留下来的文字，因为喜悦所以去红袖招里喝酒庆祝，结果便喝多了，才会写了那张鸡汤帖。大概酒后无思，永字八法领悟到的些许笔意，全部写进了那张帖里，才会入了大师您的法眼。"说完这话，宁缺下意识里转头向离亭外的天空望去，心想难道冥冥之中真有天意？

颜瑟大师微笑说道："不是昊天选择你，而是你有能力有天资赢得这种选择。"

"大师，先前您随手一画，便有一捧清水打到我脸上。我知道这就是符，只是难道手指在空中也能画出符来？如果每个符师的符都是独一无二的，那么每道符也应该是绝对一样的，用笔墨或许能控制，随手一画又怎么控制？"

"即便笔墨也不能保证每道符都完全一模一样，因为你用不同的纸，墨走的速度也不同。符随符师心念而动，细微的差异并不是太重要，相反这种细微差异，只要不是逆意而行，往往却能契合符师当时当刻的念力波动，效果反而好。"颜瑟大师继续说道，"至于说到手指临空画符，与笔墨比较起来更不稳定，但能够做到无物之符的符师，他已然完全掌握了自己的念力波动，换句话说，前一刻的指画与后一刻的指画不同，但最后出来的效果却是完全相同。"

宁缺问道："什么样的符师才能完全掌握自身的念力波动，从而画出无物之符？"

颜瑟大师伸手指向自己的鼻子，微笑说道："神符师。"

宁缺精神深受打击，备感挫折。

"我把符分为两种，定式与不定式。定式之符依托外物，无论笔墨刻痕还是雕像，画符需要的时间很长，但最后产生的威力更大。无物之符为不定式，瞬间便能完成，但威力一般。"

听着定式和不定式两个词，宁缺同学的思想为之一振，想起那些熟悉的动词特征之类的东西。然后他马上清醒过来，想到自己是在离亭之内学习符道，而不是在特长班上学英语。他有些恼火地揉了揉脸，问道："既然如此，那何必还学不定式……这东西好像很难。"

颜瑟大师像看白痴一样看着他，说道："符道威力固然巨大，同境界的修行者，哪怕是念师也不可能战胜符师，但这只是纸面上的说法。真要和别的修行者打起架来怎么办？柳白那厮一道飞剑破空而至，难道我还要手忙脚乱到处去找笔找墨水？当我感知到云端上那把该死的飞剑过来了，我只需要以念力为墨，灵光在空中一点，便能阻它一阻，然后再想办法画符反击。这种时候笔墨何用？"

听着颜瑟大师骄傲得意的讲解，宁缺越听越觉得有些不对劲，犹豫片刻后好奇问道："大师，您难道和那位世间第一强者剑圣柳白交过手？"

"比喻！我是说比喻！"颜瑟大师恼怒吼道，心里却想着，本道爷当年被柳白那厮一剑伤了胳膊，但也一笔抹掉那厮半边眉毛，这种光辉战绩会告诉你吗？

"日后你若不想刚上战场，便被敌人一箭射穿，不定式是必须要学的。"

"可是……你先前说只有神符师才能掌握无物之符。"

"你于符道之上的天分极佳，又遇着我这样一位了不起的符道大家，成为神符师又有什么难度？回去之后，先把这些小册子背熟，然后仔细体悟天地元气……"

宁缺怔怔望着身旁如小山般的那堆厚书，心想这是小册子？

颜瑟大师皱眉遗憾说道："你小子还在不惑境界，只能初步明白天地元气流动的规律。如果你已经是洞玄境界，融身于天地元气之间，抑或你干脆已经晋入知命境界，从根本上掌握了天地元气的规律，加上你对符道的天分，想要跨过第一关便简单多了。"

宁缺无言，心想如果能知天命，那我还学这么麻烦的符道干吗？

"大师，依您看来，依学生的天分大概多少年后能成为像您这样的神符师？"

"如果你专心符道，离开书院跟着我进山苦修，大概……十年能成。"

宁缺遗憾地叹了口气，说道："还要十年啊。"

颜瑟大师怒道："十年之后你还未满三十，若那时你真能成为神符师，那至少能排进千年修行史里的前三名，难道这样你还觉得不满足？"

宁缺被训得低下头去。当然他没有感觉到羞愧，反而有些骄傲，心想原来自己在符道上的天分可以排进史上前三，陈皮皮知道这件事情后，会不会感到羞愧？

颜瑟大师看着他的脑袋，脸上神情渐霁，在心中默默想着，只可惜我恐怕教不了你十年。

宁缺忽然想到一件极重要的事情，抬起头来看着颜瑟大师认真说道："大师，既然学生立志跟随您学习符道，那我是不是应该改口称您为老师？"

颜瑟大师思考片刻后摇了摇头，说道："既然你进了书院二层楼，夫子便是你的老师，那么世间再无第二人有资格做你的老师……你还是称我大师吧，听着感觉也不错。"

宁缺听出颜瑟大师对夫子的尊敬，沉默片刻后笑着说道："那叫师父行不行？"

颜瑟大师微微一笑，心想这真是一个聪明的孩子。

宁缺当然很聪明。前世他证明过自己，这一世也在不断地证明自己。然而称呼颜瑟大师为师父，这件事情却和先天的聪明无关，而是这些年在世间艰难生存所锤炼出来的察言观色本领和拍马屁功夫。按照颜瑟大师的说法，世间没有第二个人有资格和夫子相提并论，夫子现在是他的老师，别的人自然不好意思也去当他的老师。但在离亭里听了这么长时间，宁缺深切地感受到颜瑟大师对于符道传承和自己这个传人的重视，他当然想有一个师生的正式名义。

"我开始叫颜瑟大师师父之后，啧啧，亭子里的气氛那叫一个好，师生融洽，语笑晏然，师父他老人家最后还给了我一份见面礼，你说最开始的时候他为什么不给？"临四十七巷老笔斋内，宁缺坐在圈椅里端着茶壶，像说书先生一样唾沫横飞。

桑桑拿着锤子在修复前天受损的铺门，没有理他。得不到回应，宁缺有些意兴索然，教训道："你能不能专心点听我讲话？"

桑桑正在比划白天去木匠铺子处讨的那块木板的大小，应道："我在忙哩。"

宁缺恼火说道："你家少爷我十年后就会是传说中的神符师，你怎么一点都不激动？"

桑桑回过头来，看着他说道："少爷，那是十年后的事情，而我们今天就必须把铺门修好。"

宁缺把茶壶放到桌面上，说道："不要修了，先去给我买些东西回来。"

桑桑疑惑问道："这时候急着买什么？门还没修好哩。"

"笔墨朱砂还有这些乱七八糟的材料。"宁缺提笔写了张纸条，递了过去，说道，"十年才能成神符师，确实太慢。我要马上立刻现在即时就开始学习符道！只争朝夕！只争朝夕啊！"

桑桑睁着明亮的柳叶眼，看着手舞足蹈的他，开口迟疑唤道："少爷……"

"在，什么事儿？"

"你是不是高兴糊涂了？"

"……好像有点。"

45

书院后山里的师兄师姐们要么来自南海孤岛或是别的国度，要么家在远地，家在长安城的竟是一个也没有。在见过二师兄那位清新可人小书童后，宁缺曾经动过念头，带着桑桑一起搬进后山去住。然而想着自己毕竟是个书院新人，哪里有资格与二师兄相提并论，一来刚刚进山便提出这种要求，总给人一种脸大的感觉，二来后山虽美但总少了些市井气息，于是他便成了书院后山唯一的走读生。

桑桑赶在坊市未闭夜灯未熄之前，按照他列出的清单去西坊买了一大堆笔墨和稀奇古怪的材料，然后便开始忙着做饭，一边切菜一边向他报告今天老笔斋的经营情况。

"今天生意很好，尤其是上午的时候，门槛差点被人踩烂了，铺门昨天我不是修补了的？结果不够结实，今天又被挤破了些。确认少爷不在家后，下午的时候人才少了下来。"桑桑忽然想到一件事情，把湿手在围裙上擦了擦，走回里屋取出厚厚一沓名帖和请柬之类的东西，放到书桌上，说道，"有好些人留下了这些东西，请少爷你过府一聚，因为人数太多，而且帖上都写着名字，所以我没有记。"

宁缺看了一眼请柬和名帖，又看了一眼身旁如小山一般高的符文典籍，心想自己这时候已经忙成渣了，哪里有时间去赴这些约会？想了想后，他对桑桑说道："待会儿吃完饭后，你把这些请柬择一择，重要的放到一旁等着日后处理。"

"怎么择？怎么处理？"桑桑认真问道，作为宁缺的小侍女，她可从来没有与这些帝国大人物们打交道的经验，也不知道哪些请柬重要。

"就像择菜那样择，新鲜的贵的就留下来，不新鲜的便宜的就先放到一边。至于什么是新鲜的贵的……帝国官制我以前讲给你听过，还记得吧？但凡官职高的就是贵的。处理的话还是由我处理算了，先写封回帖表示一下礼貌，想来那些官老爷要的也不过就是我的字。"

桑桑听着他的回答，眉头微微蹙起，低声说道："少爷你的字现在都是可以卖钱的，就这么写了回帖给人送回去，岂不是可惜了？"

宁缺笑了笑，继续低头专心默背眼前所见，这数十本厚实的符文典籍，他才刚刚看了小半本，实在是没有别的时间去思量别的事情。颜瑟大师送给他的符文典籍共计三十三本，里面记录着前代符师们留下的符文，共计三百八十七部，两万四千七十七道符，浩繁犹若沧海。宁缺先粗略浏览了一遍，目光在那些拥有不同面貌，彼此之间似乎根本找不到任何共通处的符文上凝神看了很久，一无所获，反而是眉头皱得越来越紧。

按照颜瑟大师的说法，这些符文仅供他参考体验，至于最后怎样落那一笔，却全部依赖于自己的悟性。只是这些看上去像蝌蚪像涂鸦像雨点像丝线就是不像字也不像画的墨团，怎么能从中参考体验出自己需要的东西？

从小山般的典籍里随意抽出一本，发现刚好是第三大卷第一部，也就是水卷的开头部分，宁缺精神微振，暗想既然是开头部分，大概总和水这种东西扯不开关系，而水乃是人类生存生活最不可或缺，也最亲近的物事，或许体会起来会更容易些。

水卷第一部分有四页纸，宁缺细细从头看到尾，发现这四页纸上画出的一百多道符文有很多相似之处，绝大部分都是从上至下的六根墨线，只是这六根墨线的粗细长短尤其是组合排列方式各有不同，最奇怪的那几道符文中，六根墨线甚至完全纠缠在了一起。

"这些难道都是水字？一川更在一川之上？"宁缺蹙眉盯着水卷最高处那道符文，盯着那六根整齐排列，中间微有弯曲的墨线，心境渐渐趋于宁静，眼中将那墨线化为道道流水，隐约间仿佛看到有雨水从檐畔滑落，落在青石板积着的雨水之中，绽出数朵雨花，然后与周遭雨水再次融为一体。

书桌旁放着笔墨和朱砂之类的材料，他命桑桑去买的这些东西普通而且廉价，但按照颜瑟大师的说法，这些都是写符必备的材料。宁缺不再看书上那六根墨线，注水入砚开始缓缓研磨墨块，待水墨再也不能分开之后，自架上取下一支中毫，轻轻入砚蘸吸墨汁直至饱满。

他的动作轻柔从容，事实上却同时在按照颜瑟大师所教，令识海中的念力缓缓渡出雪山气海，穿过纸窗，落在小院里的那口水井之中，细腻体会水之一物的元气味道。

提笔出砚，手腕却僵硬在砚台上方，迟迟无法落纸。

宁缺微微皱眉，重新望向卷上那六道墨线，用永字八法在识海中强行拆解，只觉那六道墨线骤然分离，然后迅速飘开，化作一片乌黑色的雨云，笼罩在自己的头顶，然而不知为何，那片已然墨黑的雨云始终不肯滴下一滴水来。

手腕微微一颤，宁缺准备提笔落纸，却终究还是停下了动作，他心中清楚地感觉到，自己虽然感受到了井水和这道符里蕴含着的意味，但却依然无法写出属于自己的符，无法让自己的感受，与那口井里的水意联系起来，终究不对。

夜深人静，烛火渐起。书桌上多了两碗菜和一碗白米饭，灯下放着一钵清水，随夜风轻荡。宁缺站在窗旁，站在书桌边，看着水卷上那些符文，身体僵硬，捏着毛笔的右手微微颤抖。他保持这个姿势已经很长时间，手中捏着的那根笔却依然无法落到纸上。

桑桑坐在床头绣着鞋，时不时抬头看一眼书桌旁的他。几个时辰之前，她就已经吃过饭了，但没有喊宁缺吃饭，因为她知道宁缺这时候正处于一个很大的麻烦之中，知道宁缺又习惯性地开始拼命，虽然担心但已经习惯，所以沉默。

宁缺有一个非常优秀也可以说是非常恶劣的品质，每当遇到他感兴趣想要解开的难题之后，他一定会把全副心神投入到破题的过程之中，在解开那道难题之前，他根本没有办法睡觉，再香的饭菜在他口中就像是蜡一般难嚼，觉得身周的世界完全不存在。

那个世界里他能够被人们视做天才，很大程度上便是因为他有这种破题的精神，然而这种精神对于身遭的人来说，却往往是很麻烦的一件事情。因为他会忘了吃饭，他会睡不着觉，他会把自己的身体折腾到虚弱至极，甚至有生命危险，直到最后真正破开那道难题，或者觅回理智确认这道难题已经超出自己的能力，才会醒过来。

当年在边塞宁缺第一次看到《太上感应篇》之后，便曾经连续半个月不曾睡觉，时时刻刻都在逼迫自己进入冥想状态，一定要能够感知到身周的天地元气。当时年纪还很小的桑桑辛苦地照顾了他整整半个月，直到最后连渭城前任将军看不过眼，让亲兵用鞭子把宁缺抽醒，这段日子才结束，而事后宁缺和桑桑同时大病了一场。

去年初登旧书楼时同样如此，那时节宁缺天天熬到昏迷被扔到楼外，脸色苍白坐着马车回家，像醉汉一般在床上呕吐直至吐血，夜夜在床边守着他不敢睡熟的还是桑桑。桑桑绣完这一片花，抬起头来揉了揉发酸的手腕，看了一眼在书桌旁发呆犹若雕像的宁缺，然后继续低下头来绣鞋底，把担忧的神色藏进眼眸的最深处。

这些年来，她已经习惯了宁缺每每破题时便会发疯。

这些年来，宁缺已经习惯了每每自己发疯破题时，身旁总有人会照顾自己。

夜深，油尽，灯熄。不知何时在床头和衣睡去的桑桑醒来，她揉了揉眼睛，看了一眼窗外蒙蒙亮的天色，发现宁缺还站在书桌前，依旧保持着那个提笔欲书的姿势。

桑桑走了过去推开窗户，回头望向书桌，发现那张白纸之上依然连一个墨点都没有，而煎熬了整整一夜的宁缺，精神非常委顿，干涩的眼睛里满是血丝。桑桑站在窗边，睁着那双柳叶眼，盯着宁缺的眼睛，盯了很长时间，发现他根本都看不到自己，摇了摇头，出屋开始烧水做饭。

冒着热气的滚烫毛巾，覆到宁缺的脸上，他才从那种忘我的精神状态里醒了过来，晃晃悠悠地坐到椅中，发现浑身酸痛，仿佛生锈一般痛苦。用热水狠狠搓了两把脸，刷牙吃饭又喝了壶酽茶，宁缺恢复了些许精神，从书桌上拿起那本水卷放进袖内，准备出门去书院。

站在老笔斋门前，他回头看着桑桑沉默片刻后说道："这次遇到的难题……好像比前几次都还要麻烦一些，可能再多几个晚上都搞不定。从今天晚上开始，你不用陪我熬夜了。虽然已经有大半年都没有犯病，但你还是要注意一下身体，我身体熬坏了还有你服侍，如果我们身体都熬坏了，总不可能让隔壁吴婶来照看我们。"

桑桑点了点头。

来到书院时，各书舍已经开始上课，宁缺孤身一人按照昨日的路线走到旧书楼后，深深吸了一口气，向山路前那片云雾走了进去。出雾之时，依然是那片清丽晨光，美丽崖坪风景。在从长安城来书院的马车上，宁缺闭眼歇了一路，此时精神稍好些。他看着如斯美景，精神顿时再为之一振，紧握着袖中那本书，满怀信心想着，稍后去草坪上躺会儿，然后再继续看书，书院后山高妙之地，说不定对感悟符道也有帮助。

正欲抬步之时，身旁忽然响起一道清丽的声音。

"小师弟……啊，你来得正好。"

宁缺转头望去，看着那位穿着鹅黄色学院春服的七师姐，急忙恭谨一礼说道："见过七师姐。"

七师姐好奇看着他的眉眼，关切问道："你怎么看着精神不大好？"

师姐和师兄之间最大的区别，就在于师姐肯定是女人，而且七师姐还是一位看上去很年轻也很漂亮的女人，而无论多大年龄的男人都绝对不会在女人面前说自己不行，不会承认自己精神不好，宁缺微笑应道："昨天进了书院后山，心情有些兴奋，所以没怎么睡好。"

"噢，那我就不担心什么了。"七师姐笑着从袖子里取出一个纸条递给他，说道，"你也知道山道上雾里的阵法，现在是由我在负责维护，这个月刚好是大修的日子，需要的材料你去前院寻文澜教授。"

宁缺微微张嘴，忽然想起来昨天陈皮皮最后那段得意的笑声，开始后悔自己刚才的回答，苦着脸应道："是，七师姐。"

"动作快一些。"七师姐有些不好意思地嘻嘻一笑，说道，"待会儿阵眼里有些材料要换，还要麻烦小师弟你动手。"

宁缺嘴巴张得更大了一分，惘然无助指着身后的浓雾，声音微颤说道："师姐，你是说我待会儿要进雾里去帮你换材料？我可能……在雾里视力不会太好。"

七师姐极弱女子般掩袖一笑，又极壮汉子般拍了拍他胸膛，说道："既然要你帮忙，哪里会让你当睁眼瞎子？我要在阵枢察看情况，没办法自己去，只有劳烦你。"

"劳烦二字不敢当。"宁缺瞪着眼睛说道，"或者我先去把陈皮皮抓过来，两个人快些？"

"小师弟，虽然你进山之前和皮皮相熟，但现在他毕竟是你十二师兄，总该换个称谓才是。"七师姐微笑望着他说道，"我书院二层楼，虽然不像世间那些宗门流派般死板迂腐，但尊师重道兄友弟恭这等事情，还是要讲究的。"

师姐话中有别意，宁缺哪里会听不懂，作为刚入书院二层楼的小师弟，又哪里有拒绝的资格？

第二日，宁缺来到书院进入后山时，神情越发憔悴，眼睛越发干涩，血丝越发密集。已经两夜未睡的他，昨天像个苦力般被七师姐满大山使唤，虽说第一次亲密接触了雾中阵法的神奇，但精神却是毫无疑问受到了极大的损害。

走出云雾，想着昨日七师姐说大修至少需要一个月的时间，而且必须赶在夫子和大师兄回来之前修好，他便觉得浑身发寒，低下身体像只田鼠般溜秋一声便窜进了春林密布的后山。

入了后山他不走寻常山道，只往草深林密处去，眼看着下方崖坪上的如镜平湖越来越小，眼看着对面崖间那道如线瀑布越来越细，心想这下七师姐肯定再没办法找到自己，不由大感欣慰，揉了揉因疲惫而发麻的脸颊，靠着身后一棵古松向远方望去，非常舒服。

"噫，居然有人进山？噫，居然是你？噫，小师弟你怎么来这儿？是给我们送饭吃吗？"

苍劲古松那边忽然响起两道苍劲疲惫的声音，明明是两个人说话，声音却仿佛混到了一处，竟像是出自一个人的嘴唇那般神奇。宁缺吓了一跳，愕然回头望去，只见古松那边有一方石桌，两个长须乱发看不出年岁的男子相对而坐，天时已将春末，即便山间也有了许多热意，但不知为何坐在石桌旁的两个男子居然还穿着书院厚厚的冬服，而且院服之上满是污迹，不知道已经多久未曾洗过。

他瞬间便猜到这两人肯定是陈皮皮介绍过的五师兄和八师兄，强行压抑住心头的震惊，恭恭敬敬长揖行礼，说道："宁缺见过二位师兄。"

"小师弟，你来了太好了，赶紧过来。"一个须发皆脏的男子疲惫招手说道，不知道是五师兄还是八师兄。宁缺依言走了过去，发现那张石桌上横竖刻着密密麻麻的直线，便成了石制的棋枰，枰上搁着数十个黑白子，东几颗西几颗，看不出所以然来。

正在这时，他忽然一惊，低头望去，只见其中一位师兄的手已经伸进了自己的怀中。

"这位师兄……"

"我是你八师兄。"

"八师兄……你为何要将手伸进我怀里？"

八师兄颤抖着收回手，惘然问道："小师弟，你身上怎么没有吃的？"

宁缺无言，心想你们两个难道是小孩子，见到人就想索要糖果？

"小师弟……不，十二他前天晚上来和我们说，从今以后就是你负责给我们送饭了，所以昨天他就没有来给我们送饭，结果你也没有来。"八师兄可怜兮兮望着他，颤声说道，"小师弟，我们已经两天两夜没有吃饭了，怎么你今天也没有带吃的呢？"

宁缺张大了嘴巴，却说不出话来，心想我也两天两夜没有睡觉了，难道还要负责你们的饮食问题？心里虽是这般想着，但看着石枰旁两个须发乱且脏眼神饥又渴的师兄，他仿佛看到两个可怜巴巴翘首待哺的小鸟，实在是狠不下心来，叹息着说道："那我……去给你们找饭。"

一直沉默，只用眼神表示对食物向往的五师兄，听着马上便会有饭吃，没有饿死之虞，精神顿时为之一振，轻抚下颌长须神情严肃说道："哎……不急不急，一天不吃饭又饿不死人。"

八师兄伸出三根手指枰到五师兄面前，颤声说道："你个白痴，我们已经三天没吃饭了。"

五师兄浑似看不到近在咫尺的三根手指，望着宁缺认真说道："下一盘，你先下一盘。"

听着这话，八师兄收回手指，赞同点头说道："不错不错，这才是正经事。"

宁缺看着这两位已经快要变成饿死鬼的师兄，无言想道这要真饿死了，那也是活该啊。

第三日宁缺离开临四十七巷老笔斋时，书桌上那张纸依然如初雪一般洁白干净，没有留下任何墨渍。而书院后山晨光照在他的脸上，把他每根眉毛里的憔悴疲惫和眼睛里越来越多的血丝照耀得更加清楚，也更加可怜。

走出云雾向山间走去，还未曾走得两步，便被一抹鹅黄堵住了去路。七师姐温柔看着他说道："小师弟，我知道昨天你可能在忙，但今天应该不会太忙了吧？"

宁缺看着七师姐，提起自己右手沉甸甸的食盒，愁苦说道："师姐，昨天被五师兄和八师兄拖着下了一天的棋，我这时候急着去给他们送吃的，不然他们真会饿死了。"

"原来如此。"七师姐眉梢微挑说道，"不要被那两个痴人耽搁了修行的时间，下棋弄琴终究是末道，你跟着我对阵法进行大修，对你自身修行还算有些好处。"

宁缺连连应是，答应从山上下来后第一时间去湖亭上看师姐绣花，然后任劳任怨做牛做马去帮师姐维护阵法，这才得以脱身，心里却想着稍后自己死活都不下山，看你到哪儿找我去。

到了那棵松下，看着石枰旁已经饿到捧腹，饿到无力说话，眼睛却依然盯着枰上棋子的两位师兄，宁缺把食盒放下，说道："二位师兄，赶紧吃饭吧。"

食盒打开，桑桑连夜做好的饭菜还有些温度，散发着极淡的香味。二位师兄颤抖着坐直身体，开始吃饭，不时抬头幽怨地看宁缺一眼，含糊发着满是遗憾味道的感叹。

"小师弟确实不是藏拙，于棋一道，他是真拙。"

"小师弟确实没有让棋，他根本就没下过棋。"

昨日在松下手谈，宁缺连败十二局，二位师兄终于确认他就是传说中那种连底都没有的臭棋篓子，于是不再拉着他下棋，但对宁缺而言，这才是真正的福分，很是觉得安慰。

松下送饭毕，往云深处去。他决定利用好不容易偷来的半日闲休息休息，或是好好研习一下颜瑟大师留下来的书籍。然而行不得数步，密林花树之间走出一人，抓着他的袖子，痴痴问道："小师弟，你从哪里来？你要到哪里去？"

宁缺怔怔看着满头碎花的十一师兄，忽然生出流泪的冲动，幸亏十一师兄没有问小师弟你是谁，不然说不定他会当场昏厥。片刻安静后，他一把甩开十一师兄的手腕，向着山下狂奔而去，嘶声大喊说道："七师姐，你在哪里？我来帮你。"

山下湖亭之间，七师姐捏着绣花针的手指微微一僵，抬头向山林之间望去，诧异想道："新来的小师弟怎如此勤勉？和他相比皮皮完全就是个渣啊。"

瀑布之前的小院里，二师兄微微挑眉，对阶下那只骄傲的大白鹅赞赏说道："书院后山沉闷多年，师弟师妹都不要脸，如今终于出了位一心向道的小师弟，我怎能不欣慰？"

山间某处茅房后，正抓着根鸡腿在啃的陈皮皮，抹了把油乎乎的脸，拧头望向山林深处，愕然叹息道："讨好师姐竟奴颜媚骨到了大声宣告的境界，宁缺，我果然不如你！"

崖坪密林中琴箫之声渐停，响起一段对话。

"我忽然想起来，我们忘了一件事情。"

"不错，上月新谱的那首曲子，还未曾请小师弟来听。"

进入书院二层楼的这些日子，宁缺过得很充实，非常充实，甚至已经充实到快要累死的地步。老笔斋的那根毛笔始终未曾落下，雪白的纸依旧雪白，他夜夜破题难以入眠，清晨入书院却还要给松下师兄送食送水，忙着做很多事情。

如果他不想被十一师兄抓住讨论哲学问题，便会成为被七师姐奴役的苦力，偶尔还要被迫去欣赏九、十二位师兄新著的乐曲，明明他那时坐在长草之间困到不停点头，不料落在二位师兄眼中，却成为他颇有音乐天赋的佐证，若没听出曲中意趣，小师弟为何频频点头赞叹？

桑桑递过来的热毛巾越来越滚烫，却依然无法洗去他的疲惫。日日夜夜在浩繁如海、神秘如海的符道世界里飘浮，又在书院诸位师兄师姐的盛情邀请下疲于奔命，宁缺眼睛里的血丝密布如网，眼屎如山，眼神惘然呆滞，露在袖外的手指在空中不停画着符文，把脑中默背下来的数万个字符不停地摹写着，看上去就像一个傻子。

书院草甸间，褚由贤看着模样凄惨的宁缺，震惊说道："你怎么变成这个样子了？"

司徒依兰把府中的请柬递了过去，代家中长辈邀请他过府一叙。听着褚由贤的话，她才注意到宁缺的神情憔悴到了极点，不由吓了一跳。宁缺接过两份请柬塞进怀里，神情麻木揖揖手，复又向后山走去，看上去有些失魂落魄。两人看着宁缺缓慢行走的背影，震惊得久久说不出话来。司徒依兰使劲儿地摇了摇头，才把宁缺那张像鬼一样的脸驱出脑海，喃喃说道："难道二层楼里有鬼？"

"我靠！你见鬼了！"陈皮皮被吓得直接向后一跃二十米，然后犹豫半天才走了回来，看着宁缺的脸震惊无语。

宁缺有气无力说道："你才是见鬼了。"

陈皮皮点头，认真说道："不错，你现在看着确实像鬼。"

宁缺神情呆滞看着山林说道："我确实也见到了鬼。我在书院后山里见到两个只知道下棋连饭都恨不得要人喂着吃的饿死鬼，两个只会吹箫弹琴明明纯粹自娱自乐连我睡着都看不出来却偏生非要我坐那儿听的雅鬼，还有一个抓着人就要问那些狗屁问题的哲思鬼……"

然后他转头望向陈皮皮，痛苦说道："还有你这个没义气的胆小鬼。"

"我知道这是非人的生活，但你不要忘记我已经过了好几年了。"陈皮皮看着宁缺，怯怯回答道，"不过再怎么苦，我也没变成你现在这副尊容。到底什么事儿把你折腾成这副模样？"

"我在跟随颜瑟大师学符道。"宁缺看着他神情惘然说道，"可是学了这么久，我连门路都摸不到，这东西实在是太难了，而且难得没有方向，难得没有头脑，所以我不高兴。"

"你那个永字八法用了？"

"我什么法子都用了，可还是摸不到任何门道。"宁缺缓缓低头，疲惫说道，"我居然有了畏难情绪，觉得有些绝望……你知道吗？这是我这辈子第一次在学习方面感到绝望。"

陈皮皮想着宁缺修行时的拼命模样，下意识里点了点头。

宁缺摇头说道："甚至当年在渭城发现不能修行时，都没有现在这么绝望，这么想放弃，因为那时睡着了的时候，我总觉得自己是在冥想，而现在对着那些符文典籍，就算是进入类似睡眠的冥想状态，我却还是无比清醒地知道，自己做不到。"

陈皮皮看着他憔悴的脸颊，黯淡的眼神，忽然说道："我带你去一个地方，看一个人。"

宁缺问道："去哪儿？看谁？"

"不要让十一师兄听到你这两个问题。"陈皮皮打趣说道。

宁缺听着这话想要笑，却疲惫得没办法挑起眉梢。陈皮皮看着他可怜模样，叹息一声，抓着他的袖子便往后山某处走去。

来到一片山崖之前，陈皮皮停下脚步，看着他说道："上次你登顶之时，曾经看到过一位老先生，你以为他也是师兄，但其实不是。"

宁缺想起来那位老先生，问道："你说过不知道该怎么称呼他。"

陈皮皮说道："的确不知道该怎么称呼。那位老先生很早就进了书院后山，听说比大师兄和二师兄还要早，按道理我们本应该叫他是师叔，但老师却说这位老先生不算是书院一派。"

忽然间，宁缺想起很多故事里的隐藏支线大 BOSS，诸如为男主角指点迷津的大智者一流，精神顿时为之一振，盯着陈皮皮说道："这位老先生……擅长符道？"

"不。"陈皮皮摇头说道："这位老先生不会符道，他什么修行法门都不会。"

宁缺瞪着陈皮皮问道："那你带我来见他做什么？"

"你说这是你人生中第一次畏难，第一次想要放弃，那我问你，你究竟喜不喜欢修行？"

宁缺沉默很长时间后，坚定回答道："喜欢。"

陈皮皮看着他说道："既然喜欢，那就应该坚持下去。带你来看这位老先生，就是想让你看看，一个真正痴于某道的人，绝对不会轻易放弃。"

"那位老先生既然不能修行……那他究竟痴迷什么？喜欢什么？"

"读书……"陈皮皮加重语气说道，"他就喜欢读书。"

46

春末昊天南门观内，青树浓花相映而美。幽寂殿宇深处，大唐国师李青山沉默很长时间后，看着对面那位肮脏老道说道："我总以为这种方法有些问题。"

"什么问题？"颜瑟大师看着案上的茶杯，想着那日离亭里的茶杯。

李青山说道："宁缺极有潜质，但毕竟刚刚接触符道，就像是一张任人涂绘的白纸，而那些符道精妙传承知识，乃是师兄毕生领悟所得，那数十本符文典籍，更是我南门数百年来积累的全部精华。如今师兄一股脑儿全部扔过去后便不闻不问，有如在那张白纸上泼了一盆墨汁，绝对写不出任何精妙好字，只可能变成一张墨臭黑纸。"

颜瑟大师沉默无语。

李青山无奈说道："宁缺现在就是一个腹内空空的小茶壶，刚刚被开启了一道小口，师兄您便把一片汪洋强行注了进去，难道你不担心他撑不住会壶裂而亡？"

"如果让宁缺那小子知道你用茶壶这种东西来形容他，或许用不着倾注什么知识汪洋，他就会气得直接炸成碎片。"颜瑟大师笑了笑，然后神情凝重看着李青山，说道，"宁缺是白纸，但是我所见过最大的一张白纸，在这样的白纸上作画，无论是你还是我，都没有经验更没有把握，我只能把这盆墨泼过去，任他自行辗转腾挪。既然无法用秃笔作画，那让这张白纸自己承墨作画便是，至于最后能画出什么来，终究还是要看他的悟性和毅力。

"至于茶壶那个比喻……我承认把自己毕生所悟和南门数百年积累之精华，在这么短的时间打进宁缺的脑中，确实有可能让他难堪重负，然而师弟你也必须承认，这种方法虽然简单粗暴，但却是最快最有效的方法，只要他这个小茶壶不破，那么终有胀出茶水的那日。"

"但这同样也是最危险最不可靠的方法。"李青山看着颜瑟大师，沉声说道，"如果这张白纸来不及辗转腾挪便直接被墨汁粘在地板上怎么办？如果这个小茶壶来不及从嘴中逼出茶香怡人的茶水便裂成无数块怎么办？宁缺他不仅仅是你的传人，他是夫子的学生，他还是陛下寄予厚望的年轻人，我不明白为什么在他身上师兄表现得如此急迫，明明有很多更保守可靠的方法。"

"因为他着急，我也着急，这个世界好像也开始着急起来了。"颜瑟大师抬头望向南门观殿外北方的天空，悠悠说道，"十年成为神符师？我这个学生野望不止于此，我的野望也不止于此。既然这个世界开始动荡起来，我想很难给宁缺留下安稳保守修行的环境，最关键的是，我最近发现时间也已经不多了。"

李青山看着颜瑟大师苍老的面容，沉默很长时间后感伤说道："原来如此。"

颜瑟大师笑了笑，有些艰难地从地板上站了起来，向殿宇外走去。李青山看着师兄苍老的背影，忽然说道："师兄，最近这段日子你就不要再到处去玩了，多在观里陪我说说话。说起来你我同门数十年，竟连一盘棋都未曾下过。"

颜瑟大师没有回头，笑着摆摆手，声音微沙说道："你又不是年轻貌美的小姑娘，陪你说话下棋实在是太没意思。放心吧，真到死的那天，我一定会回来见你最后一面。"

李青山收回目光，看着桌案旁炉上壶嘴喷出热雾的小茶壶，默然无语，心想师兄你既然决意做烹沸茶水的炉火，那我只好也想些法子去帮帮那个小家伙。

往山崖走了没几步，便看见一个高约数十米的崖洞。洞口上方有鸟儿正在快速飞进飞出，崖洞外的缓坡上，建着一幢木质结构的二层小楼。小楼表面全是风雨斑驳痕迹和鸟屎遗痕，不知道在这片山崖之下沉默伫立了多少个年头。离小楼还有段距离，宁缺便闻到了一股熟悉的味道，脸色微白问道："你闻到这儿的味儿没有？"

陈皮皮抽了抽鼻子，惘然说道："什么味儿？"

"这么浓的味儿你都没闻到？"宁缺盯着他的眼睛，颤声说道，"黄州芽纸还有墨汁的臭味，我现在闻着这些味道就想吐，你怎么还要带我来这里？"

陈皮皮知道楼里那位老书生身旁肯定有纸有墨，但他确实没有闻到令宁缺脸色苍白欲呕的纸墨味道。他伸手在鼻前捞了捞，心想这小子最近研习符道如疯如魔，竟敏感到了这种地步。

宁缺抬袖掩鼻，跟着他向木楼处走去，离木楼越近，那些纸墨味道便越浓，他便越来越难受。最近这些天，他夜夜磨墨观纸却动不得一笔，下意识里对这种味道产生了极大的恐惧和厌恶。木楼下方有一片露天的石台，台上有一方极大的书桌，桌上搁着堆积成山的书卷。在如山书卷后方，坐着一位头发花白的老书生。

只见这位老书生左手握着一卷旧书，右手提着一根半秃的毛笔，他不时对着旧书吟哦两句，不时提笔在纸上写上数字，然后继续看书，又不知是看到什么妙处，长长的眉毛便在风中飞了起来，面部表情极为精彩似欲起舞。这位老先生看书抄书，专心致志心无旁骛，无论是崖洞上方飞行的鸟群，还是渐行渐近的陈皮皮与宁缺，都对他没有任何影响，仿佛他只要开始看书，那么除了书籍之外的整个世界便瞬间消失了一般。

"妙哉！妙哉！"老书生在书卷里又寻到一妙处，用最快的速度将那些语句抄在纸上，然后将半秃毛笔塞进唇中舔了舔，仿佛吃到了人世间最美妙的味道，竟是高兴地手舞足蹈起来。

宁缺看着这位老书生，愕然回首看着陈皮皮，说道："他确实是在读书，但让我看他读书，对我修行符道有什么帮助？"

"大师兄有一次曾经对我们说过，很多年前夫子发现这位老先生其实极有修行潜质，然而却被这位老先生直接拒绝。"陈皮皮看着书桌后方如痴如狂读书抄书的老先生，无奈耸肩说道，"因为在这位老先生看来，人间只有读书才是有意义的事情，修行什么的，实在是太耽搁时间。这位老先生除了读书别的任何事情都不会做，也不屑做，连夫子拿他都没有办法。而且他的脾气非常暴躁，只要有人打扰到他读书，他便非常不高兴。如此年岁久了,后山里便没有人理会他,就连脾气最好的大师兄都懒得和这个人打交道。"

宁缺看着如山书卷后方的那位老先生,同情说道:"这大概就是读书读迂了。"

"你这话太客气。"陈皮皮摇头说道,"这位老先生拒绝夫子带他进修行道的请求后,二师兄曾经下过一句评语:此人读书读成了傻×。"

宁缺笑了笑,但笑容瞬间僵硬在脸上,回头望着陈皮皮犹豫问道:"慢着……你今天专门带我来看这个读书读成傻×的老先生,难道是想通过这个例证告诉我,我这些天研习符道研习得如痴如狂,再这样下去最终也会变成这样的傻×?"

"正好相反。"陈皮皮带着他向石台上走去,说道,"虽说我们都很讨厌这位老先生,但同时也很佩服这位老先生。我带你来看他,就是想告诉你,你自以为可以傲视同侪的坚毅刻苦用心,其实这个世界上有很多人可以做到,而且比你做得更好。"

宁缺有些不明何意,随着他向石台上走去,忽然想到一件事情,问道:"除了这位老先生,书院后山里还有辈分更高的人吗?我们有没有师叔?"

"以前有位小师叔,听说是世间最生猛一流人物。"陈皮皮回头说道,"不过很可惜,只有大师兄和二师兄见过。"

上得石台,陈皮皮对如山书卷后方那位老先生行了一礼,笑着说道:"读书人,好久不见。"宁缺在他身后跟着行了一礼,听着读书人这称呼不禁觉得有些好笑。

读书人充耳未闻,仿佛根本没有看到他们二人来到了自己身前。

陈皮皮大声再道:"读书人!好久不见!"

他的声音从楼侧传进崖洞,几番回荡之后传回,显得格外清透响亮,把崖洞上方那些忙着筑巢或是别的家务事的鸟群惊得满天乱飞,一阵尖鸣。读书人这才醒过神来,愕然抬起头看着书桌前不知何时多出的两个人,表情骤然一僵,眼中透出厌憎之色,沙声吼道:"又来做什么!快走快走!不要又来打扰我看书!"

陈皮皮看了宁缺一眼,耸了耸肩,然后向读书人笑着说道:"我带小师弟来给你看看。"

"有什么好看的?你小师弟又不是书!"读书人伸手把脸上飘荡的花白头发抹到后方,看着陈皮皮愤怒说道,"上次你们说书院要收个小师弟,得有个长辈在场表示庄重,非把我骗到山顶上去待了整整一夜,这次怎么又来了个小师弟?难道你们又想骗我去山顶上待一夜?苍天啊!大地啊!"

他像看着杀父仇人一般看着陈皮皮,神情极为厌憎,眼神极为幽怨,嚷道:"一夜时间我要看多少书你知不知道?"

陈皮皮没好气嚷道:"那天去山顶你带了七本书,难道还不够你看的?"

"山顶上又没灯!"

"山顶上星光比灯光更亮!"

"读书这种事情不是用日光就是用灯光,星光哪里能用!"

"星光为什么不能用?"

"没感觉啊!"

"你读的到底是书还是感觉?"

"蠢货!读书当然要有感觉才能读得高兴!"

"白痴!星光下谈恋爱都有感觉,读书怎么就没感觉啦?"

二人在书桌旁互喷唾沫对吼,宁缺在一旁早就已经听傻了。这时候他才相信这位读书人真是把脑袋读迂了的那种人,也才相信书院后院的师兄们对这人果然不怎么尊敬。读书人气得满脸通红,胸膛不停起伏。他年老体弱,吵起架来明显不是陈皮皮的对手,而且他很快便反应过来,陈皮皮今天专程来找自己吵架,目的很明显,就是为了让自己分神无法专心看书,自以为猜到陈皮皮的险恶用心,他哪里会让对方得逞?

"我不和你说话了!"他悲痛说道,"这么多的书不抓紧时间怎么读得完?你知道你这是在做什么?你是在谋杀我的生命,毁灭我的人生!"说完这句话,读书人果然不再理会陈皮皮的言语攻击,低头专心看书抄书。

宁缺看着楼内书架上密密麻麻的书籍，眉头微微皱起，说道："此间藏书虽多，但若专心去读，几年工夫怎么也就读完了，就算加上书院旧书楼里的书，也不至于让他如此痛苦才是。"

　　听着这话，陈皮皮苦笑摇头，带着他向崖洞里走去。崖洞里很奇怪地保持着干燥，最上方隐隐有几处山岩豁口透下天光，所以也并不显得阴暗，洞内甚至还生着几株不知名的树木，鸟儿周游树梢不停鸣叫。宁缺的目光在洞中打量一番，然后落在崖壁上，身体顿时僵硬，再也说不出话来。

　　那方崖壁之上搭着很多木架，看上去就像是一个被放大了无数倍的书架。这些木架上没有鸟巢，没有珍宝，没有雕像，没有盆栽，只有一种东西，那就是书。

　　数之不尽的书。整整一面崖壁的书。

　　漫山遍野的书。

　　"书院创办以来，便一直没有停止藏书。逾时千年，不知收藏了多少书籍，从远古时期至今日新文，全部都放在这里，所以读书人的痛苦，其实是真的痛苦。"陈皮皮看了宁缺一眼，看着崖壁上密密麻麻排到数十米高的书籍，感慨说道，"若说知识可以用书籍册数来计算，那么天下十分知识至少有七分在书院。"

　　整整一面崖壁的书籍，在宁缺眼中仿佛就像是登山山道上站立起来的那片墨海一般震撼，压得他有些艰于呼吸，过了很长时间，他才勉强清醒过来。顺着崖洞边缘的陡峭索道向上攀行，来到崖壁书架的第三层，沿着仅容一人通过的木板前行十余米，宁缺停下了脚步，回头看着近在咫尺的密密麻麻书籍。

　　整整一面崖壁的书籍，漫山遍野看上去无穷无尽的书籍，对于一个爱读书甚至把读书视做生命里唯一要务的人来说，毫无疑问是莫大的宝藏，但同时也是莫大的悲哀。因为以有涯之生阅无尽之书，终究是不可能完成的任务。

　　走出崖洞，再看着书桌后那位捧着书卷，不时抄录不时吟哦、不时悲愤不时喜悦的老书生，宁缺发现自己有些明白他为什么会表现得如此极端，显得如此着急。走到书桌旁，宁缺对着苍老的读书人深深一礼，诚恳请教道："这位师叔，如果书始终读不完，那怎么办？您难道不会感到绝望？为什么还会一直不停地读下去？"

他没有像陈皮皮那样直接喊读书人，而是称其为师叔，因为对方年龄大进山早，更因为宁缺对这种有毅力把一件事情做到极致的人，都有一种莫名的尊敬感。或许是听出了宁缺语气里的诚挚意味，或许是察觉到宁缺和自己在某些方面的相似之处，苍老的读书人这一次没有极不耐烦地挥手把他赶走，而是缓缓放下了手中的书卷。他回忆道："我忘了自己是几岁开始进山读书，但我记得在二十岁的时候，我本以为自己有可能把世间所有的书籍全部读一遍。"

宁缺沉默聆听。

读书人悠悠说道："但到了五十岁的时候，我才发现这是根本不可能做到的事情。因为在我不停读书的过程里，世间还有人在不停地写书，而且因为年老体弱，我读书的速度越来越慢，更可怕的是，有很多幼时读过的书竟都忘光了。"

他看着宁缺的眼睛，微笑道："如果读过的书都忘光了，那你怎么好意思说自己读过？所以我不得不拾起那些已经忘光了的书重新阅读，而为了不要再次忘记，我开始摘抄。"

宁缺问道："但这样一来岂不是速度更慢？"

"不错。"读书人叹息一声，说道，"所以我早就已经知道，我这辈子不可能把世间所有的书都读完，甚至连书院的藏书都没有办法读完。"

宁缺眉头微微蹙起，问道："那您岂不是很失望？"

"何止失望，完全绝望。"读书人摇了摇头，说道，"当时确认读不完藏书的那一天，我觉得整个世界都塌了下来，我不想吃饭不想睡觉，甚至……连书都不想读了。"

一个除了读书什么事情都不会做也不想做的人，居然连书都不想读了，可以想象这位老书生当日所受的精神打击有多大。宁缺很自然地联想到这几日里自己的精神状态，沉默片刻后诚恳请教道："师叔，那您怎样过了那个关口？"

"因为我问了自己一个问题。"读书人说道："你究竟喜欢的是读书这件事情，还是读完所有书这件事情？

"没有想太长时间，我就得出了答案。我喜欢的终究还是读书这件事情。我今年已经一百零二岁，此后任意一天我可能就会闭上眼睛再也醒不过来，但我永远无法确认自己会在哪天死去，所以只要我不停地读下去，读不完又算什么？我依然可以安慰自己，确认自己在死前的每分每秒，都是在做自己想做的事情，这就很幸福很满足了。"

"你喜欢的究竟是修行这件事情，还是修行到某种境界后去杀人这件事情？"

"这个问题我需要仔细地思考一下。"

走在书院后山的山道上，回想着先前在崖洞外与那位苍老读书人的对话，宁缺隐隐间明白了一些很重要的东西，听着崖坪间不知何处传来的乐曲声，缓缓停下脚步。

已经沉默了很长时间的陈皮皮看着他问道："你想明白了？"

"想明白了，我终究还是喜欢修行这件事情的。"宁缺听着悠扬的曲声，想着这些日子在书院后山遇到的这些事情。

痴于棋枰饿困松下的二位师兄，痴于琴箫身外无物的二位师兄，满头簪花似疯子般却恬静自安的十一师兄，崖洞外读书至百岁依然不时手舞足蹈的那位师叔。

他还想起了当年在岷山林中箭术精进后兴奋打滚的自己，当年在渭城边塞刀风渐厉后喜悦狂喊的自己，去年在旧书楼枕西窗观星微笑的自己，夜夜站在书桌旁僵硬的自己……

"每个人都会碰到很多难题，想要解开这些难题，就必须专心地做下去，就需要最疯狂的那股痴劲儿，但这种痴却不是山一般压在你肩上的重量，而是你内心深处最向往的那些喜悦。"宁缺看着美丽的书院后山，说道："以前我曾经痴过，这些天却忘了痴的本质是喜欢。不存在虚妄的希望，自然也就没有虚妄的失望，更没有什么绝望。人生如题，各种痴就是各种喜欢，喜欢做什么便做下去，那么我想这道题目总会有答案的。"

47

陈皮皮真心赞美道："这句话说得很好。"

宁缺耸耸肩，说道："我经常说出一些自己都意想不到的漂亮话。"

二人相视一眼，然后笑了起来。

崖坪间飘荡的悠扬乐曲不知何时停了。关于人生痴与乐的问题，宁缺得到了一个暂时的答案，情绪不再像前些日子那般焦虑浮躁。他和陈皮皮并肩向山下走去，正琢磨着待会儿是不是应该去旧书楼睡一觉，回临四十七巷后或许可以带桑桑去逛逛街，放松下心情，不料道旁密林一阵摇晃，从里面走出来两个人。

幸运的是，出现的是两个人，那么便不可能是最令人无奈痛苦的十一师兄，不幸的是，这两个人怀里抱着琴与箫，院服宽且大，正是痴于音律的北宫、西门二位师兄。

"小师弟，昨日看你听曲时点头频率不高，我便猜着那首散曲肯定有些问题。"九师兄北宫未央眼睛里同样血丝密布，他热情地拉着宁缺的袖子，说道，"昨天夜里，我与西门熬了一个通宵，把那首散曲里的三个连贯小节做了一下调动。我们自己比较满意，但终究是自己作的曲子，耳聋神闭做不得数，还是得烦你来赏鉴赏鉴。"

十师兄西门不惑抱着古琴诚挚说道："小师弟，辛苦你。"

陈皮皮同情望向宁缺，心想精神层面的那些东西你刚刚想通，但身周这些杂务杂事却又要烦扰你的心神。身为书院后山最小的那人，实在是痛苦得欲令人垂泪啊。

宁缺微微一怔，看着面前目光灼热的二位师兄，想到先前在崖洞旁专注读书的那位老先生，沉默片刻后，微笑揖手行礼，平静说道："二位师兄，请原谅师弟今日不能听曲。"

"不听曲你能做什么？难道是那些家伙拉着你下棋辩难？"北宫未央拂袖不悦说道，"小师弟你莫要为难，师兄替你做主，那些家伙难道不知道小师弟你的时间有多珍贵？"

听着这话，宁缺忍不住笑了起来，摇头说道："九师兄，今日我不

314

听曲也不下棋，也不会去陪十一师兄神游，我只想去好好睡一觉。"

北宫未央瞪大眼睛，疑惑问道："小师弟你为何不听曲？"

宁缺温和回答道："因为小师弟我……不爱听。"

北宫未央怔住了，抚摩着手中洞箫，苦恼说道："不能啊，前几次看你听得很开心的。"

宁缺笑着说道："那是为了让二位师兄开心，事实上我自己并不怎么开心。"

西门不惑师兄疑惑插了句话："那小师弟你听曲时不停点头……"

宁缺叹息一声应道："那时候我困得想睡觉。"

陈皮皮看着他与二位师兄对话，不禁有些傻眼，轻轻一扯他的衣袖，把他拉到一旁，低声提醒道："怎么这样和师兄说话？不爱听你也别直说啊。"

宁缺看着他苦恼说道："可我说的是老实话啊。"

便在这时，山道上方传来一道平静严肃的声音，听着这声音，无论是怔然失神的二位师兄还是准备继续批评提醒宁缺几句的陈皮皮，神情顿时一凛，瞬间变得老实了几分。"不爱听就不听，说话说真话，待事以直，是为君子。"头戴古冠的二师兄一脸肃容从山道上方走了下来。他微微颔首与师弟们见过礼，然后毫不掩饰赞赏神情说道，"小师弟颇有君子之风，你们要好好向他学习。"

听着表扬，宁缺怔住了，这是他第一次和君子这种古怪生物联系到一起。

二师兄看着他微笑点头，然后敛了笑容严肃望向陈皮皮和另外两位师弟，沉声说道："从今日起，谁都不准再干扰小师弟的修行，不然就等着我用院规处置。"

他的声音并不怎么洪亮，然而像是某种具有实质的存在般，飘出极远也没有涣散，随着山间林风迅速响彻整座后山，传到松下花树下湖亭上，让所有的师弟师妹们都清楚地听到。北宫未央和西门不惑苦着脸应下，却还是忍不住偷偷看了宁缺一眼，大概心里还在遗憾自己好不容易找到一个对音律之美颇为敏感的师弟，结果却被二师兄给抢走了。

书院后山排行第一的当然是大师兄，但大师兄性情温和到了极点，师弟妹们与他亲近而不害怕。他们真正敬畏的还是这位方正严肃的二师兄，只要二师兄发话，便没有任何人胆敢违背。想着宁缺从此以后便不需要被这些师兄师姐们烦着，又想起自己当年刚进后山时的泣血生活，陈皮皮十分羡慕这个家伙的运气，又有些恼怒不甘，看着二师兄状作认真问道："师兄，云门阵法现在正在大修，七师姐天天需要宁缺帮手，你看……"

话有未尽之意，隐含使坏之意。宁缺瞪了陈皮皮一眼，陈皮皮得意回看他一眼，然而他并没有得意太久，下一刻听到二师兄的话就明白了多嘴往往会给人带来极大的厄运。

"云门阵法还没有修好？小七她这半年都在做什么？舞集阵眼……嗯，确实有些麻烦。小师弟刚刚入门，哪有时间耗在这些事情上面，皮皮，我记得你前年就跟小七一起修过云门阵法，既然有经验，那今年还是辛苦你吧。"

陈皮皮张大了嘴，欲哭无泪。

"小师弟，你跟我来。"二师兄拂袖于身后，缓慢向山下走去。

宁缺同情地拍了拍陈皮皮的肩膀，追了上去。

在与陈皮皮和其他师兄师姐们的闲聊中，宁缺知道二师兄是一个极为骄傲严肃的人物，无论对己对人都分外严格，所以隐隐有些惧怕对方，然而今日二师兄替他解决了大问题，他对二师兄的观感顿时为之一变，觉得二师兄绝对是世界上最可爱的人。

心理状态绝对会影响现实视角，他跟着二师兄缓慢向崖坪镜湖处走去，看着二师兄古板的姿势，每一步距离绝对相同的死板味道，尽数变成了令人赞叹的严谨自律，就连二师兄头顶那根像洗衣棒槌般的高冠，此时也多出了很多出云高洁的味道。

二师兄忽然感慨说道："你的境界，着实太低了一些……"

宁缺听着前方二师兄开口说话，赶紧加快脚步来到他身后，老实回答道："是啊。"

"书院后山对于不惑境界弟子的教育，没有什么经验。"二师兄缓缓摇头说道，"虽说大师兄进书院时还在初境，但他是由老师亲手教的，如今老师与大师兄都还在外游历，即便是我也不知道该对你从何教起。"

宁缺沉默，虽然有些许失望，但想着总有一日夫子和大师兄会回书院，也并不是太过焦虑。说话间，二人已经走下山道，来到那片美丽崖坪之间。

走到镜湖畔，看了一眼不远处湖心那方亭榭和亭中低头绣花的女子，二师兄忽然停下脚步，沉默片刻后沉声说道："虽说老师和大师兄都没回来，但你终究是我书院学生，总要以书院所授为本。堂堂书院总不能让颜瑟这个老道士给比了下去，告诉我你想学什么？"

进入书院后山，便正式进入修行的世界，宁缺很清楚自己会接触到什么，只是这些天他实在太过忙碌，精神太过糟糕，加上后山里的师兄师姐们太过荒唐，他竟是完全忘记了这件事情，骤然听到二师兄发问，惊喜之余又不免有些惘然。修行之道犹若沧海，自己该选择什么？修行飞剑以后便是剑师，修行神念以后便是念师，或者说选择武道修行？还是说真的去找个马桶来修千古未有之桶师？

他忽然想到一个很重要的问题，犹豫问道："师兄，修行别的和修符道之间会产生冲突吗？"

二师兄站在湖畔，摇头应道："万宗不离其法，万溪终归海洋，起始之时不须在意，修至极处不用在意，只是中间一段时光需要区隔。你现在刚刚上路，不用考虑这么多。"

宁缺看着二师兄的背影，皱着眉头想了半天，却始终还是没有办法下定决心。如果想的时间太长，他担心二师兄会不耐烦，在这种精神压力之下，他骤然想起除了在边塞战场上偶尔极远看到的那些军部阵师之外，自己人生中遇到的第一位修行者是北山道口那名剑师。

他独立杀死的第一位修行者是临湖小筑里的剑师，他在旧书楼里除了那些基础知识之外，看的第一本修行法门书籍是这本《浩然剑》，而他很喜欢书院草甸后方的那片剑林。

"师兄……我想学浩然剑。"

听着这话，二师兄缓缓转过身来，用一种奇怪的眼神看着宁缺。他的眼神变得越来越亮，赞赏说道："浩然剑不是最神妙的法门，但绝对是男人最应该学的法门。"

听说二师兄要传授新来的小师弟浩然剑，安静很久的书院后山终于迎来了难得的热闹。那些平日里散居各处的师兄师姐们纷纷从松下花树下房间里走了出来，站在崖坪各处，好奇看着镜湖畔的那两个人，时不时指着那处窃窃私语几句。

北宫未央蹲在竹林下，看着湖畔正在说话的二人，忍不住摇了摇头，说道："飞剑这种东西有什么好学的？一点美感都没有，除了杀人还能做什么？"

五师兄和八师兄抱着棋盒从竹林里钻了出来。五师兄着实不客气在北宫头上狠狠拍了一巴掌，训斥道："老虎倒是挺美，你去抱着亲两口去？人和禽兽的分别不在于美或不美，而在于有没有智慧，跟你学吹箫能吹出个什么前途？"

五师兄望向湖畔，极不赞同地摇头说道："小师弟跟着二师兄学飞剑，这实在是误入歧途，跟着我们学棋，就算不能成为国手，但总能增进几分智慧。"

北宫未央恼火看着他说道："五师兄，智慧不是暴力，你不同意我的说法也不要打我头嘛。"

五师兄瞪了他一眼，说道："我是你师兄，我打你难道你不服？"

北宫未央往旁边挪了挪，咕哝道："服，哪里敢不服。不过既然如此，要小师弟学飞剑的是二师兄，你也别在这儿抱怨来抱怨去。"

且不提崖坪各处那些神情黯然，甚至像十一那样捶胸顿足认为小师弟被二师兄带入歧途的人们，镜湖畔的二师兄和宁缺正在暮春和风间严肃对话。

"你虽看过《吴赡炀论浩然剑》，但这本专著乃是书院前贤吴大先生晚年所著，其中最主要的意旨，在于探讨浩然剑意与天地周遭的感应与冲突。"二师兄看着宁缺说道，"这本书更专注于道外之道，不是你现在的境界思想所能完全掌握的东西，所以你既然要学浩然剑，便要从最基础的东西学起。"

宁缺揖手行礼道："请二师兄指教。"

"飞剑便是能够脱离人身控制而飞行的剑。"二师兄平静说道。

"二师兄……果然极擅长说废话。"宁缺无法平静，在心中默默想道。

"以念力操控天地元气，于无形间触摸掌控剑体，运剑周游身遭，这便是飞剑最简单的方法。飞剑的威力在于五点：剑师念力的强大程度；能操控天地元气的数量；与剑体之间的联系强度；剑体本身的强度；最后便是剑体飞行时的精妙程度。你现在还在不惑境界，但已经能够触摸甚至是操控外物，说明你的念力足够强大，与外物之间的联系程度不错，但基于天赋的条件还有一点，那便是操控天地元气的数量。"

二师兄看着他的眼睛，平静说道："你可以把剑师操控天地元气的数量，看作是手中一根无形的绳索。你能控制的天地元气数量越多，这根无形绳索便越结实，而且越长。只有足够结实足够长的绳索，才能带动剑体飞行更远的距离，而不担心会脱离控制。"

宁缺说道："明白。"

二师兄看着他说道："所谓剑法，其实便是念力操控天地元气控制剑体的不同方法，浩然剑宁向直中取，不向曲中求，讲究的便是心正意坚，出剑不疑，沛然莫御，阻者皆破。至于具体如何做，你且听好我口授的浩然剑诀。"

"多谢师兄。"

"你可记住了？"

"记住了一半。"

"那我再说一遍。"

"是。"

宁缺忽然觉得这番对话很耳熟，心想难道稍后自己要回答全部忘光光，然后二师兄便一拂院服，朗声长笑道小师弟你悟了，那便去黑洞洞的那边将贼人杀个干干净净？

二师兄皱眉问道："现在呢？"

宁缺醒过神来，当然不敢那般回答，老老实实应道："全记住了。"

二师兄眉头渐渐舒展开来，赞赏说道："小师弟悟性果然极佳。"

话音甫落，只见他在湖畔春风里随意一招，一根短而细的无柄木剑，不知何时出现在手中。他将无柄木剑递给宁缺，说道："先前说过，从最基础的开始，你先出剑给我看看。"

宁缺接过那把无柄木剑，手指传来微凉的感觉，一时间竟有些惘然，沉默片刻后，他深深地吸了一口气，说道："好。"

镜湖四周看热闹的书院二层楼弟子们，看到宁缺终于要开始出剑了，纷纷站起身来观看，脸上充满了好奇的神情，虽说他们此时此刻依然坚持认为，小师弟非要学飞剑这种既无美感又无智慧的杀人手段是极错误的选择。但他们也很好奇小师弟的水平究竟如何。

宁缺缓缓闭上眼睛，感受着双手平端着的那把无柄木剑的重量，觉得本来轻飘飘的木剑越来越重，识海里的念力催出体外，与周遭天地元气一融，隐隐约约间接触到了木剑的本地，然后按照二师兄教的法子，将天地元气丝丝缕缕缠了上去。

"起。"

宁缺睁开双眼，看着手中无柄木剑低喝一声，识海中念力喷薄而出，缠在剑身上的天地元气丝缕骤然一紧，然后猛地振动而起！

镜湖畔的春风里，一把细细的无柄木剑颤抖着飞了起来。

那把细细的无柄木剑飞得很慢很慢，颤抖不安，似乎极为惊恐，又像是极为吃力。而且木剑移动时完全没有任何规律轨迹可言，一会儿在宁缺身体的右方，一会儿在宁缺身体的左方，一会跳起，一会儿快要跌落湖面。

湖畔看热闹的书院后山弟子们嘴巴张得极大，久久无法闭拢。湖心亭榭里的七师姐手指间拈着的绣花针不知何时落入了湖中，然后被一条贪吃的金鲤吞入腹中。站在竹林边缘的北宫未央看着湖畔空中那把无柄木剑，表情严肃说道："用飞这个字来形容这把剑，我想这把剑……会感到羞愧吧。"

站在不远处的陈皮皮羞愧地低下了头，不想承认湖畔那人是自己的朋友。

无柄木剑颤巍巍飞了回来。宁缺瞪圆了眼睛，看着它快要跌落，闪电般探手一捉，把它捉进手中，不禁觉得有些后怕。他抹了抹额头上的汗，转头望向二师兄兴奋问道："师兄，您觉得我怎么样？"

他脸上的兴奋是真实的情绪，甚至为了压抑心头的得意，已经用了很多力气，因为他已经拼尽了全力，而且这也确实是他飞得最好的一次，如果除去银子这种东西的话。二师兄怔怔看着他，沉默很长时间后说道："小师弟，你现在还没办法培养本命物，能这样已经很不容易……慢慢练，加油，你会成功的。"

说完这句话，二师兄头也不回地离开了湖畔。宁缺愕然看着二师兄的背影，然后注意到湖畔那些师兄师姐们又开始往山林里钻，而且一边走还在一边摇头。他抓住因为打水而没有来得及走掉的六师兄，问道："师兄，这是什么意思？"

六师兄想了很久后，憨憨一笑后，低声回答道："小师弟，二师兄为人说话行事向来都很直接，今天他对你说话这么婉转……情况好像真的不大妙。"

师兄师姐们都离开了湖畔，回到了各自的松下花树下密林中，开始弹琴吹箫下棋拈花不语。没有人嘲笑宁缺，也没有人过来安慰他，因为在他们眼里，宁缺在湖畔表演的浩然剑出剑画面，实在是荒唐到不知该如何言语。

宁缺在湖畔默默站了会儿，终于从师兄师姐们的态度还有六师兄的解说中得到了最接近真实的答案，不由感到意兴索然，然而片刻后想着先前二师兄欲言又止的模样，他竟是忍不住笑了出来，然后一面笑着一面继续练习浩然剑的出剑式。

本以为已经是很不错的表现，在书院二层楼的师兄师姐们眼中却是很糟糕、糟糕到无言的表现，这种心理落差对于普通人来说可能会是极大的打击，但对于宁缺来说，尤其是现在的宁缺来说，根本算不得什么。

于是书院后山镜湖畔，不时有一把像小脚瞎老太婆的无柄木剑飞起。它颤巍巍地飞着，它惊恐地飞着，它漫无目的地飞着，或者说是挪动着，有时候跌落在地，有时候险些刺着宁缺自己，甚至有一次直接飞进了湖里，害得他不得不下水去捞。

就这样不停练习，直至最后识海里的念力被压榨一空，宁缺才气喘吁吁停止，一屁股坐到湖边石上，捧了把清凉的湖水洒到脸上，发出一声满足的叹息声。

完成了今日云门阵法修理工作的陈皮皮不知何时来到了湖畔，他看着身旁宁缺苍白的脸色，沉默片刻后忽然说道："有些事情，光靠拼命是解决不了问题的。"

宁缺抬头望着蓝天白云，笑着说道："以前你说修行是昊天赐予我们的礼物，不能强求，不能修行就是不能修行，光靠拼命是解决不了问题的，但我现在至少能修行了。"

陈皮皮摇头说道："但你如果老这么拼命，身体怎么顶得住？"

"我不是拼命，只是喜欢。"宁缺看了他一眼，拾起身旁那把无柄小剑在空中随意挥舞，笑着说道，"总有一天，我一定要让这把剑变成……飞他妈的……剑。"

48

老笔斋前铺后院，但地方着实太小，想要在这里施展他妈的飞剑，实在太过危险，伤着花花草草倒无所谓，难道要桑桑撑着大黑伞淘米煮饭？所以宁缺回到临四十七巷后没有练剑，再一次站到书桌前提笔蘸墨盯着那张雪白书纸。

今天他没有像雕像般发呆，只见他不时深呼吸，沉腰移足前后蹙步，时不时挑眉弄眼，甚至隐隐约约还能听到他在哼小曲，右手提着的毛笔不再像前些天那般沉重，而是轻松地悬在空中，隔着一段距离虚画，虽然还是没有落笔，但显得轻松了很多。

桑桑把南瓜切成竖条，码在饭盆上蒸好，进里屋来解围裙，便看见了这一幕画面。她好奇看着宁缺绕着书桌不停转，手里的毛笔在空中不停乱画，不一会儿便觉得有些眼晕，捂着额头说道："少爷，实在是心痒痒那就随便写两道试试。"

宁缺停下胡乱蹦跳的脚步，笑着说道："明知道不行，何必试。"

桑桑擦了擦湿手，笑着说道："就算不行，随便涂些墨团现在也可以卖钱啊。"

宁缺听着这话哈哈笑了起来。而桑桑忽然反应过来，惊讶看着宁缺，心想今天发生了什么事情，少爷提起笔后居然没有变成白痴，而且还有精神与自己说闲话？

接下来宁缺陪她一道吃饭，吃完饭后让她泡了一壶茶，把圈椅搬到小院里，坐而观星饮茶闲叙，显得轻松愉悦到了极点。直至夜深灯起，他走进房内，脱了外衣斜靠在床头，不知从哪里摸出一本书专注看着，眉头时不时微微挑弄，手指缓缓搓摩。

桑桑端着洗脚水走进屋内，想着今夜的诸多古怪，不禁有些疑惑不解。一起生活了这么多年，她很清楚宁缺在被难题困住的时候都会像前些天那样拼命，实在是不明白，为什么今天宁缺会忽然变得如此放松，难道说他已经对解决那道难题感到了绝望？

书院后山崖坪，雾气尽退，清静幽雅，屋后的水车咿咿呀呀地转着，屋内不时响起沉闷的打铁声，然后随着哧啦一声响起，水雾弥漫房间内。阴暗角落里，四师兄借着窗口透来的些许微光，观察着沙盘上的符线走向。待水蒸气扑面而来时，他微微皱眉挥手驱散，目光却依然不离沙盘，神情显得格外专注。

沙盘上那些繁复莫名的线条缓慢行走起来，依循着某种无法言喻的规律，向着彼此延伸，直至最后接触，线条再次发生变化，将要组合成新的定式。四师兄的目光变得越来越明亮，脸色却变得越来越苍白，看他凝重神情，便能知道，这一次的符纹推演到了最关键的时刻。

然而就在这时，屋外的崖坪上响起一声惊慌失措的哎哟声，紧接着便是一道并不响亮的破风声，只见一道灰蒙蒙的剑影，歪歪扭扭飞进了门内。正在专心致志打铁的六师兄粗实的眉毛猛然一挑，右手像拎纸片一般拎起沉重的铁锤，便向那道剑影砸了过去。这一砸说不出地举重若轻，妙到毫巅，非数十年日复一日的抡锤打铁生涯，断然挥不出这样精妙准确的一锤。

然而……因为操控者的慌乱和极糟糕的能力，那道灰蒙蒙的剑影速度虽然极慢，但竟是飞得歪歪扭扭毫无规律可循，因为无规律所以显得有些难以捉摸。一会儿翘首向上像骄傲的二师兄，一会儿悬停空中左右摇摆像沉迷哲思的十一师弟，真可谓是不走寻常路，竟乱七八糟却又极为巧合地避开了六师兄的铁锤一挥，嗖的一声飞向阴暗角落！

啪的一声，那把无柄飞剑深深击进角落里的沙盘，剑身微微颤抖，剑尖"准确"地击中那些符纹线条交会处，只见那些线条骤然如解脱的绳索一般寸寸断裂，再也不复先前情形。

六师兄握着铁锤，看了角落里的沙盘一眼，憨厚地笑了笑，转过身去继续打铁。

一直全神贯注在沙盘上，根本没有注意到这柄飞剑的四师兄，这时候才反应过来。他看着沙盘上那些寸寸断裂的线条，脸色骤然变得极为苍白，身体因为愤怒而剧烈颤抖。

一个人影出现在门口，只见他气喘吁吁谄媚笑道："二位师兄，不好意思不好意思。"

四师兄霍然转身，盯着门口那张干净可爱的脸，就像看到了世界上最肮脏可恶的东西，苍白的脸色急剧变红，重重一拍沙盘，咆哮道："宁缺！你能不能找个没人的地方！这是第三次了！如果再有下一次，我撕碎了你！"

"正所谓人有失手，马有失蹄，夫子也有饿肚子的时候，我刚刚开始修行浩然剑，出些差错也是可以理解的，真不明白四师兄为什么会这么生气。"宁缺拎着木剑沿着湖畔行走，碎碎念道，"幸亏六师兄那一锤没有砸实，不然把剑砸烂了，我还得去找二师兄讨去。"

他现在对飞剑的掌控能力实在是糟糕到了极点，雪山气海十个窍，能掌控的天地元气就那么可怜的一点，上传下达不通畅，对基层的指挥力自然极差，想要指哪儿打哪儿，基本上是痴心妄想，指这儿打那儿倒是经常发生的事情。

绕过镜湖来到一片密林之前，与六师兄的打铁房隔湖相对，他心想以自己的境界修为，就算爆发小宇宙也不可能把剑飞到湖对面去，心下顿时安定不少，调整呼吸，冥想片刻后念力一催，双手平摊着的木剑再次破空飞起，围着他的头顶缓慢地转了两圈。

抬头仰望着在碧空背景下舞动着的飞剑，宁缺心中生出一股极其满足的感受，喃喃赞叹说道："这种感觉真好，虽然不能用来杀人，但用来变戏法也不错啊。"

正这般想着，那把无柄飞剑瞬间脱离他的念力控制，倏的一声从空中向下疾冲，剑锋直指他的面门，唬得他把头一抱直接趴倒在地面，狼狈到了极点。不知是收到他的念力感应，还是别的什么原因，飞剑在将要落地前极怪异地强行一振，再次昂首飞了起来，嗖的一声擦着他的头皮，斜刺着飞进了密林之中。趴在地面上的宁缺，伸出手指捏了个剑诀，发现飞剑已经脱离了自己的识海感应，一边骂着一边爬了起来："这个不听话的小东西。"

便在这时，密林里响起一阵簌簌声，九师兄北宫未央一手捂着额头，一手拿着箫管和那把飞剑走了出来，模样看着十分凄惨。

九师兄走到宁缺身前，面无表情看着他，然后指了指自己的额头，又拿起箫管轻轻敲击了两下木剑，神情凝重说道："小师弟啊，你没有这个天赋就不要勉强了……你再这样练下去，伤着我们这些师兄师姐倒无所谓，林子里的鸟都被你吓跑了，谁来听我们的箫声琴音？"

宁缺强忍着笑意，上前接过木剑，忽然想到一件事情，笑着说道："九师兄，如果林中无鸟听妙音，那你吹一曲给小师弟我听听？"

湖心亭内，七师姐一边绣着花，一边哼着首绵软怡人的南方曲子。忽然只见她柳眉微挑，手腕一翻，指间捏着的细细的绣花针带起一道恐怖的破空声，极为精准地在右颊畔挑飞那柄不知从哪里飞过来的木剑。啪的一声，木剑落进湖中，沉底。

宁缺气喘吁吁地跑到湖边，对着亭子里的她挥手致意，说道："七师姐……你帮小师弟把那把飞剑喊上来可好？我今天已经下湖捞了三次了，实在是没衣服换了。"

七师姐柳眉微蹙，看着他说道："懒得理你，堂堂浩然剑，居然被你练成了黄蜂尾后针，阴诡得厉害，如果不是后山里的人都有自保之力，只怕还真要着了你的道。"

宁缺愁苦说道："七师姐，这也不是我想的啊，它不听话我能怎么办？又不能打它一顿。"

这话说得着实有些可爱，七师姐掩袖一笑，忽然间眼珠子骨碌碌一转，手指微弹。一声轻微的嗤鸣，宁缺忽然觉得自己的衣领上多了点东西，低头望去，只见一根寒光闪闪的细针，刺穿衣领停在那处，只差一分便要刺进自己的颈部。

他愕然抬首望向亭中的七师姐，心想隔着这么远距离，居然还有这样的准度和力度，这手针法玩的，实在是太恐怖了。

七师姐站起身来，望着他微笑说道："你这个白痴，既然操控不了那么多天地元气，何必非要学飞剑，飞针岂不是一样？"

宁缺怔怔站在湖畔。

"针太细，催念力控天地元气如丝，要缠上去难度太大，最关键的是，这是比飞剑更小的小东西，想要感知控制起来，需要的精细度太高。不能随便再试，木剑的头是磨圆了的，这针就算把它磨平，刺到人身上还是会痛，如果真要是扎到了哪位师兄，他们肯定不会像那只鹅一样打我两下就罢休。"

书院后山的松林中，宁缺盯着手指间的那枚细针出神，喃喃自语道，想着先前二师兄养的那只大白鹅被针扎了屁股后追了自己半座山，便觉得有些不寒而栗。

"休息，必须先休息一会儿。"他从松下站起，向更深处去，鼻翼微抽嗅着淡淡的油腥味道，轻而易举找到了在一棵古松下凝神手谈的二位师兄。

"师兄，陪我下盘棋吧。"

五师兄看见是谁，脸色变得极为难看，震惊说道："小师弟！你是怎么找到我们的？"

宁缺老实回答道："小师弟自幼便在岷山里学打猎，想要在山里找一个人很容易。"

五师兄看了对面同样面如土色的家伙一眼，颤声说道："八师弟，我是你师兄……既然今天还是没能逃掉，那陪这个臭棋篓子下棋的任务，你就先顶一顶吧。"

某日，宁缺没有练习浩然剑，而是在打铁屋内老老实实给六师兄打下手，从清晨到傍晚，不知道挥舞了多少记铁锤，即便以他的身躯强度，也觉得浑身酸痛不堪。六师兄解开赤裸身前的皮围裙，舀了一瓢水递给他，笑着问道："究竟有什么事，现在可以说了。"

宁缺把水灌进腹内，发出一声舒服的叹息，说道："师兄，七师姐她建议我可以尝试一下飞针，但是飞针实在是太轻，很不容易掌握，所以想请教一下您有什么办法解决。"

"你虽然才不惑，但本命物总应该有些想法？"六师兄问道。

宁缺苦恼说道："说来好笑，现在就是对银子的反应比较大，但总不能拿银锭当本命物。"

六师兄愣了愣，沉默半晌后说道："那我……给你打些银针吧。"

宁缺眼睛微亮，说道："能不能重点儿？"

六师兄看着他说道："再重就是金子了。"

宁缺认真说道："金子虽然没有试过，但我相信我对它的感觉肯定会超过对银子的感觉。"

六师兄再次沉默，很长时间后才无奈开口说道："金针太软，我想办法给你混些别的东西。"

宁缺大喜，深深一揖，然后他忽然又想到某种可能，眼睛更加明亮。

某日后的第二日。长安城内临四十七巷某家书画铺子内，某个黑脸小侍女沉着脸摔锅扔抹布，心情糟糕到了极点，然后决定今天拿出私房钱去陈锦记大批量采购脂粉。而她那位少爷则像个滥赌鬼般抢了一堆银票出门，换了白银与真金，兴高采烈回了书院后山。

粗糙的裹布被解开，三把被磨得锃亮发寒的朴刀出现在六师兄的眼前。宁缺站在三把刀旁，眼露希冀之色看着六师兄。

六师兄看着朴刀和朴刀旁的金银，沉默很长时间后，抬起头来望向兴奋的宁缺，认真问道："根据这些东西，我想小师弟你是准备玩……飞刀？"

"不错。"宁缺搓了搓手，紧张说道，"师兄，我最擅长刀法。既然剑能飞，刀当然也能飞，再加上有您帮忙混入金银，相信一定能比飞剑强？"

六师兄憨厚的表情终于变成了僵硬："可是……你见过世间有这么

大的飞刀吗？"

在宁缺看来，敌人都是恨你的，所以他们的言语攻击都是屁。那些聪明人最擅长口舌功夫，所以他们的言语攻击也是屁。然而六师兄这样一个憨厚的好人，偶尔无意间发出的言语攻击，却深深地伤害了他的自尊心。

因为情绪有些低落，有些伤自尊，宁缺决定好好平静下心情，思考一下将来该怎么走。所以他斜入山道直插花树，于春深处找到正在喃喃自语的十一师兄。

"师兄，最近有什么新的心得，说来让小师弟学习学习。"

某人在湖畔飞剑，砸着花花草草和师兄们的头，乱了师姐绣花怀春的心，乱了沙盘上那些神奇的线，乱了湖中的碧波与水里的湿草。

某人在林中飞针，身上多了几道血口，过不多长时间，便能看到他被一只胖胖的大白鹅追得哇呀乱叫，满山遍野地哀号着。

某人在屋中打铁，脚下堆满了各种稀奇古怪的材料，以金银为主，以宝石为辅，六师兄沉默在旁替他整理设计，憨厚的脸上写满了委屈。

在天启十四年春末的那段时光里，书院后山一直不停重复着这些画面，直到很多年以后，生活在后山里的人们，想起那些日子，怀念之余依然不免有些悸意。那个刚进入二层楼的小师弟，练着他那手破剑，练着他那手破针，想着他的那些破主意，折腾着他的师兄师姐们，实在令他们感到无比苦恼。

"你最近是不是疯了？"陈皮皮把食盒放下，看着连输八师兄三盘棋却依然心满意足的宁缺，感慨问道。

"你是指什么？尝试飞针还是尝试飞刀？"宁缺疑惑问道。

"所有的一切……"陈皮皮没好气说道，"浩然剑你都没入门，跟颜瑟大师学的符道更没有上路，你哪来这么多精力折腾这么多稀奇古怪的东西？"

"多学一点总是有好处的。"

"你这么着急做什么？修行讲究的是循序缓进，最重要的是先打好基础。"

"我资质这么差，基础打得再好也没有用，不如多学些。"

陈皮皮叹息说道："依我看来……你还是专心符道吧，符道讲究的是悟性天分不是基础。"

宁缺好奇问道："为什么不能一起学？"

陈皮皮蹙眉说道："贪得无厌对修行来说并不是好事。"

宁缺笑着说道："我从小就学会一个道理，不贪无以成事。"

陈皮皮气极反笑，说道："我才发现原来你是这么二的人一个，居然比二师兄还要二。"

"这句话我不会告诉二师兄。"

"一碗蟹黄粥。"

"不可能，最近家里金银流失速度太快，桑桑那丫头已经很不高兴。"

"那……你要多少。"

"二百两银子。"

"二百两？你打那么多银针干吗？你想学医术扎针啊！"

"你管我。"

"好好好，那我得多骂你几句二货。"

"皮皮，你不要忘记，后山就是书院二层楼，我们都在二层楼里，那自然都是些二货。"

"……"

"陈二货，你有意见？"

"我……没意见。"陈皮皮像看疯子一样看着他，咬牙说道，"就算你折腾那些是为了修行，可你天天骚扰师兄们又是为什么？最开始的时候，你不是一听着要听曲下棋便吓得脸色惨白？怎么现在忽然改了性子，天天去听曲下棋？"

宁缺笑着回答道："最开始不喜欢，是因为我不喜欢被人强拉着去听曲下棋，现在二师兄发了话，没有人会强拉我，我自己选择去做的时候，还是可以做的。北宫师兄吹箫真的很好听，和两大国手对弈的机会，在书院外面到哪里找去？修行间隙做些业余活动当作娱乐，可以培养情操，将来行走天下这些事情都可以用来吹牛镇人啊。"

陈皮皮听傻了，捧着胖乎乎的脸颊问道："那十一师兄呢？你烦他做什么？"

"十一师兄可没觉得我烦。"宁缺凑近他压低声音说道，"你有没有发现，听十一师兄讲那些玄之又玄的问题，不但可以帮助入眠，还可以帮助进入冥想？"

书院二层楼所有弟子当天夜里在后山召开了一次集体会议，就连那位崖洞小书楼里的读书先生都被喊了过来，只不过老先生捧着一卷旧书专心阅读，根本不理会身周人等说了些什么。宁缺没有参加这次会议，不是因为他已经回了长安城家中，而是因为书院二层楼这次会议的主要议题，就是研究怎么处理他现在的问题。

"你们难道不觉得小师弟很惨吗？浩然剑练成了黄蜂尾后针……这肯定不是他愿意，而是他的资质就这个样，所以他才会被逼着去想这些乱七八糟的主意。我说你们就应该再多容忍一些，别看他现在天天笑呵呵的，但我总觉得他笑中带泪，心中有阴影。"

会议召开的地点是二师兄住的小院，七师姐拿着绣架盘膝坐在罗汉床最深处，姿势显得极为随意自然，看得出来她并不怎么害怕二师兄。听着这话，表情最严肃的四师兄皱了皱眉，说道："不是宽容不宽容的问题，难道我还会真生小师弟的气不成？现在最主要的问题是，怎么帮小师弟解决修行上的难题。"

安静坐在房间角落里的三师姐余帘微微一笑，然而并没有说什么。

五师兄蹙眉说道："我认为首要的问题是替小师弟增强自信。他现在天天缠着我和老八下棋，输得再惨也眉开眼笑，很明显已经输得麻木，甚至已经有些变态，这样可不行。"

众人心想好像确实是这个道理。九师兄轻叩箫管，沉吟片刻后望向某处说道："老师和大师兄都不在，现在后山以二师兄你为尊长，说实话，湖畔练剑那日，二师兄你说的话着实有些伤人。所谓系铃解铃，若二师兄你诚恳夸赞小师弟几句，想来能够重树他修行浩然剑的信心。"

所有人都望向了坐在最中间的二师兄。

二师兄沉默很长时间后说道："我……不会撒谎。"

49

　　小院里一片安静，隔了很长时间后，七师姐忽然发出一声冷笑，只不过笑声过后，却没有说话，而是从手帕里挑出松子剥皮吹屑，细细整理后，递给榻旁的三师姐。二师兄微微蹙眉，看着她问道："小师妹，你笑什么？"

　　七师姐将松子扔进唇内，缓缓嚼了片刻，随意拍拍双手，柳眉微挑，毫无惧色迎向他的目光，说道："二师兄真不会撒谎？那夜在崖顶开口骗隆庆皇子的人又是谁？"

　　二师兄沉默片刻后，缓慢回答道："骗……人和撒谎是一回事吗？"

　　"我说拉倒吧。"陈皮皮看着七师姐没好气说道，"二师兄的性情大家谁不知道？他说不会撒谎就是不会撒谎，那天夜里我请他帮忙，缓隆庆一缓，说的话也不算虚假，你没见二师兄当时紧张成啥样了，面部表情倒是挺镇定，但树下面那几块硬石头全被他捏成了粉末。指望二师兄给宁缺增加信心？那贼精贼精的家伙一眼就能看穿！"

　　四师兄开口说道："所谓信心始终还是过于玄虚了些，他练浩然剑练不通，我们应该从具体手段上着手。飞剑的运行曲线很好计算，空气阻力与飞剑速度之间的关联虽然复杂些，但也不是算不出来，宁缺数科如此优秀，这么教他应该比较好理解。"

　　"不管你怎么算，怎么教，怎么搞，终究没有办法解决小师弟最根本的问题，那就是他雪山气海只通了十窍，能够操控的天地元气太微弱。如果不能解决这个问题，就算老师和大师兄回家，用神妙手段助小师弟晋入知命境界也没有意义，因为他会是世间最弱的知命。"

　　二师兄沉默片刻后望向先前开口的四师兄说道："你和六师弟先替他把那些稀奇古怪的东西弄好，自身不行便更要看重外物的帮助。"

　　九师兄忽然摇头说道："我说干脆还是让小师弟跟着我和西门学吹箫弄琴，将来离开书院后也好有个谋生的手段。"

　　十一师兄微微一笑，神态宁静说道："小师弟最近时常向我请教格物致知，依我看还是让他跟着我学习，这样对他的心境有帮助。"

七师姐从窗台上抓起一把瓜子，低头挑着最饱满的瓜子仁，微嘲说道："十一师弟，跟着你学这些没用的东西，将来小师弟饿死了怎么办？"

十一师兄看着她认真解释道："小师姐，我家乃是南方大富，日后师弟我必将继承大笔家业，就算小师弟是个废人，我养他一辈子也没有问题。"

帮助小师弟宁缺的会议开到此时，议题渐渐开始偏移。室内诸人七嘴八舌，出谋划策，热情讨论，激烈辩论，深切关心小师弟日后的谋生问题，纷纷表示自己可以负责小师弟的人生，拳拳同门情谊竟是把他们自己都感动了起来。

"师兄师姐们，你们会不会想得太多了？"陈皮皮望着屋内嗑瓜子喝清茶开茶话会的人们，揉了揉后脑勺，苦闷说道，"宁缺他是什么样的人，我比你们都清楚，他虽然在修行方面有些白痴，但绝对不是真的白痴。难道你们就没有发现，自从他进了后山，我们所有人都在围着他转？像这样的人，哪里还需要我们替他操这么多心？我敢说全天下的人都死光了，包括屋内的我们都死光了，他也不会死，更何况还是饿死？"

听着这话，书院二层楼诸子都怔住了，想起这些日子的经历，脸上的神情变得极为精彩。北宫未央轻摩洞箫，蹙眉说道："说来也是，小师弟想听曲的时候就钻进林子把我们两个揪着奏一曲，不想听的时候就坚决不听，我怎么觉得自己在他面前变成了一个卖唱的？"

五师兄轻拍大腿，摇头感慨说道："他说下棋就下棋，明明我和八弟刚进中盘，他就敢来插一手，还非得让我们抑着脾气指点，不然他就真敢把棋子扔了，在小师弟面前……我们就是两个乡村棋社不入流的黑白棋教师罢了。"

六师兄看着若有所思的众人，憨厚一笑说道："宁缺待我倒不错，虽然经常有些莫名其妙的想法，但他时常帮我打铁挑水，省了我不少事。"

二师兄望着痛诉血泪史的诸位师弟，眉梢微挑说道："宁缺是最小的师弟，你们这些做师兄的照顾他理所当然，这些事情有什么好说的?"

听着二师兄训诫，看着他严肃神情，室内诸人同时心头一凛，纷纷低头应是，就连先前一直表现得很随意散漫的七师姐，也讷讷把瓜子放回窗台上。

"虽然我很瞧不起颜瑟游戏人间的心态，但我必须承认，身为昊天南门供奉的他，确实是世间超一流甚至可以说是最强大的神符师，比世人想象的还要强大。"二师兄眼帘微垂，望着身前某处，沉默片刻后，继续沉声说道，"既然小师弟天资如此，只适合走符道的路子，那日后还是让他多跟着颜瑟学习吧。"

屋内一片安静。

七师姐抬起头来，眉尖微蹙说道："但小师弟毕竟是我书院二层楼的人，现在算来是老师的关门弟子，结果一身修为居然全部是外人教的，这传出去哪里像话？就算我们不惧世间闲话，可老师和大师兄回来后，会不会对我们这些人感到失望？"

不知道夫子带着大弟子结束游历回到书院，发现自己莫名其妙多了个只有不惑境界，而且修行资质极差的关门弟子，并且这弟子唯一拿得出手的本事还是跟着昊天道学的符道手段后，会不会感到深刻的失望，反正宁缺没有什么失望情绪。虽然浩然剑依然练得像雪掩狗屎断截隐臭，但他的心态已经调整得极好，而且这些日子除了在书院后山学习，隔上数日便会随颜瑟大师周游长安城，以一种轻松而别有意趣的方式接近符文大道，过得非常充实。

在天启十四年春末夏初的那些日子里，长安城的居民经常能够看到一个浑身肮脏到了极点的老道人带着一个衣着朴素却干净到了极点的少年四处闲逛。老道人带着少年穿街走巷，去看那些传承数百年的古旧破烂建筑，去各个小酒馆饮酒，更多的时候则是去看那些游人必去的风景。

走过春风亭那片修缮一新的街区时，颜瑟满怀感慨，说道："新则新矣，原有的那些意味却是尽皆丧失，好在还有这间亭子。你看那亭檐曲线美不美？"

宁缺走在曾经厮杀一夜的街巷间，望向街角处的古旧春风亭，有些失神，听到师父的话后才醒了过来，认真看着亭檐上方微微突起的四道线，品味良久后疑惑问道："说不出来有什么美，只觉得看着很协调，乌瓦相交之处向下微陷然后翘起，很顺滑。"

"那是走雨线。"颜瑟大师指着檐线说道，"雨水落在乌瓦之上，顺着瓦片叠加处向下流淌，并没有经过走雨线，但走雨线的形状，却暗符雨落积滑之势，所以你会觉得顺滑。"

"师父，亭檐走雨线能说明什么？"宁缺问道，"这座亭子应该是多年之前修的，那些工匠想来不可能是符师，难道他们也能体会天地元气的规律？"

"什么是规律？规律就是事物运行的一定之规，那些建造春风亭的工匠或许没有掌握天地元气运行的规律，但无数代建造雨檐的知识传承下来，里面确实隐藏着某种智慧。"

颜瑟大师带着他向亭子走去，说道："雨水落下来会怎样行走？为什么会这样行走？筑亭的工匠不知道，或许他们的祖师爷也只知道第一个问题的答案，而不知道第二个问题的答案，不过这又有什么关系呢？人类向天地学习的第一步永远都是在模仿。模仿得多了，便会像这道雨檐一般，自然提炼出其中最简单的道理，也就是那根线条的起伏形状。"

走到春风亭下，颜瑟大师转过身来，看着宁缺说道："修行符道的第一步便在于模仿，我让你看前贤留下来的符文典籍，我让你仔细感悟天地元气间的细微差别，和工匠们多年间积累下来的建筑经验极为相似。只不过他们是下意识所为，而且要耗去数代人的时间，你却要主动去掌握体会，并且这个时间要越少越好。"

看完春风亭，师徒二人离开街巷，顺着那座大院旁的灰墙向远处走去。脚踩在微有凸起的青石板道上，看着脚旁不远处潺潺流着的水，宁缺很自然地想起那个雨夜，这道水沟曾经被鲜血染红，而这些青石板道上堆满了残缺的尸体。

灰墙后方便是朝小树的府院，宁缺抬头望去，只见院内青树掩现，偶有人声传来，心想不知道朝小树的家人是不是还住在这里，而他又去了哪儿呢？

似乎猜到他心中在想些什么，负手走在前方的颜瑟大师微微一笑问道："朝小树观平湖而入知命，这等悟性机缘，实属罕见。即便以朝小树之才质，如果不是被陛下强行摁在长安城黑夜泥地中多年，想来也不可能一朝迸发出如此灿烂的光彩。"

这是宁缺第一次知道朝小树是知命境界的大修行者，他想着那天雨夜跟着那个中年男人身后浴血厮杀的场景，眉梢忍不住缓缓挑了起来，心中有一种说不出来的骄傲壮阔感觉。

"你应该看过朝小树的剑术。"

"是的，师父。"

"觉得有什么特殊之处？"

"很快，像闪电一样。"宁缺想起书院后山湖畔那把飞得歪歪扭扭的木剑，感觉十分羞愧。

颜瑟大师微笑望着他说道："还有别的吗？"

宁缺想起一件事情，但他舔了舔嘴唇后没有说出来，因为颜瑟虽然是他符道上的师父，但那件事情极有可能是朝小树压箱底的保命本事，这种事情对谁都不应该说。

"看不出来你还是个重情重义之人。"颜瑟大师有些意外地看了他一眼。

宁缺笑了笑，回答道："朝大哥待我不错，离开长安城后还想着我的生计问题，每个月给我留一大笔银子，就算情义不重，银子堆在一起也够重了。"

颜瑟笑了起来，说道："朝小树一剑化五，这件事情不用你说我也知道。我提起此事，只是想告诉你，当那五块剑片若流星一般笼罩他身周街巷时，你有没有想过，如果那是他的本命剑，为什么分成五截之后，依然能够如此听他使唤？"

这个问题宁缺真的没有想过。去年春天那场血战之后没有去思考，是因为他那时候根本不懂什么是修行。后来之所以没有去思考，则是因为完全没有想到这其中的问题。直至此时背离春风亭向大街走去，忽然听到师父的这声问，他顿时陷入沉思之中。

颜瑟大师并不是那些喜欢用各式各样问题难为自己学生、继而从中获得极大学识优越感和虚荣感以及施虐快感的老师，看了一眼宁缺皱眉苦思的模样，直接解释道："朝小树本命剑分为五把小剑，这五把小剑之间的联系互动，靠的是一种阵法……而以前我便对你说过，但凡阵法其实都可以看做是一种变形的符，一种更加依赖材料的大符。"

接着他继续说道："道家剑诀是符，佛宗手印也是符，而这两种符均是不定式。至于将军百战盔甲上面的纹饰虽然是片段居多，但也是符，只不过这种符是定式。"

宁缺看了他一眼，忍不住苦笑说道："师傅，我知道您是世间最强大的神符师，我知道每个符师都应该对符道有发自内心最深最真挚的感情与热爱，只是……如果像您这样说，岂不是世间一切修行法最后都可以归到符上去？这种说法实在是……太那啥了些吧？"

颜瑟大师停下脚步，回头疑惑问道："太那啥？太哪个啥？"

宁缺犹豫片刻后，压低声音说道："太自恋了些。"

颜瑟大师哈哈大笑起来，引起街巷中行人纷纷注目。笑声渐歇，他看着宁缺沉默片刻认真说道："修行首重心性，在于敢想敢认。长路漫漫，你若不相信自己能够走到最后，你怎么迈过修行路上那些艰难奇崛的险峰？越优秀的修行者越自信，而最优秀的那些修行者必然自信到极夸张的境界，大概也就是你所说的自恋。"

宁缺微微张嘴，半天说不出话来，想要腹诽师傅说的这句话是歪理，可细细琢磨却又觉得这些话极有道理，尤其是联想到书院二师兄和陈皮皮这两个极端自恋骄傲的家伙。

离开春风亭，从东城经由善莫坊，师徒二人来到一片开阔大道上。不远处羽林军正骑着骏马巡逻，街上的行人少了很多，青树清河之畔，环境一片清幽。不远处那座巍峨皇城肉眼清晰可见，甚至仿佛能够看到朱墙之上被风雨冲洗出来的些微痕迹。颜瑟大师全然没有受到此地庄严肃穆气息影响，依旧负着双手，趿着旧鞋，慢悠悠地在街上晃荡着，根本不在意那些羽林军骑士投来的警惕厌憎目光。

宁缺强忍笑意跟在他身后，忽然想起先前那番对话里有关于盔甲刻符的部分，又想起去年在旅途中吕清臣老人的某些介绍，眼睛骤然明亮，赶前几步走到颜瑟大师身旁，用极恭敬极温柔的语气说道："师父，我想向您求一道符。"

颜瑟回过头来，问道："求符？你家出什么事了？看见了不干净的东西，还是被压了床？"

宁缺张了张嘴，不知道该怎么接话，觉得非常无力。

颜瑟大师的三角眼极猥琐地眯了起来，说道："开个玩笑。"

宁缺叹了口气，认真说道："我想在自己的刀上刻一道符。"

颜瑟大师思忖片刻后，摇了摇头，说道："有些符文确实可以离开符师单独使用，比如传书比如盔甲比如武器，这种刻符手段并不少见，但终究只是末道，不够精纯，威力也不会太大，所谓自己的才是最好的，如果是你的贴身兵器还是你将来自己留符为好。"

宁缺苦笑说道："那不知道哪年哪月才能得偿所愿。"

颜瑟大师拍了拍他的肩膀，安慰说道："我坚信你在符道上的天资，现如今只不过是你还没能看透那张窗纸，慢慢感悟下去，你就会发现希望总在前面。你仔细看那边。"

"那边是什么？"

"你自己看。"

"师父，我只看到了很多树。"

"树的后面呢？"

"树后面是天。"

"我要你看的不是这些东西！"

"师父，你不会是非要我说看到了希望吧？"

"我真说不出来这么酸的话。"

"师父，你怎么不说话了呢？其实吧，依我看来以您游戏人间看红粉如白骨却偏要去摸两把的绝顶气质，扮演心灵导师这种角色，实在是不合适。"

"宁缺。"

"是，师父。"

"你再继续说下去，我就用草字符让你一辈子看不到东西。"

师徒二人的前面看不到希望，只能看到皇城脚下青林中的一片道观。颜瑟大师没有带宁缺进南门观，因为二人是私人师徒关系，宁缺毕竟是书院学生，与昊天道走得太近，无论从哪个角度看，都是非常不合适的事情。

"我让你看的是南门观光明殿的那道飞檐。"

宁缺依言举目望去，只见灰墙青树后方，隐隐可以看到道观正殿伸在湛蓝天空里的那道飞檐："师父，为什么要看这道飞檐？再次体悟历代工匠从雨水之势中下意识总结出来的规律？看看春风亭也就够了，难道要永远看下去？我们这些天在长安城里看了很多古寺道观旧亭小桥流水人家，再看下去我担心长安府会怀疑我们是老少飞贼二人组。"

"草字符……"

"师父，我错了。"

颜瑟大师半晌后才压抑住心头的愤怒，指着道观深处那道飞檐，脸色铁青说道："这次让你看的不是飞檐，而是飞檐上面蹲着的那些檐兽，你释出念力去感触，看看有什么。"

宁缺神情顿时认真起来，沉默片刻后缓缓释出念力，隔空遥触那几尊半蹲着在飞檐之上的石制檐兽，檐兽的存在通过天地元气反馈入念力织成的识海之中，显得非常清晰，然而就在下一刻，那些檐兽仿似活过来了一般，他甚至能看到它们的目光！

他的心跳开始逐渐加快，呼吸变得越来越沉重，而识海与视线之中的那些檐兽则是越来越清晰，传来的威压越来越重，直接让他的脸色变得苍白起来，身体无比僵硬。颜瑟大师站在身旁，看着他的反应并不担心，反而心情平静而微感喜悦。宁缺对檐兽的反应如此敏感，稍微冲淡了一些先前被调侃后的恼怒。

宁缺摇了摇头，从先前那种状态中摆脱出来，抬起双手揉了揉眼睛，望向颜瑟大师说道："师父，我感受到了，我也明白了。"

颜瑟大师微微蹙眉，似乎是没有想到宁缺居然能够自行从檐兽威压之中摆脱出来。宁缺看了一眼远方重新变得小起来的檐兽，说道："师父，你是不是想告诉我，这些石制的檐兽也是符，是由神符师赋予其力量与近乎强大生命的威压？"

颜瑟大师说道："不错。我现在更疑惑的是，为什么你第一次接触檐兽，居然毫不慌张。"

宁缺望向他，沉默片刻后诚实回答道："我以前接触过檐兽。"

颜瑟大师白眉微挑，问道："什么时候？在哪里？"

宁缺说道："去年春天，在皇宫里。马车过洗衣局的时候，不知道为什么，我看到宫殿檐角上的檐兽，便忽然觉得它们活了过来，当时我特别难受。"

颜瑟大师沉默了很长时间，忽然伸手摸了摸他的脑袋，目光里满是温和的赞赏意味："听你说话看你行事，我总觉得你这个小家伙的性情心境真不适合修行符道，我甚至有些以为自己是不是被你那张便笺纸给误导，看错了什么。"

老道人作为世间超一流的神符师，他非常清楚一个没有接触过修行的少年，居然能够天生感悟到檐兽的威压，这代表着他在符道方面具有怎样的天资。

"我很欣慰你再一次证明了自己的资质与能力。"

宁缺笑着说道："师父，资质与能力就在身体里，不需要证明其实它也是一直存在的。"

"今天你说了很多废话，就这句话算是有道理。"颜瑟大师笑了起来，然后继续关切问道，"上次在皇城洗衣局里，是你第一次感触到檐兽的威压？"

宁缺因为这个问题陷入了长时间的沉默。他想起去年春天的那一日，自己和桑桑撑着大黑伞，站在笔直宽敞的大街上，站在蒙蒙细雨中，然后被那幅雕在大道中央的朱雀绘像镇压成两尊雕像的往事。

过了很长时间后，他抬起头来，看着颜瑟大师说道："其实……更早一些在朱雀大街上，那幅石雕的朱雀绘像也给过我相同的感觉，但我不知道朱雀绘像算是什么。"

颜瑟大师听着他的回答，眼睛眯成了两条细缝，忽然开口说道："想不想再去看看那只朱雀？"

宁缺当然不想去看，这和那只朱雀刻在石头里没有神韵纯粹假货没有任何关系，他只是对那幅石道上的朱雀绘像下意识里极为抵触恐惧——可能是他去年春日被大道中央那幅朱雀渗出的肃杀古意吓得太厉害，或许是他潜意识里还记得去年夏夜逃亡到大街上后那段濒临死亡的遭遇，总之他内心深处那抹阴影浓郁得无以复加。

然而作为一名优秀的学生，他很清楚老师每次问学生想不想做什么的时候，其实只是需要做出一个尊重你意愿的态度，而事实上老师绝对不会想听到你除了肯定之外的任何答案，所以当颜瑟大师发话之后，他老老实实回答想去。

师徒二人从皇城脚下，一路沿着宽敞笔直的朱雀大道向南行走，仿佛踩在一根灰褐色绣着绿花边的缎带上，从长安城这个巨人的头颅走到了胸口。

看着大道中央雕绘在石板上的朱雀绘像，宁缺觉得自己的嘴有些发干，双手下意识里收进了袖口，握得很紧，身体感觉有些僵硬。

朱雀绘像一如往常庄严清丽，双翼并未完全展开，正是将振未振之时，两个不怒而威的眸子雕得极好，无论从哪个角度上看，都会觉得它在盯着你。这是大唐各郡子民来到长安城后必看的景点，而朱雀绘像的那双眼睛，也是所有游客们津津乐道的奇妙处。

站在衣饰各异的人群之中，看着中间那幅朱雀绘像，或许是周遭环境嘈杂，人气蓬勃的关系，宁缺心中的警戒恐惧感觉稍微退去了一些。然而他的身体依然僵硬，手脚依然冰凉，因为他总觉得这双眸子一直在冷漠盯着自己。和雕师们的技艺手法无关，这双眸子仿佛在告诉他，这只历经千年风雨的朱雀……是活的。

50

"再见朱雀，有没有什么新感受？"

"没有……吧？"

"难道你不觉得它是活的？"

"师父，你也这么觉得？"

师徒二人这时候已经走出了人群，顺着朱雀大道继续向南。听着颜瑟大师这话，宁缺惊讶问了句，然后忍不住回头看了被人群围住、已经看不到的朱雀绘像一眼。

颜瑟大师没有理他，继续向前走："什么样的存在才能确定是活着的，是有生命的？"

宁缺转身追了上去，心想当十一师兄问这种问题的时候，自己大部分时间都在睡觉。

"当然，这是比较艰涩的问题，和我今天带你来看朱雀绘像的原因没有太多关系。"颜瑟大师说道，"我带你来，是想告诉你，朱雀大道上的这幅绘像和艺术雕刻都没有任何关系，它是长安城里的一道神符。"

宁缺微微一怔，他确实没有把朱雀绘像和符道联系起来，因为冥冥中他能感觉到那幅朱雀绘像拥有一种恐怖的力量，那道仿佛来自远古的肃杀之意，和符这种感觉神妙却微渺的存在，好像是两个世界的东西。

"你先前说过，我们这些符师把世间一切修行法都看作符……是一种很自恋的心态。但我可以很确定地告诉你，那幅朱雀绘像就是一道符，一道前代圣人留下来的神符。"

圣人神符这些字眼钻进宁缺的脑内，他眉头紧紧皱起，沉默很长时间后问道："师父，你曾经说过神符师只有跨过那一步才能符动天下，那位留下朱雀绘像的前代圣人，是不是已经跨过了那一步。"

"千年之前，帝国定都长安，在原有城池基础之上扩建，而那时这道朱雀神符便已经有了。那位前代圣人在画出朱雀神符的时候，必然已经超出了知命境界，只是不知是天启还是无距，不过我上次和你说的符动天下，我猜测……需要的境界还要更深远一些。"

"那岂不是成了神仙？世间有这样的大修行者吗？"

"昊天道法门修到最终，逾过天启便是羽化，所谓羽化便是登仙，我虽然未曾亲眼见过，但道门典籍里羽化登仙的前辈并不算太少。"

"神话终究只是神话。"颜瑟大师挑眉道，"那你说一个普通凡人看见我这样的神符师，会不会认为我就是神仙？"

宁缺不敢确定说道："……也许会吧。"

"所以修道修到最后羽化登仙，也并不是那么难以想象的事情啊。

只不过我猜测这些仙人和神话小说里的仙人不同，应该是真正超脱了的大修行者。"

"师父，我还是更好奇尘世里的故事。那位前代圣人留下的朱雀神符，相信威力一定特别恐怖，问题是符道自持，谁能激发这道神符？"

颜瑟大师悠悠说道："自我大唐开国以来，这道朱雀神符一直安静躺在石道之上，从未真正发动过。不过按照书院当年某人和上一任国师参详之后的判断，朱雀神符一旦发动，大抵能够相当于一位知命巅峰大修行者的全力一击，甚至在某些方面还要超越数分。"

"只不过是知命巅峰啊。"

"只不过？你这是什么态度？"

"师父，你是知命巅峰，柳白也是知命巅峰，我猜国师啊大师兄也是知命巅峰，夫子我是猜都不敢猜。我现在认识好些个知命境界的大修行者，二师兄，朝小树，甚至连我那个憨货朋友都是晋入知命境界的天才，知命境界……真的很罕见吗？"

"宁缺啊。"

"师父，我在。"

颜瑟大师看着他摇了摇头，说道："你很幸运，或者说你很不幸。"

宁缺疑惑问道："师父，这话怎么说？"

"世间大修行者数量最多的地方，就是西陵神殿和书院。你是书院二层楼的学生，又是我这个神殿大神官的徒弟，所以你能接触到很多知命境界的强者，而普通修行者终其一生可能都接触不到知命境界的强者，所以我说你很幸运。然而你现在实力如此微弱，却接触了如此多的强者，我很担心你仰望高山失去了攀爬超越的勇气。"

"放心吧师父，其实我这个人骨子里也挺自恋的。"

"那就好。"

不知不觉，颜瑟大师和宁缺师徒二人顺着朱雀大道穿过了整片南城，来到了长安城南城门附近，高耸似乎要破天的雄伟城墙，洒下一片阴影遮蔽住邻近的大片坊市。颜瑟大师带着宁缺向城墙上走去，也不知道为什么，军纪森严的城门军竟没有一个人前来阻止或是查验身份，仿佛根本没有看到他们一般。

宁缺心中诧异，更疑惑师父带着自己登城楼是为什么，却也懒得去追根究底，盯着那件肮脏的道袍下摆向上攀爬，然而对于朱雀神符的威力一事，他始终还是有些不解，忍不住开口问道："师父，知命境界到底有多厉害？我找人表演过一次，但没见过知命打架。"

颜瑟大师皱眉问道："哪个糊涂大修行者居然会白痴到给你表演？"

宁缺暗道那个大修行者姓陈名皮皮，生活方面虽然白痴，但实在是个好人。

颜瑟大师不悦呵斥道："至于说到知命打架？难道你要我再去找柳白打一架给你看？"

宁缺苦着脸解释道："您误会了，我就是好奇。"

师徒二人登上高高的城楼，平原上吹来的风顺着古旧却依然坚固的城墙向上吹拂，带着几声锐利的鹰鸣，吹拂得二人身上的衣衫振振欲飞。颜瑟大师站在城楼边缘，手抚青砖，望着南方清晰可见的那座大山，忽然开口说道："你书院里那位二师兄，只需要看你一眼，你就死了，这就是知命境界。"

看你一眼，你就死了。宁缺站在他身旁，望向自己那片自己已经生活学习了月余的大山，心里细细品味这八个字，越发觉得敬慕畏怯，沉默片刻后老实回答道："……师父，我明白了，以后我一定会对您和二师兄更尊敬一些。"

颜瑟大师带着他走到城楼面向长安城的另一面。由无数坊市建筑构成的长安，此时已经变成脚下的一方拼图。北城处的皇宫看上去也不再那般高不可攀，如果说正下方的朱雀大街像把锋利笔直的剑，那么皇城便是剑柄。

"你看出来了一些什么？"

这些天颜瑟大师带着宁缺周游长安城，看了很多古迹名胜，每至一地便会发问。宁缺知道老人家是想通过这种方法加快自己对符道的感悟速度，事实上无论是春风亭的雨檐，还是那些檐兽雕像，他确实都能让自己对符道的认识有所加深，然而……

此时站在城楼观城景，整座长安城出现在眼前，褪去了繁华热闹的外衣，只剩下安静以及视线拉开之后的分离感。普通人来看大概会兴奋尖叫寻找自己的家在哪里，以文艺的眼光来看大概能察知到千年岁月留给这座雄城的历史沧桑意，可要以符道的眼光来看，能看出什么？

"长安城，其实就是一座大阵。"颜瑟大师的答案，直接让宁缺震惊得无法言语。

"这座集合无数前代修行者智慧，以我大唐帝国财力也耗费了三十年时间才扩建修筑完毕的天下雄城，理所当然天经地义就应该是世间最强大的阵法，故名惊神。"

宁缺睁着眼睛看着脚下的长安城，努力想要看出阵法的大概模样，然而却一无所获。颜瑟大师看他神情不由一笑，说道："长安城这座惊神大阵自然不能肉眼观之，大部分都埋在地底，我可以告诉你的是，皇宫下方便是阵枢，朱雀大街是阵根。"老道右手指向皇宫的方向，然后指尖顺着朱雀大街缓慢下移，继续说道："阵根一直延续到我们脚下，也就是朱雀南门，然而经由城墙发散，再由内城外城所有城洞回还。你也可以把长安城这座大阵看做一道复杂到了极点的浩大符咒。这道符咒由无数神符组成，只需阵眼一开，这道浩大符咒便会被激发，护佑这座雄城和城中的居民。"

宁缺看着长安城里密集的建筑，看着那些像蚂蚁一样忙碌却喜悦的人群，听着颜瑟大师的话，不禁心神一阵摇晃，赞叹敬畏难以言喻。

"刚才带你去看的朱雀绘像，便是这道浩大符咒里威力最大的一道神符。"

宁缺用了很长时间才压抑住心头的震惊，望着眼前雄城喃喃感慨道："这座大阵一旦开启，不知道会是怎样一幅画面，遮天蔽日乌云滚滚还是地动山摇城不动……"

"没有人知道那幅画面会是什么模样，我相信就连设计者和负责建阵的那些前代修行者都不知道，而且他们也不会想要知道，我也不想知道。"颜瑟大师看着他神情严肃说道，"惊神大阵启动，说明长安城即将破城，如果到了那一天，只能说明我大唐帝国已经到了毁灭的边缘。"

宁缺忽然想到一个关键问题，望着颜瑟大师认真说道："师父，像这种事情你不应该告诉我，尤其是阵枢阵根，这样不好。"

颜瑟大师平静说道："你可知道现在大唐由谁负责长安城这座惊神大阵？"

"谁？"

"你师父我。"颜瑟大师微笑看着他说道，"而你是我唯一的传人，我离开这个世界之后，这座惊神大阵便要由你负责，所以提前让你知道一些情况，是理所当然的事情。"

宁缺没有说什么，他脸色苍白转身望向城楼下方的长安城，摇了摇头，嘴里发出一阵很奇怪的声音，像是在骂人又像是在吸冷气，更像是无意识的碎碎念。

过了很长时间，他回头看了颜瑟大师一眼，幽怨说道："师父，不带这么吓人的。"

51

"我把你吓死了，再上哪儿找传人去？"

"问题是这事儿怎么听着都不像是真的。"

"哪里不真？"

"长安城，惊神阵，交给我？为什么？凭什么？"

"因为世间有资格主持惊神阵的神符师太少，能够让帝国绝对信任的更少。书院里三位隐居的神符师只有小黄鹤是我大唐子民，你公孙师叔身体又出了大问题，而宁缺你是夫子的学生，是我的徒弟，朝廷为什么不能信任你？凭什么不能交给你？"

"谁能同意？"

"我同意。"

"师父，你同意就够了吗？"

"陛下已经同意了。他告诉我曾经对你说过，待你正式踏入符道后，会带你去看一样东西。"

"陛下确实说过……但……这和我们此时说的事情有什么关系？"

"等以后你看到那件东西的时候，你就明白了。"

能成为地位崇高的神符师，当然是件非常幸福且荣耀的事情。然而如果成为神符师后，整座长安城甚至是整个大唐帝国的安全，就要交到你的手中，那么这种幸福与荣耀还会得到无数倍加强，只是荣耀加强到最后终究会变成大山一般的责任和天空一般的压力。

　　想着数十年后自己站在长安城楼上俯瞰世间风景时，再也无法轻松生出随风而去之感，而是会谨小慎微观察生活在其间的逾百万大唐子民，时刻准备为了延祚千年的大唐朝廷的存续而做出普通人绝对难以做出的选择，宁缺便觉得有些艰于呼吸，心情沉闷。

　　如果客观评估，任何一个刚刚接触修行世界不足一年，还处于不惑境界的青年，骤然得知帝国大人物们对自己将来的安排是这等重要，都会被吓到半死。宁缺也不例外，但毕竟他的生命里经历过太多的震撼与冲击，胆子足够大足够野，尤其是在进入书院二层楼后，心态变得更加平稳，甚至可以称得上是平静从容懒散。所以回到临四十七巷后，他的情绪很快便恢复了正常。

　　巷口一只不知谁家养的老猫，正躺在石板上眯着眼睛慵懒地晒着太阳。

　　其实宁缺并不懒散，之后的日子里，为了避开那些热情的长安民众和各府管事，他依旧天不黑就起床，清早出门，去书院后山练剑练刀练细针，听风听曲听落棋，离开书院后则继续游览长安城四周景致，拜访各处道观古寺，只不过现在没有师父陪伴，只是一个人在路上。

　　长安城终于来到了一年最难熬的酷热闷室的夏天。宁缺也踏遍了十余座道观寺庙，终于来到了位于南城的万雁塔寺，只可惜春时已过，雁群早已北上，去固山郡浔阳湖度暑，所以他没能看到万雁绕古塔齐飞的震撼画面。

　　不过好在道观佛寺这种地方，向来喜欢抢了世人最漂亮的风景来做背景，于是道人和尚们被迫无奈也要整治些好风景，以免被世人骂得太惨，所以万雁塔寺此时虽然无雁可看，但至少还剩了一座古砖留苔痕的佛塔，以及佛堂内那些雕工精美的石头尊者像。

　　宁缺抬头看了会儿佛塔，发现自己没看出什么符道方面的体悟，也没有看出什么美，耸耸肩便向佛堂里走去，顿时被那些线条流畅却格外凝重的尊者像吸引住了目光。

世间被昊天神辉笼罩，佛宗沉默守于月轮一隅，虽说在各座城市周边修了些寺庙，但终究称不上主流，佛宗僧人大多数于荒郊野外苦修，对世俗民众的影响力也极小。宁缺像大多数人一样，对佛宗的教义经典并不是很了解，只大概知道所谓尊者，在佛宗里的地位大致相当于普通人所说的圣人，那都是些远古近似神话的传说了。

石制的尊者像依次摆放在幽静的佛堂内，窗上蒙着黄纸，滤过来的光线落在石像上，散发出一种宁静的微黄光泽。石尊者像形态各异，或笑或无言或面带苦涩意，裸在僧衣外的双手也各不相同，或合十或轻握或以奇怪方式散指连根并在一起。

宁缺猜想这应该是佛宗的手印，下意识里按照石尊者的像模仿了起来，双手伸出袖外缓缓合十，然后散开手指交叉，或屈指沉腕如莲花，渐渐心中隐有所感，却又说不出是什么感觉。

走出佛堂，天地重新被明亮炽热的阳光所笼罩，他眨了眨眼睛，有些失望地摇了摇头，正准备离开的时候，万雁塔下走出一位中年僧人，朝着他微微一笑。

塔顶陋室，中年僧人将一杯清茶放至宁缺身前，平静说道："你可以称呼我为黄杨。"

宁缺接过茶水道谢，心里觉着这个名字有些熟悉，似乎听颜瑟大师提过。

"想必你有些疑惑，为何我要请你登楼一叙。"中年僧人看着他微笑说道，"我是受人所请，要与你说几句话。"

宁缺端着微温的茶水，感到有些疑惑不解，心想谁人请你要对我说什么话？就在这时，他终于想起来这位黄杨僧人的身份，想到以往听到的那些传闻故事，骤然一惊，赶紧起身长揖及地，行礼道："见过……见过大师。"

黄杨僧人呵呵一笑，说道："为怎样称呼我，很多人都觉得有些麻烦。百姓们眼里，我是所谓的御弟，很多时候都称我御弟大人，可我哪里是什么大人，不过就是个和尚。"

宁缺笑了笑，不知该如何接话。

黄杨僧人指着身后书案上如小山一般的佛经，说道："这些是我自荒原上取回来的佛宗真经，想要译成平白文字，好将经中真义讲与世人听，只是才浅学薄，耗了这多年时间，还有很多卷没能完成，所以请不要介意我直接开始讲给你听。"

坐在对面的中年僧人乃是大唐御弟，帝国内最受尊重的佛宗高人，虽然到现在为止，还没有猜到他是受何人所请来与自己说话，然而这等高人放下这多佛经不去译注，专程抽出时间来与自己说话，想必要讲的内容极为重要，宁缺哪里会有丝毫意见。

"我对符文之道的了解并不多，所以我只能从自身体验过的修行过程讲起。佛宗讲究明心开悟，能持佛心便是佛，周遭的天地元气在我们看来，可以说是昊天赐予我们的礼物，也可以说是亘古以来便存在的某些光辉。昊天究竟有没有像人类一样的意志，无论是道门佛宗，还是书院那些前贤，一直以来都还存在争论，我们今日暂且不提。"

黄杨僧人说话果然直接，没有任何寒暄，也没有任何起承转合，直接说出了一个极大的命题，然而稍作解释便戛然而止，迅速进入正题。

"佛宗修行是苦行。所谓苦并不是吃苦，而是要在天地之间行走，与山崖溪涧亲密接触多年，其后某日山崖不动溪涧里多出一朵水花，或许便能感知到天地之间的元气。修行讲究了解天地元气的运行规律，感知元气怎样流动怎样静止，佛宗弟子也要学习，只不过我们的学习更多靠的是常年积累之后，忽然间想通这些事情，我们称之为悟。"

真正的好学生哪怕面对着爱因斯坦，也不会像书院后山的鱼那样摆着尾巴完全被动地等着被鹅喂食，而是会勇敢而适时地提出问题。宁缺毫无疑问是好学生，所以在黄杨僧人说完这句话后，他皱眉问道："由对事物的客观存在极端熟悉从而认识到事物的所有属性？"

"你总结得很好，难怪能进书院二层楼。"黄杨僧人微微一怔，赞赏说道，"大致上便是这个道理，不过佛宗看来，这些天地元气在我们之前便已存在，在我们之后亦将永远存在，这是一种超越世俗经验甚至是生存经验的客观存在，所以我们生活在其间，更多的是感悟而不是掌握，更不应该想着去控制它。所以佛宗不像一般修行流派那样，用对天地规律的了解控制程度来划分境界，没有什么不惑洞玄，以有涯之生去学习无尽之天地，怎能不惑？既然乃天地玄义，怎能洞彻？"

宁缺认真思考这段话，觉得佛宗的这些看法有些过于死板，至少不怎么积极。

"佛宗只讲究悟，你悟了便是悟了，你没有悟便是没有悟。"黄杨僧人看着他，平静说道，"我自幼随师父在世间各处苦行苦修，师父年老体弱辞世后，我听闻荒原极西处有处佛宗圣地，便去了月轮国，又随着月轮国的商队进了荒原。七年之间，我跟随十七支不同的商队进荒原，有的商队停留在蛮人部落便没有再回来，更多的商队带着丰厚的报酬回到月轮国，但我始终没有找到传说中的佛宗圣地。

"其中有一支商队前后四次进入荒原，我也随他们进出四次，和那些商人车夫护卫相熟。某日一场沙暴袭来，商队被困秋城某处土围，入夜时，一支前来避沙暴的马贼队伍，也进入了这处土围，然后便是没有缘由的杀戮。"

听着马贼二字，宁缺的眉梢纯粹下意识里挑了起来，眼眸里泛起一道明亮的光芒，身体本能里骤然僵硬，杀意满身，沉声说道："大师，后来怎么样了？"

他知道这句话问得很没有必要，荒原马贼的凶残他比谁都了解，而大师现在还好端端地坐在这里，想来其中发生了某些事情，甚至大师极有可能就是那天开悟。

果不其然，黄杨僧人说道："马贼对佛宗弟子终究有几分忌惮，直到把所有人都杀光后才围住了我。也就是在那一瞬间，随师父苦行二十载，进出荒原七年的我，终于开悟。"

听着大师的讲述，宁缺仿佛能够看到荒原土围那夜残酷的画面，心神微感摇晃，看着桌对面下意识里问道："大师，你开悟之后呢？那些马贼后来怎么样了？"

黄杨僧人微微一笑，没有回答这个问题，只是往自己的杯中缓缓倒了些茶水。宁缺笑了笑，知道自己又问了一个没有意义的问题，佛宗虽然讲究慈悲度化，但先前在佛宗里看怒目尊者的介绍，便知道佛宗遇着恶人也有雷霆一怒时，那些马贼自然死光了。

黄杨僧人说道："至于当时怎样开悟，我到现在也没明白。我只记得当时我的身上浸着相熟同伴流出的鲜血，我觉得那些鲜血很烫，身体皮肤上火辣辣的，仿佛要燃烧起来一般。"

听到这句话，宁缺在桌下轻轻搓了搓自己的手指，感觉幼时留下来的那些血渍还是那般黏稠，虽然现在已经淡了很多，但还是让他感觉有些不舒服。

黄杨僧人看着他说道："有很多年我一直在痛苦在困惑，既然要开悟，为什么不能早些开悟？哪怕提前半天，我那些商队里的友人也不会被马贼杀死。过了很长时间，我才终于想明白这个道理，每个人开悟的理由机缘各不相同，机缘来时便来了，机缘若不来，你无法强求。"

宁缺明白大师这句话是在提点自己。

黄杨僧人继续说道："血不是火，它不应该是辣的，更不可能燃烧，然而对于彼时彼刻的我来说，血就是辣的，就可以燃烧，把我的衣衫肉身乃至佛心烧个干干净净。如果悟是对天地元气规律的感知，那么每个人的悟都应该不一样，只有你感觉到的才是真实的，别人教给你的都是假的，所以你不用着急，慢慢来，你总会悟的。"

宁缺沉默思考了很长时间，然后长长一揖及地，就这样走下了万雁塔。片刻后，大唐国师李青山不知从何处走了进来，看着黄杨僧人说道："感激不尽。"

黄杨僧人摇了摇头，说道："如此短的时间接触如此多，难道你们就不担心他会出问题？"

李青山平静说道："一位已经站在门槛前的神符师，佛宗高德御弟大师，再加上书院二层楼里那些怪人，以这般阵容来引领一个刚进入修行世界的年轻人，如果他能够不出问题，那么未来必然可期。如果这样还是不行，那……只能等着夫子回国了。"

大唐帝国站在最高处的大修行者们，都投入到了对宁缺的教育工作之中，正如国师李青山所言，这样的阵容不敢说后无来者，但相信此前极难出现。黄杨僧人沉默片刻后微笑说道："希望他日后能不负你们的期望。"

"军部和天枢处也详细调查过他，他对大唐的忠诚毋庸置疑。能进书院二层楼，代表他有足够的潜力，甚至日后还有可能成长为神符师。最关键的是，他不像别的修行者般不通世务，尽在云端行走，而是行事沉稳冷厉，遇敌之际敢杀人能杀人，什么手段都肯用。像这样的年轻人，陛下怎么可能错过？更何况还有那幅书帖的缘分？如此苦心如此阵容培养他，并不是我们这些老家伙期望他日后成长起来，能够给我们脸上增光，而是大唐帝国的将来，需要像他这样的年轻人。"

自那日在皇宫吃了顿冷火秋烟的精致不饱肚御宴之后，宁缺通过侍卫处送了些书帖进去，自己则是再也没有进过宫，也没有与大唐天子见面，所以他并不知道自己已经成为大唐帝国英才培养计划的最重要人选。然而今日在万雁塔上与黄杨大师一席谈话，他或多或少猜到了一些事情，能够让这位大唐御弟亲自出面，除了颜瑟师父的面子，想必也有宫里几分面子。

就算猜到了些许，他也并不震惊，尤其是和前些天在南城楼上师父指着如画江山说这座天下雄城的安危以后便交给你比较起来。但他当然会生出感动的情绪。

万雁塔一席一谈后的数日，他一直在回味思考黄杨大师的话，尤其是那个悟字。他越思考越确认佛宗讲究的悟，如果放到普通修行法门的体系中，其实就是洞玄，就是初步掌握天地元气的运行规律。

此时的宁缺的境界还停留在不惑，距离洞玄下境只剩下很小的一段距离，符道同样如此，他距离画出那道符来，也只剩下一丝的差距，只不过这看似只剩一丝的距离，却是最难的一段。

眼看着距离登上险峰只差一步，但那步就是迈不出去，无论换成谁，都难免会生出焦虑急躁的情绪。前些日子，宁缺确实做到了从容平静，但他内心深处当然一直期盼着那一天的到来。直到万雁塔上听了黄杨大师关于悟的那番话，他才忽然发现，原来这些看似宁静理所当然的期盼，也是一种焦虑，对修行来说也是一道障碍。

深思一夜，宁缺不再去想这些事情，什么洞玄什么符道尽数被他抛诸脑后。他还是会去书院后山飞剑听曲打铁说闲话，还是会在长安城的名胜里走来走去，但他再也没有去思考哪天能够洞玄，没想过哪一天能在那张白纸上落下第一笔，看着风景名胜建筑飞檐，也不再想从中感受到什么东西，而只是纯粹地欣赏其间的美，把那些线条映进并且印进自己的眼眸里。

盛夏某日，午后的老笔斋笼罩在难挨的闷热湿意中。宁缺靠在树下的竹椅上，看着头顶被树枝青叶分割出来的天空发呆，时不时从椅旁的盆里拎起湿乎乎的毛巾在身上拍打两下，用井水洗去身上腻腻的汗水和暑意。

"赶紧换水，盆子里的水又热了，这什么鬼天气，赶紧打些新鲜的凉井水上来。"他不因修行而焦虑，却因酷热而焦虑，对着前面大声喊道。

为了抵挡那些源源不绝的慕名者和各府管事，老笔斋现在两天开门三天里东主有喜，桑桑白天实在无聊，便把前铺里的桌椅擦了一遍又一遍，这时听着院子里宁缺恼火的喊叫，她赶紧跑了出来，把盆子里的旧水倒到树下，然后走到井旁去打新水。

就在这时，一场久候不至的雨水落了下来，噼噼啪啪击打着屋檐与树叶，然后迅速转化成滂沱大雨，雨水如雷，却掩盖不住后巷里传来的邻居狂喜大呼大喊声。

"少爷，你快进屋躲躲。"桑桑扔下水盆，赶紧去关窗。

宁缺躺在竹椅上却没有动作，他看着那些自天而降的雨水，感受着雨珠击打在赤裸皮肤上的感觉，还有笼罩街巷的湿意，表情显得有些古怪。

桑桑在窗口看着他，喊道："你怎么还不进来？"

宁缺睁着眼睛，看着越来越密的雨水，忽然大声喊道："你看，好漂亮。"

桑桑心想少爷又在说胡话了。她等了很久，发现宁缺还是傻乎乎地躺在竹椅上，虽然大热天并不担心他会感冒，但她很担心他被雨淋成傻子，蹙着细细的眉尖走出门去，走到竹椅旁，学着他的模样抬头向天上望去。

宁缺瞧她抬头看着有些吃力，伸手搂住她腰身，把她抱到怀里。主仆二人并排躺在竹椅上，躺在滂沱的大雨之中，睁着眼睛望向天空。桑桑看着那些扑面而来像箭矢一般的雨线，惊讶说道："还真的很好看啊。"

宁缺抹了抹她脸上的雨水，问道："你有没有觉得我们这时候很像是千年风雨下的雨檐？"

桑桑摇了摇头，说道："没觉得，我觉得好像是城墙，正在被很多把箭在射。"

宁缺叹息道："真是个没情调的丫头。"

入夜时分，雨渐渐停了。桑桑开始做饭，宁缺擦干身体后，再次来到窗前的书桌畔。他注水入砚，磨墨提笔，就像十几年来每次那样自然寻常。

书桌上的那张白纸，还是原先那一张，放了几十天边缘已经卷起，上面却还是雪白一片。目光从那本符文典籍水字部的页面上移开，他又看了一眼檐下滴落下来的雨水。

然后他沉腕，落笔。饱满的笔尖像吸满雨水的树梢，轻轻落在雪白的纸上。

一道线，两道线，三道线……六道线。

六道线画完。

宁缺深深吸了一口气，就此搁笔。

桑桑端着两大碗酱油饭走了进来，搁到一旁，走到书桌旁好奇望去。然后她抬头望向屋顶，细眉微蹙，不高兴说道："居然漏雨了？不是说这是天启四年的新房子吗？明儿少爷你得和齐四爷说说，必须减租金。"

宁缺无奈摇了摇头，说道："我们什么时候交过租金？再说房子又没有漏雨。"

"这还叫没有漏雨？少爷你是不是淋雨发烧烧糊涂了？要不要我去药局……"桑桑指着书桌上那张白纸，看着宁缺关心问道。然而没有等她说完，宁缺一把把她瘦削的身体搂进了怀里。

桑桑觉得少爷今天的情绪好像很激动，只好无助地张着双臂，惘然地任由他抱着。

宁缺紧紧抱着她，安静片刻后，在她耳畔带着笑意说道："告诉全长安城那些想请我吃饭的人，从今天开始，我有时间去他们府上吃饭了。"

桑桑听着这话，身体微微一僵，再次望向书桌。书桌上那张雪白的纸上六道墨痕早已消失无踪，只有一大摊水痕。

不是雨水。

就是水。

52

画出人生第一道符，宁缺当然很高兴，然后平静，有所感慨，却不像去年踏上修行路时那般狂喜失态。因为修行一事折磨了他十余年，本已绝望却忽然成功，符道之事却是理所当然、水到渠成，他知道自己肯定能领悟其中道理，只是不知道什么时候能。

平静喜悦，自然不可能敲锣打鼓穿街走巷公告全天下，他只告诉了身周最亲密的那些人，然后他有些讶异地发现，这些家伙得知此事后的反应，竟是比自己还要强烈，一时间不免困惑于书桌雪白纸上那道水符究竟是谁写出来的。

桑桑居然去得胜居请了师父回来做了桌席面。书院后山的师兄师姐们奔走相告，想着小师弟从今以后醉心符道，想必那手滥飞剑不会再练，自己的脑袋和大白鹅的屁股会安全很多，遂手舞之足蹈之，吹箫弄琴轻歌而应。颜瑟大师知道这个消息后，先是在南门观里怔怔坐了片刻，然后去了红袖招放肆纵酒，至酒酣时，不知为何有两行老泪顺着老脸流了下来。

小时候经历过那场恐怖旱灾饥荒、心理阴影极为严重的他，坚持认为只有吃饭才是生活在这个世界上最重要的事情，因为世上并没有可以餐风饮露的仙人，哪怕是世上第一强者剑圣柳白，想来几天不吃饭也会饿得发慌，无论谁不吃饭，都会死。

宁缺的这些想法自然谈不上正确，但至少有一点暗自隐合了人类历史的某种规律。各部族国家之间、各部族国家内部的战争，最根本的原因往往就是为了吃饭。

为填饱自己的肚子，流民敢攻州陷城与各国的正规军队拼命。为填饱子民的肚子，以免他们和自己拼命，各国不惜撕破脸皮放下身段强取豪夺，就为了多弄些土地回来。同样是为了填饱肚子，已经远离中原逾千年的北荒部落，被迫艰难南迁，向草原上那些剽悍的蛮族部落发起主动进攻，顾不得会不会惊动中原那些国度，会不会带来任何后患。

战争就是为了吃饭，当然，为了打赢战争，首先要保证战争中的人们首先能够吃饱饭。微寒的草原上，数十处土灶升起的青烟和数十口大锅里清水煮的羊肉，就是这种保证。

数千名穿着兽皮的男人，围坐在土灶旁，沉默吃着羊肉。无论是皱纹丛生的老人，还是神情青涩的少年，他们都神情平静坚定，仿佛并不是刚刚跋涉万里南至，而是已经在这里生活了很多年。

他们是北荒部落军队的一部分，换个说法便是，他们是北荒部落所有能够战斗的男丁中的一部分。此次南征集中了北荒部落所有能够战斗的男丁，甚至没有军队的说法，这片延绵数百公里的草原边缘战场上，集中了他们所有能战斗的人，最后能战斗的人。

部落所有的老弱妇孺全部被抛在了后方，大概还需要一个月的时间，才能抵达草原边缘。如果男人们不能打赢这场战争，夺下这片草原，那么身后荒原上的家人们肯定会被黑暗寒冷饥饿和敌人的刀锋所吞没。

无数年来，北荒部落生活在极北寒域，靠着热海艰难地生活，根本无法维持太多的人口，而这几年随着黑夜时间奇异地延长，温度逐渐降低，他们的生活变得越来越困难。冬末时节，部落元老会终于下定决心举族南迁。

不南迁便没有吃的，而南方有大片的草原，有羊群，还有粮食。只可惜那个贼老天向人类赐予土地时太不豪迈，绝大多数土地都已经有了主人，包括这一大片肥沃的草原，如果北荒人想要得到这些草原和羊群粮食，相信原来的主人一定不会乐意。

于是，那便战吧。

千年之后，荒人再次出现在世人的目光之中，本来这件事情应该震惊世界。只是这个曾经傲啸草原，打得中原各国摇摇欲坠的民族，离开这个世界已经太长时间，长到很多人早已忘记了他们的存在，而且险恶的自然环境和时光的折磨让这个部族的人丁已经减少到让人感受不到任何威胁的地步，所以这件事情暂时还限制在草原北方。

之所以出现这样的局面，与荒人部落元老会的英明决策也有极大的关系，在南迁之前，荒人便确定了坚定而明确的目标，剑锋所指的那片草原属于蛮人左帐汗王的土地，与中原那些国家尤其是那个强大而恐怖的帝国没有任何关系，而南征的荒人战士虽然作战勇敢，却一直谨慎地把战火压制在草原北部的区域内。

荒人南征的部队来到草原北部边缘已经有近一个月的时间，与蛮人左帐汗王骑兵之间的战斗便进行了一个月，在这道被刻意控制在数百公里长的战线上，双方之间大大小小的战役打了不下百场，绝大多数都以荒人的胜利而告终。

战争的残酷便在于，即便是胜利者，也必须付出死亡的代价。荒人战士沉默坚毅，骁勇却极富纪律，个体战斗力更是远在草原蛮人之上，然而他们人数实在太少，虽然连续击溃左帐汗王麾下十万骑兵疯狂如潮水般的攻击，死去同伴也越来越多。

土灶铁锅清水羊肉，不远处的草地上密密排着凝在血泊里的同伴尸首，一名脸上涂着树汁的荒人巫师，神情平静行走在尸堆之中，时不时蹲下身体，用手指轻轻触摸死者的眉心，枯干的嘴唇微微翕动，发出意味难明的音节，似是超度又似是歌颂。

离战士尸群不远的地方，一名约莫十三四岁的荒人少年吹响了手中的骨笛，笛声呜咽凄厉，仿佛在诉说荒人这一千年来颠沛流离，与世间苦厄战斗，挣扎生存的痛苦。

笛声里加入了一道苍老的声音，元老会一位德高望重的巫师唱起了所有荒人都会唱的一首歌，歌声苍凉遒劲，悲壮中透着令人震撼的不屈。

"天亦凉，地亦凉，苍鹰不敢望北荒。

热海落，热海涨，热海之畔猎雪狼。

雪狼逐，雪狼亡，握刀寻鹿终日忙。

何处生，何处死，何处能将白骨葬。

岷山雄，岷山壮，岷山才是真故乡。

踏过茫茫雪，踩破万里霜，终日南望。

踏过茫茫雪，踩破万里霜，不再南望。

我先去，你再来。

我先战，你再来，

我先死，你再来。

归途近，归途远，归途踏上。

我已去，你快来。

我已战，你快来。

我已死，你快来。

我已死，你快来。"

我已死，你快来。苍凉的歌声不停重复着最后两句，有几名少年荒人战士默默望向那边，随着老人的歌声轻声相和，草原上生起一股壮而不悲的气氛。更多的荒人战士依旧保持着沉默，他们沉默吃着羊肉，沉默喝着膻味难除的油汤，趁着战斗的间隙，抓紧一切时间补充体力，因为谁也不知道下一场战斗什么时候开始。

荒人的先祖曾经被中原人称作天生的战士，如今的他们又经历了千年险恶环境的磨砺，血管与骨头里都写着战斗二字。同伴的死亡不会令他们有丝毫动容，即便是流传千年的歌声也只能引发他们内心深处的轻声和鸣，却不能干扰他们对战斗的准备。

便在这时，战斗的号角再次响起。草原大地微微颤抖，不知道有多少左帐汗王的精锐骑兵杀了过来。

荒人战士们毫不慌乱，放下手中的羊肉和汤勺，抬起袖子擦了擦油乎乎的脸，这才抬起身旁沉重而破损严重的兵器，缓慢向南方走去，甚至还没有忘记把土灶里的火灭掉。

缓步，快步，小跑，最后开始冲刺。

荒人战士们进入战场的方式，和草原骑兵们的方式惊人地相似，只不过他们的身下没有战马，只有自己的一双腿。然而令人感到不可思议的是，这些穿着皮袍，拿着刀斧，看上去并不如何高大强壮的荒人战士们，一旦奔跑起来，速度竟是那样地快，声势竟是那样地惊人。

随着嗡嗡鼓振的声音密集响起，善于骑射的草原骑兵们隔着很长一段距离，便拉动了短弓的弓弦，无数支箭矢划破天空，像雨点般劈头盖脸向数千名荒人战士袭去。噗嗤一声，锋利的箭矢射中一名高速奔跑中的荒人战士，箭镞射穿皮甲后，像生根一般竖在他的胸口。鲜血快速渗透，染红了皮甲，然而那名荒人战士却像是一无所察，依旧提着刀与斧向黑潮般的骑兵冲去，很明显那根箭受到荒人钢铁般的肌肤隔阻，并没有伤到他的要害。

没有什么军令更没有什么旗语，荒人的战斗靠的是那种本能的直觉，靠的是逾千年来并肩浴血所养成的默契和对同伴的信任。当距离黑潮般的草原骑兵还有数十步时，没有被骑兵箭矢射倒在地的战士整齐地抽出腰间的利斧，闷哼一声，用尽全身力量掷了出去！

锋利的小斧高速旋转着，割破战场上的空气，明亮的光芒反射着日光，在青色的草原上映出一道道雪白色的光影，看上去异常美丽，却又异常恐怖。

凭借着强悍的防御力，荒人战士硬生生抗过了草原骑兵第一轮骑射，进入了飞斧有效杀伤距离。他们奔跑的速度太快，竟是快到草原骑兵来不及进行第二轮骑射，便掷出了手中的斧头！

箭雨没能把太多荒人战士射倒在草原上，而逾千柄锋利雪亮的小斧形成的暴雨，却直接让草原骑兵遭受到了最残酷的打击。本来就沉重的小斧加上荒人战士的甩掷力量和旋转，轻而易举割破骑兵们身上的轻甲，即便是斧尾接触，也直接让这些草原骑兵骨折喷血！

53

呼啸破空然后落下的锋利斧头，深深砍进战马的头颅，割掉草原骑兵的臂膀，伴着骤然响起的闷哼惨嚎，无数匹战马惨然坠地，战马上的草原汉子惨然后倒。死亡和鲜血没能击溃草原骑兵的战斗意志，反而让这支左帐王廷直属的精锐骑兵爆出更强大的战意。他们挥舞着手中的弯刀，吼叫着咆哮着顶着斧雨继续前冲。

与近乎疯狂的草原骑兵相反，荒人战士从开战到现在一直保持着沉默，无论是高速奔跑，躲避箭雨，受伤倒地，还是全力掷出飞斧时，都始终紧紧闭着双唇，在充斥着鲜血与断肢、本应热火朝天惨烈的战场上，这种沉默越发显得恐怖。

只是如果战场边缘有旁观者的话，在他们的眼里，漫野而至、狂吼纵马前冲的草原骑兵，在气势上已经远远压过了这些沉默的荒人战士。草原骑兵形成的道道黑潮与沉默前冲的荒人战士终于接近，然后发生了第一次碰撞。令人不可思议的是，因为沉默而显得气势不足的荒人战士们，竟然没有被沉重的骑兵冲散，他们像礁石一般站在黑潮之中，竟没有被冲散！

一名少年荒人战士蹲下身体，长刀自腰间闪电砍出，向他冲来的草原骑兵面露震惊之色骤然下沉，身下战马惨鸣一声，两只前蹄不知何时被整整齐齐砍掉。

一名壮年荒人战士看着挟风雷之势冲至身前的草原骑兵，右脚向前一踏，沉身挫腰，用肩头狠狠撞了过去。用人的身躯去撞马，无论怎么看都是自寻死路，然而这名壮年荒人的肩头就像是钢铁一般坚硬，选择撞击的角度竟是那样地准确，刚好避开马上骑兵挥过来的弯刀，撞中战马前腿肩胛部最脆弱的地方。

只听得一声不知是人还是马发出的闷嚎，那匹战马嘶叫着侧翻了过去，马上的草原骑兵在这一瞬间完美地展示了自己的骑技，身子一翻便脱离了马鞍，避开了被沉重战马压在身下的悲惨结局，然而……他的双脚刚刚落在地上，那名壮年荒人战士的长刀便呼啸而至，唰的一声砍掉了他的头颅！

哗啦！

草原骑兵组成的黑潮漫了过来，荒原战士手持长刀站在黑潮之中，被瞬间吞没。但片刻之后，黑潮里溅起无数朵血的浪花，这些或成熟或青稚的荒人汉子再次浮出水面，带着浑身鲜血，迎向第二道浪。

潮水漫过礁石，然后缓慢退去，礁石依然沉默地伫立在海畔，仿佛再过亿万年也是如此，绝对不会被潮水冲垮！

荒人战士并不是无知无觉的礁石。面对着漫野而至，一浪高过一浪的草原骑兵黑潮，他们没有选择永远沉默，永远硬拼，而是用最快的速度做出了第二次反应。绑着兽皮的双脚在被寒冷变得微硬的草原上快速跑动，带着草根与碎土，荒人战士们像无数道影子般在草原骑兵黑潮间穿插游走。他们避开那些精准的羽箭，避开那些锋利的弯刀，避开战马的冲击，彼此之间极有默契地互相靠拢，以五人为一个小组，将黑潮中部的那些草原骑兵分割包围。

当时的画面很奇妙，草原骑兵黑潮已经淹没了整片战场，但他们却没有办法在最短的时间内吞噬这些像石头般的荒人汉子，而那些荒人汉子根本不顾身后的那些刀与箭，不理会被己方五人分割包围的草原骑兵有几个人，挥舞着长刀沉默而狠戾地冲了上去。长刀锋利破空，双脚闪动如风，鲜血喷溅处，不时有草原骑兵自马鞍坠落，然后瞬间被数道刀风分割成了凄惨的肉块。

外围的草原骑兵与已经冲过战线的骑兵，根本无法做出有效的救援。他们拼尽全力持缰放弓，能够射死的荒人战士数量也极有限。凭借恐怖的近身防御力量和难以想象的奔跑速度，广阔草原上这场本应是一面倒，甚至应该是屠杀的骑兵对步兵战斗，竟向着匪夷所思的胜负方向在发展。

事实上，自从荒人部落南迁，开始与草原左帐汗王部族接触战斗以来，这种完全违背草原骑兵们战斗理念的画面，一直在不断地上演。

战斗中最可怕的不是失败，而是当你发现自己以往在战斗中所学到的理念，往常最有效的战斗方式忽然全部失效，这种精神上的打击，直接会让人丧失战斗的信心。在前几次的战斗中，草原骑兵之所以会一败涂地，和这种精神上的莫名恐慌有极大的关系，每每发起看似万无一失的冲锋之后，却发现冲锋没有任何效果，自己反而成为那些瘦小荒人的屠杀目标，再强悍的部队、再严苛的战场纪律，都无法阻止接下来的崩溃。

按照以往战斗的过程，此时草原骑兵应该会精神崩溃，然后极为慌乱地撤出战场，再次集结休整，恢复精神与体力，等着下一次的冲锋，然后再次崩溃失败……但今天的局势明显有些不同。

被荒人战士徒步分割包围的骑兵没有崩溃，他们早就已经对死亡的结局做好了心理准备，于是在死亡之前迸发出极无畏的勇气，拼命挥舞着手中的弯刀，爆发出极强大的战斗力，虽然最终依然无法避免倒在荒人战士的长刀之下，但荒人战士想要杀死一名草原骑兵，往往要比前几次付出更多的代价。

血浪密集的中心战场四周，那些本应支援被困同袍的草原骑兵，在听到一声低沉的号角之后，竟是毫不犹豫地提缰而走，全然不管那些同伴正在荒人战士的围攻下纷纷倒地，而是用最快的速度分成两队，擦着中心战场向东西方向驶离。

扑打礁石的巨浪骤然自行分成了两边，徒留中间那些残余的浪花依旧粘着黑色的礁石。而在草原骑兵两锋分开的岔口后方，缓缓驶来一辆华丽的马车。

那辆马车以金银为饰，极为华丽，车厢正中间一块由精钢铸成的圆盘上，纹线更是密密麻麻互相贯通，甚至仿佛要比夜里苍穹上的亿万颗繁星还要复杂。金属圆盘两旁，站着两名面无表情的草原壮汉，全身套在金属重甲中，手里握着沉重的锋利弯刀。中原诸国严厉控制盐铁输出，在草原上在这里极难见到全金属的重甲，有资格穿戴重甲的战士，必然都是各王庭里地位最高最勇猛强大的勇士。

今天这两位草原左帐汗王庭最强大的战士，担负的任务并不是厮杀作战，而是保护马车上的金属圆盘，以及圆盘上坐着的那个人。

金属圆盘上坐着一位枯瘦的老人。老人穿着金色的王庭贵族服装，左手指间戴着玛瑙做成的戒指，眉心上用狼血涂成的符文，告诉所有人他的身份：他是左帐王廷最德高望重的七位大巫师之一。苍老的大巫师面无表情看着远方草原上还在厮杀的战士们，枯干的嘴唇快速翕动，枯瘦的十指在金属圆盘上不停敲击，如同战鼓一般的叩响混着唇间吐出来的咒语，仿佛有一种极为神奇的魔力。

原本湛蓝一片的天空上，忽然飘来了一朵云，恰好遮住了苍白的日头，把阴影投射到战场中心那片血肉纷飞的草原上。

先前那一刻，有些年纪大些的荒人战士已经注意到今天草原骑兵们的表现有些诡异。身后那些本应拼命攻击自己的草原骑兵忽然向外围驶去，把近千名同伴就这样留了下来，随着几声低沉的呼喊，荒人战士加快了收割对方生命的过程，而靠近北方的两百名荒人战士则是快速跟随那两支分锋的骑兵向外围冲去。

然而就在云朵遮住日光，阴影覆盖草原的那一瞬间，荒人战士们忽然发现，自己已经无法追上那些驰至外围、开始沿着大圆游走、重新搭弓射箭的草原骑兵，因为他们最令敌人恐怖的奔跑速度忽然变得慢了很多。

荒人战士们的奔跑速度之所以变慢，是因为他们脚下原本坚硬一片的草原，忽然间变得酥软了起来！被掀起的草根渐渐渗入泥底，残留在草面的断裂兵器开始向泥底沉坠，他们的脚也在向下陷，奔跑之时的双脚重重踩进草原里，要花很大力气才能拔出来。战场中心的这片草原，竟仿佛变成了沼泽！

一直沉默坚毅的荒人战士们在这一刻神情终于发生了变化。他们坚信自己能够获得所有战争的胜利，但今天进入了草原骑兵们的预布战局，不知道接下来会发生什么。他们所处的这片草原，虽然只有表面那一层变成了酥软的泥泽，并不像流沙可以连人带马一起吞噬，然而他们双脚站在酥软的地面上很难保持平衡，双腿深陷地面更是无法发挥自己恐怖的奔跑速度。

千年来在无边无际的热海畔追逐雪狼雪鹿，把荒人的双脚变成永远不知疲倦，快速而又极有耐力的狼足，这是他们最强大的武器。然而今天他们的武器忽然失去了作用，他们无法追上那些游走于四周的草原骑兵，更可怕的是，他们再也无法像从前那样避开羽箭，甚至都无法做到至少不让敌人的箭矢射中自己的要害！

嗖嗖！

游走至草原外围的王庭骑兵用最快的速度重新整队，分为两个逾千骑的大队，以相反方向高速奔驰，同时搭弓射箭，向着被他们围在正中间的荒人战士们射去！

噗嗤一声，一枝锋利的羽箭射中一名少年荒人的胸膛。他痛苦地皱了皱眉头，把胸上的箭拔了出来，然而他还来不及重新举起手中的长刀，紧接着第二支箭，第三支箭，更多的箭再次射中他的身躯……最终少年瞪着眼睛，带着不甘与痛苦缓缓跪到了地面上，膝头沉进酥软的地面，然后前倾倒下。

54

天空阴暗，草原化泽。

再强大的荒人战士，一旦无法像热海畔的狼群般高速持久奔跑，便失去了最重要的能力，在四周游走拉弓的草原骑兵眼中，顿时变成无法移动的箭靶。无论他们拥有怎样强大的近身防御力量，被无数羽箭连番射击，最终也只能血尽而亡。

当然想要用羽箭远程射杀这些肤若钢铁骨若硬石的荒人战士，哪怕对方不闪不避，也需要数量极其恐怖的羽箭，如果是普通局势下的战事，没有什么骑兵会携带如此多的羽箭，然而荒人南下的这些日子里，左帐王廷数十个大部落连战连败，草原人在失败中不断吸取教训，才最终定下今天的战策，王庭派出了七大巫师之一，还派出了直属的精锐骑兵，又怎么可能出现箭矢不济的情况？

马走如风，箭落如雨，草原骑士尖声打着呼哨、双腿踢打着马腹，凭借精妙的射术，准确地拉弓射箭。被围在正中央，那片如泥沼般草原地面上的荒人战士，从草泥中吃力拔出腿，艰难移动双腿，拼命向外围跋涉。然而踏出的第二步同样深陷泥中，加上那些精准而恐怖的羽箭，荒人突围的速度极为缓慢，一名最强大的战士不顾身上插满的羽箭，勇力踏破厚泥，突围至距离草原骑兵不足二十步的地方，结果膝盖中了一箭，闷哼一声绝望地倒了下去。

骤然遭遇如此怪异的伏击，荒人战士群中那名苍老的元老，早已注意到草原骑兵后方那辆古怪的马车和车上那些古怪的人，猜到草原的忽然变化，一定与那辆马车有关。只听得老人厉声喝了几句，便有一名手臂极为粗壮的荒人战士艰难地走了过来，站到了他的身前。荒人元老把手掌按到这名战士的后背，闷哼一声，脸色渐渐变得苍白起来，一股难以解释的巨大力道，通过掌心传进战士的身体。

这名荒人战士的手臂竟然又加粗了几分，仿佛有什么东西进入了他的身体。他强行忍受着肌肤处传来的剧痛，根本不理会眼角进出来的血水，盯着远处那辆马车，忽然发出一声野兽般的吼叫，抽出腰间的一把大斧，猛地向那处掷去！

哧哧破空声响，在巨大力量的加持下，这把大斧像一道闪电般，须臾穿越数百丈的距离，砍向车上那名穿着金色袍子的王庭老巫师！

眼看着利斧呼啸而至，一直沉默站在苍老巫师身旁的两名王庭猛士，在最关键的时刻，抬起脚旁的巨盾，并拢挡在了巫师的身前！斧尖与金属巨盾剧烈碰撞，发出当的一声清脆巨响！

车旁的草原士兵被震得捂耳跪倒在地，那辆华丽的马车只是微微一颤，便恢复平静。

车厢里，坐在金属盘上苍老巫师依旧面无表情，快速急促念着咒语，脸上的皱纹越来越深，身周的天地元气随着他的咒语进入金属圆盘，然后顺着那些复杂若星线的符纹，进入草原地底，再经由王庭预先埋在前方那处地底的另一方金属圆盘释放出来，令上方那片草原越来越湿越来越软。

荒人最后的脱困希望就此化为泡影，他们举着沉重的长刀，在湿软的泥地间拼命向外突围，不断有人身中数十箭像刺猬一样流尽鲜血倒下，四周游走射箭的草原骑兵嘴里的呼哨声越来越尖厉，狰狞的脸上写满了复仇的快意。

湿草，血泥，奔马，构成一幅残忍而绝望的画面。

草原天地间忽然变得安静清旷起来。残酷的箭杀仍然在持续，但除了嗡嗡弦鸣和羽箭破空声，还有草原骑兵们的尖厉呼哨声，再也听不到任何声音。那些荒人不知为何停下了脚步，尽量把身体埋低在草泽里，沉默防御，不再试图突围。

紧接着连嗡嗡弦鸣，哧哧箭射，草原人的尖哨声都消失不见，本应嘈乱一片的战场，变得安静到了极点。安静其实是一种相对的说法，事实上之所以这些嘈乱的声音全部消失不见，是因为战场上的人们现在只能听到一个声音。

那是沉重物体高速撞破空气所发出的低沉振鸣声，肯定不是箭，也不是中原人用的飞剑，听上去更像是一块巨大的石头，被昊天从云端扔了下来，正在不断加速。

把身体埋在草泥里的荒人战士们艰难地抬起头来，向天上望去。他们本来已经做好了视死如归的心理准备，他们的眼神先前已经变得极为平静，然而此时却忽然间被灼热和敬慕所占据。在草原中心战场四周游走的草原骑兵，不知道因为什么原因，觉得心头一阵恐惧，下意识里放缓了拉弓的速度，愕然抬头望去。

交战双方所有人都抬起了头，望向天空中那道恐怖振鸣声音响处。

云遮蔽了阳光，投下阴影。就在云下的阴影中，有一个男人从天上落了下来。

他划破天空，身上带着血一般的火焰，从数十米高的空中落下，仿佛是从云中跳下来般，恐怖的速度振破身体四周的空气，漫出一团半圆球状的水雾，后方的双腿上不知道是不是因为摩擦剧烈的原因，喷溅出血一般的火焰。

这个男人就像一颗砸向大地的陨石。陨石落下的地方，正是草原左帐王廷那辆华丽的马车。

马车上两名王庭最强大的战士咆哮着抬起沉重的巨盾，挡在苍老巫师的头顶。苍老巫师双手剧烈颤抖，识海里的念力喷薄而出，调动身周天地元气快速聚拢，然后他抬起头来，惊惧的目光从盾间的缝隙里穿了过去，看见一只脚。

那只脚上穿着一只很普通的皮靴，皮靴有些旧，靴底有些脏，不知道踩过哪些草原，哪些戈壁，哪些污水，哪些山河。

看到这只脚的瞬间，王庭老巫师明白了一个道理。

死亡来了。

陨石般落下的男人一脚踩到坚硬的金属巨盾上，旧靴底根本无法承受这种巨大的力量，寸寸破裂。

然而坚硬的金属巨盾，竟然也跟着寸寸破裂！

向上举着巨盾的两名王庭强者连闷哼都来不及，粗壮的双臂在那股沛然莫御、无比恐怖的力量下直接变成了像丝絮般的肉筋，刚刚裸露出来的白骨瞬间化为齑粉，鲜血从二人的鼻眼耳口里像箭一般喷射而出。

已经没有靴底的脚踏破巨盾，在飞舞的金属碎片间继续向下，轻而易举踏破苍老巫师凝结的元气盾，踩到了他的头顶。老巫师瞪着无神眼眸的头颅被这只脚直接踩进了颈腔，紧接着那只脚继续向下，踩上他的身体，老巫师的身体骤然下沉变扁，直至变成一摊肉泥。

那只穿着皮靴的脚还在继续向下。

踩破老巫师的肉泥。踩破坚硬的金属圆盘。踩破车板。

轰的一声巨响！

烟尘与血肉粉末，四处喷溅，烟尘乱飞，华丽的马车变成了一堆垃圾，疾射的金属锋利碎片将马车四周站着的数十名草原士兵射倒在地！

这只穿云裂空而至的脚，终于踩到了蛮人们占据了近千年的草原上！

穿着皮袍的青年男子身背血色巨刀站在废墟中央，面无表情看着四周像雕像般震惊木立的草原蛮人们。被围陷在草原泥沼里的荒人战士们，看着远处那个强大的男子，终于打破沉默发出一阵疯狂的吼叫，有些少年荒人甚至激动地流出了眼泪。

南方某处深山老林里，有一座外表看上去极为朴素简陋的道观，因为地偏无径，从来没有什么游客信徒来到这里，自然没有什么香火。观中的道人也不喜欢香火，他们觉得那个味道实在是俗到了极点。

在道观深处一处清幽湖畔，修着七座草房，与此间道观外在朴素甚至寒酸的感觉不同，虽然房檐上铺着的都是茅草，但却给人一种华贵庄严到了极点的感觉，那些茅草根根黄白如金玉，不知经历多少年风雨却依然新鲜如初。

在第一间草房内，窗畔的沉香木案上安静摆放着一本很大很厚的典籍，封皮乌黑若凝血，又像是亿万年才能生成的黑血石，上面写着一个日字。

典籍已经被人翻开，吸饱墨水的笔尖缓移，滑向右去写了一撇。中年道人搁笔端详片刻，满意地点点头。那张空白纸上写着两个字，那是某人的名字。

"宁缺"。

清风不识字，却可以帮助凝墨，让文字留在纸张上。片刻后，窗外又吹来一阵清风，翻动书页簌簌作响，不停向前翻去。不知道翻了多少页，这本封皮上写着日字的典籍，终于从写着宁缺二字的那一页，翻到了最前面。

典籍的首页完全空白，像雪一样。紧接着的第二页上有几个名字，最上方是柳白，不远处隐约可以看到一个君字。纸上有一个人的名字与众不同，远离所有名字，从而显得极孤单，却又极为强悍，仿佛他怎样都不愿意与这些声震云霄的中原正道强者们站在一起。

因为他是魔宗天下行走。

他是北荒第一强者。

他的名字叫作唐。

55

中年道人伸手把典籍合上，负起双手缓步走出草屋，看着石阶下的同伴说道："想不到年轻一辈里，会有这么多人上了日字卷。"

石阶下的道人疑惑问道："今日上卷的是谁？"

"宁缺。"

"这个名字好像有些耳熟……是胜了隆庆的那个书院书生？"

"不错，虽然此子现在还未晋入洞玄，但已然悟了符道，所以有资格上卷。"

石阶下的道人微微一怔，旋即赞叹说道："夫子还真是了不起。"

"是啊。"先前那位道人摇了摇头，带着复杂的情绪说道，"虽然这个叫宁缺的小家伙进书院二层楼时，夫子并不在长安，但毕竟是他的学生。如此年轻便开始攀登符道，十余年后，相信这个名字一定会出现在日字卷最前面几页里。"

说完这件事，又略说了些闲话，道人便与同伴道别，顺着草屋前的幽湖边缘向前方走去，一路伴着湖光山色林风而行，没有用多长时间，便走出了道观。迎着自山崖下吹来的清风，道人眯眼望向远处隐约可见的那座山，以及山里巍峨壮观的那些道殿，微微一笑，笑容里满是宁静。

身后简朴古旧的道观外墙安静无语，仿佛也在宁静注视着那边人世间的繁华庄严与清贵，道观上有一道被风雨留下无数痕迹的旧横匾，匾上写着"知守"二字。

东面数百公里之外便是风暴海，令世人惊惧恐怖的四季飓风登陆上岸之后，经由丘陵山川的阻滞，到这里时便化作淡淡清风，带着充足的湿气与清凉，却没有任何破坏能力，所以这里的夏季全然没有长安城的闷热。

这个国度面积不大，因为商业不发达，也谈不上繁华，除了那些虔诚叩首绕山拜天的信徒外，看不到太多的闲杂人等。然而险恶飓风在这里化作清风细雨，有山灵秀而不高险，有水静柔而不湍急，有丰沃的平原，有鹿鸣其间的幽林，真真是昊天恩宠之地，因有清美丘陵横亘于西，故名西陵。

深山知守观可以远远望见的那座山，名为桃山。山上的桃花在多年前便被某人提酒执剑斩尽，虽有昊天恩宠春风化雨土地肥沃，枝叶茂盛生机勃勃，但桃花始终不曾开放过。

桃山之上有几道极为整齐光滑的崖坪，仿佛是苍穹降下神力，用巨斧硬生生劈出来一般。在崖坪之上建着风格各异的无数间道家殿宇，合在一起便成了一座辉煌庄严的殿宇群，正是西陵神殿。神殿依桃山而建，分为三层，在最接近天穹的上层崖坪之上有四座最壮观的道家大观，其中靠近崖畔的那座道观以巨大的黑石砌成，形状方正不似普通道家建筑，永世冷漠注视着山道上那些伏地叩首的信徒。

黑色道观大殿极为空旷宏大，数百米深处有一道珠玉织成的帘，帘后有一方由整方南海墨玉雕镂而成的神座。昊天神教三大神官之一的裁决大神官平日里便会坐在这方神座之下听取下属神官的汇报，处理道门事务。

裁决大神官穿着一身红色的神袍，今天他没有命令下属掀起珠帘，而是面无表情看着这方帘子，似乎想要把上面的珍珠与翠玉全部看成粉末。

作为西陵神殿三大神官之一的裁决大神官主司裁决，执掌着昊天道门最可怕的暴力机构，麾下拥有道门最多的修行强者，明面上的实力最为强悍，在人世间的名声也最为恐怖，无数年来，不知道多少外道异端因为他的一句话便被秘密逮捕，不知道多少魔宗余孽因为他轻翘尾指便成为火中的幽魂。

在世间亿万人眼中，西陵神殿之主昊天掌教可能都没有这个穿着红色神袍的裁决大神官可怕，甚至一直有种传言，裁决大神官的神袍之所以没有采用裁决司的主色纯黑，而是鲜红，是因为上面染着所有敌人的鲜血。

这样一位处于人世间巅峰，拥有无上恐怖权威的大神官，当他的脸上没有丝毫表情，眼眸中一片冷漠时，莫说他身前那方珠帘会畏惧成齑粉，即便是那些持剑行于尘世、毫不畏惧王权的大剑师，只怕都会吓得心脏破裂。

然而今天裁决大神官面前的那方珠帘没有破碎，珠帘那头的人也没有被吓得跪倒在地，而依旧平静站着。珠帘遮住帘外那人的身体与面容，只能看到最下方那双鞋，那双殷红似血、绣着几尾小鱼的鞋，还有垂至膝下极为蓬松的红色裙摆，很明显是个女子。

裁决大神官目光从红裙一角离开，缓缓抬起头来，面无表情问道："隆庆为什么还没有回来？"

帘外那女子回答道："隆庆那个胆小鬼为什么不回来，我怎么知道？我执掌裁决司以来从未管过人事，师叔你为什么要问我？"清脆的声音穿过珠帘显得更为清湛，她年龄应该不大，还是位少女。

裁决大神官眼帘微垂，说道："日字卷上出现了宁缺的名字。"

帘外少女沉默片刻后微讽说道："宁缺是隆庆的对手，如果他连这样一个不惑境界的小爬虫都不能灭掉，难道还指望我出手？我会认为这是一种侮辱。"

裁决大神官眼中光芒骤盛，然后迅速敛没，毫无情绪说道："隆庆败于此人之手，自然要亲胜而复道心。但我必须提醒你一点，此人现在虽然还只在不惑境界，在你眼里只是个不起眼的小爬虫，但他终究已经进了书院二层楼，成了夫子的学生，就算你提前注意一下他，也算不得什么侮辱。"

"跟颜瑟师叔学习符道，并不见得一定能成为第二个颜瑟师叔，我认为至少现在的他没有任何资格值得我加以注意。"帘外红衣少女傲然说道，"师叔，您应该很清楚，我的目标一直都是君陌，别的人没有资格令我分心。"

"君陌，书院的二弟子啊……"裁决大神官轻声感慨了一句，苍老的脸上浮起一丝嘲讽，不知道是在嘲讽帘外的女子还是别的无知世人，"数年前，掌教大人带着你回观述礼，你有机缘看了一次日字卷。你看到君陌的名字之后，便一直难以平静，因为你无法想象世上怎么可能有这等远远超过你的修行天才，所以你一直想要超过这个你从来没有见过面的敌人。"

裁决大神官望着珠帘外的红衣女子，淡然说道："你说别的人没有资格令你分心，但你有没有想过一点：连本座与你兄长都不敢妄言必胜的君陌，你又有什么资格成为他的对手？无比骄傲的书院二师兄眼中又怎么可能有你的存在？"

声音落处，不知道桃山何处吹来了一阵风，穿行于空旷宏伟的殿宇之内，吹得殿宇深处这道珠帘轻轻摇晃，发出一阵清脆的鸣响。摇晃不安的珠帘外，隐约可以看到少女红裙上的系带迎风而起。麾下最强大的司座因为受到轻视而隐怒，裁决大神官却仿佛一无所察，面无表情继续说道："荒原最近局势好像有些不稳，荒人连续南迁，不知道他们最终的脚步会踩到何处。掌教大人担心魔宗余孽会趁势再起，应了天书上的征兆，即将发出神教诏令，我裁决司理所当然要先行一步，你马上启程赴北。"

帘外红衣少女明显有些意外，沉默片刻后说道："终究只是一些小事情，我急于在山中清修破境，请师叔另择人选。"

裁决大神官平静看着帘外少女的身影，说道："神殿承认你在修行方面的天赋与毅力，所以当年你把陈皮皮故意气离西陵，你兄长要挥剑斩你时，掌教大人与我不惜一切代价把你救了下来。但你需要清楚天赋毅力并不是骄傲的绝对保证。

"你兄长骄傲而平静，君陌骄傲而木讷，那是因为他们早已站在世间青年一代的巅峰上，他们有实力骄傲。无论你或者隆庆，虽然已经足够优秀，但你们并不在那个绝对强大的领域之中，只要有人确定能够击败你们，你们便没有资格骄傲，因为这种没有绝对实力保证的骄傲，对你们的道心修行会有极大障碍。

"绝对相信自己所信奉的是对的，信仰才能坚定。绝对相信没有人能战胜自己，骄傲才能坚定。你兄长和君陌这样的人，很多年前都已经做到了这点，而你们呢？在世人传说中，我裁决司两大司座都是了不起的人物，实际上你们又有什么了不起的？隆庆此番赴长安书院，结果惨败在一个不惑境界年轻人的手中，相信他会有所感悟，可惜的是你在掌教和我的宠爱下，始终没有机会去败一次。"

帘外少女沉默很长时间后问道："师叔，师父和你决定让我去荒原，难道是要让我去刻意求败？"

裁决大神官冷漠说道："书院那位夫子当年曾经说过一句话，叫求仁方能得仁。而关于失败，求败往往才能不败，所以让你去求败，是希望你日后能真正不败。"

红裙微摆，帘外少女行礼，然后转身离开。

一名裁决司神官从大殿侧门走了进来，他看着正踩着明亮金珠向殿外走去的少女，看着那道在风中招摇的红裙，忍不住摇了摇头，走到珠帘后，对着神座上的裁决大神官恭谨行礼，欲言又止。西陵神殿里所有人都知道，那位红衣少女的兄长必然是下一任昊天道掌教，而她极有可能成为下一任裁决大神官，所以这位忠于裁决大神官的下属，总觉得大神官先前的训斥实在是太过严厉了些。

裁决大神官知道这名下属在想些什么，面无表情说道："掌教和我让她去荒原是给她一个机会看看世界究竟有多大。世人称赞她为道痴，她也确实有几分痴意，想来对修道有好处的事情，她不会有任何意见。"

56

听到这句话，神官猜到掌教和大神官的这项安排，应该与那人交流过，于是不再多说什么，取出卷宗翻到某页，请示道："幽阁里的人快满了。"

幽阁是神殿裁决司负责关押犯人的地方，地处桃山后麓地底深处，终日不见阳光，千万年来，不知道有多少魔宗强者、违背昊天教义的逆民被关押在此间，然后不是被处死，便是被关死。裁决大神官撑着下颌，不知在想什么事情出神，听着这话，修长若玉的右手尾指微缓缓翘起，说道："依旧例办便是。"

裁决司解决幽阁人满为患的方法很简单，那就是杀一批人，烧一批尸体。占据空间的肉身化为灰烬，在水中化开，滋润满山桃树，绝对不会有任何浪费。

下属神官点头，表情没有丝毫不自然，很明显没有任何心理障碍。

裁决大神官忽然缓缓闭上眼睛，低声问道："光明大神官现在如何？"

下属神官听到光明大神官五字，身体骤然一僵，低下头回答道："他老人家一如过往，每日颂诵教义经典，看上去……没有什么异样。"

裁决大神官支颐闭目沉思良久，右手食指轻轻敲打着墨玉神座的扶手，忽然间他睁开双眼，毫无情绪说道："让全天下教徒知道书院十三弟子宁缺登上日字卷。"

神官看着大神官苍老容颜，沉默片刻后小心翼翼问道："尊敬的神座，放出这些消息，有何用意？"

裁决大神官没有解释，继续淡漠说道："另外让所有人都知晓，长安城去年春风亭一夜，杀死月轮国僧人悟石和南晋剑客的人，除了朝小树，也有宁缺的份。"

神官隐约猜到如此安排的用意，思考片刻，低声说道："就算月轮国那位姑姑和剑阁因此动怒，但宁缺是夫子的学生，他又在唐国境内，谁敢去报仇？"

"就算他出了唐国，难道曲妮大师和剑阁就敢去报仇？春风亭一夜后，月轮国和剑阁声音都不敢出，是因为他们知道自己涉入了唐国内部政争，生怕被唐帝一怒牵连，哪里还敢报仇？但仇恨这种东西总是容易激出些热血来，尤其是面对一个还处于不惑境界的年轻人，就算不敢杀，羞辱几番也是好事。"

神官不明白，就算月轮国和剑阁寻着机会羞辱宁缺，又有什么意义。

裁决大神官重新闭上眼睛，开始养神，没有解释。

长安城临四十七巷，老笔斋后院。清晨，桑桑提着水桶，准备浇花淋水，只听得身后传来一道声音："放着我来！"

过了很久很久，一张画得乱七八糟的符纸从窗外落了下来，在泥盆里待了很长时间，极为缓慢地化为湿水，渐渐渗进泥里滋润花根。

傍晚，桑桑蹲在灶前，准备生火蒸饭，只听得身后传来一道声音："放着我来！"

过了很久很久，一张淡黄色的符纸被一只手塞进灶洞，瞬间化作火苗，极其艰难地点燃灶洞里的干柴，然后在桑桑鼓着腮帮子吹气的帮助下，化为烈火。

深夜，桑桑蹲在床前，准备把竹席擦凉，只听身后传来一道声音："放着我来！"

过了很久很久，一张符纸被揉成团扔进水盆里，逐渐被浸泡得松软散开，隔了很久之后，水面上浮起了一层极薄的冰。

桑桑蹲在水盆旁，瞪着柳叶眼一眨不眨看着水面，直到眼睛都盯得有些痛了，才揉了揉眼睛，站了起来。她把毛巾放进水里打湿，紧紧抿着嘴唇，一言不发开始擦拭床上的竹席，擦完后转身去倒水。

便在这时，又听到身后传来一道声音："放着我来！"

桑桑实在忍不住了，用力把湿毛巾扔进水盆里，又着瘦细的小腰扭过身来，恼怒睁着明亮的柳叶眼，看着书桌那边认真说道："少爷！你知不知道，我每次要等你的符纸发挥作用要等多长的时间？你知不知道，等那么长的时间，完全足够我浇完花点完柴煮完饭擦完床，然后可以休息了？在渭城的时候，你曾经对我说过，耽搁别人的时间就是在谋杀生命，那你为什么老要杀我？"

书桌旁，宁缺提着毛笔，正跃跃欲试继续写符，忽听得这么一长段指责，脸上的兴奋神情顿时变得有些悻悻，尴尬说道："这不是刚刚学会写符，有些兴奋，总想多练练嘛，你何必……这么认真。"

在那场夏日暴雨中明悟了符道，宁缺便沉浸在那个神奇的世界里难以自拔，清晨醒来直至入睡之前，都在小院里写符，折腾得桑桑做起家务来百般不顺。在书院后山里他也不停写符。各自清修的师兄师姐们现在除了担心到处乱飞的刀剑箭针，更要开始担心扑面而至的清水和脚下忽然多出的一道土垄，更可怕的是那些符纸化作的火苗……

如今书院后山开始流传一句话：防火防刀防师弟。百般不爽的师兄师姐们最终做了一个并不艰难的决定：小师弟如果要写符，必须在六师兄的打铁房中，反正那里面常年有火，不至于担心会引发火灾。

宁缺觉得师兄师姐们有些小题大做，脸上被淋些清水，各色院服上被烧破几个小洞，又算得了什么？都是些至少洞玄境界的修行强者，哪里会害怕这些？但既然犯了众怒，他也只好老老实实地天天待在六师兄房间内，伴着六师兄憨厚的叹息声和四师兄愤怒的厉吼声，不停试炼着符术。

如今的他，就像一个得了新鲜玩具的小孩子，乐此不疲地从早到晚玩着，仿佛永远没有厌倦和疲惫的时刻。随着时间的推移，他掌握的符术越来越多，对符道的了解也越来越深。

他并不知道自己在那个夏雨夜笔尖凝出第一滴水后不久，遥远的西陵神国某处深山里，那个不可知之地的七卷天书第一卷上，出现了他的名字。他也不知道，西陵神殿那位高高在上的裁决大神官，基于某些莫名的原因，决意把他的名字宣之于世间亿万信徒之前。

"我去年在公主府外就对你说过，爱情这东西我不明白，但我知道玩爱情的人，尤其是年轻人，都是些白痴。"

"可世间总有男女啊。"

"男女便做男女事，但千万不要误会成情事。"

"男女事是什么事？"

"喏，来红袖招的人大部分都是来做男女事的。"

宁缺和桑桑下了马车，一面向红袖招里走去，一面说着闲话。

主仆二人经常来红袖招，对此地早已熟稔无比，很自然地穿过侧门，绕到楼旁，入了正堂。桑桑和年龄相仿相熟的小草自去后园玩耍，宁缺则是推开那扇木门，掀开珠帘，对着帘后妇人长揖一礼。

"上次说过，你可以叫我简姨。"简大家将茶水推到他面前，语重心长说道，"书院是什么地方，二层楼又是什么地方？你既然如此幸运进去，当然要把全部心思都放在学习修行之上，何苦与我们这等风月之地纠缠不清？若真闹出些不好听的事情，你倒还罢了，损了书院名誉怎么办？"

"我看就算是夫子，也不会在乎这些事情。"宁缺说道。

简大家眉梢渐挑，沉声说道："就算是夫子发话，也要经过我的同意。"

去年初入长安城，宁缺误进红袖招，从第一次见面开始，简大家便像长辈般关心他。说实话，他对此一直有些疑惑不解，尤其是简大家言谈间总觉得好像对书院极为熟悉，加上此时听到的这句话，心中的疑惑更盛，片刻后试探着问道："简姨，你……是不是和书院挺熟？"

听着这话，简大家微微一怔，端起桌上茶水聊作掩饰，沉默片刻后应道："我没有进过书院。"

没有进过书院不代表对书院不熟，宁缺正准备继续发问，却没想到简大家直接问道："小陌现在还是那般古板？"

"小陌？"宁缺一头雾水。

简大家看着他蹙眉说道："就是你二师兄，你连他名字都还不知道？"

宁缺微惊，试探说道："哪里敢直呼名讳，您又不是不知道他多骄傲，所以忘了二师兄叫什么。"

"骄傲吗？"简大家不知道想到了什么事情，脸上生出追忆神情，微笑说道："从进山开始，小陌就喜欢学着扮出骄傲模样，还非得自己做根棒槌顶在头上。"

宁缺噗嗤一声笑了出来。

简大家笑着摇摇头，忽然问道："那个读书人还好吗？"

"读书人还在读书。"

"大家都还很好啊。"

"简姨，您为什么不问夫子和大师兄。"

"嗳？他们回来了吗？"

"没有。"

"既然没有，那你都还没有见到，我问了有什么用？不过我相信，夫子和你大师兄无论在哪里，都会过得很好的。"简大家的声音渐渐低了下来，思绪飘回多年之前，眼角微现湿润。

宁缺隐约间明白了一些什么，这位世间风月行的领袖，之所以知道自己是书院学生后便青眼有加，想来是因为过往的某些移情作用，只是当年曾与她有过一段情的人是谁？后山里面谁和自己长得像？二师兄……小陌？还是拥有一身健美肌肉，极得女子欢心的六师兄？难道可能是夫子？！

57

书院后山，听着不远处瀑布砸进清潭的轰鸣声，宁缺推开篱笆走进小院，警惕挥手把那只大白鹅赶跑，看着走出来的二师兄，忍不住皱起眉头，心想简大家昨日那般称呼二师兄，莫非他真对简大家做过什么禽兽或禽兽不如之事？

二师兄递过几本书，说道："前日在崖洞那边翻到几本兵甲刻符旧书，想着你最近热衷于在兵器上刻符，应该有需要，所以喊你过来拿走去看看。"

宁缺接过书来表示感谢，却没有马上离开，而是看着他的脸欲言又止，迟疑良久后终是忍不住试探问道："二师兄，有没有人喊过你小陌？"

为人严肃方正，极讲究仪度姿态的二师兄，无论怎么想象，也无法与小陌这类名号联系在一起。宁缺鼓足勇气说出来时，已经做好被二师兄用院规痛打五十大板的心理准备，然而他没有想到，二师兄听到小陌二字时，并没有暴怒而起，只是身体骤然僵硬，表情显得有些茫然，似乎在回忆什么。

良久之后，二师兄盯着他的眼睛，沉声问道："你见过简姨？"

看二师兄神情，很明显他与简大家相识，宁缺在心里喝了一声彩，暗想隐藏在书院黑暗历史幕后的真相，难道真的要被自己挖出来了？

"不要瞎想什么。"二师兄蹙眉说道，"简姨当年曾和小师叔相熟，算是长辈。"

宁缺微微一怔，没有想到事实的真相和自己猜测的几个答案都搭不上。这是他在书院后山里第二次听到小师叔这个人，而无论先前的陈皮皮，还是此时的二师兄，提起小师叔时神情都显得极为严肃敬重。能让二师兄和陈皮皮这样骄傲臭屁的天才都发自内心感到钦佩的人物，可以想象是多么地强大，宁缺很想知道那位从未见面的小师叔惊才绝艳到了何种程度。

"师兄，小师叔……是怎样一个人？"

"小师叔……是一个很了不起的人。"

"比夫子还了不起？"

"那是不同的了不起。"

"小师叔现在在哪里？"

"死了。"

小师叔的故事可能结局并不是那么美好，所以二师兄除了简单几句介绍之外，没有对宁缺讲太多过往的历史。宁缺自然有些遗憾，但他也不可能像小时候的桑桑缠着自己讲故事那般抱着二师兄大腿说你说吧你说吧……

离开小院顺着与瀑布相反的方向往崖坪中部走去，走到某棵青树下，宁缺觉得有些燥热，自袖中取出一张被裁得极细小的符纸，双手轻轻一拍，然后并拢上翻，掌心间已经看不到符纸，只能看到半掬清水。

就着掌中清水洗了把脸，迎着树旁清风，微湿的脸颊感到清凉怡人，他满足地叹息了一声，旋即无奈地叹息了声，摇头自言自语说道："帅则帅矣，当个魔术师逗女子开心也已经绰绰有余，然而若要用来打架，则好像没有什么用处。"

颜瑟大师作为神符师，眼光自然不会有任何问题，宁缺在符道之上的潜质或者说资质确实世间罕见。这些日子他沉浸在符文的世界里，进步的速度快得令人瞠目，那个雨夜方始悟道，如今他已经掌握了超过两百个有效符文。只可惜符道施放速度太慢，倚凭其来战斗，困难程度太高，更何况宁缺本身的修行境界太低，现在还在不惑境界里游晃着，靠扔出符纸去迎敌只怕身体被飞剑砍成了几百截，他手里的符纸才刚刚开头。他仔细评估过，现在的自己如果凭符道战斗，还不如背后依然扛着那三把刀来得扎实。

颜瑟大师曾经无意间说过的那些话，他一直记得非常清楚。在即时战斗中，符师必然需要依靠不定式符，才能隐隐压过同境界的修行战，然而只有神符师才能画出不定式符！十年之后神符师……那十年之内遇到敌人他该怎么办？虽说进入洞玄境后，符道肯定会在战斗中发挥更强大的作用，可终究只能起到辅助的作用。

宁缺这辈子一直在战斗，为了活下来而战斗，为了洗掉手上的那些血而战斗，所以现在日子这般好，天天在书院和长安城里快活，可依然没有忘记居安思危。

"如果……现在夏侯站在树那边，你能怎么办？"

宁缺看着那棵大青树，很认真地询问着自己，然后他陷入了长时间的沉默，思绪在符道与武技之间不停周转组合，寻找着强大自身战斗力的方法。不知道过了多长时间，他终于停止了思考，顺着大青树右方那道平铺的石板道向上走去，循着水蒸气和火炉味道走进六师兄的打铁房。

今天进入房间后，他没有第一时间抡起沉重的铁锤替六师兄当帮工，而是走到阴暗的角落，来到四师兄身前，躬下身体说了几句话。四师兄的眉头微微皱起，点了点头，站起身来，带着他向屋外走去。

屋后是那道清溪，肥美的各色锦鲤近乎一动不动地在水中缓慢游动，就仿佛是被凝住在溪水里的玉鱼雕像。书院的天是晴朗的天，书院的鱼是幸福的鱼，虽然需要提防那些鸟儿的突袭，但至少它们不用辛苦四处觅食，每天到了定点，便会有只大白鹅来给它们喂食。老爷鱼做久了自然也便胖了懒了。

水车吱吱呀呀转动，将溪水不停汲入竹管，然后送入打铁房中。二人坐到离水车不远的溪边，竹林在头顶遮住日头，身周一片清凉。四师兄从袋子里取出一堆精细的雕刀尺线和颜料，从溪旁拿起一块浑圆的石头，开始用刻刀在上面专心地雕琢。

宁缺学着他的模样拿起一块圆石，用耐水浸的颜料笔在石上仔细画着，随着笔尖的移动，数道前后贯通复杂的线条，出现在石面上。忽然间他觉得有些棘手，不知该怎样继续，忍不住抬头向四师兄怀中的石头看了一眼。"师兄，你那条线画得有问题吧？风符怎么能刻这么宽？"

四师兄头也未抬，说道："石头太重，你想借风息浮石，当然需要线条更多更深更宽，才能激发更多的风息。"

宁缺看着自己怀中那块石头，盯着石上那些线条皱眉说道："可是线条越深越宽越多，符线里凝的风息自行泄漏速度也会加快，这个怎么解决？"

四师兄抬起头来，沉默很长时间后问道："你有什么想法？"

宁缺迟疑说道："要不然……用木字符搭桥，先自行限死？"

"如果限死，怎么凝天地风息于符内？"

"启一小窍。"

"启一小窍……凝息之后全封，待激发之时，木符之窍自行开启，似乎可行。"

"那我们试试？"

"试试无妨。"

清溪边，水车吱呀转动，溪后房内打铁声极富节奏感地响着，在这些声音之中，混杂着宁缺和四师兄的低声讨论，这个画面真的很让人心情宁静。不知道过了多长时间，四师兄怀中那块圆石上的符文先刻好了，紧接着，宁缺也完成了自己的工作，两个人对视一眼，把石头放在溪畔的平地上。

二人缓缓闭上双眼，开始感知触摸激发自己在石面上刻下的符文，只见溪畔两颗圆石上一阵风起，石下的蚂蚁与竹叶簌簌而动。

然而石头还是安静地坐在溪畔，就像溪中那些懒且肥的锦鲤一般，藏在水车叶片下的阴影中，根本不肯动弹一下。宁缺和四师兄几乎同时睁开眼睛，大眼瞪着小眼，傻眼。

"痴心妄想。"四师兄叹息说道，"能让重物腾空而起，需要无数符文组成阵法才能做到，你想用如此小的符达到相同的效果，真是……痴心妄想。"

宁缺遗憾说道："我本想着咱书院这么多痴人，总会有些奇迹发生。"

"不过这个路子并不见得走不通。"四师兄把石头扔进溪水里，示意宁缺也把石头扔下去。

噗通两声，水花四溅，那些除了吃便睡觉的肥鱼们被吓得四处流窜，终于迎来了宝贵的锻炼时间，水车叶片阴影下的溪水里顿时变得空空荡荡。

"再试试。"四师兄对宁缺说道。

宁缺站在溪畔，看着浅溪底部那颗圆石头，看着石面上隐约可见的线条，深深吸了一口气，眼帘微垂，露在袖外的双手轻搭了个意桥，识海中的念力融入身周的天地之息里，清楚地感受到溪水中那块圆石。

浅溪忽然微微荡漾起来，溪底那颗圆石四周似乎有极细的气流喷溅而出，扰得水草轻轻摇摆，然后圆石微微颤抖起来，看上去就像要走起来一般。·

58

浅溪底的圆石微微颤抖，似乎要走却始终没有移动，只在身旁徒劳地挣扎出了些小小的漩流，然后升起，穿过细密的水草，带着草叶底部附着的气泡。

"这证明这道符是有效力的，只是效果太弱，所以必须借着溪水浮力才能展现丝毫。"四师兄探首看着溪水里那串珍珠样的气泡，淡然问道，"小师弟你愿意把符道所学用在实际事物之中，而不是玄谈虚为，这种理念我很欣赏，但我不是很理解为什么你要求这道风符必须这么小，你准备用在何处？"

宁缺沉默片刻后说道："我准备把这道符刻在箭矢上，所以必须小。"

四师兄回头静静看着他，说道："好想法。"

宁缺笑了起来，然后笑容还未全展，便又听到四师兄下一句话："……可惜还是痴心妄想。"

他吃惊问道："为什么？"

四师兄说道："盔甲刻符增防御，刀剑刻符增杀伤，难道会没有人想过在箭上刻符？自古以来，有无数人都曾经有过这种想法，但他们都失败了。"

宁缺皱眉问道："为什么会失败？"

"道理原因有千万种，真正的解释其实只有一种，因为所有在箭上刻符的尝试，没有一次成功，所以至少在今天为止，这是一种注定失败的好想法。"

"失败是成功的妈妈。"

"小师弟这句话很有道理，但不要忘记有很多妈妈生出来的小孩子也很失败。"

"再尝试一下也无所谓吧？"

"那你必须重新设计符线，现在你这道符，只有大明宫的梁柱才刻得下，就算你有本事把大明宫的梁柱变成一根箭，又到哪里去找这么粗的弓弦？"

"四师兄……"

"嗯？"

"我今天才发现你说话很刻薄。"

"像我这种玩技术活儿的符师，讲究的便是在极薄处刻字。"

"好回答。"

在羽箭上刻符，增加威力和射程，并不是宁缺现在才有的想法。事实上早在去年草原旅途之中，听到吕清臣老人讲述修行秘辛时，他便有过这种念头。在岷山与边塞磨练多年，让他拥有了一手绝佳的箭法。每当思考分析怎样与修行强者作战时，他很自然会联想到弓箭方面。如果符道能够作用于羽箭，那么在与修行强者的战斗中，可以保证安全距离与攻击的突然性。

去年旅途中，吕清臣老人在听到他这个想法时，便当场表示不可行——羽箭太轻，无法在上面刻符，附着元气消散太快。如不能解决这两个棘手的问题，羽箭便不可能成为修行者所选择的武器。

那时候的宁缺根本没有接触过符道，便没有多想。然而如今身为神符师颜瑟的传人，在书院后山看着这么多痴人高人，他总觉着在羽箭细杆上刻出符来，并不是完全不可能的事情，如果能够成功，岂不是可以解决所有问题？

虽然在溪畔被四师兄好生刻薄打击了一番，但宁缺并没有丧失全部信心。回到长安城后，他闯进昊天道南门观觅着师父，缠了对方三天两夜，得了些指点，然后回到老笔斋，拿着笔墨尺线思考了很长时间，终于把准备刻在箭上的风符缩到最小。

深夜时分，灯火微摇，全身裹着白布的桑桑，从床上缓缓飘了起来。

白布上密密麻麻贴着些细长的纸条，纸上隐约能够见到一些古怪的线条，紧闭的窗户传来一阵低沉的呜咽。

脸色苍白的宁缺站在床边，目光幽幽看着她。

画面看上去显得异常诡异可怕。

因为连续画了四十几张风符，宁缺识海内的念力几乎被压榨一空，脸色极为苍白。但看着缓缓飘起的小侍女，看着她身上粘着的那些纸符，他的眼光里满是喜悦。随着桑桑瘦小身躯在空中的浮动，他上下移动着双手，感慨说道："什么叫空中飞人？这就叫空中飞人。这要去变魔术，我哪里认识刘谦是谁？"

悬浮在半空中的桑桑蹙着眉尖说道："少爷，我也不认识刘谦是谁。"

第二日来到书院后山，宁缺取出那张细长形的符纸，极为郑重递给了六师兄，说道："师兄，这事儿成不成，就看你的手艺了。"

六师兄接过符纸疑惑看了半晌，然后从屋角拾起一根宁缺前些日子扔在这里的羽箭，把符纸拢成圆筒，紧密贴到细细的箭杆上，发现刚好合拢。

"大小虽然合适，但我依然觉得待会儿会失败。"六师兄取出精细雕刀，坐在窗口明亮处，开始照着蒙在箭杆上的符纸线条勾刻，他的手指很稳定，一丝不颤，运刀看似迟钝实际上却是精确到了极点，绝不奢求气度潇洒只求实际效果，发丝般的刀锋尖完美复制着符纸上的线条。

待刻符完毕，宁缺拿起羽箭对着窗外天光，看着细细箭杆上那些像花纹般细腻美丽的线条，不由大感震惊，真诚赞道："六师兄，你手艺真好。"

六师兄把精细雕刀收进皮匣中，憨厚一笑说道："我本来就是手艺人。"

二人走出房间来到镜湖畔。宁缺深深呼吸，平静心神，把这根羽箭搁在黄杨硬木弓上，左手五指微松微紧，念力自识海释出，传向箭矢上的那些符线。对于普通符师而言，他的念力便是钥匙，他写出来的符便是锁，只有自己的念力才能激发符文的力量。

嗡的一声，紧绷的黄杨硬木弓弦弹回，几乎同时，念力激发了箭杆上的符文。

硬弓之间一阵清风生出然后迅疾四散，而那枝矢……却不知飞去了何处。

平静如镜的湖面上没有羽箭飞过的痕迹，湖对面的山林里没有羽箭飞过的痕迹，湛蓝的天空下，找不到一丝羽箭飞过的痕迹。

凡走过爬过飞过都必有痕迹，那么这枝刻着风符的箭瞬间消失去了哪里？

宁缺怔怔放下硬木弓，回头向六师兄投以询问的眼光，六师兄摊开双手，憨厚的脸上满是悯然神情。

就在这时，七师姐从镜湖中心那方亭榭里走了出来。只见她柳眉倒竖，怒不可遏，头上身上满是极细微的木屑，仿佛刚从哪个伐木场库房爬出来一般。宁缺看着七师姐如此狼狈的模样，忍不住大笑起来，心想师姐真像傻姑啊。

六师兄常年铸兵刻符，性情憨厚却是目光犀利，早已瞧见七师妹身畔紧握着的右手因为愤怒而不停颤抖，掌心里握着一支金属打造的寒冷箭镞。他顿时身体微僵，心头微寒，二话不说掉头就走，进了自己的打铁房紧紧关上了房门。

宁缺还不知道发生了什么事情，疑惑回头看了一眼紧闭的打铁房，然后回过头来，冲着亭子里的七师姐喊道："师姐，你有没有看到一支箭？"

七师姐强行压抑着怒火，强行微笑说道："什么箭？"

"就是一支……箭杆花里胡哨的箭。"

七师姐笑了笑，伸出右手紧握着的那根箭镞，问道："是不是这个？"

宁缺吃惊说道："就是这个……噫，怎么只剩了个箭镞？杆子跑哪儿去了？"

七师姐轻拂颊畔发丝，掸去发间夹杂着的木屑，风情万种微笑道："在这里。"

宁缺终于醒过神来，毫不犹豫转身便往打铁房方向狂奔，大声喊道："六师兄！救命！快开门！"

还没有跑到打铁房处，宁缺闷哼一声停止了奔跑。他艰难扭头望向自己身后，脸色苍白，险些哭了出来。

他屁股上多了十几根绣花针，针针入肉。

小小插曲之后，研制符箭的创新工作依然要继续，而且因为湖畔的这番闹腾，又多了两个看热闹的围观群众。陈皮皮刚刚给松下棋痴送完饭，暂时没有什么事情做，七师姐则是因为在湖心亭里要时刻防备头顶再下一场木屑雨，实在难以静心绣花，所以干脆放下绣架过来看稀奇。

"就算箭杆能刻符，但风符之力加上弦力，根本不是箭杆本身能够承受的力量。"七师姐提着一个锅盖，拍掉肩头残留的木屑，望着正专心准备试验的宁缺和六师兄说道，"如果不把这个问题解决，怎么试都没用。"

"从前有人这样试过吗？有。他们成功了吗？没有。那些前贤神符师比你宁缺更天才吗？是。他们成功了吗？没有。所以我不知道你为什么还要坚持这个想法。"陈皮皮提着送饭用精钢锅，摇头说道，"你这纯粹是在浪费时间和生命。"

这两位围观群众看似七嘴八舌出主意，实际上从未放弃过打击宁缺自信心的任何机会。宁缺倒也并不在意，直接拉弓搭箭，说道："准备了。"

"前无古人之新式符箭第四次实验，倒数开始，三，二，一，发射！"陈皮皮大声喊道，当他喊出发射二字后，第一时间提起手中的精钢锅挡住自己的脸，只是因为脸太胖太圆，虽然那口精钢锅已经极大，却还是露了一圈肉边在外，模样看上去极为滑稽可笑。

七师姐比他速度更快，在他喊出三字时，已经用双手把锅盖举了起来，拼命地护住了自己的如花容颜。

即便是宁缺，在射出这支符箭之后，也在第一时间蹿到六师兄身后，用师兄强壮如山的身躯挡住任何可能发生的意外。前面三次符箭试射，造成了极为惨烈的后果，湖面那些泛着白肚皮的鱼，还有林中那只被炸得血肉模糊的黑鸟，便是这种惨烈的直接证据。

六师兄没有遮脸，认真地在天空中找寻着那支符箭的踪迹，身为武器研发制造人员，他从来不缺少这种冒险精神。看了片刻后，他摇头说道："好了。"

七师姐从锅盖后小心翼翼探出小半张脸，问道："师兄，箭在哪儿？"

六师兄指着湖对岸远处的那方密林，说道："好像是去了那边。"

陈皮皮放下精钢锅，大笑说道："那是二位师兄弹琴吹箫的地方。"

七师姐摆摆手，说道："没事儿，这两个师弟一旦开始弹琴吹箫，什么事情都不会记得，别说淋一身木屑，就算屁股被箭头扎进去，也没有什么反应。"

听着这话，宁缺身体微微一颤，对六师兄说道："看来箭杆材料确实不行。"

六师兄从箭筒里取出最后一根符箭，问道："还要试吗？"

陈皮皮摇头说道："没有任何意义，如果宁缺能把符箭研制成功，那他完全可以去开宗立派，哪里还用得着学什么符道真义。"

"我听出来你这是在骂我。"宁缺耸肩说道，"但我还想试一试。"

看着陈皮皮和七师姐再次紧张抬起锅和锅盖，他笑着摇头说道："这次我就在原地试，不用遮脸。"

取下符箭上的箭镞，宁缺释出识海里的念力，直接激发了箭杆上的符文。

只见箭杆上那些美丽细腻的符线骤然一亮，周遭的天地元气迅速聚拢，一股清风无由而生，绕着细长箭杆不停缠绕旋转。

宁缺盯着箭杆，用念力仔细感知那些风息流动的方向和规律。

忽然间，众人肉眼可见那根细长的箭杆上的符线不知为何深深向箭杆里陷了下去，构成箭杆的木材瞬间紧绷，然后撕裂，裂成一根根极细的木纤维！

噗的一声，湖畔烟尘大作，木屑漫天飞舞，引来咳声一片。

宁缺掸掉身上的木屑，说道："普通材料，没办法做符箭，必须换。"

"换什么？"

"用精钢。"

陈皮皮摇头说道："精钢材质自然能免承受风息撕扯之力，可问题是，精钢打铸出来的箭……怎么射？世上哪有这样的弦弓？"

"弓可以用铁胎弓，弦……也有办法解决，问题是精钢箭如此重，就算以我的能力也没有办法射出去。"

七师姐问道："刻了符后的精钢箭会不会轻一些？"

宁缺摇头说道："我和四师兄前些天试过，就算轻也有限。"

六师兄忽然开口说道："我可以用精钢打空心管。"

陈皮皮说道："为加强你对箭杆符文的感知强度，我建议可以往里面掺些银子。"

六师兄点头说道："这个难度并不大。"

宁缺的眼睛渐渐亮了起来。

59

六师兄看着宁缺，说道："如果箭杆材质换成混银，你的符也必须重新设计，稍后我会打几方混银块，你带回去试一下。"

宁缺想着老笔斋半夜飘浮的小侍女，挠了挠头说道："六师兄，麻烦你到时候帮我多准备一些材料，前面试的那道符极轻，这次看来应该要重些。"

七师姐把手里锅盖扔给陈皮皮，拍了拍手掌，看着讨论中的二人疑惑问道："为什么不请颜瑟大师在箭杆上刻符？神符师刻出来的符难道不会更好吗？"

对普通符师而言，他写的符便只能被自己的念力频率所激发，但这条规则对于境界玄妙的神符师来说并不适用。像颜瑟大师这样的神符师，他们有能力封存天地元气于符纸之上，只需要使用者用念力操引天地元气启符，便激发符中威力，神符师对国家军队和宗派的重要性便体现在此处。然而神符师地位何等崇高，普通武道修行者哪里有资格请他们出手专门为自己打造兵器。更何况武道修行者的盔甲兵器想要承受神符师威力巨大的刻符，需要足够优质甚至是珍稀的材质，但凡珍稀材质必然昂贵，也是让神符兵器极为罕见的重要原因之一。

宁缺正准备向七师姐解释两者之间的区别，房间阴暗角落里沉默了很长时间的四师兄说道："神符师刻的符威力强大，但那毕竟是他人之符，像小师弟需要的这种近身武器，最好还是刻自己的符。二者心意相通，甚至能感应周遭环境而变化，对于提升自身境界，增强战斗优势极有好处。"

略一停顿，他继续说道："像小师弟这样有大机缘的人，随时可以请颜瑟大师出手，反而越不能这般做。一旦对定式神符产生依赖，他越发不容易进步，更何况武器上的符文并非出自己手，若一旦损坏，他到哪里修去？"

宁缺前些日子便曾经想请师父替自己在兵器上刻符，当时颜瑟大师的回答，与四师兄的说法极为相似，他不由连连点头，忽然间想着初入书院后山时听陈皮皮提到过的那件事情，看着四师兄好奇问道："四师兄，夏侯大将军的盔甲……"

四师兄回答道："夏侯身上那件神符盔甲，是黄鹤教授亲自设计的神符，我和你六师兄只不过是铁匠雕工，做了些技术活而已。"

想着那位身着神符盔甲、在燕境杀伐常胜十数年的大将军，宁缺沉默很长时间后情绪复杂一笑，摇头感慨道："能够请黄鹤教授这样的神符师制符，能让二位师兄精心造甲，我大唐帝国四大边将的面子果然很大。"

四师兄面无表情摇了摇头，说道："帝国四大将对我书院而言，没有任何影响，我虽不是神符师，但若我不愿意，哪怕是许世大将军也请不动我出手，说到底终究还是黄鹤教授的面子，他既然开了口，我们也不好拒绝。"

"黄鹤教授与夏侯大将军相熟？"宁缺似乎无意问了句。

四师兄抬头看了他一眼，沉默片刻后说道："黄鹤教授乃是帝国天枢处客卿，替帝国军方增强实力，本来就是他应该做的事情。"

听到天枢处三字，宁缺想起自己腰带里藏着的那块牌子。自从皇帝陛下把那块腰牌赐给他后，他还一直没有去天枢处看过，只知道那是帝国用来管理修行者的机构。他不由暗想自己在天枢处里的身份能不能弄些好处？

溪底走石，湖畔试箭，书院后山的时光仿佛比外间总是要走得快上很多，眼见着崖坪那方日头已斜，光渐昏暗，宁缺从六师兄手中接过用皮革包裹好的沉重混银锻铁块，向师兄师姐揖手行礼，便向山外走去。陈皮皮送他出山，入雾之前，忽然停下脚步，胖乎乎的脸上写满了疑惑，质疑问道："颜瑟大师真说过……你在符道方面的资质能排进史上前三？"

宁缺拍了拍他的肩膀，安慰说道："是不是发现在修行方面，终于有一样你怎么也比不上我，所以觉得有些失落寂寞冷？想开一些，你天生无法进入符道，何必和我比这个？想想剑圣柳白，他在这方面一辈子也赶不上我。"

听着宁缺把自己和当世第一强者相提并论，陈皮皮的情绪并没有得到马上改善，嘲讽回应道："我堂堂一个知命境界大修行者，难道还会羡慕你这个小不惑？"

"话可不是这么说的。"宁缺笑着反驳道，"我修行不过一年，便由初境跃至不惑，连跨三境，谁能确定我日后不能进入知命？"

"雪山气海只通了十窍，下下之资你必须承认。"陈皮皮同情看着他，说道，"退一万步说，夫子回书院后强行把你这颗榆木脑袋教成知命境界又如何？你也不过就是个知命榆木脑袋。"

宁缺皱眉说道："雪山气海不通，又不是脑袋不通。"

陈皮皮站在山径云雾之前，回头望着他笑道："反正你是不是符道资质史上前三我不确定，但我可以确定，就算你进了知命境界，肯定也是史上最弱的知命。能影响的天地元气不能离身边三尺，到时候你怎么好意思自称大修行者？"

说到大修行者，他刻意把大字念得极重，咬得极深。

宁缺的脸面早已在岷山寒风和边塞狂沙中练得无比坚硬，根本不在意他的嘲讽，只是想着入书院二层楼已经数月，却还没有见着传说中的夫子和大师兄，不免有些遗憾，心想若得夫子亲自教诲，那自己修行的速度该得生猛成啥样啊。

"老师和大师兄到底什么时候回来？"

"没人知道。"

"去国游历……总要有回国的时候吧？这都一年多了。"

"旅游赏景访友，当然要比闷在后山里修行快活得多，如果是我，也不舍得回来。"

宁缺微笑看着他问道："听说老师这些年每次周游天下，都只带大师兄，为什么他不带你？去年在旧书楼里，你天天吹嘘自己最得夫子宠爱，看着似乎不像。"

陈皮皮摇头感慨说道："你不懂。世人崇敬夫子，不敢稍有不敬，我们这些做学生的当然更是如此。但谁也没办法做到大师兄那样，能把夫子服侍得妥妥帖帖。"

荒原的夏天快要过去，水草肥沃的草场温度渐渐变凉，黑泥上的青草颜色渐渐变淡。然而与天时趋寂的感觉不同，远离中原的北方草场上，依然是一片热闹景象，无数顶帐篷像云朵般连绵相依，宰羊烤肉唱歌跳舞，欢快至极。

经过无数场惨烈而血腥的战斗，千年之后自极寒北域热海南迁的荒人，终于彻底击溃了草原蛮人的抵抗意志。左帐王廷付出数千名精锐骑兵死亡的代价，依然无法阻止荒人强硬的脚步，不得不将靠近北方的部族尽数转移，向更南的草原牧场而去，而把北部这片肥沃的草场留给了荒人。

勇敢的荒人战士获得了胜利，在千年之前的故土重新拥有了一片新的家园。这片家园在中原人看来气候严寒，环境恶劣，但对这个常年生活在极北寒域的苦难民族来说，无疑就像天堂一般美好。

而就在前不久，因为迁移速度缓慢而一直落在极后方的荒人部族妇孺老幼，也终于抵达了这片新家园，成功抵达的人数，远远超过荒人事先决意南迁时的预计，更是令所有荒人感到惊喜。草原帐篷间，亲人重遇，各自安置家居，熟悉美好而陌生的新生活。羊汤飘出的乳香味，干粪燃烧时的异味，混在一起后，在荒人闻来却是无比幸福的味道。

狂欢从夜晚一直持续到第二天的傍晚，荒人战士们用从草原王庭抢来的烈酒，好好地犒劳了一番自己和同样辛苦的家人，然后或感伤怀念死在路途上的亲人或温柔搂着自己的妻子，各自归帐沉沉睡去，油灯根本不需要点亮。草场西北方那座外表同样简朴，但体积明显要大上很多的帐篷里却是灯火通明，十余盏火盆悬在半人高的空中，将帐内照得明亮无比。

荒人元老们和最强大的战士首领们，为庆祝胜利而狂欢了整整一日，但之后却因为某位元老提起某个话题而陷入了沉思和安静。

"唐人有什么可怕的？"一名身材强壮如熊的荒人战士首领，满脸不解地看着苍老的长辈们，沉声说道，"我们都是天生的战士，万里南迁疲惫之余，还能把草原上的王庭打个落花流水。只要在这片草场上休息半年，世间还有谁能是我们的对手？"

坐在帐篷最深处的荒人大元老平静看着他，沉默片刻后说道："再强大的战士，一旦被骄傲所控制，便会变得虚弱起来。"

被德高望重的大元老批评，那位强壮的荒人战士首领脸上流露出慌张神情，赶紧低首请罪，但从他眼眸中，可以清晰看到他对长辈们的忌惮依然很不理解。

"这片草原本来就是我们荒人的故乡，我们曾经是世上最强大的王国，然而为什么千年之前先祖们被迫离开这片肥美的草原，去那极北寒域艰苦熬命？"老人环视帐篷里的人们，面无表情说道，"因为唐人击败了我们。"

老人沉默很长时间后继续说道："让你们记得先祖们被迫离开草原的原因，不是要你们复仇，而是要提醒你们，那个叫唐的帝国有多强大。千年之前先祖们席卷大陆北地无人敢抗，即便是西陵神国最开始也只想着传道未有敌意，直至李唐立国，先祖一败再败，最后险些丧族亡种，与对方签下协议退入寒域，发誓不再南归，才保留下些许火种。"

老人缓声讲述着荒人代代相传的千年故事，帐篷内一片死寂般的安静。

"当年的先祖们疆域百倍于我们这些子孙，人口百倍于我们这些子孙，强者更是繁若夜穹星辰，数不胜数，尚且亡于唐人之手。如今我部在热海艰难煎熬千年，也不过数十万子民，哪里能与先祖们相提并论，又凭什么藐视唐人？现在我们需要关心的问题便是，一旦与唐人接触，应该如何处理。"

帐篷内响起应答声："我们不要中原人的土地，抢夺回来的是自己的草原，就算蛮人王庭被我们赶到南边，与中原人发生争执，又与我们有何干系？"

有人担忧说道："我族南迁终究违背了千年之前与唐人签下的协议，如果唐人借此发难，又该如何应对？"

老人目光微垂，说道："左帐王廷，右帐王廷，金帐王廷，千年之后的草原上就只剩下了一些蛮子，而我们这些天可汗真正的子孙，却被迫在热海旁艰难过活。若真能活下去倒也罢了，然而如今既然活不下去，南迁也是必然之举。黑夜在前，死亡在后，什么协议应对都没有意义。"

然后他抬起头来，看着帐内荒人族内最重要的人们，沉声说道："但若能避免与唐帝国的战争，那便一定要避免，唐人若遣使前来责问，好生应对便是。"

帐内众人齐声应是。忽然间，元老注意到帐内没有那个人的身影，花白的眉毛忍不住皱了起来。虽然那人从来不会在元老会上表达任何意见，习惯沉默，但他毕竟是荒人最强大的战士，商议如此重要的事务时他不在场，总觉得有些不对。

"他去了哪里？"

"不知道。"

老人正准备继续说些什么的时候，忽然感觉到极西方传来一股若有若无的气息波动。这道气息感觉不出来有多么强大，但那种天上地下独一无二的味道却深深地触动了他身躯里那颗已然苍老的心脏。

老人身体骤然僵硬，脸上流露出敬畏恐惧的神情，急忙向后挪动身体，然后向着西方伏身跪下，双手前伸显得异常恭敬。旁边那些身材枯瘦的元老们也感应到了西方那道气息，面色剧变，用最快的速度俯身于毯上，诚恳伸手伏地叩拜。

各部落的壮年荒人首领们没有感觉到那股气息，他们看着元老们的反应不免感到震惊疑惑，下意识里跟着跪了下去，对着西方叩首不止。

60

荒原上来了辆牛车。

车是普通木板车，行过万里路的车轮轻微变形，在微硬的草原上行走着，不时发出吱呀轻响，起起伏伏震动，留下一道看不到来处的辙印。行过草湿泥软处，车辙陷得有些深，渗出来的浑浊水里有几条极细的小鱼蹦跳不停。

牛是普通大黄牛，行过万里路的腿蹄依旧有力，在微硬的草原上行走着，不时发出哞哞低鸣，起起伏伏食草，留下一道看不到来处的草痕。行过草湿泥软处，牛蹄踏得有些深，踩出来的浅平洼中有几根微白的野草横卧无语。

中原官道上的普通木板车，中原田垄间的普通大黄牛，却出现在荒原上，便显得极不普通。如果有人能够看到这幕画面，一定会觉得非常神奇。

驾牛车的是位眉直眼阔的书生。一路风尘让他身上的旧棉袍显得更旧了些，脸上神情却显得越发朴实可亲，踩在单辕上的那双破草鞋，也不知为何在道上走了一年多时间居然还没有散架，腰间的水瓢随着牛车起伏微微摆荡。

牛车里忽然传来一道歌声："老是不许我回家哟……使人愁苦心忧忧哟……哟哟。"

驾车的书生笑了笑，伸出手掌轻拍大黄牛后背示意它停下来，然后转身对身后车厢说道："夫子，想回家了？"

车帘掀起。一位身形高大、头发花白的老人走了出来，他揉了揉腰，又伸了伸胳膊，看着莽莽无边的荒原，恼火说道："出来一年多，尽在这些渺无人烟的地方晃荡，吃没得吃，玩没得玩，谁人不想回长安？"

老人是夫子，那么书生自然是书院大师兄。大师兄微微一笑，扶着夫子的胳膊下车，然后从牛车里拿出一个矮板凳请夫子坐下，安慰说道："能看看沿途风景也是好的。"

夫子身形极高大，坐在矮板凳上，棉衣下摆直接把板凳完全遮住，看上去就像是蹲在草原上一般，模样显得有些滑稽。夫子不悦道："有什么风景可看？热海居然真的冻着了，想洗个温泉都洗不成！"

"虽然洗不成温泉，但至少有牡丹鱼可以吃。"大师兄安慰道。

极北寒域有海，海底有火山，常年不冻，故名热海，热海深处有鱼名牡丹，形容其肥嫩娇艳，若以刀竖切，每片鱼肉状亦若牡丹。这等说法，大概也只有夫子师徒这等人物才能知晓。

听着牡丹鱼三字，夫子轻捋下颌长须，连连点头表示同意，说道："孩儿啊，为师不能更赞同你的说法了，只要有牡丹鱼入腹，再漫长艰苦的旅程也是值得的。"

大师兄从牛车内搬出菜刀案板之类的物事，又取出一桶，手掌握住冰块化出其中冻着的肥嫩牡丹鱼，待鱼肉化至七分时，持刀斜割于上开始生切。夫子看着案板上依然鲜活，开始微微弹动的牡丹鱼，捋须赞道："食物这种东西，当然是要越鲜活越珍稀才好吃，若不是这种鱼只产于极北寒域的热海，怎能被冷热夹攻出如此肉质？又如何能让人生出吃万里艰辛的美感？"

大师兄笑了笑，没有接话，而是专心下刀。牡丹鱼极为肥嫩弹滑，菜刀纵使锋利也很难入皮而不乱，他切得极为缓慢用心，先后两刀落处之间仿似并无距离，然而提刀起时，刀面上已经附着一层薄如蝉翼的白色鱼片。

"若是河鱼生切便不能太薄，因为过薄会丧失口感，而牡丹鱼产于深海，肉质极弹，所以越薄越好，孩儿你这些年算是基本掌握了一些人世间的道理。"夫子晃头赞叹不已，左手自怀中取出酱油和一种青色的调料还有姜汁倾进碗中，右手则是极为自然地伸向案板，中食二指拈起那片薄薄的白色鱼片，在碗中若锦鲤摆尾般轻轻一荡，便迅速送入唇中。

一面咀嚼，夫子一面闭目享受，脸上神情仿似口中的牡丹鱼肉那般甘甜，片刻后他睁开眼睛，看着案板上那缓慢下切的菜刀，着急说道："快点，再快点。"

大师兄笑了笑，手上的速度没有丝毫变快，依旧一丝不苟沉稳缓慢地切着。

夫子实在是等不下去，从他手中抢过菜刀，叹息说道："你这孩儿什么都好，就是做什么事情都慢腾腾的，真是要急死老夫。"

大师兄恭谨解释道："学生天资愚钝，所以做起事来总愿意先多想想。"

"这方面你要向小陌学习，该想的时候就想，不该想的时候就不要瞎想。"

"二师弟惊才绝艳，非我所能比。"

"他要听着你这般说，岂不是又会像小时候那样羞愧欲死？"

夫子下刀如风，不过片刻工夫，案板上便堆满了如雪花般的薄片鱼肉，看上去真的极像一朵盛开的白色牡丹。剩下的鱼骨与内脏则是被一层薄膜包裹，看上去就像块琥珀般漂亮。

大师兄此时空出手来，便进车取了两双筷子，待夫子吃到满意之后，才自己夹了几片牡丹鱼细细品了，又把像琥珀般的鱼骨内脏送到大黄牛嘴前。

大黄牛吃草是天经地义的事情，然而……这头大黄牛吃鱼，只见它张开嘴便吞了进去，吭哧吭哧地嚼着，不时摇动牛头，显得极为快活。夫子正端着个小酒壶慢慢啜着，余光里忽然看到这一幕，不由大怒斥道："牛嚼牡丹，真真是糟蹋东西！鱼哪里是这么吃的！"

说完这话，夫子从冰桶里又提出一尾珍贵的牡丹鱼，卷起棉衣袖子，菜刀起又复落，须臾间又是一堆若白牡丹般的鱼片出现在案板上。夫子用筷子夹起一片牡丹鱼，蘸了些许调料，扔进大黄牛嘴里。

原来夫子所说的糟蹋，不是说大黄牛吃牡丹鱼糟蹋了东西，而是这种吃法吃不出牡丹鱼的味道糟蹋了东西。大黄牛嚼得两口，先是一怔，然后眼角流下两行清泪，旋即开始摇头晃脑，不停弹动前蹄，不停哼哼叫着。

大师兄迟疑问道："夫子，它这是高兴还是辣着了？"

夫子说道："当然是高兴。"

大师兄心想夫子的话当然永远正确，于是接过筷子继续喂大黄牛吃牡丹鱼。

连荒人都无法再继续生存下去的极北寒域，这头大黄牛能毫不惧冷拉车去晃荡一圈再安然无恙回来，身材还保持得如此健壮，当然不是普通的大黄牛，所以它吃鱼不吃草，也不是什么难以理解的事情。

大师兄把案板刀筷碗碟清洗干净，然后坐在辕上看着南方发了会儿呆，说道："不知道书院现在怎么样，荒人南下究竟会影响多大。"

夫子盘膝坐在牛车上，手里拿着一卷书在看，随意回答道："回去便知。"

大师兄笑了笑，看着老师说道："学生很好奇究竟是谁进了二层楼。"

夫子看着书页，低着头说道："想知道你自己去看便是。"

大师兄摇头笑道："太远了，一时半会儿也回不去。"

说完这句话，他忽然站了起来，看着草原北方，脸上流露出极干净的笑容。那处隐隐出现了一排极高大的黑影，仔细望去，竟是那些极北寒域随荒人一路被迫南下的雪原巨狼，数百头巨狼像战士一般排开，巨大如山的身影给人一种极大的威压感，然而无论是夫子还是他，都没有什么太大的反应。

相反那些雪原巨狼群的反应很奇怪。对于它们来说产自中原的大黄牛就像牡丹鱼之于中原人一般珍稀少见肯定好吃，可不知道为什么，以凶残嗜杀著称的雪原巨狼群却没有猛扑过来，而是纷纷发出凄厉的哀鸣，惊恐地向后方退去，仿佛它们感知到了某种远远超出它们想象的恐怖气息。

这群雪原巨狼正是当日在隘口处与唐氏兄妹一番恶战的那群巨狼。只见那头身躯瘦小的公狼，带着那头巨美若雪山的母狼脱离狼群大队，缓缓向牛车走来，在走到距离牛车约数百步的地方时，那头普通公狼停下脚步，再也不敢向前。

瘦小的普通公狼看着牛车，显得十分激动不安，身体微微颤抖后蹲，抬起两只前爪，看上去就像人类学生面对师长在执弟子礼一样。

大师兄看着这头公狼，诧异道："老师，这不是七年前那匹狼吗？居然成亲了。"

夫子微微一笑，没有说话。大师兄看了夫子一眼，发现夫子没有反对的意思，离开牛车向那头普通公狼走近几步，抬手指向草原西北方向，说道："不要继续向南，那边人太多，往那边走，再过五百里，有一大片针叶林。"

普通公狼连连摆动前爪行礼，俯身以狼首触地良久，然后才站起身来，依依不舍看了牛车一眼，凄吼一声，带着妻子和下属们向西北方向奔去。

"走吧，回长安。"夫子卷起书册，掀起车帘走进牛车。

二师兄转头微笑看了远处草甸一眼，坐上单辕轻拍牛背。

吱呀吱呀，牛车南去。

看着渐渐消失在草原尽头的牛车，唐小棠抱着熟睡的小雪狼站起身来，脸上满是惘然神情，过了很长时间后才喃喃说道："这……就是夫子？"

唐站在她的身旁，望着草原上留下的那道车辙，点了点头。

唐小棠摇摇头，觉得刚才这位贪吃老人和自己想象中的夫子完全不一样。

片刻安静后，唐说道："本想看看有没有机缘让你拜夫子为师，但既然夫子没有表示，那说明机缘不到，以后有机会再说。"

唐小棠惊讶问道："你是说夫子知道我们在这里偷看？"

唐转身向草甸下方走去，说道："既然是夫子，自然什么都知道。"

61

唐小棠伸手揉了揉雪狼崽儿柔软的腹部，想着先前看到的那个画面，看着兄长的后背好奇问道："那头狼是怎么回事？"

"或许多年前夫子远游北荒时曾经见过那匹狼，那匹狼之所以能开窍，大概就和这次相遇有关吧，不然普通公狼如何自行领悟天地之力？"

唐小棠震惊道："夫子连狼都能点化？这也太厉害了吧……哥，你说夫子和宗主两个人究竟谁更厉害？"

唐的脚步微微一顿，沉默片刻后说道："老师当年自然不及夫子，但他修二十三年蝉之后……我想应该还是不及夫子。"

"哥，你前些天告诉我，唐国那些文武大臣绝大部分都在书院里学习过，二层楼的人更是不好惹，而夫子已经做了一百多年的书院院长……那夫子说一句话，岂不是唐国都要摇晃不安？唐国皇帝难道不担心？"

"担心什么？"

"他的皇位啊。"

"夫子眼中怎么可能会有皇位这种东西。"

"那难道唐国皇帝不担心夫子影响朝政？当皇帝的谁愿意头顶还有一座大山。"

"不管唐国皇帝愿不愿意，在他出生之前，夫子这座大山已经在长安城南边静默存在了很多年。至于朝政这种小事情，夫子又怎么会关心？"

"朝政都是小事情？那你说如果我们和唐国打起来了，夫子会不会插手？如果他真像你说的那般厉害的话，部落哪里抵挡得住。"

"我说过，夫子不会关心这些小事情。"

唐小棠抱着雪狼崽儿加快脚步走到兄长身旁，瞪着明亮的大眼睛，吃惊问道："连这种事情都是小事？那什么才是大事？"

"在夫子这样的人物眼中，世间事都是小事，至于什么才是他眼中真正的大事，像你我这样的人又怎么能知道，又何必费神去猜想。"

有人的地方就有事，有事的地方就有麻烦。人类解决这种麻烦的手段其实很贫乏，除了战争和暴力，便只有开会这一条路可以走。当荒人在草场开大会商议接下来的方略时，遥远南方的大唐帝国君臣也在开会。

长安城外的大明宫，每到夏日便成为皇帝陛下的常居之所。因为大臣出城不便，大大小小的朝会议政会被减少了很多，每隔三天才会有一次正式朝会。

"虽说大明宫外比城内凉快很多，但终究还是有些热。这些银耳汤用冰镇过，你们赶紧喝了再回城，免得从马上摔下来又要让朕烦心。"大唐皇帝李仲易向众大臣说道，从林公公手里接过自己的碗送至唇边，咕噜咕噜几大口便喝进腹中。

积攒三日需要陛下亲自批示的政务处理完毕，大明宫虽然清幽宜人，但哪里有自家府园舒服，银耳汤虽然沁凉爽口，又哪有自家清粥好喝。大臣们谢过恩后，用最快的速度把碗中银耳汤喝完，便准备告辞离宫。

就在大臣们准备离开之前，皇帝忽然想起一件事情，招手把他们又喊了回来，说道："还有件小事情。三日前军部报称左帐王廷的骑兵深入燕境，劫掠商队村庄，朕本想着终究是燕国之事，没想理会，但转念一想全然不当回事似乎也有些不妥，而且事涉荒人南迁，朝廷总还是要拿出个方略，也好和西陵及诸国说话，你们赶紧商议商议。"

　　军部大臣听着是这件事情，赶紧回禀道："右帐及金帐两大王庭的部队没有异动，情报司回报左帐王廷骑兵入燕也没有造成太大损失。"

　　"燕国的商队子民，与朕何干？这也不是损失不损失的事情。"皇帝微微挑眉，温和的脸颊上闪过一丝强硬，沉声说道，"当年我大唐主持分界画线，三大王庭单于亲自签字，现如今左帐王廷的骑兵居然敢越过这条线，朕在意的是他凭什么敢越线。"

　　在大唐君臣看来，草原上的蛮人可恶而掀不起任何风浪，确实没有把这当成一件大事。礼部尚书轻捋胡须，甚至还有闲情逸致站在蛮人王庭角度考虑，笑着说道："荒人南迁，这些蛮子打不过对方，最肥沃的草场被人占了，只好落草为寇，靠盗抢度日，说起来还真是有些苦衷。"

　　皇帝摇头说道："就算有苦衷，他们既然受帝国赐封，便要提前和朝廷说，朝廷自然有安排。现在竟是不说便偷偷开始动手，那自然不行。必须先把他们打回去，打回去了朕再来听他们的苦衷。"

　　"陛下英明。虽说左帐王廷骚扰的是燕国，但总之是越过了帝国当年给他们画的那道线，这是对中原的挑衅，帝国身为中原之主必须有所反应。"宰相缓缓点头，回头看了军部大臣一眼，不悦说道，"镇军大将军距离燕境最近，随便派支骑兵把左帐王廷打回去便是，这等小事居然还要陛下操心。"

　　"虽说是小事，但毕竟要遣兵调将。而且入燕突北作战，总需要朝廷提前知会成京方面，不然燕国君臣不得被吓死？"军部大臣转向龙椅方向郑重请示道，"陛下，臣以为帝国现在需要认真考虑的是南迁的荒人，这些荒人违反千年协议悍然南迁，帝国该如何反应？"

　　"不要以为朕听不出来你这话的意思，又是哪位老将军在府里待得无聊想领兵出去打仗？打仗难道不用花钱的吗？"皇帝笑骂两句后继续说道，"情报里说荒人部族占了荒原北部的草场后，便极力约束部民不再南下……与帝国之间隔着如此远的距离，他们若不来烦朕，朕也懒得理会。那份千年之前的协议需要时再拿出来说事，当年不可一世的荒人被我们的祖辈打得只剩下几十万人口，我们这些子孙此时再去捡便宜，没甚意思。"

朝会散后的清幽殿内。大唐国师李青山表情略显忧虑，对皇帝轻声说道："神殿对这件事情的反应有些蹊跷，居然为这件小事发出了诏令，现如今南晋月轮诸国都在准备援北。这应该和左帐王廷扰境无关，既然荒人回来了，想必是老人们又嗅到了魔宗的味道……"

听到神殿二字，在朝会上淡然却流露出无穷自信强悍的皇帝皱了皱眉头，说道："当年太祖皇帝立国之初与西陵联手，把荒人赶出荒原，数十年前小师叔又单剑闯魔宗，把荒人留在世间的魔宗强者尽数斩杀，现如今魔宗早已衰微不堪，西陵神殿究竟在担心什么？"

李青山说道："毕竟魔宗与荒人之间始终有千丝万缕的联系，神殿当然会警惕一些。此番诏令诸国援北，西陵甚至派出了护教骑士团。依我看来，除了警惕魔宗、帮助燕皇稳定边疆，也有向天下展示实力的用意。"

皇帝望向自己抬起的右臂，说道："想要展示肌肉？月轮南晋又去了些什么人？"

"天枢处回报，月轮国佛宗派出了些年轻强者，南晋剑阁也出了人，但真正需要值得的注意的，除了护教骑士团，便是神殿裁决司。"

皇帝眉梢微挑，笑着说道："原来除了扩大影响，还要锻炼队伍。这种事情我大唐不去人就更不合适了……只是我大唐不插手便罢，插手便要把事情全部握在手里，那就让夏侯亲自过去看看吧。"

听到夏侯的名字，李青山眉头微微蹙起，说道："用镇军大将军去处理这些扰边小事，会不会显得过于看重那些蛮人？"

"朕知道你担心什么。"皇帝看着他，眉梢微挑说道，"朕让夏侯亲自过去，不是看重王庭的那些骑兵，甚至也不是看重神殿的诏令，诸国的年轻人，而是我要……再看看夏侯本人。"

李青山明白了陛下的意思，摇头叹息说道："夏侯将军威名盛于天下，他若亲赴燕北，这联军主帅的位置必然是他的，陛下英明。"

皇帝忽然想到一件事情，抬头望向李青山问道："书院去年那届学生，是不是到了去边塞实修的时间？"

李青山应道："往年实修都是秋日。"

"现如今已经夏末，提前几日无妨，原定是去何处实修？"

"南方镇国大将军许世麾下，去与南沼山族作战。"

皇帝摇头说道："南沼山族降表春时已至，朕不让许世回来，是想着那边空气湿润，对他的肺病极有好处。这等太平边塞，书院诸生去又能修到什么？明日朕修书去书院，让他们把今年实修的地方改一改。"

李青山猜到陛下的意思，皱眉问道："出燕北，入荒原？"

"不错。"皇帝说道，"既然西陵神殿下了诏令，天下诸国的年轻人都要去展示一番，帝国的年轻人为什么不去？这些年一直有种说法，说我大唐年青一代人才匮乏，帝国已显势衰，朕便要让天下看看，大唐究竟有没有年轻的人才。"

李青山迟疑片刻后认真说道："陛下，这一届的书院学生，尤其是唐籍学生，确实没有太出众的人才，临川王颖不错，但年纪却还是太小。"

"不是还有宁缺吗？"皇帝很自然地说出某人的名字，自然得仿佛说没有饭不是还有肉粥吗？

李青山说道："陛下，宁缺已经入了书院二层楼，按旧例他不用去边塞实修。"

皇帝说道："进了二层楼，依然还是这一届的学生，就让他带队。"

李青山见陛下心意颇坚，不由苦笑劝道："且不说书院二层楼去人会不会显得太隆重，只说宁缺他符道初通，而且修行资质普通，可以说是二层楼有史以来最弱的一个学生，区区不惑境界又怎能压制诸国青年才俊？而且万一他在荒原上有个闪失，夫子回来后我们怎么交代？"

皇帝大笑说道："玉不琢不能成器，人不磨无以成才。你看过宁缺在军部的档案，知道这小子是个什么样的人，若他都不能在战场上活下来，谁能？"

深夜的大明宫笼罩在星光与山影之中，有风自北方来，穿林拂草入殿一片清凉。皇帝陛下倚栏而立，神情平静而凝重，全然没有先前议事时的潇洒随意。宫女太监们早已被远远遣开，栏畔一片安静，只有皇后娘娘在身旁静静看着他，眉尖微蹙，神情显得有些担忧。

"你说……真有冥界吗？如果真的有冥界，冥界又在哪里？夫子他老人家常年游历天下，是不是在找冥界？荒人南归，据说是因为极北寒域的黑夜这些年在不断地变长，难道说真有夜幕遮星的那一日？"

夜幕遮星，国将不宁，这是多年前钦天监观星后得出的一句批语。因为这句批语暗指日后宫中会有女子对帝国气象极为不利，从而被某些有心人往皇后娘娘身上引，又被另一些有心人往最受陛下宠爱的四公主身上引，不知惹来了多少风波。钦天监风波之后，皇后娘娘安居深宫，再也没有对国事政务发表任何看法，公主李渔更是间接因为此事远嫁草原，影响不可谓不大。今日骤然从皇帝口中听到这四个字，皇后表情不由微微一变。

沉默很长时间后，她低声说道："当年谁能想到轲先生会单剑闯山。师父战死得太突然，宗里有很多秘辛都来不及传下来，但我在宗门里时，从来没有听过冥界这个地方。"

皇帝转身，神情温和看着她，问道："族人南归，不想去看一眼？"

皇后缓缓摇头，说道："千年之前神殿遣神官入荒传道，结果世间又多一宗修行法，而那法门却被神殿认定为魔，从此荒人魔宗难以分割。但我既然多年前便已经脱离宗门，那荒人自然也不再是我的族人。"

说到此间，她忽然住嘴不语，抬头平静看着皇帝的眼睛，问道："你决意让夏侯去燕北领军，是不是怀疑他？"

皇帝转身望向栏前夜山，沉默片刻后说道："不错。"

皇后看着他的侧脸，强行压抑心头的感伤，声音微颤说道："多年之前，我一个魔宗女子奉先师遗命南下，用尽浑身解数接近你迷惑你，为的便是要杀死你这个大唐君王。结果事败之后，你非但没有杀我，反而娶我为妻，日后更是立我为后。"

皇帝被这段话牵起旧年回忆，轻抚栏杆感慨说道："当年只有父皇母后和青山知晓你的身份，但若不是夫子发话，我们想要在一起绝对会无比艰难，不过……即便夫子不说话，父皇母后再如何反对我终究还是会娶你，因为你就是我想娶的女人。"

皇后伤感说道："所以我不明白，陛下你对我能给予如此大的宽恕与仁爱，为什么一直对夏侯如此猜疑？他替帝国在边疆浴血奋战多年，难道还不能取得你的些许信任？难道你还认为他会重返魔宗，甚至带兵叛回荒人部落？"

皇帝转过身来，看着她的眼睛说道："你想错了，朕从来不担心夏侯将军会重返魔宗或是带兵叛回荒人部落。他非常清楚唐律之下无论是哪位大将军想要造反，都是死路一条，而他当年烹杀慕容琳霜，以此向西陵表明心迹，便永远无法重返魔宗。无论是修二十三年蝉的那人，还是魔宗其他的人，只要重新出现在中原，第一件要做的事情就是杀死他，不要忘记慕容琳霜是那人最疼爱的徒弟。"

皇后颤声问道："那你究竟在怀疑他什么？"

皇帝面无表情说道："朕怀疑他与西陵之间的关系。"

皇后自嘲凄苦一笑，说道："你明知道那是为什么。"

"为什么？因为他知道西陵神殿一直在怀疑他？因为他知道西陵神殿一直在怀疑你与他之间的关系？西陵神殿可能从他那里找到你是魔宗前代圣女的证据？"皇帝摇头感慨说道，"大唐君王都会跟随夫子在书院学习一段时间，依学习速度有长有短，朕不知是该自夸还是该遗憾，跟随夫子学习的时间并不长。在那些不长的日子里，夫子有句话我记得最清楚。世间有很多刚强勇敢的人，在他们第一次妥协之后，便会一直不断地妥协，最后甚至会形成某种畸形的心理状态，从妥协变成主动地配合，从受害者变成加害者，而他们自己都不明白这是为什么。"

"西陵这些年一直在猜测你的真实身份，拼命试探，夏侯则为了你拼命掩盖，拼命交好对方，不惜配合西陵光明司趁着朕不在长安城的时候搞风搞雨，不惜让燕境那些村庄替西陵追索之人陪葬，甚至不惜杀死他最爱的女人……在朕看来，这些真的很多余，就算西陵神殿知道朕的皇后是魔宗圣女，又能如何？"皇帝轻拍栏杆，望着夜穹繁星，叹息说道，"若夏侯做出这些事情不是因为你的缘故，朕多年前便会杀了他。朕本以为随着年岁流逝，他应该能明白这些事情，但看起来他还是没有什么改变。他多年前便脱离魔宗，可惜心里还有魔。这个魔是被他亲手烹杀的爱人，是叛宗之后得到的西陵客卿身份，还有你这个……在他看来，比自己生命要重要无数倍的亲妹妹。"

62

皇帝陛下决定由宁缺带领书院学生远赴荒原实修。当颜瑟大师从师弟口中得知这个消息后，猥琐的脸上顿时怒意暴生，花白的眉毛不停上下跳动，仿佛要变成一团火焰燃烧起来，厉声喝道："这又是怎么回事？"

国师李青山微涩一笑，说道："我当时也觉着奇怪，在出宫的路上仔细想了想，大概明白陛下究竟是怎么想的。因为当年娘娘那件事情，陛下身体一直有隐患，谁也不知道什么时候会发作，所以他总要考虑一下日后的朝政。"

颜瑟大师冷笑说道："大唐以武立国、以律治国，朝政这种事情有什么需要陛下担心的？难道还要像南晋那些鬼地方一样急着弄什么顾命大臣？"

李青山摇头说道："我昊天道南门表面看着风光，实际上巅峰战力少且弱，帝国能与神殿抗衡的强者，能维系民生顺安的森严律法，最终还是要依靠书院。而如今书院二层楼里的那些小怪物，大部分怡情于小道之上，根本无能经世治国，而像最上面那两位则根本是世外之人，根本无心于此。好在书院现在有了宁缺。"

"宁缺……又怎么了？"

"陛下把这个小家伙看得很清楚。他是世间人，有野心有欲望有想法，而这并不是负面的评价。有想法的人才会愿意入世，他一旦入世，书院自然不可能完全置身事外，陛下之后的帝国朝政自然能安稳。"

颜瑟大师沉默片刻后叹息说道："任何把眼光放得太远的想法，其实都过于死板。"

"我明白师兄的意思。宁缺现在确实还是一个不算什么的小人物，但任何事情都需要从开始便着手做准备。陛下欣赏他，愿意培养他，你又何必动怒。"

"他刚入符道，便要去沾惹这些世间是非……在我看来这纯粹是捣乱，哪里是培养。若想他在十年之内成长为一名神符师，拔苗助长不可取，提前施以重担更不可取。"

"草原左帐王廷哪里敢与帝国为敌？神殿颁下诏令，更多还是警惕南归的荒人，还有那些隐藏在黑暗里的魔宗余孽。宁缺与书院诸生前去实修，遇不着什么真正的危险，本来就不是什么大事，便也没有什么你所担心的重担。"

李青山看着师兄温和劝说道："符道修行讲究内观自心外观天地，既然如此，哪怕这次他会遇着一些坎坷，对他的修行说不定也是好处。一块顽铁不经锤打哪里能成精钢，一张白纸若连毫尖之力都承受不住，又哪里能写出真正的符？"

书院还没有接到皇帝陛下来自大明宫的亲笔书信，正兴奋议论秋天去南方实修应该不怎么冷的书院学生们，也不知道自己马上将要去往异国那片微寒陌生的荒原，宁缺更不知道自己被帝国当成了重点培养对象，马上会带着昔日同窗们问道。他的全副心神还放在背诵符文和符箭的研制上。

木头箭杆已经换成了由白银、精钢及另外两种罕见金属融化锻造而成的材料，六师兄精心打造出来一筒重量相对极轻的空心管混银精钢箭。他把惯用的黄杨硬木弓换成了军部所有考核的最重复合弓，在桑桑无数次摔倒在床复又爬起的帮助下，终于写出了那道适用于飞箭的符文，然而接下来的数次试验依然还是失败。

重量相对极轻的金属箭，比一般的木箭还是要重上很多，脱离弓弦便四处乱飞，砸得地上坑洼一片，七师姐和陈皮皮手中拎着的盖与锅嘭嘭作响，飞到湖面不远便颓然坠下，砸晕几条肥懒游鱼，砸得宁缺表情越来越失望。

经过多次试验，他大概找到了失败的根源在哪里——硬弓放箭与符文激发的配合有问题：若挽弓搭箭时便激发箭上符文，天地元气异动，无由而起的风中湍流，会严重影响箭矢弹射之初的方向，最严重的时候甚至会直接导致箭射不出去。

可如果放箭之后再行通过念力激发箭杆上刻着的符文，便会陷入吕清臣老人去年说过，四师兄今年刚刚说过的那些困局：箭这种远程武器依靠的便是奇快的速度，而这种速度可以轻松撕断修行者与箭矢之间的念力联系……

"其实我总觉得这个问题不应该会出现。只要我把箭射出去的同时，便激发箭上的符文，那么此后根本不需要念力联系，箭矢会自然地在符文凝聚的天地元气帮助下，按照既定的轨道越飞越稳，可为什么现在会失败？"

面容有些憔悴的宁缺，坐在打铁房旁边小库房的门槛上，恼火地自言自语着。这些日子挠头郁闷的次数太多，所以他的头发看上去就像是一个乱七八糟的鸟巢。

七师姐、六师兄还有陈皮皮或站或立，同情地看着他。这些天的飞箭试验，让书院后山多了很多欢声笑语和热闹气息，甚至有两次还吸引了山里那两位棋痴下来观看，但眼看着宁缺如此痛苦，他们也不禁有些替他着急，只是符箭的研发本身就是从来没有人成功过的领域，谁也帮不上忙。

"你自己也明白问题何在。弓弦弹回射出箭，箭杆上的符文被激发，这两件事情必须同时发生，如果你不能解决这个问题，想法再美好也没有用。"四师兄不知何时站在打铁房门口，面无表情看着他们。七师姐和陈皮皮对视一眼，看着彼此眼中的疑惑。要知道这些天，精于符道实践领域的四师兄，从来没有对宁缺的试验流露过丝毫兴趣，看都懒得看一眼更遑论是发表意见。在他们看来，四师兄甚至好像是一直在冷眼等着众人的失败。

宁缺从门槛上站起身来，向四师兄诚恳行礼，然后解释说道："这确实是问题所在，但前天我就注意到这点，然后加以改进，每次试验的时候我特别注意要让这两个步骤保持同步，那为什么还不行？"

"无论是前激发还是后激发，只要你需要动念激发，那么便不可能保持绝对的同步，因为人的动作太快也永远不可能比念力更快。当你想要激发符文的时候，只需要念头一转便动了，而你的手指永远会慢上数分。"

宁缺认真说道："我知道这一点，所以我放箭的时间点都打了提前量。"

"多少提前量？你怎么计算的？靠感觉？你怎么知道你自己的意念没有影响你手指的动作？你怎么知道你的意识能够准确地分成两个部分？"四师兄看着他沉声训斥道，"在符道上的资质或许你非常强，但你却忘记了最重要的一点，符道用于实践，便不再是凭感觉凭空想象就能完成的事情，需要最精准最直观的实现手段，这些手段除了技术没有别的方式能够解决。"

宁缺辩解说道："可我真的已经保持足够精确的同步了。"

四师兄冷冷看着他说道："什么叫精确？什么叫同步？同步就是完全相同！差一分，差一秒，差一刹那都不是同步！前代那么多符道大家，没有谁比你更蠢更笨，为什么他们始终不能研发成功符箭？就是因为他们也做不到完全的同步。"

听着这番严厉的训斥，宁缺骤然冷静。自从被颜瑟大师赞为神符师传人，然后逐渐发现自己在符道上的天赋以来，虽然他表面上依然平静，但实际上内心深处难免还是有几分骄傲自得，所以总觉得自己已经动用了足够多的智慧与努力来解决符箭的难题，那么总应该很快便解决掉。直到此时被四师兄点出这个最关键的问题，他才发现自己的心态确实有些不对，想得太过理所当然了一些。

看他若有所思模样，四师兄表情稍霁，缓声说道："小师弟，实际上，你关于符箭的设计想法确实非常优秀，而且在我看来可行。只是你应该再冷静一些，把最关键的同步问题想得再清楚一些，那么我想或许我们真能亲眼目睹符道实践领域历史上的一次关键性突破，为了这次突破我希望你继续努力。"

宁缺诚恳道谢："多谢四师兄提醒。"

第二日清晨，书院后山。

明显一夜未睡的宁缺，再次出现在打铁房前，本应更加憔悴的脸色不知为何竟显得精神百倍。只有头顶乱七八糟的鸟巢变成了更乱的鸡窝，才证明了昨天夜里他又挠了多少次头揪了多少次头发。

他的声音微微颤抖，兴奋却又不怎么自信："师兄你说得对，人的意念与身体根本没有办法做到同步，所以后激发的方案必须舍弃。然后我想到，意念与身体没有办法同步，那么可不可以尝试让射箭的动作自行与符文激发同步？也就是前激发，保证弓手在射出箭矢的刹那，箭杆上的符文因为射箭的动作而刚好完成。这与弓手的意念动作没有任何关系，完全是动作与动作之间的客观配合。"

四师兄瞪圆双眼，问道："射箭的动作自行激发符文？这个想法……确实有些意思，只是怎么做到？前激发指符文一旦写就便自行激发，可你搭弓射箭的时候怎么写符？战场上现雕现刻，又怎么保证与射箭动作的配合？"

"自行刻符不行，必须是让箭刻符。箭杆上的符文一开始就没有写完，只差最后一笔，然后我们想方法在控弦射箭的过程中，让箭杆运行时自动完成那一笔。"宁缺像接受审判的异端一般，紧张看着四师兄，"您觉得这种想法怎么样？"

"箭离弦时自行画出符文最后一笔？"四师兄盯着他的眼睛，盯了很长时间。然后他压抑不住心头震惊与震撼，声音微哑说道，"小师弟，你……真他妈是个天才。"

63

天才往往只与理论联系在一起，他们只负责提出解决问题可能的答案，却不肯负责验证答案，知其然猜其然却不管怎么证明。所以数学相对不怎么好的夫子可以提出相对论，然后继续发呆，所需的实验初步验证要等数年之后，才由那些苦逼的科学家去蛮荒远地瞪着眼晴看老久日食才能做出来。

宁缺被称赞为天才，似乎他可以把脑中的想法扔给师兄们去变成现实，自己不再理会。可惜符箭是他需要的东西，符是符师必须亲自参与的东西，更关键的是，他是书院最小的师弟，没有资格也没有胆量去冒充学科带头人。所以为了把天才的想法变成完善的工艺设计，在接下来的这几天里，他不得不继续煎熬痛苦，不停在纸上绘着图与符，做着最繁琐也是最枯燥的工艺设计工作。

作为某人的本命物，桑桑不得不继续扮演符文实验的重要角色。几度风雨几度春秋，终于到了开开心心平平安安做富家小侍女的美好年月，却不料还要摔爬滚打飘来飘去，纵使有些木讷，她最终也无法再忍受那些痒与莫名其妙的诡异感，毅然决然撕掉身上白布，搬着洗衣盆躲去了隔壁假古董店。

虽然失去了最敏感的实验工具，宁缺还是必须继续自己的研发工作。他站在书桌前咬着笔头，冥思苦想那道符文应该怎样改进，才能对羽箭带来最大幅度的增速上升效果，最麻烦的是，箭矢弹射时怎样才能完美地画出符文的最后一笔？

头发从鸟巢变成鸡窝又变成二师兄养的那只大白鹅在溪中用水草乱搭的鱼巢，眼神从疲惫到激昂再到疲惫，如此三番五次重复直至黑得一塌糊涂。明明总觉得似乎马上就要解决这个问题，却又感觉答案似乎还在极遥远的云间飘着，伸手去触去探总是一场空，撞着水面与镜面，生痛而令人烦躁。

就在这时老笔斋的铺门被敲响。宁缺连喊几声桑桑去看，却没有听到回音，才想起来她早已躲到了隔壁，只好扔掉手中墨笔，没好气走向前铺开门。

门外站着位身着短袖青衫的中年人，表情恭谨。宁缺觉着此人有些眼熟，接过对方递过来的请柬，看着请柬上的落款，才想起来这位中年人是公主府的管事。

"啥事儿？"他揉了揉眼睛，打着呵欠问道，"一定得去？"

管事被他的反应弄得一怔，苦笑说道："宁大家，具体何事我真的不清楚，不过根据殿下的安排，应该是私下小聚，您最好还是去吧。"

宁缺只是顺便问问，绝没有借此展现自己不畏王权铁腰杆的意思。自从不在长安城各处赴宴后，他已经有好些天没有参加过这种社交活动，如今忙于符箓之事，按道理更没有什么心情赴约。但对方是大唐帝国最受宠爱的公主，他与李渔有些日子未见，去看看对方想说些什么，顺便散散心，说不定对当前困局还有些好处，便说道："明日准时到。"

　　夏末热意渐退，远处廊间大叶扇还在不停地转着，不停向庭间吹入徐徐清风，更添清凉怡人之意。桑桑带着小蛮去那几棵老树下面捉虫玩，宁缺和李渔则是坐在庭间木板之上饮茶闲叙，画面说不出的淡然随性。

　　只是宁缺脸上的神情与这幅画面绝不相宜，眉头皱得极紧，左脸上的小酒窝因为咬牙绷紧颌肌而分外清晰，恼火问道："殿下，我能不能不去？"

　　"父皇的亲笔书信这时候应该已经到了书院。"李渔轻轻转腕将茶盏送至唇边，轻轻啜了口，赞叹说道，"山阴郡送来的岩茶果然不错。"

　　宁缺看着她清丽依旧的容颜，叹息说道："殿下，我们能不能省略这些陈腐的寒暄以及以物言情的手段，直接讲正事？要知道你我都是年轻人，没必要学那些老人家一般试来探去。"

　　李渔细细的眉尖缓缓挑起，似笑非笑望着他，说道："父皇亲自开口，想必君陌先生也不会反对，依我看来，这一趟荒原之行你是必须要去了。"

　　"我已经进了二层楼，为什么还要去实修？"宁缺不解问道。

　　李渔也有些不解他表现出来的态度，蹙眉说道："为什么你不愿意去？要知道书院诸生将来都会是朝廷的栋梁之材，今番在你带领下去荒原实修，日后无论他们念不念你的好处，但至少在明面上再不敢对你有丝毫不敬。"

　　宁缺摇头说道："荒原是很危险的地方。"

　　李渔静静看着他的眼睛，说道："在长安繁华地里待的时间太长，难道会把人的铁骨消磨成酥块？我不相信这种小场面便能吓倒你。我知道你那个梳碧湖砍柴者的名头，难道你还会怕草原上的那些蛮人。"

"是打柴人。"宁缺纠正，他继续解释道，"虽说七城寨那边已经有好些年没有和草原金帐王廷正式作战，不过战场对于我来说并不陌生，我也不至于害怕重回战场。但既然是战场便生死无眼，书院里那些学生说是天下无敌，做事却是糟糕透顶，真上了战场谁知道要死多少？带这样一群孩子上战场，我就要替他们的生命负责，压力太大。"

李渔笑着说道："不要忘记他们也曾经是你的同窗，口口声声说他们是孩子，难道你比他们能大多少？也不知道你现在怎么学了一身老气横秋的感觉。"

宁缺暗想自己怎么也要比他们大个七八岁，虽然谈不上老气横秋，但看事情总会谨慎小心些，说道："越老的家伙越容易在荒原战场上活下来。"

"但事实上你不需要承担这种压力。"李渔看着他平静说道，"书院实修，是帝国磨砺人才的大事，哪里会让你像老母鸡一样护着他们，生死无眼便无眼，能从战场上活着回来的书院学生，才有资格被朝廷认真培养，所以你只是带他们去，而不用理会他们的生死。"

听着这话，宁缺微微一惊，沉默半晌后不解问道："如果不管他们在战场上的生死，那为什么非得我带他们去？军部随便派个人不就结了？"

李渔没有说话，她看着这张清新可人的脸上的几粒雀斑，忽然心中生出淡淡悔意。

去年一道自草原归来，她可以说是大唐帝国最先发现宁缺能力的大人物，也曾经试图招揽过，只可惜现在看起来，和宁缺的潜力相比，她当时招揽的力度确实显得太小了些。不过短短一年时间，这个渭城的少年军卒便成了神符师的传人，二层楼的学生，长安城的名人……

纤细的手指缓缓转动茶杯，渐从失神中醒来，她看着宁缺微笑说道："父皇让你带书院诸生去荒原，不是看重那些学生，而是看中你，是要你去替帝国争些颜面，同时要看看你究竟能表现出怎样的能力。"

宁缺微微一怔，说道："陛下……是不是太瞧得起我了？"

"因为你有野心有想法，和书院后山里的那些师兄师姐们不一样。而父皇正是看中你有野心有想法，对我帝国而言，年轻人有没有野心是件很重要的事情。"

"我真不知道自己有什么野心。"

"或者换一个词……理想？"

"我的理想殿下应该清楚，都是很简单的一些东西。"

"但当你满足了小时候的理想，难道没有更大的理想？"

"比如？"

李渔看着他思索的神情，说道："常年在书院后山修道，你喜欢吗？"

宁缺不假思索回答道："喜欢。"

这个问题以往或许还能让他感到困惑，但自从陈皮皮带着他去了崖洞书屋，看到那位不停抄写看书的读书人后，便再也不成为问题。

李渔盯着他的眼睛，追问道："可是拥有足够强的力量之后，难道你不想依靠力量做些想做的事情，达成一些你想要达到的目标？"

宁缺脑海中闪过破败的府邸、染血的石狮、湿墙前箕坐的朋友，身体微感僵硬。沉默很长时间后，把这些不可宣之于口的想法搁置身后，宁缺抬起头来看着她耸耸肩，无谓说道："我以前热衷名利，但现在利已经有了，出名才知道有出名的烦恼，所以我现在真不知道日后还要去做些什么。"

李渔静静看着他，忽然想到，这个家伙现如今已经是夫子的学生，世间的名与利对他而言确实没有太大的吸引力，不知为何，竟生出些许的挫败无措。

"我记得去年冬天有一次，你在我们此时所坐的木庭间对小蛮讲过一个童话，那个童话里的小公主骄傲又胆怯而且无能，那个青蛙王子倒是有几分泼赖劲儿。"沉默很长时间后，她开口说道。

刚一开口她便觉得有些不对，想不清楚自己为什么会忽然说起那个故事，但既然已经开始，她用力握紧拳头，强自镇定平静把这个故事讲了下去。不知道是因为夏末风热，还是远处廊间宫女偷懒停扇的缘故，觉得自己的双颊有些微热。

"世间任何事情想要做成，首先便要敢想。如果不去想，那便永远做不成，所谓野心欲望理想其实说到底还是要依靠勇气二字。"李渔的情绪渐渐平静下来，缓声说道。

庭间一片安静，只隐隐能够听到远处廊间大叶扇转动的声音，老树下小蛮惊喜的欢呼声，假山间淌水入池的声音。

宁缺看到她眼中的宁静温和甚至是纵容之意，听明白了她话语中的意思，不自禁地想起当时北山道口火堆旁听故事的那个少女。然而转瞬间他清醒过来，记起对方是身份尊贵无双的大唐公主，尤其是那些过往的猜测依然在脑海中盘桓，于是他沉默片刻后没有接话，而是问道："吕先生最近可好？"

没有听到对方的试探性言语，李渔生出淡淡遗憾伤感，但却也松了一大口气，提起身前名贵的龙首无双一捆竹小泥壶，把宁缺面前的茶杯斟满，微笑应道："吕先生不肯在长安城里生活，坚持在瓦顶山清修，前些日子来了封信，说是身体不错。对了，知道你进入书院二层楼后，他很是高兴。"

想着旅途上吕清臣老人对自己无私的教诲，而那时候的自己只是一个声名不显、不能修行的少年，现在的自己却成为大唐朝廷的重点培养对象，宁缺不禁感慨万分，很是怀念感激，心情也变得温暖了很多。

"殿下，我去荒原的这段时间……桑桑就拜托你照顾了。"

"放心。"

有大唐四公主照看，长安城内应该没有谁敢欺负小侍女。但宁缺此去荒原，是桑桑生下来后第一次离开他的身边，所以在得到如此肯定的答复后，他还是有些不放心，盯着李渔的眼睛极认真说道："不要让人欺负她。"

被宁缺质疑，身为公主殿下的李渔非但没有不悦，反而心情安定下来。因为她知道宁缺多么担心桑桑，却肯把桑桑交给自己照看，这已经表明了某种态度。

"放心，若有人敢欺负桑桑，我会让他生不如死。"

"殿下，这太残忍了，还是直接让那人死吧，全家都死。"

"……"

"殿下？"

"没什么，我这里有封信，你带在身上。虽然我知道你不会怕那些荒原蛮人，但毕竟身在异地，若真出现什么事情，你拿这封信去找崇明太子。"

宁缺接过信放入怀中，正准备说些感恩之类的制式话语时，忽然眉头微挑，听着花墙外传来的呼吸，心想公主府里有谁竟敢无视规矩，偷听公主与自己的说话。李渔看他神情微微一怔，向后方望去，眉头微蹙说道："你怎么来了？今日的功课做完没有？国子监什么时候允许学生提前出堂？"

一名身着明黄衣饰的少年从花墙后绕了出来，少年眉清目秀，但脸色苍白似多日不见阳光，瘦削的身体配上脸色，给人一种孱弱的感觉。

"姐姐，你不要老这么凶嘛。"

听着称呼，宁缺知道了少年的身份——大唐帝国皇帝陛下的长子，最有希望继承皇位的大皇子李珲圆，便离席起身揖手行礼。

他在这边揖手为礼，少年皇子却是眉梢一挑，苍白脸上显露出一丝不悦神情，随意挥了挥手，说道："免了。"

在少年皇子眼中看来，无论这个有资格与姐姐密谈的男人是谁，但既然是第一次见到本皇子，不说跪拜至少也要长揖及地，这般随意揖手，实在是太不恭敬。

他在暗怒宁缺不恭敬，李渔却是脸色骤然一寒，不悦斥道："平日先生教你的礼数都去了哪里？还不赶紧给宁大家回礼。"

听到宁大家三字，少年皇子李珲圆顿时想起这一年里宫里闹得沸沸扬扬的事，好奇抬头望向宁缺，这才把真人与传说中那人对上号来。若放在平日里，即便知道此人是父皇赏识的人，他也不会施以任何颜色，不过举世间他最畏惧的便是自己的姐姐，看着姐姐面色如霜，赶紧站起身来向宁缺回礼。

宁缺温和一笑，挥挥手示意不用，却也没有侧身避开。

李珲圆余光里注意到这点，起身时脸色便有些不好看。但毕竟是帝王家长大的孩子，他迅速把心中怒意压抑下去，走到宁缺身前，牵起他的手热情攀谈起来。

苍白稚嫩的面孔透着病态的尊贵，刻意透着亲热却掩不住眸子里的冷漠，宁缺惯见生死契阔尔虞我诈，眼内容不得沙子，更容不得这等低劣的演技。当然他也没有因此而不高兴，而是拿出了自己最优秀的演技、最良好的精神状态缓缓演来，谦虚而不失热情，就像是冬天沙漠里的一团火。

戏子安身立命之本便是演技，今日木庭清风流水畔，宁缺与少年皇子同台演出，便等若用绝佳演技在不停羞辱对方。李渔看着二人攀谈画面，早已看出其间蹊跷，苦恼地揉了揉眉心，嗔怪瞪了宁缺一眼，示意他适可而止。

帝国皇子忽然出现在公主府内，恰好与自己相遇，若说这真是巧合，宁缺当然不会相信。他知道李渔的意思，只是关于那件事情，现在的他没有资格也不想去掺和，就算想掺和也必然是很久以后的事情，所以看着李渔嗔怪眼神，他笑了笑不再调戏皇子，揖手行礼向二位天潢贵胄告辞。

在离开公主府的路畔柳树下，他看到一名腋下夹着黄纸伞的年轻道人，不由微微一怔。这些日子他常去皇城对面的昊天道南门观，所以认得这位年轻道人是国师李青山的弟子何明池，此人负责天枢处的一些重要工作，极为忙碌，没想到今日竟会在公主府内看到对方，看模样他似乎在等谁。

宁缺走了过去，好奇问道："明池师兄，你这是在等谁？"

年轻道人看着宁缺，无奈笑了笑，指向府庭方向，说道："奉陛下命，我负责监督皇子读书，他跑出国子监，我也只好跟着。"

宁缺心想那位纨绔苍白皇子着实不是个好相处的对象，要监督他读书真是个苦差事，同情看着对方安慰说道："总不过是睁一只眼闭一只眼的事情。"

何明池苦笑摇头，说道："我是被师父收养的，自幼随师父出入皇宫，与皇子相熟，陛下才会把这件事情交付给我，可不敢太不当回事。"

去老树下寻着桑桑，和小蛮说了几句闲话，宁缺便离开了公主府。走在游人如织的长安城街巷中，看着巷口处围着水井嬉笑玩闹的顽童，想起那位少年皇子，又想起关于皇位之争的传闻，他忍不住摇头叹息道："李渔公主摊上这么一个弟弟，还真是倒霉催的，日后不知道要因为他吃多少苦头。"

桑桑仰起小脸看着他，好奇问道："皇子怎么了？少爷你又觉得他是个白痴？"

"如果真是个白痴倒也罢了，谁也不会去为难他。偏生又学了公主殿下一些心眼手段，想要变成聪明人的白痴，才容易惹出乱子。"

桑桑小声提醒道："少爷，那可是位皇子。"

宁缺摇头说道："皇子又如何？如果他日后真敢来招惹我，看我怎么收拾他。"

"少爷，总感觉你现在好像很骄傲得意。"

"当然应该得意，话说两年前你少爷我还只能掺和渭城酒馆赌权分配事务，现在好像能掺和帝国皇位分配事务了，怎么能不得意？"

桑桑看了他一眼，没有说话。

"你还别不信，我现在起不到什么作用，但我进了书院二层楼，就是夫子的亲传弟子。关于皇位继承这种事情，书院的态度现在看起来很重要，而后山里的师兄师姐们对这件事情肯定不感兴趣，我大概是唯一一个可能会感些兴趣的人……"宁缺说道，"所以李渔才会玩出今天这一招来。不过看小皇子今天的表现，我怀疑公主殿下会后悔今天的安排。"

桑桑好奇问道："少爷，帝国皇位继承这种大事书院也能起作用吗？你成了夫子的亲传弟子，地位就这么高了？夫子有这么厉害？"

宁缺自嘲一笑说道："不要忘记我到今天为止还没有见过这位老师，不过听了很多传闻，还有周遭这些人的态度，大概能明白这位老师了不起到什么程度。"

"少爷，那我们应该算是公主这派的？"

"夏侯……应该是皇后那边的人，那以后我只能倒向公主这边，如果需要倒的话，其实从去年开始我就明白这个道理，只不过什么东西都是待价而沽，要卖出合适的价钱，现在价钱不错，应该可以慢慢开始卖了。"

桑桑忽然停下脚步，抬头望着他的侧脸，很认真地说道："你们讲青蛙王子那个童话时我听到了，也听懂了，这算好价钱吗？"

宁缺沉默片刻后摇头说道："不是所有癞蛤蟆都想吃天鹅肉。"

"天鹅肉不好吃吗？"桑桑茫然问道。

宁缺看着她笑着说道："在有的癞蛤蟆眼里，又脏又臭的黑泥鳅，要比天鹅肉好吃多了。"

桑桑问道："少爷，你是不是在绕着弯骂我又难看又黑？"

宁缺笑道："看来我家的小丫头终于愿意动脑子想事了。"

64

长安西城著名食府一品轩后有一家极不起眼的茶铺。茶铺深处竹帘后方坐着两个人，其中那个矮胖中年男人不停擦着额头上的汗，看来夏末的闷热对他造成了极大的影响，就连说话时的河北腔也显得躁了几分。

"你是暗侍卫嘛，该做的事情总是要做嘛，这次去荒原，顺便帮着做做任务又有什么问题呢？只是让你看看，又不是让你查什么案子。"这位矮胖中年男人是大内侍卫副统领徐崇山大人，今日特意出宫与宁缺密会。坐在对面的宁缺从袖子里取出手帕，也开始像他一样不停擦汗，只是很明显，他的汗水不是因为闷热夏末天气而来，而是因为对方说的这番话。

"夏侯将军……那是何等样人物，你要我去看他？怎么看？看他长了多少根胡子还是每天上几次厕所？徐大人，我知道这是陛下的意思，但你要想想，以夏侯将军的脾气，如果让他发现我暗中窥视，肯定会动怒翻脸，到时候找个没人的地方把我一掌拍成肉泥，再包成包子喂马吃掉，谁替我出头？"

"如果夏侯将军真能一点证据都留不下来，唐律在上，无论宫里还是书院都没办法替你出面。如果你死之前能留下他动手的证据，倒也不妨……哈哈，你知道我这是在说笑话。"

宁缺放下手帕，看着尴尬笑着的副统领，心想这个笑话不怎么好笑。此去荒原极有可能会与夏侯照面，如果有机会，他当然想查查对方，只不过这件事情太危险，没想到在这时却收到这个要求——看来陛下终究还是对夏侯不怎么放心，那自己能够在这个过程中扮演什么样的角色？

看见他沉默无语，徐大统领以为他心里依然有抵触情绪，宽慰说道："不用太担心，陛下的意思很简单，你只需要在旁边看看夏侯将军行事的反应，回京后把你所看到的一些细节告诉陛下，什么险都不用冒。陛下喜欢你，你又是夫子的学生，夏侯将军虽然暴戾冷酷，但他并不是山里那些徒有蛮力凶意的野猪，他不蠢，不会平白无故得罪你。"

宁缺心想若到时候自己得罪了夏侯，那又该怎么办？

"没问题吧？"徐崇山拾起手帕再次擦汗，满怀希冀看着他，说道，"如果没问题，我这就去宫里回话，长安城里有什么不放心的事情，你告诉我，我来办。"

宁缺说道："您知道我在临四十七巷有个铺子……"

徐崇山用力拍打胸脯，表现得格外豪气干云，说道："我给你看着！"

宁缺摇了摇头，微笑说道："主要是有个小侍女，想请侍卫处帮我照看一下。"

大唐天子派暗侍卫去冷眼旁观帝国大将军的一言一行，这件事情如果被传了出去肯定会引来一场政治动荡，所以为了保密，皇帝陛下根本没有召宁缺进宫，而是让徐崇山在宫外觅了个秘密场所，暗中传了密旨。

领了密旨之后的宁缺，本应把这件事情死死封存在内心最深处，不告诉任何人，不过他和桑桑之间向来没有任何秘密，所以当他回到临四十七巷后，正准备做饭的桑桑第一时间便知道了密旨的具体内容。

她望着窗口处的宁缺，问道："会危险吗？"

宁缺提起毛笔，透过窗户看着她说道："主要就是察言观色，然后打听打听，徐崇山说得不错，这件事情根本没有什么危险，若真有危险，我不做便是。"

桑桑低下头继续淘米，问道："所以你就答应了？"

宁缺低下头继续画符，说道："身为陛下的金牌小密探，大唐年青一代重点培养对象，所谓帝国用我，用我必胜……嗯，必胜不至于，必须承认我的人生总是无法顺利太长时间，我之所以不拒绝，原因你应该很清楚。"

有机会接近夏侯，带着皇帝陛下的密旨去观察夏侯，甚至有可能在其中寻找到报仇的机会，对于等待了十四年的宁缺来说，是无法错过的机会。

桑桑没有说什么，小手在盆里用力地搓着米，清水渐渐变成米浆，稻米不知道被她搓掉了多少层，身形越来越瘦削黯然。

"这米如果再让你淘几次，还能蒸出饭来吗？"宁缺把笔搁到砚台上，看着窗外的画面，沉默片刻后说道，"放心，我现在的水准不够夏侯一根手指头戳的，自然不会白痴到马上动手报仇。"

桑桑站起身来，把双手在围裙上擦了擦，回头望着窗后的他说道："少爷，既然你不能带我去，那你看到夏侯的时候，一定要忍住。"

"去年书院入院试时看到亲王李沛言，我忍住没有？"宁缺摇摇头，说道，"我们是在岷山里长大的猎人，对付猎物时的耐心，就是我们最厉害的武器。"

"需要准备一些什么行李？"

"还是老三样。"

马上要带着书院的学生前往边塞荒原，可能会看到夏侯，宁缺有些隐隐的兴奋，更多的还是紧张。想着可能遇到的危险，他越发着急要把符箭研发成功。

当天吃完晚饭之后，桑桑把裤腿卷起，坐在井旁开始替他剪羽磨镞，而他则是全神贯注于书桌白纸之上，不停画着复杂的符文线条。

荒原并不是一片荒凉，凛冽冬风未至时，大部分地面上都覆盖着如毡般的青草。只是当中原来到夏末的时候，荒原便会提前感觉到微寒的秋意，青草开始染霜变黄变白，显出几分肃杀味道。

马蹄将一棵比同伴更高的霜草重重踏入泥中，伴着微微嘶鸣和沉重的呼吸声，越来越多的战马出现在草甸上，左帐王廷的精锐骑兵护送部落南迁。在更南一些的地方，千余草原骑兵挥舞着弯刀，呼喝着奇怪的声音，闯过燕北边塞，瞬间占据一处旅道村庄，把一支商队团团围住。

鲜血顺着弯刀划破的缝隙开始喷洒，村庄收割的夏粮顺着弯刀划破的缝隙开始流淌，珍贵的茶叶盐包顺着弯刀划破的缝隙开始撒落。燕地村民和商队护卫惨呼着倒在血泊中，他们的身体重重摔落在地，就像那些沉重的粮包与商队货物，瞬间失去生命。

草原骑兵兴奋地呼喊着，把所有人都杀死之后，开始笨拙地重新套车，把他们能找到的粮食与货物全部搬到车上，然后北返。

夏天已经结束，秋天已经到来，冬天自然不远。失去了北方那片肥沃草场的左帐王廷部落，根本养不活太多的牛羊牲畜，如果他们不抓紧时间在第一场雪到来之前抢到足够多的粮食，那么部落便极有可能迎来灭顶之灾。至于被他们屠灭的村庄，还有那一支支商队，是不是应该承受如此悲惨的遭遇，不是草原蛮人们需要考虑的问题。

其实荒原上的人们很清楚商队的重要意义，然而现如今他们面临着眼前的恐慌，哪怕是最有智慧的千帐军师，也不会强行逼迫他们去思考长远的问题。

燕北各处边塞被草原蛮人骑兵攻破，无数商队被血洗劫掠，无数村庄的粮食被抢走，这些消息被荒原上的风迅速传到燕国各处，然后汇集到皇宫。刚刚归国没有多长时间的崇明太子，在病榻上父皇的冷漠注视下，平静穿上盔甲，率领三千名近卫军前往北方边境。

城门大开，礼乐大作，看热闹的燕国民众们脸上却没有太多激动的神情，注视着太子车驾的眼神显得极为冷漠。

荒原上的左帐王廷根本无力约束所有的部族，那些蛮人骑兵们已经发疯，单凭燕国的边塞部队，还有这数千名只知道吃喝玩乐的近卫军，根本无法阻挡那些马来如风，箭走如神的草原骑兵。

好在西陵神殿已经发出了诏令，中原各国都将来支援，而那个可恶又可怕的唐国，也将派来他们的骑兵。对于燕国君民而言，这是何等样羞辱却又无奈的选择。

这里是成京，弱国之都城。

书院后山，晨光熹微，山雾渐分。

四师兄与六师兄盘膝坐在水车旁，打坐调息完毕之后，对视一眼，

420

开始重复他们已经重复了好些天的研讨过程。二人中间放着那面神奇的沙盘，沙盘上复杂的符文线条自行缓慢地前行，然后组成各式各样的可能。

距离清溪极近的打铁房内，水蒸气随着水车的灌注而不停浓密，冒着熊熊火苗的炉内，一些似银似铁的金属正在缓慢变软熔化。刚刚起床的七师姐站在清溪上游，看着他二人脸上的沉默忧虑神情，沉默片刻后把手里的湿毛巾扔到一块石头上，转身向崖坪远处那道瀑布走去。

距离南晋都城约七十里外，有一座山。

这座山并不像长安南郊书院后那座山般雄伟高崛、终日被云雾遮住大部分身体，而是平静袒露在清湛阳光之下，每一道崖缝每一颗岩石都显得那样清楚。这座山的整体形状也很清楚，三面山崖相对光滑，反射着苍穹投来的光线，闪闪发亮，然后在峰顶相聚，看上去就像是一把剑。

世间第一强者剑圣柳白的宗门便在山脚下，那是一座黑白二色分明的旧式古阁。

数十名青年修行者，双膝跪地，朝着古阁恭谨行礼。他们身后都有一把被草绳紧紧捆住的剑，与一般剑师的飞剑不同，这些剑相对较长较大，更像是武者使用的剑，而且各自安静地藏在鞘内。

年轻的剑客们恭敬跪在地上，古阁处一片安静，不知道过了多长时间，一道像剑一般平静却又锐利的声音响了起来。这道声音锐利得仿佛能够刺穿剑阁身后那些坚实的崖壁，能够刺穿世间任何有形的事物。

"丢脸的人，就不要回来了。"

听着这道声音，跪在地上的数十名年轻剑客表情身体微僵，显得无比紧张，又似乎极为激动，他们大声应"是"后起身向外走去。

数十匹骏马正在微嘶等待。

年轻人骑马牵缰，离开师门，向北方去。

这里是剑阁，强者照拂之地。

滔滔黄河，浊浪翻滚，一时不知多少浪花产生又淹没，河岸旁摆渡舟夫手持竹竿，恭恭敬敬等候在木道两侧。

当年剑圣柳白，正是在这道黄河旁悟得滔滔剑意。

今日大河国年青一代的修行者，便要渡过这条黄河，向北方去。

海儿畔的白塔下，一名满脸都是皱纹的妇人，身上穿着一件由无数布片组成的奇怪衣服，漠然注视着身前那些后辈子弟，以沙哑怪异的声音说道："若要去燕北，便需要穿过唐境。朝廷已经发出文书，你们但走无妨，相信唐人不会为难你们。"

一名年轻苦行僧人诧异望着妇人问道："曲妮大师，难道您不随我们一道走？"

老妇人眼眸里闪过一丝恶毒痛恨神情，厉声说道："像唐国这等礼数败坏，全无信仰的罪恶之地，我的鞋底沾了一粒它的灰尘，都会令我感到恶心。"

这位月轮国主之姐自幼带发修行佛法，修行境界高深，在佛宗内地位极高，眼下这些奉西陵诏令前往燕北的年轻修行者们，都可以说是她的徒子徒孙。她看着恭谨待命的诸位后辈，冷漠傲然说道："我从北方走，直接过岷山，倒要看看唐国有没有谁会拦下我。"

这里是月轮国，佛光普照之地。

马蹄踩在肥美的沃野上，仿佛都能挤出油来。

数百名骑士在温暖的阳光下肃然前行，身上穿着纯黑色的盔甲，盔甲上绘着繁复难明的金色花纹，黑色盔甲表面与金色花纹在明亮的光线下不停闪烁，透着一股庄严肃穆的美感与威压感。

昊天教数千名虔诚信徒，正准备跪行拜山，听着如雷般的蹄声，惊得连忙避到道畔的树下，待他们看清骑士面容后更是赶紧跪下叩首，充满了惊喜与敬畏神情。

西陵护教神圣骑兵，号称世间最精锐骑兵，在道旁虔诚叩首的信徒们平时看到一人，便觉得是祖宗积德，今日竟然一下看到了数百位神圣骑兵，不由惊喜得难以自抑。有些身家富裕消息灵通的信徒大约猜到这些护教神军出动的原因是什么，但他们还是不理解，不过是些草原上的蛮子作乱，为什么神殿会如此重视？

数百名护教神圣骑兵中间，夹杂着数名穿着红色道袍的昊天道门神官。神官们中间那位年轻的护教神圣骑兵将领英俊似非凡人，行走在阳光下，身上的盔甲仿佛镀上了一层昊天神辉，若神子般完美而不容侵犯。

这里是西陵，昊天眷顾之地。

书院后山笼罩在深沉的夜色中。

宁缺把符文图纸搁到桌上，疲惫地靠着角落坐下，看了会儿摇晃的炉火，不知不觉间便睡着了，这几天他实在是累到了极点，脑力也压榨到了极点。

"这么短的时间，居然就拿出了解决方案，我那天赞扬小师弟是符道上的天才，他果然没有令我失望。"四师兄看着纸上的那些线条，又看了一眼在角落里沉沉睡去的宁缺，说道，"不知道是什么事情给了他如此强烈的动力。"

六师兄一面计算符箭材料需要的金属配比，一面压低声音说道："我能感觉到小师弟很着急……好像他在担心什么，不知道是不是去荒原的事情。"

四师兄说道："荒原……西陵神殿担心魔宗复生，小师弟终究是书院的人，有什么好担心的？难道魔宗那些余孽当年被小师叔杀得不够惨？"

六师兄憨厚问道："师兄，我不是很理解这句话的逻辑关系。小师叔当年把魔宗杀得惨，如果小师弟又遇到魔宗的人，难道他不是应该更担心吗？"

四师兄看着他问道："你说帝国礼部尚书去燕国会不会担心被燕人杀死？"

六师兄抬起头来，想了片刻后说道："当然不会。如果礼部尚书出访成京，只要少了一根毫毛，燕国只怕都会迎来灭顶之灾。"

"同样简单的道理。"四师兄平静说道，"如果魔宗的人敢伤小师弟一根毫毛，魔宗难道就不怕迎来灭顶之灾？难道就不怕再被小师叔屠一遍？"

"但小师叔已经死了。"

"师叔死了，师父还没死，更何况二师兄一直想有机会向小师叔学习。"

"那小师弟究竟在担心什么呢？"

四师兄看着沉睡中仍然蹙着眉头的宁缺，沉默片刻后说道："不知道，但他是小师弟，我们这些做师兄的当然要想办法让他不怕。"

"想什么办法？"

"先替他把符箭弄好。"

"哦。"

对话结束，房间里沉重的打铁声连绵响起。六师兄挥臂的动作快到如残影一般，打铁声延绵串在一处，仿佛一道永远不停歇的雷。然而即便是这样响的声音，也没能把疲惫到极点的宁缺唤醒。四师兄则是拿着沙盘不停模拟着宁缺设计的符文，参考宁缺写在纸上的旁注，尝试各种不同的符线搭配，甚至开始尝试用阵法把这些线条重新组合。

符箭材料特殊，虽然经由六师兄的精妙空管设计减轻了很多重量，但比起普通羽箭来说，依然要重上太多，那么普通的硬木弓便没有办法使用，在打造符箭之前，他们首先要做的事情是必须先把特制弓制造出来。

随着打铁声的持续，随着铁水灌注泥模的嗞嗞声持续，渐渐地，那把由混编精钢细条组成的奇异硬弓部件渐渐分部位成形，而最重要的那个部位更是在六师兄的细心琢磨之下，开始泛出幽幽的光泽。

四师兄完全掌握了宁缺对符线的设计，走过去指导那个部位的设计。看着六师兄看似粗笨的手指像绣花一般提着银色的托盘抓丝，他眉头微皱问道："雕刀你准备用什么？符箭材质极硬，而且要求非常精确，普通雕刀完全没用。"

六师兄呵呵一笑，从怀里摸出一个小匣子，从匣中取出一粒三分之二部位被秘制金属薄片包裹的透明石粒，说道："用硬度极高的杂银做托盘，用金刚石当雕刀。"

"金刚石抗击打性能不好。"

"所以我在它下面又包了一层铁片，当然不是普通铁片，还是上次我们和黄教授一起替夏侯将军打造盔甲时留下的异种钢铁。"

"锋锐度怎么样？"

"我磨了整整三天，切割面极好，你看。"

六师兄举起金刚石对着熊熊炉火，明黄的火苗透过那些复杂的表面散开，化作无数纷繁美丽的光芒，就如同夜空里的繁星那般。

接下来，这二位习惯沉默然后沉默决定不能让小师弟害怕的男人，开始这项工作里最困难的那个部分，也就是打造符箭的本体。也正是在这个部分，他们遇到了一个无法解决的难题。

"四种金属的比例没有问题，关键是里面的杂质太多。我选的是军部最好的材料，但材料本身就有杂质，现在炉火的温度很难炼干净。"

六师兄看着红通通的铁水，挠着脑袋无奈说道："以前从来没有试过这种做法，强行熔合这四种金属，需要的温度太高，我不知道该怎样做。"

就在这时，打铁房的门被人推开，七师姐走进门来，望着角落里昏沉睡着的宁缺笑了笑，转头望向他们说道："我带了两个帮手过来，不知道你们需要不需要。"

四师兄看着她身后那两个人，微微揖手行礼，然后不知想到什么，微笑望向熟睡中的宁缺说道："我终于明白为什么那些符师先贤没能做出符箭来。让两个知命境界大修行者来当铁匠，除了小师弟谁还能有这等待遇？"

二师兄面无表情走了过来，抢过沉重的铁锤。陈皮皮笑着走了过来，站到炉火前缓缓闭上眼睛。

炉火骤然变得极为明亮，然后迅疾转作幽幽的蓝色。二师兄扶了扶头顶的古冠，单手挥锤砸向烧得通红的金属块。

轰的一声巨响！

锤落砧块，劲气喷射如电。除了陈皮皮，屋内其余的人全部被震得跌坐于地，巨大的撞击声如一道闷雷，响彻书院后山整座山谷。

清溪无由生波，鱼儿游动不安。旧书楼上抄簪花小楷的女子抬头望向东窗外，沉默不语。

两个棋痴抱松。

两个音痴抱紧怀里的箫与琴。

花痴护着身前的花。

书痴还在低头抄书。

这里是书院，人世间独一无二的书院。

65

角落里的宁缺被如雷锤声惊醒，紧接着被锤尖喷出的剧烈声音再次震昏。他在似梦非梦的昏沉世界里隐约听到模糊的打雷下雨声，轻轻笑语声。

不知道过了多长时间，他揉着眼睛醒了过来，发现自己还靠在打铁房的墙壁上，不远处的炉火被泥土镇住，屋内不再炽热，空荡荡的一个人都没有。

揉了揉有些发酸的肩膀，他扶着墙站起走到窗前，发现桌上有一个桐木制成的匣子，不由微微一愣，他记得昨天桌子上并没有这个东西。

桐木匣是长方形的，约一个手臂长短，掀开匣面，便能看到匣底安安静静躺着六七个形状奇特的金属物件。这些金属物件表面黝黑，仔细望去才能发现看似浑然一片的表面上有无数细缝，竟是由无数根极细的金属丝编织绞弄而成，单是肉眼望去，仿佛都能感受到其间蕴藏着的强大韧力。

宁缺的手指在匣中黝黑事物的表面缓缓抚过，感受着指腹传来的微糙触觉，还有那股莫名的强硬感觉，眉梢忍不住微微挑起。

这些黝黑金属物件的形状很奇特，不知道有什么具体用途，尤其是搁在匣中最上方小格里的那段约三根手指大小的金属片，就算是用来砸人都会嫌分量不够沉。更何况金属片上嵌着个极微小的抓银托盘，托盘里镶着颗只露出最上面尖端的明亮金刚石，看着根本不像是一个武器，而更像是……

"这不是结婚的戒指吗？"宁缺喃喃自言自语道，明亮的眼睛里却充满了喜悦。他已经看出匣中这些黝黑的金属部件是用来做什么的，凭借对弓箭的绝对熟悉和那双灵巧的手，在没有人指点的情况下，他开始进行组装。

金属楔扣合的喀喀轻微声音不停连绵响起，极短的时间之后，一把通体黝黑的金属弓便出现在他手中。紧接着他左手紧握住由无数细金属丝编绞而成的弓身，右手抽出匣内的特制双绞八股线，开始上弦。

黝黑长弓上弦完毕，被轻轻搁在桌上。然后他的目光落到匣旁那方深色的箭筒上，深吸一口气，从箭筒中缓缓抽出一根箭来。

这是一根合金打造的长箭，箭杆被设计得极为细长，虽然采用的是中空管工艺，但握在手中分量依然显得极为沉重。

宁缺强行压抑住心头的激动，双手端着这根金属长箭，左手虎口缓缓由箭的末端向箭镞处推移，仔细感受体察着箭杆表面的微妙触感。他摸得很仔细，摸到箭杆本身所具有的那种不可折断的强硬坚韧意味；他看得也很仔细，借着窗外的晨光看到箭杆上那些如鳞一般的细纹，不知道锻箭时落了多少锤，被砸合了多少万层，层层相叠然后相依。

在箭杆本身材料的如鳞细纹中间，还有数道更清晰更深刻的纹线，以一种极为平静的方式组合在一起，只是最下方处一片空白，给人一种这里少了一根线条、若能把此间空白弥补起来这些线条便会瞬间变得灵动活泛的感觉。

宁缺提着手中沉重的弓箭走出打铁房，迎着崖坪东方投射来的清丽晨光，深深吸了一口气，精神变得更加清爽。

屋前与镜湖之间的草地里隐隐传来呼噜声，他放眼望去，发现师兄师姐们正躺在树下湖畔酣甜入睡，身边散落着几个酒壶。陈皮皮睡得最死，嘴角不时淌落口水，七师姐靠着古树闭着眼睛，小手指里勾着个酒壶不时上下摇晃，就像是在钓鱼一般。在树的另一边，躺着平日里衣着服饰礼数一丝不苟的二师兄，头顶那根像棒槌一样永远直立朝天的古冠早已歪斜得不成模样。

宁缺沉默看着屋外沉睡的师兄师姐们，猜到昨夜他们为了自己忙了整整一夜，胸口处渐渐变得非常温暖，但却不知道该说些什么。

二师兄睁开眼睛醒来，起身扶正头顶的古冠，示意他随自己向湖畔走去，不要打扰那些家伙疲惫酒醉之后的睡眠。站在湖畔临着风，晨光晨露在四周带走热泛着光，片刻沉默之后，二师兄严肃说道："此去荒原，不要堕了书院威名。即便书院不会因为你一人而损千年盛名，但小师弟你如今也是大唐名人，切不可跌了自己身份。"

宁缺笑着说道："哪里是个名人，就是个人名。"

二师兄看了他一眼，赞赏说道："淡泊名利，能于盛名之中见到虚无，小师弟你这话说得好，若让师兄听见，一定会把你引为知己。"

他说的师兄，自然便是书院大师兄。宁缺微微一怔，不由感到有些惭愧。

"二师兄，昨夜辛苦你们了。我本以为可能需要去请教一下黄鹤教授。"

"符道我了解不多，但你师傅颜瑟已然是世间最顶尖的人物，若他都不能帮助你研发符箭，你去寻黄教授也没有任何意义。"

"说起来我还一直不知道书院那些教授都住在哪里。"

"教授都是客座教授，异国人多，大部分时间都隐居在大山各处。"

"为什么我从来没有在山里遇到过？"

二师兄说了一句很废的废话："因为大山是一座很大的山。"然后他回头看着宁缺身上的黝黑弓箭，问道："要不要试一试？"

宁缺点了点头。

树下草丛中沉睡的师兄师姐们都醒了过来，大山别处那些抱松抱箫抱花的师兄们也走了出来，就连惯常很少在众人面前出现的三师姐余帘，也不知何时来到了湖畔。十一个人围着宁缺或紧张沉默等待，或兴奋议论不停，或挠着头发表示这件事情其实真没有什么意思，之所以本人会来看小师弟试箭纯粹是昨夜被吵晕了。

宁缺把黝黑细长的符箭轻轻搭上铁弓，深吸一口气后高高举起，瞄向高远的天穹，仿佛要射落这时候其实还在崖坪下方的太阳。

随着吱吱轻响，看似坚不可撼的铁弓微微变形，紧绷的弓弦向后拉出，深深陷进他右手的食中无名三指间，因为这次试射意义重大，为了保险起见，他选择了自己并不是很常用的三指控弦。

随着他的这个动作，湖畔的议论声戛然而止，顿时变得极为安静，书院二层楼的师兄师姐们或紧张或好奇地望向他紧紧扳着弓弦的手指。

如镜面一般的清湖里，早起觅食的鱼儿缓缓游动，湖对面那只骄傲的大白鹅正在含水漱洗自己的胸腹。

宁缺袖内的小臂肌肉松放之间，紧绷的弓弦擦着指腹高速回弹，带动着黝黑色的细长金属箭以肉眼看不到的速度骤然前射！

锋利的箭镞从弓弝握手处瞬间前突，当它运行出某个距离后，弓弝处镶着的那颗金刚石与金属箭杆发生了一次轻微的摩擦，被磨出极复杂剖面的金刚石锋，如同落在纸面上的蘸墨毫尖一般，极随意地在箭杆上划出一道线。

正是箭杆符文处的那片空白，正是那道符文的最后一笔。

箭尾最后离开弓弝处，不知道是因为速度太快，还是箭身上那道符文被激发的缘故，箭尾脱离弓身时，竟带出了一团乳白色的湍流。然后……这根符箭瞬间消失！

湖畔没有一个人能够看清楚这根箭的运行轨迹，能够看到它飞到了空中何处，只有抬头望天的二师兄微微眯起了眼睛。直至此时才有一阵无由风起，吹得仍然举着弓的宁缺衣衫振振作响，湖畔众人微感凉意，宁缺紧握着弓弝的左手上，更是忽然多出了很多露水。

湖中的鱼儿依然在缓慢地游动。对岸的大白鹅完成了漱洗，开始曲项准备向天歌。

片刻后，依然盯着天空，想要寻找到那根符箭轨迹的师兄师姐们看到了极高处的那团白云中间出现了一处空洞，透过那方洞可以看到更高处湛蓝的天空！

四师兄声音微颤说道："是射出来的？"

六师兄声音微哑猜测道："应该是射出来的。"

七师姐惊喜说道："真是这一箭射出来的？"

二师兄淡然说道："是射出来的。"

湖畔众人表情骤变，看着天空高处云中的那个破洞，发出一阵喜悦的惊叹。余帘师姐的眉毛也缓缓挑了起来，脸上出现一丝笑意，似乎连她都没有想到，这根符箭竟然能飞如此之高，拥有如此大的威力。

这时候陈皮皮问了一个很关键的问题，他揉了揉胖乎乎的脸蛋儿，艰难抬头望着碧空白云，惘然问道："那根箭跑哪儿去了？"

这个问题确实很关键，但此时此刻，目睹史上第一根真正意义符箭诞生的书院众人，根本懒得理会这个关键问题。九师兄赞叹说道："如此佳事，岂可无乐？"

十师兄连连点头，手指抚上古琴之弦，道："箭不可无弦。"

六师兄自脚下提起沉重的铁锤，憨厚说道："二师兄打铁用的是我的锤子。"

七师姐指间拈着绣花针，微笑说道："我也算是帮了些小忙。"

九师兄将箫管搁至唇边，呜呜吹出欢快的乐声。众人正准备像崖顶那夜般以声相合相应时，忽然听到头顶天空上响起一道极凄厉的鸣啸，瞬间便把湖畔的箫声压住，仿佛是云头有位仙人正在吹箫。

书院二层楼诸人虽然都是些痴人，但绝对都是人世间最聪慧之人。听着这道尖锐鸣啸，他们瞬间便猜到了缘由，脸色骤然变得微白，用能够想象到的最快速度瞬间从宁缺身边跑开，作鸟兽散，各自寻觅安全的庇护场所。

宁缺却根本不知道马上将要发生什么事，犹自难抑心头兴奋，痴痴傻傻浑浑噩噩望着头顶的天空，眼睛都舍不得眨一下。

二师兄和陈皮皮站在他身旁两侧，抬首望天，表情各异。

尖锐的鸣啸瞬间从遥远的高空传至湖畔，那粒小黑点刚刚进入宁缺眼眸，下一刻便化作一道高速撕裂空气的金属长箭，刺向他的头顶！

二师兄轻挥衣袖，袖飞若边塞扬旗，卷住将要落到地面的那道黑影，妙到毫巅地一扯一带一放，把那根带着恐怖速度与威力的金属符箭转了方向。

刺啦一声轻响，他的衣袖裂开一道小口。

轰隆一声巨响，镜湖中心那方亭榭被轰塌了整整一半。

宁缺脸色苍白，这时候才反应过来，看着烟尘一片的湖面喃喃说道："我操……"

七师姐顶着锅盖跑了过来，看着塌了一半的亭榭，脸色苍白，喃喃道："我操……"

二师兄蹙眉不悦看了她一眼。

众人重新会聚到湖畔，指着坍塌的亭榭兴奋地议论纷纷。

四师兄看着烟尘渐消的湖面，带着一种宿愿达成的满足笑容，顺着木桥走了过去，回来时手里握着那根符箭，同时还拿了一个小盒子。"金刚石划出符文最后一笔，小师弟你的想法确实天才，但很可惜的是，一根符箭只能射一次，不能重复使用。昨夜我和老六做了一套修复工具，但还没有试过，你去荒原上如果需要修复，可以试一下能不能成。"

他把小盒子递给宁缺，神情严肃提醒道："符箭材质珍稀，而且制造极为不易，箭筒里只有十三枝符箭，在战场上你要节省些用。"

宁缺认真说道："师兄放心，我绝对不会一次就射完。"

"你根本没有能力一次射完。"二师兄在湖畔洗完手，站起身来看着他说道，"以你现在的境界，最多只能射三箭，身体便会承受不住。"

宁缺看着手中那根沉重的符箭，皱眉说道："那这可怎么办？"

四师兄看着那根符箭，忽然感慨说道："这是开创历史的创新符道设计，只可惜无法推广到世间，真是可惜。"

"为什么不能推广？"

"因为小师弟写出来的这道符只能配合他的念力，想要使用符箭，箭手本身便要是名符师。世间没有几个符师能写出这道符，能写出这道符的符师更不可能是位拥有足够力量的箭手，这道铁弓不是那么好拉的。"

听到四师兄这句话，宁缺才觉得右肩处一阵酸痛，甚至还隐隐夹杂着撕裂般的尖锐痛楚，可能是那处的肌肉被先前的控弦动作给伤了。

四师兄说道："小师弟，这是你研发的符箭，给它起个名字吧。"

宁缺看着四师兄脸上的笑容，忽然心头一动，诚恳说道："四师兄，请你赐名。"

四师兄微微一怔，感慨笑了笑，说道："那好……既然弓与箭材质里都混了小师弟你感触最敏锐的杂银，那么叫它银箭可好？"

宁缺听着银箭二字，表情变得有些古怪。

二师兄面无表情说道："换一个。"

陈皮皮一手指天，问道："穿云箭？"

一枝穿云箭，千军万马来相见，宁缺连连摇头。

二师兄沉默片刻后说道："符箭借助天地元气而行，世间如今只有十三支，而小师弟排行十三，那么……便叫元十三箭。"

66

烟酒不分家，男女不分家，刀箭自然也不分家。宁缺捧着沉重的符箭眉开眼笑，六师兄提着个长形布袋从打铁房里走了过来，解开袋子，露出里面三把朴刀。

这是前些日子宁缺送到后山的三把刀，经过六师兄重新锤打淬炼后，刀身比原本显得更加细长，乌黑色的长柄则显得更为结实。微暗的刀面上映着晨光，偶尔能够显现几道简洁明确的符文线条，看上去有些秀气，却又透着无尽杀气。

二师兄说道："西陵神殿发出诏令，今次前往荒原的各国年轻高手应该不少，我想裁决司应该也会去人，或许你会在燕北再次遇到隆庆。"

听到隆庆二字，宁缺头皮无由一紧，下意识里生出就此失踪的强烈念头。在登山中他胜了隆庆皇子一次，但两个人修行境界的真实差距太大，若隆庆皇子记恨前番两次羞辱，他只怕要在对方手上吃很多苦头。

"明天我就不送你了，我只提醒你一句。"二师兄继续说道，"此番前去荒原，你带的是书院学生，代表的是二层楼诸位师兄师姐，扛的是夫子大旗，所以无论遇着何等情况，你都不能给书院丢脸。西陵天谕院、南晋剑阁、月轮白塔寺，我书院子弟和这些地方的家伙当年接触不少，无论下棋还是演乐，都未曾输过，你也不能输。"

"怎么都不准输？"

"不错。"

"打不赢对方怎么办？"

"打不赢也不能丢脸。"

宁缺摸着脑袋，困惑苦恼问道："二师兄，打不赢对方那怎么才能不丢脸？"

二师兄眉梢微挑，不悦斥道："打不赢就要想办法打赢，实在打不赢也不能认输，想尽一切办法逃掉，修行几年回去与对方再行打过。难道会永远打不赢？"

因为皇帝陛下的提议，书院学生今年实修的地域被安排在局势紧张的燕北荒原，出发的时间便是明日。宁缺从书院后山那道浓雾里走出来时，石坪四周的书舍里正回响着教习先生们慎重叮嘱的声音，库房院外有管事正在不停向外搬运旅途上需要的物事，军部管事则在清点配发兵器的数量。

走出书院石门，只见晨光之下的青青草甸间散着数十匹骏马，这些来自城西马场的骏马平静低首吃草，偶尔撞进草甸深处的花丛，撞落一地秋日花瓣。宁缺看着这些将要踏上征途的战马，笑了笑，和在院外等了整整一夜的车夫老段说了声抱歉，便准备登车回城。

就在这时，他忽然想到一个问题，皱着眉头跳下马车，走回书院库房外借了一个结实的皮袋，在道旁拣了数十块沉重的石头塞了进去。用手掂了掂，他觉得袋中石头的重量差不多，走到草甸边，用手扶着栏杆对着草甸深处吹了声口哨。

并不如何响亮的口哨声，让草甸间四处散落食草的战马们同时警醒，抬起头来，其中一匹最强健的大黄马摇动马首挤开同伴，撒着欢撒开蹄便跑了过来。

他摸了摸大黄马，隔着栏杆把皮袋系到马鞍旁的索扣上。皮袋里塞满了石头，看着不起眼，实际上非常沉重，大黄马前腿微曲，然后迅速站直，只是强健身躯的平衡显得有些小问题，喘息急了些许。

宁缺解下皮袋，看着大黄马摇了摇头，心想铁弓十三箭外加三把刀已经太重，再加上自己本身的体重，这些普通战马就算能承受得住，也不可能承荷太长时间。尤其是进了荒原，一旦要展开追击，根本维持不了太长时间。

在渭城边塞当了很长时间兵，他比书院任何学生都清楚坐骑在荒原上的重要程度。他现在已经进入修行的世界，更清楚只要不是那等知命境界的大修行者，依然需要依靠马匹才能保有足够的速度。

稍一思忖，他脑海里忽然出现去年的某个画面，把皮袋里的石头倒了出来，跳进草甸，觅到军部马场的那位管事，拿出天枢处的腰牌低声说了几句什么。

回到长安城后他没有第一时间回临四十七巷，而是去了皇城根下面的南门道观。弟子即将远游，总要禀报师父，而且说不定师父会给自己一些送别的礼物。

颜瑟大师比宁缺自己更早知道他要去荒原的消息，这几天思来想去，觉得陛下的安排对自己这个徒弟总是有好处的，便渐渐平了心中的恼火情绪。他没有像二师兄那样叮嘱宁缺断不可堕了师门威名，而是凝重说道："草原上的蛮人不可怕，南归的荒人和身旁的伙伴反而会是最大的凶险。按道理来说有夫子有陛下有我，世间没有几个人敢对你不利，但你要记住那里毕竟不是大唐。"

"师父你放心吧。"宁缺笑着说道。

遥远的荒原对中原人来说，往往代表着神秘和凶险，但对离开岷山便在荒原上砍马贼为兼职的宁缺来说，反而是他最熟悉的地方。无论在那里遇到怎样强大的敌人，他相信自己至少都能保住自己的小命。

如果没有这份自信，他根本不会答应朝廷的要求。

颜瑟大师想着神殿这次派出的护教骑兵还有隐在暗处的裁决司一应强者，花眉缓缓蹙起，看着他认真说道："以往你在荒原上遇到的敌人都是些普通人，哪怕是最凶残的马贼，或许都不会令你感到恐惧。但你要记住，这次面对的敌人有可能是修行者，更有可能是隐藏在荒人中的魔宗余孽，总之要一切小心。"

宁缺敛了笑容，认真说道："学生明白。"

接下来颜瑟大师完成了秋天到来前的最后一次授课，详细讲述了一番符道巅峰——文字的妙义，然后把一个锦囊交到他的手中，解释说道锦囊里有些妙物，若真到了危险关头，不妨打开看看。

黑色马车缓缓行驶在笔直的长街之上，随着车轮下的石板缝隙不时震动，宁缺看着手中的锦囊不自禁地笑了起来，果然还是捞了些临别礼物啊。

他猜不到锦囊里是什么，想着小说故事里那些著名的桥段，也没有拆开来看的意思，万一拆开了便没了效用，难道有脸再回南门观向颜瑟大师另讨一个？好吧，以他的性情还真做得出来这种事，但何必这么麻烦。

回到老笔斋时天色已暮，斜阳从临四十七巷的那头打了过来，恰好映红了半条街面。他与隔壁古董店的吴老板打了个招呼，看了一眼身后空荡荡的灰墙，走了进去。

饭蒸在锅里，白雾弥漫，顺着天井里那棵树缓慢缭绕，向着通红的天空飘去，飘不了多高距离，便消散于空中，连一丝痕迹都留不下来。

桑桑仰着小脸看着消散于空中的雾气，柳叶眼眯得很好看。

宁缺看着树旁小小的身影说道："我回来了。"

桑桑回过头看了他一眼，说道："少爷，你回来了。"

毫无新意的对话，单调乏味。很多年来，宁缺回到猎屋，回到渭城小院时，都会与屋内院内的小女孩儿有这样一番对话，在长安城临四十七巷的这一年也不例外，只不过在中间多了少爷两个字而已。临行前的晚饭也毫无新意，虽说那碗琥珀色的鸡汤表达了某种郑重，但实在是没有什么好说的。

既然没有什么好说的，洗脚熄灯之后，宁缺便躺在床上开始睡觉。

他没有对床那头的小姑娘交代什么事情。虽然这将是他第一次与桑桑分开这么长时间，但他相信小姑娘能照顾好自己。因为这些年小姑娘是在照顾两个人的生活，现在少了麻烦挑剔的自己，她应该会过得更快活轻松些吧。

夏末的长安城，夜里的温度已经不再那般恼人，树上的蝉鸣渐渐衰弱不见，满天的星光照在安静的树叶上，再从窗口反射进来，涂着满墙满床二人最爱的银色。一阵窸窸窣窣声响起，桑桑穿着薄单衣从床那头爬了过来，瘦瘦的膝头把银色的被褥压出一道深浅不一的褶，然后她躺进宁缺的怀里。

宁缺睁开眼睛说道："说过很多次，你现在是大姑娘了。"

桑桑嗯了声，调整了一下角度，把头搁在他的胸膛上，便再不肯动。

临别前的这个夜，和以往这些年间的很多个夜都一样，没什么区别。

临别前的清晨，与以往一年间的清晨都一样，也没有什么区别。吃了碗桑桑买回来的酸辣面片汤，用桑桑递过来的牙具刷牙，用桑桑拧好的毛巾洗脸，在桑桑小手服侍下穿好书院秋服，宁缺拎起沉重的行李，推开铺门走了出去。

晨光清丽，他对铺门口的小姑娘挥了挥手，马车便缓缓动了起来。黑色马车在书院门前的大片草甸边缘停了下来，然后原路折回，今天车夫老段不需要等宁缺回城，因为宁缺不回城。

草甸四周早已人声鼎沸，面带兴奋紧张神情的书院学生们与自己的父母道别，父母们仿佛有说不完的话，替孩子们准备好的行李似乎总有遗漏，而年轻的学生心思却早已飘到了遥远的北方，仿佛看到建功立业的大好前程。当然不是所有的书院学生都如此兴奋期待接下来的旅程，比如在远处被东城大富商带着数房姬妾团团围住的褚由贤，脸上便写满了牢骚与畏惧。

宁缺看着那边笑了笑，然后转头望向身边穿着红色箭装，显得英姿飒爽的司徒依兰，好奇说道："真没想到居然没有人送你。"

司徒依兰微笑说道："名为实修，实为出征，父亲只勉励我上阵好生杀敌，却没有让人来送我的意思。再说你不一样没有人送？"

宁缺摇了摇头，说道："我无父无母，连亲戚都没有一个，谁会来送我。"

司徒依兰看着书院里面走出来的那两个人，说道："看来还是有人会来送你的。"

从书院里走出来的是三师姐余帘和陈皮皮。草甸上的书院学生还有那些长辈们，经由教习处知道这两个人的身份，急忙恭谨让开道路。始有秋意的微风软软拂着女子额上的发丝，让这位身材娇小始终看不出真实年龄、别有一番风味的女教授显得更年轻了几分。自从进入书院二层楼后，宁缺反倒与三师姐极少有私下交谈的机会，这时候见她来送自己，不由感到有些意外，说道："多谢师姐。"

余帘递给他一块小东西，微笑说道："师姐没有什么东西相送，就

送你一句话吧，无论遇着什么事情，只需要从本心出发，那便能轻松
逾过。"

"多谢师姐指点。"

宁缺转向陈皮皮，看着这个对自己修行生涯带来无穷帮助的朋友，
沉默片刻后微笑说道："你准备送我点什么？"

一阵晨风来到草甸，吹皱陈皮皮的脸，他认真说道："我来送……
行。"

宁缺摇头叹息说道："你越来越无耻了。"

陈皮皮感慨说道："向你学习。"

宁缺笑着回答道："共同进步。"

陈皮皮也笑了起来，然后认真问道："有什么事情要交代的吗？"

宁缺本想说该交代的已经交代完了，但想了想后还是说道："你知
道的。"

"我知道什么？"

"我家有个小侍女。"

当宁缺拎起脚下那一大堆沉重行李向草甸方向走去时，一直沉默
注视着他的数十道目光里，多出了很多震惊疑惑的情绪。这么多的行
李，看上去如此沉重，什么样的马才能承受得住？他向草甸那边走去
是为什么？

三把朴刀，拆开的铁弓和箭筒里的十三支符箭，惯用的黄杨硬木
弓和普通羽箭，旅途上必用的东西甚至包括叠好的小帐篷，还有粗布
紧紧裹着的大黑伞。行李是昨天夜里桑桑细心整理好的，体积已经缩
小到不能缩小，但因为东西实在太多，拢在一起依然显得格外壮观，
就如同一座小山。宁缺拎着沉重的行李走到草甸围栏旁，举目向远处
望去寻找自己的目标。在围栏那头，草甸上那些被书院学生挑剩下的
军马正垂着头沉默地吃草或休息，看不出来有没有丧气的情绪，而在
更远处宽阔的草地间，一道黑色的影子正在来回奔腾，像一道黑色的
奔雷般，蹄声大作。

待那道黑影慢下来时，才能看清楚原来是一匹极为强壮的黑色骏
马，大黑马不停追咬挤撞着身旁的同伴，别的马畏惧地四处散避，它

却不依不饶继续追咬，不时得意鸣啸几声，显得格外霸道下贱。

宁缺看着那匹大黑马笑了笑，把手指伸进唇里打了个呼哨。哨声袅袅然传到草甸上方。

正在放肆得意欺负同伴的大黑马听着哨声后骤然僵硬，四脚像是钉子般钉进松软的草面上，再也动不得半步，看上去就像是一座被刷了黑漆的木马，只剩下两个乌黑的大眼珠在快速转动着，明显可以看到里面的恐惧神情。它艰难地扭动僵硬的马颈，回首望向远处围栏畔那个人影，终于把脑海中最不美好的那幕回忆和这个人联系起来。

又一声呼哨响起，仿佛是在催促。大黑马艰难地提起马蹄，垂着头痛苦地缓慢向围栏处走去，每步都是那样不舍，那样依依。

慢步踱到围栏前，大黑马看着栏后的宁缺，微微摇晃马首，同时滑稽可笑地翻起厚厚的唇皮儿，像是表示绝对的臣服和讨好。和书院入院试已经相隔一年多的时间，这匹大黑马的脾气没有丝毫好转，依然狂暴躁烈，然而在宁缺面前，它仍然不敢有丝毫脾气。

只是当它看到宁缺脚下如小山一般的行李后，再也顾不得本能里的那份恐惧，发出一声惊恐的嘶鸣，掉转身躯便准备逃跑。

宁缺盯着它说道："老规矩。"

大黑马停下脚步。

宁缺继续说道："不听话我就宰了你。"

大黑马垂头转身。

宁缺把小山般的行李挂到了它的鞍上。

天启十四年夏末秋初，书院开始了这一届的实修，领队是那位连老师和大师兄都没有见到，堪称史上最弱的书院二层楼弟子。

老笔斋后院内，桑桑盯着咕咕叫的老母鸡发呆，心想昨天应该把你也宰了，好让他多吃点，不然路上饿了怎么办？

长安城郊道上，宁缺看着道畔如画般的民舍村景，心想不知会有多少天喝不着她做的鸡汤，刚刚离开，便开始想念。

清晨的帝国，笼罩着淡淡的微光。

马蹄声声，青衣振振。

图书在版编目（CIP）数据

将夜2：精修典藏版/猫腻著． -- 北京：作家出版社
2022.2（2022.5重印）

（网络文学名作典藏丛书）

ISBN 978 - 7 - 5212 - 1742 - 1

Ⅰ.①将… Ⅱ.①猫… Ⅲ.①长篇小说 – 中国 – 当代
Ⅳ.①I247.5

中国版本图书馆 CIP 数据核字（2021）第 274565 号

将夜2：精修典藏版

总 策 划：何 弘 张亚丽
主　　编：肖惊鸿
作　　者：猫 腻
责任编辑：王 烨 袁艺方
装帧设计：天行云翼·宋晓亮
出版发行：作家出版社有限公司
社　　址：北京农展馆南里 10 号　　　**邮　　编**：100125
电话传真：86 – 10 – 65067186（发行中心及邮购部）
　　　　　　86 – 10 – 65004079（总编室）
E – mail: zuojia@zuojia. net. cn
http: // www. zuojiachubanshe. com
印　　刷：唐山嘉德印刷有限公司
成品尺寸：152 × 230
字　　数：380 千
印　　张：27.75
版　　次：2022 年 2 月第 1 版
印　　次：2022 年 5 月第 2 次印刷
ISBN 978 – 7 – 5212 – 1742 – 1
定　　价：45.00 元